dtv

»Ich erinnere mich genau, wann die Unruhen anfingen, denn am selben Tag ging mein Telefon kaputt...« Die »Unruhen«, das ist der passive Widerstand, die Rebellion, der Aufstand der Palästinenser, die *Intifada.* Angelika Schrobsdorff begegnet ihr hautnah, denn ihre Wohnung liegt auf der Grünen Grenze unweit der Altstadt von Jerusalem. Hier lebt sie mit jüdischen und arabischen Nachbarn zusammen. Ihre genaue Beobachtungsgabe, ihre Ehrlichkeit und ihre sanfte Ironie geben diesem Bericht über einen scheinbar aussichtslosen Konflikt zweier Völker seine befreiende Wirkung.

Angelika Schrobsdorff wurde am 24. Dezember 1927 in Freiburg im Breisgau geboren, mußte 1939 mit ihrer jüdischen Mutter aus Berlin nach Sofia emigrieren und kehrte erst 1947 nach Deutschland zurück. 1971 heiratete sie in Jerusalem Claude Lanzmann, wohnte danach in Paris und München und beschloß 1983, nach Israel zu gehen.

Angelika Schrobsdorff

Jerusalem war immer eine schwere Adresse

Deutscher Taschenbuch Verlag

Meinen Freunden zu beiden Seiten der Grünen Grenze

Von der Autorin durchgesehene und korrigierte Ausgabe
August 1991
8. Auflage Mai 1998
Deutscher Taschenbuch Verlag GmbH & Co. KG, München

Erstveröffentlichung unter dem Titel
›Das Haus im Niemandsland oder Jerusalem war immer eine schwere Adresse‹
Umschlagkonzept: Balk & Brumshagen
Umschlagfoto: Privatbesitz der Autorin
Gesamtherstellung: C. H. Beck'sche Buchdruckerei, Nördlingen
Gedruckt auf säurefreiem, chlorfrei gebleichtem Papier
Printed in Germany · ISBN 3-423-11442-8

Ich erinnere mich genau, wann die Unruhen anfingen, denn am selben Tag ging mein Telefon kaputt, die Druckpumpe meiner beiden Öfen setzte aus, und es goß in Strömen. Ich saß also in einer großen, kalten, wenn auch schönen Wohnung, das Wasser begann unter der Tür, die zum Patio führt, durchzurinnen, und ich hatte nicht einmal die Möglichkeit, Avi anzurufen, den einzigen, der mit Situationen dieser Art im Handumdrehen fertig wird. Avi hat meine Wohnung renoviert. Es dauerte sechs Wochen, und in dieser Zeit wurde der Grundstein zu unserer Freundschaft gelegt. Sie wuchs mit jeder Wand, die er hochzog, wurde mit jedem Stein, jeder Kachel zementiert und leuchtete schließlich aus all den Spots, die er in großen Mengen an Decken und Wänden angebracht hatte. Als die Hauptarbeit getan war, verlangte ich den Haustürschlüssel nicht zurück. Es gab noch dieses und jenes zu reparieren, und ich sagte ihm, er könne kommen, wann er wolle. Es war ein Zeichen meines uneingeschränkten Vertrauens, und er verstand es, steckte den Schlüssel, den er mir hingehalten hatte, wieder ein, sagte: »Ich bin immer für dich da, wenn du mich brauchst« und ging.

Avi ist Araber – heute sagt man bereits Palästinenser –, und eigentlich heißt er Ali. Den Namen Avi hatte er sich für die Israelis zugelegt, so wie viele Palästinenser, die für sie arbeiten. Meine Zugehfrau heißt zum Beispiel Intisar und nennt sich Euphemia. Ihre Freundinnen, die bei meinen Freunden putzen, heißen oder nennen sich Maria und Anna und, wenn sie mondän werden, Margot oder Rita. Sie kommen alle aus Bethlehem und sind christliche Araberinnen. Die moslemischen Araber, die die niedersten Arbeiten verrichten und mit Israelis oder Touristen keinen Umgang haben – und das ist die große Mehrheit –, bleiben bei ihren ursprünglichen Namen. Die sind in vielen Fällen unaussprechbar, und vielleicht ist das einer der Gründe, warum sich die anderen neue Namen zulegen. Ganz bin ich nie hinter das Geheimnis gekommen, denn es gibt Dinge, nach denen man nicht fragt. Der Takt verbietet es einem, oder die Scham, oder Sprachschwierigkeiten. Auf diese Weise beschränken sich die Themen auf ein Minimum, und das hat mich oft sehr nervös gemacht. Bis die Barriere der diversen Tabus durchbrochen war, dauerte es Wochen, und bis dahin war man schon so auf der Hut, daß es wiederum Wochen dauerte, bis man sich zu so gewagten Sätzen wie etwa: »Sag mal, Avi, oder George, oder Euphemia, was hältst du eigentlich von dem Mazaf?« durchrang. »Mazaf« ist ein hebräisches Wort. Es bedeutet Situation oder Zustand – meistens böser –, und jeder hierzulande versteht sofort, was damit gemeint ist. Bei Avi hat es viereinhalb Monate gedauert, bis ich ihm diese Frage stellte. Und möglicherweise hätte ich sie ihm nie gestellt, wenn nicht die Unruhen ausgebrochen wären. Damals, am Anfang, nannte man sie noch Unruhen, heute nennt man sie Rebellion, und wenn man überhaupt kein Blatt mehr vor den Mund nimmt, Aufstand.

Natürlich habe ich Avi nicht gleich am Anfang der Unruhen, das heißt am Tag, an dem mein Telefon kaputtging und die Druckpumpe aussetzte, mit dieser Frage überfallen. Unruhen gab es ja schon immer, und man hat, wenn überhaupt, nur im Freundeskreis darüber gesprochen, und auch dann nur beiläufig. Also habe ich Avi, als ich ihn schließlich vom Telefon meiner Nachbarn aus anrief und zu meiner freudigen Überraschung auch erreichte, nur gefragt, ob es normal sei, daß die Druckpumpe ausgesetzt hätte. Auch in solchen Fragen bin ich vorsichtig, denn ich habe ihn schon mindestens fünfzigmal in ähnlichen Notfällen angerufen und geniere mich, ihn geradeheraus zu bitten, zu mir zu kommen und die Sache zu reparieren. Ich möchte unter keinen Umständen den Eindruck erwecken, unsere Freundschaft auszunutzen, und da er kein Geld mehr von mir nimmt – jedenfalls nicht für kleinere Reparaturen –, kann es leicht danach aussehen. Natürlich hat er den Code sofort entschlüsselt und erklärt, er sei in einer halben Stunde bei mir. Ich war so erleichtert, daß ich meinem Nachbarn, Mr. Shwarz, der geduckt und mit gespannter Aufmerksamkeit vor seinem Computer saß, den Mazaf mit der Druckpumpe erzählte.

Brian Shwarz ist Schriftsteller, Übersetzer und Literaturkritiker, ein runder, kurzbärtiger, sehr verworrener und scheuer Amerikaner mit Kipa. Gott sei Dank ist die Kipa gehäkelt und zweifarbig, was bedeutet, daß er nicht sehr fromm ist. Die sehr Frommen tragen schwarze Käppchen aus Seide oder Samt und längere, ungepflegte Bärte. Mit ihnen hätte ich nur dann ein Haus teilen können, wenn ich selber schleunigst fromm geworden wäre – was mir nicht liegt. Mr. Shwarz ist es egal, ob ich am Schabbat ins Auto steige oder ob mein Freund, Philip, in seinen manischen Phasen Tangokassetten in voller Lautstärke abspielen läßt. Er selber bläst jeden Abend das Saxophon. Zur Zeit übt er die ›Rhapsody in Blue‹.

»Schlimm«, sagte mein Nachbar mit zerstreuter Höflichkeit, »wenn man bei solchem Wetter keine Heizung hat. Aber wenigstens haben Sie Türen.«

Die Shwarz' – es sind im ganzen sechs, er, seine Frau und vier Kinder – haben nur eine Behelfstür, auf die anderen warten sie seit Anfang September. Und nicht nur auf die. Sie hatten den Fehler gemacht, an die Fassade des alten Hauses einen zweistöckigen Würfel anzubauen und damit ihre Schönheit zu verhunzen. Am Anfang war ich darüber so verzweifelt gewesen, daß ich den Shwarzens alle Plagen dieser Welt an den Hals gewünscht habe. Aber jetzt sind sie, auch ohne die, gestraft genug, und ich habe, dank des viereckigen Furunkels, der fast bis zu meinen Fenstern hinaufgewachsen ist, eine Terrasse gewonnen. Nicht, daß ich Wert darauf gelegt hätte! Ich habe bereits einen Patio und eine zweihundert Quadratmeter große Dachterrasse, und wenn ich die, zusammen mit dem Dach der Shwarz', bepflanzen und bewässern würde, käme ich zu nichts anderem mehr.

Wie gesagt, ich habe meinen Nachbarn verziehen, denn inzwischen hat ihre Verzweiflung die meine überrundet. Noch fast ein Jahr nach Baubeginn hausen sie zu sechst in einem wüsten sand- und mörtelbedeckten Durcheinander, und das einzige, was merkwürdigerweise noch funktioniert, ist ihr Telefon, das Saxophon und der Computer. Auf dem stand in grünen, flimmernden Buchstaben ein Text, der mit dem Satz begann: »After the Six Days War...«

Weiter kam ich nicht, denn Mr. Shwarz' Blick war meinem gefolgt, und ich, an seiner Stelle, wäre verdrossen gewesen, wenn jemand unaufgefordert meinen Text gelesen hätte. Ich habe also nie erfahren, was nach dem Sechs-Tage-Krieg geschah.

Jetzt hätte ich eigentlich gehen können, aber die Unordnung und klamme Kälte in der Wohnung hielt mich zurück. Wenn man Ärger hat, soll man zu jemand gehen, der noch mehr Ärger hat als man selber. Das richtet einen wieder auf. Mein Nachbar mißverstand mein Zögern.

»Wenn Sie noch einen Anruf machen wollen«, sagte er, »können Sie das gern tun.«

Ich wußte, daß ich ihm, wie jedem Menschen, der an der Schreibmaschine oder gar vor einem Computer sitzt, furchtbar auf die Nerven ging, aber da er mich nun schon mal dazu aufgefordert hatte, nahm ich sein Angebot an.

»Danke schön«, sagte ich, »vielleicht noch einen...«, und wählte Philips Nummer.

Sein verdammter Anrufbeantworter sagte: »Hi, hier spricht Philip. Rein zufällig haben Sie die richtige Nummer erreicht...«

Auf dem Tisch, an dem Mr. Shwarz seinen Computer fixierte, lag die ›Jerusalem Post‹ mit der Schlagzeile: »Jugendlicher bei Zwischenfall in Gaza getötet: Ein junger Palästinenser wurde gestern von den IDF (Israel Defence Force) erschossen und mindestens vierundzwanzig weitere verletzt, als im Gaza-Streifen die schwersten Unruhen der letzten Monate ausbrachen.«

Ich las und lauschte, bis das Sprech-Signal erklang. Erst dann legte ich wortlos den Hörer auf. Wenn es um mein Leben ginge, könnte ich vielleicht mit diesen Maschinen sprechen, aber um das ging es ja nicht.

Ich warf noch einen Blick auf die Zeitung: »Unter den Verwundeten waren auch zwei Mädchen, elf und dreizehn Jahre alt. Die meisten Verwundeten wurden in die Beine geschossen.«

»Nochmals vielen Dank«, sagte ich zu Brian Shwarz.

»Das ist doch selbstverständlich. Und wenn Sie irgendwann telefonieren müssen, können Sie jederzeit zu uns kommen.«

Sehr leichtsinnig, so etwas zu sagen!

Als ich die Behelfstür öffnete, stand Mrs. Shwarz draußen und kämpfte mit dem Regenschirm. Sie ist von Beruf Weberin, eine sehr schmale, blasse, erschöpfte Frau, der das Leben als solches über den Kopf wächst. Der grüne Schirm hatte sich bei dem Sturm von unten nach oben gekehrt und sah aus wie eine exotische Wasserblume. Miriam Shwarz war vollkommen durchnäßt. Twinkle, der kleine, honigfarbene Hund, sprang mit schlammtriefenden Pfoten freudig an mir hoch.

»Den Schirm kann man wegwerfen«, sagte Miriam mit ihrer leisen, müden Stimme, »Twinkle, laß das.«

Der Hund dachte gar nicht daran, das zu lassen, und ich schrie ihn kurz an. Er legte den Kopf zur Seite und schaute mit einem Auge zu mir auf. Offenbar hatte er noch nie so ein Organ gehört. Alle sechs Shwarz', selbst die vierjährige Tochter, sprachen mit kaum hörbaren Stimmen und bewegten sich lautlos. Sie waren ein Geschenk Gottes.

»Mein Telefon ist kaputt«, sagte ich und versuchte, ihr im Kampf mit dem Schirm beizustehen.

»Es ist immer etwas kaputt«, flüsterte sie, »und meistens ist es schon kaputt, bevor es fertig ist.«

»Meine Druckpumpe ist auch kaputt.«

Sie schüttelte den Kopf und steckte den Schirm in den Sandhaufen, der sich seit genau acht Monaten neben der Behelfstür der Shwarz' befand, »es geht wirklich zu weit.«

»Ja«, sagte ich, »und das Schlimmste ist, daß man sich so schwer an kaputte Sachen gewöhnt.«

Sie lächelte zustimmend, seufzte »Schalom« und bat den Hund, ins Haus zu treten.

Als Avi kam, war es bereits so kalt in meiner Wohnung, daß ich im Mantel in meinem kleinsten Zimmer – das ist das Schlafzimmer – vor einem elektrischen Öfchen saß. Meine zwei Kater hatten sich auf dem Bett zu einer grauen und einer schwarzen Pelzkugel zusammengerollt, und daran erkannte ich, daß ihnen genauso ungemütlich war wie mir.

Avi trug eine Strickmütze, die er bis über Brauen und Ohren gezogen hatte, und sein Gesicht war so bewölkt wie der Himmel. »Marchaba*«, sagte er, »wie geht's dir?«

Ich sagte, es ginge mir wie der Druckpumpe kurz vor dem Aussetzen.

Er lief mit Riesenschritten den Gang hinunter und ich hinter ihm her. Auch wenn wir in der Stadt eine Besorgung machten oder in Hebron spazierengingen, lief ich hinter ihm her. Avi ist mindestens eins neunzig groß, und seine Beine sind länger als Rumpf, Hals und Kopf zusammen. Er ist gerade und schmal gewachsen wie der Stamm einer Fichte und hat nur eine ganz dünne Schicht Fleisch auf den Knochen.

»Du fühlst dich schlecht, nicht wahr?« fragte ich, als ich ihn in der Küche eingeholt hatte.

»Nein, es geht mir sehr gut.«

Er nahm den Kellerschlüssel vom Haken und verschwand.

Avi rauchte damals noch drei Päckchen Zigaretten am Tag, trank zahllose Gläser starken Tees, aß in Schüben und dann nur die unverdaulichsten Sachen. Seit einigen Wochen litt er unter heftigen Bauchkrämpfen, rannte vom Schmerz getrieben zu verschiedenen israelischen und arabischen Ärzten und erhielt von denen jedesmal ein neues Medikament. Das zeigte er mir und erklärte, es helfe nicht die Spur. Daraufhin hielt ich ihm Vorträge über die Notwendigkeit, ein Medikament längere Zeit regelmäßig einzunehmen und nicht wie er einen Tag lang fünf verschiedene Medikamente auf einmal, belehrte ihn über die Nützlichkeit einer Diät, die Unfähigkeit der Ärzte als solche und die Schädlichkeit der Medikamente an sich. Er bekräftigte meine Unlogik mit eifrigem Kopfnicken und ließ mich abschließend wissen, er litte im Grunde genommen nur unter Blähungen, und die entwickelten sich aus seiner Nervosität, und die wiederum sich aus seiner Arbeit, die in diesem Land undurchführbar sei. Keiner seiner Arbeiter oder Lieferanten hielte sich an Zeiten und Versprechen. Und wenn das ein in diesem Land geborener, aufgewachsener und erzogener Araber und nicht eine von Pünktlichkeit und Gewissen-

* Marchaba: Grüß dich

haftigkeit verseuchte Europäerin sagt, dann muß was dran sein.

Ich kochte Tee, und als Avi erschien, goß ich ihm schnell eine Tasse ein.

»Die Pumpe geht wieder«, sagte er.

Ein Genie, dieser Mann, und wäre ich zwanzig Jahre jünger und er bereit gewesen, mich als zweite Frau zu nehmen, ich hätte ihn geheiratet. Im Grunde habe ich mir immer einen Mann gewünscht, bei dem man sich, was das tägliche Leben betrifft, sicher fühlt. Alles andere ist nebensächlich und sowieso nicht zu reparieren: nicht der Zerfall des Körpers, nicht das Schrumpfen der Seele, nicht die Niedertracht der Menschen, nicht die Zerstörung der Welt.

Ich zündete die Öfen an, dann setzten wir uns ins Wohnzimmer und tranken Tee.

»Du brauchst eine neue Pumpe«, sagte Avi, »ich besorge eine. Das Rohr ist auch kaputt.«

»Welches Rohr?«

»Das vom Dach zum Boden. Es hat viele Löcher.«

»Aha.«

Egal welches Rohr. Er wußte schon, wovon er sprach.

Er nahm zwei Zigaretten aus dem Päckchen, steckte sich eine zwischen die Lippen und hielt mir die andere hin wie eine eben gepflückte Blume. Das war eine arabische Sitte und ließ auf gute Manieren schließen.

Ich erkundigte mich nach seiner Frau Jaissa, nach den zwei kleinen Söhnen und fünf Töchtern.

Es ging ihnen »sehr, sehr gut«, behauptete Avi.

Ich erkundigte mich nach seiner Mutter.

»Sie ist gestern wieder gestorben«, sagte er, »und dann mußte ich sie zum Arzt bringen.«

Avis Mutter, eine robuste und pfiffige Bauersfrau, starb oft und gerne, denn damit gelang es ihr immer noch, die ganze Familie – es waren fünfundzwanzig, die unter einem Dache zusammenlebten – um ihr Bett zu versammeln und, wenn auch nicht mehr zu erschüttern, so doch wenigstens eine mit Ungeduld gemischte Aufmerksamkeit zu erringen.

»Und was hat der Arzt mit ihr gemacht?« fragte ich.

»Er hat sie untersucht und gesagt, sie sei gesund. Sie hat

schrecklich geschimpft und gesagt, er sei ein Betrüger und gar kein Arzt.«

Avi lachte. Er hatte viel Ähnlichkeit mit meinem schwarzen Kater Dino, der für einen Kater ein zu schmales Gesicht, eine zu große Nase und zu kleine Augen hat. Aber für einen Mann mit Katzenähnlichkeit waren diese Proportionen gerade richtig und Avis Züge die eines gut-, wenn auch an diesem düsteren Tag krank aussehenden Mannes.

»Du hast wieder Schmerzen«, sagte ich, die arabische Höflichkeit mit einem Frontalangriff durchbrechend.

»Ja«, gab er endlich zu, »schlimme Schmerzen. Es sind die Zigaretten. Morgen rauche ich nicht mehr, nie wieder, keine Zigarette.«

»Diese Drohung habe ich schon von vielen gehört, und, Gott behüte, sie haben dann auch noch versucht, sie wahr zu machen! Ein starker Raucher, der sich das Rauchen abgewöhnen will, ist eine Gefahr für seine Umwelt.«

»Du wirst sehen. Wenn ich das nächste Mal komme, rauche ich nicht mehr.«

Es war, wie er sagte, und für mich der schlagende Beweis, daß es nichts gab, was Avi nicht spielend bewältigen konnte.

Als er gegangen war, nahm ich ohne die geringste Hoffnung den Hörer vom Telefon und wurde von einem normalen Tuten aus der Fassung gebracht. In Israel wird viel von Wundern gesprochen, und wenn überhaupt nichts mehr geht und der Mazaf – welcher auch immer – unlösbar ist, wartet man darauf. Manchmal hat es auch den Anschein, als fände eins statt, aber es ist immer nur von kurzer Dauer. So auch das Wunder mit dem Telefon. Bei der zweiten Nummer, die ich versuchsweise wählte, hatte ich ein wahres Kriegsgetöse im Ohr – Knallen, Prasseln, Pfeifen, Zischen. Ich war beinahe froh, als es abrupt verstummte und der Apparat mausetot war.

Ich schaute auf meine Armbanduhr, die, obgleich sie nur 35 Schekel gekostet hatte, sogar das Datum produzieren konnte. Es war der 9. Dezember. Ich prägte ihn mir ein, weil man bei der Störungsstelle, die man, wenn überhaupt, erst nach Tagen erreicht, genau sagen muß, was wann passiert war.

Ich weiß nicht mehr, ob es Philip oder Rick war, der mich über die Lage aufgeklärt hat, und ich weiß auch nicht mehr, ob es am 9. oder 10. Dezember war. Ich nehme an, es war der 10., da ich am 9. bestimmt nur über Telefon, Druckpumpe und durchlöchertes Rohr gesprochen habe und Philip oder Rick oder beide genügend Anstand hatten, sich darauf einzustellen. Immerhin tue ich das auch, wenn bei ihnen etwas kaputtgeht oder durchbrennt oder ausläuft oder in Flammen aufgeht. Irgendwas ist immer los, und das liegt weniger an ihnen als am Mittleren Osten, der besonders im Winter viel Unterhaltung bietet.

Es ist auch egal, wer mich aufgeklärt hat: Philip oder Rick. Philip ist ein englischer Jude aus London, Rick ein amerikanischer aus New York. Beide kommen aus gutbürgerlich-wohlhabendem Haus, sind ebenso intelligent wie neurotisch und lesen ungeheure Mengen an in- und ausländischen Zeitungen, manche davon täglich und von A bis Z. Rick hauptsächlich aus beruflichen Gründen, denn er ist letztes Jahr aus freiem Willen Journalist geworden; Philip, weil ihn der blinde, tollwütige Wahnsinn der Menschheit im allgemeinen und der in Israel im besonderen interessiert und er sich damit außerdem erfolgreich ums Schreiben drücken kann. Seit August 1987 droht er damit. Zuerst war es ein Roman über AIDS, dann ein Theaterstück über seine Mutter. Ein Thema ergab sich sozusagen aus dem anderen. Philip ist homosexuell, was seine intensive Beschäftigung mit der Krankheit erklärt, und er hatte eine dominante, seiner Beschreibung nach unerträgliche Mutter, der er seine Homosexualität verdanken zu müssen glaubt. Was Rick anbelangt, so hat er ein Faible für ältere Frauen, die es im Leben zu etwas gebracht haben, sei es materiell oder intellektuell, am liebsten beides. Davon hat er eine große Auslese, und ob die Hintergründe dieses Faibles nun mehr pragmatischer oder bewundernder Natur sind, konnte ich bis zum heutigen Tage nicht feststellen. Philips Vergangenheit ist reich an manisch-depressiven, psychoanalytischen und Sex-Erfahrungen. Ricks Vergangenheit ist etwas komplexer. Zwar ist das Familienmuster ein ähnliches – dominante Mutter, weichlicher Vater, trübe

Kindheit, in der er, der frühreif Übergescheite, vor Verwandten und Freunden glänzen mußte –, aber er ist fleißiger und ambitiöser als Philip. In Harvard, wo er im letzten Semester klassische Philologie studierte und außerdem in psychoanalytischer Behandlung war, überkam ihn plötzlich der Ekel vor Familie, Kommilitonen, Studium, Analyse und Amerika überhaupt so heftig, daß er als Austauschstudent auf einen Monat nach Deutschland fuhr und sieben Jahre später immer noch da war. Er schlug sich in München mit Gelegenheitsarbeiten durch, schluckte große Mengen an Alkohol, Schlaftabletten und Aufputschmitteln, lernte akzentlos deutsch sprechen, sammelte Bücher und verbrachte die Nächte in Bars und Kneipen. Als er merkte, daß ihm diese Lebensform auch nicht auf Dauer entsprach, wanderte er mit einer beachtlichen Bibliothek nach Israel aus. Dort, nach zwei mageren Jahren, in denen er sich weder Alkohol noch Tabletten, weder Kneipen noch Analyse leisten konnte, fing er sich und begann, mit Hilfe einiger deutschsprachiger Freunde, seine Karriere als Journalist. Der Abscheu vor seiner amerikanischen Vergangenheit ging so weit, daß er sich sogar an seiner Muttersprache rächte. Er schreibt, spricht, denkt und träumt deutsch.

So weit meine zwei jungen Freunde, die mich mit einem Übermaß an Abwechslung und Informationen versorgen. Abwechslung hatte ich zwar schon mehr als genug, aber an Informationen hat es mir von jeher gemangelt. Meine Aversion gegen Zeitungen schien unüberwindlich, und ich weiß nicht, worauf das zurückzuführen war: auf ihre Unhandlichkeit, die einem verbat, sie im Bett zu lesen – und ich lese nur im Bett –, oder ihre suggestive Berichterstattung, die einem verbat, eigene Gedanken zu einem Thema zu produzieren. Wie dem auch sei, ich habe meine Informationen jahrelang aus den englischen Nachrichten des jordanischen Rundfunksenders bezogen, und die waren außerordentlich spannend. Der Sprecher hatte außer »der zionistischen Aggression« ein Sätzlein, das er dank seiner Häufigkeit bestimmt noch im Koma sagen konnte, jede Silbe falsch betont, und es war mir überlassen geblieben, das entsprechende Wort und anschließend den Sinn eines ganzen Satzes zu entziffern. Es war wie ein Rätselraten gewesen. Davon abgesehen hatten einem die Nachrichten sehr viel Raum für eigene Gedanken gelassen.

Erst als ich in den Besitz eines Farbfernsehers kam, habe ich begonnen, mir am Freitag regelmäßig die Wochenendausgabe der ›Jerusalem Post‹ zu kaufen, denn in der befindet sich das Fernsehprogramm. Manchmal habe ich mich gezwungen, die Schlagzeilen zu lesen, aber meistens habe ich die Zeitung, so wie sie war, als Unterlage für die Freßnäpfchen meiner Katzen benutzt. Das Fernsehprogramm dagegen habe ich eifrig studiert, denn unter all den endlosen Schnulzen-, Krimi- und Lustspielserien, aus denen man lernen konnte, um was es im Leben wirklich geht, fand ich manchmal Perlen wie etwa einen guten englischen Film oder ein schlechtes amerikanisches Melo- oder Psychodrama – ein Genre, für das ich sehr empfänglich bin. Und außerdem boten sich mir jetzt endlich die jordanischen Nachrichten in voller Farbenpracht. »Seine Majestät der König …«, begannen sie feierlich, und dann sah und hörte man, was Seine lächelnde Majestät nun wieder alles getrieben hatte. Er reiste sehr viel, und wenn er das nicht tat, empfing er Staatsbesuche – hauptsächlich aus den arabischen Ländern. Auf diesen Empfängen ging es zu wie in ›Tausendundeiner Nacht‹. Fabelhafte Märchengestalten, in wundervollen Gewändern und Kopfbedeckungen, saßen an den Wänden entlang in plüschigen Sesseln neben Tischchen mit künstlichen Blumenarrangements, schritten auf roten Teppichen vom oder zum Flugzeug, schüttelten sich die Hände, küßten sich die Wangen – und all das zu den Klängen eines Wiener Walzers. Ich kannte inzwischen die Repräsentanten des »Haschemitischen Königshauses« wie gute Bekannte: den »Generalstabschef«, »Kronprinz Hassan«, die verschiedenen Minister und Würdenträger des Islam und selbstverständlich die schöne Königin Nur, deren goldenes, jedesmal anders frisiertes Haar ich aufrichtig bewunderte.

Meine Freunde, muß ich gestehen, waren etwas verstört – sowohl über meine Informationsquelle als über meinen Geschmack; aber dann brach ja, Gott sei Dank, die neue Ära an.

Rick trat in mein Leben, und Philip kehrte nach einjähriger Abwesenheit aus Amerika nach Jerusalem zurück. Ich kaufte eine Wohnung – eine Kreuzung zwischen Kathedrale und Karawanserei – und ließ mich dort zu einem geruhsamen Lebensabend nieder. So standen die Dinge am 10. Dezember, und sie standen, bis auf das Telefon, die Druckpumpe und das Rohr, nicht schlecht.

Nehmen wir also an, meine Aufklärung fand am 11. Dezember statt. Da funktionierte mein Telefon nämlich eine dreiviertel Stunde, und Philip rief als erster an. Er ist, so wie ich, Frühaufsteher, und seine Anrufe beginnen ab sieben Uhr. Damals begannen sie noch mit relativen Harmlosigkeiten, zum Beispiel, was er am Abend oder in der Nacht zuvor erlebt hatte. Philip erlebte viele sonderbare Geschichten, die einerseits auf seinen Lebenswandel, mehr noch auf Israel zurückzuführen waren. Ich kann beschwören, daß es das interessanteste, irrwitzigste Land der Welt ist, auf das alle jüdischen Dramen der Bibel und alle israelischen Satiren Kishons zutreffen.

An jenem Morgen erzählte mir Philip nun eine lange Geschichte von einer frommen Familie, die in der Eingangshalle eines gepflegten Jerusalemer Wohnhauses eine Kuh untergebracht und sich auf die erbitterten Proteste der Bewohner mit der Begründung verteidigt hatte: eine Kuh sei ein Haustier und nützlicher als Hund oder Katze. Erst als die Polizei kam, wurde die Kuh samt Heu und Fladen aus dem Foyer entfernt.

An diesem Punkt angekommen, brach Philip in irres Gelächter aus, und als er wieder sprechen konnte, las er mir übergangslos die Schlagzeilen in der ›Jerusalem Post‹ vor. »Noch zwei Tote bei gewälttätigen Ausschreitungen: Zwei junge Palästinenser wurden gestern erschossen, als die Unruhen in der West-Bank und im Gaza-Streifen zunahmen. In Nablus erschoß ein Soldat einen palästinensischen Jugendlichen, in Khan Yunis in Gaza wurde ein Elfjähriger in den Kopf geschossen.«

»Was sagst du dazu?« fragte er.

»Zum Kotzen.«

Er sagte: »Jetzt sind es schon drei Tote und mindestens dreißig Verwundete. Alles Halbwüchsige und

Kinder. So weit sind die Israelis noch nie gegangen. Eine Schande! Was sagst du dazu?«

»Ich sagte schon: zum Kotzen.«

»Solche Unruhen hat es noch nie gegeben. Es würde mich nicht wundern, wenn das weitergeht und noch schlimmer wird. Die Araber haben jetzt endlich die Schnauze voll.«

»Das haben sie seit zwanzig Jahren.«

»Vierzig.«

»Gut, vierzig. Aber sie sind nicht organisiert. Was können ein paar Halbwüchsige mit Steinen gegen ausgebildete Soldaten mit Waffen ausrichten? Gar nichts.«

»Nein, wahrscheinlich nicht... Weißt du, daß es jetzt in dem Delikatessengeschäft in der Maimonstraße frisches Basilikum gibt?«

»Was soll ich damit?«

»Huhn mit frischem Basilikum ist köstlich. Ich glaube, ich mache eins. Sehr viel Basilikum, Weißwein, etwas Sahne, natürlich erst am Schluß...«

»Wann machst du eins... heute?«

»Ahaaa, jetzt interessiert dich die Sache schon mehr, was?«

»Ja.«

»Soll ich noch jemand dazu einladen, vielleicht...«

»Philip, lad ein, wen du willst, ich muß jetzt Tee trinken.«

Wenn man die Gespräche mit Philip nicht unter einem einleuchtenden Vorwand wie Tee trinken oder Zähne putzen oder was eben gerade nahelag, abbrach, dann konnten sie Stunden dauern, und nichts strengt mich mehr an als telefonieren. Ich halte es, wenn man nichts Dringendes zu sagen, fragen oder bestellen hat, für eine der unergiebigsten Beschäftigungen. Aber mit dieser Einstellung stehe ich in Israel mutterseelenallein da. Das Telefonieren ist hierzulande eine Sucht, und jeder, auch wenn er allein in einem Zweizimmerappartement wohnt, besitzt mehrere Apparate. Man muß sie immer griffbereit haben, denn sonst könnte man einen Anruf verpassen. Es gibt da die allerneuesten Modelle, die man sich, kaum daß sie auf den Markt kommen, unbedingt kaufen muß. Zum Beispiel diese lächerlichen kleinen Dinger, die nur aus einem Hörer mit draufgesetzten Zahlenviereckchen bestehen. Wenn man da keine Elfenfinger hat, vertippt man sich andauernd, und falsche oder keine Verbindungen kann man auch, ohne sich zu vertippen, mit ganz normalen Telefonen herstellen. Sie sind sozusagen die Regel.

Kaum hatte ich also meine neue Wohnung bezogen, schenkte mir Evchen, meine Mutter-Freundin, einen dieser untauglichen Spielzeugapparate – rot noch dazu. Ich glaube, es war ein symbolisches Geschenk, eine Art Nabelschnur, durch die wir Tag und Nacht in Verbindung blieben. Nur daß die Verbindungen täglich schlechter wurden und bald darauf in den Zeitungen eine Warnung erschien: das Telefonnetz sei stark überlastet – Kunststück –, die Bürger von Jerusalem täten sich einen Gefallen, wenn sie auf die alten Apparate zurückgriffen – meine Worte! – und in Privathäusern nur so viele anschlössen, wie unbedingt notwendig wären.

Es hört hier niemand auf Warnungen.

Als mich Rick zehn Minuten nach Philip anrief, war in der Leitung, wenn auch noch entfernt, wieder das Kriegsgetöse. Rick war zunächst zu aufgeregt, um es zur Kenntnis zu nehmen. Er sprach sofort und nur vom Mazaf. Es war erstaunlich, wie er sich in kürzester Zeit den Riecher, die Hektik und Sensationslust der Journalisten angeeignet hatte. Er würde es weit bringen.

»Das gibt eine Katastrophe«, nuschelte er – er nuschelt leider immer, und wenn er aufgeregt ist, besonders stark –, »ein zweiter Libanon!«

»Freu dich, Fritzchen, freu dich, Fritzchen, morgen gibt's Selleriesalat...«, murmelte ich.

»Dieses Telefon! Was sagst du?«

»Du solltest was darüber schreiben.«

»Nein, Wiebke...« – eine seiner älteren, arrivierten Damen – »hat mir gesagt, die Deutschen hätten überhaupt kein Interesse mehr an Israel. Sie selber wollte eine Reportage über die palästinensischen Flüchtlingslager hier machen und hat mich angerufen und gefragt, ob man die nicht mit den deutschen Konzentrationslagern vergleichen könne.« Er wieherte kurz und freudlos auf. »Ich hab' gesagt: Nein, das könne man nicht, es fehle noch an systematischem Vernichtungsgeist. Die Flüchtlinge in den Lagern würden weder ausgehungert noch gefoltert, noch auf diese oder jene Art umgebracht, noch vergast. Dann wäre es unmöglich, eine Reportage darüber in deutschen Zeitungen unterzubringen, hat sie gesagt.«

»Schade, nicht wahr? Aber gib die Hoffnung nicht auf, was nicht ist, kann noch werden.«

»Du meinst, ich soll auf gut Glück über den Mazaf schreiben?« Er witterte Morgenluft. Sein letzter Artikel über die äthiopischen Juden, die vor zwei Jahren in elendem Zustand nach Israel gekommen und dort schwer einzugliedern gewesen waren, war ihm nicht von der Hand gegangen. Vielleicht darum, weil die Äthiopier bereits ein alter Hut waren, was man von den gerade entdeckten Palästinensern nicht behaupten konnte.

»Schreib man, schreib«, sagte ich.

Das Geräusch in der Leitung war angeschwollen. Es knackte und sauste.

»Hör mal, was ist eigentlich mit deinem Telefon los?« rief er.

»Das würde ich auch gerne wissen.«

»Soll ich mal die Störungsstelle anrufen?«

»Wenn du die nächsten Tage nichts zu tun hast, bitte schön, sehr gerne.«

»Gut, ich versuch's gleich mal ... was machst du ...«

Aus. Eine kompakte Stille.

Na ja, auch nicht so schlimm. Diese Anrufe machten einen noch nervöser als ein kaputtes Telefon.

Ich setzte mich hinter die Schreibmaschine, um an dem Buch über meine Mutter zu arbeiten. Eine überwältigende Unlust kroch in mir hoch. Alle schrieben plötzlich über ihre Mutter. War das nun eine Mode oder ein kollektives Bedürfnis? Ich begann, darüber nachzudenken, und wurde immer müder. Schließlich streckte ich mich neben den Katern vor dem Ofen aus. Sie öffneten die Augen und sahen mich mit starrem Erstaunen an. »Hello, sweethearts«, sagte ich, »ist hübsch, mit Frauchen hier zu liegen, nicht wahr?« Paulus, der graue, stand angewidert auf und stakste davon. Dino, der schwarze, der überaus gescheit ist und ebenso redselig, fing eine Unterhaltung mit mir an. Ich gab nur halbherzige Antworten. Das Gespräch mit Rick hatte mich irritiert. Immer diese Übertreibungen. Kein Wunder, daß ich keine Zeitungen lesen konnte. Ein zweiter Libanon! Als ob es, so wie es war, nicht schon böse genug aussah!

Ein Unglück kommt nie allein. An solchen Sprüchen ist immer etwas Wahres dran. Es kommt tatsächlich in Serien, und wenn man glaubt, man könne es aufhalten oder ihm entwischen, irrt man sich. Selbst im Bett, bei heruntergelassenen Jalousien und bis zu den Ohren hochgezogener Decke, kann man ihm nicht entwischen. Es kommt einem schlicht ins Haus.

Bei mir kam es mitten in meinem Nachmittagsschlaf in Gestalt von Stanley. Stanley ist Professor der Literatur, pensioniert und nach dem ersten Herzinfarkt. Er hat sich trotzdem gut gehalten. Man sieht ihm weder sein Alter noch den Infarkt an. Er sieht heute sogar besser aus als vor fünfzig Jahren – wie ich an einem Foto feststellen konnte –, denn er ist einer von den fahlen, leicht schwabbeligen Menschen, die sich aus dem amphibienartigen Zustand ihrer Jugend langsam zu einem männlichen oder weiblichen Wesen strukturieren. Wenn Stanley nicht gerade in Kniehosen, Socken und Sandalen herumläuft und sich nicht aus Versehen das spärliche Haar kupferrot, sondern nur dezent braun färbt, macht er einen angenehmen, sensiblen und liebenswert weltfremden Eindruck. Steckt man allerdings mitten in der Pechsträhne und im Nachmittagsschlaf, ist seine Weltfremdheit mehr enervierend als liebenswert.

»Was ist los, Stanley?« fragte ich darum auch ziemlich barsch und war nicht bereit, mich zu dieser gotterbärmlichsten aller Stunden zu einem freundschaftlichen Plausch niederzulassen.

Er trat buchstäblich von einem Fuß auf den anderen und sah mich dabei von unten herauf mit tief gekränktem Blick an. Mir kam der Gedanke, daß er vielleicht aufs Klo müsse, denn das mußte Stanley oft und jäh. Möglicherweise war er auf einem Spaziergang von diesem Drang überrascht worden und hatte in mir und meinem Klo die einzige Rettung gesehen.

»Komm rein, Stanley«, sagte ich milder, »du siehst ja ganz erschöpft aus. Ist etwas nicht in Ordnung?«

»Dein Telefon ist kaputt«, sagte er, »darum bin ich hergelaufen.«

»Um mir das zu sagen?«

Bei israelischen Freunden wußte man nie, sie waren zu allem fähig.

»Nein ... nein ...«

Wir hatten inzwischen den sehr langen Gang, der in ein Kloster zu führen schien, dann aber in der Küche endete, zurückgelegt und standen in der Wohnhalle. Stanley sah sich um, als suche er etwas, das er bei mir vergessen oder das ich ihm gestohlen hatte.

»Weißt du, wo Ibrahim ist?« fragte er.

Den also suchte er und glaubte, ihn endlich, endlich in flagranti bei mir zu ertappen. Wirklich, der Mann ging zu weit! Manische Eifersucht ist in jedem Fall und in jedem Alter unerträglich, aber bei einem Menschen über siebzig ist sie obszön.

»Nein, ich weiß nicht, wo Ibrahim ist, und wenn Ibrahim meine einzige Sorge wäre, dann wäre ich ein sorgenfreier Mensch.«

»Ich dachte nur ...«

Er dachte nur – und war mit diesem Gedanken nicht allein –, daß ich mit Ibrahim eine Affäre hatte. Aber leider, denn vielleicht hätte mir das sehr gut getan, lag mir nichts ferner als das.

»Was dachtest du, Stanley ... um Gottes willen, steh doch nicht so rum! Setz dich und sag mir, was los ist, sofern etwas los sein sollte.«

»Es ist etwas Schreckliches passiert!«

Drei Tote, dreißig Verletzte, ein kaputtes Telefon, eine auf dem letzten Loch pfeifende Druckpumpe, ein durchlöchertes Rohr, Avis Bauchkrämpfe, Ricks apokalyptische Prognosen und was jetzt noch?

»Ibrahim hat mit einem sechzehnjährigen Mädchen geschlafen.«

»Stanley, ich bitte dich! Du weißt inzwischen genau, daß Ibrahim mit allem schläft, was zwei Beine hat und zwischen zwölf und achtzig ist.«

Das war ausgesprochen taktlos, aber nichts ging mir mehr auf die Nerven als Eifersucht. Merkwürdigerweise schien ihm meine Entgleisung gar nicht aufgefallen zu sein. Er war in irgendwelche heftigen inneren Vorgänge verstrickt, und ich begann, um sein Herz zu fürchten.

»Stanley«, sagte ich beschwichtigend, »Ibrahim ist ein charmanter, reizender, sehr hübscher Junge, aber du mußt dich jetzt endlich damit abfinden, daß...«

»Darum geht es doch gar nicht«, sagte er plötzlich mit einem Anflug von Energie, »das Mädchen ist dem Gesetz nach minderjährig, und ihr Vater hat Ibrahim bei der Polizei angezeigt.«

Ich spürte ein leichtes Übelkeitsgefühl, aber das spürt man eben, wenn man um drei Uhr mittags, statt im Bett zu liegen, mit bösen Eröffnungen konfrontiert wird.

»Kannst du mir die Geschichte bitte mal von Anfang an erzählen«, sagte ich, »was ist das für ein Mädchen? Wie kommt Ibrahim zu ihr? Woher wußte der Vater, daß Ibrahim mit ihr geschlafen hat, und woher weißt du das alles?«

»Ibrahim hat sie bei mir kennengelernt, da war sie noch ein Kind, jedenfalls sah sie so aus... sieht immer noch so aus. Das ist ja das Schlimme. Manche sehen mit sechzehn aus wie zwanzig, aber sie sieht aus wie zwölf. Darum habe ich mir ja auch gar nichts dabei gedacht, verstehst du? Wenn man so unentwickelt...«

»Ich verstehe, Stanley, also weiter.«

»Sie wohnt nebenan mit ihren Eltern, amerikanische Juden, gräßliche Leute, das heißt, die Mutter kenne ich gar nicht, und der Vater war eigentlich immer sehr freundlich, wenn wir uns zufällig auf der Straße begegneten. Er wußte, daß seine Tochter manchmal wegen der Katzen zu mir kommt. Sie mag Katzen, und einmal hat sie mir ein Junges gebracht, aber ich konnte es nicht nehmen, weil meine fünf alten Katzen keine neue dulden. Du weißt ja, wie eifersüchtig Katzen sind – und besonders meine einäugige...«

»Ja, ich weiß, ich weiß, so ist das mit den Katzen.«

»Also, um ehrlich zu sein, das Mädchen hat mir nicht gefallen. Sie hat immer versucht, sich bei mir einzuschmeicheln, und zwar auf eine ganz durchtriebene und gleichzeitig infantile Art. Ibrahim hat sie auch nicht gefallen. Er hat nicht mal mit ihr geflirtet, und du kennst ihn ja, er flirtet mit jeder und jedem. Einmal im Supermarkt hat er mit einer jungen Frau ...«

»Ist das Mädchen wenigstens hübsch?«

»Hübsch? Nein. Und dann eben ganz unentwickelt.«

Mir fiel auf, daß wir immer noch standen und Stanleys Blässe ins Grünliche übergegangen war.

»Hier«, sagte ich und klopfte auf die Sitzfläche eines Sessels. Er setzte sich, schaute mit verlorenem Blick ins Leere und sagte: »Ich weiß nicht, was jetzt aus Ibrahim werden soll. Er steht kurz vor dem Examen, und du hast ihm diese gute Arbeit in dem Restaurant verschafft. Alles hat wunderbar geklappt. Er fühlt sich in dem Zimmer bei der alten Frau Wishnovsky wohl, hat angefangen, Hebräisch zu lernen und sich für Filme zu interessieren ... ist endlich aufgewacht. Du weißt ja, wie er war. Nichts war aus ihm herauszuholen, an nichts hat er sich beteiligt. Und in den letzten Wochen hat er sogar ein Buch gelesen, das ich ihm gegeben habe, kein schweres natürlich ... was war es bloß ...«

»Stanley«, rief ich mit derselben Stimme, mit der ich Twinkle, den kleinen, honigblonden Hund der Shwarz', gelegentlich zur Räson gebracht hatte, »ich weiß jetzt immer noch nicht, wie diese ganze Sache aufgeflogen ist. Wann hat es der Vater entdeckt? Erst heute?«

»Ja, heute, aber er muß schon vorher was geahnt haben. Es ist eine kuriose Geschichte, ich glaube, ich weiß jetzt, wie sie gelaufen ist. Hör zu: Um zehn Uhr sehe ich plötzlich Ibrahim vor meinem Haus auf der Straße. Ich wundere mich, daß er da rumsteht und nicht hereinkommt, denke mir dann aber, daß er sich nicht traut, weil ich am Vormittag arbeite und ihm gesagt habe, er solle nicht zwischen neun und ein Uhr zu mir kommen. Dann ist mir eingefallen, daß ich eigentlich die Gelegenheit ausnutzen und mit ihm zum Supermarkt gehen könnte. Ich darf nämlich nichts Schweres tragen. Also habe ich aus dem Fenster gerufen und ihn gefragt, ob er mich zum Supermarkt begleiten würde. Er schien mir ein bißchen verlegen, nein, irritiert, aber das ist er ja oft. Er hat gesagt, gut, er würde mitkommen. Ich mußte noch die Katzen füttern und mich anziehen ... es hat etwa eine Viertelstunde gedauert. Als ich aus dem Haus kam, war er weg.

Ich habe mindestens zehn Minuten gewartet und mich gefragt, ob ich Halluzinationen gehabt habe. Oben auf dem Balkon standen diese fürchterlichen Buben von meinem irakischen Nachbarn, du weißt, der, der mich immer tyrannisiert. Ich bin ganz sicher, daß sie alles gesehen und dem Vater des Mädchens berichtet haben.«

»Dann müssen die Jungens entweder hellsichtig sein, oder Ibrahim hat das Mädchen mitten auf der Straße...«

»Er hat sich mit ihr an der Ecke verabredet, oder vielleicht hat er da auch nur auf gut Glück auf sie gewartet. Er denkt doch nie nach, kombiniert nicht, tut, was ihm gerade einfällt, und ist dann erstaunt und verärgert, daß man ihm auf die Sprünge gekommen ist. Das Mädchen wird innerhalb der fünfzehn Minuten, die ich noch beschäftigt war, gekommen sein, und sie sind weggerannt und auf sein Zimmer gegangen. Die Buben haben das vom Balkon aus beobachtet und den Vater benachrichtigt. Vielleicht hat der sie sogar dazu beauftragt – diese Ungeheuer sind doch die geborenen Denunzianten!«

»Ein Kriminalroman von George Simenon ist nichts dagegen. Glaubst du nicht, daß du ein bißchen zu viel frei erfunden hast? Die Sache kann doch auch ganz harmlos gewesen sein.«

»Das Mädchen hat Tagebuch geführt, und der Vater hat es gefunden. Darin steht schwarz auf weiß, daß sie zweimal mit Ibrahim Sex gehabt hat.«

»Nur zweimal? Dann hast du vielleicht recht, und sie hat ihm wirklich nicht gefallen.«

»Im Grunde macht sich Ibrahim nicht viel aus Sex. Das einzige, woran ihm liegt, ist das Verführen und Erobern... entschuldige bitte.«

Er stand auf und ging ins Badezimmer.

Das stimmte. Am Verführen und Erobern lag Ibrahim viel. Er hatte es bei mir versucht, er hatte es bei zwei meiner Freundinnen versucht. Er versuchte es wahllos bei jeder mit schmachtendem Blick, mädchenhaftem Lächeln und einem lasziven Vorschieben des Beckens. Es war eine höchst merkwürdige Mischung aus Scheu und Unverschämtheit.

Ich hatte mich oft gefragt, was aus ihm geworden wäre, wenn er in seinem Milieu geblieben und nicht achtzehnjährig von seinem arabischen Vorarbeiter und Freund an einen amerikanisch-jüdischen Professor verkuppelt worden wäre. Das war vor dreieinhalb Jahren gewesen, als Stanley sich in einem Sanatorium von seinem Infarkt erholte und Ibrahim, in Shorts, mit nacktem, braunem Oberkörper und zartem Gesicht, auf einem Bau arbeitete. Gewiß, er stach von seinen Landsleuten ab und war in seinem Dorf eine vielbewunderte Ausnahme: dunkelblond, sanft, fast feminin, der einzige, der studierte und sehr gut Englisch sprach. Nein, er wäre bestimmt nicht in seinem Dorf, aber er wäre in seinem Kulturkreis geblieben.

Stanley kam ins Zimmer zurück. Er sah erbarmungswürdig aus.

»Einen Tee?« fragte ich.

»Gerne... und hast du vielleicht einen von diesen guten Kräckern, die ich bei dir immer esse.«

»Ja, aber bitte erzähl erst zu Ende. Durch wen hast du das alles erfahren? Durch das Mädchen?«

»Gott bewahre! Die steht jetzt unter Kuratel. Ihr Vater hat mir alles erzählt. Er hat mich angerufen und gebrüllt wie ein Prolet. Es war furchtbar unangenehm. Weißt du, was dieser Sadist gemacht hat? Als seine Tochter nach Hause kam, hat er sie gepackt, ist mit ihr ins Hadassah* gefahren und hat sie untersuchen lassen.«

Wir starrten uns beide entgeistert an.

»Auf was?« fragte ich schließlich.

»Auf Samen! Nun stell dir das vor! Wie kann ein Vater seinem Kind so etwas Entwürdigendes antun?«

»Ich verstehe gar nicht, warum er es getan hat. Nur um sie zu entwürdigen?«

»Nein, um mit dem Beweis, daß seine Tochter Sex mit einem Araber gehabt hat, zur Polizei zu gehen.«

»Kann man am Samen feststellen, daß der Mann Araber war?«

»Angelika, du stellst manchmal wirklich komische Fragen!«

»Wieso? Du hast ausdrücklich gesagt ›mit einem Araber‹, und das ist doch auch der springende Punkt. Hätte

* größtes Krankenhaus in Jerusalem

sie mit einem guten jüdischen Jungen geschlafen, wäre ihr Vater ja nicht zur Polizei gegangen und hätte ihn angezeigt, oder? Also handelt es sich hier gar nicht um ein moralisches Vergehen, sondern um eine rassistische Schweinerei. Auf was lautete die Anzeige? Vergewaltigung?«

»Das habe ich auch gefürchtet, aber Gott sei Lob und Dank hat er das nicht hingekriegt. Seine Tochter hat erklärt, sie habe freiwillig Sex mit Ibrahim gehabt.«

»Gutes Kind, dann kann ihr Vater Ibrahim nur wegen Rassenschande angezeigt haben.«

»Wegen was?«

»Das ist ein rein deutsches Wort. Ich kann es leider nicht übersetzen. Stanley, vielleicht hat dieser Kerl nur gedroht und ist gar nicht zur Polizei gegangen. Im Grunde macht er sich doch lächerlich damit.«

»Nicht bei der Polizei. Und nicht, wenn Sex, Araber und minderjährige jüdische Mädchen im Spiel sind. Weißt du, was er mir am Telefon gesagt hat? Er hat gesagt, daß dieser Araber unschädlich gemacht werden müsse und er nicht eher ruhen würde, als bis das geschehen sei.«

Ich stand auf und ging in die Küche, um Tee zu kochen. Das Wort »unschädlich machen« hatte mich in der Magengrube getroffen. Ewig diese Wiederholungen, diese sich durch alle Staaten und Generationen fortsetzende Terminologie des Hasses. Stanley war in die Küche gekommen. Ich drückte ihm das Paket mit den Kräckern in die Hand, und er begann sofort, an einem herumzuknabbern und Krümel zu sprühen.

»Ich habe bei der alten Frau Wishnovsky eine Nachricht für Ibrahim hinterlassen, er soll sofort zu dir kommen. Sie sagt, sie hat ihn den ganzen Tag nicht gesehen, weil sie beim Arzt war und dann einen Shivabesuch* gemacht hat. Was soll nun bloß werden? Er kann nirgends mehr hin, nicht zu mir, nicht in sein Zimmer ... und dann auch noch der Mazaf, wo jeder Araber von vornherein verdächtig ist.«

»Ja, er hat sich wirklich den besten Zeitpunkt für diese Eselei ausgesucht.«

* Shiva: die siebentägige Trauer nach dem Tod eines nahen Verwandten

»Es tut mir so leid, daß ich dich in diese Geschichte verwickelt habe; aber wenn nicht dich, wen dann?«

Ich sah ihn stumm an.

Er lächelte mit geöffneten, nach außen gestülpten Lippen: »Du hast doch nun mal diese perverse Leidenschaft für die armen, verfolgten, diskriminierten Minoritäten«, sagte er, »Juden, Palästinenser, Homosexuelle, herrenlose Katzen ...«

An die Phase mit den herrenlosen Katzen werde ich nicht gerne erinnert. Sie dauerte drei Jahre und war eine meiner schlimmsten. Daß sie mich nicht den Verstand gekostet hat, verdanke ich in erster Linie meinen Freunden, die oft mit Rat, Tat, Trost und übermenschlichem Verständnis eingesprungen sind. In Jerusalem gibt es etwa so viele Katzen wie Menschen, und würde nicht hin und wieder eine »Aktion« stattfinden – sie besteht aus Ölsardinen, der billigsten Sorte natürlich, mit Gift gewürzt –, dann würden sie die Stadt bereits übernommen haben. Sie vermehren sich, wie ich feststellen durfte, mit ungeheuerlicher Geschwindigkeit. Ich hatte damals ein kleines Haus mit kleinem Garten in einem der katzenreichsten Viertel Jerusalems gemietet. Ich liebe Katzen und entdecke selbst in den scheußlichsten einen liebenswerten oder eleganten Zug. Und außerdem entdecke ich in jeder die arme, verfolgte, diskriminierte Kreatur. Also machte ich es mir zur Aufgabe, ihnen ein sorgloses, vor Hunger, Kälte und Not geschütztes Dasein zu bescheren. Es fing mit einer Mutterkatze und deren vier entzückenden Jungen an und wuchs sich zu einer zwanzigköpfigen, gar nicht mehr entzückenden Meute aus.

Die israelischen Katzen haben vieles von ihren zweibeinigen Mitbürgern angenommen oder gelernt, zum Beispiel das starke Organ, die Chuzpe und die Entschlossenheit, sich nicht nach allgemeingültigen Vorschriften zu richten. Sie wurden nicht das, was ich anfangs in ihnen entdeckt zu haben glaubte: Leidensgenossen. Sie wurden zu einer Okkupation. Sie siedelten, kämpften und kopulierten in meinem Garten, drangen durch den kleinsten Spalt in mein Haus, schliefen auf meinem Bett, krochen in meine Kochtöpfe, gebaren in meinen Korbsessel, fauchten, kreischten, röhrten und fraßen, bis ihnen das Fressen aus den Ohren kam, und selbst dann fraßen sie weiter. Sie hatten mich im Handumdrehen zu dem gemacht, was sie hätten sein sollen: zu einer armen, verfolgten, diskriminierten Kreatur, und sie hatten nicht das geringste Mitleid mit mir.

Ich fuhr bei sintflutartigem Regen oder vierzig Grad Hitze auf den Markt, kaufte dort zwanzig Kilo Hühnerköpfe – die billigste und gesündeste Katzennahrung –, schleppte sie zum Auto, schleppte sie vom Auto nach Hause, teilte sie in Portionen auf – zwanzig rohe Hühnerköpfe pro Plastikbeutel –, fror sie ein, taute sie auf und warf sie den Monstern morgens um sieben und nachmittags um halb fünf zum Fraß hin. Ich verteilte kleine Hackfleischbällchen mit Antibabypillen, die meistens die Kater, und Antibiotika, die meistens die Gesunden fraßen, aß selber kaum noch, da der Frigidaire mit mich ekelnden Hühnerköpfen vollgestopft war, baute Winterhäuser, bereitete Wochenbetten, rettete vor Aktionen, schlief bei Sturm und Kälte mit geöffnetem Fenster, damit die Katzen ein- und ausgehen konnten, putzte pausenlos den penetranten Katergestank aus den Zimmern, verkrachte mich mit meinen Nachbarn, die diesen Wahnsinn nicht mehr ertragen konnten, überforderte meinen Veterinär, der in schnellem Wechsel heilte und einschläferte, und meine Freunde, die die Katzenprobleme und -dramen unaufhörlich mit anhören und miterleben mußten. Die Katzen hatten den Himmel auf Erden, ich die Hölle.

Es war in diesem Zusammenhang, daß ich Ibrahim kennen- und schätzenlernte. Stanley, der um mein seelisches Gleichgewicht fürchtete und, wichtiger noch, auf eine gute Einnahmequelle für Ibrahim hoffte, brachte ihn mir eines Tages an. Ich stand kurz vor dem Nervenzusammenbruch, außerdem vor einer Reise nach Europa, die ich der Katzen wegen monatelang verschoben hatte. Ibrahim, erklärte Stanley, sei genau das, was ich brauche. Ibrahim saß mir in einer sehr engen, weißen Hose, mit gespreizten Beinen gegenüber und lächelte süß. Er hatte ein feines, anziehendes Gesicht, mit tiefliegenden, braunen Augen, einer schmalen, gebogenen Nase und weichen, vollen Lippen. Außer »hello« hatte er noch kein Wort von sich gegeben, und in Momenten, in denen er sich unbeobachtet glaubte, machte er einen fahrigen und ungeduldigen Eindruck. Ich versuchte, ein Gespräch mit ihm in Gang zu bringen, aber das scheiterte an seiner undurchdringlichen, wenn auch höflichen Einsilbigkeit.

Stanley, der Zweifel in mir aufsteigen sah, sagte, Ibrahim sei etwas scheu, und Ibrahim fixierte einen bestimmten Punkt zwischen seinen gespreizten Beinen, sah dann auf und lächelte süß. Ich hatte bereits meine Flugkarte in der Tasche und kaum eine Möglichkeit, so schnell einen anderen Katzensitter aufzutreiben. »Wenn ich zurückkomme, sind alle Katzen tot«, dachte ich in heller Verzweiflung, und dann mit finsterer Entschlossenheit: »Nun gut, da kann man eben nichts machen.«

Drei Tage vor meiner Abreise bat ich Ibrahim, zu mir zu kommen – alleine. Ich wollte ihm genau sagen und zeigen, was während meiner Abwesenheit mit den Katzen zu geschehen hätte, und hoffte, den Ansatz eines menschlichen Kontakts herzustellen. Er kam frisch und duftend wie ein Frühlingsmorgen, setzte sich in derselben Haltung auf denselben Stuhl mir gegenüber und lächelte innig. Bevor ich zu den praktischen Anweisungen überging, begann ich mit einer schlichtgehaltenen Beschreibung meiner neurotischen Katzenbeziehung. Sie reicht bis in die Zeit des Holocaust zurück, aber so weit ging ich dann doch nicht. Ich erwähnte lediglich, daß ich mir der Anomalität dieser Beziehung bewußt sei, aber unfähig, sie unter Kontrolle zu bringen. Darauf stellte Ibrahim die sehr logische Frage, ob ich verheiratet sei und Kinder hätte. Ich sagte, ich hätte einen Mann und einen Sohn in Europa. Jetzt wurde sein Gesicht ernst und seine Worte eindringlich: Ich sei, erklärte er, eine außerordentlich attraktive Frau. »Und?« fragte ich. Und eine so außerordentlich attraktive Frau dürfe und könne nicht ohne Liebe leben. Ich dachte mir, das müsse sofort und ein für allemal geregelt werden, und nannte ihm mein Alter. Bei einer Frau wie mir spiele das Alter überhaupt keine Rolle, beteuerte er und ließ seinen Kennerblick an mir auf- und niedergleiten. Jetzt fuhr ich mein schwerstes Geschütz auf und sagte ruhig und überzeugend, daß mich die Liebe ankotze und ich gehofft hätte, einen Freund in ihm zu finden. Aber leider sei er so wie alle anderen Männer, die in der Frau nur ein Fickobjekt sähen, und darüber sei ich tief enttäuscht. Er war erschüttert – wahrscheinlich mehr von meiner drastischen Ausdrucksweise als von meiner enttäuschten Hoffnung – und sagte plötzlich mit ganz normaler Stimme und Mimik: Nein, er sei nicht so wie andere Männer, er respektiere mich und würde es mir beweisen.

Er hat es mir bewiesen, und auch wenn er einige Male rückfällig wurde, so waren es reflexbedingte Rückfälle mit Respekt.

Er wurde mir eine zuverlässige Stütze – versorgte mich, das heißt meine Katzen, mit Hühnerköpfen, wickelte tote Kätzchen in Zeitungspapier und trug sie – ich will nicht wissen, wohin, malte die häßlichen Resopaltische in meiner Behausung rot an und reparierte Kleinigkeiten, ohne die dafür notwendige Geschicklichkeit und Überzeugung. Als ich einmal krank im Bett lag, wollte er mich nicht alleine lassen und erklärte, er würde im anderen Zimmer schlafen und für mich sorgen wie für seine Mutter. Ich fragte ihn, ob er so gut für seine Mutter sorge, und er lachte und sagte, nein, aber sie für ihn.

Es war mir in Wochen zähester Kleinarbeit gelungen, die Barriere zu durchbrechen und eine ihm neue menschliche Beziehung aufzubauen, in der sich Mann und Frau als Freunde begegneten. Ich beobachtete mit Genugtuung, wie er mit jedem Mal freier, heiterer und artikulierter wurde, mir seine Anschauungen, Träume und Nöte anvertraute, mir interessiert zuhörte, wenn ich über meine Ansichten und Erfahrungen sprach. Er ließ mich nie im Stich, und ich nahm ihn immer gegen Freunde in Schutz, die ihn einen korrumpierten kleinen Gigolo und Halunken nannten. Ich sagte: So wie man in den Wald hineinruft, so schallt es wieder heraus, und wenn man einen achtzehnjährigen, diskriminierten Jungen korrumpiert, dann dürfe man sich nicht wundern, daß er korrupt ist. Er hätte das Recht, uns alle zu belügen, zu betrügen und zu bestehlen. Punkt.

In meinem Fall – und ich bilde mir sehr viel darauf ein – hat er es nicht getan.

Ibrahim, gutgelaunt und gut gekleidet, erschien kurz nach vier. Die Sonne war bereits untergegangen, und Stanley hatte sich auf mein Bett gelegt und schlief.

»Was hat sich Stanley denn nun wieder ausgedacht?« fragte Ibrahim lachend. »Ich komme nach Hause und finde diese dringende Nachricht und hatte Angst, dir ist was passiert, und bin sofort losgerannt.«

»Ich wecke gleich mal Stanley«, sagte ich, »er schläft.«

»Es ist doch nichts passiert, oder?«

Er sah mich an. Die Diskrepanz zwischen seinem frischen, offenen Gesicht und dem sich in Mißtrauen verschließenden war erschreckend. Er alterte innerhalb von Sekunden um Jahre.

Ich hatte ein flaues Gefühl in Kopf und Beinen und nicht die Absicht, ihn über die böse Situation, in der er sich befand, aufzuklären. Das war Stanleys Aufgabe.

»Doch, es ist etwas passiert, aber das soll dir Stanley sagen. Komm, zieh die Jacke aus und setz dich.«

Ich drehte mich um und ging ins Schlafzimmer. Stanley lag, wie ein Baby, auf dem Rücken. Er hatte die Brille abgenommen, und ohne die sah er hilflos aus.

»Stanley«, rief ich leise, »wach auf, Ibrahim ist hier.«

Er fuhr abrupt hoch, blieb dann aber geduckt sitzen.

»Hast du ihm gesagt...«

»Nein, das überlasse ich dir.«

»Ich komme gleich.«

Ibrahim hatte weder die Jacke ausgezogen noch sich gesetzt. Er stand am Fenster und schaute hinaus. Ich stellte mich neben ihn. Es hatte aufgehört zu regnen, und der Himmel war klar und dunkelblau. Der Mond, rund und golden wie eine Münze, kroch hinter den Hügeln hervor.

»Mein Gott, ist das ein schönes Land«, sagte ich.

»Kannst du mir nicht sagen, was passiert ist?«

»Stanley...«

»Ich will, daß *du* es mir sagst... bitte!«

»Na schön... du hast mit einem minderjährigen Mädchen – einer Amerikanerin – geschlafen, und der Vater von dem Mädchen hat es herausbekommen und gedroht, dich bei der Polizei anzuzeigen.«

Er starrte mich an, den Mund etwas geöffnet, die Augen zusammengekniffen. »Stimmt es, daß du mit dem Mädchen geschlafen hast, oder hat sie sich das zusammenphantasiert?«

»Nein, es stimmt. Aber wie hat ihr Vater das herausbekommen?«

»Sie hat's in ihr Tagebuch geschrieben.«

»In was?«

»Tagebuch... da schreibt man alles mögliche hinein – was man erlebt, was man denkt, was man tut.«

»Warum hat sie denn das gemacht?«

»Wahrscheinlich, weil es ein wichtiges Ereignis in ihrem Leben war und sie kindisch und unvorsichtig ist. Wußtest du, daß sie sechzehn ist und darum noch minderjährig?«

»Nein. Bei uns heiraten die Mädchen schon mit vierzehn.«

»Hast du sie verführt, hast du sie gedrängt, mit dir zu schlafen?«

»Nein, sie wollte.«

Stanley schlafwandelte ins Zimmer. In jeder Hand hielt er einen Schuh. Er war noch nicht ganz da.

»Hallo, Ibrahim, hast du den Schraubenzieher mitgebracht?«

»Nein, ich habe ihn vergessen.«

»Aber ich habe dich doch in der Nachricht darum gebeten. Ich brauche ihn!«

Ibrahim warf mir einen händeringenden Blick zu.

»Willst du Tee oder Kaffee, Stanley?« fragte ich.

»Lieber Tee... und wenn du irgendwas zu essen hast – ich habe plötzlich großen Hunger.«

»Ich kann dir ein Stück Käse geben und Tomaten. Ich fürchte, mehr habe ich nicht.«

»Danke schön, das reicht. Es ist nur dieser plötzliche Hunger...«

Ich ging in die Küche. »Essen, trinken, Klo, schlafen«, dachte ich dumpf, »und vergessen, immer mehr vergessen, vergessen, sich die Schuhe anzuziehen... Nun gut, liebes Kind, das wird dir auch blühen.«

Als ich mit dem Tablett ins Zimmer zurückkam, verkündete Stanley: »Angelika, wir haben einen Vorsprung vor der Polizei. Das Mädchen...«

»Hat das Mädchen eigentlich keinen Namen?« unterbrach ich ihn.

»Bonni«, sagte Ibrahim.

»Das Mädchen«, sagte Stanley, »weiß nicht, wie Ibrahim mit Nachnamen heißt, und mit Vornamen nennt sie ihn Charlie.«

»Charlie? Warum Charlie? Ach so...«

Die berühmte Namensänderung.

»Clyde wäre besser gewesen«, sagte ich, »mein Gott, bin ich müde!«

»Ich will nicht, daß es dir wegen mir schlechtgeht«, sagte Ibrahim.

»Das hättest du dir vorher überlegen müssen«, brummte ich, und gleich hinterher: »Du hast keine Schuld an der ganzen Geschichte.«

»Natürlich hat er Schuld«, rief Stanley, »oder willst du vielleicht wieder behaupten, wir – wir alle – hätten Schuld daran.«

»Ja, das will ich. Oder kannst du mir noch einen einzigen Fall nennen, in dem ein normaler junger Mann bei der Polizei angezeigt wurde, weil er mit einem normalen jungen und überaus bereitwilligen Mädchen ins Bett gegangen ist?«

Stanley schwieg, und Ibrahim schaute erst mich, dann ihn, dann wieder mich an.

»Warst du der erste?« fragte ich streng.

»Ich weiß nicht.«

»Warum weißt du das nicht? Das muß man doch wissen!«

»Nicht immer.«

»Wir müssen es aber wissen! Wenn es, hasweh halila*, zu einem Verhör kommt, spielt es eine entscheidende Rolle, ob das Mädchen eine minderjährige Jungfrau oder eine unjungfräuliche Minderjährige war. Also wenn du mich fragst«, sagte ich zu Stanley, »war er nicht der erste.«

»Das glaube ich auch«, sagte Stanley, »ein unberührtes Mädchen hat nicht so ohne weiteres Sex mit einem Mann, den sie kaum kennt.«

* Gott behüte

Woher wollte ausgerechnet er das wissen!

»Ich gehe jetzt zu Bonnis Eltern und spreche mit ihnen«, sagte Ibrahim entschlossen, »ich habe nichts Schlechtes getan.«

»Vielleicht ist das eine gute Idee«, meinte Stanley.

»Das ist eine Scheißidee«, rief ich, »er kann dann auch direkt zur Polizei gehen, oder glaubst du, die empfangen ihn mit Kaffee und Kuchen.«

»Dann rufe ich bei ihnen an«, erklärte Ibrahim.

Er war schon am Telefon und begann die Nummer zu wählen.

»Woher weiß er die Nummer?« fragte mich Stanley, »und warum geht dein Telefon plötzlich?«

»Stanley, ich kann dir keine der beiden Fragen beantworten.«

»Guten Abend«, sagte Ibrahim am Apparat, »hier ist Charlie, ich würde gerne ...«

Ich hörte den schrillen Schrei einer Frau, dem eine Salve zischender Worte folgte. Dann knackte es in der Leitung. Ibrahim stand, den Hörer in der Hand, verwirrt da.

»Eine Furie«, stellte Stanley fest, »man muß mit dem Mann reden. Bitte, wähle die Nummer noch einmal.«

Offenbar hatte man einen zweiten Anruf erwartet, denn nach dem ersten Klingelzeichen meldete sich der Vater.

»Hier spricht Professor Robinson«, sagte Stanley mit kultivierter Stimme und einem ebenso gewinnenden wie überflüssigen Lächeln, »ich habe mir die Sache durch den Kopf gehen lassen und finde, wir sollten uns in Ruhe darüber unterhalten... Wie bitte?... Einen Moment... Ich kenne den jungen Mann seit Jahren, er ist mir damals, als ich den Herzinfarkt hatte und auf Hilfe angewiesen war, wärmstens empfohlen worden ...«

»Eine ausgesprochen warme Empfehlung«, sagte ich zu mir selber und sah zu Ibrahim hinüber. Der stand da und wickelte eine Locke um den Finger. In seinem Gesicht war der betretene Ausdruck eines Schülers, der wegen schlechten Betragens mit seinem Vater vor den Schuldirektor zitiert worden war.

Stanley hatte aufgehört zu sprechen. Er lauschte mit

leicht geöffnetem Mund, auch dann noch, als kein Laut mehr aus dem Hörer kam. Schließlich legte er auf. »Nichts zu machen«, sagte er, »mit so was werden wir nicht fertig. Er hat gesagt, er sei bereits auf der Polizei gewesen und die Sache nähme jetzt ihren rechtmäßigen Gang. Wir brauchen einen Anwalt. Kennst du einen, Angelika?«

»Ja, den schärfsten und unfreundlichsten von ganz Jerusalem. Wenn ich den jetzt anrufe, wird er mich entweder anschreien oder anschweigen, und eins ist so peinlich wie das andere. Na schön, versuchen wir's.«

Zu meiner größten Erleichterung war der Anwalt in verbindlicher Stimmung. Vielleicht hatte er gerade gut gegessen – er aß sehr gerne – oder ein neues wertvolles Bild gekauft – er sammelte Bilder – oder ein Paar hübsche Mädchenbeine gesehen ... was weiß ich! Auf jeden Fall schrie er nicht, noch schwieg er.

»Also, die Geschichte ist so«, sagte ich, »ich kenne einen jungen Mann ...«

Er lachte.

»Der ist Araber.«

»Was heißt hier Araber? Ist er aus Saudi-Arabien oder Ägypten oder...«

»Er ist von hier.«

»Hier? Ist er ein sogenannter israelischer Araber oder ein Groß-Israel-Araber aus Judäa und Samaria?«

»Ich bitte Sie, so kommen wir nicht weiter.«

»Genau. Also bitte etwas präziser. Wenn der Mann aus den besetzten Gebieten kommt, und die beginnen einen Meter hinter deinem Haus ...«

»Das stimmt nicht! Mein Haus ist noch innerhalb der Grünen Grenze.«

»Darüber können wir ein anderes Mal diskutieren. Also wenn er aus den besetzten Gebieten kommt, ist er ein Palästinenser. Weiter.«

»Er hat mit einem sechzehnjährigen Mädchen geschlafen.«

»Das ist sein gutes Recht. Möchte ich auch mal.«

»Eine amerikanische Jüdin. Und deren Vater hat ihn bei der Polizei angezeigt.«

»Dann sieh zu, daß der junge Mann der Polizei nicht in die Hände fällt. Es könnte ihn einen Schädelbruch und einige Jahre Gefängnis kosten. Sex mit einer Minderjährigen ist gleich Vergewaltigung, auch wenn sie ihn vergewaltigt hat. Und wenn ein Palästinenser eine minderjährige Jüdin vergewaltigt, dann gnade ihm Allah.«

»Sehr beruhigend.«

»Ich bin kein Psychiater, sondern Anwalt. Ich kenne die Gesetze dieses Landes, den Rassismus unseres auserwählten Volkes im allgemeinen und den der Polizei im besonderen. Der junge Mann muß verschwinden, so schnell und so weit wie möglich. Ich gebe dir die Nummer eines Anwalts, der sich mit solchen Fällen befaßt. Er arbeitet mit arabischen – israelisch-arabischen – Anwälten zusammen. Beruf dich auf mich. Also, schreib dir die Nummer auf...«

»Was hat er gesagt?« fragte Stanley und kaute sichtbar an einem Brocken Käse.

Ibrahim sah mich gespannt an. Ich lächelte ihm zu – jedenfalls sollte es ein Lächeln sein.

»Mein Bekannter ist kein Strafverteidiger«, sagte ich, »aber er hat mir die Nummer von einem gegeben, der in solchen Fällen Bescheid weiß. Du kannst ihn jederzeit anrufen... Himmel, habe ich Durst. Ibrahim, kannst du mir ein Glas ganz kaltes Wasser bringen?«

Froh, etwas für mich tun zu können, trabte er in die Küche. »Die Geschichte sieht miserabel aus«, flüsterte ich, »Ibrahim muß verschwinden. Heute nacht schläft er bei mir. Ich fahr' dich gleich nach Hause, damit du den Anwalt anrufen kannst.«

»Wird dir das nicht alles zuviel?« fragte Stanley mit einem neuen Anflug närrischer Eifersucht. »Ibrahim könnte auch bei meinem Freund Arnold schlafen.«

»Arnold! Du hast mir doch erzählt, daß der unter Depressionen und einer kranken Blase leidet und gegen das eine Lithium schluckt und gegen das andere zwei Kilo Sonnenblumenkerne pro Tag kaut. Willst du, daß sich Ibrahim umbringt?«

Stanley sah mich mit tiefem Vorwurf an.

»Das Wasser ist immer noch nicht richtig kalt«, rief Ibrahim.

»Macht nichts«, rief ich zurück, »dafür sind's jetzt meine Füße.«

Nachdem ich den brabbelnden, sich in Spekulationen verlierenden, Möglichkeiten erwägenden Stanley zu Hause abgesetzt hatte, ging ich spazieren. Ich ging sehr schnell und verwünschte dabei das Gelobte Land, das auserwählte Volk, die Gesetze, die Anwälte, Allah, Jehova, die Dreifaltigkeit, Stanley und Ibrahim. Der einzige, den ich ausließ, war Avi, denn der hatte mir noch nie Unannehmlichkeiten eingebrockt. Ich hörte einen lauten Knall und dachte: Die Unruhen! Aber es war vermutlich nur ein geplatzter Autoreifen. Von den Unruhen sprangen meine Gedanken auf die Grüne Grenze und mein Haus über. Ich war mir immer noch nicht vollkommen sicher, ob es innerhalb oder außerhalb der Grünen Grenze stand. Als ich die Wohnung gesehen, mich auf den ersten Blick in sie verliebt und keine zwei Wochen später gekauft hatte, war mir die Frage nach der Grünen Grenze überhaupt nicht gekommen.

Das Haus steht, mit der Front nach Südosten, allein und stolz auf einer Anhöhe, und als ich die Wendeltreppe zur Dachterrasse hinaufgestiegen war und diese himmlische Komposition aus Hügeln und Tälern, Licht und Weite, erblickt hatte, war mein Entschluß gefaßt. Hier oder nirgends.

Denkt man in solchen Momenten an die Grüne Grenze? Erst als ich meinen Blick von den Bergen Moabs losgerissen und in die unmittelbare Nachbarschaft zurückgeführt hatte, überlegte ich mir, wo nun der arabische Teil aufhörte und der israelische anfing oder umgekehrt. Die Grenze ist hier sehr verwischt, denn sowohl die einen als auch die anderen haben sich oberhalb und im Anschluß an das alte arabische Dorf Abu Tor neue Häuser gebaut, die sich weder im Stil noch im Baumaterial wesentlich unterscheiden. Auch die Wäsche, die an Leinen auf den Dächern flattert, gibt keinen Aufschluß. Erst wenn die Bewohner selber aus ihren Häusern treten, die Araber, egal ob Männer oder Frauen, in ihren Djallabias*, die Israelis in westlicher Kleidung, erfährt man, um was für ein Haus es sich handelt.

Ich bin von meinen arabischen Nachbarn lediglich

* langes hemdartiges Kleidungsstück

durch ein Stück Garten und eine sehr schmale, ungepflasterte Straße getrennt. Hinter der beginnt sofort das Dorf Abu Tor, und es beginnt nicht romantisch. Die zwei Häuser, die dem meinen direkt gegenüberstehen, sind nur noch Ruinen – aber leider keine schönen –, und sie stehen auf verwahrlosten, mit allerlei Gerümpel bedeckten Grundstücken. Offenbar stehen sie in diesem Zustand schon seit dem Sechs-Tage-Krieg, und keiner nimmt sich recht- oder unrechtmäßig ihrer an. Sie sind mir ein Dorn im Auge, aber lieber ein Dorn als ein neuer Bau.

Kaum hatte ich den Wohnungsvertrag unterschrieben, brachen Freunde und Bekannte zur Besichtigung meines neuen Besitzes auf. Sie waren begeistert von seiner Schönheit, beeindruckt von seinen Dimensionen, erstaunt über die große Anzahl der Fenster, erschüttert von der Einmaligkeit des Panoramas – dann längere, nachdenkliche Pause und scharfe Blicke auf die Nachbarhäuser und schließlich verschiedene topographische und Bevölkerungsfragen, darunter die nach der Grünen Grenze.

Auf die Dauer wurde mir diese scheinbar nicht klar zu beantwortende Frage ungemütlich, und ich erkundigte mich bei der ehemaligen Besitzerin der Wohnung nach der Vergangenheit des Hauses.

»Das Haus«, sagte sie, »hat eine lange, interessante Geschichte, aber ich kenne sie selber nicht genau. Ich weiß nur, daß es während des Sechs-Tage-Krieges ein militärischer Vorposten war. Unten hausten zwei orientalische Familien, und oben saßen die Soldaten.«

»Was für Familien«, fragte ich beklommen, »was für Soldaten?«

»Marokkanische Juden, glaube ich, und israelische Soldaten, natürlich.«

Mir fiel ein Stein vom Herzen, und die Frage war für mich endgültig gelöst.

Ganz Jerusalem ist voll alter arabischer Häuser, die vor 1948 rechtmäßig von Juden erworben und nach dem Unabhängigkeitskrieg – wir wollen hier keine Haarspalterei treiben – rechtmäßig von ihnen übernommen wurden. Mein Haus, auch wenn es ein Vorposten gewesen war, zählte also zu denen, die vor 1967 übernommen, und nicht zu denen, die nach 1967 einkassiert worden waren. Von da an gab ich die muntere Auskunft: »Ich wohne zwar an der vordersten Frontlinie, aber trotzdem immer noch außerhalb der Grünen Grenze.«

Über die vorderste Frontlinie wurde viel gelacht.

Das Haus hat merkwürdigerweise keine Einschüsse abbekommen, und meiner Wohnung merkt man ihre martialische Vergangenheit nicht an. Sie strahlt Harmonie und Frieden aus, und meine Freundin, Jane Segal, die eine stark ausgeprägte esoterische Ader hat, sieht in ihr eine ehemalige Pilgerraststätte, in der fromme Christen eingekehrt waren. Egal ob Christen oder Juden, Soldaten oder Pilger, klösterliche Abgeschiedenheit oder vorderste Frontlinie, ich betrachte meine Wohnung als ein Geschenk Gottes – welches auch immer –, und ob nun das Telefon, die Druckpumpe und das Rohr kaputtgehen, und ob nun die Unruhen ausbrechen, spielt letzten Endes keine große Rolle. Immerhin befindet sich unter dem fatalen Anbau der Shwarz' ein Luftschutzbunker. Jedes neue, in den letzten Jahren gebaute Haus wurde damit ausgestattet, und so kam ich zu dieser beruhigenden Gratisgabe. Ein Luftschutzbunker ist sehr viel wert, das weiß ich aus dem Zweiten Weltkrieg, wo wir in Sofia – unserem Exil – die Bombenangriffe im Kohlenkeller verbringen mußten. Das kann mir ja hier nun nicht passieren.

In solche Gedanken vertieft, lief ich unter Sternen und Vollmond durch die wunderschönen Straßen des Wohnviertels Rechavia, blieb manchmal stehen und betrachtete ein stattliches altes Haus, einen üppigen Garten, eine besonders hochgewachsene Palme und fühlte wie immer eine grenzenlose Liebe zu Jerusalem. Von der gestärkt, kehrte ich nach Hause zurück.

Ibrahim saß graziös auf einem der kleinen unbequemen Hocker am Fenster und hörte arabische Musik. Eine starke, sehr gequälte Frauenstimme sang zu exotischer Instrumentalbegleitung immer wieder dieselbe Oktave in Moll. So jedenfalls kam es mir vor. Ibrahim lächelte mir verträumt aus weiter Ferne zu. »Das ist Umm Kulthum«, sagte er, »die größte Sängerin der Welt. Sie ist vor zwei Jahren gestorben, und jeder Araber in jedem arabischen

Land hat um sie geweint. Sie ist die einzige, die uns wirklich miteinander verbindet.«

Ich hörte eine Weile mit aufmerksamer Bereitschaft zu, aber auch das half nichts. Ich konnte dieser eintönigen Melodie, diesem gepreßten Gesang nichts abgewinnen und dachte traurig: Niemals wird es mir und meinesgleichen gelingen, diese Menschen auch nur im Ansatz zu verstehen. Wenn man nicht mit ihnen aufgewachsen ist, ihre Sprache spricht, ihre Religion und Kultur kennt, wenn man nicht einmal von ihrer Musik berührt wird, muß jede Beziehung rudimentär und aufgepropft bleiben. Es ist Unsinn zu glauben, daß ich die Gedanken und Gefühle dieses jungen Arabers, oder irgendeines anderen, nachempfinden und erfassen könnte. Wenn ich mir jetzt, zum Beispiel, einbilde, mich in Ibrahims seelische Verfassung, seinen Kummer, seine Angst, seine Empörung hineinversetzen zu können, dann ist das die Vermessenheit eines Menschen, der seine Denkweise als Kriterium einsetzt. Ich würde in seiner Situation mit Aufregung, Verzweiflung, Entrüstung reagieren, er sitzt da und lauscht gespannt und entrückt dem Gejaule einer Sängerin, die er für die größte der Welt hält.

»Habibi, habibi, habibiii«, sang sie, und dieses Wort kommt mindestens fünfzig Mal in jedem arabischen Lied vor. Habibi heißt Liebling, Liebste, Liebster, Schatz, Freund, und man kann es bei jeder Gelegenheit verwenden.

»In Israel hört man Umm Kulthum auch gerne«, sagte Ibrahim, »neulich saß ich in einem Bus nach Tel Aviv, und die ganze Zeit hat sie gesungen. Sie konnte fünf Stunden ohne Unterbrechung singen. Der Fahrer hat manchmal mitgesungen, und ich dachte, er wird noch aus der Kurve fliegen, so gut hat es ihm gefallen.«

Bestimmt ein Fahrer, der in einem der arabischen Länder geboren und aufgewachsen war und jetzt seine früheren Mitbürger mehr haßte als irgendein Aschkenasi, der ihre Mentalität genausowenig verstand wie ich.

»Ich mache uns jetzt was zu essen«, sagte ich, »es ist schon nach acht.«

»Mach dir keine Arbeit, ich habe wirklich keinen Hunger. Soll ich die Musik abstellen?«

»Nein.«
»Aber sie gefällt dir nicht, nicht wahr?«
»Ich verstehe sie nicht. Hörst du unsere Musik gerne?«
»Discomusik?«
»Zum Beispiel.«
»Nicht besonders. Sie ist so kalt.«
Ich holte eine Flasche Whisky und goß eine beachtliche Menge in ein Glas.
»Soll ich dir Eis und Soda holen?«
»Nein danke, heute trinke ich ihn pur. Willst du auch einen Schluck? Vielleicht Vermouth, der ist süß.«
Ibrahim war Mohammedaner und trank, obgleich er behauptete, nicht religiös zu sein, keinen Alkohol. Aber unter den gegebenen Umständen, fand ich, konnte er ihm nur guttun.
»Gut«, sagte er, »ich trinke den süßen.«
Ich gab ihm ein kleines, halb gefülltes Glas, und er griff nach einer Zigarette. Er rauchte auch nicht, aber jetzt begann er Freude am ausschweifenden Leben zu finden. Ich hatte den Eindruck, daß er die Situation, deren Anlaß ein ganz und gar unerfreulicher war, sehr genoß. Ich setzte mich aufs Sofa und er sich neben mich.
»Wann sind deine Examen?« fragte ich.
Ibrahim studierte an der Bethlehemer Universität Psychologie, und Stanley behauptete, das sei eine absolute Fehlentscheidung gewesen und Ibrahim etwa so interessiert an Psychologie wie er an der Aufzucht von Hühnern.
»Anfang nächster Woche«, sagte er, »aber bis dahin sind die Universitäten sowieso geschlossen.«
»Du meinst wegen der Unruhen in den besetzten Gebieten?«
»Ja.«
»Bis Anfang nächster Woche kann alles schon wieder ruhig sein.«
»Vielleicht. Aber die Universitäten bleiben dann trotzdem noch geschlossen. Du weißt doch, die Israelis sind in fünf oder sechs Jahren mit dem Studium fertig und wir, die Palästinenser, in zwölf. Die meisten werden nie fertig, weil sie schon vorher aufgeben.« Er lachte.

»Sehr komisch«, sagte ich und trank einen großen Schluck, »liegt dir eigentlich an dem Studium?«

»Jetzt studiere ich schon drei Jahre, und die wären weggeworfen, wenn ich nicht zu Ende studieren würde.«

»Das stimmt.«

Es war mir immer noch ein Rätsel, was er nach Abschluß des Studiums mit der Psychologie anfangen wollte, und wie sich bei unserem Gespräch darüber herausgestellt hatte, war es ihm selber auch eins.

»Möchtest du nicht, wie so viele aus deinem Dorf, nach Amerika gehen? Zwei deiner Brüder sind doch schon drüben, und deine zwei jüngeren Brüder und deine Schwester gehen jetzt auch.«

Ibrahims Dorf war eins von vielen in den besetzten Gebieten, dessen männliche Bevölkerung allmählich nach Amerika auswanderte. Frauen und Kinder blieben zurück und wurden einmal jährlich von den Männern besucht.

Ibrahim sah mich mißtrauisch an: »Warum fragst du mich das plötzlich? Du weißt doch, daß ich nicht in Amerika leben will. Ich liebe nur Jerusalem. Und außerdem kann meine Mutter nicht ganz alleine bleiben.«

»Sie könnte doch jederzeit auch nach Amerika auswandern.«

»Sie will nicht nach Amerika. Sie war zweimal da, um ihre Söhne und Enkel zu sehen, und hat es ganz schrecklich gefunden und wollte nur wieder zurück. Mir würde es genauso gehen. Die Männer aus meinem Dorf, die rübergegangen sind, sind alle nichts wert. Sie gehen nach Amerika und führen da ein großes Leben mit Auto und Haus und natürlich ein oder zwei Freundinnen, und dann kommen sie einmal im Jahr nach Hause – aber nur, weil sie sonst ihre Staatsbürgerschaft verlieren – und spielen Millionär und bauen sich im Dorf auch noch ein großes Haus und machen ihren Frauen ein neues Kind und behandeln sie wie Sklaven. Dreihundertdreißig Tage im Jahr sind die Frauen allein mit ihren Kindern, und wenn sie einen anderen Mann auch nur mit einem Auge ansehen, jagt sie der Mann aus dem Haus, und wenn sie ihm untreu würden, würde ihre eigene Familie sie umbringen. Ich werde nie so sein wie diese Männer, nie!«

»Aber es sind doch nicht nur die Männer, die nach Amerika auswandern, die ihre Frauen so behandeln.«

»Nein, aber die, die auswandern, sind noch schlimmer, weil sie ihre Frauen alleine lassen und in Amerika Freundinnen haben. Mein Schwager wollte das genauso mit meiner Schwester machen. Sie ist achtzehn Jahre und hat ein Kind, und das Kind hat er zum ersten Mal gesehen, als es schon laufen konnte. Ich habe ihm gesagt, er muß meine Schwester mit nach Amerika nehmen, oder es geschieht ein Unglück. Ich habe sie lieb, meine Schwester, und ich mag Frauen, sie sind besser als Männer – ich möchte ihnen helfen.«

»Dafür hast du dir einen schlechten Zeitpunkt ausgesucht, Ibrahim. Um die Lebensbedingungen der arabischen Frauen zu ändern, müßtest du erst ihre Religion ändern. Aber die ist gerade groß im Vormarsch. Immer mehr Frauen ziehen diese langen, grauen, häßlichen Mäntel an, binden die Tücher bis über die Augenbrauen und lassen sich nur noch von Allah helfen. Egal wo man hingeht, überall Wahnsinn, nur in verschiedenen Variationen.«

Ich stand auf und ging ans Fenster, um den Mond zu betrachten. Er war kleiner und blasser geworden, und man sah ganz deutlich seine Landschaft.

Ibrahim trat neben mich.

»Ich würde nur eine Frau heiraten, die so ist wie du.«

»Das würde ich dir nicht raten«, sagte ich.

»Wenn ich mit dir zusammen bin, fühle ich mich froh und sicher.«

»Ach, Ibrahim, auf solche Gefühle kann man sich nicht verlassen. Sie kommen und gehen, und meistens sind sie überhaupt nur Illusion.«

Das Telefon klingelte.

»Geht immer noch, das Ding«, murmelte ich und nahm den Hörer ab. Es war Stanley: »Ich habe gerade eine halbe Stunde mit dem Anwalt gesprochen, und er sagt dasselbe wie deiner. Ibrahim muß auf ein paar Monate verschwinden.«

»Wohin?«

»Erst in sein Dorf und dann nach Amerika.«

»Kleinigkeit!«

»Das ist gar nicht so schwer. Er hat ja schon sein amerikanisches Visum, und das ist noch zwei Monate gültig.«

»Das wußte ich nicht.«

»Er hat damals darum eingereicht, zusammen mit seinen zwei jüngeren Brüdern. Er wollte nur mal sehen, ob es klappt. Das Schwierige ist jetzt nur der israelische Laisser-passer. Aber da kann im Notfall der Anwalt helfen. Wir müssen morgen alle Sachen aus Ibrahims Zimmer holen, denn das ist der erste Ort, an dem man ihn suchen wird. Das Dorf kennt kein Mensch – auch nicht das Mädchen. Sprich mit ihm darüber, ja?«

»Nein. Du wirst mit ihm darüber sprechen.«

Ich rief Ibrahim ans Telefon, ging in mein Schlafzimmer und machte den Fernseher an. Im jordanischen Sender lief eine amerikanische Kriminalserie: Zwei Autos rasten hintereinanderher, und aus jedem schossen jeweils zwei Männer aufeinander. Ich starrte eine Weile teilnahmslos auf den Bildschirm, sah Fenster zersplittern und Reifen zerplatzen und schaltete den israelischen Sender ein. Hier liefen die Nachrichten, und es wurden die Unruhen in Gaza gezeigt: Eine Horde junger israelischer Soldaten raste hinter einer Horde halbwüchsiger Araber her. Die einen schossen, die anderen schmissen Steine. Das Bild verursachte mir abscheuliches Unbehagen, und ich ging auf Jordanien zurück. Da waren immer noch die Autos, aber wenigstens war endlich einer der Männer tot und ein anderer schwer verletzt. Als die zwei unverletzt Lebenden aus den Autos sprangen und schießend hintereinander herrasten, schaltete ich Israel ein. Ich sah die Stadt Nablus, Barrikaden aus umfangreichen Tonnen und Felsbrocken, brennende Autoreifen, schreiende Frauen, Steine schmeißende Halbwüchsige und Tränengas schmeißende Soldaten. Jetzt hatte ich endgültig genug und drückte auf den erlösenden roten Knopf. Ich ging ins Wohnzimmer zurück. Es war leer.

»Ibrahim!« schrie ich und sah im selben Augenblick, daß die Tür zur Terrasse offen war.

»Ich bin hier«, rief er mit gedämpfter Stimme.

Er stand in der Mitte der Terrasse, den Rücken mir zugewandt, die Hände in den Gesäßtaschen seiner Hose, den Kopf ein wenig zurückgebogen. Eine schmale Gestalt, die im fahlen Licht des Mondes einsam und poetisch wirkte. Ich trat neben ihn.

»Andere würden sich glücklich schätzen, wenn sie ein Visum für Amerika hätten«, sagte ich.

Er schwieg und sah mich nicht an.

»Du hast alle deine Brüder drüben, deine Schwester, deine Neffen und Nichten, und deine Mutter wird auch kommen. Du wirst in kürzester Zeit eine Freundin haben, und kein Mensch wird danach fragen, ob sie sechzehn oder sechzig ist. Du wirst drüben weiterstudieren können, wenn du willst, und leichter Geld verdienen als hier. Du wolltest doch immer so gerne ein Auto haben oder ein Motorrad. In Amerika hat jeder eins, und ein gebrauchtes ist ganz billig.«

Keine Reaktion.

»Schau, du hast drüben so viele Möglichkeiten, und hier sind dir alle Wege versperrt.«

Er sagte: »Das hier ist mein Land, und hier sind meine Freunde.«

Jetzt schwieg ich. Ich hatte ja auch wirklich genug Unsinn geredet. Auto, Freundin, Möglichkeiten! Als sei er ein Kind, dem man eine Tafel Schokolade verspricht, wenn er an die Ecke zum Bäcker geht und einem ein Brot holt.

»Ich liebe Jerusalem und meine Freunde«, sagte Ibrahim mit dünner, zerkratzter Stimme.

Ich sah auf. Er versuchte die Tränen zurückzuhalten, aber es gelang ihm nicht.

»O Gott, Ibrahim«, sagte ich, legte die Arme um seinen Hals und meine Stirn an seine Schulter. Er hielt sich an mir fest. Die Hände in meinen Pullover verkrallt, weinte er in kleinen Stößen, verschämt und lautlos.

Der nächste Tag war Schabbat, und es fanden keine Unruhen statt. Jedenfalls las, sah und hörte man nichts davon, und irgendwann muß der Mensch ja auch seine Ruhe haben. Dafür fand um zwölf Uhr mittags in einer Galerie im sogenannten »artist quarter« – einem schönen, auf alt getrimmten, neu aufgebauten Viertel voller Blumen, Katzen und reichen amerikanischen und europäischen Juden, die dort einen Monat im Jahr ihre Prachthäuser beziehen – die Eröffnung von Rebekkas Ausstellung statt.

Rebekka zählt zur Aristokratie des Landes, denn ihre Eltern und Großeltern, russische Zionisten, wurden bereits in Jerusalem geboren. Sie, ein unbequemes Kind und junges Mädchen, fuhr zwanzigjährig nach Paris, lernte dort einen nicht-jüdischen, französischen Kunstkritiker kennen, heiratete ihn, begann zu malen, bekam einen Sohn, sammelte Liebhaber und schöne, alte Gegenstände, blieb fünfundzwanzig Jahre in Frankreich und kehrte 1970, ohne Mann und Sohn, dafür aber mit einer reichen Produktion guter Bilder, nach Jerusalem zurück. Sie ist eine meiner Freundinnen, eine kluge, barocke, ungewöhnliche Frau, die mit ihren häufigen hysterischen Ausbrüchen auf die Nerven geht, mit schlagfertigen Aussprüchen und verrückten Einfällen amüsiert und mit hemmungsloser Offenheit beeindruckt. Ihre schlimmste Periode war die der Wüstenmotive, die mit klimakterischen Begleiterscheinungen einherging. Sie dauerte Jahre und endete schließlich in einer Phase kreativer und sexueller Dürre, in der sie abwechselnd stöhnend und schlaff auf dem Bett lag oder von einem Bekannten, einer Party, einem Land zum anderen jagte, in der Hoffnung, ein neues Motiv, einen neuen Geliebten oder – was erhofft man nicht alles! – beides zusammen zu finden. Sie fand es nicht, aber sie fand – ich nehme an, aus purer Erschöpfung – ein relatives Gleichgewicht. In diesem Zustand begann sie, altes, bedrucktes, bemaltes, bekleckertes Papier zu sammeln, zu zerschnippeln, zu zerfetzen und auf ihre Wüstenbilder zu kleben. Es war wohl eine symbolische Handlung und das Endprodukt, das sie Collagen nannte, ein wilder Aufschrei an Farben und Formen, die zweifellos ihrer seelischen und physischen Verfassung entsprachen.

Als ich die Galerie betrat, war sie bereits sehr voll. Es gab in Israel keinen Menschen von Rang und Namen – oder dem, was manche sich darunter vorstellen –, den Rebekka nicht kannte. Sie kannte außerdem auch jeden Menschen mit Rang und Namen, der in Jerusalem auftauchte, und kannte sie ihn nicht, lernte sie ihn schnellstens kennen. Dementsprechend war das Publikum, das sich in der Galerie versammelt hatte. Es war der reinste Inzest, denn der Nachschub an berühmten Leuten in Jerusalem ist beschränkt, also kannte jeder jeden bis zur gähnenden Langeweile. Und jeder hatte an jedem etwas auszusetzen, was wiederum ein wenig Spannung in die gesellschaftlichen Beziehungen brachte, aber bei Versammlungen dieser Art weder sichtbar noch hörbar wurde.

Im vorderen Raum der Galerie waren mir unter etwa fünfzig Personen nur zwei völlig fremd – eine große, weißhaarige Dame und ein kleiner, kahlköpfiger Mann –, von ein paar wenigen kannte ich Namen, Familienstand und Zores, und mit dreien war ich befreundet. Dem Rest war ich seit Jahren auf ähnlichen Veranstaltungen begegnet und kam regelmäßig in Verlegenheit, wenn sie mich wie eine gute, alte Bekannte begrüßten und ich mich verzweifelt an ihre Personalien zu erinnern versuchte.

Ich begann also zu lächeln, zu nicken, überraschte – Sie sind auch mal wieder hier! –, erfreute – na, endlich sieht man Sie mal wieder! –, scherzhaft drohende – wo waren Sie denn die ganze Zeit? – Grimassen zu schneiden, Schalom... hello... I am fine... how are you... zu rufen und mich dabei ziellos von einem Ende des Raumes zum anderen zu bewegen. In der Mitte gab ich auf, was ich tief bereute, denn ich wurde sogleich von einem französisch sprechenden Paar in ein Gespräch über Form, Raum und Licht verwickelt. Jetzt war ich verpflichtet, ein subtileres Repertoire an Grimassen hervorzuholen, und mußte dabei an die Worte eines plastischen Chirurgen denken, der mir geraten hatte, mein Gesicht nicht so viel und heftig zu bewegen.

Ich warf einen verstohlenen Blick zu Philip hinüber, der, Glas in der einen, Zigarette in der anderen Hand, im Mittelpunkt einer Gruppe stand und mit der Lautstärke und Schnelligkeit eines Maschinengewehrs sprach. Er war der einzige, dem es gelang, eine Gruppe Israelis totzureden. Unter diesen Umständen konnte ich von ihm keine Hilfe erwarten.

Das französisch sprechende Paar jonglierte immer noch mit gepflegten Worten, und ich war kurz vor einem unhöflichen Absprung, als ich meine Freundin Jane Segal auf mich zusteuern sah.

Jane, eine gebürtige Südafrikanerin aus reichem Haus, ist eine große, schwere, gutaussehende Frau, mit dem erleuchteten Gesicht und den dramatischen Gebärden einer Prophetin. In ihrer Jugend war sie eine rassige Schönheit gewesen und ein Ausbund an Energie und Lebenslust. Sie hatte während des Krieges in der britischen Armee gedient, Literatur und Theaterwissenschaften studiert, dann gelehrt, Stücke inszeniert, Artikel geschrieben, ein großes, von zahllosen Freunden überflutetes Haus geführt und zwei Töchter geboren, die beide eine Höhe von eins neunzig und einen IQ von 130 erreicht hatten. Jetzt, mit der schnell fortschreitenden, tödlichen Krankheit ihres Mannes war ihr Leben geschrumpft und farblos geworden wie ein Luftballon, aus dem man die Luft herausgelassen hatte. Zwar wurde sie der neuen Situation mit bewundernswerter Haltung gerecht, warf sich in die Pflege ihres Mannes, wie sie sich früher in die Inszenierung eines Theaterstücks geworfen hatte, opferte sich auf, wie sie sich früher ausgegeben hatte, machte aus einer an Wohnung und Krankenbett gefesselten, auf die Bedürfnisse des Sterbenden reduzierten Existenz einen neuen Lebensstil, aber wer sie gut kannte, sah, daß sie litt.

»Hello, Darling«, begrüßte sie mich mit ihrer langsam heranrollenden Baßstimme. »Oh, wie schön, Sie wiederzusehen«, sagte sie zu dem Paar, von dem sie später behauptete, es nie zuvor gesehen zu haben, »ich verabscheue Vernissagen. Man sieht die Bilder vor Menschen nicht und trifft Menschen, die man nicht sehen will. Habt ihr euch diesen kuriosen, unheimlichen Vogelschwarm angesehen? Eine interessante Komposition, stark und phantasiereich ... eine so begabte Frau! Wenn sie bloß wieder malen würde, wenn sie diesen verdammten gordischen Knoten – Darling, hast du Feuer? ... Tausend Dank! – Warum macht sie nicht endlich Atemübungen? Wir können unsere Ängste nur durch richtiges Atmen kontrollieren ... hätte ich damals ... oh, I am sorry, ich habe euch in einem Gespräch unterbrochen.«

Bei Jane Segals Monologen hatte man drei Möglichkeiten: ihnen nicht zu folgen, sie, die Monologisierende, bei jedem unklaren Satz zu stoppen und zur Ordnung zu rufen, oder – vorausgesetzt man war ein surrealistisch veranlagter Mensch – das Unverständliche als solches zu verstehen.

Ich hatte im ersten halben Jahr unserer Bekanntschaft den entscheidenden Fehler gemacht, ihren Monologen folgen zu wollen, sie nicht zu stoppen und, da ich kein surrealistisch veranlagter Mensch bin, nicht etwa an der Klarheit ihrer Ausdrucksweise, sondern an meiner schon immer etwas verlangsamten Auffassungsgabe zu zweifeln. Erst als sich eines Tages Rebekka – und die hat eine enorm schnelle Auffassungsgabe – über die Unmöglichkeit, Jane zu verstehen, beklagte, durfte ich aufatmen. Von da an war ich ihren Monologen gewachsen und bereit gewesen, mich in das Abenteuer einer festen Freundschaft einzulassen.

»Ich sehe mir jetzt mal den Vogelschwarm an«, sagte ich, um dem französisch denkenden, formulierenden und sprechenden Paar zu entkommen, »bis gleich.«

Ich fand keinen Vogelschwarm, dafür aber Rebekka. Sie saß in einem ihrer merkwürdigen Kleidungsstücke – diesmal war es ein langer schlauchartiger Rock aus violettem Jersey und ein haariger, grauer Sweater – auf dem Fensterbrett und spielte mit ihrer langen Halskette aus alten silbernen Kugeln. Ihre Figur bestand hauptsächlich aus Busen, der groß war wie der Bug eines Schiffes und dafür verantwortlich, daß sie an einem schweren Wirbelsäulenschaden litt.

»Er bringt mich noch in den Rollstuhl«, hatte sie einmal mit tiefem Haß auf ihn gesagt, »ich habe nicht mehr die Kraft, ihn herumzuschleppen.«

Er stand tatsächlich in keinem Verhältnis zu dem Rest ihres Körpers, der klein, fragil und wie aus Gummi war. Nur ihr Gesicht, mächtig und fleischig, hatte sich ihm angepaßt. Es war ein interessantes, wildes Gesicht, mit weit auseinanderliegenden, braungrünen Augen und großem, blassem Mund.

»Ein voller Erfolg«, sagte ich und gab ihr einen Kuß.

Sie lächelte glücklich und sah plötzlich aus wie ein kleines Mädchen. Ihr Alter, nach dem niemand fragte, war undefinierbar. Es hing von ihrer Verfassung ab. Es gab Tage, an denen sie jung, glatt und attraktiv aussah, und

Tage, an denen sie zu etwas Gelblich-Grauem zusammenschrumpelte.

»Hast du schon Keith kennengelernt?« fragte sie. »Er spielt nachher den Dudelsack. Er fährt in der ganzen Welt herum und spielt den Dudelsack. Da... da ist er!«

Ich sah mich um und entdeckte einen kleinen, dünnen Mann im Schottenrock.

»He is a sweetheart«, sagte Rebekka.

Der Mann sah mir gar nicht nach einem Sweetheart aus. Er hatte ein arrogantes, langes Gesicht mit kalten Augen und schmalen Lippen.

»Keith, komm her...«, rief sie, »ah, da ist Philip... Philip, komm her!«

Philip bahnte sich einen Weg durch die Menge. Er leuchtete und sprühte. Er liebte Partys. Er war der beste Gastgeber und der beste Partyunterhalter und der beste Partyberater. Wenn gerade Partymangel herrschte, entwarf er sie: eine weiße Party, zu der alle Teilnehmer in weißer Kleidung erscheinen mußten, eine Kostümparty, eine Erdbeerbowlenparty, eine Tangoparty, eine Kerzenparty. In seinen manischen Phasen, und in so einer steckte oder schwebte er gerade, konnte er selbst aus einer Beerdigung eine Party machen, und die Tatsache, daß ich in Jerusalem die für Partys geeignetste Wohnung besaß, mich aber weigerte, eine zu geben, war gewiß der wunde Punkt in unserer symbiotischen Freundschaft.

»Hi, Darling«, begrüßte er mich, »wer ist der Mann in deiner Wohnung?«

»Woher weißt du, daß ein Mann in meiner Wohnung ist?«

»Ich habe vorhin angerufen, um zu fragen, wann du nun endlich herkommst, und da hat mir erst ein höllisches Spektakel in der Leitung und dann eine männliche Stimme geantwortet.«

»Ibrahim«, sagte ich, »er ist gekommen, um die Beine von den kleinen Hockern anzustreichen.«

»Er sollte lieber Steine werfen.«

»Philip!« sagte Rebekka. »Jesus Christ!«

Das schottische Sweetheart tauchte neben uns auf, und Rebekka stellte ihn mir vor. Philip kannte ihn schon und mochte ihn nicht, das sah ich an seinem Gesicht, das sich immer dann zu einem süßlichen Lächeln verzog, wenn er etwas oder jemand nicht ausstehen konnte. Es war ein dralles, goldblondes Babygesicht – goldblond die kurzgeschnittenen, lockigen Haare, die schmalen Augen und die sorgfältig gebräunte Haut. Auch sein Körper war goldblond, glatt und drall, besonders die etwas zu kurz geratenen Oberschenkel, die er, sowie es das Wetter erlaubte, nackt trug. An diesem Tag trug er zum Anlaß der Party weiße Flanellhosen und einen gehäkelten, meergrünen Pullover.

»Blasen Sie schon lange?« fragte Philip den Schotten.

Rebekka gluckste leise, beherrschte sich aber und blieb ernst. Ich, nach einem raschen Blick in das saure Gesicht des Sweethearts, fürchtete in Lachen auszubrechen und sagte, ich würde jetzt etwas trinken gehen. Philip blieb an meiner Seite.

»Ein trostloser Kerl«, sagte er, »ich glaube, Rebekka hat mit ihm geschlafen.«

»Unsinn, Rebekka schläft nicht mehr, besonders nicht mit so einem kleinen Schottenrock.«

»Ob groß oder klein, Rock oder Hose, keiner schläft mehr mit keinem.«

»Über was redet ihr da?« fragte eine Stimme hinter meinem Rücken.

»Fucking, dear«, sagte Philip.

Ich drehte mich um und sah Tamar in ihrer ganzen Höhe und Pracht: eine kupferrote, gekräuselte Mähne, silberne, dunkel bewimperte Augen, gertenschlank, husarengroß – ein wirklich schönes Geschöpf, bis auf den steifen, grünen Hut.

»Mein Lieblingsthema«, sagte Tamar, »darf ich mich daran beteiligen?«

»Nur wenn du den Hut abnimmst«, sagte ich.

»Warum? Steht er mir nicht?« fragte sie aufrichtig erschrocken.

»Das liegt nicht an dir, sondern am Hut. Er ist untragbar.«

»Angelika hat recht«, sagte Philip, »nimm ihn ab.«

Sie riß sich den Hut vom Kopf, schüttelte das Haar und sah uns erwartungsvoll an: »Besser so?«

»Kein Vergleich!«

»Ich habe ihn in Athen gekauft.«

»Das sieht man.«

»Konstantinos hat er sehr gefallen, aber auf ihn kann man sich wahrscheinlich nicht verlassen, ihm gefällt alles an mir... Kinder, bin ich verliebt! Ich bin glücklich! Das Leben ist herrlich!«

»Jesus«, sagte Philip, »jetzt geht das wieder los.«

»Ein Mann der Kirche, stark und sanft, ein Geliebter, der die kühnsten Träume übertrifft!«

»Sie hat's mit den Religionen«, erklärte Philip, »einen Buddhisten und Hindu hat sie schon hinter sich, einige Juden natürlich auch, jetzt ist ein Griechisch-Orthodoxer dran... wann kommen nun endlich die Mohammedaner an die Reihe?«

»Ich warte auf einen mit einem Harem. Du weißt doch, mein Wunschtraum ist, in einem Harem zu leben. Ich meine es ganz ernst.«

»So was passiert, wenn man aus Australien kommt«, sagte Philip zu mir.

»Wollt ihr einen Joint mit mir rauchen?« fragte Tamar. »Wir können rausgehen.«

»Danke, ich möchte lieber ein Glas Wein«, sagte ich, »ich werde mal versuchen, zum Buffet durchzustoßen.«

»Renn aber nicht weg«, warnte Philip, der meine Eigenheit, plötzlich zu verschwinden, kannte, »Rebekka tanzt nachher zum Dudelsack.«

»Das ist nun wirklich ein Grund, um wegzulaufen.«

Das Buffet war ein Schlachtfeld. Es gab zwar, nach der bereits drei Jahre anhaltenden Mode, nur verschiedene Käsesorten, Brot, Kräcker und Wein, aber darauf mußte man sich mit allen scharfen und spitzen Gegenständen gestürzt und dann auch noch eine Flasche Rotwein verschüttet haben. Ich schaute auf das Massaker und dann auf einen dürren, kleinen Greis, der Käsereste von einem Teller kratzte, auf Kräcker schmierte und einen nach dem anderen mit tiefer Konzentration in sich hineinmampfte. Er schaute nicht rechts und nicht links, und ich dachte: Das ist der Zim-Zum. Zim-Zum heißt Dezimierung, Einschränkung, Schrumpfung, und meine Mutter-Freundin Evchen gebraucht dieses Wort mit Wonne, wann immer wir auf das Alter zu sprechen kommen.

»Man selber und die Welt um einen herum wird immer kleiner«, pflegt sie zu sagen, »und zum Schluß ist sie nur noch die Wohnung, in der man lebt, das Essen, das man in sich hineinstopft, das Telefon, mit dem man mit den paar Übriggebliebenen in Verbindung bleibt, der Fernsehschirm, auf dem man sieht, was man selber früher erlebt, gefühlt, erfahren hat, und das Bett, in dem einem am wohlsten ist.«

Sie und alle ihre Freunde, eine besonders starke, vitale und lebensverbundene Generation, stecken tief im Zim-Zum.

»Schöne Aussichten«, murmelte ich, goß mir ein Glas Wein ein und trank ihn in kleinen, widerwilligen Schlukken, denn er schmeckte nicht gut. Menschen gingen an mir vorüber und nickten, lächelten, zwinkerten mir aufmunternd zu. Jane machte mir Zeichen, mich zu ihr und einem, mir unsympathischen, Schriftsteller zu gesellen. Philip war wieder Mittelpunkt einer ums Wort kämpfenden Gruppe. Tamar, alle überragend, zog einen kleinen Spiegel aus ihrer Tasche und schminkte sich andächtig die Lippen. Rebekka erschien in einer sich ihr öffnenden Schneise, klatschte in die Hände und verkündete, daß jetzt der weltberühmte Dudelsackspieler, Keith McLean, spielen und sie dazu tanzen würde. Sie zog ihren violetten Jerseyrock bis über die Knie hoch, und der blieb da auch kleben. Ich bewunderte die Schnurzigkeit, mit der sie einer hundertköpfigen Menschenmenge, ja der ganzen Welt gegenübertrat.

»Fuck them!« war einer ihrer Lieblingsaussprüche.

Ich machte einen Hechtsprung zur Tür und entkam unbemerkt.

Kaum war es dunkel geworden, fuhr ich mit meinem Schützling zu Stanley, hielt an einer verborgenen Stelle und beschwor Ibrahim, das Auto unter keinen Umständen zu verlassen.

Stanley machte einen noch verworreneren Eindruck als gewöhnlich. Anstatt sich Schuhe und Jacke anzuziehen und sein liebstes Bekleidungsstück, eine Art Kapitänsmütze, aufzusetzen, wuselte er ziellos in seiner Kellerwohnung herum, die in einem ähnlichen Zustand war wie er. Früher war das ein Abstellraum gewesen, und daran schien sich wenig geändert zu haben. Die Zimmer waren dunkel und niedrig und das Mobiliar, Stücke aus zweiter und dritter Hand, ramponiert. Das einzige, was der Höhle den Anstrich einer zivilisierten Behausung verlieh, waren Hunderte von verstaubten, zerfledderten Büchern, die eine Anzahl zusammenbrechender Regale füllten.

»Das Schlimme ist«, sagte Stanley, »daß ich nicht mehr schlafe, seit das passiert ist. Nachts konnte ich nicht schlafen, nachmittags konnte ich nicht schlafen, dann habe ich einen großen Kognak getrunken und konnte trotzdem nicht schlafen.«

»Den Kognak hättest du lieber lassen sollen«, sagte ich, »hello cats!«

Es waren im ganzen sechs Katzen, in verschiedenen Farben und Mustern, aber im Moment sah ich nur drei: Eine thronte auf dem Frigidaire, die zweite hatte sich über den Fernseher gegossen, die dritte lag zusammengerollt auf der Schreibmaschine. Keine schenkte mir Beachtung.

»Weiß die alte Frau Wishnovsky, daß Ibrahim heute auszieht?« fragte ich.

»Ja, ich habe es ihr gesagt, und sie war ganz fassungslos, die Arme. Sie mag Ibrahim sehr und ist nachts so ungern allein in der Wohnung. Ich habe ihr gesagt, daß seine Mutter krank geworden ist und er sie pflegen muß. Ich habe auch mit Jane Segal und Ruth Berkovicz gesprochen, und beide waren sehr besorgt und haben mir sofort Hilfe angeboten.«

»Ich würde die Geschichte nicht überall ausposaunen.«

»Aber sie hätten mich doch nach Ibrahim gefragt, wenn er plötzlich nicht mehr bei ihnen zum Putzen erschienen wäre ... Übrigens, stell dir vor, der Vater von dem Mädchen hat mich heute vormittag angerufen und gesagt, er hielte es für jugendgefährdend, daß ich, ein Universitätsprofessor und Erzieher junger Menschen, einen Verbrecher wie diesen Araber in Schutz nähme. Darauf habe ich erwidert, daß dieser arabische Verbrecher bei so erstklassigen Menschen wie Dr. Segal und Professor Berkovicz ...«

»Du hast die Namen genannt?«

»Natürlich. Ich habe auch deinen Namen genannt.«

»Bist du wahnsinnig geworden?«

»Wieso? Bekannte Namen und Titel sind das einzige, womit man solche Leute beeindrucken und einschüchtern kann.«

»Bravo! Wenn die Polizei es wirklich ernst meinen sollte, dann können wir ja jetzt alle ihren Besuch erwarten.«

Auf diesen Gedanken war Stanley offenbar noch nicht gekommen. Er stand da, wie vom Blitz getroffen, und diesen Augenblick benutzte die schwarze Katze, Shiba, ihm auf die Schulter zu springen.

Ich mußte lachen.

»Schon gut, Stanley«, sagte ich, um ihn wieder in Bewegung zu bringen, »es wird wohl nichts passieren. Ich geh' schon zum Auto, sonst verliert Ibrahim die Geduld und kommt hier auch noch an.«

»Ich bin gleich fertig, ich muß noch schnell schauen, ob ich den Grill ausgemacht habe. Letztes Mal ...«

Ich war schon an der Tür. Die Grilldramen, bei denen Kartoffeln in der Schale, ungesalzene Hühnerkeulen und gefrorenes Fischfilet zu Kohle verbrannten, kannte ich. Unverbrannt hätten sie auch nicht viel besser geschmeckt.

Ibrahim saß mit verdrossenem Gesicht hinten im Auto.

»Wird er wieder nicht fertig?« fragte er.

»So ist es.«

Ich zündete mir eine Zigarette an.

»Du glaubst mir doch, Angelika, nicht wahr? Es ist mir das Wichtigste von der Welt, daß du mir glaubst.«

»Was soll ich dir glauben?«

»Daß ich unschuldig bin. Bonni ist mir wirklich nachgelaufen. Vor Monaten schon hat sie sich vor Stanleys Haus rumgedreht, wenn sie wußte, ich bin da. Aber ich hatte kein Interesse an ihr, ich mag Frauen, die älter sind als ich. Sie ist bestimmt kein schlechtes Mädchen. Ich glaube, sie ist einfach traurig und einsam. Weißt du, nachdem wir das erste Mal Sex hatten, hat sie gesagt, sie wäre noch nie so glücklich gewesen und hätte noch nie etwas so Schönes erlebt. Sie hat mir leid getan. Frauen tun mir oft leid.«

»Warum tun sie dir leid?«

»Weil sie das Leben tragen müssen und vom Mann gebraucht werden, aber nicht richtig geliebt.«

Stanley spähte durchs Fenster. Entweder er fand die Türklinke nicht, oder er war sich nicht sicher, daß er den richtigen Wagen erwischt hatte. Er kannte ihn seit vier Jahren. Ich öffnete ihm die Tür.

»Einer der furchtbaren Nachbarbuben stand wieder auf dem Balkon«, berichtete er, »das sind die reinsten Monstren.«

»Auf ein Monstrum mehr oder weniger kommt es nicht an«, sagte ich.

Das mehrstöckige Mietshaus, in dem Ibrahim wohnte, stand an einer Hauptstraße, und ich parkte das Auto in einer Nebenstraße, ihm schräg gegenüber. Es gab ein langes Palaver darüber, wer was tun sollte. Schließlich einigten wir uns darauf, daß Stanley allein die paar Sachen zusammenpacken, Ibrahim sie dann heruntertragen und ich, zur Flucht bereit, im Auto warten sollte. Jetzt bedauerte ich, mir nicht die Kriminalserien im Fernsehen angeschaut zu haben. Sicher hätte ich da ein paar Tricks lernen können. Ich beobachtete mit wachsamem Blick abwechselnd die Straße und, im Rückspiegel, das Haus, vergewisserte mich einige Male, daß der Motor auch ansprang, und bat Ibrahim wiederholt, sich auf den Hintersitz zu legen, anstatt mit der Nase am Fenster zu kleben.

»Ach, Angelika«, sagte er, »du übertreibst.«

»Möglich, aber wennschon – dennschon.«

»Heute ist Schabbat.«

Er hatte recht. Am Schabbat konnte man ermordet werden, und kein Aas, am wenigsten die Polizei, kümmerte sich darum. Wir warteten schweigend zehn Minuten, fünfzehn Minuten. Ich rauchte, Ibrahim rutschte auf dem Hintersitz hin und her. Seine Unruhe war nicht zu ertragen.

»Stanley wird da oben bestimmt nicht alleine fertig«, sagte er schließlich, »und je länger wir hier rumstehen, desto auffälliger ist es.« Auch damit hatte er recht.

»Ich schaue mal nach, was er treibt.«

Kaum war er gegangen, entdeckte ich an der Ecke der Haupt- und Seitenstraße einen großen, bulligen Mann, der, die Hände tief in den Hosentaschen, dastand und das

Haus, in dem Ibrahim verschwunden war, nicht aus den Augen ließ.

Es ist erstaunlich, wie schnell man dem Verfolgungswahn erliegen kann.

»Ein Polizist in Zivil«, sagte ich mir, »und was mache ich nun? Soll ich zu ihm gehen und ihn zu mir zu einem Kaffee einladen? Soll ich so tun, als hätte ich in meinem Auto plötzlich ein verdächtiges Päckchen gefunden, und um Hilfe schreien? Soll ich ins Haus stürzen und Ibrahim und Stanley warnen?«

Ich stieg aus und stellte mich an die Ecke der anderen Straßenseite. Der Mann zog statt eines Revolvers einen Apfel aus der Tasche, biß hinein und wirkte sofort viel harmloser.

»Ich habe in solchen Fällen einfach noch nicht die richtige Übung«, sagte ich mir, »aber mit der Zeit wird's schon werden.«

Ich sah Ibrahim mit zwei Plastiktüten im Hauseingang auftauchen und, zu meinem Entsetzen, den Apfel essenden Mann über die Straße rennen. Also doch ein Geheimpolizist, ein ganz schlauer, der sich anstatt mit einer Zeitung mit einem Apfel tarnte. Ich kniff die Augen zusammen – wie gesagt, mir fehlte noch die Übung –, und als ich sie wieder öffnete, sah ich das umgekehrte Bild: Ibrahim lief über die Straße, und der Geheimpolizist stand im Hauseingang, neben ihm der Anlaß seines verdächtigen Benehmens, eine Frau, die ihm gerade zwei Plastiktüten in die Hand drückte.

»Na endlich!« sagte ich, als Ibrahim heil und unverhaftet neben mir stand.

»Das ist noch nicht alles«, knurrte er, »es kommen noch zwei Koffer und ein ganz kleines Bücherregal. Wäre ich nicht hinaufgegangen, hätte es mindestens noch eine Stunde gedauert. Sie schwatzten und schwatzten und schwatzten, wie zwei alte Weiber.«

»Stanley und Frau Wishnovsky?«

»Ja, und du weißt doch, es macht mich verrückt, wenn er soviel redet. Ich mag ihn gerne, ich schätze ihn, ich weiß, daß er ein guter Mensch ist, aber das Reden habe ich nie aushalten können. Wir haben uns jetzt gezankt, und er ist böse auf mich.«

Er warf die Tüten ins Auto, schlug zornig die Tür zu und lief davon. Ich sah ihm nach. Er hatte die stolze, aufrechte Haltung und den leichtfüßigen Gang, der für Araber charakteristisch ist. Sie hatten die Wüste im Blut, die Weite, die Zeitlosigkeit. Sie ließen sich ebensowenig dressieren wie Katzen, die, wenn man sie ruft, in die entgegengesetzte Richtung laufen oder erst zehn Minuten später erscheinen und damit beweisen, daß sie unabhängige Geschöpfe sind und kommen, wann es ihnen, und nicht uns, paßt.

»Hör auf, an ihm rumzunörgeln«, hatte ich Stanley zahllose Male gewarnt, »hör auf, ihn andauernd zu belehren und Professor Higgins zu spielen. Du kannst ihn nicht umkrempeln, nicht anbinden, nicht zwingen, Dinge zu tun, die ihm widerstreben, und Dinge zu lassen, auf die er Lust hat. Das einzige, was du damit erreichst, ist, daß er dir gegenüber immer stummer, widerborstiger und feindseliger wird. Du hast dir ein junges Raubtier ins Haus geholt und willst jetzt ein Schoßhündchen daraus machen.«

»Ich will kein Schoßhündchen aus ihm machen, sondern einen verantwortungsbewußten Menschen, der einem die Wahrheit sagt, sein Versprechen hält und seine Aufgabe erfüllt. Und ich habe schon viel erreicht.«

»Auf Kosten eurer Beziehung. Hättest du ihn von der Leine gelassen und wärst ihm ein Freund geworden, dann hättest du, meiner Meinung nach, viel mehr erreicht. Ibrahim wollte dich als väterlichen Freund und nicht als eifersüchtigen, ständig verletzten, maulenden Liebhaber. Er ist nicht homosexuell und war es nie, das sagst du selber immer wieder. Wäre er es oder würde er dir aus opportunistischen Motiven eine Komödie vorspielen, würdest du nicht so verrückt nach ihm sein und ihm über kurz oder lang den Laufpaß geben. Ein Circulus vitiosus.«

Stanley war nie aus diesem Circulus vitiosus herausgekommen und hatte aufrichtig darunter gelitten. Auf der einen Seite ein feiner, kluger Mensch, auf der anderen ein seiner Sucht verfallener, kopfloser Mann, hatte er sich, Ibrahim und mich langsam, aber sicher zur Verzweiflung getrieben.

Jetzt lief er mit engen, bösen Schrittchen, das kleine Bücherregal an die Brust gepreßt, hinter Ibrahim her, der einige Meter Vorsprung hatte. Stanleys ganze Haltung drückte Entrüstung aus, und kaum war ich in Hörweite, legte er los: »Es ist wirklich die Höhe! Ich versuche, mit der guten, alten, hüftleidenden Frau Wishnovsky Ordnung in das Durcheinander zu bringen, alles richtig zu packen und nichts zu vergessen, und da macht er mir den Vorwurf, daß ich rumstehe und schwatze und Stunden brauche. Du hättest die Unordnung sehen müssen: Sokken zwischen den Büchern, Erdnüsse im Bett...«

»Wer hat dir gesagt, du sollst die Erdnüsse aus dem Bett holen?« rief Ibrahim aufgebracht dazwischen.

»Hätte ich vielleicht der armen, alten Frau den ganzen Dreck hinterlassen sollen?«

»Du lieber Himmel«, sagte ich, »ich glaube, das ist nicht der Zeitpunkt, sich über Erdnüsse im Bett zu streiten! Gib doch endlich das Regal her, Stanley!«

»Ich habe nicht geschlafen und nicht gegessen«, jammerte er, »ich zermartere mir den Kopf...«

Ibrahim, der das Gepäck im Auto verstaut hatte, begann sich mit großen, schnellen Schritten zu entfernen.

»Ibrahim«, schrie ich, »wo läufst du hin?«

»Nur auf und ab«, rief er über die Schulter zurück, »ich warte, bis er sich ausgeredet hat.«

»Da siehst du jetzt mal mit eigenen Augen, wie er sich benimmt«, zeterte Stanley.

Ich riß ihm das Regal aus den Armen und tat es in den Kofferraum: »Ihr benehmt euch beide wie Zehnjährige, und das ist nicht auszuhalten, wenn man sowieso schon mit den Nerven runter ist.«

»Der Schrank war vollgestopft mit Kleidungsstücken, so viele habe ich nie in meinem Leben besessen, aber er hat immer geklagt, er hätte nichts anzuziehen.«

»Bitte, setz dich jetzt ins Auto.«

»Und unter dem Bett ein Pornoheft. Stell dir vor, die gute, alte Frau hätte das gefunden! Sie, die ihn so gerne mag und ihm in jeder Hinsicht vertraut hat.«

»Ist ein Pornoheft ein Vertrauensbruch?«

»Anstatt sich für sein Examen vorzubereiten, hat er Pornohefte studiert.«

Er stand immer noch am selben Fleck und hielt einen merkwürdigen Gegenstand in der Hand.

»Was hältst du denn da?« fragte ich.

»Wo?«

»In der Hand, wo sonst?«

»Ach so. Eine Kleenexschachtel.«

Er gab sie mir. Es war tatsächlich eine Kleenexschachtel, die in einem roten, flauschigen Bezug steckte und einen weißen Hasenkopf und Stummelschwanz hatte. Es war ein rührendes, trauriges Ding, in dem, so empfand ich es, Ibrahims ganze hoffnungslos verpfuschte Existenz zum Ausdruck kam. Mir war zum Heulen zumute. Plötzlich begann es zu schütten, und das trieb Stanley und Ibrahim endlich ins Auto.

»Wir müssen uns beeilen«, sagte Ibrahim, »sonst schaffst du die Straße zu meinem Haus nicht mehr. Sie ist sehr steil und ungepflastert und bei Regen ein Fluß.«

Der Gedanke, Ibrahim bei Nacht und Wolkenbruch in sein Dorf zu fahren und ihn dort mit Sack und Pack auszusetzen, kam mir barbarisch vor. Ich sah ihn schon dort stehen mit der Hasenschachtel unterm Arm und diesem vagen, westlich getünchten Lächeln im Gesicht. Bye, bye, Ibrahim, die schönen Zeiten von Jerusalem sind nun vorüber... »Wir fahren nicht in dein Dorf«, sagte ich, »wir fahren zu mir.«

Als ich mit Ibrahim nach Hause kam, stand Jane Segal unter dem gewölbten Mauervorsprung vor meiner Tür.

»Jane«, rief ich, die Treppe hinauflaufend, »ist etwas passiert?« In Israel fragt man bei jeder ungewöhnlich anmutenden Situation, ob etwas passiert ist, man fragt es manchmal sogar ohne jeden ersichtlichen Anlaß, sozusagen auf gut Glück, denn es könnte ja sein, daß etwas passiert ist, man aber noch nichts davon erfahren hat.

Jane bewegte den Kopf langsam, wie eine aufgezogene Puppe, von rechts nach links und lächelte ihr tiefes, breites Lächeln, hinter dem die Gedanken, Vorstellungen und Phantasien auf höchsten Touren laufen.

»Hello, Darling«, sagte sie, als ich mit Ibrahim die oberste Stufe erreicht hatte, »dein Telefon ist wieder kaputt... Hi, Ibrahim, du siehst aber gut aus!«

Sie schien nicht überrascht, ihn an meiner Seite zu sehen, dafür aber ein wenig enttäuscht, daß sein Aussehen nicht Stanleys, zweifellos dramatischem, Bericht entsprach.

»Wie lange stehst du schon hier?« wollte ich wissen. »Und wie bist du bei diesem Wetter überhaupt hergekommen?«

Das Warum sparte ich mir für später auf.

»Ich bin noch keine zwei Minuten hier und hatte eine sehr angenehme Fahrt. Eine meiner ehemaligen Schülerinnen hat mich in ihrem Auto mitgenommen – eine entzückende junge Frau und hochbegabte Schauspielerin ... Gott, hat das Mädchen Pech gehabt, und jetzt auch noch das epileptische Kind ...«

Während ich die Tür aufschloß, überlegte ich, womit ich Ibrahim beschäftigen könne. Seit er Jane vor eineinhalb Jahren hundert Dollar geklaut und sie ihn nicht einmal mit einem indirekten Satz danach gefragt, geschweige denn dafür verantwortlich gemacht hatte, war er ihr gegenüber mißtrauisch. Ein Verhalten dieser Art war ihm fremder und unerklärlicher als das eines Mannes, der ihn aus purer Gemeinheit bei der Polizei anzeigte.

Als hätte er meine Gedanken erraten, sagte er: »Angelika, gib mir doch bitte den Autoschlüssel, ich möchte den Koffer holen und noch mal richtig packen, sonst sind meine Sachen morgen ganz zerdrückt.«

Ich gab ihm den Schlüssel und ging mit Jane ins Wohnzimmer. »Ach«, sagte sie, »dieser herrliche Raum! Wenn ich dich hier sehe, Angelika, verschwindet die Angst um dich, und es überkommt mich die Gewißheit, daß dir überhaupt nichts passieren kann.«

Sie strich mir über Kopf und Rücken wie ihren Katzen, wenn sie von einem beunruhigend langen Spaziergang heil nach Hause zurückgekehrt waren.

»Was ist denn, Jane?« fragte ich. »Warum hattest du Angst um mich, es besteht doch im Moment gar kein Grund dazu.«

»Gründe, mein Kind ... hat man nur Angst vor dem, was man begründen kann?«

»Nein«, sagte ich, »es gibt auch noch die Urangst ... Möchtest du einen Wodka tonic?«

»Ja, gerne. Mir ist jetzt nach Feiern zumute. Ich möchte mit dir auf deine wunderschöne Wohnung anstoßen, auf dein Buch, auf deine Schönheit und Tiefe ...«

»Jane, Jane, Jane!«

»Als ich dich auf Rebekkas Vernissage sah ... du hast allein am Buffet gestanden, mit einem Glas Wein in der Hand und ich mit Miriam Habermann ...«

»Nein, du warst mit diesem Schriftsteller.«

»Ja, richtig. Ein guter Schriftsteller, aber ein scheußlicher Mensch ... egal, als ich dich da sah, sah ich dich plötzlich in der Wüste, ein winziger, aber ganz deutlicher Punkt in diesem gewaltigen Faltenwurf der Hügel. Und ich dachte mir: Sie ist unerreichbar, und da überkam mich die Angst.«

Ich brachte ihr den Wodka und setzte mich mit einem Whisky neben sie.

»Dein Gesicht«, sagte sie, »es war etwas in deinem Gesicht.«

»Ja«, sagte ich, »ich habe über den Zim-Zum nachgedacht.«

»Du meinst den Mazaf.«

»Nein, ich meine den Zim-Zum, den Zerfall.«

»Den Israels? Angelika, den wirst du nicht aufhalten können. Das geht ja nun schon seit vielen Jahren so, und keiner denkt ernsthaft darüber nach, im Gegenteil, man denkt weg, will es nicht sehen, nicht hören, nicht wissen. Als ich damals, im Jahr 1967 ...«

Jeder begann im Jahr 1967. Ich schaltete ab. Sie war jetzt nicht mehr zu halten, und jeder Versuch, sie darüber aufzuklären, daß ich den biologischen Zerfall des Menschen und nicht den moralischen Zerfall eines Landes meinte, unangebracht. Der biologische Zerfall war zwar ungewöhnlich peinlich, aber da es aus dieser Situation überhaupt keinen Ausweg gab, hatte man sich – jeder auf seine Art – damit abzufinden. Während der Zerfall eines Landes, noch dazu eines Landes, dessen Ursprung ein Völkermord, dessen Entstehung ein idealistischer Akt des Mutes, der Aufopferung und Überzeugung, dessen Wachstum der Stolz, die Hoffnung und Genugtuung zahlloser Menschen war, zu verhindern gewesen wäre, wenn ...

Ja, wenn. Hinter diesem Wort verbarg sich die menschliche Natur in ihrer ganzen Unzulänglichkeit, Unzurechnungsfähigkeit, Unkorrigierbarkeit.

»Wenn das Wörtchen wenn nicht wär' ...«, sagte ich laut.

»Ja«, sagte Jane, »wenn wir die richtige Wahl getroffen hätten – damals! Wir hatten die Wahl, Menschen zu werden oder Eroberer, ein anständiges Volk oder ein habgieriges, ein gelungener Staat oder die mißlungene Parodie eines Staates ...«

Sie berührte mein Glas mit ihrem: »Cheerio and deedeleedo«, sagte sie ernst.

Draußen hatten die Hunde ihr Abendkonzert begonnen. Fast jedes Haus in der Nachbarschaft hatte einen großen, gefährlich aussehenden oder kleinen, sich gefährlich gebärdenden Köter, und am Abend wurden sie auf die Straße gelassen und liefen frei in der Gegend herum. Sie waren der beste Schutz gegen Araber, die Hunde wie den Teufel fürchten, und wenn man hart an der Grünen Grenze liegt, nimmt man offenbar lieber Bisse als Steine in Kauf. Ich allerdings, die ich des Nachts häufig von ihrem schauderhaften Chor aus dem Schlaf gerissen wurde, malte mir die verschiedensten Möglichkeiten aus, sie umzubringen, besonders den Asthmatiker, einen großen Braunen, der mit kurzatmigen, heiseren japp, japp, japp, japp die Luft in sich hineinpumpte und mit dem dumpfen Ton eines Nebelhorns wieder aus sich herausließ. Er tat das am liebsten und ausgiebigsten zwischen drei und fünf Uhr früh vor meinem Haus, wo es nichts anderes anzubellen gibt als den eigenen Schatten. Auch jetzt übertönte er mit seinem japp, japp, japp, huuuuuu alle anderen Hundestimmen, und das war der Grund, warum ich Jane mit einem gequälten Lächeln cheerio and deedeleedo zuprostete. Sie mißverstand es und sagte: »Die Welt tanzt einen makabren Totentanz, Angelika, sie hat es so gewollt, also soll sie sich zu Tode tanzen. Moses, Jesus, Mohammed und wie sie alle heißen, haben nicht geschafft, sie zu ändern. Es war etwas faul im Staate ... welcher auch immer.«

Ich nickte.

»Und versprich mir, daß du keine Dummheiten machst, keine großen und keine kleinen.«

Ich wußte, was mit der großen gemeint war, aber ich wußte nicht, warum man mich für eine potentielle Selbstmörderin hielt. Jeder vernünftige Mensch droht mal damit, aber nur die wenigsten sind vernünftig genug, ihre Drohung in die Tat umzusetzen. Schön und gut, was aber meinte sie mit den kleinen?

»Weißt du«, sagte sie, »ich würde Ibrahim heute gerne mit zu mir nach Hause nehmen.«

Aha, Ibrahim! Hier waren sie schon, die kleinen Dummheiten.

»Warum?« fragte ich. »Er hat es bei mir doch auch nicht schlecht.«

Sie sah mich mit bewegungslosem Gesicht und schwerem Blick an.

»Glaubst du immer noch oder schon wieder, daß ich eine Affäre mit ihm habe und mich darum jetzt auch noch der Polizei ausliefere?«

»Ich glaube, was du mir damals gesagt hast, und ich glaube außerdem, daß du eine Frau bist, die jemand aus keinem anderen Grund als dem der Gerechtigkeit schützen würde. Aber du mußt wissen, daß du dich in Gefahr bringst. Du machst dich mitschuldig, und sollte es zu einem Prozeß kommen ...«

»Moment! Möchtest du lieber dich mitschuldig machen?«

Jetzt nahm sie meine Hand: »Ich habe mich damals Ibrahim gegenüber schlecht benommen. Ich hätte kein Wort zu dir oder wem auch immer über das Geld verlieren dürfen. Aber ich war kleinlich und, was mir noch oft passiert, sehr konventionell. ›Du sollst nicht stehlen!‹ Ha, ha, ha! Zerschmettert, zertrampelt, verbrennt die Gesetzestafel Moses.« Ihre Stimme schwoll an: »Haben wir nicht jedes Gesetz mißachtet und uns zum Gespött gemacht? Ächten, knechten, morden wir nicht jeden, der sich nicht wehren kann?« Jetzt stand sie, die Arme ausgebreitet, den Kopf steil erhoben. Eine Prophetin mit tiefer, dröhnender Stimme und loderndem Gesicht: »Lassen wir nicht Millionen in ihrer Misere krepieren und sitzen, privilegiert und selbstgerecht, und verkünden: ›Du sollst nicht ...‹«

»Jane«, schrie ich, bevor sie das Wort »stehlen« aus sich herausbrüllen konnte, »Ibrahim!«

Sie schloß die Augen, holte tief und andächtig Luft und sagte: »Atmen, richtig atmen, ist das A und O im Leben.«

Ich hörte hinter mir ein Geräusch, drehte mich um und sah Ibrahim mit verschrecktem Gesicht unter dem Mauerbogen, der Küche und Wohnzimmer voneinander trennte.

»Du hast mich gerufen«, flüsterte er, und mit dem Kinn in Richtung Jane deutend: »Was ist mit ihr? Ist sie krank?«

Jane öffnete die Augen, lächelte ihr tiefes, breites Lächeln und sagte: »Ibrahim, my dear, nimm eine alberne alte Frau nicht ernst... komm, setz dich zu uns, wir wollen auf unsere Freundin trinken.«

»Das hast du schon, Jane.«

»Ja, aber Ibrahim noch nicht.«

Japp, japp, japp, huuuuu, machte der Hund, und Jane hob ihr Glas und sang: »Happy days are here again, tata, tata, tata, tata. Happy days are here to stay!«

Am 13. Dezember lautete die Schlagzeile in der ›Jerusalem Post‹ folgendermaßen: »Bei Versuchen, die anhaltenden Unruhen in den besetzten Gebieten niederzuschlagen, wurden drei weitere Palästinenser getötet. In Nablus, wo gestern ein Generalstreik stattfand und die Geschäfte geschlossen waren, schwenkten Aufständische die palästinensische Flagge und warfen Steine und Flaschen auf die israelischen Sicherheitskräfte. Drei Palästinenser wurden getötet und mehrere verwundet.«

Es war der Tag, an dem ich Ibrahim in sein Dorf fuhr. Er war vorher mit Stanley beim Anwalt gewesen, und dieser Besuch schien ihn davon überzeugt zu haben, daß die Geschichte ernster war, als er sie sich, in dem Glauben, nichts Böses getan zu haben, vorgestellt hatte.

»Er ist ein sehr netter Mann, der Anwalt, und spricht fließend Arabisch. Er hat gesagt, in einem halben Jahr oder so sei alles vergessen, und ich könnte zurückkommen.«

»Nur wirst du dann gar keine Lust mehr haben.«

»Doch, ich bleibe nicht in Amerika.«

Wir fuhren durch Ostjerusalem, wo wie immer chaotisches Treiben herrschte, und dann auf die breite, gerade

Autostraße, die nach Ramallah führte. Hinter den israelischen Regierungsgebäuden, einem ausgedehnten, neu errichteten Komplex, begannen die arabischen Häuser, hauptsächlich große, bizarre Villen wohlhabender Ostjerusalemer Bürger. Bei ihnen konnte man sich nicht über Gleichförmigkeit und einen Mangel an orientalischem Kitsch beklagen. Sie waren frei erfunden und übertrafen sich gegenseitig an sinnlosem, aber phantasievollem Zubehör, wie o-beinigen Treppen, die sich an der Außenwand des Hauses zu einer Terrasse hinaufkrümmten, kleinen runden Türmen, denen man einen breitrandigen Hut aufgesetzt hatte, pagodenartigen Dächern aus roten Ziegeln, zahllosen Ecken, Ausbuchtungen, Wölbungen und Rauten, die einem, wenn man zu genau hinsah, einen leichten Schwindel verursachten. Das einzige, was sie alle gemeinsam hatten, war der Eiffelturm, der auf den Dächern der Häuser thronte, bis zu zwölf Meter in den Himmel stach und, wenn auch nicht gerade dezent, die Fernsehantenne verbarg. Aber so prächtig die Häuser und Eiffeltürme waren, so vernachlässigt waren die Grundstücke, die nichts anderes zu bieten hatten als Steine. Eine Gartenkultur, wie sie in Israel bereits die höchste Stufe erreicht hatte, gab es hier nicht.

»Vergiß nicht, mir zu sagen, wo wir abbiegen müssen, Ibrahim.«

»Das dauert noch eine Weile.«

Der Verkehr war dicht, arabische Autos mit blauen Nummernschildern, israelische mit gelben, hin und wieder ein Militärfahrzeug, zwei Polizeiwagen in normalem Tempo, eine Ambulanz. Nichts, was auf die Unruhen hingewiesen hätte, obgleich es die Strecke nach Nablus war und die Stadt nur etwa achtzig Kilometer weit entfernt.

»Wie wirst du deiner Mutter erklären, daß du plötzlich mit Sack und Pack ins Dorf zurückkommst?«

»Ich werde ihr sagen, daß ich mich entschlossen habe, nach Amerika zu gehen, und mein Zimmer in Jerusalem aufgegeben habe.«

»Wird sie nicht fragen, warum?«

»Nein, sie fragt nicht.«

»Aber sie wird sich Gedanken machen.«

»Meine Mutter denkt nicht«, sagte er ohne eine Spur von Ironie.

»Natürlich denkt sie. Sie hat für deinen Vater gesorgt und sechs Kinder großgezogen. Wie macht man das, ohne zu denken?«

»Ich meine, sie denkt nicht so wie du und ich und Stanley. Sie denkt nicht von alleine. Sie ist eine ganz einfache Frau, die nicht lesen und schreiben kann, und ich bin der älteste Sohn hier im Land, und darum habe ich zu bestimmen, was gemacht wird.«

Ibrahim, dem Stanley Verantwortungsbewußtsein hatte beibringen wollen, trug also die Verantwortung für seine Familie, er, der sich von uns, den Erben der sogenannten westlichen Zivilisation, dauernd hatte belehren lassen müssen, war bei sich zu Hause derjenige, der bestimmte. Für uns der kleine, unzuverlässige Junge aus einem arabischen Dorf, für seine Mutter, jüngeren Brüder und Schwester das Familienoberhaupt.

Da war er wieder, der Abgrund zweier Kulturen, die sich in keinem Punkt zu berühren schienen. Selbst wenn ich ihn jetzt fragte, ob er seine Mutter liebe, würde weder der Platz der Mutter in seinem Leben noch das Wort lieben dieselbe Bedeutung für ihn wie für mich haben.

Ich hatte mich oft gefragt, welche Stellung die Mutter im Leben ihrer erwachsenen, männlichen Kinder einnahm. Den Großvater ehrte man, den Vater achtete man, die Geschwister mochte man, aber was war mit der Mutter? Sie war eine Frau und wurde als solche behandelt. Man half ihr nicht, man sagte ihr nichts, man fragte sie nichts, man nahm sie nirgendwohin mit, in anderen Worten, man kümmerte sich so wenig wie möglich um sie. Und trotzdem war sie die Zelle der Familie und ebenso unabkömmlich wie Sonne oder Wasser, von denen man ja auch nichts anderes erwartete, als daß sie den Kreislauf der Natur aufrechterhalten und Wärme, Nahrung, Leben spenden.

»Da, an der nächsten Kreuzung, bei der Fabrik, mußt du links abbiegen«, sagte Ibrahim.

Es war eine israelische Textilfabrik, und vor ihrem Tor stand ein Militärjeep mit vier bewaffneten Soldaten.

»Hat es in deinem Dorf schon mal Unruhen gegeben?« fragte ich.

»Nein, nie. Die meisten Männer sind in Amerika, und die Frauen und Kinder sitzen in ihren Käfigen und haben, was sie brauchen... außer natürlich Männer und Väter. Fahr vorsichtig, die Straße ist voller Löcher.«

»Interessiert dich nicht, was hier im Land passiert?«

»Doch, aber was kann ich – was können wir – machen? Schau, Angelika, als die Israelis kamen, war ich drei Jahre. Ich kenne nichts anderes und meine Freunde auch nicht.«

»Worüber unterhaltet ihr euch denn?«

»Über Dummheiten«, sagte er und lachte.

Die teilweise ungepflasterte Straße war wirklich in einem verheerenden Zustand und die kahle, steinige Landschaft mit kleinen Industriebetrieben und Werkstätten bekleckst.

Nach etwa drei Kilometern kamen die ersten Häuser in Sicht, und Ibrahim begann zu erklären: »Das große, schöne Haus hier rechts gehört einem katholischen Priester und seiner arabischen Geliebten... da drüben wird eine neue Moschee gebaut... das ist unser Supermarkt... das lange Haus da, es ist noch nicht ganz fertig, siehst du, das gehört einem von den reichen Männern, die in Amerika leben. Er hat vierzig Wohnungen, und die vermietet er... und da oben, auf dem Hügel, ist seine Villa. Schau, die schönen, teuren Häuser überall!«

Es waren tatsächlich recht stattliche, neu und unbenutzt aussehende Häuser, die sich teils an der Straße entlangzogen, teils einen Hang hinaufkletterten. Ein neureicher, aufgepfropfter Ort ohne den Reiz alter, mit der Natur verwachsener arabischer Dörfer.

»Wie hat es denn früher hier ausgesehen?« wollte ich wissen.

»Das wirst du gleich sehen. Wir wohnen noch in einem von den alten, armen Häusern.«

Wir fuhren einen steilen, vom nächtlichen Regen verschlammten Weg hinauf und hielten vor einer der stattlichen Villen.

»Das ist das Haus von meinem Onkel«, sagte Ibrahim mit verächtlicher Grimasse, »er ist ebenso reich wie geizig. Er gibt uns nicht einen Piaster.«

»Lebt er auch in Amerika?«

»Natürlich. Ein alter Mann mit einer jungen Freundin.«

Ein etwa fünfzehnjähriger Junge, schmal und dunkel, lief auf uns zu und streckte mir schon von weitem die Hand entgegen.

»Good morning«, strahlte er, »how are you, welcome.«

»Das ist mein jüngster Bruder, Mohammed«, sagte Ibrahim, »komm jetzt, ich führe dich zu unserem Haus.«

Ich griff nach einer der Plastiktüten.

»Laß das«, befahl Ibrahim mit mir unbekannter Bestimmtheit, »das machen ich und mein Bruder.«

Man mußte auf einem Streifen matschiger Erde um das Haus des Onkels herumlaufen. Auf der Terrasse standen drei Frauen und viele Kinder. Ibrahim winkte hinauf, und sie winkten zurück, lachten und kreischten.

»Sind das die verlassenen Frauen und Kinder?« fragte ich.

»Ja, eine davon und ein paar Kinder gehören meinem Onkel. Paß auf, da ist eine Pfütze.«

Sie war nicht zu übersehen, und ich überlegte, ob man in all den Jahren nicht einen Weg aus den reichlich herumliegenden Steinen hätte anlegen können. Man hätte.

Das Haus war ein ebenerdiges Quadrat mit Tür und kleinen Fenstern. Ein Korridor führte von einem Ende zum anderen und vier sich gegenüberliegende Türen in verschiedene Räume. Ich folgte Ibrahim durch die, die dem Eingang am nächsten lag, und stand im sogenannten Salon.

»Ist deine Mutter nicht zu Hause?«

»Nein, aber sie wird gleich kommen. Setz dich bitte, ich hole nur schnell meine Sachen.«

Ich schaute mich im Zimmer um. In der Mitte stand ein kleiner, viereckiger Tisch, an drei Wänden entlang armselige Stühle verschiedenster Art und am Kopfende des Zimmers der Fernseher. Es war die in allen arabischen Salons übliche Anordnung – egal ob es sich um reiche oder arme Leute handelte –, und sie war nicht das, was ich gemütlich nennen würde. Es war kalt in der Stube und kein einziger wärmespendender Gegenstand zu sehen. Die verblichenen blauen Wände hatten Flecke und Schürfungen, auf dem Tisch stand eine kleine, verstaubte Glasvase mit drei künstlichen Blumen.

Ich begann, die vergrößerten und gerahmten Fotografien zu betrachten, die knapp unter der Decke hingen: zwei junge schwarzhaarige Männer mit Schnurrbart und Krawatte – Ibrahims amerikanische Brüder wahrscheinlich, die keinerlei Ähnlichkeit mit ihm hatten, und zwei Hochzeitsbilder. Die beiden Bräute, blutjung und bis zur Puppenhaftigkeit geschminkt, glichen sich, nur daß die eine ein langes, besticktes arabisches Kleid trug und ernst in die Kamera blickte und die andere aus einem modernen, weißen Hochzeitskleid herauslächelte. Da Kleid und Lächeln bereits aus Amerika importiert waren, schloß ich, daß es die Schwester sein mußte. Ihr Mann machte, bis auf die weiße Phantasieblume im Knopfloch, keinen starken Eindruck auf mich, während mir der der Mutter gut gefiel. Er hatte das schmale, feine Wüstengesicht und die schwarzen, traurigen Augen der Beduinen.

Als Ibrahim und Mohammed ins Zimmer kamen, stand ich immer noch vor den Bildern und versuchte mir das Leben der Menschen auszumalen, die hier als halbwüchsiges Ehepaar eingezogen waren, Kinder geboren und großgezogen hatten. Hatten sie tatsächlich nie etwas anderes erwartet als dieses vegetative Leben in seinem ungebrochenen Rhythmus: Sonnenaufgang, Sonnenuntergang, Sommer, Winter, Geburt, Tod? Dazwischen ein paar Feste, Streitigkeiten, Krankheiten, ein Krieg. Hatten sie sich wirklich nie Fragen gestellt, nie über das, was sich tagtäglich wiederholte, hinausgedacht, hinausgewünscht?

»Sieh mal«, sagte Mohammed und zeigte stolz auf ein gerahmtes, mit schöner arabischer Schrift bemaltes Zertifikat, »mein Bruder.«

»Schön«, sagte ich.

»Das ist mein Universitätsdiplom«, erklärte Ibrahim und dann: »Ist dir kalt?«

»Ja. Habt ihr hier überhaupt nichts zum Heizen?«

»Einen kleinen elektrischen Ofen, aber er ist kaputt. Mohammed wird uns gleich einen Tee kochen.«

Das kalte Zimmer mit den vielen leeren Stühlen und den drei künstlichen Blumen in der verstaubten Glasvase begann mich zu deprimieren. Früher mußte es voll mit Kindern gewesen sein, mit Verwandten und Freunden, mit Schreien und Lachen. Avi hatte mir einmal auf meine Frage, wie er seine Wohnung heize, gesagt: »Mit unseren Körpern. Wir sind so viele in einem Zimmer, daß uns zu heiß wird und wir das Fenster öffnen müssen.«

»Gehen wir doch in den Garten«, sagte ich zu Ibrahim, »draußen ist es viel wärmer.«

Mohammed stand dicht neben mir und schaute erwartungsvoll zu mir auf. In jedem Wort, das ich sprach und das er nicht verstand, vermutete er eine aufregende Neuigkeit. Ibrahim sagte etwas zu ihm, und der Junge ergriff zwei Stühle und lief damit in den Garten. Wir folgten.

Ich war sehr enttäuscht, denn der Garten entpuppte sich als ein dreieckiges Fleckchen steiniger Erde, aus dem drei Olivenbäume und etwa zwei Dutzend Kohlköpfe wuchsen. Irritiert fragte ich mich, was die hier zu suchen hatten, und Ibrahim, ob man nicht etwas mehr hätte pflanzen können, Sträucher zum Beispiel, Gemüse, ein paar Blumen.

»Wir haben ja kein Wasser«, sagte er.

»Ibrahim, red doch nicht! Die Zeiten, in denen Wasser in Jerusalem rationiert war, sind ja wohl vorüber.«

»Wir sind nicht angeschlossen, wir haben nur eine Pumpe... da, siehst du... und das«, er lachte verlegen und zeigte auf einen Bretterverschlag, »das ist unsere Toilette.«

»Und ihr hättet nicht angeschlossen werden können«, wollte ich fragen, ließ es dann aber. Man kam nur in den seltensten Fällen dahinter, was aus technischen, politischen, finanziellen Gründen undurchführbar war und was aus Gleichgültigkeit und orientalischem Phlegma nicht durchgeführt wurde.

Die Sonne, mit ihrer unheimlichen Kraft, hatte ein Loch in die Wolkendecke gebrannt, und ich hielt ihr mein Gesicht entgegen und schloß die Augen. Selbst im Winter, bei grauschwarz geschwollenem Himmel, war sie nah, wartete dicht über den Wolken auf ihren Auftritt. Ich liebte inzwischen die Winter mit ihren leuchtenden, warmen Tagen mehr als die endlosen blaßglühenden Sommer.

»Eßt ihr den Kohl?« fragte ich, denn ich hatte noch nie ein arabisches Krautgericht gesehen.

»Natürlich. Meine Mutter wickelt Reis in die Blätter, das schmeckt sehr gut ... und weißt du, wie viele Oliven wir ernten? Zwei Zentner im Jahr.«

Ich öffnete die Augen und betrachtete die Bäume. Sie sahen mir gar nicht nach großer Trächtigkeit aus, aber sie schienen der Stolz der Familie zu sein.

Mohammed brachte den Tee, und Ibrahim, nach einem Blick in die Gläser, fauchte ihn an, nahm das kleine runde Messingtablett und verschwand damit. Sein Bruder sah ihm betreten nach, dann mich erwartungsvoll an. Ich lächelte und schloß die Augen. Ein Esel stieß in der Ferne seinen unbeholfenen Schrei aus, der Geruch brennenden Holzes wehte mich an und mit ihm die Sehnsucht.

Ich sah mich als Sechzehnjährige blühend und glücklich, aber ich fühlte mich nicht mehr. Jugend, Kraft und spontanes Glück waren ausgelöscht, geblieben war die Nostalgie danach.

»Er hat die Pfefferminzblätter vergessen«, sagte Ibrahim zurückkehrend, »er kann *auch* nicht denken.«

Er reichte mir ein Glas und setzte sich wieder neben mich.

»Ibrahim, wie lange ist dein Vater schon tot?«

»Sechs Jahre.«

»Erinnerst du dich noch gut an ihn?«

»O ja. Er war Steinmetz und hat die Steine sehr geliebt. Er hätte auch nach Amerika gehen können, aber er hat gesagt: Was soll ich da drüben ohne meine Steine. Meine Mutter sagt: Was soll ich da drüben ohne mein Stück Land. Ich sage: Was soll ich da drüben ohne Jerusalem und meine Freunde.«

»Und deine Brüder, die in Amerika leben?«

»Die haben kein Land mehr und glauben, sie sind Amerikaner geworden.«

Plötzlich stand eine Frau vor mir, groß, voluminös und aufrecht. Sie trug ein langes arabisches Kleid, verblichenes Schwarz mit bunter Handstickerei, und ein nach hinten geschlungenes Kopftuch. Ihr Gesicht, gebräunt, rund und beinahe glatt, hatte feine Züge und einen offenen, freundlichen Ausdruck.

»Meine Mutter«, sagte Ibrahim, »sie ist viel zu dick, findest du nicht?«

Ich stand auf und gab ihr die Hand.

»Welcome, how are you?«

»Das ist alles, was sie auf englisch sagen kann«, grinste ihr Sohn.

»Mehr als ich auf arabisch«, sagte ich, »weiß deine Mutter, wer ich bin?«

»Natürlich, ich habe ihr gesagt, daß du in Jerusalem wohnst und sehr gut zu mir bist.«

»Eine umfassende Auskunft.«

Die Frau strahlte mich an, neben ihr strahlte Mohammed.

»Willst du nicht einen Stuhl für deine Mutter bringen?« fragte ich.

»Sie sitzt nicht gern auf Stühlen.«

Er sagte etwas zu ihr, und sie ließ sich mit einer Geschmeidigkeit, die man diesem großen, schweren Körper nie zugetraut hätte, auf dem Boden nieder.

»Ich wünschte, ich könnte mit ihr sprechen«, sagte ich.

»Was würdest du ihr denn sagen, wenn du mit ihr sprechen könntest?«

»Daß wir viel gemeinsam haben.«

»Was?« rief er und krümmte sich vor Lachen zusammen. »Angelika, du bist verrückt geworden!«

»Als ich sechzehn war«, erzählte ich ihm, »habe ich mal neun Monate in einem Dorf in Bulgarien, einem kleinen Land in der Nähe der Türkei, gelebt. Wir waren elf Menschen in zwei kleinen Zimmern und einer winzigen Kammer. Der Hof war so groß wie euer Garten, nur gab es da keine Olivenbäume und Kohlköpfe, sondern nur ein Klo, so wie ihr es habt, einen Stall für die Schafe und einen Ofen, in dem sehr gutes Brot gebacken wurde. Die Häuser waren aus Lehm, und es gab keinen Salon und kein Wasser, nicht mal eine Pumpe. Das Wasser mußte vom Dorfbrunnen geholt werden, und die Feste wurden im Freien gefeiert.«

»Warum hast du da gelebt?«

»Ich fürchte, das ist eine zu lange Geschichte.«

Er sah mich ernst an, seufzte und sagte: »Du mußt sehr unglücklich gewesen sein.«

»O nein, ich glaube, es war die glücklichste Zeit meines Lebens.«

»Du machst einen Witz.«

»Nein.«

»Aber warum denn?«

»Weil es echt war, das Leben und die Menschen, und außerdem war ich sechzehn.«

Ich zündete mir eine Zigarette an. Mohammed brachte ein Schälchen mit Pistazien und drei frische, kleine Gurken. Die Mutter ließ mich durch Ibrahim fragen, warum ich traurig sei.

»Sag ihr, weil das Leben traurig ist.«

Die Frau legte ihre Hand auf mein Knie und nickte.

»Sie fragt, ob du verheiratet bist.«

»Sag ihr, viermal, aber das hat auch nicht geholfen.«

»Soll ich ihr das wirklich sagen?«

»Nein, natürlich nicht.«

Die Mutter schaute von einem zum anderen und erwartete eine Antwort.

»Nun sag ihr schon, daß ich verheiratet bin und einen Sohn habe.«

Ibrahim übersetzte. Die Mutter machte einen unzufriedenen Eindruck. »Sie meint, das sei zu wenig«, sagte Ibrahim und kicherte, »warum du nicht mehr Kinder hast?«

Die einfachsten Fragen waren doch immer die schwierigsten, und die Freude am echten Leben mit Klo im Hof und elf Menschen in zweieinhalb Zimmern war mir abhanden gekommen. Ich war plötzlich ungeduldig, mit diesem unergiebigen Gespräch, dieser mächtigen, am Boden hockenden und in ihre Unwissenheit ergebenen Frau, dem strahlenden Mohammed und am meisten mit mir selber. Man wollte immer noch hören, warum ich nicht mehr Kinder hatte, und ich sagte: »Weil in dieser Welt jedes Kind zuviel ist.«

Kaum gesagt, begann es aus heiterem Himmel zu regnen, und das ersparte Ibrahim die Übersetzung, der Mutter den Schock und mir eine Fortsetzung des Gespräches. Ich verabschiedete mich hastig, versprach wiederzukommen und lief mit Ibrahim zum Auto.

»Steig ein«, rief ich, denn jetzt kam der Regen nicht mehr in Tropfen herunter, sondern im Strahl.

Er setzte sich neben mich, und da saßen wir wie in der Arche Noah auf hoher See, und um uns herum ging die Welt unter.

»Ibrahim«, sagte ich, »wie geht es jetzt eigentlich weiter?«

»Was meinst du?«

»Wie bleiben wir in Verbindung? Es gibt kein Telefon im Dorf, nach Jerusalem kannst du nicht kommen, und ich kenne keinen von deinen Freunden, mit dem du mir oder ich dir eine Nachricht schicken könnte.«

»Wer hat dir gesagt, ich kann nicht nach Jerusalem kommen? Natürlich kann ich. Ich muß sogar Ende der Woche kommen wegen des Anwalts. Und dann wegen des Laisser-passer. Und Schuhe muß ich mir auch kaufen.«

»Hat der Anwalt dir nicht gesagt, daß das gefährlich ist?«

»Nein. Woran soll mich die Polizei mitten auf der Straße erkennen, und außerdem sagt Stanley immer, daß ich überhaupt nicht arabisch aussehe.«

»Ein so reizendes Kind, die kleine Schrobsdorff«, hatte die eine Frau zur anderen gesagt, »sie sieht überhaupt nicht jüdisch aus.« – »Ja«, hatte die andere erwidert, »da hat sie noch Glück gehabt, die arme Kleine.«

»Hört nie auf«, sagte ich.

»Was?«

»Der Regen, unter anderem. Verfluchte Scheiße.«

Er legte den Arm auf die Rückenlehne meines Sitzes und von da vorsichtig um meine Schultern.

»Bitte, mach dir keine Sorgen. Du hörst von mir. Ich kann dich auch vom Laden an der Hauptstraße anrufen. Nur darfst du mich nicht bei meinem Namen nennen. Auch wenn du mit Stanley über mich sprichst nicht. Der Anwalt hat gesagt, daß man vielleicht eure Telefone abhört.«

»Gut, daß mein Telefon kaputt ist. Da können sie lange abhören.«

»Weißt du, ich habe gar keine Angst vor der Polizei. Ich habe nur Angst, daß man in meinem Dorf erfährt, was passiert ist. Das wäre furchtbar. Sie würden mir nicht glauben und sagen, ich hätte das Mädchen vergewaltigt.«

»Deine Freunde würden das sagen?«

»Nicht meine guten Freunde, aber die anderen. Und das wäre für meine Familie die größte Schande.«

»Du lieber Himmel, Ibrahim, das ist doch Unsinn!«

»Angelika, du kennst die Araber nicht. Viele sind Spitzel und arbeiten für die israelische Polizei.«

Mich überkam ein Gefühl der Klaustrophobie. Ich drehte das Fenster etwas herunter und setzte den Scheibenwischer in Bewegung. Auf der Straße vor meinem Auto standen drei kleine Jungen, lachten mich an und winkten mir zu.

»Wenn du Geld brauchst, Ibrahim, Hilfe, eine Unterkunft, dann läßt du's mich wissen, nicht wahr?«

»Ja.«

»Auf Wiedersehen ... bis bald.«

Er stieg aus, streckte dann aber noch einmal den Kopf ins Auto und sagte: »Wenn ich dir mein Leben geben würde, wäre es zu wenig für das, was du für mich getan hast.«

Er schlug schnell die Tür zu und ließ mich mit der schweren Bürde seiner Dankbarkeit allein.

Nachdem Ibrahim, das brennende Problem der letzten drei Tage, bis auf weiteres unter Kontrolle gebracht war, hoffte ich, zur Tagesordnung und dem Buch über meine Mutter zurückkehren zu können. Ich näherte mich da gerade dem Jahr 1930 und hatte große Schwierigkeiten, das seltsame Verhalten der Protagonisten zu erklären, die munter und gedankenlos draufloslebten und keine Ahnung zu haben schienen, was sich um sie herum zusammenballte. Ich stand also um sechs Uhr früh mit starken Kopfschmerzen auf, taumelte ins Bad, nahm eine Tablette und taumelte weiter ins Wohnzimmer. Das glasklare Licht eines Kamsintages floß mir durch vierzehn Fenster entgegen, die Landschaft schwebte, jeder Stein, jeder Zweig in weitester Entfernung war scharf umrissen, als sähe man ihn unter einer Lupe, die Berge Moabs erinnerten an einen Zug rosa und violetter Elefanten, die, den Rüssel um den Schwanz des Vordermannes geschlungen, am Horizont entlangstapften. Jetzt ins Auto steigen und die Allonstraße durch die Wüste nach Jericho hinunterfahren, sich als winziger Punkt im Faltenwurf der Hügel verlieren. Nicht schreiben, nicht auf Avi mit der Druckpumpe warten, nicht den Hörer vom Telefon nehmen und feststellen, ob es tot oder lebendig war, nicht die Nachrichten hören. Nicht wissen, was sich um einen herum zusammenballte. Die Kater hatten sich mit gewaltigem Buckel und Gähnen von ihren Schlafplätzen erhoben und schrien jetzt aus Leibeskräften nach ihrem Frühstück. Ein Hubschrauber knatterte wie nasse Wäsche im Wind. Was machte ein Hubschrauber in aller Herrgottsfrühe über Jerusalem?

Ich gab den Katzen »Whiskas – supermeat with chikken«, setzte Teewasser auf, zündete einen der beiden Öfen an und nahm den Hörer vom Telefon. Es war tot, und ich sagte: »Sei's drum.« Den Ausdruck hatte ich von einem meiner ehemaligen Lektoren übernommen, der immer, wenn ihm eine Passage oder Formulierung nicht gefiel, sei's drum gesagt hatte.

Um kurz vor sieben war ich immer noch nicht mit den praktischen Tagesvorbereitungen fertig. Das lag am Kamsin. An solchen Tagen fehlte mir die Konzentration und Durchführungskraft. Ich fing mit einer Beschäftigung an, und innerhalb kürzester Zeit waren es fünf, die sich nicht koordinieren ließen. An solchen Tagen rauchte ich auch zwei Zigaretten nebeneinanderher, goß heißes Wasser in eine teelose Kanne und vertippte mich bei jedem Wort, was keine Rolle spielte, denn auch ohne Vertippen hätte ich das Geschriebene weggeworfen. Um sieben Uhr stellte ich die englischen Nachrichten im israelischen Sender ein. Während ich ihnen lauschte, massierte ich mein Zahnfleisch, was genausoviel Zeit in Anspruch nahm wie die Schlagzeilen der Nachrichten.

Ich hörte also: »Der Aufstand geht weiter – sechzehn palästinensische Verwundete. Ministerpräsident Schamir und die israelische Armee sagen, man könne nicht von einer ›Rebellion‹ in den Gebieten sprechen. Schamir bestritt, daß die israelische Armee die Kontrolle über die Situation verliert, wie einige Zeitungen berichten. Der Aufstand geht im Gaza-Streifen trotz massiven Truppeneinsatzes mit unverminderter Heftigkeit weiter. Es handelt sich um die schwersten Unruhen seit Jahren.«

Als man in Einzelheiten ging, stellte ich die Nachrichten ab. Ich hatte einen bitteren Geschmack im Mund. Sicher die Tablette. Außerdem hatte ich den Eindruck, daß der Zahn, der die Brücke hielt, wackelte. Das wäre eine Katastrophe. Ich hatte einmal eine Frau gekannt, eine sehr intelligente, leicht depressive Person, die sich an dem Tag, an dem sie zu einer langen Behandlung zum Zahnarzt gehen mußte, umgebracht hat. Ich halte den Zusammenbruch der Zähne für einen triftigen Grund, sich umzubringen.

Mir fiel bei diesem Gedanken ein, daß heute der 14. Dezember war und in zehn Tagen Weihnachten und mein Geburtstag. Noch ein triftiger Grund. Von Weihnachten spürte man hier, Gott sei Dank, wenig, aber um meinen Geburtstag kam ich nie unversehrt herum. Daran waren hauptsächlich meine deutsch-jüdischen Freunde schuld – die alte Generation –, denen der Assimilationszwang und damit die tiefe Bedeutung eines Geburtstages immer noch in den Knochen steckte. Ich konnte es bis zum heutigen Tage nicht durchsetzen, daß man meinen Geburtstag – der ja nun mit jedem Jahr peinlicher wird – unerwähnt ließ. Ich nahm mir vor, am 24. Dezember den Tag über nach Jericho zu fahren und mit George, dem arabischen, genauer gesagt, palästinensischen Kellner, Koch und Manager meines Stammlokals, unter Orangenbäumen Tee zu trinken. Dieser Plan ermunterte mich etwas, und ich setzte mich an die Schreibmaschine. Da saß ich, die Arme im Schoß verschränkt, bis es klingelte.

»Avi mit der Druckpumpe«, dachte ich, »der Gute, der einzig Verläßliche, ob mit oder ohne Mazaf.« Ich lief zur Tür, hatte aus Versehen den Autoschlüssel mitgenommen, lief zurück, suchte den Haustürschlüssel, fand ihn im Bad, lief wieder zur Tür, sagte, während ich den Schlüssel dreimal im Sicherheitsschloß und zweimal im normalen Schloß herumdrehte: »Eine Sekunde«, und öffnete.

Vor mir stand Rick mit einer Dame. Rick hat eine hübsche, schmale Figur und einen kleinen Kopf mit einem entsprechend kleinen, sehr intellektuellen Gesicht. Manchmal war dieses Gesicht pfiffig, manchmal bis zur Gequältheit irritiert. Das war es jetzt.

»Hat lange gedauert«, sagte er. »Schalom, entschuldige bitte, dein Telefon ist kaputt.«

Ich hatte es satt, mit dem kaputten Telefon begrüßt zu werden, und sagte, auf die Uhr schauend: »Wie nett, kommst du zum Frühstück?«

Er lachte und stellte mir die Dame vor. Sie hieß Wiebke Krösel. Der Name verwirrte mich, aber noch mehr ihre Erscheinung. Sie sah aus wie Marika Rökk in dem Film ›Kora Terry‹. Ich fürchte, es gibt kaum noch jemand, der diesen Film gesehen und dann auch noch in Erinnerung behalten hat. Daß mir das passiert ist, liegt daran, daß ich ihn als Kind in Bulgarien gesehen habe. Und auf Kinder, die in Bulgarien lebten und sich nach Deutschland sehnten, machten damals selbst ein Film wie ›Kora Terry‹, und eine Schauspielerin wie Marika Rökk, einen unauslöschlichen Eindruck.

Wiebke Krösel, wie seinerzeit Marika Rökk, hatte hochgekämmte, rotblonde Haare, die ihr als Löckchen in die Stirn fielen, einen kleinen, dunkelrot geschminkten Mund und Quecksilberaugen mit Vogelblick. Ihre Figur wirkte gut trainiert, was aber auch an den straff sitzenden Hosen, dem gestreiften Hemd und dem roten Schlips liegen konnte.

Wiebke, erklärte Rick, sei eine Reporterin aus Hamburg.

»Und was soll ich damit?« lag es mir auf der Zunge zu fragen, sagte aber statt dessen: »Interessant.«

»Dürfen wir einen Moment hereinkommen?«

»Ja, Entschuldigung, ich bin etwas zerstreut.«

»Das merkt man.«

Ich führte sie bis in die Küche und war entschlossen: keinen Schritt weiter und keinen Kaffee.

»Ich muß nach Gaza«, sagte Rick, »und wollte dich fragen, ob wir die Autos tauschen können. Ich geb' dir meins und du mir deins, wegen der französischen Nummer.«

»Bitte schön, wenn's nicht für immer ist.«

»So Gott will, bin ich heute nachmittag wieder zurück.«

»Laß Gott aus dem Spiel, und sei um Gottes willen vorsichtig. Schon wegen des Autos. Dein alter Lieferwagen ist wirklich kein guter Tausch. Willst du etwas über Gaza schreiben?«

Er nickte und zündete sich eine Zigarette an.

»Sie auch?« fragte ich Marika Rökk.

»Ja«, sagte sie mit leiser, femininer Stimme, »jetzt wollen die Zeitungen natürlich ganz schnell was über die palästinensischen Lager haben.«

Ich kombinierte, daß das die Reporterin sein mußte, die Rick gefragt hatte, ob man die Flüchtlingslager nicht mit Konzentrationslagern vergleichen könne.

»Wie das Schicksal so spielt«, sagte ich.

Rick sah mich an, und jetzt hatte er sein pfiffiges Gesicht. In der gleißenden Helligkeit funkelten seine Brillengläser, und dahinter hüpften die Augen.

»Willst du auch mitkommen?« fragte er.

»Eine kleine Landpartie in den Gaza-Streifen, um mir den Horror aus der ersten Reihe anzusehen? Nein, danke.«

»Na, der wird ja auch hierherkommen, also brauchst du nicht so weit zu fahren.«

»Glaubst du das wirklich?«

»Was ist mit dir los, Angelika? Über dreißig Palästinenser sind schon tot, und die Zahl der Verwundeten geht in die Hunderte. Es handelt sich hier nicht mehr um Unruhen, sondern um einen palästinensischen Aufstand gegen die israelische Besatzungsmacht. Bist du plötzlich blind geworden? Du warst doch immer diejenige, die gesagt hat: Das kann nicht gutgehen.«

»Hast du das nicht gesagt? Haben das nicht viele von uns gesagt? Und haben wir es nicht in dem Moment, in dem wir es sagten, prompt wieder vergessen? So wie man seinen Tod vergißt, von dem man ja auch weiß, daß er kommt, und sich trotzdem nicht vorstellen kann, daß er kommt.«

»Er ist also gekommen. Du brauchst ihn dir nicht mehr vorzustellen, du brauchst ihn nur noch zu erleben.«

»Wenn es so ist, hoffen wir, daß es schnell geht.«

»Das wird es bestimmt nicht. Es wird ein langer, qualvoller Tod.«

»In Deutschland«, sagte die Reporterin, »hat er ja auch fünfzehn Jahre gedauert.«

Sie stand bekümmert, mit hängendem Kopf da, Rick mit triumphierend gerecktem.

Ich schaute durch das Küchenfenster in den Patio. Zwei Strelitzien blühten orange und violett, und das winzige Mandarinenbäumchen trug viele Früchte. Meine Kehle zog sich zusammen, und meine Augen schmerzten unter dem Druck zurückgehaltener Tränen.

Ich lief, ohne die Augen von der Straße oder die Hände aus den Manteltaschen zu nehmen, zu Ricks Wohnung. Er hatte mir die Schlüssel gegeben, damit ich von seinem Telefon aus die notwendigen Anrufe machen konnte, um das meine wieder in Ordnung bringen zu lassen. Der Tag war nicht mehr dazu geeignet, irgend etwas anderes zu unternehmen.

Rick wohnt in Ost-Talpiot, etwa eine halbe Stunde Fußmarsch von mir entfernt, und der, hoffte ich, würde mir guttun. Es war ein schnurgerader Weg, der zu nichts anderem verführte, als seinen Fußspitzen und Gedankenfetzen nachzulaufen. Ein einziges Mal hob ich den Kopf, und das war, als ich an dem kleinen Altersheim vorbeikam. Ich konnte dort nie vorbeigehen oder -fahren, ohne einen Blick darauf zu werfen. Man sah hauptsächlich einen von Nadelbäumen verdüsterten Garten, der direkt an die Straße grenzte. Darin standen ein paar Stühle und Tische, die noch aus den Anfangszeiten des Staates stammen mußten und dementsprechend puritanisch waren. Keine Tischdecken, keine Kissen, keine Farbe. In den nicht zu kühlen oder heißen Monaten saßen immer ein paar alte Leute draußen und schauten in Richtung Straße. Ich hatte sie nie bei irgendeiner Beschäftigung ertappt. Heute saß nur eine alte Frau da. Sie hatte sich in eine braune Decke geschlagen, und als ich in ihr Blickfeld kam – der einzige Mensch weit und breit –, sah sie mich an, wie ich die Steine auf der Straße. Nichts klickte in ihrem Gesicht, und natürlich dachte ich: So wirst auch du in nicht allzuferner Zukunft dasitzen, es sei denn, ein glücklicher Zwischenfall, wie zum Beispiel ein Herzschlag, trifft dich vorher, oder du springst zur rechten Zeit ab. Es war wirklich ein böser Tag: erst der Zahn, dann der Geburtstag, jetzt die alte Frau und über allem der Mazaf.

In Ricks Wohnung war es kalt wie in einem Eisschrank. Es war ein neu gebautes, modernes Haus ohne Zentralheizung, und Rick hatte es, obgleich er schon zwei Jahre dort wohnte, nicht weiter gebracht als bis zu einem elektrischen Öfchen. Auch was das Mobiliar betraf, hatte er es nicht weit gebracht. Es gab eine erstaunliche Menge von Büchern, die ordentlich und gepflegt in weißgestrichenen Metallregalen untergebracht waren, eine große Matratze in einem Zimmer, ein schmales Feldbett im anderen, einen Tisch und zwei Stühle in der Küche, einen enormen Kühlschrank und eine ebenso enorme Waschmaschine. Im Salon hing eine nackte Glühbirne von der Decke, und in der Ecke stand die Mißgeburt eines geerbten, dottergelben Lurexsessels, in dem man unter keinen Umständen sitzen wollte, besonders nicht an Kamsintagen, an denen er elektrische Schläge austeilte.

Es herrschte pedantische Sauberkeit, was zweifellos auf Wiebke Krösel zurückzuführen war, deren Koffer, geometrisch angeordnet, im Zimmer mit dem Feldbett standen. Hier waltete die Umsicht einer reifen deutschen Hausfrau, die, so erfuhr ich später, fünfundzwanzig Jahre verheiratet gewesen und Mutter von drei Kindern war, sich dann aber im Zuge der Frauenbewegung als Reporterin verwirklicht hatte. Ein gewagter Sprung, der sie bis in die palästinensischen Flüchtlingslager und Ricks unbewohnbare Wohnung katapultiert hatte.

Ich schaltete den elektrischen Ofen ein, stellte ihn neben das Telefon auf den Tisch, schlug mein Notizbuch auf und bereitete mich seelisch auf das vor, was mir, unter vielem anderen, am verhaßtesten ist: telefonieren.

Die Störungsstelle war selbstverständlich besetzt.

Rebekka war in einer Depression – was nach der Klimax ihrer Ausstellung zu erwarten war –, aber trotzdem sehr hilfsbereit. Sie versprach, sofort zwei Freunde anzurufen, die, einer wie der andere, in enger Beziehung zu der Telefongesellschaft »Besek« standen und schon viele gestörte Apparate und deren dadurch gestörte Besitzer gerettet hatten. Mit deren »Protektia«, meinte sie, würde die Sache in kürzester Zeit erledigt sein.

Evchen, meine Mutter-Freundin, sagte, es gäbe nichts Schlimmeres als ein kaputtes Telefon und ich solle sofort

Herrn Marcus anrufen, der bei Besek der Oberaufseher der Techniker und derjenige sei, der ihr innerhalb weniger Stunden einen solchen ins Haus geschickt hätte. Sie gab mir seine Nummer und erzählte dann noch, was sie am Tag vorher an komischen, hübschen und sonderbaren Erlebnissen gehabt hatte. Es waren viele.

Jane Segal kannte den Mann, der Herrn Marcus sowie Rebekkas zwei Freunde bei weitem an Einfluß übertraf. Sie erzählte mir seine Lebensgeschichte, die entweder das Schicksal oder Jane zu einer griechischen Tragödie gestaltet hatte. Irgendwann verlor sie den Faden und erklärte übergangslos, daß Israels Kommunikationssystem Ausdruck seines moralischen Zerfalls sei. Je weniger die Verbindung von Mensch zu Mensch klappte, desto mehr Telefone habe man. Das Land zerfiele in zahllose verbindungslose Gruppen, die alle an einem anderen Strang zögen und nicht mehr an Israel dachten, sondern nur an ihre eigenen Machtbereiche. In absehbarer Zeit würde es zusammenbrechen, so wie das Kommunikationssystem, denn ein so kleines Land könne es sich nicht leisten, so viele Telefone und so viele Gruppen zu haben. Ob ich am Abend vorbeikäme? Tony, ihr Mann, hätte Fieber, aber es ginge ihm sehr gut.

Philip ließ mich wissen, daß er maßlos viel zu tun hätte, denn er flöge für eine Woche nach London, um dort an einer »surprise party«, die sein Neffe seiner Schwester zum Anlaß ihrer silbernen Hochzeit gäbe, teilzunehmen. Es wäre doch eine unglaubliche »surprise«, wenn er dort plötzlich auftauche, und außerdem sei am 26. Dezember der Ausverkauf bei Marks und Spencer, und da könne er sich zum halben – wenn nicht zum viertel – Preis von Kopf bis Fuß neu einkleiden. Er sei nun also mit Reisevorbereitungen beschäftigt – Flugkarte, Friseur, Geschenk, Telefonate, et cetera, et cetera, et cetera... er sei schon völlig durchgedreht, aber natürlich würde er in einem freien Moment die Störungsstelle für mich anrufen.

Ich wählte Ricks Nummer, wunderte mich, daß er am frühen Morgen nicht zu Hause war, hing ein, erinnerte mich, daß er nach Gaza gefahren war und ich an seinem Telefon saß, war etwas beunruhigt über meinen Zustand und rief Herrn Marcus, den Oberaufseher der Techniker, an.

Hier bescherte mir das Schicksal zum ersten Mal an diesem Tag gleich zwei freudige Überraschungen: Ich erreichte Herrn Marcus, und ich kam zu Wort – was möglicherweise daran lag, daß er der englischen Sprache kaum mächtig war und mir sein Privatleben daher nicht mitteilen konnte. Ich erklärte also, daß ich, eine Frau, die, nicht mehr in der Blüte ihrer Jahre und Kräfte, allein in einer äußerst prekären Gegend lebe – ich war kurz davor, die Grüne Grenze und vorderste Frontlinie zu erwähnen –, ein Anrecht auf ständige Verbindung mit der Polizei und Ambulanz hätte. Daß die aber seit einer Woche, dank eines sich irrational verhaltenden Telefons, unterbrochen sei und ich mich somit in Lebensgefahr befände. Was er dazu zu sagen hätte? Herr Marcus hatte dazu folgendes zu sagen: »Das ist be'emet* nicht angenehm für Sie.« Und was er dagegen zu tun gedächte? Er verkündete: »Wir reparieren das.« Wann? »Vielleicht morgen.«

Die Störungsstelle war selbstverständlich besetzt.

Das war der entscheidende Moment, in dem ich, um die Zeit bis zum nächsten Störungsstellentelefonat totzuschlagen, Stanley anrief.

»Oh, Angelika«, sagte er und hörte sich an wie ein leise raschelnder Wind, »ich habe schon so auf deinen Anruf gewartet. Dein Telefon scheint immer noch kaputt zu sein.«

»Es scheint nicht, es ist. Vielleicht rufst du anschließend gleich mal die Störungsstelle an.«

»Ja, das werde ich tun. Aber bitte, erzähl mir erst, wie es war. Ist alles gutgegangen mit David?«

Ich überlegte: Wer war David? Ich kannte zwar einen David, aber den kannte Stanley nicht. Er kannte vielleicht einen David, aber den kannte ich nicht. Gemeinsam kannten wir also bestimmt keinen David.

»Welchen David meinst du?« fragte ich.

»Unseren gemeinsamen Freund … du weißt doch, dem dieses Unglück zugestoßen ist.«

Ich verlor plötzlich die Nerven. Der Mann war total

* hebräisch: wirklich, wahrhaftig

verwirrt, oder ich war total verwirrt, was näher lag, denn sonst hätte ich ja nicht von Ricks Telefon Rick angerufen.

Ich sagte: »Entschuldige, Stanley, irgendwas brennt hier. Ich bin allein in der Wohnung eines Freundes, und es brennt. Ich ruf' dich gleich wieder an.«

Ich rief die Störungsstelle an. Sie war selbstverständlich besetzt.

Ich sprang auf und lief aus dem Haus. Stanley würde glauben, ich sei mit der Wohnung des Freundes verbrannt. Sollte er. Vielleicht gelang es mir sogar, ihn ein paar Tage in diesem Glauben zu lassen. Ich war schon auf der Straße, als mir einfiel, daß David der Deckname sein mußte, den Stanley Ibrahim gegeben hatte. Warum ausgerechnet David? Egal. Der arme Mann machte sich natürlich Sorgen um Ibrahim. Er war zerstreut wie ein Professor und besessen wie ein Homosexueller, aber alles in allem ein guter Mensch, den ich von Herzen gern hatte. So konnte ich ihn nicht behandeln, und außerdem würde er um drei Uhr nachmittags wieder vor meiner Tür stehen, wenn ich ihn nicht noch einmal anriefe. Ich ging in die Wohnung zurück. Ein Glück, denn ich hatte vergessen, den Heizofen abzuschalten. Aus dem erlogenen Brand hätte Wahrheit werden können.

»Was war?« fragte Stanley.

»Ein elektrischer Heizofen hat ein Loch in die Tischplatte gebrannt.«

Er konnte und konnte sich nicht über das Loch in der Tischplatte beruhigen, und ich war nahe daran, seine Güte und meine Zuneigung zu vergessen.

»Willst du nun über Ibra... David hören oder nicht?«

Er wollte. Ich erzählte in verschlüsselter Form, und er stellte Fragen in verschlüsselter Form, und daraufhin verstand keiner keinen.

Plötzlich sagte er: »Übrigens, ich habe einen neuen Freund.«

»Was hast du?«

Er lachte stolz und verlegen zugleich.

»Schon seit einiger Zeit. Ibra... David weiß davon. Ich glaube, er war ein bißchen eifersüchtig, aber nachdem unsere Beziehung...«

»Wieder ein Araber aus den Gebieten... ich meine, ein Palästinenser aus den besetzten Gebieten?«

»Ja, ein Krankenpfleger, ein besonders angenehmer junger Mann. Er ist hundertprozentig homosexuell und hat eine Vorliebe für ältere Männer.«

»Besser konntest du es ja gar nicht treffen.«

»Ist das Leben nicht ein einziges Mysterium? Mit siebzig Jahren (vier unterschlägt er) begegne ich im Park einem fünfzig Jahre jüngeren Mann, der mich liebt. Ein Leben lang war ich allein und habe mich danach gesehnt, und jetzt geschieht es.«

»Nein«, sagte ich mir, »das geht zu weit. Warum passiert mir das alles? Warum kann ich nicht in einem normalen Land, unter normalen Menschen, ein normales Leben führen? Warum muß ich ausgerechnet dieses Land lieben, mich mit Freunden umgeben, deren Leben ein einziges Mysterium ist, mir eine Wohnung auf der Grünen Grenze kaufen? Warum mußte ich in dieses absurde Theater hineingeboren werden?«

»Angelika, bist du noch da?«

»Nein«, sagte ich, »ich bin nicht mehr da. Ich glaube, es brennt wieder.« Ich lachte. Ich wünschte ihm alles Gute. Ich lachte. Ich sagte, ich müsse jetzt Schluß machen wegen des Feuers.

Ich rief die Störungsstelle an. Sie war selbstverständlich besetzt. Ich konnte nicht aufhören zu lachen.

Um sechs Uhr abends war Rick immer noch nicht von Gaza zurück, dafür erschien Philip. Ich glaube, das Unangenehmste an kaputten Telefonen ist, daß die Leute diesen Umstand schamlos ausnutzen. Die, die man erwartet, wie zum Beispiel Avi mit der Druckpumpe und Rick mit dem Auto, können nicht anrufen, um einem zu sagen, was ihren Besuch angeblich verhindert, und die, die man nicht erwartet, können unter irgendeinem Vorwand unangemeldet eindringen. Philip erklärte also, er wäre in Sorge gewesen, weil ich am Morgen bei meinem Anruf so merkwürdig geklungen hätte. Ich sagte, ich hätte gar nicht klingen können, da ausschließlich er geredet hätte. Ob er sich wenigstens zu einem Anruf bei der Störungsstelle aufgerafft hätte?

Ein Anruf, Jesus Christ, das sei kein Anruf, das sei ein Beruf! Die Störungsstelle sei noch unerreichbarer als der liebe Gott. Aber er hätte einen Vorschlag: Ich solle mich an einen Orthodoxen wenden, und der sich an Gott, und der sich an Besek. Zwei so hohe Instanzen wie Gott und Besek stünden wahrscheinlich in direkter Verbindung.

Dann fing er an, von der »surprise party« zu reden. Die käme ihm wirklich sehr gelegen, denn da hätte er die ganze Familie unter einem Hut und könne sich ausgiebig über seine Mutter informieren. Nichts wichtiger als Informationen! Wenn er die alle beisammen hätte, könne er sich nach seiner Rückkehr hinsetzen und das Stück in einer Woche schreiben.

Ich versuchte, mit der mir eigenen Ungeschicklichkeit, ein neues Farbband in die Schreibmaschine einzulegen, und er stand dicht neben mir und sprach mit Vehemenz und Selbstsicherheit über dieses verdammte Theaterstück, das ebensowenig geschrieben werden würde wie all die Romane, Novellen, Drehbücher und was auch immer zuvor.

Sein letztes Projekt, der Kriminalroman über AIDS, hatte ihn sechs Monate in Atem und im Hoch gehalten. Er hatte eine Unzahl an Artikeln, Berichten und Büchern gelesen, eine Unmenge an Menschen, die sich mit der Krankheit befaßten, heimgesucht, Unsummen an Dollars vertelefoniert; er hatte, um Gesellschaft und Zuhörerschaft zu haben, zwei stellungslose junge Frauen als Sekretärinnen engagiert, Meilen an Tonbändern besprochen, Hefte mit hektischen Notizen gefüllt, Partys veranstaltet, bei denen er, zu den Klängen seiner Lieblingsschlager, sein Wissen und seine Theorien zum besten gegeben hatte. Er hatte jeden, egal ob Taxifahrer oder Wissenschaftler, mit Fragen überfallen und mit wagemutigen Spekulationen sprachlos gemacht. Dann, als der Moment gekommen war, in dem aus Trubel Einsamkeit, aus Herumrennen Sitzen an der Schreibmaschine, aus Gerede geschriebene Worte, aus einem Wust an Material ein strukturiertes Buch hätte werden müssen, war er in Panik nach Israel geflüchtet, wo ein neuer Zuhörerkreis und Aufschub zu gewinnen waren.

Wir wurden alle zu AIDS-Opfern. Wochenlang hörten

wir nichts anderes als AIDS, wußten über Anfänge und Entwicklung Bescheid, über Symptome, soziale, ökonomische, politische, religiöse, hysterische Begleiterscheinungen, über die Zahl der Kranken und Virusträger, heute und in den kommenden fünf, zehn, fünfzig Jahren, über Safer Sex und die Übertragungsmöglichkeiten auf Mann, Frau und Fötus. Das einzige, was wir, und auch er, noch nicht wußten, war, wer nun der Urheber der Krankheit war: das Schwein, das bekanntlich viel mit dem Menschen gemeinsam hat und beim berühmten Schweinefieber dieselben Symptome entwickelt wie die von AIDS befallenen Personen, oder die amerikanische Regierung, die allen Grund hatte, den AIDS-Bazillus künstlich zu züchten und als »biologische Kriegswaffe« einzusetzen, um so in kürzester Zeit die unliebsamen Elemente wie Homosexuelle, Drogensüchtige und Schwarze loszuwerden. Wir lauschten, wir staunten und wir beschworen ihn – schon um das eigene Leben zu retten – zu schreiben. Eine Wohnung wurde gemietet und zum Zweck der Schriftstellerei eingerichtet: AIDS-Artikel – Berichte – Fotos wurden an die Wand geheftet, AIDS-Bücher lagen auf dem Teetisch im Wohnzimmer, Regale für AIDS-Akten wurden angefertigt und schließlich ein Tisch, auf dem alle Utensilien Platz hatten. Als der fertig war, brach mir der Angstschweiß aus, denn jetzt mußte, mit dem Abschluß der Vorbereitungen, die Depression kommen. Sie kam prompt, lähmte seine behende Zunge, legte sich wie Milchglas über sein goldgetöntes Gesicht und trieb ihn die Nachmittage in einen trüben Bridgeklub, die Abende in den sogenannten »Unabhängigkeitspark«. Es mußte schnellstens eingeschritten werden – aber wie? Partys und Katastrophen hatten sich gegen ihn verschworen und fanden nicht statt. Das Thema AIDS, das ihm so viele aktive Wochen beschert hatte, durfte unter keinen Umständen mehr erwähnt werden. Also mußte ein neues her. Die Mutter lag auf der Hand. Erstens wegen des immer noch unausgelebten, durch die Analyse verschärften, aber keineswegs geklärten Mutter-Sohn-Konflikts, zweitens, weil ich gerade über meine Mutter schrieb und damit seinen Appetit anregte, drittens, weil die Mutter in ihrer Eigenschaft als Sündenbock seit geraumer Zeit »in« war.

Er biß glücklicherweise sofort an, und von da an wurde ausschließlich über die Mutter geredet. Ich muß gestehen, daß die weniger hergab als AIDS und auch leider nicht so lange vorhalten konnte, aber zunächst einmal war sie als Beschäftigungstherapie sehr wirksam.

»Meine Schwester«, sagte Philip jetzt, »sieht meine Mutter ganz anders als ich. Nicht als perverses Monstrum, sondern als eine Dame der Gesellschaft ohne Gesellschaft. Darunter, meint sie, hätte unsere Mutter ihr Leben lang gelitten und versucht, mich zu ihrem Alleinunterhalter zu machen.«

»Mit Erfolg«, sagte ich.

»Siehst du mich als Alleinunterhalter?«

»Du wärest der beste Conferencier der Welt geworden. Wem fallen schon am laufenden Band Wortspiele und komische Geschichten ein? Und außerdem brauchst du ein Publikum wie der Fisch das Wasser.«

»Ich weiß nicht, ob ich deine Charakterisierung als Kompliment auffassen soll.«

Es war einfach unmöglich, das Farbband einzulegen. Es ließ sich nicht an dem winzigen Häkchen der leeren Rolle aufspießen. Ich hatte schon alle Tricks versucht.

»Eine derartige Idiotie ist mir noch nicht untergekommen!« schrie ich. »Warum macht man in dieser beschissenen Welt alles noch viel beschissener, als es ist... bis zum Häkchen! Da, schau dir meine Hände an! Blau und rot. Und dabei habe ich diesem Kretin gesagt, ich will nur blau.«

»I'm feeling blue... blue, blue, blue...«, sang Philip und kam dabei auf den Gedanken, eine Platte aufzulegen.

Ich schmiß die Rolle mit dem widerspenstigen Häkchen an die Wand, und der schwarze Kater Dino, der vor dem Ofen lag, hob den Kopf und schaute, ob ich, wie ich es zur Frühstücksstunde immer tat, ein Stück Käse geworfen hatte. Als er nichts Käseartiges sah oder roch, gähnte er und blieb liegen. Früher hätte er auf die possierlichste Art und Weise eine halbe Stunde lang mit der Rolle Fußball gespielt, jetzt kam ihm das überhaupt nicht mehr in den Sinn. Zwei Jahre und schon ein alter Kerl und an Sex offenbar auch nicht interessiert.

»Glaubst du, daß Kater impotent sein können?« fragte ich Philip.

»Frag Jane, die ist für so was zuständig.«

»Jane hat keine Ahnung! Sie hat ihren Kater für eine Katze gehalten und ihre Katze für einen Kater. Und dann ist der arme Kater beinahe sterilisiert anstatt kastriert worden.«

»Solche Verwechslungen kommen bei Jane nicht nur bei Katzen vor. Jetzt sei mal still, ich habe Greta Keller aufgelegt.«

Philip liebte Greta Keller, eine Wiener Sängerin der dreißiger und vierziger Jahre, die in Amerika Karriere gemacht hatte und mit einer schönen, dunklen Stimme all die berühmten amerikanischen Schlager sang, die mich von einer Liebesgeschichte zur anderen begleitet hatten. Er hatte mir aus New York drei Platten von ihr mitgebracht, und wenn wir die hörten, überkam uns die Melancholie: mich, weil es vorbei war, ihn, weil es nie angefangen hatte.

»Thanks for the memories...«, sang Greta zu sanfter Klavierbegleitung, »of candlelight and wine, castles on the Rhine...« Philip holte eine Flasche Whisky aus dem Schrank: »Du auch?« flüsterte er.

Ich nickte.

»Oh, what a memory, of gardens in Versailles, moonlight you and I...«

Philip gab mir ein Glas und wanderte mit seinem vor mir auf und ab. Sein Gesicht war elegisch und die Asche kurz davor, von seiner Zigarette auf den Teppich zu fallen.

»Philip, die Asche...«

Er zog die Brauen zusammen und streifte sie in einem Aschenbecher ab.

»... and how are all the little dreams that never did come true...«

Es klingelte. Philip, der wie die Pawlowschen Hunde auf jedes Klingelzeichen reagierte, eilte zur Tür. Er kam mit Rick zurück.

»Thanks for my precious car«, sang ich ihm entgegen, »for stones in Gaza Strip...«

»And shoshooting ad lib...«, sang Philip.

»How looovely that was!« sangen wir zusammen.

»Euren Humor möchte ich haben«, sagte Rick bitter.

»Und wo ist Marika Rökk?« fragte ich.

»Wer?«

»Die Reporterin. Ist sie in Gaza auf der Strecke geblieben?«

Rick schüttelte mit einer verzweifelten Grimasse den Kopf, mußte dann aber doch grinsen.

»Einen doppelten Wodka, Rick?« fragte Philip.

»Laß am besten gleich die Flasche draußen«, sagte Rick. Er ließ sich im Mantel mit hochgeschlagenem Kragen neben mich auf die Couch fallen, und ich mußte feststellen, daß sein Gesicht noch kleiner geworden war.

»Es war die Hölle«, sagte er.

»Warst du noch nie in Gaza?« fragte ich.

»Nein. Du?«

»Ich bin zwei-, dreimal durchgefahren auf dem Weg nach El-Arisch. Schön war es schon damals nicht und ungefährlich auch nicht.«

»Eyeless in Gaza, on the mill stone with slaves...«, zitierte Philip und reichte Rick ein Wasserglas bis zur Hälfte mit Wodka gefüllt.

Greta Keller sang immer noch, jetzt: »Das alte Lied, es ist ja nur das alte Lied/die Liebe kommt, die Liebe geht...«

»War einer von euch schon mal in einem Flüchtlingslager?« fragte Rick.

»Nein«, sagten Philip und ich im Chor.

»Warst du?« fragte ich.

»Heute zum ersten Mal«, sagte Rick.

»... Die Träne fließt zu spät...«, sang Greta Keller.

Warum war ich noch nie in einem Flüchtlingslager, überlegte ich. Zwanzig Jahre lang hatte ich die Gelegenheit dazu gehabt, zwanzig Jahre war ich durch die besetzten Gebiete gefahren, deren Landschaft, Licht und Farben ich über alles liebte. Ich hatte mir Städte und Dörfer angesehen, Klöster und Märkte, Olivenhaine und blühende Mandelbäume, war bezaubert gewesen, hatte mir gewünscht, dort zu leben, in dieser klaren, unberührten Landschaft. Zwanzig Jahre war ich nicht auf die Idee gekommen, ein Flüchtlingslager zu besuchen, zu sehen, wie die Menschen dort lebten, zu hören, was sie zu sagen hatten. Zwanzig Jahre hatte ich nicht einmal gewußt, wo sich die Lager befanden, wie viele es waren, wie hoch die Zahl der Flüchtlinge war, die darin lebten, existierten, vegetierten. Zwanzig Jahre hatten wir – meine Freunde, Bekannten und ich – nicht darüber gesprochen, hatten uns keine Fragen gestellt, hatten nicht mehr darüber gewußt, als daß die Lager von den arabischen Staaten künstlich aufrechterhalten wurden, als Anklage gegen Israel und Blickfang für die Welt. War ihre Existenz überhaupt in mein Bewußtsein gedrungen? Hatte ich mir darunter etwas vorgestellt? Hatte sich das Wort Flüchtlingslager bei mir in kein anderes Bild umgesetzt als das, was einen merkwürdigen, fast ästhetischen Reiz auf mich ausübte: das große, verlassene Lager kurz vor Jericho, mit seinen aus Lehm gestampften, asymmetrischen Häuschen, die am Fuße eines schön geschwungenen Wüstenhanges, unter strahlend blauem Himmel eine homogene Einheit mit der Landschaft bildeten?

Zahllose Male war ich seit 1967 daran vorbeigefahren, hatte es in glühender Hitze zerfallen sehen, hatte im Winter die flammendroten Bäume bewundert, hatte manchmal noch Leben entdeckt: Kinder, die Ball spielten, Frauen, die mit Lasten auf dem Kopf, Männer, die auf Eseln reitend, zwischen den Häusern verschwanden, Greise, die im Hof vor der Moschee hockten. Nein, es hatte für mich keinen Schrecken gehabt, das Lager, denn für mich verband sich mit diesem Wort unweigerlich das höllische Bild der Konzentrationslager. War es darum, daß ich, daß wir, Überlebende des Holocausts, ihnen zwanzig Jahre keine Beachtung geschenkt hatten? Und wenn es das war, war es eine Entschuldigung? Oder genau das Gegenteil: eine nicht zu verzeihende Unverantwortlichkeit?

Rick sagte: »Wenn man Jabaliya sieht, das größte Lager im Gaza-Streifen, 52000 Flüchtlinge, dann versteht man, warum die mit Steinen auf die israelische Armee losgehen. Das einzige, was man nicht versteht, ist, warum sie zwanzig Jahre mehr oder weniger stillgehalten haben.«

»Man sägt sich ungern den Ast ab, auf dem man sitzt«, sagte Philip, »sie haben in Israel ihr Geld verdient, sie haben von den Israelis gelebt.«

»Und sind gleichzeitig von ihnen ausgesaugt worden. Sie werden unterbezahlt, sie dürfen keine eigene Wirtschaft haben, und sie müssen, von der normalen Steuer abgesehen, eine Art Besatzungssteuer zahlen.«

»Wie bitte«, fragte ich, »sie müssen dafür, daß sie besetzt sind, eine Steuer zahlen?«

»Ja, eine Steuer, die jährlich in die Millionen geht.«

»Davon habe ich noch nie gehört«, sagte Philip.

»Wer hat schon davon gehört oder wollte davon hören? Das, was wir gehört und akzeptiert haben, war, daß Gaza seit Jahrhunderten ein vereiterter Blinddarm ist, den im Grunde – aber nur im Grunde, denn Israel verdient ja fabelhaft daran – keiner haben will und für den die Ägypter ebensowenig getan haben wie die Israelis. Fazit: Jetzt sitzen wir in der Scheiße, Gaza buchstäblich, denn die Kanalisation stammt, glaube ich, noch aus dem Mittelalter, und die Israelis tiefer, als sie bis jetzt ahnen. Mit ein paar hundert Halbwüchsigen, die Barrikaden bauen, Reifen anzünden und mit Steinen, Flaschen und Eisenstangen um sich werfen, werden sie leicht fertig. So glauben sie.«

»Sind es nur Halbwüchsige?« fragte ich.

»Hauptsächlich – bis jetzt.«

»Und auf die schießt man?«

»Ja. Erst schießt man in die Luft, dann auf die Beine, und häufig zielt man nicht so genau.«

»Ekelhaft«, sagte Philip und goß sich und Rick nach.

»Ich verstehe das nicht ganz mit den Halbwüchsigen«, sagte ich.

»Was verstehst du nicht?«

»Warum sind keine erwachsenen Männer dabei?«

»Weil die für die Israelis die Häuser und Straßen bauen, den Dreck wegkarren, die Gäste in Hotels und Restaurants bedienen, die Autos reparieren und so weiter und so fort«, sagte Philip.

»Aber das ist doch purer Wahnsinn«, rief ich, »die Väter arbeiten für die Israelis, und ihre Kinder bewerfen die Israelis mit Steinen!«

»Wir können mit diesem Wahnsinn sogar noch einen Schritt weiter gehen«, sagte Philip, »der Vater serviert dem Israeli, der gerade seinen Sohn erschossen hat, ein saftiges Steak.«

»Du gehst, wie immer, nicht einen Schritt weiter, sondern ein paar Schritte zu weit.«

»Und doch ist es nicht aus der Luft gegriffen«, sagte Rick.

»Und was sagen die Mütter... sie müssen doch außer sich sein vor Angst.«

»Ich werde dir sagen, was mir eine Mutter, die ich interviewt habe, gesagt hat: Sie hat gesagt, sie hätte acht Söhne und sei bereit, jeden für die heilige Sache zu opfern. Und glaub ja nicht, daß sie ein Einzelfall ist.«

»Schön sehen wir aus«, sagte ich, »Fanatismus auf der einen Seite, Borniertheit und Überheblichkeit auf der anderen.«

»Mit anderen Worten«, sagte Philip, »alle Voraussetzungen zu einer Katastrophe sind gegeben.«

Ich sah meinen Mazaf-Experten, Rick, um Widerspruch bittend an, aber er sagte nur: »So ist es.«

Na ja, auf den war auch kein Verlaß. So wie Philip seelisch von einer Katastrophe profitierte, so profitierte er professionell davon. Ich mußte mal mit Menschen sprechen, die in keiner Weise davon profitierten.

Greta Keller hatte aufgehört zu singen, und der Flüssigkeitsspiegel in der Wodkaflasche war beachtlich gesunken.

»Ich glaube, ihr übertreibt beide«, sagte ich mit Nachdruck.

»Fahr doch mal nach Gaza«, schlug Rick vor, »sieh dir mal die Lager an – es gibt acht davon, eins schöner als das andere. Sieh dir mal die Straßen an, die im Winter unter stinkendem Wasser stehen, und die ausgestorbene, verrottete Stadt und die geschlossenen Läden und die haßerfüllten Gesichter und die Barrikaden und die bis zu den Zähnen bewaffneten israelischen Soldaten.«

»Du hast das alles mit eigenen Augen gesehen?«

»Mit welchen Augen sonst?«

»Und du warst mittendrin, als man mit Steinen warf und schoß?«

»Wiebke und ich waren in Khan Yunis, als es plötzlich anfing, ja. Ein paar Frauen haben uns in ein Haus gezerrt und Zwiebeln gegeben. Zwiebeln sind gut gegen Tränengas, Zwiebeln oder Eau de Cologne, merk dir das. Wir haben die Schlacht nur akustisch mitbekommen, aber das hat gereicht. Außerdem sind wir beinahe erstickt. Ich glaube, der Qualm von den brennenden Reifen ist fast so schlimm wie das Tränengas, aber beides zusammen ist lebensgefährlich. Es hat etwa eine Stunde gedauert, bis die Soldaten die ›Unruhe‹ unter Kontrolle hatten. Ein Junge war tot und dreizehn verletzt. Ich hab' noch nie einen Krieg erlebt, und ein Held bin ich auch nicht... Gib mir noch einen Wodka.«

Philip goß ihm eilig ein. Er war fasziniert von Ricks Erlebnissen.

»Wenn man da mittendrin steckt wie diese Jungens und nicht wegrennt, dann ist das der Mut der Verzweiflung und des Hasses. Und dem stehen wir jetzt gegenüber. Weit haben wir's gebracht.«

Ich hatte keine gute Nacht gehabt. Kunststück. Außerdem war immer noch Kamsin. Um acht Uhr früh kam Euphemia. Als ich ihr die Tür öffnete, stand sie in derselben Haltung da, in der sie seit fünf Jahren vor meiner Tür steht: die Handtasche unter den rechten Ellenbogen geklemmt, den Bauch vorgestreckt, die Schultern schlaff absackend, das Gesicht das einer dösenden Schildkröte. Sie war das personifizierte Phlegma und geriet nur in Schwung, wenn sie die Zimmer unter Wasser setzen oder die Fenster putzen durfte. Alles andere ließ sie kalt, und ich hatte es längst aufgegeben, Überschwemmungen zu verhindern und ihr Interesse für kleinere verschmutzte Flächen zu wecken.

»Good morning, Euphemia«, sagte ich mit dem sonnigen Lächeln, das ich nur für sie aufbrachte. Ich glaube, es war der zähe Versuch, ihre Lethargie zu durchbrechen und sie ein einziges Mal lustvoll die Wohnung betreten zu sehen.

»Good morning... nice today.«

Ihre Stimme war auf einen einzigen hohen Sirenenton eingestellt, egal ob sie mir den Tod ihres Mannes, der an Kehlkopfkrebs gestorben war, oder die Hochzeit ihrer Tochter, die einen christlich-arabischen Arzt aus Nazareth geheiratet hatte, mitteilte. Auch ihr Gesicht – olivenfarbene Haut, kleine schwarze Augen unter schmal gezupften Brauen und einen durch fatale Zähne entstellten Mund – veränderte nie den Ausdruck. Sie konnte lachen und blieb trotzdem düster. Ich schätzte Euphemia sehr. Sie hatte mich in meiner ersten Behausung, im katzenreichen »artist quarter«, vor einer Armee von Kakerlaken gerettet, in meiner zweiten Behausung Philip und einen brasilianischen Freund mit stoischer Ruhe über sich ergehen lassen, in meiner dritten Behausung die Leiter bewältigt, die ein Zimmer mit dem anderen verband. Es war ihr nie auch nur die Spur einer Verwunderung anzusehen gewesen, selbst dann nicht, als zwei Katzen, in meinen beiden Korbsesseln, zur selben Zeit zusammen zehn Junge gebaren. Sie hatte zwar vier Jahre lang einmal in der Woche: »Cats ... many, many cats!« gesagt, aber gewundert hatte sie sich nicht.

Als ich in meine fünfte und letzte Wohnung zog, fürchtete ich, sie zu verlieren. Sie hatte bisher nur bei Leuten gearbeitet, die im »artist quarter« wohnten, denn erstens waren das hauptsächlich ausländische Juden, und zweitens mußte sie, um in das Viertel zu kommen, nicht durch den westlichen Teil Jerusalems. Meine Versuche, sie an dort wohnende israelische Freunde zu vermitteln, waren meistens schon im Ansatz, spätestens aber am dritten Arbeitstag gescheitert, an dem sie schlicht und einfach nicht erschien, um nie wieder zu erscheinen. Auf meine Fragen, warum sie denn plötzlich nicht mehr zu der guten Doktorin oder dem netten alten Herrn ginge, hatte ich Antworten bekommen wie: »Far ... far!«, oder »no broom«, oder »better Anna go.« Ich glaube, selbst wenn sie mehr als zehn Worte Englisch gesprochen hätte, wäre ihr eine Erklärung schwergefallen. Es war nicht Feindseligkeit, die ihrem Verhalten zugrunde lag und hin und wieder den moslemischen Arabern gegenüber zutage trat, sondern ein tiefes Mißtrauen und Unbehagen. Westjerusalem war für sie Ausland. Sie verstand die Sprache nicht und konnte, da sie Analphabetin war, nicht einmal die arabische Beschriftung der Straßenschilder, geschweige denn die Nummern auf den israelischen Bussen lesen. Die Menschen waren ihr fremd, und die vielen Hunde jagten ihr Angst ein. Mit anderen Worten, sie blieb lieber in Palästina, oder wenigstens so nahe an dessen Grenze, daß sie mit ein paar Schritten, durch die Parkanlage, ihren arabischen Bus erreichen konnte.

Ich erklärte ihr also, daß sich meine neue Wohnung so gut wie in »Palästina« befände, daß der arabische Bus von Bethlehem nach Jerusalem keine drei Minuten von meinem Haus entfernt entlangfahre und sie nur eine garantiert ungefährliche Straße hinaufgehen müsse, um es zu erreichen. Es hatte geklappt, und Euphemia, in ihrer ganzen Treue und Zuverlässigkeit, war mir erhalten geblieben, und dann auch noch meinen Nachbarn, den Shwarz' – »American Jews, Euphemia, and very nice« – beschert worden.

Sie schlurfte ins Bad, um sich über den Straßenrock den Arbeitsrock zu ziehen, und ich ging an meine Schreibmaschine zurück. Wieder ein verlorener Tag, zumindest Vormittag, denn Euphemia putzte mit schlapper Gewalt. Ich weiß nicht, wo sie den ganzen Krach herholte, aber ob sie zwei Teller spülte oder den Fliesenboden kehrte, es polterte und klirrte, und meine Geräuschempfindlichkeit wuchs sich dabei ins Hysterische aus. Ich saß nur noch da, starrte ins Leere und wartete auf die nächste Lärmexplosion, stand hin und wieder auf, um zu sehen, was sie trieb, ertappte sie aber nie in krachproduzierender Aktion. Jetzt kam sie ins Zimmer. Sie hatte ihre Arbeitsschuhe an, Schlappen mit harten Sohlen, die bei jedem Schritt auf die Fliesen aufschlugen und einen kleinen, schußartigen Knall verursachten. Sie schlappte zur Tür, die auf die Terrasse führte, und öffnete sie mit einer Anzahl sich steigernder Geräusche. Es stimmt, die Tür ist dreifach gesichert – eine Stange, ein Hebel und ein Schloß –, und außerdem klemmt sie, wie jede Tür und jedes Fenster während der nassen Jahreszeit, aber man kann sie trotzdem, wenn auch nicht geräuschlos, so doch leise, öffnen. Ich sagte gequält: »Euphemia, why open this door?«

Das »this« hätte ich mir auch noch sparen können, aber es ist sehr schwer, eine Sprache, die man korrekt spricht, in ein Kauderwelsch zu verwandeln. Sie antwortete: »Carpets dirty«, sammelte die Perserbrücken ein und ließ sie auf der Terrasse fallen. Jetzt würden sie zweifellos noch schmutziger sein, aber das machte nichts. Als sie ins Zimmer zurückkam, sagte ich: »First bedroom, here broom, no water today.«

Ich verstand mich selber nicht, sie aber verstand jedes Wort und erwiderte: »Big room clean, friday clean good.«

Sie entfernte sich mit kleinen Schüssen, und ich hatte einen Aufschub von einer Stunde gewonnen. Ich stand in meinem Buch im Jahr 1931, und meine Mutter stand in ihrer Blüte. Ich wünschte Hitler bereits an der Macht und die Blütezeit meiner Mutter hinter mir zu haben. Aber wenn der Mazaf – der unerhebliche, aber störende persönliche und der sehr erheblich allgemeine – nicht bald aufhörte, dann würde ich die Schwelle, die in den Abgrund führte, zwar in meinem Leben, nicht aber in meinem Buch erreichen. Sei's drum.

Ich ging auf die Terrasse, der immer noch die Ecken und das Regenrohr fehlten, und setzte mich auf das Häuflein Teppiche. Unten, in der Schutthalde der Shwarz', die einstmals ein schöner Garten gewesen war, standen die drei arabischen Arbeiter und Jossi, der israelische Bauunternehmer, und rauchten Zigaretten. Die Araber waren sehr groß, schlank, dunkel und hatten Adlergesichter. Der Israeli war klein, rundlich und trug eine Kipa. Er schien ihnen, den Gesten nach, etwas zu erklären. Seine leise, sanfte Stimme und seine zuvorkommenden Manieren, die im krassesten Gegensatz zu den Stimmen und Manieren anderer israelischer Bauunternehmer standen, waren seine Geheimwaffen. Mit ihnen erreichte er, daß man ihn für einen ehrlichen, anständigen Mann hielt, dem man vertrauen konnte. Die armen Shwarz' vertrauten ihm jetzt seit neun Monaten, mit dem Erfolg, daß der neu gebaute Klotz immer noch im Rohzustand war und Jossi inzwischen an drei anderen Bauplätzen arbeitete. Ich nehme an, daß ihr Vertrauen nun endlich den Punkt der Erschütterung erreicht hatte, aber da sie, so wie ich, an einem Mangel an Zivilcourage litten und sowohl leise Stimmen als auch zuvorkommende Manieren über alles schätzten, waren sie nicht in der Lage, dem grausamen Spiel ein Ende zu machen, indem sie Jossi durch einen groben, schreienden Bauunternehmer ersetzten. Was die drei arabischen Arbeiter anbelangte – es waren über sechs Monate fünf gewesen, die ein Minimum an Leistung mit einem Maximum an Lautstärke ausgeglichen hatten –, so schienen sie mit Jossi ein Herz und eine Seele zu sein. Ich hatte sie oft in trauter Eintracht bei Mahlzeiten, im letzten Fleckchen Grün des Gartens, beobachtet, beim Zigarettenrauchen in schweigender Zufriedenheit, bei dieser und jener unüberzeugenden Betätigung, die sie unter der sachten Anleitung ihres Bosses begonnen, dann Tage später wiederaufgenommen und nie durchgeführt hatten. Sie waren mir mit ihrer lärmenden Transusigkeit und Unmotiviertheit, die um sieben Uhr früh mit der Ankunft eines großen, hellblauen, mit allerlei Unfug verzierten amerikanischen Wagens begann und um fünf Uhr mit seiner Abfahrt endete, entsetzlich auf die Nerven gegangen. Schon aus diesem Grund war ich von mürrischer Zurückhaltung gewesen. Der andere Grund war ein traumatischer, der mir noch heute die Röte ins Gesicht und den kalten Schweiß auf die Stirn treibt. Das unsagbar peinliche Ereignis hatte im »artist quarter«, in meinem dritten Haus, stattgefunden. Direkt neben mir – ich werde von Bauarbeitern verfolgt – wurde das Haus meines Nachbarn aufgestockt. Unsere aneinandergrenzenden Gärtchen waren durch eine Hecke getrennt, die einige Löcher aufwies.

Es war Juli, an einem furchtbar heißen Morgen, gewesen, an dem mich ein Rudel Katzen, die von draußen nach drinnen und von drinnen nach draußen rasten, zu einem Wahnsinnsanfall trieben. Als der eintrat, war ich splitterfasernackt und entschlossen, alle umzubringen. Ich griff also nach verschiedenen Gegenständen, warf sie nach den Katzen und verfolgte sie laut kreischend bis in den Garten. Als ich, immer noch kreischend, den letzten Gegenstand schmeißend, in dessen Mitte stand, entdeckte ich den arabischen Bauarbeiter. Er starrte mich durch ein Loch in der Hecke an, und ich werde nie sein blätterumkränztes Gesicht vergessen, das den verblödeten Ausdruck eines Ungläubigen hatte, der soeben Zeuge eines Wunders geworden war. Da war ihm eine Frau zugelaufen, die, wenn auch dünn, wahnsinnig und nicht mehr frisch, immerhin Frau war, und das zu keinem anderen Zweck als dem, ihn zu verführen. Ich war ins Haus zurückgestürzt, aber das Unglück hatte seinen Lauf genommen, erst in Form von verschiedenen lockenden Geräuschen aus dem Garten, dann mit lauten Rufen, dann mit Klingeln. Erst als mir mein Freund Uri, der im selben Viertel wohnte, zu Hilfe geeilt war, erkannte der Mann, daß mich allein der Wahnsinn, und nicht die Begierde, nackt und schreiend in den Garten getrieben hatte, und gab Ruhe. Es war eine Lektion fürs Leben gewesen. Sie hatte mich veranlaßt, nie mehr falsche Hoffnungen in arabischen Männern zu wecken, was schwer ist, denn sie sind in jedem möglichen und unmöglichen Fall davon überzeugt, daß eine nicht arabische Frau nur eins im Kopf hat: einen potenten Mann. Und, was die Potenz der arabischen Männer betrifft, so ist sie, dank großer Mengen Olivenöls, der der westlichen Männer weit überlegen. Ich habe mich seither in acht genommen, bin nicht ins Bad gegangen, wenn Arbeiter an meiner Terrasse herumfummelten oder darauf frühstückten, habe zur Begrüßung nur mit dem Kopf genickt und vermieden, in Shorts ans Fenster zu treten. Inzwischen ist mir ihre Anwesenheit so vertraut geworden wie die des Feigenbaums im Garten, in dessen Zweigen seit geraumer Zeit eine gelbe Plastiktüte hängt.

»Schalom gewirti«, rief Jossi mit gedämpfter Stimme zu mir empor – er war tatsächlich der einzige, der mich galant mit »meine Dame« ansprach –, »dürfen wir zu Ihnen heraufkommen?«

Ich wußte nicht, ob es sich hier um einen gesellschaftlichen Besuch oder einen neuen Arbeitsablauf handelte, und sagte, um letzteres nicht zu verhindern: »Aber bitte schön.«

Jossi begann die Leiter hinaufzuklettern, hinter ihm her zwei von den Adlergesichtern. Es konnte sich wohl nicht um einen gesellschaftlichen Besuch handeln, denn sonst wären sie ja durch die Herrschaftstür hereingekommen.

Ich ging ins Zimmer zurück. Wohin ich mich auch setzte, sie verfolgten mich mit Besen und Hammer. Darum blieb ich stehen und kam zu der Einsicht, daß ich mir den falschesten Ort auf Gottes weiter Welt zum Schreiben ausgesucht hatte. Ich hätte nach Schweden gehen sollen, oder in die Schweiz. Während ich das noch überlegte, kam Avi mit der Druckpumpe und dem Rohr. Es war das häßlichste Rohr, das ich jemals gesehen hatte, und das will bei Rohren etwas heißen. Es war aus Plastik und orange und würde mir die schöne Mauer, aus mandelfarbigem Jerusalem-Stein, verunstalten. Aber da Avi es lobte, erhob ich keinen Einspruch. Sein Stolz war mir wichtiger als die Mauer. Da sich nun also vier Palästinenser an meinem Besitz zu schaffen machten, ging ich mit einer Zigarette und der ›Jerusalem Post‹ in den Patio – gut, daß ich so viele Ausweichmöglichkeiten habe – und las die Schlagzeilen: »Gaza-Unruhen gehen weiter – ein Toter. Die Hoffnung auf das Ende des seit einer Woche andauernden Aufstandes wurde gestern zunichte gemacht, als umzingelte israelische Truppen auf steinewerfende Demonstranten zu schießen begannen, wobei ein Mann getötet und mindestens vier schwer verletzt wurden. Der Aufstand findet ein weites Echo in den westlichen Medien. Ministerpräsident Schamir erklärt: Hinter den Spannungen in den besetzten Gebieten stecken Terroristen.«

Euphemia kam zu mir hinaus: »Many men«, beklagte sie sich, »much dirty.«

»Sorry, Euphemia... drink some coffee.«

Ich mußte an eine Kurzgeschichte denken, in der sich ein gesunder, mit Frau, Kindern und Geld gesegneter Mann eines Tages ins Bett legte, um nie wieder aufzustehen oder auch nur ein Wort von sich zu geben. Ich hatte den Mann immer gut verstanden, aber nie besser als jetzt.

Als sich Avi, nach getaner Arbeit, zu mir setzte, fiel es mir schwer, den Kopf von der Rückenlehne zu heben. Mir war, als sei ich ausgelaufen.

»Ist dir nicht gut?« fragte er besorgt.

»Nein. Ist dir etwa gut?«

»Ja, sehr gut. Sehr, sehr gut. Keine Zigaretten mehr, und keine Bauchschmerzen mehr. Ich bin ein neuer Mensch.«

Er machte tatsächlich einen fast neuen Eindruck: hellgraue, scharf gebügelte Hose, roter Pullover, ein mißglückter Haarschnitt und, über all dem, ein Duft von Eau de Cologne.

Ich sah ihn starr an. »Die Araber sind alle nicht zurechnungsfähig«, sagte ich mir, und dann riß mir die Geduld, und ich durchbrach das Tabu.

»Was sagst du zu dem Mazaf?«

»Schlecht, sehr, sehr schlecht. Jeden Tag ist einer, zwei, drei tot und zehn, zwanzig, dreißig verwundet. Jungens, keine Männer. Warum schießen die Juden auf Kinder?«

»Juden? Warum hatte er Juden gesagt und nicht Israelis?« Ich überlegte. »Hatte er immer Juden anstatt Israelis gesagt? Nein, er gehörte nicht zu den Palästinensern, die das Wort nicht in den Mund nahmen. Ich hatte ihn schon oft Israeli oder Israel sagen hören, auch wenn es immer so klang, als hätte er Schwierigkeiten, es auszusprechen. Was für Schwierigkeiten? Sprachliche oder nationalistische?«

»Ich mache dir schnell einen Tee«, sagte ich.

Ich ging in die Küche und setzte Wasser auf. »Das hatte man davon, wenn man jahrzehntealte Tabus durchbrach«, dachte ich weiter, »sofort wurde man überempfindlich, um nicht zu sagen paranoid. Warum schießen die Juden auf Kinder? Ein harter Satz, aber stimmte er etwa nicht? Entweder man schluckte ihn und versuchte ihn zu verdauen, oder man spuckte ihn wieder aus und wusch sich den bitteren Geschmack aus dem Mund. Die Stunde der Wahrheit kommt eben immer, und entweder man stellte sich ihr, was die wenigsten tun, oder man verschloß sich ihr, was die meisten tun.«

Ich hatte die Wahl.

Euphemia saß mit einer Tasse Kaffee in der Hand auf einem Hocker.

»Christmas soon«, sagte ich zu ihr.

»Yes, Christmas!«

Ein Wetterleuchten ging über ihr dunkel bewölktes Gesicht. Weihnachten war für sie ein großer, feierlicher Tag und die Heilige Nacht wirklich noch heilig. Nur die Christen der »Dritten Welt« gingen noch ganz in diesem Fest auf, besonders wenn sie wie Euphemia an der Quelle des Heils oder Unheils saßen und wenig Ahnung vom Evangelium hatten.

»You have a little tree?«

»Yes tree, many colour.«

Bestimmt eins der winzigen Bäumchen, an dem man

vor Glitzerzeug, zum Glück, nicht die hellgrünen, künstlichen Nadeln entdeckte. Ich hatte viele davon in der Altstadt gesehen, zwischen Krippen aus Olivenholz und Kreuzen aus Perlmutt.

»You sing Christmas songs?«

»My children sing.«

»In English?«

»No, Arabic.«

Ich versuchte mir vorzustellen, wie ›Stille Nacht, Heilige Nacht‹ auf arabisch klang.

»My sons Boy Scouts. Make order every Christmas.«

»Very nice.«

»Was hatte sie vom Mazaf gehört?« fragte ich mich. »Dachte sie sich etwas dazu? War sie, in irgendeiner Weise, davon berührt, oder fühlte sie, eine christliche Araberin, keinerlei Solidarität mit den Moslems?«

»You no Christmas?«

Das wußte sie nun schon seit vier Jahren, hatte die Hoffnung aber immer noch nicht aufgegeben. Für sie war ich Ausländerin und darum keine Jüdin. Juden waren für sie die, die in großer Anzahl in Palästina lebten. Und wer oder was waren für sie die Israelis? »Wenn man sich darauf einläßt«, dachte ich, »wird es derart verwirrend, daß man nicht mehr weiß, wo oben und unten ist.« Ich brachte Avi den Tee. Er saß mit entspannter Grazie auf dem unbequemen Gartenstuhl und sang leise vor sich hin. Das tat er gerne. Wann immer wir in seinem oder meinem Auto irgendwo hingefahren waren, hatte er sofort das Radio auf arabische Musik gestellt und mitgesungen. Ich tat zwei Löffel Zucker in sein Glas und rührte um.

»Weißt du, Avi«, sagte ich, »dieser Mazaf... es mußte passieren, und es ist richtig so. Natürlich ist es furchtbar, daß es Tote und Verwundete gibt, aber davon abgesehen ist es richtig.«

»Es soll nur nicht schlimmer werden.«

»Es wird schlimmer werden«, hörte ich den Dibbuk* aus mir sprechen.

»Hasweh halila!«

* Dibbuk: böser Geist, der in den Körper eines Menschen fährt und aus seinem Mund spricht

Er trank einen Schluck Tee, dann sagte er: »Du hast jetzt eine sehr gute Pumpe. Sehr stark. Deutsches Fabrikat.«

Am Abend ging ich mit meinem gentleman friend essen. Er schien mir der einzig Vertrauenswürdige in Fragen Mazaf zu sein, denn er war über das Alter hinaus, in dem man davon profitierte. Alfred, ein Augenarzt und Zyniker alter Schule, hatte die Nazizeit, zur Hälfte im Untergrund seiner Heimatstadt Berlin und zur Hälfte in einem Konzentrationslager, überlebt, hatte dann in einer kleinen deutschen Provinzstadt zu Ende studiert und war 1951 nach Israel ausgewandert. Inzwischen, längst pensioniert, zweimaliger Witwer, Autor einiger Kriminalromane und Misanthrop, hätte er sein Leben in Ruhe und Freiheit beenden können, wenn da nicht seine Freundin Rosalie, eine Harfenspielerin aus der Schweiz, gewesen wäre. Rosalie, zwanzig Jahre jünger als er, dadurch aber keineswegs jung, hatte ausgerechnet Alfred zur Zielscheibe ihrer Liebe und Eifersucht gemacht, mit dem Erfolg, daß sich der schnell alternde Misanthrop nur dann in lasterhafte Abenteuer stürzen konnte, wenn sie auf einige Wochen zu ihrer neunzigjährigen Mutter und ihrer Harfe nach Zürich fuhr. Zu diesem Abenteuer gehörte das Abendessen mit mir, das einmal wöchentlich, meistens am Schabbat, stattfand.

Ich holte ihn an diesem Abend wie immer um acht Uhr aus seiner Wohnung ab, die eine unbekömmliche Mischung aus dem spartanischen Geschmack seiner beiden Frauen und dem kunstgewerblichen seiner Freundin war. Er küßte mich auf die Stelle meines Gesichtes, die ich ihm gerade hinhielt, strich mir sanft über das Haar, zog den dunkelblauen Mantel an, setzte das graue Wildlederhütchen auf, schaltete Licht und Radio ein – als Absicherung gegen Einbrecher –, legte einen Hundert-Schekelschein auf den Tisch in der Halle – zur Beschwichtigung der Einbrecher – und folgte mir, mit den kleinen, steifen Schritten eines alten Herrn und dem durchgedrückten Kreuz eines Gardeoffiziers, ins Auto.

»Und wohin gehen wir essen?«

Es war – bisher jedenfalls – die prekärste Frage des

Abends gewesen, denn Restaurants, wie er sie schätzte – gepflegte Atmosphäre, gute Bedienung, bekömmliche westliche Küche, wenig Menschen und, wenn überhaupt, leise Klaviermusik –, waren in Jerusalem nur dann aufzutreiben, wenn ein Lokal kurz vor dem Bankrott stand. So eins hatten wir einmal gefunden und als einzige, mit Aufmerksamkeit überschüttete Gäste sieben glückliche Schabbatabende dort verbracht. Dann war das Restaurant pleite gewesen und der Traum aus. Danach hatten wir, sehr zu meinem Mißvergnügen, die pompösen, koscheren und mit amerikanischem Komfort, Speisen und Gästen verseuchten großen Hotels durchprobiert, um schließlich in Ostjerusalem und dem mir liebsten Etablissement, dem American-Colony-Hotel, zu landen. Hier war das Publikum international, das Dekor und die Bedienung arabisch, die Küche, dank eines schweizerischen Kochs, ausgezeichnet, der Patio idyllisch, der Speisesaal stilvoll und die Klaviermusik gedämpft. Es lag also nahe, daß ich das American Colony vorschlug.

»Mein liebes Kind«, sagte Alfred mit leiser, aber eindringlicher Stimme und präziser Aussprache, »das sieht dir ähnlich. Warum nicht gleich nach Ramallah oder Hebron?«

»Willst du etwa damit sagen, daß dir Ostjerusalem zu gefährlich ist?«

»Es ist mir, vor allen Dingen, unangenehm. Ich werde nicht gerne mit Steinen beworfen, und es widerstrebt mir, zur Zeit noch mehr als gewöhnlich, mich in die antisemitische Umgebung des American-Colony-Hotels zu begeben.«

»Du meinst proarabisch.«

»Erklär mir da bitte den Unterschied.«

»Später«, sagte ich, um eine Antwort verlegen, »ich möchte erst wissen, wohin wir fahren.«

»Ins Hilton-Hotel.«

»Ich weiß nicht, was schlimmer ist: Steine im Auto oder Steine auf dem Teller... erinnerst du dich an die Kartoffeln?«

Er lachte lautlos, und ich fuhr los.

»Was die arabischen Gebiete betrifft, hast du ja schon immer unter Paranoia gelitten«, sagte ich mißgestimmt.

»Du irrst dich, mein liebes Kind. Das war nicht Paranoia, sondern ein tiefes Unbehagen. Ich fahre höchst ungern als Eroberer in von uns besetzte Gebiete und habe es nie zum eigenen Vergnügen getan. Ich eigne mich nicht zum Kolonialisten.«

»Ob als Eroberer oder Kolonialist in die besetzten Gebiete zu fahren oder gewissermaßen als Tourist einen Ausflug dahin zu machen, besteht ja wohl ein kleiner Unterschied.«

»Nicht wenn du Israeli bist. Der einzige Unterschied könnte vielleicht noch der sein, daß es nette und scheußliche Eroberer unter ihnen gibt, aber Eroberer sind sie in jedem Fall. Und falls du es immer noch nicht wissen solltest, die Araber können uns nicht riechen, konnten uns nie riechen und werden uns nie riechen können. Wir haben alles dazu getan, diese Geruchsempfindlichkeit über die Jahre zu intensivieren.«

Wahrscheinlich war es besser, ihm erst im Hilton eine direkte Frage nach dem Mazaf zu stellen. Es hatte zu regnen begonnen, die Sicht war schlecht, und bei der Antwort könnte ich womöglich ins Schleudern geraten.

Erst als wir am Tisch saßen – ein Tisch mit grüner Decke, drei weißen Nelken und einem »Welcome«-Kärtchen – und mir ein hübsches, kleines Trampeltier ein Glas Rosé bis zum äußersten Rand vollgegossen hatte, fragte ich: »Was hältst du vom Mazaf?« Er sagte ohne jede Emotion: »Ich halte den für eine sehr gute Lösung. Entweder Israel kommt zur Raison, was ich nicht glaube, oder es richtet sich endgültig zugrunde: moralisch, ökonomisch und möglicherweise auch militärisch, denn seit dem Libanonkrieg ist die Armee verunsichert und gespalten... Komm, jetzt such dir mal was Schönes auf der Speisekarte aus.«

Nein, es war keine Ironie, nicht die gute Lösung und schon gar nicht das mit dem Was-Schönes-Aussuchen. Er selber hatte die Speisekarte in der Hand und sah mich über ihren Rand aufmunternd an. Er wählte meistens das, was ich wählte, und wollte, daß die Sache voranging und er etwas in den Magen bekam. Ich sah ihn an: Das, was mich an seinem Gesicht am meisten faszinierte, war der Mund, der in Farbe und Konsistenz an das Gummiband eines Einweckglases erinnerte. Es war ein lasziver Mund, der gar nicht zum Rest der Züge paßte, die, ähnlich wie das durchgedrückte Kreuz, einen großen Mangel an Leichtlebigkeit und einen Überschuß an Selbstdisziplin erkennen ließen.

»Warum siehst du mich so verzweifelt an?« fragte er und dehnte seinen Gummibandmund zu einem Lächeln. »Gefällt es dir hier nicht?«

»Wäre es dir egal, wenn sich Israel zugrunde richtete?«

Er ließ die Speisekarte sinken, legte sie aber nicht aus der Hand. Sein Blick ging an mir vorbei ins Leere.

»Ich überlege«, sagte er, »es ist wirklich eine schwere Frage. Auf Anhieb würde ich sagen: Nein, es ist mir nicht egal. Ich bin hierhergekommen, nicht weil ich mußte, sondern weil ich wollte, ich habe hier siebenunddreißig Jahre gelebt. Es waren schöne Jahre darunter, die Jahre des Miteinander-verbunden-Seins, die Jahre der Hoffnung, des Stolzes, der Überzeugung, daß man das Richtige, das Notwendige tat. Na ja, man war eben jung und hatte den Holocaust hinter sich. Willst du eine Vorspeise, mein Kind?«

»Nein, danke ... Warst du eigentlich Zionist?«

»Weder meine Eltern noch ich waren Zionisten, und ein Patriot war ich auch nie. Aber man sitzt nicht umsonst in einem KZ. Ich wollte ein Land, in dem ich nicht toleriert oder akzeptiert, nicht umgebracht oder gelobhudelt werde, sondern ein Land, in dem meine Anwesenheit eine Selbstverständlichkeit ist. Das hat Israel mir, das hat es Hunderttausenden von Juden gegeben. Das Dumme war nur, daß es damit Hunderttausenden von Palästinensern die Selbstverständlichkeit ihrer Anwesenheit genommen hat und wir diese Tatsache schlicht ignorierten, verdrängten, rechtfertigten, uns die Hände davon reinwuschen. Zum Glück haben uns die Palästinenser sehr dabei geholfen, indem sie unseren Staat auf Biegen und Brechen nicht anerkennen und uns dauernd ins Meer schmeißen wollten. Damit haben sie uns am laufenden Band Rechtfertigungen und Beweise geliefert, daß man nicht friedlich mit ihnen leben kann. Stell dir vor, sie wären damals nicht geflohen, sondern, zu allem bereit, in ihren schönen Häusern und auf ihrem schönen Stück Land geblieben.

Das wäre ein Reinfall gewesen, und ich frage mich, was wir dann erfunden hätten, um sie loszuwerden. Die Idee eines jüdischen »homeland« ist zweifellos eine gute und richtige Idee – es gab schon viele gute und richtige Ideen, nur an der guten und richtigen Verwirklichung hapert es dann immer. Das liegt nicht an der Idee, sondern an der menschlichen Natur. Bei der überwiegt das Miese, sowohl bei uns wie bei den Arabern, bei den Amerikanern, den Chinesen, bei welchem Volk auch immer. Erzähl' ich dir was Neues? Nein. Habe ich dir deine Frage beantwortet? Nein. Legst du immer noch Wert darauf, daß ich sie dir beantworte?«

»Ja.«

»Schön. So wie sich dieser Staat in rapidem Tempo entwickelt hat – blind, selbstgerecht, selbstgefällig, materialistisch, dumm, intolerant, arrogant und von seinen Leistungen besoffen –, ist es mir egal, ob er sich zugrunde richtet. Er hat darauf hingearbeitet, er hat nichts Besseres verdient. Wir wollten ›Macht‹, ›Lebensraum‹, einen ›reinrassigen‹, ›jüdischen‹ Staat. Habe ich alles schon mal gehört.«

»Und die Araber, wenn sie auf der Höhe der Israelis gewesen wären, hätten das nicht gewollt, hätten nicht kurzen Prozeß mit ihnen gemacht?«

»Natürlich hätten sie das, aber müssen wir uns wie Schweine benehmen, weil sie sich wie Schweine benommen hätten oder benehmen würden? Was sind das für Argumente und Kriterien? Wir waren die Stärkeren, wir hatten alle Trümpfe in der Hand, wir hätten wenigstens versuchen müssen, etwas Positives und Produktives aus dieser Stärke zu machen, anstatt sie, in unserem Größenwahn, sinnlos zu verspielen. Wir hätten ihnen eine Chance geben müssen.«

»Nachdem sie Israel dreimal angegriffen und den Staat nie anerkannt haben? Wie viele Chancen muß man ihnen deiner Meinung nach geben?«

»Viele, sehr viele, denn wir haben sie ja aus ihrem Land verdrängt, haben uns ihren Besitz angeeignet und sie zu Bürgern zweiter Klasse gemacht.«

»Seit wann denkst du so? Seit einer Woche oder seit 1967?«

»Du wirst lachen, ich habe immer so gedacht. Die Geschichte hat doch nicht erst im Jahr 1967 begonnen. Allerdings ist sie da überhaupt nicht mehr zu übersehen gewesen und darum auch zu dem großen moralischen Wendepunkt erhoben worden, auf den sich heute jeder sogenannte liberale Israeli beruft: Hätten wir, wären wir et cetera. Aber die Weichen waren längst so gestellt, daß wir eben nicht hätten, nicht wären, nicht wollten. Es war ja auch viel zu schön, um wahr zu sein. Da fällt uns ein Krieg in den Schoß, liefert uns wieder neue Rechtfertigungen und Beweise, macht uns zu weltberühmten Helden und schenkt uns Groß-Israel.«

Er lachte lautlos mit geschlossenen, ausgeleierten Gummilippen. »Und jetzt Schluß«, sagte er, »zwanzig Jahre – um den berühmten Wendepunkt zu nehmen – hatten wir Zeit, uns auf die Katastrophe einzustellen. Sie hätte nicht voraussehbarer sein können. Ich kann mich beim besten Willen nicht darüber aufregen.«

»Vielleicht kannst du dich über nichts mehr aufregen«, sagte ich böse.

»Das stimmt. In meinem Alter fällt das Aufregen schwer, und nach all dem, was ich gesehen und erlebt habe, noch schwerer. Wenn man sich einmal mit der menschlichen Natur abgefunden hat und nicht dauernd den Sieg des Guten über das Böse erwartet, dann ist sie berechenbar – im Individuum, in Gruppen, in Völkern. Machttrieb, Habsucht, Ignoranz und Heuchelei sind ihre hervorstechendsten Eigenschaften, seit Adam und Eva bis zum Tage Null. Also erklär mir bitte, mein Kind, warum ich mich über eine Lappalie wie den Mazaf aufregen soll.«

»Was in der übrigen Welt geschieht«, sagte ich, »ist mir scheißegal, wie sich die anderen Völker aufführen, auch. Hier ist es mir, zum ersten Mal in meinem Leben, nicht egal.«

»Warum? Weil die Juden das auserwählte Volk sind?«

Wieder das lautlose Lachen, der ausgeleierte Gummimund.

»Weil sie aus ihrem eigenen Schicksal gelernt haben müßten ...«

Er winkte ab: »Erspare mir das bitte.«

Ich schaute in die Speisekarte. Nichts reizte mich. Selbst wenn ich einen Bärenhunger gehabt hätte, hätte mich nichts gereizt.

»Ihr eigenes Schicksal wäre, wenn überhaupt, die einzige Rechtfertigung für ihr Verhalten«, sagte er, »sie haben gelernt zu überleben, und glaube mir, man überlebt nicht auf feine, anständige Art. Ich spreche aus Erfahrung.«

»Dann besteht ja die Hoffnung, daß sich Israel nicht zugrunde richtet.«

»Die würde zweifellos bestehen, wenn es die Größe, die geographische Lage und den Reichtum Südafrikas hätte. Aber leider hat es nur eins damit gemein: die Regierung und sonst nichts.«

»Ich hasse solche Vergleiche.«

»Mir ist momentan kein besserer eingefallen. Aber wenn du willst, können wir auch Amerika nehmen, oder England, Frankreich, Deutschland ... na, es gibt noch viele, die kolonisiert, unterdrückt, ausgebeutet und geschossen haben, nur in größerem Stil und zu günstigerer Zeit. Bei uns kommt immer alles zu spät, nur das Zugrunderichten kommt zu früh. Weißt du jetzt, was du essen möchtest?«

Die hübsche, unbeholfene Kellnerin stand an unserem Tisch und sah ungeduldig aus.

»Wir schließen um neun Uhr«, sagte sie.

»Das kann doch nicht Ihr Ernst sein«, rief Alfred, der in solchen Fällen leicht die Beherrschung verlor, »es ist jetzt Viertel vor neun. Bedeutet das, daß wir in fünfzehn Minuten gegessen haben müssen?«

»Die Küche schließt um neun.«

»Das bedeutet also nur, daß wir in fünfzehn Minuten bestellt haben müssen«, beruhigte ich ihn, »glaubst du, daß wir das schaffen?«

»Das hängt von dir ab.«

»Gut. Huhn.«

»Warum Huhn?«

»Warum nicht Huhn?«

»Huhn à la Salomon oder Huhn Oriental?« wollte die Kellnerin wissen.

»Diese Komplikationen habe ich nicht vorausgesehen«, sagte ich, »wie ist das Huhn à la Salomon zubereitet?«

»Es ist gleich neun«, sagte Alfred.

»Kann ich nicht einfach ein gegrilltes Huhn haben?« fragte ich.

»Nein«, sagte die Kellnerin, »dazu ist es zu spät.«

»Bald ist es zu allem zu spät«, sagte Alfred.

»Salomon«, sagte ich.

»Und über allem das Alte Testament«, schimpfte Alfred, »wenn gar nichts mehr hilft, nimmt man dazu Zuflucht.«

»Es ist doch nur ein Huhn«, sagte ich beschwichtigend.

»Ob Huhn oder Israel, alles ist uns von Gott gegeben, und alles ist unerträglich. Am meisten das jüdische Volk.«

»Ich hätte einen Vorschlag«, sagte ich, »geh in die Schweiz, du hast doch eine Wohnung drüben.«

»Gott behüte«, sagte er, »dann könnte es mir passieren, daß ich das jüdische Volk plötzlich wieder erträglich finde.«

Am 16. Dezember erfuhr ich aus der ›Jerusalem Post‹: »Vier Tote – Gaza-Streifen in Aufruhr.« Weiterhin erfuhr ich, daß Minister Ariel Scharon, der ehemalige General, der starke Mann mit der eisernen Faust, der »König Israels«, wie ihn die orientalischen Juden begeistert nannten, in seinem Haus im moslemischen Viertel der Altstadt eine große Chanukkaparty gegeben und die erste Kerze angezündet hatte. Zu diesem Zweck waren über dreihundert Polizisten eingesetzt worden, die, auf den Dächern der Häuser und in den umliegenden Gassen patrouillierend, für den Schutz des Hausherrn und seiner erlesenen Gäste gesorgt hatten. Vor dem Damaskus-Tor, das zum moslemischen Viertel führte, war es zwischen den dagegen demonstrierenden Mitgliedern der Friedensbewegung FRIEDEN JETZT und den dafür demonstrierenden Anhängern Rabbi Kahanas zu einer Schlägerei gekommen.

Am 16. Dezember funktionierte außerdem mein Telefon, was mir verborgen geblieben wäre, wenn Evchen nicht angerufen und gejubelt hätte: »Es geht ja wieder!«

»Nein«, sagte ich düster, »es geht nicht.«

»Aber Puppe«, rief sie, »wir sprechen doch.«

Sie nannte mich seit dreißig Jahren Puppe, und diese Entgleisung verdankte ich nicht meinem Gesicht – auch nicht dem damaligen –, sondern einem geblümten Kleid mit weitem Rock und enger Taille, in dem ich angeblich wie eine Kaffeewärmerpuppe ausgesehen hatte.

»Wir sprechen, Evchen, aber nicht lange«, prophezeite ich, »es kommt und geht, und die Träne fließt zu spät. Kennst du das Lied: Die Liebe kommt, die Liebe geht?«

»Und ob! Das hat Ali Gito auf einem Fest bei deinen Eltern gesungen. Es war urkomisch. Sie lehnte am Flügel, und bei der gehenden Liebe brach sie förmlich zusammen.«

Evchen und ihr damaliger Mann Fritz, ein Kinderarzt, waren bereits Freunde meiner Eltern gewesen, und ich, fünfjährig, hatte mich in sie verliebt. Sie war eine wunderschöne Frau gewesen, sie war es geblieben. Ein Wunder der Natur und ihrer unverwüstlichen positiven Lebenseinstellung, die sie in Schönheit hatte altern lassen.

Lieber Gott, warum hast du mir keine so positive Lebenseinstellung geschenkt! Mit der könnte ich jetzt zehn Jahre jünger aussehen, mich freuen, daß die Sonne strahlt, die Strelitzien blühen, das Telefon fünf oder zehn Minuten lang funktioniert und ich in acht Tagen Geburtstag habe.

»Puppe«, sagte Evchen, die meine Gedanken und Stimmungen immer telepathisch auffing, »nur ganz kurz. Du hast dir doch eine Decke zum Geburtstag gewünscht, und die wollte ich zusammen mit dir aussuchen. Es hat gar keinen Zweck, daß ich dir eine Decke kaufe, die dir nicht gefällt. Also, hast du heute mittag, so gegen eins, Zeit, mit mir ins Industrieviertel zu fahren?«

»Muß man, um eine Decke zu kaufen, ins Industrieviertel fahren?«

»Da gibt es jetzt die schönsten Geschäfte, so ganz große, moderne, weißt du, wie in Amerika oder Europa. Es ist ein Vergnügen, dort einzukaufen.«

Evchen war eine Stütze der Konsumgesellschaft. Überflüssige Sachen einzukaufen gehörte, zusammen mit gutem Essen und auf dem Bett liegend fernzusehen, zu ihren liebsten Beschäftigungen.

»Das ist der Zim-Zum«, pflegte sie vergnügt zu sagen, und selbst dem konnte sie Freuden abgewinnen.

»Na schön«, sagte ich, »wenn's sein muß, fahren wir ins Industrieviertel.«

Sie hatte den Mazaf nicht erwähnt. Sie würde ihn freiwillig nicht erwähnen. Ich würde ihn, ihr zuliebe, auch nicht erwähnen. Sie hatte sich nicht umsonst ihre Schönheit und positive Lebenseinstellung bewahrt. Sie wußte, wie man sich unerfreuliche Dinge vom Leibe hielt, wie man jeder unguten Situation etwas Gutes abringt. Sie war darin eine wahre Zauberkünstlerin.

Evchen, in Berlin geboren und aufgewachsen, stammte aus einer angesehenen, assimilierten deutsch-jüdischen Familie. Ihr Vater, ein gutaussehender Mann, den sie sehr verehrt hatte, war Professor der Pädiatrie gewesen, und mehr ein guter Deutscher als ein guter Jude. Sie war als höhere Tochter erzogen worden: eine französische Mademoiselle, Klavier, Tennis, Tanzstunde, eine Ausbildung als Kindergymnastiklehrerin, bei einem Major Neumann-Neurode, drei Monate England, um die Sprache zu lernen. Mit neunzehn heiratete sie, auf Wunsch des Vaters, einen zehn Jahre älteren Kinderarzt, der, klug und häßlich, auf eheliche Pflicht und Treue wenig Wert legte. Evchen, im Schutz der Ehe und damit der Ehrenhaftigkeit, genoß das leichte, vergnügte, glitzernde Leben. Sie wurde Mutter eines Sohnes und genoß es weiterhin. Erst als Hitler an die Macht kam und die ersten Repressalien spürbar wurden, erwachte in ihr der Ernst und eine Klarsicht, die sie mit wenigen deutschen Juden teilte.

Sie war immer eine bewußte Jüdin gewesen, jetzt wurde sie zur Zionistin. Sie erklärte, es sei Zeit, die Auswanderung nach Palästina vorzubereiten. Ihre Eltern und Geschwister lachten sie aus, ihr Mann hielt Palästina für keinen gelungenen Einfall. Aber Evchen war entschlossen, und ihre Entschlußkraft ebenso unerschütterlich wie ihre positive Lebenseinstellung.

Kurz nach dem Boykott im Jahr 1936 verließ sie mit Mann, zwei Söhnen, Eltern, Möbeln, Büchern, Porzellan und Silber Deutschland und wanderte in Palästina ein. Ihr älterer Bruder ging mit seiner Frau nach London, ihre jüngere Schwester mit ihrem Mann nach New York, Vater und Mutter nach Tel Aviv, sie und Fritz nach Jerusalem.

Das Leben in Palästina war während der britischen Mandatszeit weder leicht noch glitzernd, und an arabischen, oft tödlich verlaufenden Überfällen mangelte es nicht. Aber Evchen bewältigte den Schritt von der Metropole Berlin in das kleine, provinzielle Jerusalem, vom Komfort in spartanische Verhältnisse mit Grandezza. Sie sah – und hier zu Recht – das Positive in diesem Schritt und blieb vergnügt. Sie wohnte mit Mann und Söhnen in einer viel zu engen, dürftigen Wohnung in Rechavia, dem Viertel der emigrierten deutschen Juden. Geld, gutes Essen und hübsche Sachen waren knapp, aber das Wetter war herrlich und der Freundeskreis groß und kosmopolitisch. Evchen gab Partys. Man tanzte, man sang, man flirtete, man hatte viele Liebesaffären. Man ging am Nachmittag zum Tanztee ins Café Vienna und in Vollmondnächten auf der Mauer der Altstadt spazieren. Man fuhr ans Mittelmeer, ans Tote Meer und an den See Genezareth. Ihr Vater wurde an einem großen Krankenhaus Chefarzt der Kinderabteilung, ihr Mann eröffnete eine Praxis, sie selber gab Gymnastikkurse.

Der Weltkrieg brach aus. Man fürchtete Rommel, man fürchtete um das Schicksal der eigenen Verwandten und Freunde in Europa. Aber Europa war weit, die Verbindung abgebrochen, und was man hier und da hörte, glaubte man nicht. Evchen war jung und vital, die Sommer in Jerusalem waren lang und heiß, das Leben aufregend. Sie brachte einen dritten Sohn zur Welt.

Der Krieg ging zu Ende, man erfuhr die Wahrheit über die europäischen Juden, doch die überstieg das Fassungsvermögen. Im November 1947 beschlossen die Vereinten Nationen die Teilung Palästinas, ein Stück für die Juden, ein Stück für die Araber. Im ganzen Land brachen heftige Unruhen aus. Die Araber versuchten die Juden loszuwerden, die Juden die Engländer. Die einzige Verbindungsstraße von Jerusalem ins Innenland lag unter arabischem Beschuß. Jerusalem war abgeschnitten. Es gab kaum

Nahrungsmittel und kaum Wasser. Der Belagerungszustand dauerte ein halbes Jahr.

Am 14. Mai 1948 wurde der israelische Staat ausgerufen. Man sang und tanzte in den Straßen. Evchen war außer sich vor Glück, ihr zionistischer Traum war in Erfüllung gegangen. Sie hatte ein Land, ein Volk, eine Regierung, eine Fahne, eine Nationalhymne. Sie hatte drei Söhne und einen Staat geboren. Die Engländer zogen aus Palästina ab, der Krieg zwischen Israel und fünf arabischen Staaten brach aus. Die Israelis siegten, die unter ihnen lebenden Araber flohen, die Grenzen wurden festgelegt. Evchen hatte ihren ersten Krieg gewonnen. Ihr Vater starb und damit endlich die Verpflichtung, die Ehe, oder besser, deren Schein zu wahren. Die Scheidung fand im besten Einvernehmen statt. Fritz ging nach Berlin zurück, Evchen heiratete einen Schriftsteller russischer Abstammung, mit dem sie seit langem befreundet gewesen war. Sie kaufte eine große, schöne Wohnung, sie gab Partys, sie war sehr vergnügt.

Ihr Mann starb ein Jahr nach der Heirat an einem Herzinfarkt, ihr ältester Sohn war nach Amerika gegangen, der mittlere in einen Kibbuz. Der Suezkrieg brach aus. Die erste große Einwanderung orientalischer Juden aus den arabischen Staaten fand statt. Ma'arach, die Arbeiterpartei, war an der Regierung. Evchen heiratete ein drittes Mal. Ihr Mann Daniel, ein gutaussehender, kultivierter Regierungsbeamter, der später in den diplomatischen Dienst eintrat, hatte viel mit ihr gemeinsam: die Geburtsstadt Berlin, das angesehene Elternhaus, zwei Ehen und drei Kinder, die zionistische und patriotische Verbundenheit zu seiner Heimat, die Freude am angenehmen, gesellschaftlichen Leben. Das Glück kommt zu denen, die daran glauben. Evchen, inzwischen neunundvierzig Jahre, war eine schöne, strahlende, glückliche Frau.

Der Sechs-Tage-Krieg brach aus und endete mit Glanz und Glorie. Israel hatte die West-Bank erobert, den Gaza-Streifen, den Sinai. Die geteilte Stadt Jerusalem war vereint. Die Juden der Diaspora, Gläubige und Ungläubige, Zionisten und Antizionisten, Rechte und Linke fluteten aus aller Welt ins Heilige Land, um an diesem Wunder teilzuhaben, im Glanz ihrer Brüder ein wenig mitzuleuchten, sich mit ihrer Stärke, ihrem Heldentum zu identifizieren. Die gesamte westliche Welt zog vor Israel den Hut. Das Wort Jude hatte einen neuen, stolzen Klang bekommen. Es war die Sternstunde.

Man wanderte ein, man baute, man pflanzte, man sanierte die Altstadt, sprengte die Häuser um die Klagemauer, legte einen riesigen Platz an. Es entstanden neue Straßen, Häuser, Ortschaften, neue Wälder, Felder, Grünanlagen. Der Lebensstandard wuchs und mit ihm die Ansprüche und das Klassenbewußtsein. Es gab das »schöne Israel«, das aschkenasische, dem orientalischen hielt man sich fern. Man sprach von »Groß-Israel« und setzte die ersten Siedlungen in die eroberten Gebiete. Israel war eine Macht geworden.

Evchen hatte ihr Land in den mageren Zeiten geliebt, sie liebte es in den fetten noch mehr. Es war ihr gutes Recht. Der Strom an Gästen aus In- und Ausland, die Feiern und Partys nahmen kein Ende. Ihr Mann wurde als Generalkonsul nach Amerika geschickt, dann als Wirtschaftsattaché nach Tokio. Sie genoß das Diplomatenleben, sie wußte, was sie der Vertretung ihres Landes schuldig war. Evchen und Daniel waren ein harmonisches und beliebtes Paar. Drei Jahre, dann kam der Rückschlag.

Sie bekam eine beidseitige Hüftarthrose, er einen Herzinfarkt. Der Jom-Kippur-Krieg brach aus. Ein Blitz aus heiterstem Himmel, ein schneller, gerade noch abgefangener Sturz aus höchster Höhe. Er erschütterte die israelische Bevölkerung, weckte die ersten Zweifel an ihrer Unfehlbarkeit und Zorn auf die Regierung. Wie war es möglich, daß ihr weltberühmter Geheimdienst versagt hatte, daß ihr Land ahnungslos an zwei Fronten überfallen und eine Armee wie die ihre nicht sofort zur Stelle gewesen war? Schreck, Zweifel und Erschütterung hielten eine Zeitlang vor, brachten den Sündenbock, die Arbeiterpartei, zu Fall und Likud, mit Begin an der Spitze, ans Ruder.

Eine neue Epoche brach an und mit ihr ein künstlich hochgeputschter Wohlstand. Man baute, man pflanzte, man sanierte. Es entstand eine neue Kaste billiger Arbeitskräfte, die Palästinenser, und mit ihr neue Straßen, neue Wohnviertel, neue Ortschaften und viele Siedlungen. Es entstanden neue Wälder, neue Felder, neue Parkanlagen. Es entstand eine hochqualifizierte Industrie. Jerusalem wuchs sich zu einer blumenumkränzten Festung aus, die israelische Bevölkerung zu einer Konsumgesellschaft. Man kaufte, man reiste, man fraß, man amüsierte sich. Die erste große Einwanderungswelle russischer Juden ergoß sich ins Land. Israel und Ägypten schlossen Frieden. Der Sinai wurde zurückgegeben. War das nötig gewesen?

Evchen litt an starken Schmerzen und Gehbeschwerden, aber sie ließ sich nichts anmerken. Daniel litt an Müdigkeit und Schwäche, aber auch er ließ sich nichts anmerken. Sie richteten ihre Wohnung neu ein, sie gaben Einladungen und wurden eingeladen. Sie führten ein reges Familienleben mit Kindern und Enkeln. Ihr Optimismus war ungebrochen. Sie waren nach wie vor ein harmonisches Paar.

Sie ließ sich an den Hüften operieren. Während ihres Krankenhausaufenthalts starb Daniel an einem zweiten Herzinfarkt. Es war der schwerste Schlag ihres Lebens. Ihre Kinder und Freunde fürchteten, sie würde sich nicht mehr davon erholen. Wie sollte sie, die immer einen Mann zur Seite gehabt hatte, auf einmal alleine leben? Keiner kannte Evchen.

Sie kehrte nach Hause zurück und begann, leise und klug, ihr Leben neu zu organisieren. Sie jammerte nicht, sie beschwerte sich nicht. Sie wollte kein Mitleid und kannte kein Selbstmitleid. Sie war weit davon entfernt zu resignieren. Sie war entschlossen, dem Stück Leben, das ihr noch blieb, das Beste abzugewinnen. Leben und sich daran Freude zu bewahren, war eine Kunst, und die beherrschte sie. Ihr Lachen kehrte zurück, ihre Verspieltheit, ihr Vergnügen an den hübschen, kleinen Dingen des Lebens, von denen es immer noch viele für sie gab.

Der Libanonkrieg brach aus. Das israelische Volk geriet in Aufruhr. Ein unnötiger Krieg, dem junge Männer zum Opfer fielen, ein Angriffskrieg, der Millionen über Millionen kostete. Zum erstenmal wurde öffentlich gegen die Regierung demonstriert. Schalom Achschaf – FRIE-

DEN JETZT – gewann Hunderttausende von Anhängern. In der Armee entstand Unsicherheit, die Moral sank, man war der Kriege überdrüssig, man wollte Frieden, die einen mit Verzicht, die anderen ohne. Die Bevölkerung spaltete sich in zwei Lager. Die Inflation brach Rekorde. Die Preise stiegen mit schwindelerregender Schnelligkeit. Man spielte an der Börse, man kaufte wie besessen, man baute immer neue, immer größere Hotels, man eröffnete immer neue, immer luxuriösere Geschäfte und Restaurants. Die Wirtschaft schwankte, der Tourismus blühte. Die Siedlungen in den besetzten Gebieten vermehrten sich, die Mitglieder der religiösen Bewegung »Rückkehr zum Judaismus« vermehrten sich, die Streiks und Skandale vermehrten sich. Jerusalem war eine große, schöne, lebhafte Stadt geworden. Kein Monat verging ohne Kongresse, Festspiele, kulturelle Veranstaltungen. In der herausgeputzten Altstadt drängten sich die Menschen. Das von den Arabern zerstörte jüdische Viertel war neu und malerisch aufgebaut, bedeutende archäologische Ausgrabungen gemacht worden. Die Klagemauer hieß jetzt die »westliche« Mauer. Man klagte nicht mehr, man stellte sich keine Fragen mehr, man tanzte auf dem Vulkan.

Evchen war sechsundsiebzig Jahre, eine schöne, vergnügte, dem Alter nach alte Dame, die sich ihre Jugend, ihren Charme, ihren Optimismus und ihren absoluten Glauben an Israel über alle Kriege, Turbulenzen und Fehlschläge hinweg bewahrt hatte. Es war ihr Land, ihr Staat, ihr Volk, das sie von der Zeugung bis zur Sternstunde begleitet, auf das sie gesetzt hatte und bis zu ihrem Lebensende setzen würde. Komme, was da wolle. Keine Macht der Welt konnte ihr diesen Glauben entreißen, kein noch so greller Beweis konnte sie davon überzeugen, daß ihr Land, ihr Staat, ihr Volk auf der Kippe stand. »Wie oft«, sagte sie, »ist Israel schon in angeblich hoffnungsloser Lage gewesen und hat sie überwunden, hat einen Weg gefunden, hat überlebt.« Israel würde ebensowenig zusammenbrechen, wie sie in ihrem Leben zusammengebrochen war. Sie waren aus demselben Holz geschnitzt: Sie sahen das, was sie sehen, glaubten das, was sie glauben, taten das, was sie tun wollten.

Ich fuhr also gegen ein Uhr zu Evchen, um mit ihr im Industrieviertel eine Decke auszusuchen. Mir stand überhaupt nicht der Sinn nach diesem Ausflug, und als sie in einem hübschen, taubenblauen Kostüm zu mir ins Auto stieg und sofort wissen wollte, was ich in den letzten zwei Tagen alles erlebt hatte, gelang es mir nicht, meinen Unwillen zu verbergen.

»Was man in diesem Land halt so alles erlebt«, sagte ich, »mehr als genug.«

»Du hast dich also amüsiert.«

»Rasend! Du dich auch?«

»Ich hatte gestern das Haus voll: Jonathan mit seiner Familie und Hanna mit ihren Kindern, alles in allem neun Menschen. Du kannst dir vorstellen, was sich da getan hat.«

Ich verzichtete darauf, es mir vorzustellen. Früher hatte ich hin und wieder an ihren Familienfesten teilgenommen, aber seit ich in Jerusalem lebte und meine Anwesenheit bei Feiern dieser Art leicht zur Gewohnheit hätte werden können, war ich nicht mehr dazu bereit.

»Aber es war sehr nett«, fuhr Evchen fort, »wir haben Pfannkuchen gegessen und Chanukkalieder gesungen und die erste Kerze angezündet.«

»Ich dachte, die hättest du vielleicht bei Scharon im moslemischen Viertel angezündet.«

Evchen, die dem alten Pioniergeist treu geblieben war und immer nur die Arbeiterpartei gewählt hatte, war auf Scharon sehr schlecht zu sprechen.

»Der Mann ist eine Gefahr für Israel«, sagte sie.

»Eine von vielen.«

»Nein, eine so verantwortungslose Idiotie konnte nur er sich leisten, und es ist mir ein Rätsel, warum man das nicht verhindert hat.«

»Man verhindert keine großen Gesten. Er hat sich unter die Araber gemischt, wohnt unter ihnen, zündet unter ihnen die Chanukkakerzen an und geht den Israelis mit gutem Beispiel voran. So etwa hat er es erklärt.«

»Ich weiß, ich habe den Quatsch auch in der ›Jerusalem Post‹ gelesen. Übrigens, da war heute ein sehr guter Artikel drin über die psychologischen Auswirkungen des Holocaust in der dritten Generation. Hast du den gelesen?«

»Nein.«

»Dann lies ihn mal.«

»Nein.«

»Warum nicht?«

»Weil mir die psychologischen Auswirkungen in der zweiten Generation genügt haben. Man muß ja nicht übertreiben, nicht wahr? Außerdem lese ich jetzt nur noch die Aktualitäten.«

»Schau mal«, sagte sie und zeigte auf ein großes, blühendes Blumenbeet am Rand einer Parkanlage, »ist das nicht bezaubernd? Mitten im Winter diese Blumen! Was Teddy Kollek aus unserer Stadt gemacht hat, ist wirklich ein Wunder. Überall diese Gärten und Bäume und Blumen und alles so gepflegt. Erinnerst du dich noch, Puppe, wie klein und popelig Jerusalem war, als du das erste Mal herkamst?«

»Ich fand es schön. Die Straßen führten nicht in andere Straßen, sondern direkt in die Hügel, und die waren kahl, wie es sich für die Hügel hier gehört, und es gab kein Hochhaus und nur ganz wenig Autos und eine einzige Ampel. Und nun sieh dir das mal an!«

Wir standen am Ende einer langen Autoschlange, die halb so lang gewesen wäre, wenn sich die Autos richtig eingeordnet hätten. Ich schlängelte mich fast bis zur Ampel vor, und ein paar Fahrer hupten, weil ich die Frechheit hatte, eine bessere und geistesgegenwärtigere Fahrerin zu sein als sie.

»Kannst du mir verraten, warum die Israelis so unfähige und verblödete Autofahrer sind?« fragte ich Evchen.

»Die Straßen sind einfach zu schmal, und das Land ist zu klein für so viele Autos.«

»Dann muß man eben noch ein Stück Land dazuerobern.«

Sie überhörte meine Bemerkung und sagte: »Weißt du, wie viele neue Autos im nächsten Jahr zugelassen werden?«

»Nein, Evchen, und ich möchte es lieber gar nicht so genau wissen.«

»Ach, Puppe, mit dir ist heute ja gar nichts anzufangen. Bist du wegen deines Geburtstags in so schlechter Stimmung?«

»Ja, deswegen und noch wegen was anderem.«

»Wegen was?«

Wir standen vor der nächsten Ampel, und ich hatte Zeit, sie anzusehen. Ihr schwarzsilbernes Haar glänzte, wie nur Haare junger Frauen glänzen.

»Warst du beim Friseur?« fragte ich.

»Nein... also, warum bist du in so schlechter Stimmung? Wegen deines Buches vielleicht?«

Der Gedanke, daß es wegen des Mazafs sein könnte, kam ihr gar nicht in den Sinn.

Ich gab ihr einen Kuß auf die Wange und nahm mir vor, ihr den Deckenkauf im Industrieviertel nicht zu verderben.

»Ja, wegen meines Buches«, sagte ich, »es geht überhaupt nicht voran.«

»Paß auf, nach deinem Geburtstag wird es fabelhaft gehen, und du bist wieder die alte Puppe.«

»Mit Betonung auf alt. Ach, Evchen, deinen Optimismus und Rothschilds Geld möchte ich haben.«

Sie lachte, steckte mir und sich ein Pfefferminzdrops in den Mund und war beruhigt.

Ich hatte mir bei Evchen, in deren Wohnung ich während all meiner Israelbesuche monatelang Gast gewesen war, alles leisten können, zum Beispiel Liebhaber, die zu später Stunde anriefen, Herummäkelei am Essen, Mürischkeit und sonstiges unangenehmes Verhalten, ja sogar die Weigerung, mit ihr zusammen ›Dallas‹ anzusehen. Aber zwei Dinge durfte ich mir nicht erlauben: erstens, ihre elektrischen Geräte, zu denen ich keine echte Beziehung aufbringen konnte, zu mißhandeln, und zweitens, physisch oder psychisch zusammenzubrechen. Krankheit in dieser oder jener Form – ganz zu schweigen von Tod – flößten ihr sogar schon auf dem Fernsehschirm ein solches Grauen ein, daß sie entweder auf einen anderen Sender umschaltete oder zumindest die akustischen Begleitgeräusche abdrehte. Ich nehme an, daß das ein weiterer Trick von ihr war, sich die positive Lebenseinstellung zu erhalten, denn menschliches Leiden vor Augen oder auch nur im Ohr zu haben, ist nicht gerade erheiternd und bringt einen außerdem – besonders mit zunehmendem Alter – auf dumme Gedanken. Um ihr nun also böse Eindrücke von meiner Seite zu ersparen, schaltete ich mich in Notfällen entweder aus, indem ich ein paar Tage von der Bildfläche verschwand, oder drehte den Ton meiner Stimmung so weit herunter, daß sie nicht mehr bedrohlich wirkte.

Das tat ich jetzt, und – Übung macht bekanntlich den Meister – mit vollem Erfolg. Ich freute mich an allem: den Autofahrern, den Blumenbeeten, dem Industrieviertel, der Kaufhalle und besonders an der Decke, hellblau auf einer Seite, dunkelblau auf der anderen und natürlich aus Kunstfaser, denn wer will schon eine Decke aus echter Wolle haben. Ich freute mich auch an den Handtüchern, die Evchen für sich kaufte, und an zwei kleinen Kindern, die die Waren von den Tischen zerrten und sich die Seele aus dem Leib brüllten, wenn man sie ihnen wieder wegnahm. Da mein Geburtstagsgeschenk gefeiert werden mußte, fuhr ich anschließend mit Evchen in das Café-Restaurant der Cinemathek, wo wir uns auf der Terrasse in die Sonne setzten.

Die Cinemathek ist eine sehr gelungene Errungenschaft: der Bau geschmackvoll, die Wahl der Filme gut, das Publikum, hauptsächlich junge Leute, interessiert und angenehm. Nur das Angebot an süßen und salzigen Pies im Café-Restaurant ist enttäuschend, wenn auch reichhaltig.

Evchen bestellte eine Fisch- und Tomaten-, ich eine Zwiebel- und Käsepie.

Wir saßen am Abgrund der Hölle, einem engen, schluchtartigen Tal, über das – so geht die Legende – ein dünnes Seil gespannt war, das die auf dem Weg ins Jenseits überqueren mußten. Die Bösen verloren unterwegs das Gleichgewicht und stürzten in die Hölle, die Guten erreichten die andere Seite, auf der sich der Ölberg befindet und möglicherweise der Himmel.

Bis 1967 war das Höllental ein Streifen verwahrlosten Niemandslands gewesen, den nicht einmal die Guten überqueren durften und über den die Bösen hin und wieder ein Geschoß feuerten. Jetzt war er eine grüne Mulde, in der, im Schatten von Oliven- und Feigenbäumen, palästinensische Schafe weideten und israelische Familien picknickten. Der gegenüberliegende Hang war entrümpelt und bepflanzt worden, und auf seinem Kamm stand ein stattliches Kloster. Weiter im Westen sah man einen Teil der schönen, alten Stadtmauer mit dem Davidsturm, im Osten den Ölberg mit seinem schnell wachsenden jüdischen Friedhof.

»Ach, ist das hübsch hier«, rief Evchen, »dieses Grün und der blaue Himmel und die Luft! Die Jerusalemer Luft ist wie Champagner, hat eine Freundin von mir damals immer gesagt. Sie macht beschwipst und übermütig. Gott, waren wir damals beschwipst und übermütig!«

Ich beneidete Evchen um dieses Damals. Wäre ich damals ins Land gekommen, wer weiß, vielleicht wäre auch ich, von der Luft beschwipst, ein lebensbejahender, blind auf Israel setzender Mensch geworden. Aber ich war dreißig, als ich das erste Mal hinfuhr, zwar jung genug, um beschwipst, aber zu alt, um noch lebensbejahend zu werden. Ich hatte noch einiges vom alten Pioniergeist mitbekommen, von Idealismus, Opferfreudigkeit und Bescheidenheit, und mich danach gesehnt, dazuzugehören. Ich hatte mich in Israel verliebt, besonders in Jerusalem, die Landschaft, die Menschen, die irrwitzige Verquickung uralter und embryonaler Geschichte, die Mischung so vieler verschiedener Menschentypen. Ich hatte mich mit dem Judentum identifiziert. Und trotzdem war es zu spät gewesen und ich schon viel zu tief in meinem Außenseitertum verwurzelt. Ich hatte mich nicht mehr blind einer Überzeugung, einem Glauben oder auch nur einem Gefühl hingeben können. Über zwanzig Jahre blieb Israel ein nie zu Ende geträumter, schöner Traum, die Sehnsucht nach einem nie gelebten Leben, einer nie erlebten Überzeugung, einem nie erfahrenen Glauben, eines nie erfüllten Gefühls.

»Erzähl mir von damals«, sagte ich.

»Aber Puppe, du hast doch schon alle Geschichten gehört.«

Ich hatte sie mehr als einmal gehört, aber ich war wie ein Kind, das sein Lieblingsmärchen hundertmal hören kann und es immer noch spannend findet. Das Märchen vom Damals. Das berühmte »Es war einmal«, das nostalgisch stimmt, weil es nicht mehr ist.

»Erzähl mir, wie du 1936 nach Jerusalem kamst.«

»Als ich 1936 nach Jerusalem kam«, erzählte Evchen, »da dachte ich mir: ›Na, Evchen, das kann ja gut werden!‹ Ich hatte das Gefühl, am Ende der Welt gelandet zu sein, und wußte nicht, ob ich lachen oder heulen sollte. Ich habe Hans Rosenzweig, einen Freund, gefragt: ›Sag mal, was sollen wir nun eigentlich machen?‹, und er hat geantwortet: ›Das weiß ich auch nicht, aber ich fürchte, da sind wir vom Regen nicht erst in die Traufe, sondern direkt in die Scheiße gekommen.‹«

Wir lachten, dann sagte Evchen: »Daran muß ich immer denken, wenn ich das jetzt alles sehe. Kein Mensch hätte damals geglaubt, daß wir es in vierzig Jahren ... nur vierzig Jahre, Puppe! ... so weit bringen würden. Es ist wirklich wie ein Traum.«

Auch für sie war es ein Traum, allerdings ein zu Ende geträumter, aus dem sie, Gott gebe, nicht noch zum Schluß erwachen würde.

»Glaubst du nicht, Evchen, daß du dich auch in einem anderen Land wohl gefühlt und es zu deiner Heimat gemacht hättest?«

»Wohl gefühlt ist gut möglich, aber Heimat nicht. In jedes andere Land wäre ich als Fremde gekommen und hätte mich dann, mehr oder weniger, akklimatisiert. Aber nach Palästina bin ich als Jüdin in mein eigenes Land gekommen.«

»Hast du Palästina immer als dein Land empfunden?«

»Aber Puppe, es ist mein Land.«

»Du bist doch nicht religiös, Evchen. Du glaubst doch nicht, daß Palästina oder Israel dein Land ist, weil Gott es den Juden vor zweieinhalb Jahrtausenden gegeben hat.«

»Nein, ich bin nicht religiös, Gott bewahre, aber ich bin Zionistin, und ich glaube, seit ich erwachsen bin, und das ist einige Jährchen her, daß die Juden ein Land haben und ein Volk werden mußten. Die Geschichte hat das ja nun schon lange vor dem Holocaust, wenn auch nicht so drastisch wie da, bewiesen. Also, wo hätten wir hingehen sollen?«

»Ich weiß nicht.«

»Wo gibt es noch ein Land, das keinem gehört, und selbst wenn es das gegeben hätte, was hätten wir da zu suchen gehabt? Ob man nun religiös ist oder nicht, man kommt nicht um die Tatsache herum, daß hier alles angefangen hat, durch uns. Wir haben hier gelebt und unsere Zeit nicht verplempert. Die Zivilisation ist hier entstanden, die Gesetze, die Bibel, drei Religionen, hasweh halila!«

Die Kellnerin kam mit der Pie, die aussah, als hätte sie den Transport von der Küche zum Tisch nicht überlebt. Sie war blaß geworden und in sich zusammengeschrumpft.

»Sieht ja merkwürdig aus«, sagte Evchen.

»Das kann man wohl sagen.«

Ich bestellte zwei Gläser Rosé, schob meinen Teller beiseite und fragte: »Wenn die Nazis nicht gekommen wären, wärst du dann auch nach Palästina ausgewandert?«

»Solche Gewissensfragen hab' ich gern«, sagte Evchen und lachte. »Du kennst doch den Ausspruch: ›Ein Zionist ist ein Mensch, der einem zweiten Geld gibt, damit ein dritter nach Palästina geht.‹ Nein, höchstwahrscheinlich wäre ich in Deutschland geblieben. Aber die Nazis sind gekommen, und da stand für mich fest, daß ich nicht nach Amerika oder England oder wohin auch immer gehe, sondern nur nach Palästina. Und außerdem habe ich nicht mehr nur geglaubt, sondern gewußt, daß die Juden einen Staat haben und ein Volk werden müssen. Weißt du, was das bedeutet, vom Regen in die Scheiße zu kommen und dann aus der Scheiße ein Land zu machen und nach vierzig Jahren das zu sehen und zu haben, was du so furchtbar findest: grüne Hügel und Bäume, viele Autos, moderne Häuser, schöne Geschäfte mit schönen Decken, und eine Cinemathek mit Fischpie...«

Sie schob sich langsam einen Bissen in den Mund und kaute vorsichtig.

»Glaubst du, da sind Gräten drin?«

»Nein, bestimmt nicht.«

»Du mußt das so sehen, Puppe: Für uns, die wir hier vor fünfzig oder mehr Jahren hergekommen sind, ist Israel wie ein Kind, das wir geboren haben. Für die, die später gekommen sind und das Land schon als Land kennengelernt haben, ist es wie ein adoptiertes Kind. Man kann auch ein adoptiertes Kind sehr liebhaben, aber trotzdem ist es nicht dasselbe. Es fehlen die Schwangerschaft, die Wehen, der größte aller Momente, der der Geburt und ... wie soll ich sagen, na ja, das vollkommene Miteinander-verwachsen-Sein. Verstehst du das? Natürlich verstehst du das.«

Ich schaute ins Höllental und stellte mir ein dünnes, gespanntes Seil vor und den Balanceakt, den man bewältigen mußte, um auf die andere Seite zu kommen.

»Glaubst du, daß wir da rüberkommen?« fragte ich Evchen.

»Wo rüber?«

»Über das Höllental, auf dem Drahtseil.«

»Was dachtest du! Du weißt doch, daß wir da drüben ein ›date‹ haben, am 1. Mai 2015, um sieben Uhr abends. Was hältst du von einer ›surprise party‹? Du kommst an, und wir sind schon alle versammelt: deine Eltern, dein Bruder, Daniel und ich, deine Männer, deine Freunde, deine Katzen ... wäre schön, nicht wahr?«

»Zu schön, um wahr zu sein, Evchen.«

Ich hob mein Glas: »Lechaim[*] im Jenseits«, sagte ich und stieß mit ihr an.

Am 17. Dezember stand Israel in den Nachrichten des BBC an erster Stelle. Bisher war es als dritte, dann als zweite Meldung durchgegeben worden. Aber vor einigen Tagen war auch mehr los gewesen in der Welt. Jetzt war eine leichte Flaute eingetreten, möglicherweise weil sich der Heilige Abend näherte und die entzweite Menschheit des Wortes »Frieden auf Erden und den Menschen ein Wohlgefallen« gedachte.

BBC sprach von einem spontanen palästinensischen Aufstand, den die israelische Armee mit Feuerwaffen erfolglos niederzuschlagen versuchte. Man verurteilte das Schießen auf unbewaffnete Jugendliche, nannte die Zahl der Toten und Verwundeten und prophezeite eine böse Entwicklung. Der Rest der Nachrichten war weniger

[*] Lechaim: Aufs Leben. Trinkspruch

spannend: Drogenschmuggel an der mexikanischen Grenze, Walfang in Japan – beides wurde genauso streng verurteilt wie das Schießen auf Jugendliche –, ein Flugzeugabsturz und die Olympiade in Kanada.

In den englischen Nachrichten des israelischen Senders ›Kol Israel‹ wurde bekanntgegeben, daß der Premierminister Yitzhak Schamir seinem Bedauern über die palästinensischen Todesopfer Ausdruck verliehen hätte und daß die Arbeiter im Gaza-Streifen die Arbeit boykottierten, was bedeutete, daß ungefähr achtzigtausend Arbeiter, die täglich in Bussen nach Israel verfrachtet wurden, wegfielen. Was das Wetter betraf, so kündigte man eine kalte Front mit Regen und Sturm an. In den englischen Nachrichten des jordanischen Senders sprach man mit feierlicher Stimme von »der nationalen Erhebung des palästinensischen Volkes« und was »Seine Majestät der König« dazu zu sagen hatte. Die Betonung der englischen Worte war noch genauso falsch wie vor vier Jahren, und das war das einzig Erheiternde an diesem Morgen.

Um neun Uhr erschien ein junger, stämmiger Mann mit dräuendem Gesicht und erklärte, er käme von der Telefongesellschaft Besek, und ob ich die Familie L. sei.

Ich sagte, Familie sei etwas übertrieben, aber er sei am richtigen Platz. Er stapfte den Telefondrähten nach durch die Wohnung und dann auf die Dachterrasse. Als er von da wieder herunterkam, erklärte er, an meinen Drähten läge es nicht, daher müsse es an den Drähten außerhalb des Hauses liegen. Ob er die zu reparieren gedächte, fragte ich. Nein, antwortete er, dafür sei er nicht zuständig, aber er würde im Laufe des Vormittags einen Kollegen vorbeischicken. Ich sagte weinerlich, daß ich eine alleinstehende Frau sei, der jeden Moment etwas zustoßen könne.

»Schtujot motek«, sagte er mit freundlicher Stimme, gab mir einen Klaps auf die Schulter und verschwand.

Schtujot motek heißt auf deutsch: Unsinn, Süße. Als ich mich anzog, überkam mich die erste Welle von Verzweiflung. Ich stand vor meinem achttürigen, weißen Schrank – der Erfüllung eines jahrzehntelangen Wunsches – und starrte trostlos auf die dort hängenden und liegenden Kleidungsstücke. Es waren viele, denn ich hatte seinerzeit im Pariser Uni-prix wahllos eingekauft, hatte die Sachen kaum getragen, trug sie nicht, würde sie nie tragen und wartete trotzdem auf den Moment, in dem ich plötzlich danach greifen, sie anziehen und erfreut feststellen würde, daß sie gerade wieder in Mode waren. Auf diese Weise waren Jahre vergangen und die Mode schon zweimal zurückgekommen. Jetzt, ihren Anblick nicht mehr ertragend, schwor ich mir, sie loszuwerden und nur die wirklich guten Stücke zu behalten. Es waren ungefähr fünf, und damit hatte der achttürige Schrank seinen Zweck verfehlt. Sei's drum.

Beim Blick in den Spiegel überkam mich die zweite Welle von Verzweiflung. Ich sah noch miserabler aus, als ich mich fühlte, und das wollte was heißen. Wahrscheinlich sah ich schon seit Tagen miserabel aus, aber die volle Wucht der Erkenntnis traf mich immer erst kurz vor meinem Geburtstag. Ich starrte in den Spiegel, wie ich kurz zuvor in den Schrank gestarrt hatte, und schwor mir, daß das mein letzter Geburtstag sein würde.

Darauf beschloß ich, was Frauen in solchen Fällen meistens beschließen, nämlich zum Friseur zu gehen. Nicht zu meinem alten Friseur, der, sei es aus Bequemlichkeit, sei es, weil er sich auch nicht mehr viel von meinem Gesicht versprach, immer auf demselben Haarschnitt bestand, sondern zu einem neuen, der noch den Ehrgeiz aufbringen würde, mich zu verwandeln. Meine Wahl fiel auf »Hair«, einen angloamerikanischen Frisiersalon, zu dem Philip einmal gegangen und mit silbernen Haarspitzen wieder herausgekommen war. Ich wußte nicht, ob das ein guter Einfall gewesen war, aber ein Einfall war es auf jeden Fall. Der junge, gutgelaunte Mann, der an mir die Verwandlung vornahm, hieß Sam und kam aus Neuseeland. Er betrachtete mich mit professionellem Interesse im Spiegel und summte dazu. Neben mir saß eine junge, auffallend hübsche Person mit einer ungeheuren Fülle rotblonden Haares. Die wiederum betrachtete ich. Aus einem Lautsprecher über meinem Kopf klang Tschaikowskijs ›Schwanensee‹. Sam fragte, ob ich bestimmte Vorstellungen hätte. Ich antwortete, die hätte ich, aber sie ließen sich leider nicht mit der Wirklichkeit vereinbaren. Er solle machen, was er wolle, nur müsse ich danach anders aussehen.

Er meinte: »Aha, ich verstehe.«

Er verstand in der Tat, denn als der Schnitt fertig war, sah ich aus wie ein alter Junge. Sam war begeistert. Ich sei nicht wiederzuerkennen, sagte er, und auch die hübsche Person mit der herrlichen Mähne erklärte, ich sähe aus wie Katharine Hepburn. Ich hatte Katharine Hepburn nie leiden können.

Auf dem Nachhauseweg fuhr ich bei Stanley vorbei, um mich nach Ibrahim zu erkundigen. Er öffnete mir in einem abgewetzten, roten Bademantel, der ihm gerade bis zu den Knien reichte. Seine Beine waren nackt, dünn und weiß.

»Oh«, sagte er, »oh, Angelika, du hast ja ganz kurze Haare.«

»Richtig«, sagte ich und überlegte, daß mir dieser verdammte Haarschnitt nichts anderes bescheren würde als eine Kette überraschter, kritischer, entsetzter und höflicher Ausrufe.

»Komm doch herein. Achmed, mein neuer Freund, ist gerade da.«

»Nein danke. Ich wollte nur wissen, ob du von Ibrahim, deinem alten Freund, gehört hast.«

»Ja, er hat angerufen und läßt dich herzlich grüßen. Es ist alles in Ordnung, und der Anwalt meint, daß er den Laisser-passer in zwei, drei Wochen haben wird. Ich habe nur Angst, daß die Unruhen ... ah, da ist Achmed.«

Achmed, in tadellosen Jeans und weißem Pullover, hatte ein breites, bäuerliches Gesicht, wache, schwarze, etwas zu eng beieinanderliegende Augen und eine kräftige Figur.

»Hallo«, sagte er und lachte ohne ersichtlichen Anlaß, »nett, Sie kennenzulernen, ja. Stanley hat mir von Ihnen erzählt. Sie sind die Dame mit der schönen Wohnung in Abu Tor, ja. Sehr nett, Sie kennenzulernen.«

Er schien das Gegenteil von Ibrahim zu sein – ein sehr aufgeschlossener und sehr gesprächiger junger Mann.

Stanley lächelte mich mit vorgestülpten Lippen an: »Jetzt bist du baff«, sagte sein Blick, »so etwas hast du nicht erwartet, oder?«

»Achmed ist ein ausgezeichneter Krankenpfleger«, triumphierte er, »er arbeitet im Mokasset-Hospital.«

»Ist das ein arabisches Krankenhaus?« erkundigte ich mich.

»Ja«, sagte Achmed, »ein großes Krankenhaus auf dem Mount Scopus.« Er beschrieb mir den Weg dorthin so ausführlich, als sei ich kurz vor der Einlieferung. »Sie sind bestimmt schon oft daran vorbeigefahren«, schloß er.

Ja, das war ich wohl, aber ohne es wahrzunehmen. Ich mußte an die Flüchtlingslager denken, die ich auch nicht wahrgenommen hatte. Was hatte ich überhaupt von dieser anderen, zweiten Welt wahrgenommen? Ein paar Menschen, weil sie durch Zufall in mein Leben geraten waren, ein paar flüchtige Einblicke in ihre Gewohnheiten, die mich in vielem an mein bulgarisches Dorf erinnerten und dennoch immer ein undurchdringliches Geheimnis bleiben würden.

»Wollen wir nicht mal hinfahren?« fragte Stanley. »Ich habe noch nie ein arabisches Krankenhaus von innen gesehen.«

Auch er, wie alle, hatte keine Ahnung von dieser zweiten Seite, mit der wir ein Land und trotzdem oder deswegen nichts anderes als Mißtrauen, Feindseligkeit und totales Unverständnis teilten. Eine gesichtslose, bedrohliche Masse Araber, die nur zur Arbeit auf die westliche Seite ging, eine gesichtslose, bedrohliche Masse Juden, die nur als Siedler, Soldaten und Touristen auf die östliche Seite ging. Eine unsichtbare, aber immer gegenwärtige Grenze, die, anstatt zu fallen, mit jedem Jahr undurchlässiger geworden war. Erst jetzt, mit der Revolte, hatten die Araber ein Gesicht, einen Namen, eine Identität bekommen. Man sah sie auf Fotos und im Fernsehen, man las über sie, man hörte sie sprechen und sprach über sie. Man dachte an sie. Man war gezwungen, an sie zu denken.

»Willkommen im Mokasset-Hospital«, sagte Achmed, »ich werde es Ihnen zeigen.«

Ich verabschiedete mich von Stanley und Achmed, diesem merkwürdigen Paar, das sich, dank einer Entgleisung der Natur, über die Grüne Grenze hinweggesetzt hatte.

Ich fuhr nach Hause. Von Westen schob sich eine massive, schwarze Wolkenwand auf Jerusalem zu. In spätestens zwei Stunden würde das Sommerwetter zu Ende und der Winter hereingebrochen sein.

Man behauptete, Jerusalem habe das beste Klima. Unsinn! Man mußte aus Eisen sein, um diese abrupten Wechsel von trocken auf naß, heiß auf kalt und wieder zurück zu überstehen. Selbst mein Volkswagen, der doch nun wirklich eine stabile Konstitution hatte, litt darunter. Jetzt, zum Beispiel, starb mir bei jedem Tritt auf die Bremse der Motor ab. Das passierte regelmäßig, wenn das Wetter umschlug. Eine Ambulanz mit Blaulicht und Sirene schoß an mir vorbei. Auch ein Opfer des besten Klimas. Ein Glück, daß ich jetzt mit Einbruch des Winters die neue Druckpumpe hatte. Deutsches Fabrikat und sehr stark, hatte Avi gesagt. Mein Ofen war auch ein deutsches Fabrikat. Ein Schild mit der Aufschrift »Zur Beachtung« sagte aus, daß er sich vornehmlich zur Beheizung von Werkstätten eigne. Mein Wohnsaal allein war schon größer als eine Werkstatt. Was brauchte ich, eine alleinstehende Frau mit zwei Katern, eine so riesige Wohnung? Noch dazu auf der Grünen Grenze. Wenn die Unruhen bis nach Ostjerusalem kämen, was natürlich nicht der Fall sein würde – aber nehmen wir mal an, sie kämen –, dann hatte ich wirklich nichts mehr zu lachen. Die Shwarz' mit ihren vier lautlosen Kindern und einer Behelfstür auch nicht. Was hatte ich mir eigentlich gedacht? Es würde ewig so weitergehen? Ich hatte doch immer gesagt, es könne nicht so weitergehen. Ja, aber ich hatte gedacht, es würde. Im Grunde dachte ich es nach wie vor. Mit wachsendem Unbehagen allerdings. Wie lange dauerte es jetzt schon? Sechs Tage, nein, sieben. Genau eine Woche, in der es vierzig Tote und mindestens zweihundert Verwundete gab.

Ich parkte mein Auto und stieg aus. Twinkle, die kleine Hündin der Shwarz', stürzte mir entgegen und führte einen Derwischtanz auf. Dino, mein schwarzer Kater, saß in Denkmalpose auf dem gewölbten Dach über dem Eingang und schaute indigniert auf den tanzenden Hund hinab. Ein Arbeiter hockte am Boden und klopfte träge an einem Stein herum. Ein zweiter sah ihm dabei zu.

Als ich die Wohnung betrat, klingelte das Telefon. Also hatte der junge Mann von Besek vielleicht doch eingesehen, daß das mit der alleinstehenden Frau, der jeden Moment etwas zustoßen konnte, nicht so ein Unsinn war, und seinen Kollegen vorbeigeschickt. Ich ging nicht an den Apparat. Eine Woche war das Ding kaputt gewesen, sollte es weiter kaputt sein. Von draußen schallte ohrenbetäubender Krach und mörderisches Geschrei. Ich konnte mir nicht erklären, was da los war, und trat ans Fenster. Auf dem verwahrlosten Grundstück mit der Ruine baute eine Horde kleiner, arabischer Jungen einen Verschlag. Sie schleppten, unter pausenlosem Gekreische, das unwahrscheinlichste Gerümpel an, setzten es hausähnlich zusammen und hieben gleichzeitig mit Eisenstangen, Steinen, Stöcken darauf ein. Ich verstand den Sinn nicht. Entweder man baute, oder man zerstörte, aber beides zusammen hatte ich noch nie gesehen. Das hatte mir gerade noch gefehlt: eine Meute kleiner Wilder, die ihre Aggressionen, keine zehn Meter von mir entfernt, austobten. Mein Ärger wuchs mit jedem gellenden Schrei, jedem unmotivierten Zuschlagen. Was war das für ein idiotisches Spiel? Destruktiv, bitte schön. Aber destruktiv innerhalb eines konstruktiven Prozesses, das ging zu weit. Vielleicht hatte sie der Mazaf so verrückt gemacht. Vielleicht übten sie für kommende Zeiten. Ich wandte mich vom Fenster ab. Lieber nicht hinsehen, sonst kam man noch auf böse Gedanken. Ich ging ins Bad, um mir den Haarschnitt von hinten zu betrachten. Das Beste wäre, mich überhaupt nur noch von hinten zu betrachten. Von da sah ich nämlich nicht schlecht aus. Das Telefon klingelte wieder. Diesmal nahm ich den Hörer ab. Vielleicht war es Ibrahim. Es war Rebekka.

»Darling«, sagte sie, »ich bin vollkommen allein.«

Ich wußte nicht, ob das eine aktuelle oder metaphysische Feststellung war. Darum sagte ich nur: »Ja.«

Es entstand eine längere Pause, dann kam ihre Stimme, ein dumpfes Grollen: »Ich hätte wissen müssen, daß dir das scheißegal ist.«

»Was?«

Jetzt ein Schrei: »Daß ich vollkommen allein bin.«

»Rebekka, entschuldige, aber ich war mir nicht darüber

klar, ob du momentan allein oder chronisch einsam meinst.«

»O Gott«, stöhnte sie, »bis du dir über was klar bist und reagierst, liegt man schon im Koma.«

»Ein Glück für mich«, sagte ich, »denn wenn ich schnellere Reaktionen hätte, wäre ich schon hundertmal umsonst zu dir gerannt, so wie Ruth damals, die gleich mit der Ambulanz ankam und dich dann quietschvergnügt und puppenlustig mit ein paar Freunden fand.«

Draußen brüllten die kleinen Araber. Die schwarze Wolkenwand hatte sich bis zu meinem Patio vorgeschoben. Ein letzter Sonnenstrahl traf mein Kinderporträt, vor dem ich gerade stand. Ich sah mein achtjähriges Kleinmädchengesicht und in diesem das Spiegelbild meines kurzgeschorenen alten Jungenkopfes.

»Du und Ruth«, sagte Rebekka, »ihr mit eurer verdammten Selbstbeherrschung und Disziplin haltet jeden spontanen Gefühlsausbruch für eigennützige Schwäche oder infantilen Geltungstrieb, mit dem man die Aufmerksamkeit auf sich ziehen und seine fabelhaften Mitmenschen manipulieren will.«

»Und genauso ist es«, sagte ich, »ich war mit zweien deiner Art verheiratet, und das reicht mir.«

»Du machst es dir leicht.«

»Nein«, schrie ich, immer noch auf diese unheimliche Collage aus Vergangenheit und Gegenwart starrend, »ihr macht es euch leicht. Ihr kotzt einem alles vor die Füße und geht dann befreit und munter zu neuen Taten über, und wir quälen uns allein damit ab, stunden-, tage-, wochenlang, wir treten es nicht breit, wir fordern nicht, daß jemand für uns in ständiger Bereitschaft steht. Woraufhin, Rebekka, sag mir, woraufhin? Auf eure wehleidige Schwäche hin? Du bist stärker als wir alle zusammen, denn du belastest andere und schonst dich, und deine Probleme sind nicht größer und deine Einsamkeit nicht tiefer als unsere.«

»Darling, entschuldige bitte, entschuldige«, sagte Rebekka, »ich konnte ja nicht ahnen, daß du in so schlechtem Zustand bist. Möchtest du, daß ich zu dir komme?«

Zwei kleine Araberjungen waren in den Garten der

Shwarz' eingedrungen und schleppten zwei der dort aufgestapelten Holzlatten weg. Ich mußte lachen.

»Was ist jetzt?« fragte Rebekka. »Warum lachst du plötzlich?«

»Weil ich das Leben ausgesprochen komisch finde.«

»Soll ich nicht zu dir rüberkommen?«

»Nein.«

»Vielleicht sollten wir zusammen ein paar Tage verreisen. Wir brauchen es beide. Dieses Land hier hat alle Voraussetzungen zu einer psychiatrischen, und seit dem Mazaf zu einer geschlossenen Anstalt. Wir können nach Ägypten fahren und so lange bleiben, bis der Scheiß hier vorüber ist.«

»Fünf bis zehn Jahre, meinst du. Schön, ich werde es mir überlegen ... du, ich muß einhängen, mir brennt was an. Ich ruf' gleich zurück.«

»Ich könnte mir endlich mal eine neue Ausrede einfallen lassen«, dachte ich und ging wieder ans Fenster. Die Kinder hatten eine Ziege und ein Schaf angeschleppt und zündeten gerade ein Feuer an. Vielleicht wollten sie die Tiere braten, vielleicht griff das Feuer um sich und steckte mein Haus in Brand.

Alles war möglich und nichts zu verhindern. Man mußte nur gewappnet sein.

Zwei Tage lang herrschte Ruhe. Es war die gespenstische Ruhe vor dem Sturm. Wir, die Pessimisten, rechneten damit, daß er nach Weihnachten auf uns niedergehen, die Optimisten, daß er noch mal seinen Kurs ändern und abziehen würde.

Philip flog zu seiner »surprise party« nach London, Alfred zu Rosalie in die Schweiz, Rebekka fuhr nach Haifa und Rick mit der Reporterin Wiebke Krösel nach Eilath.

»Was machst du am Weihnachtsabend, Puppe?« fragte mich Evchen, die das Wort Geburtstag nicht mehr auszusprechen wagte.

»Wieso? Wolltest du mit mir zur heiligen Messe nach Bethlehem fahren?«

»Ich wollte uns ein Huhn braten.«

»Tu das.«

Diese ewigen Hühner waren eine Zumutung, aber da ich Evchen schon um die Geburtstagsparty gebracht hatte, sollte sie wenigstens ihr Huhn haben.

Euphemia klagte, daß Weihnachten diesmal kein Weihnachten sein würde. Der Patriarch kam nicht nach Bethlehem, um die Messe zu zelebrieren, die Pilger kamen nicht und die Touristen auch nicht. Ihre Söhne, die Boy-Scouts, durften keine Ordnung machen, die einzigen, die diesmal Ordnung machen durften, waren die israelische Polizei und Armee. Es wären mehr Polizisten und Soldaten in Bethlehem als fromme Christen, seufzte sie.

Am 20. Dezember brach der Sturm los. Sogar wir Pessimisten hatten uns geirrt, nicht nur was das Datum, sondern auch was die Ausmaße betraf. Er fegte von Gaza über Nablus bis nach Ostjerusalem. Es war ein ungewöhnlich ruhiger Vormittag für mich gewesen. Die arabischen Arbeiter der Shwarz' waren aus mir bis dahin unbekanntem Grund nicht erschienen. Auch Avi, der mein Auto abholen wollte, um eine neue Batterie einzubauen, war nicht gekommen. Die kleinen arabischen Buben hatten ihr halbgebautes Haus vollends demoliert und waren mit Schaf und Ziege abgezogen, meine beiden Kater hatten nun doch noch ihre Männlichkeit entdeckt und die Wohnung verlassen. Es regnete in kurzen Schüben.

Gegen ein Uhr deckte ich die Schreibmaschine zu, steckte Fred Astaire in den Kassettenspieler, breitete ein Bettuch auf dem Boden aus und schickte mich an, Gymnastik zu machen. Kaum lag ich und Fred Astaire sang: »When day is gone and night has come...«, klingelte das Telefon. Es war Philip aus London.

»Gott sei Dank hast du dich gemeldet«, sagte er in heller Aufregung, »ist bei dir noch alles in Ordnung?«

»Bei mir ja, aber bei dir offensichtlich nicht.«

»Ostjerusalem brennt!« schrie er.

»Philip, genug ist genug! Würde Ostjerusalem brennen, müßte ich das wissen und nicht du.«

»Jesus Christ! Du weißt doch nie etwas! Hast du die Nachrichten gehört?«

»Nein, und das ist jetzt auch nicht mehr nötig. Ich

hab' sie ja schon durch dich erfahren. Ostjerusalem brennt. Vergiß nicht, mir meine kleinen indischen Zigaretten mitzubringen, hörst du.«

»Bitte, mach jetzt mal die Ein-Uhr-Nachrichten in Kol Israel* an«, sagte er mit der sanften Stimme, mit der man zu einer Gestörten spricht.

»Gut, Philip, gut«, sagte ich mit derselben Stimme.

Ich hing ein und schaute zum Fenster hinaus. Erhabene Ruhe.

»Ein Wahnsinniger«, sagte ich laut, »macht einen noch verrückter, als man schon ist.«

Ich schaltete die Nachrichten ein: »Schlimmste bisherige Unruhen in Ostjerusalem«, sagte gerade der Sprecher mit angenehmer Stimme. »Arabische Jugendliche bewarfen Autos mit Steinen, errichteten brennende Straßenbarrikaden und zerstörten die Fassaden von vier Bankfilialen. Zwei Halbwüchsige wurden getötet und mehrere verletzt. Die Unruhen dauern an. Die PLO ruft zu einem Generalstreik auf. Wir bringen jetzt nähere Einzelheiten...«

Ich stellte Fred Astaire ab und hörte mir die Nachrichten in Einzelheiten an. Philip hatte, wie immer, übertrieben, aber unrecht hatte er auch nicht. An einigen Stellen brannte Ostjerusalem.

Ich rief Avi an, der auf der östlichen Seite, oberhalb des Ölbergs wohnte.

»Wie geht es dir, Avi?«

»Gut, sehr gut.«

»Was macht der Mazaf bei euch drüben?«

»Schrecklich, ganz schrecklich. Ich kann darum auch nicht zu dir kommen. Setz' ich die Kefieh auf, verhaftet mich die israelische Polizei, nehm' ich sie ab, bewerfen mich die Palästinenser mit Steinen. Sie werfen auf alles, was vier Räder hat.« Er lachte.

»Sie sollten auf alles werfen, was zwei Beine hat«, sagte ich plötzlich von mörderischer Wut gepackt. Vielleicht sollte ich nach Ostjerusalem gehen und auch mit Steinen werfen, auf jeden, der mir in die Quere kommt, egal ob Israeli oder Palästinenser.

* Israelischer Rundfunksender: ›Stimme Israels‹

»Weißt du«, sagte Avi, »ich habe nur Angst um meine Kinder. Sie gehen zur Schule, und auf dem Weg passiert ihnen etwas. Meine älteste Tochter war im Autobus, und den hat die Polizei angehalten, und alle mußten raus und drei Stunden im Regen stehen.«

Dieses verdammte Menschenpack mit seinem Machtfimmel und Zerstörungstrieb. Seit Adam und Eva derselbe Kreislauf, mit schwachsinniger Monotonie. Mal hier, mal da, mal dieser, mal jener. Und man selber, immer wieder ohnmächtig, diesem elenden Spiel der Machthabenden, dieser Kretins und Monstren, ausgeliefert. War es ein Wunder, daß ich mich da rauszuhalten versuchte? Hatte ich nicht genug unter diesem kriminellen Wahnsinn gelitten?

»Jeden Tag mehr Steine«, sagte Avi, »und jeden Tag mehr Tote und Verwundete, und jeden Tag mehr Haß.«

Ja, immer wieder dasselbe Szenario, eine neue Schlagzeile in den Nachrichten, andere Namen, andere Orte, aber das Szenario blieb dasselbe. Immer wieder dieselben Massaker, Putsche, Revolten, Umstürze, Angriffe, Einmärsche, Kriege. Immer wieder Tote, dreihundertfünfzig Tote, zweitausend Tote, vierzehntausend Tote – interessant wurde es erst, wenn's in die Millionen ging. Also warum die plötzliche Aufregung, liebes Kind? Es ist dasselbe Szenario, nur eben mal wieder vor deiner eigenen Haustür.

»Ich komme morgen«, sagte Avi, »vielleicht ist es morgen ruhiger. Inschallah!«

Es war ruhiger, denn man rüstete sich zum Generalstreik, der am nächsten Tag stattfinden sollte. Avi kam, um mein Auto abzuholen und in die Werkstatt zu fahren. Ich sagte, ich würde ihn begleiten.

»Hast du eine Kefieh?« fragte er.

»Ja, sogar drei. Warum? Muß ich jetzt mit einer Kefieh auf dem Kopf rumlaufen?«

»Du mußt sie ins Auto legen. Versprich mir, daß du nicht ohne Kefieh auf die andere Seite fährst.«

Wir hatten jetzt also eine andere Seite.

Ich holte die Kefieh und legte sie hinter die Windschutzscheibe.

»Nein«, sagte Avi, nahm sie wieder weg und legte sie

auf den Rücksitz, »nicht in Jerusalem. Nur wenn du auf die andere Seite fährst, legst du sie hinter das Fenster.«

Ein gemäßigter Palästinenser, mein Avi, Jerusalem, ob Ost oder West, zählte für ihn zu Israel.

»Da in dem Fach ist eine Karte von Israel«, sagte ich zu ihm, »du mußt mir die Orte anstreichen, wo ich die Kefieh vorne und wo hinten hinlege.«

Er lachte.

Auf der Hauptgeschäftsstraße in Ostjerusalem herrschte, wie immer, starker Betrieb. Autofahrer und Fußgänger taten, was ihnen gerade einfiel. Die Fahrer fuhren auf den Bürgersteig, und die Fußgänger liefen auf die Fahrbahn. Man mußte höllisch aufpassen, um keins der Hindernisse zu rammen.

Avi zuckte ein paarmal heftig zusammen und rief: »Vorsicht... großer Gott, sei vorsichtig!«

Eine Frau am Steuer hielt er für noch gefährlicher als israelische Polizei und palästinensische Demonstranten zusammen.

»Wo hat es eigentlich gebrannt?« wollte ich wissen.

»Überall! Brennende Reifen, Steine, zerbrochenes Glas. Sie haben die ganze Nacht saubergemacht. Männer, Frauen, Kinder. Die Israelis haben sie aus den Häusern geholt und aufgepaßt. Jetzt ist es so sauber wie nie.«

Revolte zum Zweck der Straßenreinigung.

Wir kauften eine neue Batterie, und als das geschehen war, wollte Avi essen. Es war wie in alten Zeiten. Kaum hatten wir etwas erledigt, überkam ihn der Hunger.

»Fahren wir zur Altstadt«, schlug ich vor, »ich war schon lange nicht mehr dort.«

»Also los«, sagte er.

Wir gingen durch das schwerbewachte Damaskus-Tor. Man sah mehr Polizei und Militär als Zivilisten. Ich fühlte mich unbehaglich. Keine hundert Meter vom Tor entfernt, in einem der alten, moslemischen Häuser, hatte sich Scharon eingenistet. Avi glaubte, ihn plötzlich in einem Knäuel Uniformierter zu entdecken.

»Du siehst Gespenster«, sagte ich, »oder der Kerl ist zu einer normalen Größe zusammengeschrumpft. Bitte, laß uns jetzt nicht auch noch an dem Haus vorbeigehen.«

»Ich habe keine Angst.«

»Aber ich. Ich möchte nicht nach meinem Ausweis gefragt werden. Erstens habe ich keinen dabei, und zweitens könnte ich die Beherrschung verlieren.«

»Ich verstehe.«

Er bog kurz vor dem Haus rechts ab und lief mir mit weit ausholenden Schritten voraus. Gewöhnlich war in dieser Gasse – einer der Hauptadern des Bazars – ein solches Gedränge, daß man nur mit Trippelschrittchen gehen konnte. Aber heute war sie bis auf ein paar hastende Araber, streunende Touristen und patrouillierende Soldatinnen leer.

»Merkwürdig«, sagte ich, als ich Avi an einer Ecke eingeholt hatte, »ich habe noch nie so viele Soldatinnen in der Altstadt gesehen. Ob sie die heute eingesetzt haben, weil sie harmloser aussehen als Soldaten?«

»Sie sind der Schmuck für Scharon«, sagte Avi verächtlich lachend, »was glaubst du, kann so eine machen, wenn ich sie plötzlich packe. Vielleicht schreien.«

»Sie haben bestimmt was zur Selbstverteidigung in der Tasche.«

»Und einen Spiegel und Schokolade«, sagte Avi, der selbst in der strammsten israelischen Soldatin das hilflose Weibchen sah.

»Gehen wir noch lange?« fragte ich.

»Nein, wir sind da«, sagte er und tauchte in einem kleinen Laden unter.

Der Laden, in dem es allerlei billige Andenken gab, gehörte seinem Schwager, einem phlegmatischen Mann, den ich einmal mit Avi in seinem neu gebauten Haus besucht hatte. Wir begrüßten uns und nahmen dann zu dritt, eng nebeneinander, vor einem schmächtigen elektrischen Heizöfchen Platz.

»Nicht viel los in der alten Stadt«, sagte ich.

Der Schwager machte eine müde, wegwerfende Gebärde: »Ich habe seit drei Tagen nichts verkauft«, sagte er.

Ich fragte mich, wie er überhaupt jemals etwas von diesem traurigen Zeug verkauft und sich darüber hinaus auch noch ein neues Haus hatte bauen können, aber das war eine Frage, die ich mir oft, ob bei Israelis oder Palästinensern, gestellt hatte. Große Familien mit kleinem Einkommen überraschten einen mit allem, was der fortschrittliche Mensch zu seinem Glück braucht: vom Auto über Video bis zum Homecomputer.

»Und morgen ist Generalstreik«, sagte Avi, »und alles zu.«

»Glaubst du, daß sich alle daran halten werden?«

»Bestimmt. Die PLO meint es ernst.«

Was man heute so alles mit größter Gelassenheit aussprach. Die PLO meint es ernst. Als sei es das natürlichste auf der Welt. Die PLO hatte auf einmal das Wort in den besetzten Gebieten. Die PLO befahl, die Palästinenser folgten. Die PLO hatte Gestalt angenommen, war greifbar geworden, befand sich mitten im Land. Nicht kleine Splittergruppen, die Terroranschläge ausübten, nein, eine große, organisierte Freiheitsbewegung, die geschlossen Widerstand leistete.

»Hattest du nicht Hunger?« fragte ich Avi.

»Richtig«, sagte er und stand auf, »ich habe Hunger. Ich gehe etwas kaufen und bestelle Tee für uns. An der Ecke gibt es den besten Tee in der ganzen Altstadt.«

Ich saß zusammengeduckt auf meinem Schemel und starrte auf die tote, graue Gasse. Es hatte wieder zu regnen begonnen, und vereinzelte Menschen eilten vorbei, die Schultern hochgezogen, den Kopf gesenkt. Ein alter Araber stand im Eingang des gegenüberliegenden Ladens und schaute ihnen mit ausdruckslosem Gesicht nach.

Meine Altstadt, so voller Licht und Farben und Leben! Alter verwitterter Stein und grellfarbige Waren, Kirchen mit idyllischen Gärten hinter hohen Mauern und höhlenartige arabische Cafés in blaßblauem Neonlicht, eine Unzahl an winzigen Werkstätten und Läden, Stoffe und Felle. Gold und Silber, Fleisch und Früchte, Hebronglas und Olivenholz, Teppiche und Körbe, Kreuze und Davidsterne, Pita* und Begalach**, armenische Mönche, russisch-orthodoxe Popen, arabische Haddschis, abessinische Priester, orthodoxe Juden, Touristen aus aller Welt, Israelis aus dem ganzen Land, Hippies und Nonnen, Verrückte und Gelehrte, Ziegen und Esel, Lachen und Schreien, ein Babel an Sprachen, eine Kakophonie aus

* arabisches Fladenbrot
** mit Sesamkörnern bestreutes Gebäck

arabischer Musik und Disco, eine Orgie an Düften und Gerüchen. Ich kannte die Altstadt in jeder Jahreszeit, in jedem Licht, in jeder Stimmung, in glühender Hitze und im Schnee, um sechs Uhr morgens und um zwölf Uhr nachts. Ich hatte ihre Entwicklung verfolgt, von verkommener Ursprünglichkeit bis zur geschniegelten Touristenattraktion: neue Kanalisation und Beleuchtung, neue Grünanlagen und Bauten, neue blitzblanke Geschäfte und Cafés, neue, der Mode angepaßte Waren und neue, dem Wohlstand angepaßte Preise. Noch nie hatte die Altstadt so geblüht, noch nie hatten ihre Bewohner so gute Geschäfte gemacht. Noch nie hatte man sich so sicher gefühlt und in der Illusion geschwelgt, ein vereintes Jerusalem zu haben.

Aus der Traum.

Die PLO hatte einen Generalstreik angeordnet. Die PLO meinte es ernst. Die Palästinenser meinten es ernst.

Was dachte der trübsinnig neben mir sitzende Mann, der sich, durch was auch immer für Geschäfte, ein neues Haus gebaut hatte? Hatte er auf diesen Moment gewartet – mit Sehnsucht, mit Furcht? War ihm die palästinensische Sache wichtiger als das israelische Geld? Er war nicht mehr jung, er hatte eine große Familie, er hatte es unter der israelischen Besatzung immer noch besser gehabt als unter der jordanischen Regierung.

»Was wird werden?« fragte ich ihn.

»Ein furchtbarer Ballagan«, sagte er, das hebräische Wort für Chaos benutzend.

»Und das Ende?«

»Kein Ende«, sagte er.

Avi kam mit einer gefüllten Pita für sich und siruptriefendem arabischem Kuchen für seinen Schwager und mich zurück. »Der Tee ist gleich da«, verkündete er und ließ sich wieder auf seinem Stuhl nieder.

Die beiden Männer unterhielten sich, über meinen hängenden Kopf hinweg, auf arabisch.

»Kein Ende«, dachte ich, »nur manchmal eine kurze Atempause, eine Fata Morgana am Horizont der Geschichte.«

»Warum ißt du den Kuchen nicht?« fragte Avi. »Er ist sehr, sehr gut.«

Ich biß in ein Stück hinein. Der Sirup lief mir an Kinn und Hand hinunter.

»Ich fahre morgen in ein Dorf in der Nähe von Ramallah«, sagte ich, »einen Freund besuchen.«

Die beiden Männer schüttelten den Kopf.

»Ich lege die Kefieh hinter die Windschutzscheibe.«

»Nein«, sagte Avi, »morgen fährst du nicht.«

»Es ist doch nur ein Streik.«

»Inschallah«, sagte Avi, »aber das weiß man nicht.«

»Es wird ein Ballagan«, sagte sein Schwager.

Er hatte recht. Die nächsten zwei Tage waren die Hölle. Die israelischen Araber, bis zu diesem Tag friedlich, schlossen sich dem Generalstreik an. Der Sturm fegte über die Grüne Grenze, es kam zu blutigen Zusammenstößen. Vier Palästinenser blieben auf der Strecke, zwanzig wurden schwer verwundet.

Im BBC spielte man Weihnachtslieder, in Kol Israel erklärte Ministerpräsident Schamir: »Was die Unruhen betrifft, nichts Neues. Kein Anlaß zur Besorgnis.«

Am Morgen des 24. Dezember fuhr ich nach Jericho. Ich nahm nicht den direkten Weg, dessen Landschaft durch eine neu gebaute, auf den Hügeln hockende und bis zur Straße kriechende Stadt, durch Militärlager, Tankstelle, Telegrafenmasten und Richtungsschilder mit durchschlagendem Erfolg entstellt worden war, sondern die Allonstraße, die durch die judäische Wüste führte und kaum befahren wurde.

Als ich dort eingebogen war und mit der ersten Kurve die Errungenschaften der Zivilisation hinter mir gelassen hatte, überkam mich, wie immer, das euphorische Gefühl, am Ursprung einer unberührten Welt zu sein und mich durch Ewigkeit und Unendlichkeit zu bewegen. Ich fühlte mich zeitlos wie die mächtigen, gefurchten Hügel, schwerelos wie die flirrende Luft, grenzenlos wie der hohe, klare Himmel. Ich hatte den engen Käfig aus Ängsten und Zwängen verlassen und war eins mit der Landschaft geworden.

Die Landschaft gehörte zu den besetzten Gebieten.

Ich fuhr und lachte vor Glück, winkte einer schokoladenbraunen Ziegenherde und einem kleinen Beduinenmädchen in türkisblauem Kleid zu, beobachtete den eleganten Flug eines großen, schwarzen Vogels und den majestätischen Gang eines Schafhirten, hielt neben einem Beduinenlager aus flachen, rechteckigen Zelten und schaute einer Frau beim Aufhängen bunter Wäsche zu, stieg aus, um in der vollendeten Stille und Schönheit dieser formen- und farbenreichen Wüste zu versinken.

»Und diesen Traum sollen die Israelis zurückgeben?« hatte mich ein Münchner Freund gefragt, mit dem ich an einem frühen Sommermorgen die Allonstraße gefahren war.

»Was redest du da? Das steht doch gar nicht zur Debatte.«

»Nicht übermorgen, aber irgendwann einmal vielleicht doch.«

»Irgendwann einmal vielleicht! Bis dahin bin ich hoffentlich schon tot.«

Dieses Gespräch hatte vor etwa fünf Jahren stattgefunden und mich unberührt gelassen. Er hätte ebensogut sagen können: Nicht übermorgen, aber irgendwann einmal vielleicht wird die Welt untergehen.

Hatte dieses vage, unvorstellbare »Irgendwann einmal« begonnen?

»Nicht daran denken«, redete ich mir gut zu, »nicht jetzt, nicht hier!«

In diesem Moment tauchte die Siedlung auf – etwa fünfzig zweistöckige, vorfabrizierte, identische Häuser, weiß verputzt und mit spitzem, rotem Ziegeldach. Sie standen hinter einem hohen Stacheldrahtzaun in Reih und Glied, und zwischen ihnen sproß bereits ein bißchen Grün.

So sahen sie alle aus, die Siedlungen, Hunderte von ihnen, große und kleine, anspruchslose und herausgeputzte, bayerische Reihenhäuschen, hineingekotzt in eine biblische Landschaft, die, so behaupteten die Siedler – und nicht nur die –, Gott den Juden vor dreitausend Jahren gegeben hatte. Welches andere Volk auf dieser Erde konnte sich auf eine Morgengabe vom lieben Gott persönlich berufen? Keins! Wer also konnte ihnen das Recht streitig machen, dort, am Fuße des Herodions oder inmitten eines Olivenhains oder in der judäischen Wüste oder unmittelbar neben einem arabischen Dorf, einer arabischen Stadt, ihre hübschen, sauberen, rotbedachten Reihenhäuschen hinzustellen, Rasen, Blumen, Bäume, Stacheldraht zu pflanzen und das Land in weitem Umkreis fruchtbar zu machen? Die Araber? Genaugenommen waren es doch die, die sich das Land unrechtmäßig angeeignet und dann auch noch hatten brachliegen lassen. Hätte die Geschichte nicht warten können, bis die Juden in ihr Land zurückkehrten?

»Eine Schande«, hatte derselbe Freund gesagt, als wir an einer der Siedlungen vorbeigefahren waren, »wie kann man so widernatürliche Haufen in diese herrliche Gegend setzen?«

»Meine Worte! Hätten sie ihre Ghettos nicht wenigstens der Landschaft anpassen können?«

Wir hatten es hauptsächlich vom ästhetischen Standpunkt aus betrachtet.

»Was sind das für Menschen?« hatte er gefragt.

»Religiöse und nationalistische Fanatiker. Grauenhafte Typen. Ich kenne keinen, aber ich bin ihnen ein paarmal in Hebron auf der Straße begegnet: Kipa, Bart, Zizes* und Maschinenpistole. So gehen sie in arabischen Städten einkaufen.«

Ich war ebensowenig in einer israelischen Siedlung gewesen wie in einem palästinensischen Flüchtlingslager. Ich hatte in meinem Elfenbeinturm gelebt, in Rechavia, dem hübschen, gepflegten Viertel der deutschen Juden, im idyllischen »artist quarter« und auf der Grünen Grenze, dem schönsten Platz Jerusalems. Ich war die Tochter meines Vaters, der seinen Elfenbeinturm erst verlassen hatte – verlassen mußte –, als Deutschland in Trümmern lag.

Jetzt kam die zweite, im Rohbau steckengebliebene Siedlung, das Militärlager mit seinen riesigen Radaranlagen, die Kreuzung. Ich bog rechts in die schmale, unebene Straße ein. Sie schnitt durch eine Art Hochplateau, von dem es, nach etwa drei Kilometern, steil und kurvenreich ins Jordantal hinabging. Von weitem leuchteten mir

* Zizes: Schaufäden, die nach jüdischer Tradition an den vier Enden des Oberkleids anzubringen sind

die roten Ziegeldächer einer dritten Siedlung entgegen. Sie war stattlicher als die erste und ihre Bewohner ungeheuer tätig. Rechts und links von der Straße waren große Flächen Erde von Steinen gesäubert, umgepflügt, bewässert und zum Teil bereits bepflanzt worden. Die berühmten Tomaten in der Wüste! Es war in der Tat erstaunlich, was die Israelis aus diesem trockenen, steinigen Boden herausholten. Sie hatten den Satz »das Land, in dem Milch und Honig fließen« wörtlich genommen und ihre ganze Kraft, ihren rückhaltlosen Willen, ihr Leben eingesetzt, um es fruchtbar zu machen. Diese Ära war nun auch vorbei. Die Israelis machten sich nicht mehr die Hände schmutzig. Sie waren eine Wohlstandsgesellschaft geworden. Sie hatten ihre »Gast«-Arbeiter, praktischerweise im eigenen Land, nur einen Steinwurf weit entfernt.

Ich stürzte mich ins Tal, Kurve um Kurve. Die Wüste blieb hinter mir zurück, vor mir lag die Ebene, kahl noch und in allen vorstellbaren Braunschattierungen: von Kakao über Kupfer bis Elfenbein. Dann, ohne Übergang, eine Eruption an üppigem, dunklem Grün: Dattelpalmen, Bananen- und Zitrusplantagen.

Da war sie, meine Oase Jericho, die älteste Stadt der Welt, fünfhundert Meter unter dem Meeresspiegel und von unterirdischen Süßwasserquellen genährt. Ich hatte immer eine Vorliebe für diesen kleinen Ort gehabt, war, als ich ihn das erstemal im Juli 1967 sah, verhext gewesen von seinen leuchtenden Farben, seiner schwelenden Hitze, seinen verkommenen Häusern, seiner Dekadenz und Fruchtbarkeit. Nirgends und niemals war mir die Symbiose von Leben und Tod so gegenwärtig gewesen, nirgends und niemals hatte ich sie so trostreich empfunden. Natürlich hatte ich davon geträumt, dort ein kleines Haus in einem großen, tropisch wuchernden Garten zu haben, aber da dieser Traum – wie die meisten – undurchführbar war, blieb mein Leben in Jericho auf häufige Besuche beschränkt. Es wurde mein Dorado an naßkalten Jerusalemer Tagen, märchenhaften Vollmondabenden und in Zeiten, in denen ich mehr als gewöhnlich mit Leben und Tod im Zwiespalt lag.

Ich hatte die große Straße erreicht, die links zur Allenby-Brücke, dem Übergang nach Jordanien, und rechts in den Ort hineinführte. Ein Bus, der gerade eine Ladung Touristen ausspie, versperrte mir den Weg. Ich betrachtete mir die Leute. Sie sahen aus wie eine Herde blonder, geschorener, desorientierter Schafe, die man jetzt zu den kärglichen Überresten des neuntausendjährigen Jericho treiben, dort rot anlaufen lassen und dann, in dem arabischen Restaurant an der Ecke, mit Humus und Tehina* vergiften würde. Es war das einzige Restaurant in Jericho, das dank der nahe gelegenen archäologischen Ausgrabungen und zahlreichen dort haltenden Touristenbusse florierte. Das Rätsel, warum die Busse ihre Fracht nicht einen halben Kilometer weiter, in einer Reihe viel schönerer Gartenrestaurants, ausspien, und das Geheimnis, wie sich diese kaum besuchten Lokale zwanzig Jahre über Wasser gehalten hatten, waren nicht zu lösen.

Der Busfahrer hatte jetzt endlich die Großzügigkeit, den Weg freizugeben, und ich fuhr an farbenprächtigen Obst- und Gemüseständen, an sich haushoch rankenden, violetten Bougainvilleas und dem halbzerfallenen »Winter Palace«-Hotel vorbei. Es war in der britischen Mandatszeit ein romantisches, von Arabern, Engländern und Juden besuchtes Hotel gewesen, in dem man sich heimlich zu einer blauen Stunde getroffen, getanzt, an der Bar einen Cocktail getrunken und im Speisesaal, von hochgewachsenen, weißgekleideten Sudanesen bedient, ein Dinner zu sich genommen hatte. Evchen und andere deutschjüdische Freunde, jetzt alle zwischen siebzig und achtzig, viele schon tot, hatten mir von der Zeit erzählt, in der das Hotel und sie noch jung und intakt gewesen waren, und immer wenn ich seine bröckelnde Fassade mit den leeren Fensteraugen sah, überkam mich ein Gefühl der Wehmut.

»Those were the days, my friends«, dachte ich im Rhythmus des Liedes, »we thought they'd never end ...«

George stand auf der Straße vor dem Gartenrestaurant, in dem ich seit zwei Jahrzehnten Stammgast war, und schien auf mich zu warten. Aber George wartete immer,

* Humus und Tehina: arabische Gerichte (Kichererbsenpüree und Sesampaste)

sei es auf mich, sei es auf eine europäische Jungfrau, sei es auf ein Wunder. Er sprang mir entgegen, eine schmale, sehnige Gestalt, dirigierte mich, so als handele es sich um eine schmale Parklücke, auf den mir zustehenden Platz unter einem Eukalyptusbaum, riß die Tür auf und rief mit dramatischer Stimme: »Liebe Freundin, wo warst du nur? Ich warte und warte. Drei Wochen bist du nicht gekommen.«

Er schüttelte mir die Hand, und sein schmerzlicher Ausdruck löste sich in Lächeln auf. Es war kein strahlendes Lächeln, denn weder war sein kleines, dunkles, mit einem mächtigen Schnurrbart geschmücktes Beduinengesicht darauf zugeschnitten, noch hatte ihm das Leben dazu Anlaß gegeben.

Er war der einzige Sohn in einem mißlungenen Wurf von neun Töchtern, die man beim besten Willen nicht alle loswerden konnte, denn um auch nur eine zu verheiraten, brauchte man viel Geld. Zwei hatte man mit Mühe und Not unter die Haube gebracht, aber die restlichen sieben lasteten schwer auf George und seinen Eltern. Ein weiteres Mißgeschick hatte den jungen Mann mit der eigenen Frau getroffen, die mit dem gemeinsamen kleinen Sohn entweder vor ihm nach Jordanien geflohen oder von ihm nach Jordanien gejagt worden war. In diesem Punkt blieben Georges Auskünfte unklar und mündeten unweigerlich in der Behauptung, sie sei keine gute Frau gewesen.

Seither wollte er von arabischen Frauen nichts mehr wissen und hielt nach dem Unauffindbaren Ausschau: einer frischen, europäischen Jungfrau. Hätte er bei all dem Unglück nun wenigstens Glück im beruflichen Leben gehabt! Aber nein, auch da klappte es nicht. Zwar war er, im selben Verhältnis, in dem sich sein Schnurrbart von einem Schatten zu einer Scheuerbürste entwickelt hatte, vom kleinen Kundenfänger zum Manager des Restaurants avanciert, aber was nützten ihm seine Managertalente, wenn er sie nicht auswerten konnte. Der wunderschöne Garten blieb trotz Orangenbäumen, Rosensträuchern und Jasmin, trotz einer gewagten Zahl an Tischen und Stühlen, ja sogar trotz eines Springbrunnens, aus dem zu besonderen Anlässen vier dünne Wasserstrahlen in ein rundes türkisfarbenes Bassin plätscherten, bis auf vereinzelte Gäste leer. Allein am Sonntag, an dem eine arabische Drei-Mann-Kapelle einen enormen, aber immerhin rhythmischen Krach vollführte, füllte sich das Lokal, und George, Maître d'Hôtel, Koch und Manager in einer Person, glich den Verlust der Woche mit kühnen Phantasiepreisen aus.

Ich setzte mich an meinen Tisch unter einem Orangenbaum voll reifender Früchte. Durch das dichte, dunkelgrüne Laub fiel Sonnenlicht wie goldener Staub. Aus einem Radio klang schwermütige arabische Musik.

»Also, George«, sagte ich und nahm die Zigarette, die er aus seinem Päckchen gezogen und mir hingehalten hatte, »wie geht es dir, und was macht das Geschäft?«

»Wie immer«, sagte er und setzte sich zu mir, »aber jetzt wird es besser werden. Du weißt ja, im Winter kommen viel mehr Touristen und Israelis nach Jericho.«

Der Mazaf, der die Touristen Israel und die Israelis den besetzten Gebieten fernhielt, schien ihm entgangen zu sein. Jericho war immer am Ende der Welt gewesen und außerdem, dank des energieraubenden Klimas, ruhig.

»Ja«, sagte ich, »hoffen wir, daß es besser wird.«

Der Besitzer des Etablissements, ein gutaussehender, sehr vornehm und ernst wirkender Herr, saß auf der Terrasse vor dem Haus und blickte mit undurchdringlichem Gesicht über sein totes Lokal hinweg in die Ferne. Er hielt Gäste für überflüssig, möglicherweise sogar für störend, denn er war ein wohlhabender Mann mit einem Haus in Jericho und einem zweiten in Ramallah, mit Zitrusplantagen und Söhnen im Ausland.

An einem Tisch im Garten saßen zwei junge Burschen, rauchten und blickten ebenfalls in die Ferne. Einer davon war der sogenannte Kellner, den George vor wenigen Wochen engagiert hatte und nach wenigen Wochen rausschmeißen würde. Es gab keinen, der seinen hohen Ansprüchen gerecht werden konnte.

»Hast du jetzt zwei Kellner?« fragte ich erstaunt.

»Nein, einen, und der ist schlimmer als keiner. Er will immer nur tanzen gehen. In die Disco.«

»In die Disco? In Jericho?«

»Nicht in Jericho, hier gibt es keine. In Bethlehem, in

Jerusalem, überall ... er denkt nur an tanzen, und hier kann er nicht mal laufen ... Machmud!«

Der Junge sprang auf, ging ins Haus und kam mit einer Tischdecke wieder heraus. Das war der Moment, in dem ich, wie immer, in Panik geriet. Diese verdammte Tischdecke für einen kläglichen Tee mit Nana*! Wenn es doch bloß irgend etwas Genieß- und Verdaubares gegeben hätte! Ich konnte jetzt unmöglich die öltriefenden Sachen essen, die einem hier angeboten wurden, ich konnte mich auch nicht um neun Uhr morgens sinnlos mit Whisky oder Arrak besaufen, von dem man nicht ein Glas, sondern zu enormen Preisen gleich die ganze Flasche vorgesetzt bekam. Also was blieb mir anderes übrig, als Tee mit Nana zu trinken und das nächste Mal einen Gast anzuschleppen, der einen gesegneten Appetit, Durst und Magen hatte.

Der tanzlustige Kellner breitete das Tuch über den Tisch und wartete mit hoffnungsfrohem Lächeln auf die Bestellung. Er war ein sehr hübscher Junge mit blendend weißen Zähnen.

»Ich glaube, ich nehme einen Tee mit Nana«, sagte ich verlegen.

Als der Kellner im Haus verschwunden war, erhob sich George, um die Bestellung in der Küche entgegenzunehmen und den Tee zu kochen. Ich versuchte, es dem Herrn des Hauses gleichzutun, lehnte mich auf meinem Stuhl zurück, blickte in die Ferne und fixierte meine Gedanken auf das, was ich sah: die rosafarbenen Wüstenhügel, den tiefblauen Himmel, die unglaublich hohe Palme mit ihrer Fächerkrone.

Ein großer Wagen hielt vor dem Restaurant. »Gäste«, frohlockte ich und schaute mit derselben Spannung, mit der George nicht nur jedes haltende, sondern jedes langsam vorbeifahrende Auto belauerte, auf das Gartentor.

Natürlich waren es keine Gäste, sondern Faissal, der jüngste Sohn des Restaurantbesitzers, der in London das Hotelfach lernte und sich durch ein zu großes Kinn und ein besonders liebenswürdiges, wenn auch hektisches Wesen auszeichnete. Er war noch aufgeregter als ge-

* Nana: Pfefferminzblätter

wöhnlich, denn an der Hand führte er ein vollschlankes, blondes Mädchen – eine Touristin höchstwahrscheinlich, die er irgendwo aufgegabelt hatte. Als er mich entdeckte, ließ er ihre Hand los und sprang mit den Armen fuchtelnd auf mich zu. Er sah aus wie ein riesiger Vogel, der erfolglos versucht, sich vom Boden abzuheben.

»Guten Morgen«, stieß er atemlos hervor, »schön, dich zu sehen ... Das ist meine Frau.«

Man brauchte in solchen Fällen schnelle Reaktionen, und die hatte ich nicht. Ich starrte das Mädchen an. Es war überhaupt nichts an ihr auszusetzen: ein hübsches junges Mädchen in einem hübschen getupften Kleidchen.

»Deine Frau«, nickte ich.

Er strahlte und schlug mit den Flügeln: »Ja, wir haben vor zwei Monaten geheiratet ... sie ist aus London ... sie ist meine Frau ... komm, Alice, komm!«

Das Mädchen trat an den Tisch, reichte mir die Hand und sagte höflich: »Guten Tag.«

»Meine Glückwünsche«, sagte ich, dachte: »die wird sie brauchen« und fragte: »Und wie gefällt es Ihnen in Jericho?«

»Oh, sehr gut. Das Wetter ist so schön.«

»Ja, das ist es. Im Sommer allerdings etwas warm. Werden Sie hier leben?«

»Ja«, sagte Faissal sehr viel Luft schluckend, »wir haben hier ein Haus.«

»Gut«, sagte ich, »sehr gut! Ein Haus ... Und was werden Sie hier tun?«

»Oh«, sagte Alice mit klaren Augen und klarer Stimme, »wir möchten viele Kinder haben.«

Faissal ergriff, von seinem Glück übermannt, ihre Hand, und ich sah, zu meinem Glück, George mit dem Tee kommen. Das ersparte mir eine anerkennende Bemerkung zu der zukünftigen Beschäftigung des jungen Paares.

»Ich hoffe, Sie besuchen uns bald«, sagte Faissal, und ich beteuerte, daß mir das eine besondere Freude sein würde. Sie gingen Hand in Hand davon, blieben einen Moment lang neben dem Vater stehen, der ihnen einen kurzen Blick und Satz schenkte, und verschwanden im Haus.

»George«, fragte ich, »was sagst du dazu?«

Er hatte eine schnelle Auffassungsgabe und eine pragmatische Lebenseinstellung. »Er hat Geld«, sagte er, »und wollte eine Frau und Kinder, und sie war Kellnerin und wollte einen Mann und nicht mehr arbeiten. Jetzt haben sie beide, was sie wollten.«

»Ja«, sagte ich, »ja ... aber es ist doch ein großer Schritt von London nach Jericho, noch dazu für ein so junges Mädchen, das bestimmt noch nie aus England herausgekommen ist.«

»Weißt du, wie viele junge Mädchen und alte Frauen aus England und Schweden und Holland und Deutschland rumlaufen und einen Mann suchen? Manche zum Heiraten, manche nur, um etwas Spaß zu haben.«

»Wo laufen die rum? Hier in Jericho?«

»Auch in Jericho, viele! Ich hab' dir doch von der Schwedin erzählt, die ohne Badeanzug mit mir im Toten Meer baden wollte, und von den Deutschen, Mutter und Tochter ... du hast die Mutter sogar hier gesehen! Sie hat die Tochter in einen Kibbuz geschickt und ist dann zu mir gekommen. Weißt du, ich denke nicht mehr schlecht von solchen Frauen. Sie sind sehr arm.«

Er sah mich, auf Zustimmung wartend, an. Ich schwieg.

»Sehr arm«, wiederholte er und nickte schwer. »Ich werde dir eine Geschichte erzählen, und jedes Wort ist die Wahrheit: Vor drei Monaten ist eine Frau ins Restaurant gekommen, eine Frau aus Wien. Eine sehr reiche Frau. Sie hat Arrak bestellt, sie hat getrunken, sie hat zu mir gesagt, setz dich doch zu mir. Ich habe gesagt, daß ich arbeiten muß, und sie hat gesagt, dann wartet sie, bis ich mit der Arbeit fertig bin. Sie hat gewartet und getrunken. Mehr als die halbe Flasche, und sie war gar nicht betrunken. Sie ist ganz gerade gegangen, schneller als du und ich. Weißt du, wie alt die Frau war?«

»Alt.«

»Sehr, sehr alt. Achtzig Jahre.«

»Achtzig?«

»Ja, ich glaube, achtzig. Aber sie hat nicht so ausgesehen, wirklich nicht. Sie hat gesagt, sie braucht einen Fremdenführer und Dolmetscher, weil sie sich das Land ansehen möchte. Gut, ich spreche hebräisch, und ich kenne das Land, und am Donnerstag ist mein freier Tag. Sie hat ein Mietauto gehabt, und am Abend bin ich mit ihr nach Bethlehem gefahren. Sie ist gefahren wie die Polizei. Wir sind in ein Hotel gegangen, und sie hat wieder getrunken, und am nächsten Tag...«

»Du hast mit ihr in einem Zimmer geschlafen?«

»Ja, es gab zwei Betten, weit auseinander, und sie war doch eine alte Frau. Sie war so alt, daß sie für mich wie ein kleines Kind war. Alte Menschen und kleine Kinder sind für mich dasselbe. Sie hat eine Fabrik in Wien, und sie hat gesagt, ich kann kommen, wann ich will, sie hat Arbeit und Wohnung und alles für mich. Sie war sehr gut zu mir.«

»Und du zu ihr.«

Er legte beide Hände auf die Brust und sagte: »Ich schwöre dir, bei den Augen meiner Mutter, ich war zu ihr wie zu einem Kind, einem armen, kleinen Kind, und ich habe ihr gesagt, daß ich ein anständiger Mann bin und daß ich ihr helfen möchte, weil sie hier in meinem Land ist und allein und alt und die Sprache nicht spricht. Sie hat Glück gehabt. Sie hätte an einen schlechten Mann geraten können. Es gibt so viele hier in Jericho, die betrügen, stehlen und für Geld alles machen.«

»Das ›alles machen‹ wollte sie wahrscheinlich.«

»Vielleicht, aber ich denke nicht schlecht von ihr. Sie ist eine gute Frau. Sie hat mir fünfhundert Dollar gegeben. Ich wollte nicht so viel Geld nehmen, ich schwöre dir. Aber sie hat gesagt, ich bin ihr Freund und soll das Geld nehmen und meiner Familie geben. Sie kommt zu Weihnachten wieder her.«

»Heute ist Weihnachten.«

»Wirklich? Dann ist sie vielleicht schon in Jerusalem.«

Der Kellner trat unaufgefordert an den Tisch und fragte: »Möchten Sie noch etwas?«

Ich hatte einen jener Geistesblitze, über die man sich noch lange freut. Ich sagte: »Ja, bitte, zwei Flaschen Rotwein. Er steht auf der Karte.«

Der Junge sah George an, und George sah mich an.

Wahrscheinlich glaubte er, ich wolle es jetzt der Achtzigjährigen nachmachen, mich betrinken und anschließend mit ihm nach Bethlehem fahren.

»Was willst du?« fragte er.

»Zwei Flaschen Rotwein, George, Cremisan, ich habe ihn hier oft getrunken. Auf dem Etikett steht...« Ich begann laut zu lachen: »Wein aus dem Heiligen Land.«

George lachte mit mir. Der Kellner glotzte. Der Herr des Hauses zog seinen Blick aus der Ferne zurück und sah ernst zu uns herüber. Ich nahm mich zusammen.

»Ich möchte ihn heute abend mit einer Freundin trinken«, erklärte ich, »zur Feier des Tages.«

»Ich verstehe«, sagte George und stand auf, um den Wein zu holen. Im Radio wurden arabische Nachrichten gesendet. George mußte von dem Mazaf unterrichtet sein, aber offenbar machte der Mangel an Gästen und der Überfluß an weiblichen Geschwistern einen stärkeren Eindruck auf ihn. Das junge Paar trat, Hand in Hand, aus dem Haus und durchquerte den Garten. »Bis bald«, rief mir Faissal zu, dann schlug die Autotür, der Motor heulte auf, sie waren auf dem Weg zu ihrer neuen Beschäftigung. Eine Kolonne Militärfahrzeuge polterte vorüber. Sie fuhren in Richtung Jerusalem und wirbelten Staub und unerquickliche Gedanken auf. Zwei ältere Männer des Ersatzdienstes, müde Gesichter, schlotternde Uniformen, Maschinenpistolen über der Schulter, betraten den Garten, lehnten ihre Waffen an einen Orangenbaum und setzten sich an einen Tisch. George eilte mit dem Wein aus dem Heiligen Land herbei. »Schalom, Chaverim*«, rief er den beiden Ersatzdienstlern zu, »schöner Morgen heute.«

Ich zahlte und stand auf. George begleitete mich zum Auto. Er brach eine große, rote Rose von einem Strauch und gab sie mir.

»Nicht wahr«, sagte er, »diesmal bleibst du nicht so lange weg.«

»Nein«, sagte ich. »Inschallah.«

* Chaverim – hebräisch: Freunde

Die Woche zwischen dem 24. und 31. Dezember war ruhig. Es wurden keine Steine geworfen und keine Menschen getötet, nicht einmal verwundet. Der Aufstand, so hieß es, war niedergeschlagen. Wenn man da überhaupt von Aufstand sprechen konnte. Man griff jetzt lieber wieder auf das Wort »Unruhen« zurück. Es wurde Ordnung gemacht, weitere Massenverhaftungen vorgenommen, denjenigen, die man für die Unruhestifter und Anführer hielt, mit Landesausweisung gedroht. Man sprach von Dutzenden, die ausgewiesen werden sollten.

Am 27. Dezember fand in Jerusalem eine Demonstration der Friedensbewegung FRIEDEN JETZT statt. Ich hatte noch nie in meinem Leben für oder gegen etwas demonstriert. Wann auch und wo und zu welchem Zweck? Ich war weder am Schicksal der Länder, in denen ich gelebt hatte, noch am Wohl der Menschheit, die ich für einen hoffnungslosen Fall hielt, interessiert. Ideologische Ziele, die unweigerlich in Intoleranz, Fanatismus und Extremismus ausarteten, waren mir schlechthin zuwider, soziales Engagement brachte ich höchstens für einen übersichtlichen Kreis mir bekannter Personen, doch beileibe nicht für eine anonyme Masse auf, politische Bewegungen und Kundgebungen hielt ich für gemeingefährlich. Ich hatte Menschen von jeher gefürchtet und jede große Ansammlung dieser Spezies gemieden.

Jetzt, in diesem Land, und dem letzten Viertel meines Lebens, entdeckte ich zum ersten Mal das Bedürfnis, Partei zu ergreifen, mich für eine Sache zu engagieren und mich über meinen kleinen persönlichen Kreis hinaus einzusetzen. Ich kann nicht behaupten, daß ich darin meine Sternstunde sah und im Hochgefühl, endlich ein nützliches Mitglied der menschlichen Gesellschaft zu sein, auf die Barrikaden stieg. Es kam mir vielmehr komisch vor, zu diesem späten Zeitpunkt mit meiner Einstellung und meinen Erkenntnissen zu brechen und meine Überzeugung öffentlich zur Schau zu stellen. Was war plötzlich in mich gefahren? Bestimmt nicht das jugendliche Feuer. Aber vielleicht das Gewissen. Das und die gerade wieder geweckte und schriftlich festgehaltene Erinnerung an eine Zeit, ein Land, ein Volk, in dem es den Besten gelungen war, sich totzustellen, bei der Empörung haltzumachen und darauf zu warten, daß sich das Blatt doch noch im letzten Augenblick wendete. Leider wenden sich die Blätter nicht von alleine.

Aus diesen Gedanken und Gefühlen heraus ging ich zur Demonstration. Der Sammelplatz war vor der alten Knesset in der King-George-Straße, und wenn es auch nicht die Massen waren, die sich dort eingestellt hatten, so war es doch eine Menge. Es war auch ein großes Aufgebot an Polizei mit Schlagstöcken und Pistolen da, und das, muß ich gestehen, beunruhigte mich etwas. Pistolen hatten sie ja immer dabei, aber wozu die Schlagstöcke?

Ich blieb am Anfang des Zuges stehen und sah mir die Demonstrierenden an. Es waren Männer und Frauen, Alte, Junge und Halbwüchsige. Manche hatten ihre Kinder mitgebracht, andere ihre Hunde. Das, was mir an ihnen auffiel, war, daß sie durchweg intelligente Gesichter hatten, eine ins Auge springende, scharfe Intelligenz, wie ich sie vorwiegend an Juden wahrgenommen hatte. Und plötzlich geschah das Unerwartete: Mein Zweifel an diesem Unternehmen wich einem warmen Gefühl des Zutrauens, der Zuneigung und Verbundenheit. Die Menschen, die hier an diesem naßkalten Abend, von Polizei umzingelt, ihrer Überzeugung Ausdruck gaben, waren meine Verbündeten. Wir hatten dieselben Ängste, denselben Groll, denselben Abscheu vor Ungerechtigkeit und dasselbe Bedürfnis nach Frieden. Ich ordnete mich in einer der ersten Reihen ein.

Wir warteten. Es war halb acht, und der kurze Marsch, die Straße hinunter bis vor das Haus des Ministerpräsidenten, hätte um sieben Uhr beginnen sollen. Die Leute riefen sich Begrüßungen zu, unterhielten sich angeregt, lachten, rauchten, lutschten Bonbons. Die Polizisten, kräftige junge Männer sephardischer Abstammung, beäugten uns. Ihre Abneigung uns gegenüber, den »Defätisten und Landesverrätern«, war sichtbar und spürbar. Ein alter Lieferwagen an der Spitze des Zuges unterhielt uns per Lautsprecher mit israelischen Liedern, die viel für den Frieden und gegen den Krieg, für die Liebe und gegen den Haß, für das Verständnis und gegen die Intoleranz zu sagen wußten. Leider hatten die sich noch nie gegen Knüppel durchgesetzt.

Plötzlich tauchte Rick mit der Reporterin, Wiebke Krösel, neben mir auf. Er trug einen dünnen Mantel mit Fischgrätmuster und hatte den Kopf, den er sonst immer sehr gereckt hielt, zwischen die Schultern gezogen. Sein Gesicht war klein, weiß und verdrossen.

»Kaum Menschen«, nuschelte er, »ich fürchte, du machst den Kohl auch nicht fett.«

»Es sind bestimmt fünftausend Menschen«, sagte ich auf gut Glück, denn ich war im Überblick der Massen noch nicht geübt.

»Fünftausend! Du spinnst. Höchstens tausend.«

»Ich schätze zweitausend«, sagte die Reporterin, die es dank ihres Berufes wissen mußte. Sie trug einen schicken Ledermantel mit hochgeschlagenem Kragen, eine karierte Schirmmütze, eine Kamera und über der Schulter eine bauchige Tasche. Wäre sie keine Reporterin gewesen, hätte man sie dafür gehalten.

»Jane ist auch hier«, sagte Rick, »und Amelia... die mußt du sehen! Sie ist in der ersten Reihe und trägt ein Plakat, doppelt so groß wie sie selber.«

»Und was steht drauf?«

»Ein paar passende Worte wie auf allen diesen Plakaten.«

Er schien nicht viel von der Kundgebung zu halten, und da ich in einer meiner seltenen wohlgemuten Stimmungen war, fand ich ihn irritierend negativ.

»Warum gehen wir eigentlich nicht los?« wollte ich wissen.

»Wahrscheinlich kann man sich nicht einigen, wohin.«

»Wieso, wir gehen doch zum Haus vom Gartenzwerg.«

»Dürfen wir nicht, ist im letzten Moment verboten worden.«

Ein riesiges Ungetüm rollte auf der Straße an uns vorbei.

»Was ist denn das?« fragte ich.

»Ein Wasserwerfer«, rief die Reporterin erfreut und jagte ihm nach.

»Ich finde nicht, daß wir einen sehr gefährlichen Eindruck machen«, sagte ich zu Rick.

»Die Kahana-Leute warten schon auf uns, und mit denen kann's ungemütlich werden.«

Man verteilte jetzt große, zu einem Zopf geflochtene Kerzen und zündete sie an. Man hob die Plakate und Spruchbänder. Der Lautsprecherwagen gab mit weiblicher, sehr entschlossener Stimme Kommandos von sich. Wir setzten uns in Bewegung.

Ich war ergriffen. Wovon, wußte ich nicht. Vielleicht von den Kerzen. Der Gleichgesinntheit. Der Überzeugung, das Richtige, das Notwendige zu tun. Vielleicht würde ich jetzt am Ende meines Lebens zu einer militanten, in der Masse aufgehenden Kämpferin werden.

»Es sind viel zu wenig Menschen gekommen«, knurrte Rick.

»Aber es sind die Besten.«

»Das ist es eben. Die Besten sind immer in der großen Minderheit und erreichen nie etwas.«

Hinter mir hörte ich eine weibliche Stimme auf deutsch sagen: »Ich habe heute Grete im Café Atara getroffen. Wußtest du, daß sie an Zucker leidet?«

Ich schaute über meine Schulter zurück. Es waren zwei adrette alte Damen, denen ich des öfteren in einem unkoscheren Delikatessengeschäft begegnet war. Ich hatte erfahren, daß sie beide aus Berlin stammten und die eine ihren einzigen Sohn im Sechs-Tage-Krieg verloren hatte.

»Man muß es doch versuchen«, sagte ich zu Rick, »hätte man es damals in Deutschland ...«

»Hätte es auch nichts geholfen.«

»Genauso hat mein Vater wahrscheinlich gedacht. Genauso denke ich. Aber ich versuche es trotzdem.«

»Kol hakavod*«, sagte er.

Die Lautsprecherstimme schmetterte Parolen und forderte uns mit zunehmender Verzweiflung auf, mitzubrüllen.

Aber die Besten schmettern eben nicht, brüllen nicht, schießen nicht. Erreichen nichts.

Dafür brüllten und sangen plötzlich die Kahana-Anhänger. Sie liefen neben uns her, Bärte, Kipa, israelische Fahnen und besessene Gesichter. Die Polizei schob sich zwischen sie und uns. Vielleicht erfüllten die Knüppel und Wasserwerfer jetzt doch noch ihren Zweck.

* hebräisch: Alle Achtung

»Arschlöcher«, hörte ich eine der adretten Damen laut und deutlich hinter mir sagen.

Wir erreichten den Platz. Alle Straßen, die nach rechts und damit zu oder in die Nähe von Schamirs Haus führten, waren gesperrt. Das Polizeiaufgebot hätte gereicht, zehntausend Menschen in Schach zu halten. Wir wurden durch Lautsprecher angewiesen, nicht stehenzubleiben, sondern nach links in die Agronstraße einzuschwenken. Es war eine breite Straße, an deren Anfang das erste, im Jahr 60 gebaute Hochhaus stand und durch besondere Häßlichkeit auffiel. Vor dem machten wir halt. Uns gegenüber, auf der anderen Straßenseite, hatten sich die Kahana-Anhänger postiert. Es waren nicht mehr als hundert Mann, aber sie machten ein Heidenspektakel. Unter den friedfertigen Demonstranten mit ihren Kerzen, Plakaten und intelligenten Gesichtern herrschte eisiges Schweigen. Dann hörte man plötzlich aus ihrer Mitte eine gewaltige Stimme, die sich über den ganzen Radau hinweg erhob: »Israel wird kein faschistischer Staat!« dröhnte sie. »Israel wird kein faschistischer Staat!« Und im Nu hatten sich ihr fünf, fünfzig, Hunderte, Tausende Stimmen angeschlossen, die sich in dem einen Satz vereinten: »Israel wird kein faschistischer Staat!«

FRIEDEN JETZT war in kämpferischen Aufruhr geraten. Ein Wald an Fäusten, Kerzen und Plakaten schwankte über den Köpfen der Menge, die sich auf die andere Straßenseite zuschob. Eine Welle blutrünstiger Aggression schlug in mir hoch. »Du lieber Gott«, dachte ich, »so leicht ist das, von einer Menschenmasse mitgerissen zu werden, die physische Angst zu vergessen, den klaren Verstand zu verlieren und bis zum Mord zu hassen.« Ich wich vor mir selber zurück und stieß mir einen Weg durch die Menge ins Freie.

Die Polizei befahl, die Demonstration abzubrechen und sich auf der Stelle zu entfernen. Polizeiwagen fuhren langsam auf die Demonstranten zu, Sirenen heulten, Blaulicht zuckte, Tränengas wurde geworfen. Der Menschenblock brach auseinander, der Schrei »Israel wird kein faschistischer Staat« löste sich in Hustenkrämpfen auf.

Ich hatte nur eine kleine Prise abbekommen, aber es

war genug, um mich zum Heulen zu bringen. Es war ein guter Anlaß, um nicht nur mit den Augen, sondern auch mit dem Herzen zu heulen, zu heulen über einen Staat – meinen Staat –, der fürchten mußte, faschistisch zu werden.

Am Morgen des 31. Dezember, gleich nach den beunruhigend flauen Nachrichten, rief die Reporterin, Wiebke Krösel, bei mir an und fragte mit sanfter Stimme und in sehr verbindlicher Form, ob sie mir ein paar Fragen stellen und ein Foto von mir machen dürfe. Es handle sich um eine Serie über die nach dem Holocaust geborenen Kinder deutscher Juden, solche, die es zu etwas gebracht hätten.

Ich sagte, es täte mir leid, aber so etwas hätte ich prinzipiell immer abgelehnt. Außerdem sei ich während und nicht nach dem Holocaust geboren. Außerdem hätte ich es zu nichts Bemerkenswertem gebracht, es sei denn zu einer bemerkenswert schönen Wohnung auf der Grünen Grenze, aber die sei auch nicht auf meinem eigenen Mist gewachsen, ich verdanke sie, genaugenommen, meinem »arischen« Großvater. Und außerdem fände ich, daß diese Serien nichts mehr hergäben. Sie solle doch eine Serie über die nach dem Sechs-Tage-Krieg geborenen Palästinenser in den Flüchtlingslagern machen, solche, die es zu nichts gebracht hätten.

Während ich sprach, behielt ich die Tür zum Patio im Auge, denn es goß in Strömen, und ich erwartete jeden Moment, daß das Wasser unter der Tür durch und auf meinen roten Teppich fließen würde.

Ob ich da nicht etwas unflexibel sei, fragte Wiebke Krösel. Man könne es doch mal versuchen, und wenn es nicht gelänge, ungeschehen machen. Aber einmal versuchen könne man es doch. Ungeschehen könne man überhaupt nichts machen, erklärte ich, das sei eben das Böse an diesem verfluchten Leben. Könnte man es, sollte man gleich von vornherein das heute anbrechende neue Jahr ungeschehen machen.

Bei dem Gedanken an das heute anbrechende neue Jahr überkam mich das Elend. Ich verabscheute Silvester fast genauso wie meinen Geburtstag, und es half wenig, daß ich mir der Unwichtigkeit dieses Tages, von dem darüber hinaus in Israel kaum Gebrauch gemacht wurde, bewußt war. Mir lagen wohl immer noch die zwanghaften Festivitäten mit ihrer falschen Zwölf-Uhr-nachts-Feierlichkeit – Küsse, Sekt, Prosit Neujahr, erhabene Vorsätze und rührselige Wünsche – im Magen. Du lieber Himmel, durch wie viele hatte ich mich da durchgelitten! Ihr Trauma war stärker als mein Wissen um ihre Unwichtigkeit.

Ob ich heute abend etwas vorhätte? fragte Wiebke Krösel.

Ich sagte, das hätte mir gerade noch gefehlt.

Na, dann sei das doch eine fabelhafte Gelegenheit, sich ein bißchen zusammenzusetzen.

Ich war solcher Beharrlichkeit nicht gewachsen. Außerdem kam ich nun nicht mehr von dem Gedanken los, daß heute Silvester war und mir dieser Abend, ganz gleich, ob bei einer fabelhaften oder unfabelhaften Gelegenheit, aufstoßen würde. Zu allem Überfluß rann jetzt wirklich auch noch das Wasser unter der Tür durch. Das lästige Gespräch mußte sofort beendet werden. Wenn sie also meine bemerkenswert schöne Wohnung den Flüchtlingslagern vorzöge, sagte ich, solle sie um sieben Uhr zu mir kommen.

Sie bedankte sich überschwenglich, und das nahm mir den Mut, mein Angebot doch noch schnell rückgängig zu machen.

Sie kam mit einer Kameraausrüstung, auf die ich in keiner Weise gefaßt und noch weniger erpicht war.

»Ich dachte, es handelt sich nur um ein Foto«, sagte ich, »hätte da nicht ein einfacher Blitzlichtapparat genügt?«

»Lassen Sie sich durch die paar Sachen nicht einschüchtern«, lächelte sie mit verblüffender Marika-Rökk-Ähnlichkeit, »es tut bestimmt nicht weh und geht ganz schnell.«

»Hoffentlich«, murrte ich, »um neun Uhr kommen nämlich ein paar Freunde.«

Auf die Freunde, Silvestergeschädigte so wie ich, war ich auch nicht gefaßt und erpicht. Sie hatten mich, einer nach dem anderen, angerufen und vorsichtig gefragt: »Was machst du heute abend?«

»Ich setze mir ein Papphütchen auf und werfe Luftschlangen.«

»Ich würde gerne auf einen Sprung vorbeikommen und etwas mit dir trinken. Nicht wegen Neujahr, Gott behüte, nur so.«

Auf diese Weise hatte ich plötzlich ein halbes Dutzend Menschen am Hals, drei, darunter der aus London zurückgekehrte Philip, die anschließend zu einer Party gingen, drei, die mir möglicherweise bis zwölf Uhr erhalten blieben. Das, zusammen mit der grotesken Kameraausrüstung und der sich geschäftig an die Arbeit machenden Marika Rökk, drohte zuviel zu werden.

»Können wir es nicht lieber lassen und uns ein bißchen unterhalten?«

»Aber nicht doch«, sagte sie in munterem Kindergärtnerinnenton, »wir versuchen es mal.«

Sie trug eine weit geschnittene Hose mit vielen auf den Schenkeln aufgesetzten Taschen, ein feingestreiftes Seidenhemd und wieder den roten, locker gebundenen Schlips.

»Möchten Sie etwas trinken?«

»Danach«, sagte sie und spannte ein Kindersonnenschirmchen aus perlgrauem, durchsichtigem Stoff auf.

»Wozu soll das gut sein?«

»Um das Licht etwas weicher zu machen.«

»Das wird auch nötig sein«, sagte ich, goß mir einen Kognak ein und setzte mich damit auf die Couch, »hören Sie...«

Ich brachte weder den Namen Wiebke noch Krösel über die Lippen und verstummte.

»Ja? Was wollten Sie sagen?«

»Ich bin der unfotogenste Mensch auf Gottes weiter Welt. In meinen besten Jahren war ich schon nicht zu fotografieren, und jetzt, noch dazu mit diesen geschorenen Haaren, werden Sie die Fotos höchstens als Horrorpictures verkaufen können.«

Die Apparatur stand bereits, und sie setzte sich neben mich.

»Aber ich bitte Sie«, sagte sie, »Sie waren doch eine berühmte Schönheit.«

Solche Aussprüche hatte ich besonders gerne! Erstens, woher wollte sie das wissen, und zweitens brach jetzt alles in mir zusammen, und ich kam mir vor wie die

Stummfilmdiva Mary Pickford. Wiebke Krösel war nahe daran, ihre Hand tröstend auf die meine zu legen, aber dann fiel ihr was Besseres ein, und sie erklärte im Brustton der Überzeugung: »Und Sie sind heute immer noch eine schöne Frau.«

»Nach dieser gelungenen Vorbereitung können wir jetzt wohl beginnen«, sagte ich, »oder wollen Sie, daß ich mir was anderes anziehe und mich noch schöner mache, als ich heute bin?«

Mit Ironie und Humor, in dem Fall Galgenhumor, wußte Wiebke Krösel überhaupt nichts anzufangen. Sie sagte ernst: »Nein, das ist wirklich nicht nötig. Es kommt mir nur auf den Gesichtsausdruck an. Also bleiben Sie ganz locker und entspannt...«

»Das war ich in meinem ganzen Leben noch nicht.«

Sie schaltete das Licht hinter dem Kindersonnenschirm ein und begann zu knipsen. Ich glaube, bei einer schmerzhaften Zahnbehandlung wäre ich lockerer und entspannter gewesen. Ich konnte an nichts anderes denken als an das, was sie durch die Linse der Kamera sah und rücksichtslos auf den wehrlosen Zelluloidstreifen bannte: ein in Verdrossenheit erstarrtes, olivgrünes Gesicht, das ein ausgewachsener Sonnenschirm aus undurchlässigem Stoff nicht hätte mildern können. Ich weiß nicht, ob sie wußte, was sie tat. Vielleicht hoffte sie, daß ich mich doch ein einziges Mal rühren würde, vielleicht war meine Erstarrung auf sie übergesprungen, und sie mußte endlos weiter auf den Knopf drücken. Auf jeden Fall knipste sie immer wieder das gleiche Foto. Nach dem fünfzigsten meinte ich, jetzt sei es genug. Sie sagte, sie hätte noch weitere Rollen. Ob sie die nicht von meinem Kater Dino machen könne, fragte ich, der sei zwar auch nicht sehr schön, da die Nase zu groß und die Augen zu klein, aber immer noch besser als ich. Außerdem hätte er sehr viel Haar, was man von mir nicht behaupten könne. Ich stand auf, und sie rief: »Halt!«, und vielleicht war das das einzige halbwegs gelungene Foto.

Wir kamen dann zu den Fragen, deren Antworten sie auf Tonband aufnahm und damit eine innere Erstarrung in mir auslöste.

»Können Sie nicht stenografieren?« fragte ich. »Diese Apparate lähmen mich.«

Sie konnte nicht stenografieren und sagte wieder in ihrem munteren Kindergärtnerinnenton: »Es sind ganz einfache Fragen, die Sie mir in einem Satz beantworten können.« Sie schlug ein Heft auf, schaltete das Tonbandgerät ein und las die erste Frage: »Was bedeutet Ihnen das Judentum?«

»Du lieber Gott, adonai elohenu, adonai echad, diese Frage habe ich in einem Buch über sechshundert Seiten nicht beantworten können.«

»Was haben Sie da eben auf hebräisch gesagt?«

»Nur das jüdische Glaubensbekenntnis: Unser Gott ist ein einziger Gott.«

»Ist es das, was Ihnen das Judentum bedeutet?«

»Nein, wahrlich nicht. Ich bin nicht religiös. Könnten wir vielleicht erst mal zu einer weniger abendfüllenden Frage übergehen?«

»Gut. Auf was basiert Ihre Identifikation mit dem Judentum?«

»Auf dem Holocaust.«

»Allein darauf?«

»Ja. Eine einfache Frage, kurz beantwortet. Was noch?«

»War der Holocaust Gottes Wille?«

»Wie beliebt? Die Frage kann doch wohl nicht Ihr Ernst sein.«

Sie schaltete das Tonband ab und sah mich, ihren Ernst unterstreichend, ernst an: »Es ist eine sehr ernste Frage, sogar unser ehemaliger Bundeskanzler, Helmut Schmidt, hat darauf geantwortet.«

»Die Antwort würde mich interessieren.«

»Er glaubt, daß es Gottes Wille war.«

Ich begann zu lachen: »Na, damit sind die Nazis nun wohl ein für allemal reingewaschen. Wer kann sich schon Gottes Willen widersetzen – nicht einmal Hitler. Armer Hitler, der diesen furchtbaren Gotteswillen ausführen mußte!«

»Also . . .«, sie schaltete das Tonband wieder ein, »Sie glauben nicht . . .«

»Nein, ich glaube nicht. Ich glaube auch nicht an Gott. Punkt.«

»Wie stellen Sie sich den Messias vor?«

»Gar nicht. Aber die Legende sagt, daß er auf einem weißen Esel durchs Dungtor auf dem Tempelplatz einreiten wird. Übrigens muß er in kürzester Zeit anrücken, denn er kommt nur, wenn apokalyptische Zustände herrschen, und die herrschen ja nun bald.«

»Wie ließe sich, Ihrer Meinung nach, die Heilsidee verwirklichen?«

»Ganz einfach: Man ändere die menschliche Natur.«

»Sind Sie für einen israelischen Staat?«

»Selbstverständlich.«

»Was sagen Sie zu der augenblicklichen Situation in Israel?«

»Darüber möchte ich nicht sprechen.«

»Sie brauchen keine politische Aussage zu machen.«

»Ich mache nie eine wie auch immer geartete Aussage.«

»Also Ihre ganz persönliche Meinung.«

»Die kann und will ich nicht in einem Satz zusammenfassen.« Ich stand auf: »Entschuldigen Sie, aber die Gäste kommen gleich, und ich muß noch was vorbereiten.«

»Wir müssen noch einmal kurz auf die erste Frage zurückkommen: Was bedeutet das Judentum für Sie?«

»Zores«, sagte ich.

Sie seufzte tief: »Sie sind wirklich ein schwieriger Fall.«

»Nicht ich, das Judentum und alles, was damit zusammenhängt, ist ein schwieriger Fall.«

»Sie hängen aber auch damit zusammen.«

»Das kann man wohl sagen. Mitgehangen, mitgefangen... ach nein, umgekehrt, nicht wahr? Mitgefangen, mitgehangen.«

Wir saßen alle um den großen Tisch: Philip und Tamar, Rebekka und Ruth, Rick und Wiebke, Rudi und ich. Vor uns die schmutzigen Teller und leeren Platten, im Hintergrund die singende Greta Keller: »It's just the same old story, the fight for love and glory...«

Wir saßen seit eineinhalb Stunden da, endlose eineinhalb Stunden, wie man sie, eine böse Krankheit fürchtend, in den Wartezimmern von Ärzten verbringt. Außer dem überdrehten Philip, der die Pflichten des Hausherren und Alleinunterhalters übernommen hatte, war keiner von seinem Stuhl aufgestanden. Es wäre zu mühsam gewesen, die schweren Körper hochzuhieven.

Wir sprachen mit derselben Dumpfheit, mit der wir saßen. Jeder sprach für sich alleine und dachte dabei an etwas anderes. An was dachten wir? Wahrscheinlich alle an dasselbe: Ach, wie herrlich wäre es, jetzt im Bett zu liegen! Selbst die schöne 1,88 große Tamar, die ewig in Glück und Liebe schwelgte, schien das zu denken. Wir mußten sie angesteckt haben mit der Schwere unserer Körper und Stimmen.

Ich sah sie an. Sie riß kleine Fetzen von einer Papierserviette und drehte sie zu Kügelchen. Die bonbonrosa Organdybluse biß sich mit ihrem kupferroten Haar. Sie hatte sich wie eine Sofapuppe angezogen: einen steif abstehenden schwarzen Rock mit einer riesigen Schleife auf dem Popo, schwarze Strümpfe und hohe Absätze. Den Hut, der wie ein umgekehrtes U aussah, hatte sie auf meinen gepeinigten Blick hin abgenommen.

Neben ihr saß Rudi, ein im doppelten Sinne des Wortes alter, aber immer noch jung wirkender Freund, ehemaliger Berliner, Junggeselle und stadtbekanntes Unikum. Ein Mann, der gutes Essen und hübsche Frauen in großen Mengen genossen hatte, dessen Wohnung voll mit Gästen, dessen Töpfe voll mit selbstgekochten, phantasiereichen Gerichten, dessen Kopf voll mit komischen Geschichten, immer neuen Witzen und originellen Persiflagen gewesen war. Manchmal hatte er noch eine Sternstunde, aber sie war so selten wie die Gäste, die hübschen Frauen, die phantasiereichen Gerichte geworden, und heute abend hatte er sie offenkundig nicht. Nicht einmal Tamar, um deretwillen er früher ein Feuerwerk an Witz und Clownerie losgelassen hätte, konnte ihn heute animieren. Er sah sie von Zeit zu Zeit an, einen ironischen Zug um den bärtigen Mund, Resignation in den Augen, wie ein betagter Hund, dem man einen Knochen so lange hinhält und wieder wegzieht, bis er gar keine Anstalten mehr macht, danach zu schnappen.

Und was war mit Ruth los? Ruth, mit dem rassigen Gesicht, den großen, klaren Augen, der unerschöpflichen Vitalität und Aktivität; Ruth, die von allen geliebte und alle liebende, die beste Mutter, Schwiegermutter, Großmutter und Freundin, die alles konnte, alles wußte, alles schaffte! Sie hing schlapp und schweigsam auf ihrem Stuhl und machte mit ihrer forschen Wanderausrüstung – karierter Faltenrock, roter Rollkragenpullover und rote Strümpfe – nicht den Eindruck, auf eine Silvesterparty zu gehen, sondern von einem erschöpfenden Tagesmarsch zurückgekehrt zu sein. Warum, um Gottes willen, hatte sie diese Strümpfe angezogen? Hatte sie gehofft, daß von ihren Beinen ein unternehmungslustiger, roter Schimmer auf ihr Gesicht fallen würde?

»Was haltet ihr davon, wenn wir jetzt alle ein besinnliches Lied zusammen singen?« fragte ich auf deutsch. »Zum Beispiel: ›Oh, wie wohl ist mir am Abend, wenn zur Ruh' die Glocken läuten.‹«

»Bim bam, bim bam«, machte Ruth, die dank ihrer Mutter und Großmutter alle deutschen Kinder-, Operetten- und besinnlichen Lieder kannte.

»Wenn ihr jetzt alle in dieser häßlichen germanischen Sprache sprecht«, rief Rebekka, die häufig unter dem Gefühl des Ausgeschlossenseins litt und das auch psychoanalytisch erklären konnte, »dann gehe ich.«

»Bim bam ist nicht germanisch«, sagte Rudi zu ihr, »es ist international. Oder hast du eine Glocke schon mal in verschiedenen Sprachen schlagen hören?«

»Merde«, sagte Rebekka, die schwarze Gamaschenhosen trug und darüber einen rostroten, zu lang geratenen Pullover oder ein zu kurz geratenes Kleid.

»Rebekka«, sagte ich, »du bist die Artikulierteste unter uns, also kannst du mir jetzt mal erklären, warum wir ausgerechnet heute so ausgelassen froher Stimmung sind?«

»Das liegt daran, daß wir uns alt und einsam fühlen. Jedenfalls die Hälfte von uns. Die andere Hälfte fühlt sich wahrscheinlich nur einsam.«

Es herrschte Stille. Jeder schien in sich hineinzulauschen und, in der Hoffnung, Rebekkas Behauptung laut vor allen Anwesenden oder leise für sich selber widerlegen zu können, seine Situation zu überschlagen: Da waren Freunde, gute Freunde, da waren Kinder, da waren Enkel, da waren Liebhaber, da waren Eltern und Verwandte. Warum sollten wir einsam sein oder einsamer, als der Mensch als solcher nun mal ist? Tamar hatte als erste die Rechnung abgeschlossen. Sie sagte: »Nein, ich fühle mich nicht einsam.«

»Wenn du dich nicht einsam fühltest«, widersprach Rebekka, »dann säßest du nicht hier und würdest anschließend mit Philip auf eine Party gehen. Dann würdest du mit dem Menschen zusammen sein, mit dem du dich wirklich und wahrhaftig nicht einsam fühlst. Da es den aber weder in deinem noch in unserem Leben gibt, sitzen wir jetzt alle hier und versuchen, uns einzureden, daß wir nicht einsam sind, weil wir ja mit Freunden zusammensitzen. Alles bullshit!«

»Was ist deine Definition von nicht einsam sein?« fragte Rick.

»Das Leben mit einem Menschen teilen.«

»Du lieber Himmel, Rebekka«, rief Ruth, »das haben wir hier ja nun, fast alle, glücklicherweise hinter uns gebracht. Was predigst du uns? Die ideale Ehe? Bist du heute am Neujahrsabend plötzlich zum romantischen Backfisch geworden, oder was?«

»O. K.«, sagte Rebekka, »setzen wir mal voraus, es gäbe die ideale Beziehung zu einem Menschen. Wer von euch würde sie ausschlagen?«

»Ich«, sagte Rudi.

»Warum?«

»Weil mich jede Beziehung auf Dauer nervös macht – und eine ideale ganz besonders. Lieg du mal mit einer idealen Beziehung Nacht für Nacht im Bett und hör sie schnarchen und furzen.«

Wir lachten bis auf Tamar. Die schaute ernst über uns hinweg und hatte eine Furche konzentrierten Nachdenkens zwischen den Brauen.

»Sei still, Rudi«, befahl Rebekka, »du warst noch nie ernst zu nehmen und bist es immer noch nicht.«

»Nein, aber du mit deinen verstiegenen Neujahrsphantastereien bist es! Wären wir nicht über Jahrhunderte mit diesen grotesken Ansprüchen und Erwartungen vollgestopft worden: ideale Beziehung, wahre Liebe, vollendetes Glück, tiefe Hingabe, unerschütterliche Treue und was es sonst noch alles an Peinlichkeiten auf diesem Gebiet gibt –, wären wir normalere, natürlichere und vor allem erfreulichere Menschen geworden.«

»Haben Sie nie jemand geliebt?« fragte Tamar.

»Doch«, sagte Rudi mit grimmigem Grinsen, »meine zwei Dackel. Zu denen hatte ich sechzehn Jahre lang eine so ideale Beziehung, daß mich nicht mal ihr Schnarchen und Furzen gestört hat. Wer von euch hier hat, über so viele Jahre, eine so ideale Beziehung gehabt? Vielleicht die Dame mit dem roten Schlips, die kenne ich nicht, also könnten Überraschungen da noch drin sein.«

»Ich war zwanzig Jahre verheiratet«, sagte Wiebke Krösel, die dem Gespräch aufmerksam und stumm gefolgt war.

»Na, dann hatten Sie ja keine Zeit für die ideale Beziehung, und darum sitzen Sie jetzt auch hier, wie Rebekka sagen würde.«

»Seien Sie doch nicht so zynisch«, sagte Wiebke mit mütterlichem Lächeln, »der Wunsch nach einer idealen Beziehung, nach Liebe und Glück ist in uns allen, da können wir tun, sagen und uns vormachen, was wir wollen. Da können wir uns das angenehmste Leben aufgebaut und Beruf und Geld, Freunde und Affären haben, irgendwann kommt der Moment – und manchmal sehr oft –, wenn wir uns schlicht und einfach nach einem Menschen sehnen, der ganz zu uns gehört. Alles andere ist hübsch und nett und vielleicht noch mehr, aber das Wahre ist es nicht.«

»Aber Kinder«, schrie Rudi, »ihr habt doch alle schon einmal, oder mehrere Male, das Wahre gehabt und festgestellt, daß es nicht das Wahre war. Könnt ihr euch nicht endlich ein für allemal damit abfinden, daß es nichts Wahres gibt? Nicht so und nicht so und eben überhaupt nicht.«

»Das tun wir ja«, sagte Philip, »aber das verhindert doch nicht den Wunsch und die Sehnsucht nach dem Idealzustand.«

»Na, dann macht mal weiter«, sagte Rudi mit angeekeltem Gesicht, »die ganze Welt geht in'n Arsch, und ihr träumt von Idealzuständen.«

»Jeder tut das«, sagte Rebekka, »jeder Mensch und jedes Volk.«

»Was dabei herausgekommen ist, sieht man«, brüllte

Rudi. »Idealer Mord und Totschlag und idealer Haß und idealer religiöser Wahn und ideale Scheiße.«

»Da sind wir ja, Gott sei Dank, endlich wieder bei unserem Lieblingsthema«, sagte Rick.

»Bei welchem?« fragte Tamar abwesend.

»Bei unserem idealen Staat Israel«, sagte Philip und begann nach einer brasilianischen Karnevalsmelodie zu tänzeln.

»Interessant«, sagte Wiebke, »ich überlege mir schon die ganze Zeit, ob Sie unter Ihrer weißen Hose einen Slip tragen.«

»Wie bitte?« fragte Philip in einer gewagten Pose erstarrend.

»Bei mir und allen anderen zeichnet sich der Slip leider immer unter einer weißen Hose ab, und bei Ihnen zeichnet sich überhaupt nichts ab.«

»Überhaupt nichts?« fragte Philip betroffen und sah an sich hinab.

»Warum müssen Sie den jungen Mann jetzt so beleidigen?« fragte Rebekka, und wir brachen zum ersten Mal an diesem Abend in herzhaftes Gelächter aus.

Um elf Uhr standen wir endlich auf. Philip und Tamar, Rebekka und Ruth verabschiedeten sich, um zur Silvesterparty zu gehen.

»Gott, ist mir mies davor«, sagte Ruth.

»Wem ist nicht mies davor«, sagte Rebekka.

»Mir«, sagte Tamar, »ich werde tanzen und flirten und mich amüsieren. Es wird wunderschön.«

Ich sah die vier an: Ruth mit ihren roten Strümpfen, Rebekka mit ihren schwarzen Gamaschenhosen, Tamar mit dem umgekehrten U auf dem Kopf und der Schleife auf dem Popo, Philip mit seiner schmucken, weißen Hose, unter der sich zwar nicht der Slip, sonst aber alles abzeichnete.

»Ich wünsche euch ein gesegnetes, friedliches neues Jahr«, sagte ich lachend, »die Voraussetzungen dazu sind ja gegeben.«

Sie verschwanden im Regen, und ich kehrte zu meinen übriggebliebenen Gästen zurück.

»Meine Fresse«, sagte Rudi und ließ sich in den Ledersessel fallen, »das war ja was. Neujahrsgespräche! Die

Menschen gehen mir mit jedem Tag mehr auf die Nerven. Ich weiß nicht, ob das an meinem Alter liegt oder am Land. Da schreibt doch jemand in der ›Jerusalem Post‹ unter dem Titel ›Langweilig wird's hier nie‹ allen Ernstes eine Lobeshymne auf Israel: Was sich hier alles Schönes tut, und wie man sich rund um die Uhr unterhalten und amüsieren kann. Die Leute sind doch nicht bei Trost! Ständig ist man in Gefahr, einen Stein an den Schädel oder einen Molotowcocktail unter den Arsch zu kriegen, und da schreibt der, wie lustig es hier ist.«

»Und es wird noch viel lustiger«, unkte Rick.

»Ich habe da einen fabelhaften Vorschlag, wie man den arabischen Jünglingen und unseren orthodoxen Fanatikern das Steinewerfen abgewöhnen kann, und den werde ich demnächst in der ›Jerusalem Post‹ veröffentlichen: Man schichte einen riesigen Haufen Steine auf, hole sich alle arabischen und orthodoxen Steinewerfer und lasse sie die Dinger auf die gegenüberliegende Seite schmeißen, dann wieder zurück und hin und her und hin und her, von morgens acht bis abends acht. Dazwischen eine kleine Brotzeit und dann weiter. Ich garantiere euch, nach zwei Tagen haben die so die Nase voll, daß sie nie wieder einen Stein anrühren.«

»Glänzende Idee«, sagte ich, »und was würdest du mit den Siedlern und der Likudregierung machen?«

»Die würde ich alle auf Massada abladen, und da können sie sich dann umbringen.«

Rick schaute auf die Uhr: »Halb zwölf«, erklärte er mit einem Gähnen, und in diesem Moment klingelte es.

»Das ist aber seltsam«, sagte ich, »das habe ich aber gar nicht gern.«

»Das hätte ich auch nicht gern«, sagte Rudi, »nun geh schon und mach auf, aber frag erst, wer draußen ist. Vielleicht ist es nur einer deiner Kater.«

Es war Ibrahim mit einer Kefieh auf dem Kopf.

»Ibrahim!« rief ich, und der Schreck stand mir so offen im Gesicht, daß er schnell nach meiner Hand griff und sagte: »Es ist alles in Ordnung, Angelika, ich bin nur...« Er unterbrach sich, begann zu lachen und nahm die Kefieh ab: »Die habe ich nur wegen des Regens auf«, erklärte er.

»Wegen mir hättest du sie nicht abzunehmen brauchen. Sie steht dir sehr gut. Komm rein, ich habe Besuch, aber der ist harmlos.«

»Nein, ich bin mit einem Freund hier, er wartet draußen im Auto. Ich wollte dich nur schnell sehen und dir Glück wünschen zum neuen Jahr. Warum hast du dir denn das ganze Haar abschneiden lassen?«

»Jetzt fängst du auch noch mit dem Haar an. Komm bitte einen Moment. Wir brauchen ja nicht ins Wohnzimmer zu gehen.« Er folgte mir ins Schlafzimmer, und ich schloß die Tür hinter uns.

»Ich wäre längst zu dir gekommen, Ibrahim, aber da war so viel los in den letzten Tagen bei mir und überhaupt... Wie geht es dir? Ganz ehrlich.«

»Es geht mir gut.«

Ich sah ihn an. Etwas an ihm hatte sich verändert. Er wirkte männlicher, reifer. Aber vielleicht lag das an der Kefieh, die er sich jetzt um den Hals gelegt hatte, und daran, daß er unrasiert war und Kinn und Wangen mit dem Anflug eines Bartes bedeckt.

»Ganz ehrlich, Angelika, es geht mir gut.«

Sein Blick wich dem meinen nicht mehr aus, sein Lächeln war sanft, aber nicht mehr mädchenhaft süß.

»Was ist mit deinem Laisser-passer? Wann bekommst du ihn?«

»Wahrscheinlich bald.«

Er nahm ein kleines, holzgeschnitztes Kamel vom Fenstersims und betrachtete es: »Das ist hübsch«, sagte er.

»Ibrahim, dein Freund wartet draußen und meine Freunde drinnen. Wir haben nicht viel Zeit, also laß jetzt das Kamel und sag mir, was los ist.«

»Es ist alles in Ordnung, aber ich fahre nicht nach Amerika.«

»Wieso? Was meinst du? Natürlich fährst du...«

»Angelika, das ist keine Laune, das ist ein Entschluß. Ich kann mein Land und meine Leute jetzt nicht verlassen.«

Ich setzte mich aufs Bett. Auf dem Nachttisch lagen Zigaretten. Ich zündete mir eine an. Ich schwieg.

»Du verstehst mich, nicht wahr?«

»Verstehe ich dich? Ich weiß es nicht. Ich habe dich nie für einen Freiheitskämpfer gehalten.«

»Ich mich auch nicht«, sagte er und lachte, »aber manchmal wird man zu etwas, was man nicht ist.«

Ich mußte an meinen Bruder denken, diesen weichen, verwöhnten, begabten Jungen, der durch die Nazis von einem Tag auf den anderen zum Mann geworden war, das Land verlassen hatte und als Soldat der Französischen Freien Armee, nach viereinhalb Jahren Kampf, kurz vor der deutschen Grenze gefallen war.

»Was willst du also tun?« fragte ich. »Steine werfen, dich einsperren oder totschießen lassen?«

»Ich will nicht, aber wenn es sein muß...«

»Es muß nicht sein, du kannst nach Amerika fahren.«

»Das sagt der Kopf, das Herz sagt das Gegenteil. Schau, ich bin der einzige in meinem Dorf, der studiert hat, und so viele Frauen sind dort allein mit ihren Kindern und haben Angst. Ich möchte ihnen helfen.«

»Weiß Stanley über all das Bescheid?«

»Nein. Er hat mich heute abend in das chinesische Restaurant eingeladen, und ich wollte es ihm sagen, aber ich konnte nicht. Er hat doch so viel Geld wegen mir beim Anwalt ausgegeben, und außerdem will ich nicht, daß er sich Sorgen macht. Er hat ja jetzt wieder einen Freund, aber trotzdem ist er alt und hat ein krankes Herz. Wenn ich den Laisser-passer bekomme, nehme ich ihn und tue so, als ob ich nach Amerika fahre.«

»Aber er wird doch irgendeine Nachricht von dir aus Amerika erwarten.«

»Die wird er auch bekommen«, sagte Ibrahim und kicherte, »ich rufe ihn aus Ostjerusalem oder Ramallah an und sage, ich bin in Amerika.«

»O Gott, Ibrahim, das bedeutet, daß ich ihn die ganze Zeit belügen muß.«

»Ja, das mußt du, aber es ist eine gute Lüge. Wenn man lügt, weil man sich selber nicht schaden will, ist das eine schlechte Lüge, aber wenn man lügt, weil man jemand anderem nicht schaden will, ist es eine gute Lüge.«

»Na ja«, sagte ich mit einem Seufzer, »vielleicht hat sich jetzt alles beruhigt, und du fährst doch noch.«

»Nein, Angelika, es hat sich nicht beruhigt, und es wird

sich nicht beruhigen, bis wir ein Land haben und frei leben können. Und ich will nicht in Amerika sitzen und darauf warten. Ich will dafür kämpfen.«

Ich stand auf, und wir umarmten uns.

»Versprich mir, daß du mich jede Woche anrufst oder jemand für dich anrufen läßt.«

»Ich verspreche es dir. Du wirst immer von mir hören, immer. Mir passiert nichts.«

Ich nahm das kleine Kamel, klopfte darauf und sagte: »Toi, toi, toi.« Dann gab ich es ihm: »Es soll dir Glück bringen, Ibrahim.«

Als ich ins Zimmer zurückkehrte, war es kurz vor zwölf.

»Entschuldigt«, sagte ich, »das war ein Freund, der sich verabschiedet hat. Er fährt... ins Ausland.«

Rick hatte sein pfiffiges Gesicht, Wiebke ihr einfühlsames, Rudi sein ironisches. Er sagte: »Ich habe geglaubt, daß du jetzt endlich über solche Scherze hinaus bist.«

»Idiot«, sagte ich, »wo ist der widerliche israelische Sekt, den du mir mitgebracht hast?«

»Im Kühlschrank.«

Ich nahm die Flasche und gab sie ihm zum Öffnen.

»Auf was trinken wir?« fragte Wiebke Krösel.

»Auf was? Ich glaube, das sollten wir uns ersparen«, sagte Rudi, und ein Strahl süß-sauer riechenden Schaums schoß zusammen mit den zwei Katern durch das Zimmer.

»Wo sind denn die Gläser?« brüllte Rudi. »Du dumme Schrippe hast die Gläser vergessen!«

Rick krümmte sich vor Lachen zusammen: »Das ist kein Sekt«, schluchzte er, »das ist ein Molotowcocktail.«

Wiebke rannte in die Küche, aber als sie mit den Gläsern zurückkam, war die Flasche halb leer.

»Typisch«, sagte ich, »man macht eine Flasche Sekt auf, und sie explodiert. Alles explodiert in diesem Land, alles.«

»Auf die Explosion«, rief Rick, »auf das hoffnungsvolle Jahr 1988!«

Und so begann es.

Ein friedlicher Anfang. Israelische Sicherheitsoffiziere trafen sich mit führenden Persönlichkeiten der besetzten Gebiete. Man sprach über die Notwendigkeit, Ruhe und Ordnung wiederherzustellen. Die Gespräche machten einen positiven Eindruck. Man ging daraufhin noch einen Schritt weiter und versprach, viele der in den letzten Wochen inhaftierten Palästinenser – es waren 1077 – wieder freizulassen, vorausgesetzt, die Ruhe hielt an. Die arabischen Arbeiter der Shwarz' erschienen vollzählig und picknickten im Garten. Sogar die Türen trafen aus Ramallah ein, und die dazugehörigen Gitter wurden geschliffen.

Die kleinen arabischen Jungen kehrten mit Ziege und Schaf zurück und bauten sich, mit derselben Inkonsequenz wie zuvor, eine neue Hütte. Dann donnerte eine Prozession aus Bagger, Zementmischer und Lastwagen auf der schmalen, ungepflasterten Straße unterhalb meines Hauses vorbei, und das bedeutete, daß der südafrikanische Multimillionär auf Likud setzte und anfing, sich in meiner nächsten Nähe eine feudale Villa zu bauen. Damit nicht genug, war die israelische Luftwaffe nun auch wieder besonders tätig, und alle paar Minuten wurde die Schallmauer durchbrochen und ich, meine Kater und dreißig Fenster von ohrenbetäubenden Detonationen erschüttert.

Ich dachte mit Sehnsucht an die Ruhe der Unruhen zurück und versuchte, mich auf den 1. Januar 1933 zu konzentrieren. Wie war die Stimmung damals in Berlin gewesen? Wie hatten die Menschen reagiert?

Ich rief Alfred an.

»Sag mal, erinnerst du dich noch an den Tag, an dem Hitler zur Macht kam?«

»Das kann man wohl flüstern.«

»Was hast du gemacht?«

»Ich hatte furchtbare Zahnschmerzen, und ein Zahnarzt war natürlich nicht aufzutreiben. Mittags habe ich mich mit einem Freund in einer Kneipe getroffen und gesagt: ›Jetzt wird es wohl Zeit, abzuhauen.‹ Er hat gesagt: ›Immer mit der Ruhe. Es wird nichts so heiß gegessen, wie es gekocht wird. Jetzt ist der Kerl an der Macht, jetzt wird er etwas klarer und stiller werden. Oder glaubst du, er wird sich gleich am Anfang die ganze Karriere vermasseln wollen?‹«

»Und das hat dich beruhigt?«

»Nein, mich nicht, aber die meisten deutschen Juden ja. Die haben ähnlich gedacht wie dieser Freund, oder sagen wir lieber, sie wollten so denken.«

»Und was hältst du von der augenblicklichen Ruhe in Israel? Beruhigt dich die?«

»Nein, mich nicht, aber die meisten Israelis ja.«

Ich überlegte, ob sie mich beruhigte. Ich kam zu keinem Ergebnis. Ein Zustand, der ohne schwerwiegende Zwischenfälle, mit sichtbarem Erfolg für die Besatzer und unsichtbaren Leiden für die Besetzten über zwanzig Jahre anhält, wird zu einer Konstanten. Er ist nicht durch eine Revolte von einigen Tausend mit Steinen bewaffneten Jugendlichen, er ist auch nicht durch etliche Tote und Verwundete in zwei Wochen wegzudenken. Der Erfolg der Besatzer wird zwar zweifelhaft, das Leiden der Besetzten sichtbar, man wird unsanft geweckt, beginnt zu sehen, zu hören, zu überlegen, zu verstehen, aber kann sich trotzdem nicht vorstellen, daß an die Stelle des alten ein neuer, einem unbekannter, das Land und persönliche Leben verändernder Zustand tritt.

Ich hatte spontan für die Schwächeren und Unterdrückten Partei ergriffen, hatte gewünscht, daß sie nicht aufgeben und damit ein Ziel erreichen, aber dieses Ziel war für mich ein abstrakter Begriff geblieben. Das Parteiergreifen und der Wunsch an sich war ein Reflex gewesen, aber das Umdenken hatte noch nicht begonnen. Die Unruhen hatten mich nicht wirklich beunruhigt, und die Ruhe beruhigte mich nicht. Da war ein emotionelles Unbehagen, das sich von einer Situation in die andere fortgesetzt hatte, ein Ahnen, daß eine Veränderung so oder so unausweichlich war und die Ruhe möglicherweise gefährlicher als die Unruhe.

Es waren schöne Tage, Frühlingstage. Der Himmel von einem kräftigen Blau, das Licht glasklar, die Landschaft gewaschen und leuchtend. Die Leute in den Straßen sahen gutgelaunt und geschäftig aus. Man sprach von alltäglichen Dingen: Essen, Preise, Bekannte, Krankheiten, Filme, die man im Fernsehen gesehen hatte. Meine orientalische Nachbarin hatte, zum Verdruß der Shwarz', eine Leine von ihrem zu unserem Haus gespannt, und daran flatterten Bett- und Unterwäsche. Auf der Terrasse des arabischen Hauses mir schräg gegenüber wurde eine Schaukel für die Kinder aufgebaut und Stühle für die Erwachsenen herausgestellt. Avi renovierte eine große Wohnung für eine Mormonenfamilie, die reichlich und pünktlich in Dollar zahlte. Rebekka war von Collagen zum Fotografieren übergegangen und nahm alles auf, was alt und verrottet war, außer Menschen. Jane sorgte tagsüber für ihren kranken Mann und die vier Katzen und schrieb nachts an einer endlosen Ballade. Stanley und Achmed führten ein harmonisches Leben. Evchen plante eine Reise zu ihrem Bruder nach London. Philip plante nichts, nicht einmal eine Party, denn sein Hoch begann zu sinken. Die Reporterin, Wiebke Krösel, war nach Deutschland zurückgefahren. Rick sah optimistisch in die Zukunft.

»Wenn Israel die neun Palästinenser ausweist, fängt es wieder an«, verkündete er.

»Eine Ausweisung können sich die Israelis gar nicht leisten«, sagte ich, »die ganze Welt würde dann aufschreien, und auch hier protestiert die Mehrheit dagegen. Keine Regierung hat das moralische Recht, einen Menschen aus seinem Heimatland auszuweisen, habe ich neulich in der Zeitung gelesen.«

Rick lachte: »Das wird die israelische Regierung gewiß nicht daran hindern. Es sind nicht die ersten, die ausgewiesen werden, und es werden nicht die letzten sein.«

»Aber sie wissen ja gar nicht, wohin mit ihnen. Über den Jordan können sie sie nicht abschieben, weil Jordanien gedroht hat, sie auf der Stelle zurückzuexpedieren.«

»Na, vielleicht spielen sie ein bißchen Pingpong mit ihnen, oder sie setzen sie im Libanon ab, was sowieso das naheliegendste ist.«

Es wurden statt neun vier Palästinenser des Landes verwiesen und im Libanon abgesetzt. Rick hatte sich nur in der Zahl geirrt, in allem anderen behielt er recht.

Die Unruhen flammten wieder auf und griffen mit einer Schnelligkeit und Heftigkeit um sich, die selbst die eingefleischtesten Schwarzseher überraschte. Israel verwandelte sich in einen Hexenkessel. Polizei und Verteidigungstruppen versuchten, revoltierende Palästinenser, hektische Journalisten aus In- und Ausland, demonstrierende Linke, demonstrierende Rechte und wildgewordene Siedler in Schach zu halten. Sie versuchten außerdem, Schulklassen auf Ausflügen, Touristengruppen, die durchs Land fuhren, exponierte Wohnviertel und Busse, deren Route durch arabisches Gebiet führte, zu überwachen. Die arabischen Schulen und Universitäten wurden auf unbestimmte Zeit von den Israelis geschlossen, die arabischen Geschäfte und Betriebe wurden auf unbestimmte Zeit von den Palästinensern geschlossen. Von den hundertzwanzigtausend arabischen Arbeitern, die in Israel ihr Geld verdienten, kam nur noch ein kleiner Bruchteil. Es wurde gewarnt, gedroht, verhaftet, mit Messern gestochen, Tränengas geworfen, Wasserwerfer aufgefahren, Schlagstöcke geschwungen, mit Gummipatronen und Munition geschossen.

Israel war wieder einmal Blickfang und Zielscheibe der ganzen Welt, füllte Zeitungen, Fernsehen und Radionachrichten, wurde diskutiert, analysiert, kritisiert, zerrissen, beschuldigt, verurteilt. Das israelische Volk spaltete sich in zwei Lager. Die einen schrien: »Wir sind wie immer der Sündenbock! Wir werden von allen gehaßt! Wir sind allein! Die ganze Welt ist gegen uns! Bitte schön, soll sie. Wir lassen uns nicht ins Meer werfen!«

Die anderen schrien: »Wir sind selber an allem schuld! Wir waren blind, wir waren starr, wir waren größenwahnsinnig! Wir haben besetzt, wir haben unterdrückt, wir haben gesiedelt, wir haben den Palästinensern ihren Stolz, ihre Würde, ihre Freiheit, ihr Land genommen!«

Die israelische Presse nahm kein Blatt vor den Mund, sie übertraf in ihren Attacken gegen die Regierung, ihrer Offenheit und Schonungslosigkeit die ausländische.

»Sie beschmutzen ihr eigenes Nest«, zeterten die einen. »Sie sind die letzte demokratische Bastion«, riefen die anderen.

»Verfolgungswahn auf der einen Seite, Selbsthaß auf der anderen«, sagten die, die sich dem allgemeinen Chaos fernzuhalten suchten, »das ist kein Staat, das ist eine Irrenanstalt!«

Es wurden immer neue Methoden angewandt, um den Aufstand niederzuschlagen, immer neue Befehle herausgegeben. Es sollte nicht mehr geschossen werden, denn das machte einen schlechten Eindruck auf die Weltöffentlichkeit. Man schießt nicht auf Kinder. Aber die, die den Kindern gegenüberstanden, waren zum großen Teil selber Kinder. Achtzehn- und neunzehnjährige Soldaten, die nach drei Monaten Militärausbildung in die besetzten Gebiete geschickt wurden. Sie hätten mit langen Listen detaillierter Verhaltensmaßregeln in den Kampf ziehen und vor jeder Aktion erst einmal die einzelnen Punkte studieren müssen: Wie verhielt man sich bei einem, zehn, hundert, Hunderten von gewalttätigen Demonstranten? Wann durfte, konnte, mußte man attackieren? Mit was durfte, konnte, mußte man attackieren? Wann waren Gummipatronen, wann Tränengas, wann Schlagstöcke, wann Waffen erlaubt? Wie viele Warnrufe mußte man abgeben? Wie oft mußte man in die Luft schießen? Unter welchen Umständen durfte man auf die Beine schießen? Wie sah die lebensgefährliche Situation aus, in der man den Gegner töten durfte?

Die Angst, Wut und Frustration erreichte bei den israelischen Soldaten denselben Grad wie bei den Palästinensern. Sie hatten gelernt, wie man mit bewaffneten Feinden umgeht, aber nicht mit Horden junger Zivilisten, deren einzige Waffe der Stein war. Ihre Offiziere und Kommandeure waren ratlos. Die Regierung war ratlos.

»Das Militär wird der Unruhen nicht Herr«, lautete die Schlagzeile in der ›Jerusalem Post‹.

Aber Verteidigungsminister Rabin erklärte nach einer Rundfahrt durch die besetzten Gebiete: »Wir sind entschlossen, die Ordnung wiederherzustellen. Das erfordert Geduld und den Umständen angemessene Methoden.«

Er war es dann auch, der die richtige, den Umständen angemessene und von der Regierung sanktionierte Methode fand, Ruhe und Ordnung wiederherzustellen.

Ich weiß, daß es an dem Tag war, an dem sich Palästinenser und israelische Polizei auf dem Tempelplatz eine Schlacht lieferten. Achttausend Moslems waren zum

Gottesdienst in die Al-Aksa-Moschee gegangen. Der Mufti rief die Gläubigen auf, das Andenken der in den letzten Wochen getöteten Freiheitskämpfer zu ehren, warnte aber gleichzeitig vor Ausschreitungen. Das half nicht viel. Kaum war der Gottesdienst beendet, attackierten einige hundert Jugendliche die wachhabenden Polizisten mit Steinen, der Rest ergriff die Flucht oder wich in die Moschee zurück. Die Polizei erwiderte den Angriff mit Tränengas. Zwei dieser Bomben, hieß es, seien vorsätzlich in die Moschee geworfen worden. Es gab Verwundete, entsetzte Aufschreie, betretenes Schweigen.

»Das wird wirklich immer lustiger«, sagte ich zu Rick, der vorbeigekommen war, um sich einen großen Kochtopf zu borgen, »wie weit kann man noch gehen?«

»Um das zu sehen, solltest du vielleicht mal nach Gaza fahren.«

»Um was zu sehen?«

»Wie weit man gehen kann.«

»Ich habe schon gehört, es sind dort wieder zwei erschossen worden. Willst du eine Tasse Tee?«

»Ja bitte. Ich meine nicht die zwei, die erschossen wurden. Ich meine die, die mit gebrochenen Armen, Beinen, Rippen und Händen in den Krankenhäusern liegen.«

»Nimmst du Zucker?«

»Nein danke.«

»Ich verstehe nicht, was du da redest, Rick.«

»Dann muß ich wohl deutlicher werden. Sie schlagen die Palästinenser jetzt zusammen und brechen ihnen die Knochen im Leib. Das ist Verteidigungsminister Rabins neue Methode, um Ruhe und Ordnung zu schaffen.«

»Das glaube ich nicht«, sagte ich und glaubte es wirklich nicht.

»Und warum glaubst du es nicht?«

»Rick, die Juden sind keine Schläger. Es widerspricht ganz einfach ihrer Natur, brutal zu sein. Sie waren es nie, und ich bin überzeugt, daß weder ein Mensch noch ein Volk sein Wesen ändern kann.«

Rick sah mich an. Sein kleines, intelligentes Gesicht war in Fassungslosigkeit erstarrt. Er schien keinen Ton mehr hervorbringen zu können. Er hob die Schultern und ließ sie wieder fallen.

»Es wären nicht sechs Millionen fast widerstandslos ermordet worden«, sagte ich, »wenn ihnen Gewalt nicht so fremd gewesen wäre.«

»Wie lange willst du noch ›Alice im Wunderland‹ bleiben?« fragte Rick. »Du kennst Israel fast dreißig Jahre, nicht wahr? Und dreißig Jahre ist es dir gelungen, den Israelis dieselben Eigenschaften anzudichten wie den gewaltlosen Opfern des Holocaust. Sie waren in der Diaspora gewaltlos, weil ihnen da gar nichts anderes übrigblieb, aber sie waren es nicht davor, und sie sind es noch weniger danach. Weder ihre Religion noch ihre frühe Geschichte ist gewaltlos. Und seit sie wieder einen Staat haben und ein Volk sind, sind sie genauso rücksichtslos, amoralisch, aggressiv und brutal wie andere Völker.«

»Das stimmt nicht. Als Individuen sind sie es nicht. Ich habe mir immer wieder die Soldaten angeschaut und immer wieder festgestellt, daß sie anders aussehen als andere Soldaten – lebendiger, offener. Sie haben sich alle, trotz Militär und Uniform, ihre Persönlichkeit bewahrt, und ihre Gesichter sind alles mögliche, aber brutal sind sie nicht.«

»Du hast sie noch nie in Aktion gesehen.«

»Schau, Rick, ich bin kein Mensch, der sich was vormacht, ich bin ziemlich ehrlich mit mir selber. Und blind bin ich auch nicht. Es stimmt, ich liebe Israel, und ich fühle mich unter den Juden zu Hause, aber ich habe sehr wohl gesehen, was sich hier abspielt, und vieles hat mich abgestoßen. Trotzdem hat für mich in diesem Land immer das Gute überwogen. Ich bin nicht umsonst hierhergekommen. Du ja auch nicht.«

»Wenn es in diesem Tempo und dieser Richtung weitergeht, sind wir beide umsonst hierhergekommen, und glaube nicht, daß ich das so leichthin sage. Ich habe mich hier auch wohler gefühlt als in irgendeinem Land.«

»Mir ist kalt«, sagte ich und trat an den Ofen, »und meine zwei Kater sind seit gestern abend nicht mehr nach Hause gekommen.«

»Vielleicht ist ihnen dein Haus auf der Grünen Grenze zu unsicher geworden, oder sie haben sich mit den arabischen Katzen in Abu Tor solidarisiert.«

Ich hatte mir vorgenommen, nicht mehr nach den gebrochenen Knochen zu fragen. Wenn etwas Wahres daran war, würde ich es schnell genug erfahren. Wenn es nicht wahr war, würde ich mich umsonst aufregen. Aber so drum herum konnte man ja mal fragen.

»Wann warst du in Gaza?«

»Gestern.«

»Gab es da Demonstrationen?«

»Ja.«

»Kennst du Leute in Gaza?«

»Einige. Ich war ja seit dem Mazaf schon fünfmal da.«

»Und sie haben dir erzählt...«

»Willst du's nun wissen oder nicht?«

»Wenn es keine Gerüchte und Märchen sind.«

»Gerüchte mit zerprügelten Körpern und Märchen mit gebrochenen Gliedern. Ich war dort nämlich in einem der Krankenhäuser, wenn man es Krankenhaus nennen kann. Auf jeden Fall war es ziemlich überfüllt. Rabins neue Methode, Ruhe und Ordnung herzustellen, kostete offensichtlich viele Arme und Beine und was sonst noch alles.«

»Ich habe so etwas überhaupt noch nicht gehört! Ein Verteidigungsminister gibt der Armee den Befehl, Menschen zusammenzuschlagen, und die Soldaten, die ja bestimmt noch nie so was gemacht haben, fuhren diesen Befehl aus?«

»Bekanntermaßen führen die eben Befehle aus.«

»Können sie sich nicht weigern? Sie sind doch als Soldaten ausgebildet worden und nicht als Boxer, oder?«

Rick lachte, dann sagte er: »Du wirst es wieder nicht glauben, aber deine gewaltlosen Juden denken gar nicht daran, sich zu weigern oder auch nur zu protestieren – ein paar vielleicht, aber die zählen nicht. Viele hatten schon immer das Bedürfnis, die Araber zu verprügeln, und jetzt haben sie endlich die Chance und den Segen der Regierung noch dazu. Bei vielen ist das Bedürfnis in den letzten eineinhalb Monaten geweckt worden, denn sie fühlen sich als Soldaten, Männer und Machthaber erniedrigt. Und manche tun es widerwillig, aber sie tun es, und irgendwann werden sie schon auf den

Geschmack kommen. Die Sache hat sich inzwischen so zugespitzt, daß jegliche Vernunft im Eimer ist. Da sind jetzt nur noch Rachegelüste, Haß und Wut auf beiden Seiten.

Ich rannte zu Jane. Jane war immer meine Zuflucht in Fällen tiefster Verzweiflung. Als meine über alles geliebte Perserkatze starb, rannte ich zu ihr. Als die Shwarz' ihren schauderhaften Klotz vor die wunderschöne alte Fassade des Hauses setzten, rannte ich zu ihr. Als ich das Gefühl hatte, keinen Satz, geschweige denn ein Buch, schreiben zu können, rannte ich zu ihr. Jetzt, mit dem Zusammenbruch einer nie in Frage gestellten Überzeugung, rannte ich zu ihr. Sie war der einzige Mensch, den ich kannte, der Verzweiflung, egal ob im kleinen oder großen Ausmaß, ernst nahm. Sie nahm die Verzweiflung an sich ernst, und ihr Mitgefühl, ihre Wärme und Großzügigkeit hätten gereicht, die halbe Welt zu trösten.

Schon an der Tür erkannte sie, daß ich in einem Zustand innerer Auflösung war, stellte den Teller mit appetitlich angerichtetem Katzenfutter, den sie in der Hand hielt, auf ein Tischchen, legte den Arm um meine Schulter und sagte: »Darling, was ist los?«

Die vier Katzen, die mit ihren winzigen Gesichtern, kurzen, stämmigen Beinen und langhaarigen, kühn gemusterten Pelzen Fabelwesen glichen, schwirrten mit zukkenden Schweifen, tänzerischen Schrittchen und kleinen Schreien durcheinander. Es sah aus, als hätte ein Windstoß einen Haufen Schnee und trockenes Laub aufgewirbelt.

»Gib ihnen erst zu essen«, sagte ich, »Katzen sind das einzig Lohnende auf dieser Welt.«

Jane nickte zustimmend, lief in die Küche und kehrte mit einem Tablett, auf dem vier Teller standen, zurück. Die Katzen bekamen ihre Mahlzeiten in verschiedenen Zimmern, denn Grey-boy, der kastrierte Kater, fraß viel und gierig, Orange mäkelte am Essen herum, Whity ging hemmungslos an die Teller ihrer Geschwister, und Vanessa war so neurotisch, daß sie nur in Abgeschiedenheit essen konnte.

»Es dauert nur zwei Minuten«, sagte Jane, »vielleicht willst du inzwischen Tony guten Tag sagen.«

Tony lag winterlich angezogen und von vielen großen Kissen gestützt auf dem Bett: ein sehr langer, schmaler, feingliedriger Mann, mit einem runden, nachdenklichen Katergesicht, das trotz seiner siebzig Jahre und langen, tödlichen Krankheit merkwürdig jung geblieben war. Er kam, so wie Jane, aus Südafrika, hatte dort Medizin und Psychiatrie studiert, war während des Zweiten Weltkriegs Offizier in der britischen Armee gewesen und kurz vor der Gründung des Staates Israel in Palästina eingewandert.

»Mit ihm«, dachte ich jedesmal, wenn ich ihn sah, »stirbt einer der letzten Herren, Idealisten und Ästheten Israels.«

»Oh, Angelika«, sagte er mit sehr müder Stimme, »wie nett, daß du kommst.«

Ich küßte ihn auf die Wange und setzte mich dann vorsichtig auf die andere Seite des Doppelbettes. Der Krebs war jetzt in der Wirbelsäule aktiv geworden, und jede Erschütterung verursachte ihm heftige Schmerzen.

»Wie geht es dir, Tony?«

Immer wieder diese dämliche Frage! Wie ging es einem Menschen, dem der Krebs die Knochen wegfraß?

»Danke«, sagte er, »es geht mir schon viel besser. Ich habe weniger Schmerzen, und der Arzt meint, ich brauche anstatt sechs Bestrahlungen nur noch vier.«

»Wunderbar!«

Was, zum Teufel, war daran wunderbar? Kaum war der Krebs an einer Stelle für kurze Zeit gestoppt, ging er an einer anderen weiter.

»Aber erzähl mir von dir. Wie geht es dir, sweetheart?«

Wenn es ihm viel besser ging, dann ging es mir herrlich. Was konnte man angesichts dieser Krankheit und unter dem Zwang seiner Tapferkeit und Höflichkeit sagen? Man hatte keine Wahl.

»Danke«, sagte ich, »es geht mir recht gut.«

»Das freut mich. Und das Schreiben? Kommst du voran?«

»Zeilenweise.«

»Oh, I am sorry. Vielleicht solltest du mal eine kleine Pause machen.«

»Eine gute Idee. Ich mache mal eine kleine Pause... warst du heute schon im Krankenhaus, Tony?«

Wo sollte er wohl sonst gewesen sein?

»Ja«, sagte er mit dem Anflug eines ironischen Lächelns, »meinen Ausflug lasse ich mir nicht nehmen. Er macht mir schon richtig Spaß. Die Fahrt im Taxi durch die Hügel zum Hadassah hinauf und dort meine kleinen Besorgungen. Was ich früher in der Stadt erledigt habe, erledige ich jetzt im Krankenhaus: Ich gehe auf die Post und auf die Bank und in ein Geschäft, in dem es sehr gutes Gebäck gibt. Hast du mal die Schnecken gegessen, die ich von dort immer mitbringe?«

»Schnecken? Nein, ich glaube nicht.«

Ich sah ihn, wie ich ihn das erste Mal auf einer Gartenparty gesehen hatte: ein auffallend großer, gutaussehender Mann in einem eleganten, sandfarbenen Anzug und blaßblauen Hemd. »Der gefällt mir«, hatte ich gedacht.

»Und das Essen in der Cafeteria, in die ich mit Jane nach der Behandlung gehe, ist auch nicht schlecht. Besonders der Fisch schmeckt sehr gut.«

Er hatte so viel Freude am Essen, Trinken und Rauchen gehabt. Er hatte das Leben geliebt und genossen.

»Weißt du, Angelika, ich habe großes Glück. Die Leute auf der Krebsstation sind unerhört anständige und liebenswerte Menschen. Ich freue mich immer, wenn ich sie sehe. Eine der älteren Schwestern ist aus Südafrika. Manchmal sprechen wir Afrikaans und tauschen Erinnerungen aus. Sie kommt aus derselben Gegend wie ich, eine wunderschöne Gegend zwischen Meer und Hochland.«

»Denkst du oft an Südafrika?«

»Natürlich. Im Alter geht man rückwärts, immer weiter, bis man wieder Kind ist und sich Tod und Geburt begegnen. Jane und ich haben vor, noch einmal hinzufahren. Die Frage ist, ob wir das finanziell schaffen.«

Finanziell!

Ich stand schnell auf: »Ich muß mit Jane etwas besprechen«, sagte ich, »ich komme nachher wieder.«

»Tu das, mein Kind.«

In der Halle saß Grey-boy und wusch sich energisch das Gesicht. Ich ließ mich vor ihm auf die Knie nieder und wühlte mein Gesicht in sein Fell. Er war die zahmste und anschmiegsamste von den Katzen, aber das ging ihm doch zu weit. Er stieß einen empörten Schrei aus und entglitt mir wie ein Aal.

»Darling«, sagte Jane hinter mir, »möchtest du einen Whisky oder lieber einen Kognak?«

Ich drehte mich um. Sie stand in der Küchentür, eine große, stattliche Erscheinung, Mutter Erde in Person.

»Einen Whisky, bitte«, sagte ich.

Ich ging ins Wohnzimmer, das mit seinen Bücherregalen, betagten Gegenständen, abgetretenen Perserteppichen und bequemen Sesseln immer einen beruhigenden Einfluß auf mich hatte. Auf dem Sims eines großen Fensters, das das Zimmer von einer überdachten Veranda trennte, saßen zwei der Katzen und beobachteten mich mit aufgerissenen, phosphoreszierenden Augen. In dem dämmrigen Licht und dem Dschungel schwarzgrüner Pflanzen sahen sie mehr denn je wie Fabelwesen aus, und ich mußte lachen. Alles in Janes Leben hatte einen Stich ins Theatralische und Irreale.

Jetzt kam sie herein, ein Glas in jeder Hand, eine Zigarette zwischen den Lippen. Sie hatte sich ein langes, arabisches Gewand angezogen, schwarz mit roter Stickerei, die Lippen geschminkt und das drahtige, eisengraue Haar gekämmt.

Als ich sie vor fünf Jahren kennengelernt hatte, war sie noch eine schlanke, attraktive, gut angezogene Frau gewesen. Dann, von einem Tag auf den anderen, hatte sie aufgegeben, die Haare nicht mehr gefärbt, auf Figur und Mode kaum noch geachtet. »Jetzt bin ich endlich frei«, hatte sie gesagt, »frei von dem Zwang, Frau zu sein. Das ist ein großer Vorteil des Alters.«

Sie setzte sich mir gegenüber in einen Sessel, sah mich mit tiefem, forschendem Ernst an und schwieg. Sie wartete, sie war bereit, komme, was da wolle.

Wenn ich jetzt nicht auf der Stelle und ohne Umschweife über das sprach, was mich erschütterte, würde ich nie mehr darüber sprechen, würde eine Leiche mehr in mir begraben und noch etwas verschlossener und kontrollierter werden. Es mußte in mir bereits wie in einem Massengrab aussehen, aber, zum Glück, war aus den meisten Leichen inzwischen ein Häuflein sauberer, weißer Knochen geworden.

»Sprich«, forderte mich Jane mit leiser, eindringlicher Stimme auf, »sag mir, was du gerade denkst.«

»Knochen«, sagte ich, und damit war ich ja beim richtigen Thema.

»Ich habe heute durch Rick erfahren, daß die israelischen Verteidigungstruppen den Palästinensern die Knochen brechen. Das ist die neue Methode, um sie zu Ruhe und Ordnung zu zwingen.«

Jane nickte, zündete sich die nächste Zigarette an, trank einen Schluck und sagte: »Gott ist ein Joker, findest du nicht?«

Ich schwieg. Sie rauchte zwei, drei Züge, starrte an mir vorbei ins Leere und fuhr fort: »Ich habe heute nacht alle Bücherregale im anderen Zimmer gesäubert und dann den Kühlschrank und die Schränke mit dem Geschirr. Dem Himmel sei Dank für Staub und Dreck. Ich habe bis fünf Uhr früh saubergemacht.« Gewiß, die Frau war exzentrisch und ihre Art zu sprechen oft zusammenhanglos und verwirrend, aber in Notfällen hatte sie eigentlich noch nie versagt.

»Jane ...«, sagte ich sanft.

»Ja, mein Kind, so ist das.«

Ihr großes, warmes, müdes Gesicht straffte sich in plötzlicher Härte, und die Worte schienen zwischen Zähnen und Lippen zu zerplatzen: »Ich habe Südafrika verlassen, weil ich in einem rassistischen Land nicht leben konnte. Ich bin nach Israel gekommen, eine Zionistin, die an einen gerechten, humanen Staat glaubte. Was für ein Triumph! Ein Volk, das zweitausend Jahre Diaspora, Pogrome, Vertreibungen, Holocaust hinter sich gebracht hatte, würde wie ein Phönix aus der Asche steigen und eine neue, vereinte, demokratische Nation werden. Ha!«

Du lieber Gott, das hatte mir gerade noch gefehlt! Ich hatte in meiner Aufregung vergessen, daß wir ja beide im selben, lecken Boot saßen und ihr das Wasser höher stand als mir. Es handelte sich ja hier nicht um eine tote Katze, eine verschandelte Hausfassade, Schreibprobleme, eine Attacke der Verzweiflung und Angst, es handelte sich hier um das Schicksal zweier Völker.

»I am sorry, Jane«, sagte ich, denn das sagte man in diesem Haus bei jeder passenden und unpassenden Gelegenheit.

»Verstehst du, warum ich bis fünf Uhr früh geputzt habe?« fragte sie beinahe drohend.

»Nein, das ist das einzige, was ich noch nicht verstehe.«

»Ich habe von der ›neuen Methode‹ nicht heute wie du, sondern bereits gestern erfahren, durch meinen Neffen, der völlig verstört vom Militärdienst zurückkam. Er ist ein feiner Kerl, warmherzig und sensibel, ein Biochemiker...«

Ich fürchtete, sie würde sich jetzt in der Lebensgeschichte ihres Neffen verfangen, und war gerade dabei abzuschalten, als sie abrupt schloß: »Er hat sich die ganze Nacht übergeben.«

»Vielleicht ein Virus«, sagte ich, denn es gab hier eine unheilvolle Menge mysteriöser Viren.

»Ja, der Ekelvirus. Ich habe geputzt, und er hat gekotzt.«

»Und was soll ich tun?«

»Schreiben.«

»Das ist etwas, was ich mit Sicherheit nicht tun werde. Jedenfalls nicht über die Vergangenheit, das Leben meiner Mutter, die Zerstörung meiner Mutter, die Zerstörung der europäischen Juden. Wenn sie zu nichts anderem geführt hat als zu neuer Zerstörung, dann muß ich aufgeben. Dann habe ich mich eben geirrt. Dann kann ich die Vergangenheit jetzt endlich, endlich, endlich ad acta legen. Eine böse Vergangenheit, die in eine böse Gegenwart übergegangen ist und in eine böse Zukunft übergehen wird. Die Vergangenheit ist für mich banal geworden, man hat Schindluder mit ihr getrieben. Man hat zigtausend Bücher darüber geschrieben, Theaterstücke, Filme, Gedichte, was weiß ich! Man hat sie nach allen Regeln der Kunst ausgeschlachtet. Und man hat sie gelehrt und studiert und analysiert noch und noch. Aber man hat nichts daraus gelernt, nichts! Weder die einen noch die anderen. Sechs Millionen Juden sind draufgegangen, und ich weiß nicht, wie viele Millionen, die sich für die ›gerechte Sache‹, wie es mein Bruder genannt hat, eingesetzt haben – für nichts. Für neue Gewalt, neue Verbrechen, neue ...«

Ich hörte mich schreien, unterbrach mich, griff nach meinem Glas. Meine Hand zitterte, mein Herz schlug wie nach einem Dauerlauf, einem Dauerlauf durch fünfzig Jahre.

»I am sorry«, sagte ich.

Jane stand auf, kam zu mir herüber und begann, mir über den Kopf zu streicheln, von der Stirn bis zum Nakken, mit festem gleichmäßigem Druck. »Fällt dir das erst heute auf?« fragte sie mit tiefer, ruhiger Stimme.

»Offenbar ja«, sagte ich, »ich war bisher immer nur auf das jüdische Schicksal fixiert gewesen, und was das an Entsetzlichem zu bieten hatte, war ja genug, um mich ein Leben lang zu beschäftigen. Es ist mir nicht gelungen, aus diesem Bannkreis auszubrechen. Wenn ich selber so weit war, dann haben mich Vorfälle und Umstände wieder zurückgeworfen. Ich habe, ohne Übertreibung, dreiundvierzig Jahre mit dem Holocaust gelebt. Er hing mir zum Halse raus, ich schwöre es dir, ich wollte nichts mehr davon hören, sehen, lesen, wissen, aber ich kam trotzdem nicht davon los.«

»Ich weiß, Angelika«, sagte Jane, mir immer noch über den Kopf streichend, »ich habe oft mit Tony darüber gesprochen.«

»Er hat alles blockiert. Was kommt schon gegen den Holocaust an? Was ist das Schicksal des palästinensischen Volkes gegen das der Juden? Hat man sie etwa zu Tode gefoltert? Hat man sie in Viehwagen gepfercht und als Leichen wieder rausgeholt? Hat man ihre Kinder gegen die Wand geschmettert? Hat man sie lebendig begraben? Hat man sie verhungern lassen? Hat man medizinische Versuche an ihnen gemacht? Hat man sie aus ihren Verstecken gezerrt und in Konzentrationslager gesteckt, gegen die die Hölle ein Paradies gewesen sein muß? Hat man sie nackt in die Gaskammern gejagt und vernichtet? Zu Millionen? Nein, man hat sie ›nur‹ vertrieben, und das war ihre Schuld, denn sie wollten kein Israel, und es gab Krieg. Und nach dem Krieg hat man ›nur‹ ein bißchen weiter vertrieben und darauf geachtet, daß sie nicht in ihre Heimat zurückkamen. Und man hat ihnen ›nur‹ das

Land weggenommen, Häuser, Felder, Olivenbäume. Und man hat ›nur‹ ein paar Dörfer zerstört. Und man hat sie ›nur‹ zu Bürgern zweiten Grades gemacht. Und dann, zwanzig Jahre später, als die Araber immer noch nicht zur Räson gekommen waren, Israel nicht anerkennen wollten und einen Krieg anfingen, hat man ihnen ›nur‹ die zweite Hälfte des Landes weggenommen, das heißt, man hat sie ›nur‹ besetzt und ist ›nur‹ zwanzig Jahre auf ihnen sitzengeblieben. Aus Sicherheitsgründen und weil sie eben so störrisch waren und immer wieder Versuche machten, frei und nach ihrer Façon zu leben. Man hat sie ›nur‹ ein bißchen gequält, sonst nichts. Verdammt noch mal, Jane, ist das eine mit dem anderen zu vergleichen? Gemessen an dem, was die Nazis mit den Juden gemacht haben, ist das, was die Israelis mit den Palästinensern machen, von unbeschreiblicher Humanität. Das ist ein Fakt. Und wir legen den Holocaust als Maßstab an, wir alle, auch Europa und Amerika. Wir sitzen alle vor dem Holocaust wie das Kaninchen vor der Schlange, starr und gebannt. Die einen aus schlechtem Gewissen, die anderen, weil er ihnen nach wie vor in den Knochen steckt. Und dann gibt es natürlich noch die, die daraus Gewinn schlagen, ob im kleinen persönlichen oder großen nationalen Bereich. Der Holocaust heiligt alle Mittel ... Kann ich noch einen Whisky haben?«

»Du kannst die ganze Flasche haben, love.«

»Ich schäme mich, Jane, ich schäme mich in Grund und Boden.«

»Worüber mußt du dich schämen?«

»Über mich selber und über die Juden. Darüber, daß wir das kleinere Böse am großen Bösen gemessen haben, anstatt ihm das Gute entgegenzusetzen. Ich weiß, daß das unrealistisch ist, eine Phantasterei, ich wußte es in dem Moment, in dem ich sie jubeln hörte: ›Wir haben unsere erste Prostituierte, wir haben unseren ersten Einbrecher, jetzt sind wir ein ganz normaler Staat!‹ Sie wollten ja gar nichts anderes als einen ganz normalen Staat mit dem ganz normalen Dreck. Und trotzdem ... was hat Rick zu mir gesagt: ›Alice im Wunderland.‹ Ja, es stimmt. Ein Stückchen von diesem Wunderland habe ich mir immer, hier tief drinnen, aufbewahrt: Sie sind doch etwas anderes als andere Völker. Bis heute. Da ist mir der ganz normale Dreck hochgekommen, und nun sehe ich ihn mit einer Schärfe, die unerträglich ist. Aber das hat ja auch was Gutes: Sie sollen mir jetzt alle mit ihrem Holocaust den Buckel runterrutschen! Dieses Kapitel ist ein für allemal für mich beendet, und meine Mutter da oben oder unten wird aufatmen. Sie hat immer gesagt: ›Man geht nicht mit dem Unglück hausieren, und man schlägt keinen Profit daraus. Das ist das Unanständigste, was man tun kann.‹«

Ich trank den unverdünnten Whisky aus, den Jane mir gegeben hatte, und stand auf: »Ich bin selber ein Dreck«, sagte ich mit Genugtuung, »meine ganz beschissene Ehrlichkeit, auf der ich immer herumgeritten bin, hat mir nichts genützt. In dem Moment, in dem es wirklich darauf ankommt, findet man ein Hintertürchen. Ich gehe jetzt.«

»Nein«, rief Jane, zog eine Decke von der Couch und warf sie auf den Boden, »leg dich bitte darauf. Du brauchst ein paar Entspannungsübungen. Ich lasse dich nicht vorher gehen. Wenn du dich nicht entspannst, bekommst du einen Nervenzusammenbruch.«

»Wegen ein paar gebrochener arabischer Knochen soll ich einen Nervenzusammenbruch kriegen!« Ich lachte, und es klang häßlich. »Ich kriege keinen, ich habe noch nie einen gekriegt.«

»Es sind nicht die gebrochenen arabischen Knochen, die dir so weh tun«, sagte Jane, »es sind die jüdischen Hände und Knüppel, die sie brechen.«

Ich legte mich auf die Decke und begann zu weinen. Das Zimmer mit allen Gegenständen wogte auf mich zu und wieder von mir weg. Vielleicht würde ich kotzen wie der Neffe, also dann schon lieber putzen. Ich hob den Kopf.

»Psst«, machte Jane, die unglaublich groß und mächtig neben mir stand und auf mich herabblickte, »schließ die Augen.«

»Das geht leider nicht, weil mir dann schlecht wird. Ich bin total betrunken... Ich muß dir jetzt was sagen, ja?«

»Sprich.«

»Ich bin ein paarmal geschlagen worden, einmal so, daß ich dachte, ich sei tot. Es waren zivilisierte Männer, die mich geschlagen haben, natürlich keine Juden. Ich war davon überzeugt, daß keine Juden mich jemals schlagen würden, weil Juden überhaupt nicht schlagen. Ich hatte nie Angst vor ihnen, ich hatte nie Angst in Israel. Überall hatte ich Angst, aber hier nicht. Sogar vor großen Menschenansammlungen hatte ich keine Angst. Es waren ja alles meine Leute, meine Leidensgenossen, und sie waren nie betrunken oder brutal. Niemand hat mir hier jemals was zuleide getan... Bitte, Jane, bring mir Grey-boy, ohne Grey-boy kann ich mich nicht entspannen. Er ist so weich...«

Sie holte den Kater und setzte sich mit ihm neben mich auf den Boden. Die Tränen strömten über ihr Gesicht, und sie wischte sie nicht weg. Sie sah aus wie eine Großaufnahme in einem alten russischen Film.

»Weißt du, Angelika«, sagte sie, »in deinem Leben ist nichts Zufall, es ist geradezu gespenstisch, wie jede Phase prädestiniert und mit der vorhergegangenen verkettet ist. Es ist, als wolle ein ›Joker‹ an deinem Schicksal die ganze Absurdität menschlichen Daseins demonstrieren.«

Philip erschien in einem meergrünen Jogginganzug, der gut zu seiner Bräune paßte. Ich lag noch immer auf dem Boden, denn jetzt war ich so müde oder, wie Jane behauptete, entspannt, daß mir der Gedanke, hier ewig liegenzubleiben, sehr entgegenkam.

»Großer Gott«, rief Philip, als er mich sah, »was ist denn mit dir los, sweetheart?«

»Eine Krise«, sagte Jane mit feierlichem Ernst, »komm bitte einen Moment in die Küche.«

Es fiel mir schwer, ein Kichern zu unterdrücken, aber ich wollte Philip die Krise nicht verderben. Er liebte Krisen so, wie er Partys liebte. Sowohl das eine als das andere vermittelte ihm das Gefühl, am Hebel der Ereignisse zu sitzen, mittendrin zu sein im Geschehen, ein paar Fäden, die das Leben hartnäckig ohne ihn spann, in der Hand zu haben, seine Fähigkeiten zu beweisen, gebraucht und anerkannt zu werden. Und er war in beiden Fällen ein Gewinn. Er verstand es, aus einer lahmen Party ein schäumendes Fest zu machen und aus einer Krise eine Katastrophe.

Sie verschwanden in der Küche, und ich hörte Flüstern, Gläser klirren, hin und wieder Philips Ausruf: »Großer Gott!« und den kurzen, fernen Donner von Janes anschwellender Stimme.

Vielleicht war es besser, ich schlich mich jetzt leise aus der Wohnung, fuhr nach Hause, nahm eine Schlaftablette und legte mich ins Bett. Ich würde dem Ansturm der beiden, trotz Entspannungsübungen, nicht gewachsen sein. Ich arbeitete mich in eine sitzende, dann kauernde, dann stehende Stellung empor, legte die Decke zusammen und zog meine Jacke an. Nein, ich konnte nicht einfach verschwinden. Mein Selbstmörderruf, den ich mir mit keinem einzigen Versuch verdient hatte, würde dafür sorgen, daß Jane und Philip gleich mit der Ambulanz hinter mir herjagten. Ich ging in die Küche.

Jane stand am Herd und rührte in einem Topf. Philip flog mir entgegen und schloß mich in die Arme: »I am so sorry, darling«, sagte er.

»Kein Grund«, sagte ich, »mir sind ja nicht die Knochen gebrochen worden.«

»Nur das Herz«, sagte Jane.

»Das ist uns allen gebrochen worden«, sagte Philip mit belegter Stimme. Er ließ mich los und rannte aus der Küche. Jane rührte schneller. »Der arme Junge«, murmelte sie, »es war ein solcher Schock für ihn. Israel bedeutet ihm so viel... es war immer sein Rettungsring. Wenn er nicht mehr ein noch aus wußte, kam er hierher. Für viele war Israel ein Rettungsring, jetzt braucht es selber einen...« Sie nickte schwer und schüttete eine Menge Salz in den Topf. »Vierzig Jahre«, murmelte sie weiter, »wie haben wir das geschafft, in so kurzer Zeit einen Staat aus dem Nichts aufzubauen und zu ruinieren, aus idealistischen Pionieren eigennützige Materialisten zu werden, aus einer Verteidigungsmacht eine Besatzungsarmee, aus einem so geschlagenen Volk Schläger. Ich verstehe es nicht. Ich verstehe vor allem nicht, warum wir alle zugeschaut und geschwiegen haben, es gab doch so viele unter uns, die das Unheil kommen sahen. Warum haben wir uns nicht gerührt, geschrien, gestreikt? Oh, diese Trägheit, Angelika, sie ist unser ärgster Feind, die Trägheit des Herzens, die Trägheit des Geistes... erst wenn uns alles um die Ohren fliegt, setzen wir uns langsam in Bewegung... Könntest du mir bitte mal den Pfeffer geben, Darling, er steht da vor dir auf dem Tisch.«

Ich gab ihn ihr, und sie streute und streute mit in die Ferne gerichtetem Blick.

»Genug, Jane«, sagte ich schließlich, »ich meine Pfeffer.«

»Als wir damals beschossen wurden, habe ich auch Tomatensuppe gekocht. Es geht nichts über eine Tomatensuppe in Krisenzeiten... jetzt noch zwei Löffel Sahne, und sie ist fertig.«

»Ich wollte eigentlich nach Hause gehen, Jane, ich bin todmüde.«

»Du kannst gleich gehen, aber erst mußt du etwas Warmes, Nahrhaftes im Magen haben. In solchen Zeiten...«

Philip riß die Tür auf. Er tat alles immer sehr schnell und heftig, und viele Gegenstände gingen dabei in die Brüche. Er stand auf der Schwelle, Lider und Nasenspitze gerötet, das Gesicht voll düsterer Entschlossenheit: »Es muß etwas getan werden!« rief er.

»Leise«, flüsterte Jane, »ich möchte nicht, daß Tony etwas von der Geschichte erfährt.«

Philip schloß die Tür hinter sich: »Bei Tony ist das Fernsehen an und ein solcher Krach, daß er selbst die Verteidigungstruppen in Aktion nicht hören würde, und außerdem, Jane, weiß ich nicht, wie du die Geschichte vor ihm geheimhalten willst.«

»Wenigstens vier Tage... solange er Bestrahlungen bekommt.«

»Ich verstehe dich, Darling, aber wir dürfen jetzt nicht in solchen Kategorien denken. Das Land steht auf dem Spiel.«

»Du lieber Himmel, Philip«, fuhr ich auf, »müssen wir jetzt auf der Stelle Heim und Herd verlassen und auf die Barrikaden steigen, oder dürfen wir vorher noch die Tomatensuppe essen?«

»Du weißt genau, wie ich es meine, Angelika«, sagte Philip und zog die letzten Tränen, die ihm noch in der Nase saßen, hoch, »wenn wir uns jetzt weiter verkriechen und aus hundert verschiedenen persönlichen Gründen das Maul halten, dann wird man in kürzester Zeit dafür sorgen, daß wir es nie mehr öffnen. Hast du vergessen, wie es in Deutschland war?«

»Den Unterschied zwischen den Methoden in Deutschland und denen in Israel möchte ich auf dem Klavier spielen können.«

»Du denkst dabei offenbar an das Ende und nicht an den Anfang. Aber vielleicht schaltest du mal um. Wie hat es denn angefangen damals? Verbote, Verhaftungen, Erniedrigungen, Prügel. Wo ist da der Unterschied?«

»In der Konzeption. Die Nazis hatten von Anfang an vor, die Juden in Bausch und Bogen auszurotten.«

»Und warum sollten die Israelis nicht dieselbe Konzeption den Palästinensern gegenüber haben?«

»Ach, sei doch still, Philip. Du steigerst dich da mal wieder in eine Hysterie hinein, der ich mich nicht anschließen kann und will. Es ist furchtbar genug, du brauchst es nicht noch furchtbarer zu machen.«

»Aus dir sprechen die deutschen Juden des Jahres 1933.«

»Philip«, schaltete sich Jane ein, »darin – wenn aus keinem anderen Grund, hasweh halila – liegt der Unterschied. Wir leben im Jahr 1988, und wenn sich auch die menschliche Natur nicht geändert hat, so hat sich doch die Technik geändert. Es bleibt nichts mehr ungesehen und ungehört.«

»Darling, Darling, Darling«, seufzte Philip, »wir erfahren durch die Medien, daß täglich Millionen krepieren, und vergessen es im nächsten Augenblick. Wir haben einen so ungeheuren Katastrophenkonsum, daß jede neue willkommen ist. Und politisch gesehen wäre es sowieso für alle Beteiligten, die arabischen Staaten inbegriffen, das Beste, wenn diese armen Schweine, die Palästinenser, schnell und spurlos von der Bildfläche verschwänden. Mit oder ohne Medien. Über eine Sensationsnachricht hinaus interessiert sich doch kein Aas wirklich für diese Leute. Was man in bezug auf Israel nicht behaupten kann. Da ist jeder Furz interessant. Nun stell dir vor, Israel wird bei den nächsten Wahlen im November faschistisch. Die ganze Welt kriecht dann förmlich in die Fernseher rein, und die Antisemiten schütteln sich vor Lachen und die Semiten vor Entsetzen. Ein gefundenes

Fressen. Da schaut, was die alles von den Nazis gelernt haben! Leider wird ihnen anschließend nicht mehr viel von dem, was sie von den Nazis gelernt haben, gezeigt. Die Klappe ist zu. Also, was helfen da die Medien?«

Jane schwieg und schöpfte die Suppe in zwei Schalen. Philip, zufrieden mit der Wirkung seiner Worte, goß sich einen beachtlichen Wodka ein, tat Eiswürfel hinein und hob sein Glas: »Cheerio«, sagte er, »happy days are here again.«

Ich sagte: »Diese Vergleiche mit den Nazis, die euch jetzt dauernd so leicht über die Lippen kommen, finde ich schlicht zum Kotzen. Ihr sprecht wie die Blinden von der Farbe. Keiner, der diese Zeiten miterlebt hat, würde es wagen, beides in einem Atemzug zu nennen.«

»Angelika hat recht«, sagte Jane und stellte die Suppe vor uns auf den Tisch, »man darf sich zu solchen, noch dazu spekulativen, Vergleichen nicht hinreißen lassen.«

»Also soll ich damit noch ein dreiviertel Jahr warten«, sagte Philip, »auf daß sie nicht mehr spekulativ sind. Ohne mich, meine Herrschaften, ich werde jetzt aktiv.«

»Jane«, sagte ich, »irgendwas brennt hier.«

Die Küche hatte sich mit dichtem Qualm gefüllt.

»O Gott, die Brötchen«, rief Jane, »ich habe sie zum Aufwärmen in den Grill gesteckt.«

»Gut, daß es nur Brötchen sind und kein Tränengas«, bemerkte Philip.

»Glaubst du, du kommst von diesem Thema noch mal runter?« fragte ich ihn.

»Ich halte es für genauso brennend wie die Brötchen.«

Jane hatte den Grill abgestellt und die Fenster aufgerissen. »Rauch ist Gift für Tony«, sagte sie.

»Was ist nicht Gift für Tony«, murmelte Philip, »Rabins neue Methode, Rauch, Tomatensuppe...« Er begann zu essen.

»Donnerwetter«, sagte er nach dem ersten Löffel und fächelte sich Luft zu, »das ist aber ein kräftig gewürztes Süppchen. Was hast du denn da reingetan, Darling, kleine Explosive?«

Wir brachen in Gelächter aus, ein irrwitziges Gelächter, wie es einen oft auf Beerdigungen packt. Wir waren so außer uns vor Vergnügen, daß wir Tony nicht kommen hörten. Er stand plötzlich im Türrahmen, eine lange, dünne, geisterhafte Gestalt, umschwirrt von den vier Fabelwesen.

»Worüber lacht ihr?« fragte er mit einem Lächeln, das ihn, zusammen mit dem Aufrechtstehen, physische Anstrengung zu kosten schien.

»Oh, hallo Tony«, rief Philip, »du wirst es nicht glauben, aber hier jagt ein Witz den anderen.«

»Gut für euch«, sagte Tony, »hättet ihr eben das Interview mit unserem Verteidigungsminister gehört, wäre euch das Lachen vielleicht vergangen.«

Wir starrten ihn alle drei stumm an.

»Er hat erklärt, daß Demonstrationen jetzt mit Gewalt und Schlägen erwidert werden. Er hält das für die beste Lösung, Tote zu vermeiden und den Arabern zu zeigen, wer Herr der Gebiete ist. Es werden große Truppeneinheiten zum Zweck des Prügelns eingesetzt... wißt ihr, was das bedeutet?«

»Ja«, sagte Philip, »überfüllte Krankenhäuser.«

»Und der moralische Zerfall unserer Soldaten.«

»I am sorry, darling«, sagte Jane, »komm, leg dich wieder hin. Möchtest du etwas trinken oder essen? Ein paar Kräcker mit Käse vielleicht?«

»Nein danke, aber etwas Apfelmus bitte. Möchtet ihr euch die Nachrichten im jordanischen Fernsehen anschauen? Sie fangen gleich an.«

»Unbedingt«, sagte Philip, »man muß doch wissen, was Seine Majestät zu all dem sagt... übrigens, ich mache gerade eine sehr wichtige Umfrage und wollte eure Antwort darauf haben: Wer ist kleiner, Klein-Hussein oder Klein-Schamir?«

Als ich mich auszog, stellte ich fest, daß das dünne, silberne Kettchen mit dem Davidstern nicht mehr um meinen Hals hing. Ich hatte es sehr viele Jahre Tag und Nacht getragen, denn der Davidstern war eine der wenigen Hinterlassenschaften meines Bruders, mit dem er in den Tod gegangen war. Der Verlust einerseits und die vordergründige Symbolik andererseits entsetzten mich so, daß ich eine Weile bewegungslos dastand und zur Decke oder, sagen wir gleich, zum lieben Gott emporstarrte. Er hatte mir schon viel eingebrockt, der Joker, aber solche boshaften Scherze hatte er sich noch nie erlaubt. Was hatte Jane gesagt? »In deinem Leben, Angelika, ist nichts Zufall. Jede Phase ist mit der vorhergegangenen verkettet...« Nun gut, die Kette war jetzt offensichtlich gerissen, sei's drum, aber den Davidstern, den meine Mutter geächtet, dem mein Bruder in den Tod und ich nach Israel gefolgt war, dieser gute und böse Stern, der unser ganzes Leben durchdrungen hatte, den hätte man mir nicht nehmen dürfen. Kein Mensch, und am wenigsten der Joker, hatte das Recht, ihn mir zu nehmen, was immer ich fühlte, dachte, sagte. Es war *mein* Stern.

Er hatte sich im Büstenhalter versteckt, und als ich den öffnete, fiel er zu Boden. Ich stieß einen Schrei der Freude und des Triumphes aus. Die Kette war gerissen, der Stern war da. Es ging doch nichts über eine handfeste Symbolik, besonders in Zeiten allgemeiner und persönlicher Krisen. Ich legte ihn in eine kleine, emaillierte Dose und war zum erstenmal in all den Jahren, die ich ihn um den Hals getragen hatte, von der Angst befreit, ihn zu verlieren. Natürlich konnte ich nicht einschlafen. Kaum lag ich, glaubte ich zu fallen, nicht in eine dunkle Tiefe, sondern in eine grelle, elektrisierende Höhe. Ich wurde emporgerissen und fiel trotzdem. Es war ein grauenhaftes, jeder Logik widersprechendes Gefühl, das mich in Schweiß ausbrechen ließ. Sollte es sich hier vielleicht wieder um ein Zeichen handeln: Schlaf, mein liebes Kind, ist überhaupt keine Lösung! Wenn die Stunde der Wahrheit da ist, stellt man sich nicht tot. Man empfängt sie. Also gut, ich hatte schon viele Stunden der Wahrheit, meiner Wahrheit, hinter mich gebracht. Auf eine mehr oder weniger kam es nicht an.

Ich zog das Rollo hoch, öffnete das Fenster, setzte mich ins Bett und schaute hinaus. Da waren sie, meine herrlich geschwungenen, mit Lichtern betupften Hügel, schwarz vor einem tintenblauen Himmel. Da waren die nahen, zitternden Sterne und ein halber Mond, der auf dem Rükken lag.

Damals, als ich das erste Mal in diesem Bett gesessen und zum Fenster hinausgeschaut hatte, war er fast voll gewesen, ein Augustmond, der nicht die Härte und Blässe des Wintermonds gehabt hatte. Und damals war es nicht die Stunde der Wahrheit, sondern die Sternstunde meines Lebens gewesen. Ich hatte vor Glück geweint, mir überlegt, mit welcher glücklichen Stunde diese hier zu vergleichen war. Vielleicht mit der Stunde des ersten Kusses, der ersten großen Liebe, der Geburt meines Sohnes, des Kriegsendes? Nein, keine hatte dem Vergleich mit dieser Stunde standgehalten. Mein Leben, unübersichtlich bis zu dieser Nacht, lag plötzlich rund und geschlossen vor mir. Anfang und Ende griffen ineinander, aus Chaos wurde Ordnung, aus Unrast Ruhe, aus Sinnlosigkeit Sinn. Was immer ich getan und unterlassen hatte, erstickt und zerstört, erlebt und erlitten, hatte den Zweck gehabt, mich in dieses Land, diese Stadt, dieses Haus, zu dieser Stunde zu führen. Nichts war umsonst gewesen, jeder noch so absurd anmutende Schritt war folgerichtig. Jedes Unglück, jeder Moment der Verzweiflung und der Angst hatte sich gelohnt und wurde belohnt mit dieser Stunde. Mein Leben, dieses so oft verfluchte Leben, hatte sich erfüllt.

Heute, in dieser Nacht, dachte ich an diejenigen, die dieses Land, diese Stadt, dieses Haus hatten verlassen müssen, die all das geliebt hatten so wie ich, mehr noch vielleicht, denn es war seit Generationen ihre Erde gewesen und ihr Stein. Sie hatten das Haus gebaut, mit Liebe und perfektem Schönheitssinn, eine wohlhabende, große Familie wahrscheinlich, die dort unter einem Dach gelebt hatte, Großeltern, Eltern, Kinder. Kinder, die, so wie ich damals, aus ihrer vertrauten, geliebten Umgebung herausgerissen wurden und nicht verstanden, was plötzlich geschah, und fragten: »Warum? Wohin? Wann kommen wir zurück?« Kinder, die, so wie ich damals, zerbrochen wurden und die Angst kennenlernten, die Sehnsucht, die Traurigkeit und schließlich den Haß. Wo waren diese Kinder jetzt? In Amerika, in Europa, in einem arabischen Staat, in einem Flüchtlingslager? Erinnerten sie sich noch an die Stadt Jerusalem und das wunderschöne, große Haus auf der Kuppe eines Hügels, so wie ich mich an die Stadt Berlin und das stattliche, weiße Haus am Johannaplatz erinnerte? Haben sie den Schmerz des letzten Zurückblickens überwunden, oder ist er zum Trauma geworden, so wie bei mir, ein Trauma, das ich in ihrem Haus, in einer Augustnacht überwunden glaubte? Was für eine grandiose Ironie des Schicksals, oder was für ein makabrer Streich des Jokers! Das Leben einer aus ihrem Land, ihrer Stadt, ihrem Haus Vertriebenen vollendete sich in dem Land, der Stadt, dem Haus Vertriebener.

Hatte ich nie daran gedacht? Nein, oder sagen wir, nicht in diesem Zusammenhang. Die Menschen, die es vor vierzig Jahren bewohnt und dann daraus geflohen waren, hatten in meinem Bewußtsein nie Gestalt angenommen. Ein arabisches Haus – ja, natürlich, genau das, was ich mir immer gewünscht hatte – im ehemaligen Niemandsland oder zumindest hart an dessen Grenze – ein oft belachter Scherz – seine früheren Besitzer –, mein Gott, wer denkt schon vier Jahrzehnte zurück, wenn er eine Wohnung kauft? Ich hatte die Wohnung von Israelis gekauft, hatte mit denen den Vertrag geschlossen, hatte denen eine beachtliche Summe gezahlt. Israelis hatten seit vielen Jahren ihre Spuren darin hinterlassen, Spuren, die ich sofort beseitigte, denn sie beeinträchtigten die ursprüngliche Schönheit. Ich hatte diese Schönheit nicht mit Menschen verbunden, es war die Schönheit an sich, wie die Wüstenhügel. Als ich sie das erste Mal Ibrahim und Avi zeigte, hatte ich ein leises Unbehagen gespürt. Sie hatten mit mir die Architektur, die Proportionen, die Fenster bewundert, sie hatten mich beglückwünscht. Es war ihr Haus gewesen und ihre Kultur, die ich bewundert und zu der sie mich beglückwünscht hatten. Was hatten sie gedacht und gefühlt? Ja, diese Frage hatte ich mir gestellt, aber sie nicht ausgesprochen. Sie war damals noch tabu. Ich hatte Avi mit besonderer Rücksicht behandelt und ihm den Hausschlüssel gegeben, ich hatte Ibrahim angeboten, im Gästezimmer zu schlafen, wann immer er wollte. Das schlechte Gewissen hatte ein wenig gepocht und war wieder beschwichtigt worden. Das Haus meiner Mutter in Dahlem hatte man enteignet. Ein schöner Trost. Was kam gegen den Holocaust an, das Schicksal der Juden, die mir so vertraut und sichtbar waren wie die Palästinenser fremd und unsichtbar.

Jetzt war es umgekehrt, und es tat weh. Es tat sehr weh, sowohl wegen der, die mir vertraut, als wegen der, die mir fremd geworden waren. Die Kette war gerissen, mein Leben war wieder gerissen. Der sechszackige Stern hatte sich versteckt, der Sinn hatte sich wieder versteckt. Er hatte mein ganzes Leben durchdrungen, dieser Stern, er hatte sich in mich eingebrannt, erst als Stigma, dann als Auszeichnung, und jetzt? Jetzt als Schmerz und Scham. Ich stand auf und lief durch die Wohnung. Meine Wohnung, in der meine Möbel standen, meine Bücher, meine Familienfotos. Wie schön sie war im blassen Licht des Halbmonds. Wo waren die Kinder, die hier gelebt hatten? Was war aus ihnen geworden? Hatten sie jemals verziehen? Hatte ich verziehen? Nein.

Vielleicht hatte ich mich geirrt, vielleicht war das die Kette, die sich geschlossen hatte.

Am nächsten Morgen zog ich das halbbeschriebene Blatt aus der Schreibmaschine, legte es zu den anderen hundert und soundso vielen in einen Hefter und dann den Hefter in die Truhe. Ich stellte die Maschine vom großen auf einen kleinen Tisch und zog das Leichentuch über sie. Als ich an den Fotos meiner Eltern vorbeikam, blieb ich stehen, schaute sie fest an und sagte: »Weseh hu'seh.« Auf deutsch: »Und das ist es.«

Einen Moment lang fühlte ich schadenfrohe Befriedigung. Das Buch war begraben und damit die Vergangenheit. Ich stand mit beiden Beinen in der Gegenwart, und jetzt blieb nur noch die Frage, was ich mit ihr und sie mit mir anfangen sollte.

Um acht Uhr stellte ich die Nachrichten im BBC an. Sie strotzten vor Israel. Im Ausland mußte man den Eindruck haben, Israel sei bereits ein zweiter Libanon. In meinem Haus, keine zehn Meter von dem arabischen Dorf Abu Tor entfernt, herrschte eine Ruhe wie noch nie. Man sah und hörte keinen Menschen. Selbst der kleine Araber, der jeden Morgen seine Ziegenherde zum Frühstück in den Garten der Shwarz' führte, war nicht erschienen. Vielleicht waren alle vor Schreck gelähmt, die Palästinenser wegen der Israelis und die Israelis wegen sich selber. Die einzigen, die ein ungeheures Gezeter veranstalteten, waren zahlreiche Spatzen, die sich in der hohen alten Steinmauer, die meinen Patio vom Grundstück der griechisch-orthodoxen Kirche trennte, ein Nest bauten. Sie hatten eine vor Wind und Regen geschützte Nische gefunden und füllten sie mit Federn, trockenen Grashalmen und Wollfäden, die sie wahrscheinlich der webenden Mrs. Shwarz geklaut hatten. Es waren mindestens ein halbes Dutzend Spatzen, die immer neue Einrichtungsgegenstände herbeischleppten, sich Anweisungen zuschrien und vor Eifer gegenseitig den Eingang blockierten. Wahrscheinlich handelte es sich um eine Kommune, die sich da häuslich niederließ. Einer der Spatzen, der verzweifelt versuchte, am Bau teilzunehmen, durfte nicht mitmachen. Er wurde ständig von den anderen mit Schnabelhieben verjagt und mit gellendem Kreischen verfolgt. Ich konnte es nicht mit ansehen. Wo man auch hinschaute, immer wieder dieselben Uneinigkeiten, Feindseligkeiten und Machtkämpfe, egal, ob bei Vögeln oder Menschen. Warum wurde dieser Spatz nun nicht akzeptiert? Kam er aus einem anderen sozialen Milieu, einer anderen Kultur, Religion, Rasse?

»Pickt nur«, sagte ich laut und zornig, »pickt euren Feind und baut euer Nest, baut und pickt, pickt und baut, bis die Katastrophe in Form meiner Kater kommt und es mit dem Picken und Bauen aus ist. Für euch alle, ihr Scheißvögel!«

Ich lief in den Patio und verscheuchte sie. Sollten diese kleinen Scheusale am eigenen Leib erfahren, wie es war, verfolgt zu werden.

Das Telefon klingelte.

»Warum bist du denn so außer Atem?« fragte Philip.

»Wegen der Spatzen.«

Er war entschlossen, nicht auf Spatzen einzugehen. Er sagte: »Ich habe bereits Kontakt zu drei Friedensgruppen aufgenommen, es gibt über zwanzig, aber ich glaube, ich werde mich für ›Dai lakibush‹ entscheiden.«

»Für was?«

»Dai lakibush, HALT DER BESATZUNG. Eine sehr linke, radikale Gruppe. Wir...«, er sagte bereits wir, »wollen Verhandlungen mit der PLO, einen unabhängigen Palästinensischen Staat an der Seite Israels und ein Friedensabkommen im Rahmen einer internationalen Konferenz.«

»Aha. Und wie groß ist die Gruppe?«

»Alle diese Gruppen sind klein, von fünfzehn bis zu fünfzig Mitgliedern.«

»Und was ist mit FRIEDEN JETZT?«

»FRIEDEN JETZT ist lahmarschig, und wir, das heißt alle anderen Friedensgruppen auch, lehnen ihr Programm ab.«

»Ich fürchte, ihr habt nicht alle Tassen im Schrank. Was können zwanzig oder auch hundert winzige Friedensgruppen gegen zwei Millionen Rechte ausrichten? Lahmarschig oder nicht, FRIEDEN JETZT ist immer noch die größte und einzige Organisation, die Einfluß hat, und wenn sich nicht alle Splittergruppen mit der zusammenschließen und an einem Strang ziehen ...«

Er unterbrach mich mit dröhnendem Gelächter: »Hast du schon mal Juden gesehen, die an einem Strang ziehen? Nicht mal zwei Juden können zusammen an einem Strang ziehen und besonders nicht in ihrem eigenen Staat. Zig verschiedene Bevölkerungsgruppen in ein Land gepfercht, und jede von denen hat eine andere Vorstellung von Frieden, und jede ist davon überzeugt, die einzig richtige zu haben. Natürlich müßten sie eine gemeinsame Basis finden und sich vereinen, aber eher vereinen sich noch die gesamten arabischen Staaten als die Juden in ihrem einzigen kleinen Staat.«

»Wenn es so ist, könntest du doch im Alleingang die dreißigste Friedensgruppe gründen.«

»Zu spät, die gibt es schon, und sie steht täglich auf der Ben-Jehuda-Straße. Ein verdrossener Mann mit einem Friedensplakat auf dem Rücken. Daneben steht ein Frommer, der uns den Messias ankündigt, und etwas weiter unten steht einer und plädiert dafür, daß man die Araber abschaffen sollte... ich weiß nicht, wie das zu verstehen ist. Hast du übrigens heute schon die ›Jerusalem Post‹ gelesen?«

»Nein, ich habe die Spatzen beobachtet. Da ist einer, auf den picken die anderen dauernd ein und verfolgen ihn.«

»Es kann sich dabei nur um einen palästinensischen Spatzen handeln. Hast du sonst noch Sorgen, oder kann ich dir jetzt die Schlagzeilen in der Zeitung vorlesen?«

»Wenn es dir Spaß macht.«

»Enormen! Also: ›Zusammengeschlagene Palästinenser beklagen sich über IDF-Übergriffe: Im Jelazoun-Flüchtlingslager und im benachbarten Ramallah beklagten sich gestern Palästinenser, Soldaten hätten ihnen die Hände gefesselt und sie zusammengeschlagen – im Rahmen der Politik, der zunehmend aufsässigen Bevölkerung ›Respekt vor der Armee‹ beizubringen ...‹ Hübsch, nicht wahr? Und hier: ›Über alle Flüchtlingslager im Gaza-Streifen wurde gestern Ausgangssperre verhängt, und die IDF-Kommandanten ordneten eine Verschärfung der physischen Strafen an ...‹«

»Du wolltest mir nur die Schlagzeilen vorlesen.«

»Bitte schön: ›Nachdrückliche Warnungen an Jerusalems Araber‹ ... ›Alarmbereitschaft auf dem Tempelberg‹ ... ›Schläge sind keine Methode, um die Ruhe wiederherzustellen, erklären die USA‹ ... ›Moskau protestiert gegen Israels Vorgehen in den besetzten Gebieten‹ ... Um sechs Uhr früh hat mich meine Freundin Ruth aus New York angerufen und geweint, um acht Uhr hat mich meine Schwester aus London angerufen und geschrien. Es muß furchtbar sein, was da pausenlos im Fernsehen gezeigt wird, viel schlimmer noch als hier, und das dreht einem schon den Magen um. Israel, mit dem wir alle verbunden sind, Israel, das uns nach dem Holocaust Stolz und Würde und eine jüdische Identität gegeben hat – diese glorreiche Epoche ist nun wohl vorüber. Jedenfalls für die, die sich nicht mit Schlägertypen identifizieren wollen, und das wird hoffentlich die Mehrheit sein. Jetzt werden wir wieder zu dem, was wir waren.«

»Und das ist?«

»Verschämte Galutjuden.«

»Mit dem Unterschied, daß die Galutjuden damals keinen Grund hatten, sich zu schämen, und jetzt haben sie ihn. Davon abgesehen: Was die Galutjuden in großen Mengen geleistet und hervorgebracht haben, macht ihnen in Israel so schnell keiner nach.«

»Und trotzdem waren es nicht ihre Leistungen, sondern der Staat Israel, der ihnen die Selbstachtung gegeben hat.«

»Das geht ein bißchen weit, findest du nicht? Fern vom

Schuß – im wahrsten Sinne des Wortes – zu sitzen, sich ein schönes Leben zu machen und von einem Staat im Mittleren Osten zu erwarten, daß er sich ohne ihr Zutun so verhält, wie es ihrer Selbstachtung zuträglich ist. Also, wenn sie sich schämen, und dazu gehörst du, und dazu gehöre ich, dann geschieht es uns allen recht. Man kann nicht auf etwas seine Selbstachtung aufbauen, an dem man selber nicht mitgebaut hat.«

»In anderen Worten: Die Diasporajuden sind schuld an der Sauerei, die jetzt hier in Israel passiert.«

»In hohem Maße, ja. Aber das macht die Geschichte nicht besser, im Gegenteil. Die, die dagegen sind, und wahrscheinlich ist es die Minderheit, schreien und schimpfen und schämen sich, aber sie kommen beileibe nicht her. Es gibt so Einflußreiche unter ihnen, vielleicht könnten sie den Kurs ändern, es wenigstens versuchen. Aber nein. Nach dem Sechs-Tage-Krieg sind sie alle gekommen, in hellen Scharen sind sie gekommen, um an Glanz und Glorie ›ihres‹ Staates teilzuhaben und stolze Juden zu sein. Jetzt, wo es schiefgeht, verkriechen sie sich physisch und distanzieren sich moralisch.«

»Da bin ich nun wieder ganz deiner Meinung.«

»Das freut mich.«

»Nur verstehe ich nicht, warum du nicht verstehst: Eine siegreiche jüdische Armee nach zweitausend Jahren war ein Weltwunder.«

»Wohin das Weltwunder geführt hat, sehen wir ja jetzt.«

»Das ist Nonsens, oder willst du mir sagen, daß du lieber die Vernichtung Israels erlebt hättest als eine siegreiche jüdische Armee?«

»Hör zu, Philip«, sagte ich erschöpft, »die jüdische Geschichte ist mir schlicht zu kompliziert. Es gibt auf alles ein Ja und ein Nein, für alles eine Entschuldigung und eine Anklage. Lassen wir das.«

»Du hast recht, lassen wir das. Ich habe heute so viel zu tun, daß ich nicht weiß, wo ich anfangen soll ...«

Anstatt einzuhängen, zählte er mir auf, was er alles zu tun hatte, und wäre ein Meeting mit Arafat darunter gewesen, hätte mich das auch nicht mehr gewundert. Er stürzte sich mit Leib und Seele in den Mazaf, wie er sich in den Karneval in Rio gestürzt hatte. Es würde ein sehr langer Karneval werden und ein noch längerer Aschermittwoch.

Es würde viele geben, die ihren Leib, und noch mehr, die ihre Seele verlieren würden.

Ich fuhr mit Rick in meinem Auto nach Gaza. Wir waren dreifach gesichert: Erstens hatte der Wagen eine Pariser Nummer, zweitens hatten wir eine Kefieh dabei und drittens ein stümperhaftes Pappschild mit der Aufschrift: »Foreign Press«. Außerdem hatte ich meinen billigen Fotoapparat mitgenommen und zwei große Plastiktüten mit Süßigkeiten. So bewaffnet konnte uns nichts mehr passieren.

Es war ein kühler, bedeckter Morgen in Jerusalem, und Rick hatte seinen abgeschabten Fischgrätenmantel an. Ich trug meine fadenscheinigsten Jeans und eine Jacke, die ich selber grün gefärbt hatte und die danach aussah. Ich kam mir lächerlich und miserabel vor. Auf der Suche nach Elend und gebrochenen Knochen. In Mimikryaufmachung. Hätte ich in den zwanzig Jahren nicht schon längst ein paarmal nach Gaza fahren und meine verdammten Süßigkeiten verteilen können? Hatte ich jemals mehr über diesen Landstreifen gehört, als daß er verdreckt war und seine Einwohner primitiv und extrem feindselig jedem noch so gut gesonnenen Israeli gegenüber? Grundlos natürlich, denn unter ägyptischer Verwaltung war es ihnen nicht besser gegangen als unter israelischer Besatzung. Im Gegenteil. Früher waren die palästinensischen Flüchtlinge, die in Lagern lebten, ausschließlich von der UNRWA ernährt worden, während sie jetzt in Israel arbeiteten und verdienten. »Hätte man nicht etwas für sie tun können?« fragte ich Rick.

»Für wen ... was ... wovon sprichst du?«

»Von den palästinensischen Flüchtlingen in den Lagern. Und vom Gaza-Streifen überhaupt.«

»Du hast doch noch gar nichts davon gesehen.«

»Aber ich habe etwas darüber gehört.«

»Ich kann mir lebhaft vorstellen, was du darüber gehört hast. Das, was wir alle gehört haben: ein rapide wachsender Misthaufen und eine Terroristenbrutstätte. Beides stimmt, und eins entwickelt sich aus dem anderen. In den Lagern sitzt bereits eine neue Generation, die nie etwas anderes gekannt hat als den Misthaufen, aber dauernd von ihren Eltern und Großeltern von dem schönen Dorf, dem schönen Haus, den schönen Olivenbäumen hört, die die Israelis ihnen weggenommen und dann auch noch dem Erdboden gleichgemacht haben. Und dieselben Israelis, die sie beraubt und verjagt haben, leben jetzt wie die Maden im Speck, während sie, die früher einmal ein Stück Land, einen kleinen Besitz und ihre Würde gehabt haben, ihnen für einen halben Lohn die Luxushäuser und Straßen bauen, das Land bearbeiten, die Gärten bepflanzen, den Dreck wegkarren und abends wieder zu ihrem Misthaufen zurückkehren. Was erwarten die Israelis? Daß diese armen Kreaturen das alles ganz in Ordnung finden und ›Danke schön‹ sagen und sich freuen, daß es denen jetzt so gutgeht und ihnen so beschissen? Du, ich sage dir, Angelika, wenn ich die wäre, ich würde jeden Israeli mit Haß und Steinen und was immer mir sonst noch zur Verfügung steht verfolgen. Und da kann man mir erklären, was man will, da kann man mir mit den stichhaltigsten politischen und historischen Argumenten kommen, sie würden mich einen Dreck interessieren.«

Er fuhr sehr schnell, überholte um Haaresbreite einen Lastwagen, der sich hartnäckig in der Mitte der Straße hielt, fluchte und zündete sich eine Zigarette an.

»Aber es hätte doch eine Lösung geben müssen«, sagte ich, »man hätte sie doch irgendwo in den anderen arabischen Staaten ansiedeln können.«

»Erstens wollten und wollen sie nicht irgendwo angesiedelt werden, sondern zurück in ihr Land und auf ihr Stückchen Land, was natürlich Wahnsinn ist, aber so ist es, und zweitens hätten sie die arabischen Staaten ebensowenig aufgenommen, wie diverse Staaten damals die Juden aufgenommen haben. Wer will schon Zigtausende von bettelarmen, zerrütteten, sich schnell vermehrenden Heimatlosen? Also hat man das Beste aus ihnen gemacht, was zu machen war: ein Mahnmal: Da seht her, das haben die israelischen Monstren verbrochen!«

»Gut, aber dann wäre es die Pflicht der Israelis gewesen, ihnen zu helfen, sich wenigstens im Gaza-Streifen ein neues, menschenwürdiges Leben aufzubauen.«

»Wie?«

»Man hätte ihnen ein Stück Land geben müssen, ein anständiges Dach über dem Kopf oder Geld, damit sie sich selber was bauen und pflanzen können.«

»Du meinst Wiedergutmachung? Das wäre natürlich auch eine Möglichkeit, vorausgesetzt, die Deutschen sind damit einverstanden.«

»Wie kommst du denn jetzt auf die Deutschen?«

»Na ja, genaugenommen sind die doch an allem schuld. Hätten sie den Zionismus nicht so gefördert, säßen die Juden heute noch in ihren Kibbuzim und die Palästinenser in ihren Dörfern. Ergo sind die Deutschen verpflichtet...«

Er konnte nicht mehr weitersprechen, er konnte kaum noch weiterfahren. Er lachte so, daß ihm der Fuß vom Gaspedal und die Zigarette aus der Hand rutschte.

»Stell dir die Gesichter der deutschen Regierung vor und die Empörung der deutschen Bürger! Jetzt sind sie endlich mit einer Wiedergutmachung fertig, da kommt schon die nächste. Und dann ist ja da auch noch die Frage, wo man sie unterbringt. Ein Lager nimmt viel weniger Platz ein, als all die Häuser und Gärten, die du sie bauen und pflanzen lassen willst, und ich fürchte, die Gazaner würden da nicht mitmachen. Also müßte man die Palästinenser vielleicht in Bayern ansiedeln.«

»Rick, ich bitte dich, hör doch auf mit dem Quatsch. Ich hab' es ganz ernst gemeint.«

»Gut, ganz ernst. Ganz ernst ist es so, daß der Gaza-Streifen, vom menschlichen Standpunkt aus gesehen, kein Aas interessiert hat – bis der Krawall losging. Aber so ist das ja immer. Für die Israelis war der Gaza-Streifen ökonomisch wichtig und lieferte billige Arbeitskräfte. Was sie reingesteckt haben, kann die Katze auf dem Schwanz wegtragen, und der Ärger, den sie damit gehabt haben, hat sich fabelhaft bezahlt gemacht. Also laß dir nicht erzählen, daß sie nichts lieber gehabt hätten, als ihn so schnell wie möglich loszuwerden. Und für den Rest der Welt war Gaza entweder unbekannt oder von geringer Bedeutung. Ein armes, überbevölkertes Stück Land mehr. Davon gibt's ja nun jede Menge und wesentlich schlimmere noch dazu. Jetzt sind sie endlich mal im Scheinwerferlicht der Weltöffentlichkeit und versuchen, das Beste daraus zu machen. Kann man ihnen nicht übelnehmen, nicht wahr?«

Wir waren bereits eineinhalb Stunden gefahren, hatten die israelische Stadt Aschkelon hinter uns gelassen und näherten uns dem Gaza-Streifen.

»Glaubst du, sie werden etwas erreichen?« fragte ich.

»Vielleicht irgendwann mal ihre Unabhängigkeit, aber das wird an dem Lebensstandard der palästinensischen Flüchtlinge wenig ändern. Ich fürchte, er wird sich sogar noch verschlechtern. Es sei denn, man pumpt ungeheure Summen in den unglückseligen Streifen. Aber wer sollte das wohl sein?«

Der Himmel war blau geworden und die Luft warm und feucht.

»Wenigstens haben sie hier schönes, warmes Wetter«, sagte ich.

»Ja, besonders im Sommer ist es so schön und warm, daß man in den Lagern bei lebendigem Leib geröstet wird... so, da ist die Kontrollstation, hoffentlich halten sie uns nicht an, wir sind schon zwanzig Minuten zu spät.«

Einige arabische Fahrzeuge standen in entgegengesetzten Richtungen und wurden von israelischen Soldaten kontrolliert. Uns winkten sie, nach einem Blick auf das Nummernschild, weiter.

»Glück gehabt«, sagte Rick und klemmte das »Foreign Press«-Schild hinter die Windschutzscheibe. Wir waren im feindlichen Ausland, das bis auf die Militärfahrzeuge mit ihren bewaffneten Soldaten und schußbereiten Maschinengewehren friedlich aussah.

»Ich glaube, heute ist es ruhig«, sagte ich.

»Warte, bis wir in der Stadt sind«, frohlockte Rick.

Aber auch die Stadt war ruhig, eine Stadt wie ein ungebackener Fladen, gelblichweiß, flach und auseinanderfließend. Die verwitterten Häuser nicht höher als zwei Stockwerke, die Hauptstraße aus geborstenem Asphalt, an Stelle eines Bürgersteigs Sandstreifen, keine Bäume, kein Grün. Die Geschäfte mit eisernen Rolläden hermetisch geschlossen, kein Markt, kein Zivilverkehr, außer patrouillierenden Soldaten kaum ein Mensch.

»War Gaza mal eine lebhafte Stadt?« fragte ich.

»Zu lebhaft für die israelische Besatzung«, sagte Rick und lachte.

Wir bogen in eine ungepflasterte Seitenstraße ein und dann, ein Stück weiter, in eine Einfahrt, die in einen hübschen Garten voll subtropischer Pflanzen führte.

»Das ist das Hotel von Gaza«, verkündete Rick, »und hier treffen wir Ralep, unseren Verbindungsmann.«

Das Hotel machte keinen komfortablen oder auch nur behaglichen Eindruck. Es sah aus wie all die anderen Häuser, zweistöckig und ramponiert. Die kleine Halle war dunkel und mit häßlichen Stühlen und Sesseln vollgestopft. In dem sich anschließenden Büro saß eine dünne, erschöpft aussehende Frau hinter einem Schreibtisch und rauchte. Rick begrüßte sie herzlich und stellte sie mir als die Besitzerin des Hotels vor.

»Ist Ralep noch nicht da?« fragte er.

»Ralep ist gestern nacht mit seinem Bruder verhaftet worden«, sagte die Frau müde.

»Jesus Christ«, rief Rick, und wir setzten uns.

Wir saßen mindestens eine Stunde. Es kam die Vorsitzende einer Wohltätigkeitsstiftung für Witwen und Waisen, eine sorgfältig gekleidete Frau mit scharfgeschnittenem Vogelgesicht, und der Direktor einer Schule, ein gutaussehender, kompakter Mann in Blazer und Krawatte. Dann kam Tee. Man sprach über die Greueltaten der Israelis, über die man hier wohl rund um die Uhr sprach, denn das Hotel war Treffpunkt und Hauptquartier ausländischer Journalisten. Ich beteiligte mich nicht an dem Gespräch. Ich war gekommen, um Flüchtlingslager und Krankenhäuser zu sehen und nicht die Honoratioren der Stadt.

»Gehen wir bald?« fragte ich Rick.

»Ohne Verbindungsmann kommen wir nicht weit«, erwiderte er, »und außerdem möchte ich feststellen, wo man Ralep hingebracht hat.«

»Dann mache ich jetzt mal einen kurzen Spaziergang, ich möchte wenigstens was von Gaza gesehen haben.«

Was ich sah, waren tote, versandete Straßen, viel Abfall, zwei Frauen, die sich von einem Balkon zum anderen unterhielten, und schließlich eine Patrouille von etwa fünf Soldaten, die mit ihren Knüppeln gegen die heruntergelassenen Rolläden schlugen. Ich blieb einen Moment lang beobachtend stehen. Sie hatten lustlose Gesichter und keinen rechten Schwung im Arm. Es war ja auch eine sehr unergiebige Beschäftigung, denn niemand öffnete. Ich ging weiter, begegnete zwei jungen Arabern, die, die kleinen Finger ineinandergehakt, an mir vorbeischlenderten, und dann bis zum Hotel nur noch ein paar mageren Katzen.

Rick stand schon neben dem Auto.

»Wir fahren zum Anwalt«, erklärte er, »er weiß über alles in Gaza Bescheid, möglicherweise auch, wo man Ralep hingebracht hat.«

Der Anwalt hatte seine Kanzlei in einem der wenigen großen Häuser, in dem es offenbar nur leere Büros gab und einen alten Mann, der die Treppen zu fegen schien. Das Zimmer des Anwalts war dagegen überfüllt. Es saßen und standen mindestens zehn Männer herum, darunter ein lächelnder Japaner und der vermißte Ralep.

Es gab eine stürmische Begrüßung zwischen ihm und Rick und einen Bericht über die Verhaftung, vor der er sich, nicht aber sein Bruder, gerade noch durch die Hintertür hatte retten können. Der Anwalt, ein angenehmer junger Mann mit einem starken Schnupfen, führte lange Telefongespräche. Der Japaner, der sich höflich als Journalist vorgestellt hatte, lächelte standhaft. Die anderen Männer, die entweder die Not oder die Beschäftigungslosigkeit hergetrieben hatte, rauchten Zigaretten und sprachen in Schüben.

»Was geschieht nun weiter?« fragte ich Rick.

»Ralep kann uns natürlich nicht begleiten, das ist viel zu gefährlich für ihn.«

»Das sehe ich ein, aber vielleicht gibt es noch einen anderen, der uns begleiten könnte, oder wir versuchen es alleine.«

»Was möchten Sie sehen?« fragte der Anwalt, ein Kleenex in der einen, den Telefonhörer in der anderen Hand.

»Die Sehenswürdigkeiten der Stadt«, dachte ich und sagte: »Ein Flüchtlingslager und ein Krankenhaus.«

»Sie können nur ins Beach Camp, alle anderen sind gesperrt.«

Beach Camp hörte sich nach Sommerfrische an – Meer, Strand, Segelboote, lachende, spielende, badende Menschen.

»Ich begleite Sie«, sagte der Anwalt.

Das Beach Camp lag unmittelbar am Meer, daher der Name. Eine Sommerfrische war es nicht, aber ein Lager, so wie man sich im allgemeinen ein Lager vorstellt, auch nicht. Es war nicht von der Stadt abgetrennt und umzäunt, sondern ein in sie übergehender Slum, an dem allein die Verstärkung des Militärs darauf hinwies, daß man jetzt in die Zone des Lagers kam.

»Sollten wir nicht lieber aussteigen und laufen?« fragte ich den Anwalt, denn die vor mir liegende Straße bestand aus Tümpeln, Höckern, Geröll und allerlei Gerümpel, bei dem man nicht sicher sein konnte, ob es sich dabei um weggeworfene Gegenstände oder die Entstehung einer neuen Hütte handelte.

»Nein«, sagte der Anwalt, der sehr unter dem Schnupfen zu leiden schien, »fahren Sie, aber langsam und vorsichtig.«

Diese Anweisung war überflüssig. Ich fuhr im Schritttempo und sah mich um. Es war ein Konglomerat aus kleinen Behausungen, eine an der anderen und jede aus den abenteuerlichsten Materialien zusammengestückelt. Dazwischen enge, holprige Pfade, die sich bei Regen in Bäche verwandeln mußten, und eine Art Platz mit zwei, drei Gemüseständen.

»Wie viele Menschen leben denn hier?« fragte ich den Anwalt.

»Etwa vierzigtausend. Verglichen mit den anderen Lagern, besonders Raffiah, ist es ein Luxuslager.«

Ich sah ihn, einen Witz vermutend, an.

»Das ist mein Ernst«, sagte er.

»Raffiah«, erklärte Rick, »liegt halb im Gaza-Streifen, halb in Ägypten, und darum hat man einen hohen Stacheldraht durchgezogen.«

»Durch das Lager?«

»Natürlich, durch was denn sonst!«

»Und die Leute können nicht zueinander?«

»Sie können sich einmal wöchentlich zuwinken und durch den Zaun miteinander sprechen.«

»Großer Gott!«

»Die Hitze da ist mörderisch«, sagte der Anwalt, »alles fault sofort und keine Kanalisation. Hier haben die Menschen wenigstens etwas frische Luft.«

»Aber auch keine Kanalisation.«

»Nein.«

»Ich würde gern mal ein Haus von innen sehen.«

»Haus«, kicherte Rick im Hintergrund.

»Das läßt sich arrangieren«, sagte der Anwalt, »ich kenne hier ein paar Familien ... fahren Sie jetzt links ab und dann geradeaus bis zum Meer.«

Wir holperten durch eine Gasse voller Frauen, Kinder und vor den Türen hockenden Greisen. Kein junger Mann war zu sehen. Ein kleiner Junge mit einem Stein in der einen Hand winkte uns mit der anderen zu und rief: »Schalom!«

»Das muß der letzte sein, der Schalom dem Stein vorzieht«, sagte Rick.

Wir kamen ans Meer. Es war klar und blaßgrün, die Schaumkämme ein leuchtendes Weiß. Ich betrachtete es eine Weile, dann den verdreckten Strand aus feinem, hellem Sand, dann ein gekentertes Fischerboot, das mit dem Bug nach oben aus dem Wasser ragte, dann die Kulisse des Flüchtlingslagers. Das Meer, der Himmel, die Sonne verschönte alles, gaben sogar diesem gottverdammten Slum ein malerisches Aussehen.

Ich nahm meinen Fotoapparat und die Süßigkeiten und folgte dem Anwalt und Rick zu einem der niedrigen, zusammengestückelten Häuschen. Es hatte drei kleine Räume, deren einzige Licht- und Luftquelle die geöffnete Tür war, eine Küche und einen zementierten Innenhof, über den sich im Sommer Wein rankte. In einem der höhlenartigen Räume spielten zwei alte Männer in langen gestreiften Hemden Karten. Sie lagerten mit der Grazie, die jedem Araber eigen ist, auf Matratzen, die mit bunten Stoff- und Teppichfetzen bedeckt waren. Im zweiten Zimmer standen drei große Betten, die sich Erwachsene und Kinder vermutlich untereinander teilten. Beim dritten mußte es sich um den Salon handeln, der gerade gescheuert wurde. Die Möbel standen aufeinander, der Fernseher lief, und zwei winzige Geschöpfe kauerten in einer Ecke auf dem Boden und starrten auf den schwarzweiß flimmernden Schirm. In der Küche stand ein großer, alter Kühlschrank und ein Spirituskocher, auf dem ein Kessel mit Wäsche brodelte.

Im Innenhof hatten sich Frauen und Kinder versammelt und begrüßten uns freudig. Bestimmt hatten sie in den letzten eineinhalb Monaten schon viele Gäste unserer Art gehabt – ausländische Journalisten, Organisationen, Friedensgruppen, die sich nach vier Jahrzehnten plötzlich für sie interessierten. Warum empfingen sie uns mit dieser naiven Freude, anstatt uns rauszuwerfen? Ich versteckte mich hinter meinem Fotoapparat und begann zu knipsen: die Frauen in ihren traditionellen, arabischen Kleidern und straff gebundenen Kopftüchern, die jungen Mädchen, die mit ihren großen, dunklen Augen und zarten, geschmeidigen Körpern an Gazellen erinnerten, die kleinen Jungen, die, sich ihrer männlichen Privilegien bewußt, ernst in die Kamera blickten, den Großvater in Hemd, Kefieh und der aufrecht stolzen Pose des Familienoberhaupts. Man war begeistert, stellte Hocker in den Hof und bewirtete uns mit Tee und Nüssen.

Was wäre, wenn ich jetzt plötzlich sagen würde: Hört zu, liebe Leute, ich bin das, was ihr verabscheut: ein »Jahud«*. Ich habe mich in eurem Land, in einem eurer Häuser festgesetzt, ich habe euch, euren Schmerz, eure Not, eure Heimatlosigkeit nicht wahrgenommen. Würden sie mir dann endlich die Erleichterung verschaffen, mich hinauszuwerfen? Oder würde es ihnen nicht mehr gelingen, mich in die anonyme Masse ihrer Feinde zurückzustoßen – mich, den Menschen, der sie fotografiert, der dem Kind über den Kopf gestrichen, der sich mit Gesten, Blicken, Lächeln in ihre Herzen eingeschlichen hatte. Was für eine furchtbare Situation, in der man sich vor diesen Menschen schämte, seine Identität preiszugeben, und sich vor sich selber schämte, sie zu verbergen. Fing unter umgekehrten Vorzeichen alles wieder von vorne an: die Scham, die Angst, die Hilflosigkeit? Ich

* Jahud – arabisch: Jude

jetzt im Lager der Verfolger, sie in dem der Opfer. Wie konnte ich mich aus dieser verabscheuungswürdigen Rolle herausretten? Indem ich ihnen einen kurzen Pflichtbesuch abstattete, mich mit ihnen in den Hof setzte, ihren Tee lobte, ihnen Süßigkeiten brachte? So, wie meine arische Großmutter, die das Parteiabzeichen trug, meiner jüdischen Großmutter, die den gelben Stern trug, Lebensmittel gebracht und nicht verstanden hatte, wie man sie, die gute, achtzigjährige Frau, eines Tages in ein Lager stecken konnte. Ein anderes Lager als dieses hier. Statt Meeresrauschen das Schreien und Stöhnen der Krepierenden. Statt Sonne die Gaskammer.

»Gehen wir«, sagte ich zu Rick, »es hat keinen Zweck.«

»Was hat keinen Zweck?«

»Ach, lassen wir das!«

Ich konnte ihm jetzt nicht erklären, daß ich mit dem Rollentausch von neuem meine Identität verloren hatte, daß ich nicht bereit war, mich der sturen Verständnislosigkeit der einen Seite anzuschließen, und nicht bereit, mich der totalen Unwissenheit der anderen Seite auszuliefern.

Wir fuhren zum Shifa-Hospital.

Die Einfahrt wurde von einigen Soldaten bewacht, die jeden, egal ob er an Krücken humpelte oder in einem Auto mit ausländischem Nummernschild saß, kontrollierten. Ein junger Schnösel bückte sich zum Fenster hinab: »Wo wollt ihr hin?« fragte er barsch.

»Das sehen Sie doch«, sagte Rick mit seinem hochmütigsten Gesicht.

»Ihr dürft hier nicht rein.«

»Da müssen Sie uns erst mal eine Order zeigen. Das Krankenhaus ist nicht ›off limits‹, also dürfen wir hinein.«

»Seid ihr Journalisten?«

»Nein, Schriftsteller, alle drei.«

Er hielt dem Soldaten seinen und meinen Paß hin. Der Soldat machte eine wegwerfende Handbewegung.

»Los, fahrt!« sagte er.

Anschließend wünschte ich, er hätte uns nicht durchgelassen. Daß Krankenhäuser im Orient – die israelischen nicht ausgenommen – mit denen Westeuropas oder Amerikas nicht vergleichbar sind, hatte ich gewußt, daß sie aber so dreckig und verwahrlost sein können, hatte ich nicht einmal geahnt.

»Rick«, fragte ich leise, »wußtest du, wie es hier zugeht?«

»Natürlich«, sagte er grünlichblaß, aber gefaßt, »ich war ja schon mal hier.«

»Warst du auch in den anderen?«

»Nein, aber sie sollen etwas besser sein. Das hier ist das Raffiah unter den Krankenhäusern, die anderen sind das Beach Camp.« Er versuchte zu lachen.

Während wir den Gang zu einem der Krankensäle hinuntergingen, versuchte ich, nach einem versehentlichen Blick in ein türloses Klo, nicht mehr rechts noch links zu schauen. Ich war in Gefahr zu kotzen, was vermutlich auch nichts mehr ausgemacht hätte, denn ein bekotzter Boden wäre nicht weiter aufgefallen.

Es herrschte großer Betrieb und Lärm: Männer, Frauen, Kinder wimmelten durcheinander, Verkäufer, die Kichererbsen und Sonnenblumenkerne feilboten, Patienten in bizarren Pyjamas, Ärzte, Pfleger und Schwestern in Kitteln, die möglicherweise einmal weiß gewesen waren. Vor einem der kleineren Räume hatte sich eine ganze Gruppe von Menschen zusammengeballt, die der Kleidung und den gedämpften Stimmen nach Ausländer sein mußten.

»Nicht dahin«, sagte ich, als der Anwalt Anstalten machte, sich durch das Knäuel zu zwängen.

»Gut, dann gehen wir später dahin.«

Es mußte sich hier um das sehenswerteste Ausstellungsstück handeln. Mir haben die anderen gereicht. Es war ein Saal mit etwa zehn Betten, und in jedem lag ein Mann mit eingegipsten Körperteilen. Die Luft war zum Schneiden. Es roch nach Schweiß, Blut, Urin, schmutziger Bettwäsche, abgestandenem Essen und billigen Zigaretten. Ich hätte gerne an der Tür wieder kehrtgemacht, aber daran war nicht mehr zu denken. Der Anwalt führte uns von Bett zu Bett, die von Verwandten und Freunden umlagert waren. Er stellte den Patienten und Familienangehörigen Fragen, deren Antworten er uns übersetzte. Rick machte sich Notizen. Ich sah einer Mutter zu, die ihren Sohn fütterte. Sie war eine mächtige Frau und er ein sehr junger, hübscher Mann, der folgsam den Mund öffnete und mit großen, blanken Kinderaugen die Vorgänge um sich herum verfolgte. Ich beobachtete eine Katze, die unter den Betten durchschlich und von den Tellern der Patienten fraß, die auf dem Boden herumstanden. Ich betrachtete ein etwa siebzehnjähriges, graziles Mädchen, das mit einem Säugling im Arm unbeweglich und stumm neben dem Bett ihres nicht viel älteren Mannes stand, und einen Greis, der auf dem Boden hockte und aus einem Stück Zeitungspapier Kichererbsen aß. Dann sah ich einen Pfleger, der, eine Zigarette im Mund und eine Bettpfanne in der Hand, an eins der Betten trat. Ich hielt es für angebracht, meinen Blick auf den vor mir liegenden Patienten zu senken.

Er war ein alter, robuster Mann mit gebrochenem Arm und Bein und krähender Stimme.

»Die Juden sind in mein Haus gestürzt und haben erst meine Sachen und dann mich kaputtgeschlagen«, übersetzte der Anwalt.

»Ohne Grund?« wollte ich wissen.

»Ja«, sagte der Anwalt, nachdem er den Mann gefragt hatte, »ohne Grund.«

»Vielleicht haben sie einen seiner Söhne oder Enkel gesucht«, sagte ich.

»Wahrscheinlich haben sie das«, sagte Rick, »aber hältst du das für einen guten Grund, einem alten Mann die Glieder zu brechen?«

»Nein«, sagte ich.

Der Alte hatte sich auf die Seite gedreht, und der Anwalt zog ihm das Hemd über dem Rücken hoch. Er war vom Nacken bis zu den Hüften mit schwarzen, blauen, grünen Flecken, Beulen und verkrusteten Platzwunden bedeckt.

»Ich treffe euch unten am Auto«, sagte ich. Ich ging den Gang und die Treppe hinunter. Ich sah, hörte, dachte nichts mehr, fühlte nur noch eine lodernde, mich meiner Sinne beraubende Wut. Da war in diesem Moment niemand mehr, für den ich auch nur einen Funken Zuneigung aufgebracht hätte, es war eine hoffnungslos leere Welt.

Ich setzte mich hinter das Steuer, zündete mir eine Zigarette an und starrte durch die Windschutzscheibe auf einen

Haufen Steine. Rick und der Anwalt kamen und stiegen ins Auto.

Wir schwiegen.

Ich fuhr den Anwalt zu seinem Büro zurück und bedankte mich für seine Begleitung. Es war ein gelungener Vormittag gewesen.

»Angelika«, sagte Rick, »Ralep wartet oben auf mich. Er will ein paar Tage raus aus Gaza. Er hat Angst, daß man ihn doch noch schnappt. Es kommt allein auf dich an, wenn du glaubst...«

»Hol ihn«, sagte ich.

Wir setzten ihn hinten ins Auto. Ich gab ihm meinen Schal und Rick seinen ›Manchester Guardian‹. Jetzt hatte er ein ausländisches Flair und ein trauriges arabisches Gesicht. Als wir uns dem Kontrollpunkt näherten, stellte ich das Radio auf klassische Musik, denn die macht immer einen seriösen Eindruck. Ralep vertiefte sich in die Zeitung. Rick setzte sein hochmütiges Gesicht auf. Man winkte uns desinteressiert durch.

»Viele haben die Nase voll von dieser Drecksarbeit«, sagte Rick.

Ein Funken Zuneigung für die, die die Nase voll hatten, erwachte wieder in mir.

»Vielleicht war dieser alte, zerschlagene Mann im Krankenhaus eine Ausnahme«, sagte ich hoffnungsvoll.

»Nein«, sagte Ralep bitter, »sie schlagen wahllos. Sie glauben, je mehr sie schlagen, desto schneller geben wir Ruhe. Das einzige, was wir primitiven Araber respektieren, ist die eiserne Faust. Das ist nicht erst seit eineinhalb Monaten, sondern seit vierzig Jahren ihre Politik, und was dabei herausgekommen ist, sehen wir jetzt. Die primitiven Araber respektieren die eiserne Faust nicht mehr.«

Auf der Zufahrtsstraße nach Aschkelon sah ich ein nettes Restaurant mit Terrasse.

»Wollen wir nicht etwas essen gehen?« fragte ich.

Rick sagte auf deutsch: »Ich glaube, er hat Angst, in ein israelisches Restaurant zu gehen.«

»Oh, verdammt noch mal«, sagte ich, »wo sind wir denn hier?«

»In Israel«, sagte Rick.

Ich drehte mich zu Ralep um und fragte, ob es ihm unangenehm sei, in das Restaurant zu gehen.

»Nein«, sagte er, »gar nicht. Ich habe ja meine Identitätskarte dabei, und mit der darf ich nach Aschkelon... vorausgesetzt, ich stehe noch nicht auf der Liste.«

Wir setzten uns auf die Terrasse in die Sonne. Es war ein orientalisches Lokal, und der Besitzer, ein nett aussehender, dunkelhäutiger Mann, kam an unseren Tisch und riet uns zu einem besonders guten Fisch und einer Auswahl arabischer Salate.

»Gut«, sagte Rick, »und was trinken wir?«

Er sah von mir zu Ralep, der während der Bestellung die ganze Zeit in die Speisekarte geschaut hatte und auch jetzt den Blick nicht hob.

»Ich würde gerne einen Rosé haben«, sagte ich.

Ralep nickte, aber als der Mann gegangen war, sagte er verlegen: »Eigentlich würde ich lieber ein Bier trinken.«

»Natürlich«, sagte Rick, stand auf und ging ins Haus, um das Bier zu bestellen.

»Sie fühlen sich hier doch sehr unbehaglich, nicht wahr?« fragte ich Ralep.

»Nein, nein, es ist wirklich sehr hübsch hier, nur...«

»Nur?«

»Immer, wenn ich einen israelischen Mann sehe, stelle ich ihn mir in Uniform vor, und dann...«, er lächelte, schaute aber immer noch nicht auf, »dann ist mir unbehaglich, ja.«

»Als meine deutsch-jüdischen Freunde nach dem Krieg zum ersten Mal wieder nach Deutschland fuhren«, sagte ich, »da haben sie in jedem älteren Mann einen Nazi gesehen.«

Jetzt schaute er auf und mich an.

»Sind Sie aus Deutschland?« fragte er.

»Ja, aber ich lebe schon lange nicht mehr dort.«

»Ich habe mir auch überlegt, ob ich das Land verlassen soll. Meine Frau hat einen amerikanischen Paß, und ich könnte mit ihr nach Amerika gehen. Aber dann käme ich mir vor wie ein Verräter. Ich kann mein Land und meine Leute nicht im Stich lassen. Ich bin in Gaza geboren, mein Vater und Großvater in Jaffa. Wir leben seit Generationen hier, ich bin hier zu Hause.«

Rick kam zum Tisch zurück. Er legte Ralep die Hand auf die Schulter: »Alles in Ordnung?« fragte er.

Ralep lächelte und nickte. Er hatte ein schwermütiges Gesicht mit hohen Backenknochen, vollen Lippen und mandelförmigen Augen, die die Farbe schwarzvioletter Stiefmütterchen hatten.

»Was sind Sie von Beruf?« fragte ich.

»Student«, sagte er und lachte kurz auf, »ich studiere seit sieben Jahren Orientalistik an der Bir-Zeit-Universität. Vor drei Jahren hätte ich fertig sein müssen, aber es ist eben immer etwas dazwischengekommen. Entweder die Israelis haben die Universität auf Monate geschlossen, oder sie haben mich für Monate ins Gefängnis gesteckt. Manchmal fiel beides zusammen, und dadurch habe ich mir etwas Zeit sparen können und bin bis zum vorletzten Semester gekommen. Es wird wohl das letzte sein. Bis man die Bir-Zeit-Universität wieder öffnet, so man sie jemals wieder öffnet, werden Jahre vergehen.«

»Aus welchem Grund haben Sie im Gefängnis gesessen?«

»Aus demselben Grund, aus dem etwa fünftausend Palästinenser zur Zeit im Gefängnis oder in Verwahrungshaft sitzen. Verdächtige Personen, Unruhestifter, Aktivisten, Agenten der PLO oder nichts von all dem. Spielt keine Rolle. Man sperrt sie ein, ohne Anklage, ohne Verteidigung, ohne gerichtliches Verfahren, denn da sind sie sicher. Man schließt die Schulen und Universitäten, denn dann hat man Ruhe. Eine falsche Rechnung.«

Ich sah Rick an. Er erwiderte meinen Blick mit hochgezogenen Brauen und Schultern: »Genauso ist es«, sagte er.

Ein junges Mädchen mit langem, schwarzem Haar und kurzem, rotem Rock brachte uns die arabischen Vorspeisen, Wein und Bier.

»Das ist das einzige, womit wir bei den Israelis Karriere gemacht haben«, sagte Ralep und zeigte auf die Teller: »Humus, Tehina und Pita. Da haben wir bedeutend mehr von den Israelis gelernt, zum Beispiel, wie man nach der Vertreibung wieder ein Volk wird.«

Eine Pfadfindergruppe fröhlicher Halbwüchsiger, bewacht von zwei bewaffneten Erwachsenen, zog singend an uns vorüber. Wir starrten sie alle drei stumm an. Schließlich hob Rick sein Glas: »Prost«, sagte er.

»Ich hätte nicht weglaufen dürfen«, sagte Ralep, »ich hätte bei meinem Bruder bleiben müssen.«

»Damit hättest du ihm überhaupt nicht geholfen«, sagte Rick, »du bist der Gefährdete, nicht er.«

»Inwiefern gefährdet?« fragte ich.

»Weil ich ausländische Journalisten in die Flüchtlingslager und Krankenhäuser geführt habe. Das ist eine sehr verdächtige und unerwünschte Betätigung. Was muß die Welt nach vierzig Jahren so genau wissen, wie es da zugeht.«

»Ist ja auch ausgesprochen peinlich«, sagte Rick, »aber Gott sei Dank hat man die Entschuldigung, daß es unter den Ägyptern auch nicht besser zuging.«

»Mit dem Unterschied, daß wir von denen nicht entwürdigt und entmündigt wurden. Arm waren wir immer, das stimmt.«

»Wie funktioniert eigentlich das Shifa-Hospital«, erkundigte ich mich, »woher kommt das Geld?«

»Ein Teil aus Israel, denn die meisten arabischen Krankenhäuser in den besetzten Gebieten stehen unter israelischer Militärverwaltung. Ein Teil aus den arabischen Ölstaaten und aus Hilfsorganisationen. Es reicht nicht hin und nicht her, wie Sie gesehen haben werden.«

»Sie hat einen Schock bekommen«, lachte Rick.

»Ich habe heute mehrere Schocks bekommen«, verbesserte ich, »und ich versuche zu verstehen ...«

»Das ist dein größter Fehler«, unterbrach mich Rick, »wenn es überhaupt was zu verstehen gibt, dann das, daß alles hoffnungslos verfahren ist, und ich meine HOFFNUNGSLOS!«

Das Mädchen mit dem langen Haar und kurzen Rock brachte den Fisch, ein großes, frisch duftendes Tier.

»Das ist ein sehr guter Fisch«, erklärte Ralep, »wir hatten viele davon in Gaza.«

Ich wagte nicht zu fragen, warum er über die Fische in der Vergangenheit sprach, ich wagte auch nicht mehr, nach dem Krankenhaus zu fragen und der Möglichkeit, daß die Zustände dort vielleicht nicht nur auf einen fatalen Mangel an Geld, sondern auch ein bißchen auf

Schlamperei, Desorganisation und allgemeine Unfähigkeit zurückzuführen waren.

Ich ließ ihn in Ruhe seinen Fisch verzehren, den er genauso langsam und gründlich aß, wie er seine orientalischen Vorspeisen gegessen hatte. Es schien kein noch so harmlos anmutendes Thema zu geben, bei dem nicht plötzlich der israelische Pferdefuß zum Vorschein gekommen wäre, und ich fragte mich mutlos, ob wir nicht beide an Überempfindlichkeit litten, er aus Bitterkeit, ich aus schlechtem Gewissen. Rick hatte recht: Es war alles hoffnungslos verfahren.

Ich aß den Fisch, der wahrscheinlich in Gaza zu Hause gewesen war, und die Pita, die in Israel Karriere gemacht hatte. Ich trank viel von dem Rosé, der ohne Frage auf palästinensischem Boden gewachsen war und darum eigentlich denen gehörte und nicht uns. Die Palästinenser ignorierten den israelischen Staat, die Israelis ignorierten das palästinensische Volk. Die Palästinenser sahen in den Israelis Monstren nazistischen Ausmaßes, die Israelis sahen in den Palästinensern eine einzige Terroristenbande. Man erzog Generationen junger Menschen zu Verständnislosigkeit, Haß, Brutalität. Kein Durchbruch möglich. Zu spät.

Wir fuhren nach Jerusalem zurück. Ralep war auf dem Rücksitz eingeschlafen.

»Und was machen wir jetzt mit ihm?« fragte ich Rick.

»Er schläft heute nacht bei mir, und morgen bringe ich ihn zu Freunden nach Ramallah.«

»Na ja, einen Trost hat man wenigstens: Schlimmer kann's nicht werden.«

»Alice im Wunderland«, sagte Rick nur.

Weiß Gott, ich war nicht die einzige, die in dieser ersten Zeit der Politik der »Eisernen Faust« im Schock war. Die Mehrheit der israelischen Bevölkerung war im Schock und reagierte mit einer Heftigkeit, die zu großen Hoffnungen berechtigte.

Dreißig Generäle und achtzig Offiziere von höchstem Rang, namhafte Schriftsteller und Künstler, Gesundheits- und Menschenrechtsinstitutionen protestierten in offiziellen Erklärungen, Petitionen und offenen Briefen gegen die Politik der Regierung, plädierten für Rückgabe der besetzten Gebiete, Autonomie, Verhandlungen. Kein Tag verging ohne Demonstrationen, Kundgebungen, politische Versammlungen. Immer neue Friedensgruppen schossen wie Pilze aus dem Boden, Anwälte schlossen sich zur Verteidigung der Palästinenser zusammen, die Medien überboten sich gegenseitig mit Artikeln, Berichten und Fotos von schonungsloser Offenheit. Menschen, die früher kein Wort über die Palästinenser verloren, keinen Gedanken an sie verschwendet hatten, ergriffen plötzlich Partei für sie. In den Schulen fanden handgreifliche Diskussionen unter den Schülern statt, israelische Soldaten verprügelten Soldaten, die Palästinenser verprügelten.

Dieser Ausbruch plötzlicher Einsicht und bester Vorsätze, eine Zeit, in der es aussah, als hätte das »schöne Israel« eine Chance, hielt bis in den Februar an.

Ich, die ich vor wenigen Monaten noch mein Endziel erreicht zu haben glaubte, eine gottgesandte Wohnung in Jerusalem mit Blick in die Ewigkeit und Unendlichkeit, eine kleine Welt auf der Grünen Grenze, die mir Ruhe, Erkenntnis und Abgeklärtheit brachte, sah all das in Trümmer gehen, wie die Juden damals ihren Zweiten Tempel. »Und was nun?« fragte ich, auf der Suche nach der Klagemauer, dem Symbol jüdischen Lebens und Überlebens, »was hat der Joker jetzt mit mir vor?«

Ich strich durch die Wohnung, von einem Fenster zum anderen, von der Terrasse in den Patio, vom Patio aufs Dach. Die Ziegenherde kam und die Müllabfuhr mit den zwei Palästinensern auf dem hinteren Trittbrett. Mr. Shwarz hing im Garten Wäsche auf. Vor dem Haus stand Jossi, der zuvorkommende Bauunternehmer, mit einem einzigen arabischen Arbeiter. Er hatte sein Käppchen auf dem Kopf und eine Kefieh um den Hals. Wahrscheinlich war er auf dem Weg in die besetzten Gebiete, um Baumaterial zu holen.

»Ist dies schon Wahnsinn, hat es doch Methode«, sagte ich.

Ich ging in meinen Wohnsaal. Er leuchtete und schwebte im Licht eines strahlenden Wintertages. Die Bäume hatten ihr Laub verloren, und durch das bizarre

Geäst sah man den Ölberg. Ich nahm die Schreibmaschine vom kleinen Tisch und stellte sie auf den großen. Ich zog das Leichentuch herunter und spannte einen Bogen ein.

»Meine Klagemauer«, dachte ich.

Ich setzte mich hin und schrieb: »Ich erinnere mich genau, wann die Unruhen anfingen, denn am selben Tag ging mein Telefon kaputt, die Druckpumpe meiner beiden Öfen setzte aus, und es goß in Strömen ...«

Der Mazaf wurde mein Leben. Er war um mich herum, er war in mir, er kam auf der Schreibmaschine wieder aus mir heraus. Aus dem Rückzug in die Abgeschiedenheit war die Flucht nach vorne geworden, aus Ruhe Unruhe, aus Abgeklärtheit Chaos, aus Erkenntnis vielleicht langsames Erkennen. Ich sondierte die Trümmer meines zweiten Tempels.

Man lernt im Lauf seines Lebens noch viel Brauchbares aus den Trümmern zu scharren. Man lernt es mit jedem Jahrzehnt mehr. Es ist überhaupt das einzige, was man noch lernt.

Während ich scharrte, sondierte und tippte, erreichte der Mazaf die Grüne Grenze. Er kam eines Schabbatvormittags, und bevor ich ihn sah, hörte ich ihn. Da waren Kriegsgeschrei, Polizeisirenen, Lautsprecherbefehle und ein merkwürdiges, langgezogenes Pfeifen, das mit einer Explosion endete.

An Krach aller Art gewöhnt, hörte ich erst eine Weile zu, bevor ich aufstand und ans Fenster trat. In diesem Moment flog das pfeifende, und wie ich jetzt entdeckte, glühende Geschoß von dem mir gegenüberliegenden Hügel in die Tiefe, von wo es als dichter, dunkelgrauer Qualm wieder aufstieg.

Ich ging auf die Terrasse hinaus.

Sie waren schon alle da, meine arabischen und israelischen Nachbarn, und beobachteten das Schauspiel, das sich diesmal nicht wie üblich auf dem Fernsehschirm, sondern auf einer weithin übersichtlichen, breiten Straße unterhalb des Dorfes Abu Tor abspielte. Fliegende Tränengasbomben, brennende Autoreifen, eine Anzahl großer Polizei- und Militärwagen und ein stattliches Aufgebot an uniformierten Israelis und jugendlichen Zivilisten, die eine Art Westside-Story aufführten. So jedenfalls sah es für uns, die wir nicht in der ersten Reihe saßen, sondern im obersten Rang standen, aus. Für die Kinder, sowohl die arabischen als auch die israelischen, war es das aufregendste Ereignis seit dem Film ›Superman‹. Sie rannten wild hin und her, schrien sich ihre Beobachtungen zu und ahmten die Geräusche nach, die vom Kampfplatz zu uns heraufdrangen. Die Erwachsenen dagegen standen starr und stumm und blickten mit einem Ausdruck der Entgeisterung auf jene, seit zwanzig Jahren friedliche, kaum befahrene Dorfstraße, auf der hin und wieder ein paar junge Palästinenser Fußball gespielt hatten. Ich warf einen Blick zum Balkon meiner orientalischen Nachbarn hinüber. Etwa vier Paare, junge, auf eine ungeschliffene Art gutaussehende Leute, hatten sich dort im Haus ihrer Mutter und Schwiegermutter versammelt, um, wie üblich, gemeinsam den Schabbat zu verbringen. Gewöhnlich fanden diese Familientreffen mit einem Stimmaufwand statt, gegen den das Bellen des asthmatischen Hundes und das Schleifen der Eisengitter ein ausgesprochenes Vergnügen war. Heute, zum ersten Mal seit sechs Monaten, kam kein Laut über ihre Lippen, und ihr Schweigen war mir so unheimlich, daß ich ihnen ein aufmunterndes, wenn auch unbemerkt an ihnen abgleitendes Lächeln schenkte.

Unten im Garten stand die Familie Shwarz wie eine Denkmalgruppe. Vater und Mutter, zwischen ihnen die jüngste Tochter, etwas abseits die älteste. Die beiden Söhne, elf und dreizehn, waren auf den Feigenbaum geklettert und kommentierten das Geschehen.

Ich setzte mich auf die niedrige Mauer, die meine Terrasse umschloß, und schaute über die Straße hinweg auf die Berge Moabs, von deren Höhen Moses und seine schwer erziehbaren Kinder Israels nach vierzig Jahren Marsch durch die Wüste das Gelobte Land entdeckt hatten.

»Der Herr, euer Gott, hat euch zur Ruhe gebracht und euch dies Land gegeben...«, heißt es in der Bibel. Ein schwerer Irrtum – damals und heute.

Auf der Straße war es auf einmal ruhig geworden. Sie war bis auf ein paar qualmende Häuflein leer. Ich roch

Tränengas. Meine Nachbarn rochen es auch, packten ihre jaulenden Kinder und verschwanden in den Häusern. Nur die Familie Shwarz stand noch da, bewegungslos, schweigend, die Gesichter leer. Vielleicht waren sie in Hypnose.

»Hallo«, rief ich, »Tränengas!«

Mrs. Shwarz schaute zu mir empor und nickte matt. Mr. Shwarz reagierte nicht. Er sah aus wie ein Maikäfer, der mit den Flügeln pumpt, um sich vom Boden abzuheben. Und plötzlich geschah etwas Unerwartetes: Der stille, scheue, zerstreute Mr. Shwarz stampfte mit ziellosen Schritten, geballten Fäusten und eingezogenem Kopf durch den Garten und rief: »Ich kann das nicht mit ansehen ... wie konnte das passieren! Es ist grauenhaft ... ich verstehe es nicht!«

Ein wildgewordener Maikäfer, der zum ersten Mal fliegt und prompt das Gleichgewicht verliert.

Wie konnte das passieren? Ja, wie wohl?

Ich ging zurück in die Wohnung und betrachtete sie mit einem langen, sorgenvollen Blick. Sie war gegen Feuer, Einbruch, Vandalismus und höhere Gewalt, wie etwa Erdbeben, versichert.

»Und was ist mit Krieg?« hatte ich den aus Belgien eingewanderten, sehr liebenswürdigen und frommen Versicherungsagenten gefragt.

»Krieg, chère Madame«, hatte er gelächelt, »ist nicht Sache der Versicherungsgesellschaft, sondern der Regierung.«

»Richtig, richtig«, hatte ich ihm zugestimmt.

Jetzt überlegte ich, wessen Sache wohl der Mazaf war, zählte er zur höheren oder niederen Gewalt?

Während ich noch darüber nachgrübelte, ertönte wieder ein unbekanntes Geräusch. Es klang, als ginge direkt hinter mir eine Sirene los. Ich drehte mich um: Meine beiden Kater standen sich gegenüber, die Köpfe seitlich gegen die Brust gedrückt, die Ohren zurückgelegt, das Fell gesträubt. Das einzige, was sich an ihnen bewegte, waren die Schwanzspitzen. Ich rannte auf die Tiere zu: »Hört auf!« warnte ich. »Hört auf der Stelle auf!«

Im selben Augenblick griff Dino, der schwarze und wesentlich größere, seinen Bruder an, und im nächsten

Augenblick sah ich nur noch einen Pelzball, der in einem Gestöber hellgrauer Haarflocken durchs Zimmer rollte.

»Er zerreißt mir den Kleinen«, dachte ich, stieß ein gellendes Geschrei aus, griff nach dem ›Treffenden Wort‹, Wörterbuch sinnverwandter Ausdrücke, und schmiß es nach den Katern. Es landete knapp neben ihnen, erschreckte sie aber so, daß sie wie zwei Geschosse, den Tränengasbomben nicht unähnlich, durch den Raum und zu einem geöffneten Fenster hinaus in den Patio flogen.

Ich stand da, bebend vor Wut und blaß bis in die Zehenspitzen. »Verdammte Viecher«, schrie ich, »das hat mir gerade noch gefehlt! Die Israelis, die Araber und jetzt die Kater! Zusammen geboren, zusammen aufgewachsen, zusammen gespielt, zusammen von einem Teller gefressen und auf einem Stuhl geschlafen, und jetzt plötzlich liegen sie sich in den Haaren. Was denkt sich dieser schwarze Teufel eigentlich? Daß er bei den Golani-Truppen ist?«

Ein Glück, daß das Haus sehr dicke Mauern hatte und meine Nachbarn in die Wohnungen geflohen waren. Ich mußte mich wirklich zusammennehmen und nicht laut mit Katzen, Vögeln und Ameisen schimpfen. Gegen das Ameisenheer hatte ich sogar ein Sprühmittel, mit dem ich lautlos gegen sie vorgehen konnte. Trotzdem zeterte ich. Vielleicht war ich auf dem Weg, verrückt zu werden oder, schlimmer noch, eine verschrobene Alte. Sei's drum.

Das Telefon klingelte.

»Guten Morgen, Angelika«, sagte Ibrahim, »ich habe den Laisser-passer bekommen und mich vorhin von Stanley verabschiedet.«

»Fährst du nach Amerika?«

»Nein, Angelika, das weißt du doch.«

»Wo bist du?«

»In Ostjerusalem, bei einem Freund.«

»Können wir uns sehen?«

»Natürlich, ich komme gleich zu dir.«

»Um Gottes willen, nein! Es hat hier gerade Unruhen gegeben. Geh ins American-Colony-Hotel und warte da auf mich. Ich komme sofort.«

Im American-Colony-Hotel herrschte Hochbetrieb. Es war schon immer ein beliebter Aufenthaltsort für ausländische, darunter viele jüdische, Journalisten gewesen. Jetzt war es ihr Hauptquartier. Sie saßen und standen in Gruppen zusammen, liefen hin und her, telefonierten, nahmen ihre Kameraausrüstungen auseinander, tranken Kaffee, schrieben Postkarten. Wahrscheinlich warteten sie auf Abruf und, ihrer Unruhe nach zu schließen, schon sehr lange.

Die Medien hatten bei der Regierung ein für allemal verspielt. Sie hatten aus einer Mücke einen Elefanten, aus Unruhen einen Aufstand gemacht. Wären die Medien nicht gewesen, wäre man schnell mit den Palästinensern fertig geworden, und kein Hahn hätte nach ihnen gekräht. Hätten die Medien mit ihren einseitigen, verzerrten, negativen Berichten nicht die ganze Welt gegen Israel aufgehetzt und damit den Palästinensern Mut und Schwung gegeben, weiterzumachen, würden längst wieder normale, für alle Beteiligten befriedigende Zustände herrschen. Man war zu weit gegangen mit der Toleranz. Auch die Demokratie hatte Grenzen. Also Schluß.

Große Teile der besetzten Gebiete wurden zu militärischen Sperrzonen erklärt, und Journalisten, denen es dennoch gelang, mit oder ohne Genehmigung einzudringen und unerquickliche Situationen in Wort und Bild festzuhalten, mußten mit Gewalttätigkeiten rechnen.

Die Berichterstattung in den israelischen Zeitungen war trotzdem nicht zu bremsen, die im israelischen Fernsehen fiel langsam, aber sicher einer strengen Auswahl, um nicht zu sagen Zensur, zum Opfer. Es wurden dafür jetzt viele Unruhen, Aufstände, Menschenrechtsverletzungen und politische Skandale in anderen Ländern gezeigt: »Da, schaut her, wir sind gewiß nicht der einzige Staat, in dem es so zugeht, wir sind nur der einzige Staat, von dem so viel Aufhebens gemacht wird.«

Ein wahrer Lichtblick!

»Das geht ja hier zu wie auf einem Bahnhof«, sagte ich zu Ibrahim, der eingeschüchtert um sich blickte, »komm, setzen wir uns unten ins Restaurant. Wenn

Menschen was in Mund und Magen haben, sind sie ruhiger.«

Im Restaurant war auch viel los. An den Tischen saßen dieselben Typen wie in der Halle, nur, wie vorausgesehen, etwas ruhiger. Das Land wimmelte von Journalisten. Zum Vergnügen fuhr man zur Zeit kaum noch nach Israel. Touristengruppen blieben aus. Kongresse und Konferenzen wurden abgesagt. Die amerikanische Regierung hatte das Land zur Gefahrenzone erklärt und ihren Bürgern empfohlen, nicht dort hinzufahren. Versicherungen hatten die Beiträge für Israelreisende erhöht. Die Hotels waren nur spärlich besucht.

Ich steuerte auf einen Tisch in der hintersten Ecke zu und setzte mich mit dem Rücken zum Lokal.

»Marchaba, habibi«, sagte ich zu Ibrahim.

Es waren die einzigen arabischen Worte, die ich fast perfekt beherrschte, und bedeuteten dem Sinn nach: »Hallo, mein Schatz.«

Er lachte, schaute dabei aber weiter mit schnellen, scheuen Blicken um sich.

»Du brauchst nicht so verstört um dich zu schauen«, sagte ich, »das sind alles deine Freunde und meine Feinde.«

Jetzt sah er mich an und sagte feierlich: »Wenn es meine Freunde sind, dann sind es auch deine Freunde, und wenn es deine Feinde sind, dann sind es auch meine Feinde.«

Unter der Einwirkung orientalischer Grandezza schmolz mir jegliche ironische Bemerkung auf den Lippen. Ich nickte ernst, ließ einen Moment verstreichen und ging dann zu nüchternen Fragen über.

»Was hat Stanley gesagt? Hat er nicht gemerkt, daß du ihm was vormachst?«

»Nein, natürlich nicht. Ich habe ihm den Laisser-passer gezeigt und gesagt, daß ich morgen fliege.«

»Und?«

»Er hat gesagt, er ist glücklich für mich, daß ich hier wegkomme, und dann . . .« Ibrahim wandte den Kopf zur Seite und schaute durch die Glaswand in den Garten mit seinem kleinen, jetzt leeren Swimmingpool. Ich nahm die Speisekarte und tat, als ob ich sie läse. Es vergingen ein, zwei Minuten, dann hatte er sich wieder in der Gewalt und sagte: »Er hat geweint... wir waren im Rosengarten, und ich habe auch geweint. Er ist ein guter Mensch, er hat mir viel gegeben, sehr viel, weißt du, und ich ihm nichts.«

»Du bist ein junger, attraktiver Mann, und er hat dich geliebt. Ist das nichts?«

»Das ist noch schlimmer als nichts, denn damit habe ich ihm nur weh getan, und es hat mir nichts ausgemacht, ihm weh zu tun. Ich wollte es sogar. Ich habe ihn manchmal verachtet und gehaßt, weil ich mich selber verachtet und gehaßt habe.«

»Und warum hast du das?«

»Weißt du, Angelika, die jungen Palästinenser, meine Generation, sind aufgewachsen, ohne etwas zu haben, ich meine, etwas Richtiges, etwas, das ihnen das Herz füllt. Sie haben kein Land mehr, das ihnen gehört und auf das sie stolz sein können. Sie haben keine Regierung, keine Freiheit, kein Wahlrecht... überhaupt kein Recht. Sie sind Bürger zweiter Klasse, Besetzte, die gehorchen und tun müssen, was ihnen ein fremdes Volk befiehlt. Sie werden nicht geachtet, von niemand in der Welt, man hat ihnen den Stolz genommen und die Würde. Sie leben wie wilde Katzen. Sie haben kein Ziel mehr und keine Zukunft. Und wenn man das nicht mehr hat, denkt man nur noch an Geld. Geld ist das einzige, was Sinn hat. Wenn man eine schöne Hose anhat, ist man jemand, wenn man ein Auto hat, ist man ein großer Mann, wenn man ein Haus hat, ist man ein König. Ich habe nichts anderes im Kopf gehabt als so was. Ich wollte schöne Sachen haben, alles andere war mir egal.«

Er sah mich angstvoll an, dann von mir weg in den Garten. Er zog an seinen Fingern, bis die Gelenke knackten: »Ich habe mich verkauft«, sagte er, »und gestohlen und betrogen... du wußtest das ja alles, Stanley hat es mir gesagt, und er hat mir auch gesagt, daß du mich trotzdem immer in Schutz genommen hast. Ich habe mich verachtet und gehaßt und furchtbar vor dir geschämt und dich darum beinahe auch gehaßt. Warum hast du mich in Schutz genommen?«

»Aus den Gründen, die du eben aufgezählt hast.«

Jetzt fand er den Mut, mich wieder anzusehen.

»Geben die einem das Recht, ein Lump zu sein?«

»Nicht unbedingt, aber sie verführen dazu, besonders wenn man sehr jung ist und gut aussieht. Was meinst du, wie die deutschen Männer nach dem Krieg gestohlen und betrogen haben und wie sich die Frauen reihenweise an die Besatzer verkauft haben.«

»Du dich auch?« fragte er und beugte sich mir weit über den Tisch entgegen.

»Nein, das eigentlich nie, aber ich war trotzdem nicht besser. Ich habe so wie du verachtet und gehaßt und weh getan, wo und wie ich nur konnte. Ich habe nichts anderes im Kopf gehabt, als zu verführen, mich schön zu machen, in einem großen Wagen rumzufahren, tanzen zu gehen ... na ja, den ganzen Blödsinn. Ich war unerträglich.«

»Und dann?«

»Das ging sehr lange so. Und dann habe ich angefangen zu schreiben und kam zum ersten Mal nach Israel. Das war der Wendepunkt.«

»Das Schreiben«, wollte er wissen, »oder Israel?«

»Beides. Das Schreiben hat mich freier gemacht, und Israel hat mich zu einem Menschen gemacht. Es hat mir das Richtige gegeben, das, was das Herz füllt, wie du gesagt hast.«

Er sah mich an, er lächelte sanft.

»Tja«, sagte ich, »und da sitzen wir nun beide in dem Land, das mein Herz gefüllt und deins leer gelassen hat, und eins hat sich aus dem anderen ergeben.«

Ein Kellner kam an unseren Tisch, ein junger, zappeliger Mann, der Eiswasser in unsere Gläser goß und dabei die Hälfte auf den Tisch. Ibrahim sagte etwas auf arabisch zu ihm, und er lief weg.

»Was soll das?« fragte ich. »Ich wollte doch bestellen.«

»Ich habe ihm gesagt, er soll später wiederkommen, wir hätten zu sprechen. Sprechen ist wichtiger als essen, nicht wahr?«

»Das kommt darauf an, wie viele Tage man nicht gegessen, aber gesprochen hat oder wie viele Jahre nicht gesprochen, aber gegessen.«

»Ich habe vor zwei Stunden gegessen und nie gesprochen, ich meine über das, was ich wirklich gedacht und gefühlt habe. Vielleicht habe ich nie wirklich gedacht und gefühlt.«

Er sah mich fragend an.

»Das ist gut möglich«, sagte ich.

»Ich hatte mal eine australische Freundin, du weißt, ich habe dir von ihr erzählt. Ich habe sie sehr gern gehabt. Sie war nett und intelligent und verliebt in mich. Sie wollte mich sogar heiraten. Aber das war wie mit Stanley. Ich konnte ihr nichts geben. Einmal hat sie gesagt: ›Du bist gar nicht da, du bist bewußtlos . . .‹«

»Ja, den Eindruck hast du bis vor kurzem gemacht.«

»Weißt du, um denken und fühlen und sprechen zu können, muß man frei sein.«

»Und jetzt bist du frei?«

»Ich habe das Ziel, frei zu sein, ein Land, mein Land, zu haben, so wie du, meinen Stolz, eine Zukunft hier, nicht in Amerika, wo mir alles fremd ist, und Kinder, die nicht als Bürger zweiter Klasse aufwachsen und verachtet werden und verachten und gehaßt werden und hassen. Ist das zuviel verlangt?«

»Nein.«

Ich sah ihn an. Aus der hübschen Larve mit den verschwommenen, weichen Zügen war ein junger Mann geworden. Sein Gesicht war mit den Gedanken, Gefühlen und Worten, die er gefunden hatte, aufgebrochen. Es lebte, er lebte. Der Mazaf hatte ihn geweckt.

»Er hat uns alle geweckt«, dachte ich, »mit dem Unterschied, daß für sie ein Traum anfängt und für uns endet.«

»Bist du jetzt traurig über das, was ich gesagt habe?« fragte er. »Habe ich dir weh getan? Ich möchte keinem Menschen weh tun, am wenigsten dir.«

»Wir tun uns selber weh, Ibrahim, nicht du mir, nicht ihr uns.«

Als wir das Hotel verließen, prallten wir in der Tür mit Philip zusammen. Er hatte einen so gewaltigen Schwung drauf, daß er erst ein paar Schritte hinter uns zum Stehen kam.

»Hello, stranger«, rief er, »man sieht sich jetzt nur noch zwischen Tür und Angel, was . . .? Hi, Ibrahim, du siehst ja blühend aus.«

»Du auch«, sagte Ibrahim.

»Friedenskämpfer, Freiheitskämpfer«, sagte ich, »eure neuen Berufe oder Berufungen bekommen euch gut.«

Sie lachten, sie hatten die beste Phase ihres Lebens.

»Wartet hier eine Sekunde«, sagte Philip, »ich will nur schnell diesen Bericht für die Menschenrechtskommission abgeben.« Er preschte ins Hotel.

»Ich kann nicht warten«, sagte Ibrahim zu mir, »es sind jetzt überall Kontrollen, und ich muß in meinem Dorf sein, bevor es dunkel ist. Danke, Angelika, ich fühle mich so leicht wie noch nie in meinem Leben.«

Er legte die rechte Hand auf die linke Seite seiner Brust und neigte den Kopf.

»Auf Wiedersehen, Ibrahim.«

Ich sah ihm nach. Er lief mühelos, mit der Geschmeidigkeit einer Katze. Nur seine Beine bewegten sich, die Füße schienen den Boden kaum zu berühren.

Wie schon einmal überkam mich die Angst, ihn nicht mehr wiederzusehen. Mit dem Gespräch, dem Durchbruch in die Welt formulierter Gedanken und Gefühle, hatte ich meine Mission in seinem Leben erfüllt. Den Laisser-passer in der Tasche, diesen lächerlichen Wisch, der ihm den Flug in die Freiheit und Sicherheit ermöglicht hätte, lief er einem Ziel entgegen, das ihn ins Gefängnis, ins Krankenhaus, ins Grab bringen konnte.

»Ibrahim«, rief ich, »vergiß nicht, mich Anfang nächster Woche anzurufen.«

Er wandte im Weiterlaufen den Kopf, schüttelte ihn und warf mir eine Kußhand zu.

»Wo ist denn dein Freiheitskämpfer?« fragte Philip zurückkehrend. »Kein Frieden ohne Freiheit.«

»Er mußte in sein Dorf zurück ... ich habe ein dummes Gefühl.«

»Come on, sweetheart, wer hätte zur Zeit keine dummen Gefühle, aber das besagt nichts. Nicht jeder Freiheitskämpfer ist zum Märtyrer bestimmt. Was hast du jetzt vor?«

»Ich weiß nicht. Spazierengehen vielleicht ... in die Altstadt.«

»Warum nicht gleich auf den Friedhof? Also schön ... komm.«

Er nahm mir den Autoschlüssel aus der Hand, setzte sich hinter das Steuer meines Autos und ließ den Motor an.

»Steig ein, schnell, ich hab' nicht viel Zeit. In einer Stunde muß ich auf einem Meeting von Dai lakibush sein, danach habe ich eine Verabredung mit einem Korrespondenten der ›New York Times‹ und um neun wieder ein Meeting mit der sephardischen Friedensgruppe ...«

Er bremste vor einer Ampel, die auf Rot sprang, sagte »shit« und fuhr durch. »Es sind vor allem die Sephardim, die man bekehren muß, von denen sind 90 Prozent rechter als rechts ... gestern hab' ich so einen gehabt, ein Taxifahrer, der mich nach Hause gefahren hat. Er war dafür, daß man alle Palästinenser über den Jordan abschiebt. ›Da werden die Jordanier dann schon ganz schnell mit ihnen aufräumen‹, hat er gesagt, ›die machen kurzen Prozeß und nicht so viel menschliches Klimbim wie wir.‹ Ich habe mit ihm geredet, eine halbe Stunde hab' ich in diesem verdammten Taxi vor meinem Haus gesessen und mir den Mund fusselig geredet, und zum Schluß, weißt du, was zum Schluß passiert ist? Er hat gesagt: ›Es war gut, daß du mit mir gesprochen hast. Du hast recht, und ich wünsch' dir Glück.‹ Er hat kein Geld von mir nehmen wollen, keinen Piaster, für eine Fahrt von mindestens fünf Kilometern, wie findest du das?«

»Sehr schön finde ich das. Aber wenn du mit jedem Sepharden fünf Kilometer fahren und zusätzlich eine halbe Stunde reden mußt, dann kommt das bei eineinhalb Millionen Sephardim auf wie viele Kilometer und Stunden?«

»O. K., sweetie, ich sehe schon, unter eineinhalb Millionen interessiert dich die Geschichte nicht.«

Er parkte das Auto außerhalb der Altstadt, und wir stiegen aus. Ein Trupp Soldaten, das Maschinengewehr locker über der Schulter, zog schwatzend und lachend an uns vorüber. Zwei Polizisten auf schönen, blank gestriegelten Pferden kamen uns entgegen.

»Lauter Sephardim«, sagte Philip, »schau sie dir an.«

»O Gott, daß bei dir immer alles gleich zur Manie werden muß.«

»Was willst du? Die Juden sind ein manisches Volk,

Israel ist ein manisches Land, ich bin in einer manischen Phase, und der Mazaf ist die Manie an sich.«

Wir gingen an zwei nebeneinanderstehenden Polizeifahrzeugen mit vergitterten Fenstern vorbei. Die Polizisten hatten die Scheiben heruntergelassen und unterhielten sich lautstark von Wagen zu Wagen.

»Sephardim«, sagte ich.

»In der Tat.«

Vor dem Jaffa-Tor, durch das sonst täglich Tausende von Menschen gegangen waren, stand ein einziger kleiner Junge und hob uns ein dürftiges Kettchen entgegen: »Zwei Schekel«, sagte er, »sehr billig.«

Ich zögerte.

»Hör auf mit dem Quatsch«, sagte Philip mit einer Heftigkeit, hinter der sich Beklemmung verbarg, »wenn du aus Mitleid jetzt jedem ...«

»Jedem ist gut.«

Philip blieb stehen, holte ein paar Schekel aus der Tasche, gab sie dem Jungen und nahm das Kettchen.

»Hier«, sagte er und hing es mir um den Hals, »zur Erinnerung an glückliche Tage.«

Auf dem Platz innerhalb der Mauer trieben sich ein paar verstörte Touristen herum und etwa dieselbe Anzahl an Polizisten und Soldaten. Ein Kind verkaufte Postkarten, ein Mann auf einer umgedrehten Kiste Getränke, ein Junge Begelachs, ein langweiliges, mit Sesamkörnern bestreutes Gebäck, in der Form und Konsistenz von Gummiringen. Drei junge Männer, gutaussehend und gut angezogen, lehnten mit höhnisch-bitteren Gesichtern an einer Hausmauer. Die zwei Hotels mit der schönen alten Fassade und den verkommenen Zimmern, in denen hauptsächlich Hippies und junge Weltenbummler gewohnt hatten, machten einen ausgestorbenen Eindruck. Alle Lokale und Geschäfte waren geschlossen, die eisernen, frisch gestrichenen Rolläden heruntergelassen. Die Altstadt hatte sich im letzten Jahr mit besonderer Sorgfalt herausgeputzt. Die Geschäfte hatten geblüht. Man hatte die Läden neu ausgebaut, neuen Kitsch angefertigt, neue, als alt verkaufte, arabische Kleider hergestellt, neue Davidsterne und Kreuze in die Schaufenster gelegt.

Am Anfang der Hauptbazarstraße saß ein alter Schuhputzer, den Blick auf die vereinzelten, an ihm vorbeigehenden Füße fixiert. Er war derselbe, dem ich vor vielen Jahren einmal etliche Paare nie geputzter Schuhe gebracht und damit einen wüsten Tumult angezettelt hatte. Ein anderer Schuhputzer, der den Reichtum in den Schoß seines Kollegen hatte regnen sehen, war auf ihn zugestürzt und entschlossen gewesen, ihm die Hälfte wieder zu entreißen. Ich hatte mich, teils aus verspätetem Gerechtigkeitssinn, teils, um meine fliegenden Schuhe zu retten, dazwischengeworfen, einige Passanten hatten sich ebenfalls eingemischt, und schließlich war ein jordanischer Polizist gekommen, hatte das ganze, noch schmutzigere Schuhwerk wieder eingesammelt, in den Plastiksack gesteckt und mir mit einem vorwurfsvollen Kopfschütteln in die Hand gedrückt.

»Du willst dir doch jetzt nicht auch noch die Schuhe putzen lassen«, rief Philip, als ich in Gedanken vor dem alten Mann stehengeblieben war, »wirklich, Angelika, es gibt etwa fünfhunderttausend Palästinenser, die in Flüchtlingslagern vegetieren, und fünftausend, die in Gefängnissen sitzen, und Hunderte, die in Krankenhäusern liegen, und ich habe, weiß Gott, zu viel zu tun, um mich auch noch auf deinen Almosenfimmel einzulassen.«

Er nahm meinen Arm und zog mich hinter sich her die Stufen der Bazarstraße hinab.

»Ich wollte mir ja gar nicht die Schuhe putzen lassen«, protestierte ich, »ich habe nur an etwas Komisches gedacht, das mir mit diesem Schuhputzer passiert ist. Oder darf man das auch nicht mehr?«

»Wenn dir noch was Komisches einfällt, dann bist du ja gut dran.«

»Philip, tu doch nicht so. Du amüsierst dich wie Bolle auf dem Milchwagen.«

»Wie was?« fragte er und lachte.

»Spielt keine Rolle. Ich wollte nur sagen, daß der Mazaf für dich persönlich ein Lebenselixier ist, an das kein Buch, über was auch immer, und keine Psychoanalyse, mit wem auch immer, heranreicht. Ich meine das überhaupt nicht böse. Du setzt all das ein, was immer in dir gesteckt hat: Intelligenz, Redegewandtheit und Energie, und das zum ersten Mal nicht nur für dich, sondern für eine Sache, die es wert ist. Und das gibt deinem Leben einen Inhalt und bringt dir das, was du am meisten brauchst: Beliebtheit und Anerkennung. Also erzähl mir jetzt bitte nicht, daß du Tag und Nacht von tiefer Verzweiflung geschüttelt wirst und an nichts anderes denkst als an den moralischen Niedergang des israelischen und die physische Bedrohung des palästinensischen Volkes.«

»Du hast recht, und ich wäre der letzte, der das bestreitet. Im Gegenteil, ich habe oft den unangenehmen Gedanken, daß ich, und wahrscheinlich die meisten der Nachkriegsgeneration, nicht unter dem Verlust essentieller Werte, sondern unter dem Mangel eines Krieges gelitten habe.«

Er blieb stehen, zündete sich eine Zigarette an und starrte mir mit der Fassungslosigkeit dieses Gedankens ins Gesicht.

»Weißt du«, fuhr er fort, »wenn du die Generation, die den Zweiten Weltkrieg mitgemacht hat, sprechen hörst, dann hast du das Gefühl, daß das die aufregendsten und intensivsten Jahre ihres Lebens waren.«

»Das waren sie wohl auch.«

»Ja, aber nicht im negativen Sinn. Sie schwelgen förmlich in diesen Erinnerungen, und das macht einem angst und bange.«

»Worüber wunderst du dich da? Unter normalen Umständen besteht das Leben eines westlichen Durchschnittsbürgers zu 99 Prozent aus Langeweile. Die paar nicht langweiligen Höhepunkte kann man an einer Hand abzählen. Im Krieg, in dem alles, was sie früher gelangweilt hat, plötzlich bedroht ist und weggenommen werden kann, wird jede Stunde, die man's noch hat, zu einem Höhepunkt. So was gibt allem einen neuen Reiz, sogar einer ausgelaugten Ehe, macht aus unbrauchbaren Kindern und kümmerlichen Männern Helden, aus ewig kränkelnden, jammernden Frauen tapfere, klaglose Gefährtinnen, aus Fremden Brüder und aus einem Stück Brot Kuchen. Mein Gott, das ist doch eine alte Geschichte, und der Spaß daran ist uns nur durch die verdammten Atomwaffen genommen worden. Da hat man dann keine Zeit mehr, all das zu genießen.«

»So ist es wohl«, sagte er, »nur verstehe ich nicht, warum wir uns dann so aufregen.«

»Das gehört doch dazu, das ist ja fast das wichtigste bei der Sache. Ohne richtige Aufregung kein richtiger Spaß.«

Er lachte so, daß sich zwei alte, würdige Araber, der eine mit Kefieh, der andere mit rotem Fez, nach ihm umdrehten und grollend musterten.

»Hör auf«, sagte ich, »das ist nun wirklich nicht der richtige Moment und Ort, um so zu lachen.«

»Gut, dann gehen wir jetzt an die Klagemauer klagen.«

An der Sicherheitskontrolle, die man vor Betreten des riesigen, der Klagemauer zu Füßen liegenden Platzes passieren mußte, standen zwei Soldaten und zwei Soldatinnen und strahlten uns vereint entgegen. Ich öffnete mürrisch meine Tasche, und einer der Soldaten lächelte kurz hinein und dann mich an: »Willkommen in Israel«, sagte er, »Jerusalem ist das beste Land der Welt.«

»Zwei Fehler«, sagte Philip zu ihm, »erstens ist es eine Stadt und kein Land, zweitens: Es war die beste Stadt der Welt, ist es aber nicht mehr.«

Die vier jungen Menschen hatten kein Wort verstanden und sagten im Chor: »Alles Gute.«

»Was war denn das?« fragte ich, als wir uns ein paar Schritte von ihnen entfernt hatten.

»Wahrscheinlich auch eine neue Politik«, sagte Philip, »die Samtpfötchen-Politik. ›Jetzt seht ihr mal, was wir für nette Jungens sind. Alles Lüge, das mit der Politik der eisernen Faust. Wir können keiner Fliege was zuleide tun.‹ Auf die paar Touristen, die noch herkommen, wirkt das vielleicht.«

Wir gingen lustlos über den Platz, der mehr zum Exerzieren als zum Beten anregte und außer Großspurigkeit nichts Bemerkenswertes zu bieten hatte. Die Mauer war auch schlecht besucht: drei Orthodoxe auf der Männerseite, sieben weibliche Wesen auf der Frauenseite. Hinter der schweren, eisernen Kette, die den heiligen Bereich vom profanen trennte, stand eine Touristenherde.

»Holländer«, sagte Philip, »was sagst du ... schnell, bevor du sie sprechen hörst.«

»Deutsche natürlich.«

»Warum bist du so sicher?«

»Erstens habe ich dreißig Jahre unter ihnen gelebt und noch einiges mehr, und zweitens kommen zur Zeit nur deutsche Touristen ins Land. In einer Zeitung stand: ›Die Deutschen sind unsere besten Freunde.‹«

»Wirklich?«

»Ich schwöre es dir.«

Es waren Deutsche, die ernsthaft dem Touristenführer lauschten. Philip betrachtete sie.

»Kannst du mir sagen«, fragte er, »warum die deutschen Männer alle so feiste Ärsche haben?«

»Na, hör mal, das sollte dich doch eigentlich nicht stören.«

»Es stört mich nur, weil es unintelligente Ärsche in unintelligent geschnittenen Hosen sind.«

»Sie sind bestimmt sehr stolz auf Arsch und Hose und finden sich sexy. Deutsche Männer sind ungeheuer sexbewußt und müssen das mit deutscher Gründlichkeit ununterbrochen zum Ausdruck bringen, egal, ob es intelligent oder peinlich ist.«

»Aha, ich verstehe.«

»Ist ja auch von größter Wichtigkeit.«

Der Fremdenführer, ein kleiner, ältlicher Mann, der Kleinheit und Alter mit tölpelhaftem Witz auszugleichen versuchte, erzählte der Gruppe die Geschichte der Mauer.

»Was quatscht er da die ganze Zeit?« fragte Philip.

»Pst«, machte ich, »er ist gerade bei der Eroberung der Mauer im Sechs-Tage-Krieg angelangt.«

»Jesus Christ«, sagte Philip, und plötzlich mit erhobener Stimme auf hebräisch: »Hallo, Freund, könnten Sie den Herren und Damen nicht vielleicht eine aktuellere Geschichte erzählen?«

Der Fremdenführer tat, als habe er den Zwischenruf nicht gehört, die Deutschen drehten sich verstohlen um.

»I am sorry«, sagte Philip mit einem gewinnenden Lächeln auf englisch, »ich habe Ihren Führer eben gefragt, warum er Ihnen nicht eine aktuellere Geschichte erzählt, aber er hört nicht. Viele Menschen sind hierzulande taub.«

Ein paar Leute grinsten vorsichtig, andere blickten strafend. Ich war Schritt für Schritt zurückgewichen, dann drehte ich mich um und lief einfach weg. Philip holte mich kurz vor der Sicherheitskontrolle ein.

»Du bist wirklich nicht auszuhalten«, fuhr ich ihn an, als er neben mir stand.

»Wieso ich? *Das* ist nicht auszuhalten! Werden diese Deutschen da durch eine tote Stadt voller Polizei und Armee geführt, an der Kontrolle mit: ›Jerusalem ist das beste Land der Welt‹ begrüßt und von einem Nebbich über den Sechs-Tage-Krieg belehrt. Was sollen die Leute von uns denken? Daß wir alle Kretins und Faschisten sind? Das ist doch furchtbar!«

»Zum Teufel, Philip, was soll man denn sonst mit ihnen machen? Sie auf Demonstrationen schicken?«

»Natürlich. Es sind doch westliche Durchschnittsbürger, die sich durchs Leben langweilen. Also mach ihnen ein bißchen Freude und gib ihnen wenigstens eine Illusion von Krieg.«

Ich mußte wider Willen lachen und er mit mir.

Als wir an den vier jungen Soldaten und Soldatinnen vorbeigingen, sagte Philip: »Wir hatten einen herrlichen Tag in dem besten Land der Welt. Vielen Dank.«

Sie strahlten uns an. Sie waren noch halbe Kinder und sahen lieb und frisch aus.

»Philip«, sagte ich, »sie haben bestimmt nie jemand was zuleide getan, dafür lege ich meine Hand ins Feuer.«

»Ein vereintes Jerusalem ist nicht mehr vereint.« Das war eine der Schlagzeilen in der ›Jerusalem Post‹ am 8. Februar 1988. Ich las: »Mit dem morgigen Tag beginnt der dritte Monat des palästinensischen Aufstands. Das zentrale Aufstandskomitee hat bereits zu einer Intensivierung der Krawalle und Streiks in den kommenden Tagen aufgerufen. Seit vielen Jahren herrschte in Ostjerusalem die Ruhe vor dem Sturm, jetzt ist der Sturm ausgebrochen: Barrikaden in allen arabischen Vierteln, zerbrochene Fensterscheiben in den angrenzenden jüdischen Vierteln, Ausgangssperre in den umliegenden Flüchtlingslagern, Krawalle und Demonstrationen, Streik der arabischen Geschäfte, geschlossene Schulen ...«

Nun gut, das wußten wir ja alles. Ich übersprang einen Absatz und wurde im nächsten von der Mitteilung überrascht, daß arabische Jugendliche in Abu Tor das Abwassersystem beschädigt hatten und die Möglichkeit bestand, daß die Wasserzufuhr, zwecks Reparaturen, für eine Woche abgestellt werden müsse. In diesem Fall würde Abu Tor mit Wassertanks beliefert werden.

Im letzten Absatz erfuhr ich schließlich folgendes: Moussa Shweiki, palästinensischer Besitzer eines Bananentransporters, den ihm die israelische Polizei heimlich entwendet hatte, um unauffällig in Silwan, einem arabischen Nachbardorf Abu Tors, Aufständische einzufangen, hatte erklärt: »Ich hoffe, daß Abu Tor und Silwan ein zweites Beirut werden.«

Ich fragte mich, warum er diese Hoffnung ausgerechnet auf mein Viertel, Abu Tor, und seine unmittelbare Nachbarschaft beschränkt hatte.

Ich stand auf, ging ins Bad und drehte den Wasserhahn auf. Das Wasser lief. Ich füllte vorsichtshalber die Badewanne, dann nahm ich die erfreuliche Zeitungslektüre wieder auf.

Teddy Kollek, der Bürgermeister von Jerusalem, hatte unter dem Titel ›Tiefe Narben werden bleiben‹ erklärt: Die Lage in Israels Hauptstadt habe sich grundlegend verändert. Es sei unmöglich, in ein, zwei Tagen zu einer Schlußfolgerung zu kommen.

Daß sich die Lage in Jerusalem grundlegend verändert hatte, war nicht zu übersehen, und um zu keiner Schlußfolgerung zu kommen, hatte man bereits über zwei Monate gebraucht.

Ministerpräsident Schamir hatte in einer Kabinettssitzung der Knesset bekanntgegeben, daß die Regierung nicht daran dächte, wegen arabischer Demonstrationen eine politische Entscheidung zu treffen.

Verteidigungsminister Rabin hatte verkündet: »Es ist Sache der Verteidigungstruppen, die Rebellierenden so zu ermüden, daß sie Ruhe geben.« Er könne die Versicherung geben, daß die Armee nicht ermüden werde. »Wenn die Rebellierenden müde sind, läßt die Spannung nach«, schloß er.

In anderen Worten, sie hatten nicht die Absicht, einen anderen Kurs einzuschlagen, und wer hätte das auch erwartet.

Ich las dann noch: »Die IDF bestreiten, daß der Jugendliche an den Folgen der Schläge gestorben ist« und »Drei Tote, über zehn Verwundete bei heftigen Zusammenstößen in der West-Bank.«

Als das Telefon klingelte, war ich gerade dabei, die Unterschrift zu einem Foto zu lesen: »Ein Polizist ist im Begriff, eine Tränengaspatrone auf Steine schleudernde Jugendliche in Ost-Talpiot zu werfen. Ein zweiter Polizist steht mit einem Stein und einem Schlagstock in der Hand daneben.«

Es war Rick, der in Ost-Talpiot wohnte.

»Wie ist es bei dir?« erkundigte er sich.

»Ruhig, es geht nur immer am Schabbat los. Und bei dir?«

»Gestern war's ungemütlich, heute ist es ruhig. Hast du Wasser?«

Er hatte offenbar auch gerade die ›Jerusalem Post‹ gelesen.

»Ja, und ich habe die Wanne vollaufen lassen.«

»Na, die wird nicht für die nächsten Wochen reichen.«

»Hauptsache, unsere Nerven reichen für die nächsten Monate.«

Es kam dann ein Anruf nach dem anderen.

»Puppe«, fragte Ilse, »willst du nicht für ein paar Tage zu mir ziehen?«

»Darling«, sagte Jane, »ich habe mir überlegt, daß du nicht alleine in dem Haus bleiben kannst. Wie wäre es, wenn Philip eine Zeitlang bei dir wohnen würde?«

»Sweetie«, erkundigte sich Philip, »brauchst du etwas: Wasser, Carepakete, Tränengas, Maschinengewehre...? Ich gehe nämlich gerade einkaufen.«

»Angelika«, sagte eine Freundin aus Tel Aviv, »das muß ja furchtbar zugehen in Jerusalem! Hör zu, spiel nicht die Heldin, sondern pack deinen Koffer und komm zu mir!«

»Ich komme sofort zu dir rüber«, sagte Rebekka mit Grabesstimme und hing ein, bevor ich versuchen konnte, sie davon abzuhalten. Zehn Minuten später stand sie, unter einem mexikanischen Poncho und einem enormen Filzhut versteckt, vor meiner Tür.

»Das war wirklich nicht nötig, Rebekka, alles ist ruhig. Ich schreibe, ich esse, ich schlafe...«

Sie warf mir einen sich langsam hebenden, schweren Blick zu: »Ich weiß, wie dir zumute ist, kein Mensch weiß das besser als ich. Ich habe mein Haus in Jemin Moshe verloren, mein Studio in Paris, meine Kreativität, die Liebe meines Sohnes... Und du, die verkörperte Tragödie, für die die Wohnung der Ersatz für alles, alles, alles war, was du verloren hast...« Sie begann laut zu weinen.

»Rebekka, komm, setz dich da auf die Couch, ich mach' dir schnell einen Kaffee, ja?«

Sie wankte zur Couch, fiel darauf nieder und weinte weiter.

Ich setzte Wasser auf, ging dann zu ihr und schaute auf sie hinab. Sie lag auf dem Rücken, den Hut auf dem Bauch, die Augen geschlossen, die Lippen geöffnet. Bäche an Tränen plätscherten zu beiden Seiten der Nase hinab in den Mund. Ein Arm baumelte über den Rand der Couch, die Armbänder klirrten, der Hut tanzte bei jedem Schluchzen.

Ich setzte mich neben sie auf den Boden und lehnte den Kopf an ihre Schulter.

»Ich liebe Jerusalem«, heulte sie auf, »nach fünfundzwanzig Jahren bin ich zurückgekommen, habe in Paris alles stehen- und liegengelassen und bin zurückgekommen. Ich konnte nicht ohne Jerusalem leben. Ich bin hier geboren, ich habe zwanzig Jahre in Palästina gelebt, in einem arabischen Jerusalem. Die Palästinenser kamen ins Haus meiner zionistischen Eltern, nicht als Arbeiter, sondern als Freunde. Ich habe mit arabischen Kindern gespielt. Es gab immer Unruhen, Schießereien, sogar Massaker auf beiden Seiten, aber es gab nie dieses Vakuum, diese totale Mißachtung menschlicher Würde. Wir betrachten uns gegenseitig gar nicht mehr als Menschen, nicht mal als Feinde, nicht mal als Fremde, sondern einfach als Dreck. Was ist geschehen, Angelika, sag mir, was geschehen ist!«

»Zwischen damals und heute liegen vierzig Jahre, und was in diesen vierzig Jahren geschehen ist, weißt du besser als ich. Nicht, daß ich es nicht gewußt hätte, aber, nun schön, man lebt sein Leben, nicht wahr? Wir hatten beide ein turbulentes Leben, es hat uns ganz und gar in Anspruch genommen. Jerusalem ... Israel, gewiß, es hat eine große Rolle bei uns gespielt, aber auch wieder nur eine rein persönliche. Wir lieben die Wüste, die Altstadt, die Landschaft. Gott, war das herrlich, frühmorgens im Toten Meer zu baden, über Ramallah, Nablus und Jenin ans Mittelmeer zu fahren, in der Altstadt im Café zu sitzen und ...«

Sie stieß einen langen, jaulenden Ton aus, dem ein kurzer, geflüsterter Satz folgte: »Ich kann nicht leben ohne das.«

Ich schwieg.

»Kannst du?«

»Ich weiß nicht, ich versuche, nicht daran zu denken.«

»O God, Jesus Christ, shit ... ich denke Tag und Nacht daran!«

»Steh auf«, sagte ich, »wir fahren jetzt nach Jericho.«

»Was?« schrie sie und fuhr hoch. »Du weißt doch, daß in A-Tur Ausgangssperre ist und man nicht durchfahren kann.«

»A-Tur liegt oberhalb des Ölbergs, und wir fahren die Straße unterhalb des Ölbergs. Also komm! Oder hast du Angst?«

»Angst? Ich könnte mir im Moment nichts Besseres vorstellen, als mit dir in der Wüste in die Luft zu gehen!«

Als wir durch Ostjerusalem fuhren, brach sie beim Anblick der leeren Straßen, geschlossenen Geschäfte und eines großen Polizei- und Militäraufgebots wieder in Tränen aus.

»Der arme Teddy Kollek«, schluchzte sie, »er hat sein ganzes Leben für diese Stadt und ein friedliches Zusammenleben gegeben. Und nun sieh dir das an!«

»Er hat in der ›Jerusalem Post‹ unter anderem erklärt, daß die Koexistenz noch nicht tot sei.«

»Sie ist so tot, daß sie bereits drei Meilen gegen den Wind stinkt. Wenn er so was sagt, muß er auch schon gaga sein. Kein Wunder, der arme Mann!«

Wir fuhren auf die Autostraße, die nach Jericho führt, am Garten Gethsemane vorbei und durch die sich anschließenden arabischen Dörfer, die noch zum Stadtbereich von Ostjerusalem zählten. Man ließ uns unbehelligt die Kontrollen passieren. Auf zwei Verrückte mehr oder weniger kam es nicht an.

»Endlich kann man mal richtig fahren«, sagte ich, die Geschwindigkeit beschleunigend, »das ist die gute Seite des Mazaf.«

»Fahr nicht so schnell«, sagte Rebekka, »du weißt doch, daß mir das angst macht!«

Ich lachte: »Du wolltest doch eben noch in die Luft gehen.«

»Aber nicht im Krankenhaus landen!« Sie starrte aufs Tachometer.

»Sieh dir die Landschaft an, Rebekka, wer weiß, wie lange wir die noch sehen dürfen.«

Wir kamen gerade an der neu gebauten Stadt Ma'aleh Adumim vorbei.

»Wenn wir das nicht mehr sehen«, sagte sie, »kann's ja nur gut sein. Ein Verbrechen! Manchmal verstehe ich fast die Palästinenser.«

»Aber nur fast.«

»Natürlich nur fast. Wenn du glaubst, du verstehst sie ganz, dann ist das auf deine abendländische Ignoranz zurückzuführen. Ganz kann man sie gar nicht verstehen. Ganz verstehen sie sich selber nicht. Daß sie uns aus den besetzten Gebieten raushaben wollen, ist ihr gutes Recht. Daß sie ihr eigenes Land haben wollen, in dem sie als freie Menschen leben können, ist ihr gutes Recht. Aber daß sie sich nach wie vor in die Idee verbissen haben, uns aus dem ganzen, von uns aufgebauten Land rauszuwerfen, ist zu idiotisch, um darüber auch nur ein halbes Wort zu verlieren.«

»Dann verliere es nicht, es ist nämlich wirklich zu idiotisch. Das sind doch alte Kamellen, die vor dreißig Jahren vielleicht mal akut waren, aber sie jetzt als Rechtfertigung für die ganze Scheiße, in der wir sitzen, wieder auszugraben, geht zu weit. Kein Mensch in der Welt, nicht mal in der arabischen, kann solche Erklärungen ernst nehmen.«

»Wenn du dich da man nicht irrst.«

»Gut, dann irre ich mich eben, und Israel, die stärkste militärische Macht im Mittleren Osten, muß um seine Existenz fürchten. Himmel Herrgott, das ist doch lächerlich, und darum geht es doch gar nicht. Es geht darum, daß man erst mal aus der gegenwärtigen Situation, in die sich alle Beteiligten hineinmanövriert haben, wieder herauskommt und wenigstens den Versuch macht, eine politische Regelung zu finden. Also tu doch bitte nicht so, als ob du nicht wüßtest, worum es geht.«

»Darling, ich weiß genau, worum es geht. Es geht ums Heilige Land, und das war schon für den einen, einzigen jüdischen Gott und seine Kinder Israels zu klein, geschweige denn für alle, die sich noch reingedrängt haben: Allah mit seinem Vertreter Mohammed und Jesus mit seinen zwölf Jüngern, von denen ein paar gar nicht koscher waren...« Sie lachte ein tiefes, glucksendes Lachen. »Glaub mir, das ganze Unglück hat damit begonnen. So viel religiösen Wahn und Fanatismus hält kein Land aus, nicht einmal ein großes. Ich frage mich nur, warum sie alle hier... Schau...«, flüsterte sie und packte mich am Arm: »Schau diese phantastische Hügelkette! Kannst du einen Moment halten?«

Ich hielt und zündete mir eine Zigarette an. Sie versank in Schweigen und Andacht. Schließlich seufzte sie und sagte: »Vielleicht sind sie alle wegen dieser Hügelkette hergekommen. Nichts verleitet mehr zu metaphysischen Spinnereien als die Wüste... glaubst du, ich kann hier aussteigen und Pipi machen?«

»Nein.«

»Warum nicht?«

»Wir sind in zehn Minuten in Jericho.«

Am Kontrollpunkt, etwa drei Kilometer vor Jericho, standen zwei arabische Wagen in entgegengesetzter Richtung. Der auf meiner Seite, ein verbeulter, kleiner Lieferwagen, der auf der anderen, in Richtung Jerusalem, ein Gemeinschaftstaxi, vollgepackt mit Männern, Frauen und Kindern. Ich genierte mich, an dem vor mir stehenden, der Kontrolle unterworfenen Auto vorbeizufahren, und hielt.

In diesem Moment begannen die Fahrgäste auf Befehl eines Soldaten aus dem Taxi zu steigen. Der letzte, ein älterer Mann mit einer Kefieh um den Kopf, beugte sich noch einmal ins Innere des Wagens zurück und zog einen großen Plastiksack heraus. Als er damit auftauchte, schlug ihn ihm der Soldat aus der Hand. Tomaten und kleine Gurken kullerten durch die Gegend.

Rebekka, die an mir vorbei aus dem Fenster geschaut hatte, öffnete wortlos die Tür, stieg aus, überquerte mit gemessenen Schritten und durchgedrücktem Kreuz die Straße, hob den Plastiksack auf und begann, das Gemüse einzusammeln. Mindestens eine Minute herrschte Totenstille. Araber und Israelis starrten wie gebannt auf Rebekka, die Tomate für Tomate, Gurke für Gurke aufhob.

Dann sagte der für den Schaden verantwortliche Soldat: »He, geweret*, das ist nicht deine Sache. Woher kommst du eigentlich?«

Rebekka richtete sich steil auf. Sie sah trotz des Ponchos, der sie genauso breit wie lang machte, imponierend aus.

»Ich komme aus Israel«, sagte sie langsam und mit klingender Stimme, »ich bin Israelin und außerdem Mensch. Und was bist du?«

Der Mann sah sie unsicher an und kaute Kaugummi.

»Offenbar weißt du es nicht«, sagte sie, »ich würde es an deiner Stelle auch nicht wissen.«

Sie bückte sich nach der nächsten Tomate. Ich stieg aus und begann, ihr zu helfen. Zwei Soldaten, die abseits am Kontrollpunkt gestanden hatten, kamen auf uns zu.

»Genug«, sagte der eine zu Rebekka, »fahrt weiter, wir machen das schon.«

»Wir machen das gemeinsam«, sagte sie, »dann geht es schneller. In Ordnung?«

»In Ordnung.«

Plötzlich waren wir alle beim Einsammeln – die Soldaten, die Araber, Rebekka und ich. Man begann zu grinsen, dann zu lachen und zu scherzen. Als der Sack voll war, gab ihn Rebekka an seinen Besitzer zurück. Er bedankte sich, sie entschuldigte sich. Sie schüttelten sich die Hand.

»Auf Wiedersehen beim nächsten Mal!« rief sie den Soldaten zu. Die johlten vor Vergnügen.

»Ich hätte den Sack am liebsten wieder fallen lassen«, sagte Rebekka, als wir im Auto saßen, »nur um uns alle

* geweret – hebräisch: Frau

noch mal gemeinsam ...« Ihre Stimme brach, und sie wühlte mit beiden Händen hektisch in ihrer großen, geblümten Stofftasche.

»Da, vor dir, in dem Fach, ist Kleenex«, sagte ich.

»Man kommt aus dem Heulen nicht mehr raus ... Jesus Christ, du weißt ja, ich habe keine Kontrolle über mich ...«

»Du warst wunderbar«, sagte ich und gab ihr einen Kuß, »dafür darfst du ruhig noch ein paarmal heulen.«

»Die armen Kinder«, sagte sie, »diese armen Kinder!«

»Welche Kinder meinst du jetzt?«

»Die Soldaten!« Sie schneuzte sich laut und entschlossen die Nase. »Werden bereits als Helden geboren ... jüdische Kinder werden doch immer als was Besonderes geboren, in der Diaspora als Genies und hier als Helden. Niemand erzieht sie, jeder verherrlicht sie, wie sollen sie dabei ihr Gleichgewicht behalten? Jede Rotznase, sobald sie eine Uniform anhat, ist auf der Stelle eine Art Superman, der über sein Land wacht, der dafür kämpft und, hasweh halila, seine Gesundheit oder sein Leben dafür opfern könnte. Sie haben alle einen Heiligenschein um den Kopf und einen Freibrief in der Tasche. Die Juden kommen einfach nicht darüber hinweg, daß sie eine jüdische Armee haben und ihre Jungens das Gegenteil von dem sind, was sie in der Diaspora waren. Ist ja auch zu verstehen, alles, aber die armen Kinder!«

Sie schlug die Hände vors Gesicht und stöhnte.

»So arm sind sie gar nicht, Rebekka, beruhige dich.«

»Doch, sie sind es. Plötzlich ist es mit Glanz und Glorie aus, und sie müssen die dreckigste Arbeit machen, die man machen kann: gegen eine unbewaffnete Zivilbevölkerung, und da hauptsächlich Kinder und Jugendliche, vorgehen. Aus den Helden sind Prügelknaben geworden, Prügelknaben im doppelten Sinn des Wortes. Es ist grauenhaft, grauenhaft, grauenhaft! Was können sie denn dafür? Was können sie denn tun? Sie haben doch gar keine Wahl! Hast du schon mal daran gedacht, Angelika?«

»Ja, das habe ich, aber ich fürchte, die Mehrzahl der Prügelknaben hat dieselbe Einstellung wie die Regierung und prügelt in zunehmendem Maße nicht ungern. Besonders die sephardischen Juden, deren Eltern noch als Minorität in den arabischen Ländern gelebt und unter den Arabern gelitten haben. Jetzt sind sie die Herren und können's ihnen zeigen.«

Wir fuhren an dem großen, zerfallenen Flüchtlingslager vorbei, in dem Zigtausende von Palästinensern – von den Israelis vertrieben, von den Jordaniern nicht aufgenommen – jahrein, jahraus in der Hitze geschmort hatten.

»Es ist doch eine Schlange, die sich in den Schwanz beißt, Rebekka«, sagte ich, »und natürlich sind es arme Kinder, die israelischen wie die palästinensischen. Sie werden von Kindheit an mit nationalistischen, tendenziösen, rassistischen Ideen indoktriniert, sei es von den Eltern, sei es von den Lehrern, und wenn das vernünftige Menschen sind, von den Kindern, deren Eltern und Lehrer nicht vernünftige Menschen sind. Kinder sind doch Konformisten, sogar die jüdischen, jedenfalls hier in Israel, und wenn sie sich ihr eigenes Bild machen können, ist es in den meisten Fällen schon zu spät. Dann sind sie bereits in der Armee und tragen den Heiligenschein und den Freibrief. Und den Knüppel und das Maschinengewehr. Und ich weiß genau, daß sie von Natur aus keine Schläger sind und sehr, sehr viele unter ihnen in einem furchtbaren Dilemma stecken. Jedenfalls bis sie den ersten Stein an den Kopf bekommen haben und die verdammten Palästinenser verfluchen. Was man ihnen nicht verdenken kann. Welcher Mensch, der mit Steinen, Molotowcocktails, unflätigen Beschimpfungen und Haß verfolgt wird, kriegt nicht irgendwann mal eine mörderische Wut?«

»Na also«, sagte Rebekka befriedigt, »dann verstehst du es ja.«

»Ja, ich verstehe, aber das ändert nichts an meiner Einstellung. Denn die armen Israelis haben die Waffen und ein Land, davon ein großes Stück, das sie vor zwanzig Jahren einkassiert haben, und die Macht und das Geld und die Ausbildung und die Chuzpe, all das für gegeben hinzunehmen. Und die armen Palästinenser haben, so sie nicht kuschen, im besten Fall ein blaues Auge und im schlechtesten eine Kugel im Bauch.«

»O. K.«, sagte sie, »O. K., O. K.! Reg dich nicht auf! Daß man über nichts anderes mehr sprechen kann, daß man nichts anderes mehr sieht... wozu sind wir hierhergefahren, wenn wir nichts anderes mehr sprechen und sehen als das?«

»Um Tomaten und Gurken aufzusammeln.«

In Jericho herrschte etwas mehr Betrieb auf den Straßen als in anderen arabischen Orten. Ein paar Geschäfte waren geöffnet, andere geschlossen. Männer standen oder saßen in kleinen Gruppen zusammen, unterhielten sich, spielten Karten, lasen Zeitung. Die männliche Jugend radelte wie immer durch die Gegend, wild, ziellos und unter heftigem Geklingel. An der Ecke der Ausfahrtstraße, Richtung Jordantal, stand ein Militärjeep. Die Soldaten hatten Helme auf und frühstückten.

Mein Gartenrestaurant war geöffnet. George stand vor dem Tor. Er war unrasiert, und sein Gesicht erhellte sich kaum bei meinem Anblick.

»Hallo, George«, sagte ich mit einem großen Aufwand falscher Fröhlichkeit, »du kennst meine Freundin Rebekka, nicht wahr?«

»Yea«, sagte er und gab uns schlapp die Hand, »willkommen.«

Vor dem Haus saß der Besitzer, tadellos gekleidet, den Blick in die Ferne gerichtet. Er nickte uns knapp und ernst zu. Der Garten blühte in üppigen Farben. Zahllose Orangen leuchteten aus dem dichten, dunkelgrünen Laub der Bäume.

»Ein Paradies«, sagte Rebekka, »was hat Sartre gesagt: ›Die Hölle sind die anderen, oder die Hölle sind wir‹?«

»Ich weiß nicht mehr, aber ich würde sagen, beides.«

Wir setzten uns unter einen Orangenbaum, dessen Äste sich uns entgegenbogen. Rebekka hob den Arm und streichelte eine Orange.

»Wann habe ich das letzte Mal einen Mann geliebt?« fragte sie sich selber. »Wann?«

Sie stützte den Ellenbogen auf den Tisch und das Kinn auf die Faust und schaute an mir vorbei in die Vergangenheit. Es mußten entweder viele Männer sein, die zur Debatte standen, oder viele Jahre oder viele mißverständliche Gefühle, denn es dauerte geraume Zeit, bis sie in ihrem Selbstgespräch fortfuhr: »Ich glaube, es war Dave... ja, Dave... das ist fünfzehn, nein siebzehn Jahre her... wir haben diese phantastische Reise gemacht... halb Europa... wir waren wie aufeinander zugeschnitten: Sex, Intellekt, Gefühl, Geschmack...«

Wir wurden von einer ohrenbetäubenden Explosion erschüttert – zum Glück nur ein Flugzeug, das die Schallmauer durchbrochen hatte.

»Glaubst du, das kommt noch mal wieder?« fragte Rebekka, die nicht mit der Wimper gezuckt hatte.

»Was? Die Detonation oder die Liebe?«

Sie kam mit ihrem Blick in die Gegenwart zurück und dehnte den großen, blassen Mund zu einem Schaukelpferdgrinsen.

»Die Detonation bestimmt«, sagte ich, »die Liebe bestimmt nicht.«

»Na ja, genug gepinkelt.«

»Wie bitte?«

»Kennst du nicht den uralten Witz: Ein Fünfundachtzigjähriger kommt zu einem Arzt und sagt, er hätte Schwierigkeiten mit dem Pinkeln, es funktioniere nicht mehr richtig und was man da tun könne. ›Nichts‹, sagt der Arzt, ›genug gepinkelt.‹ Genug gepinkelt, genug geliebt... alles dasselbe.«

Jetzt riß sie den Mund zu einem stummen Lachen auf. George kam mit einer Tischdecke aus dem Haus.

»Tu mir die Liebe, Rebekka«, sagte ich, »und iß Humus und ein paar Salate und so... ich habe den armen George noch nie in diesem Zustand gesehen.«

»Ein Teller Humus wird seinen Zustand nicht grundlegend ändern, aber bitte schön.«

Ich bestellte Tee, Orangensaft, türkischen Kaffee, Humus und was immer an Salaten vorhanden war. Georges kleines, olivfarbenes Beduinengesicht mit dem Scheuerbürstenschnurrbart blieb finster. Meine üblichen Fragen: »Wie geht es dir? Wie läuft das Geschäft? Ist schon eine europäische Jungfrau in Sicht?« waren nicht anzubringen.

»Schlechte Zeiten«, sagte ich und mußte fast lachen über diese Platitüde.

»Yea«, knurrte George und strich das Tuch auf dem Tisch glatt, »und wer steckt dahinter? Die Syrier.«

Rebekka und ich tauschten einen verdutzten Blick,

dann entschloß ich mich zu fragen: »Warum denn die Syrier?«

»Sie haben den Aufstand hier angezettelt. Sie wollen Krieg mit den Juden und Palästinensern.«

»Ein ganz neuer Aspekt«, sagte Rebekka, verschränkte die Hände hinter dem Kopf, kniff ein Auge zusammen und fixierte das zweite auf irgendeinen Punkt in der Ferne.

»Ich verstehe nicht, George«, sagte ich, »bist du gegen den Aufstand?«

»Was bringt er uns? Nur Schlechtes. Tote, Krüppel, Hunger. Kein Mensch kommt mehr nach Jericho, nicht mal die christlichen Araber aus Bethlehem. Die haben uns Moslems nie gemocht, und jetzt hassen sie uns. Die PLO will, daß wir streiken und um zwei Uhr schließen. Die Israelis wollen, daß wir nicht streiken und offenbleiben. Wenn wir nicht schließen, zündet uns die PLO das Haus an. Wenn wir schließen, schlagen uns die Israelis die Tür ein. Wir haben seit vier Wochen niemand mehr gesehen. Der Boß zahlt mir nur noch die Hälfte. Ein Bettler verdient mehr. Man hat eine Familie. Man muß essen. Vom Steinewerfen kann man nicht satt werden.«

Er drehte sich um und lief durch den Garten zum Haus wie ein Stier gegen das rote Tuch.

»Du lieber Himmel«, sagte ich, »das habe ich nicht erwartet.«

»Erst kommt das Fressen, dann kommt die Moral«, summte Rebekka.

»Glaubst du, viele denken so wie er?«

»Du bist naiv, Angelika. Warum sind denn nur Kinder und Jugendliche an den Demonstrationen beteiligt? Weil die ausgewachsenen Männer eine Riesenfamilie zu ernähren haben: Eltern, Frau, unverheiratete Schwestern der Frau und ein Dutzend Kinder.«

»Das bedeutet aber nicht, daß sie im Prinzip gegen den Aufstand sind.«

»Ich will dir deine Illusionen nicht nehmen, aber ich glaube, das läßt sich nicht verallgemeinern. Die in den Flüchtlingslagern und Gaza sind bestimmt geschlossen für den Aufstand, denn sie haben nichts zu verlieren, aber die in der West-Bank sind wohl doch etwas hin und her gerissen. Sie sind nicht in Bausch und Bogen Idealisten, und was deinen George betrifft, so scheint er das glatte Gegenteil davon zu sein. Er will keinen Aufstand, sondern sein volles Gehalt, und das kriegt er nur, wenn die Touristen, die Juden und die christlichen Araber kommen.«

»Als ob die vor dem Aufstand in Massen gekommen wären!«

»Spielt keine Rolle, er hat sein volles Gehalt gekriegt und wahrscheinlich noch ein paar private Geschäftchen abgewickelt... also, du glaubst, mit der Liebe ist es ein für allemal aus?«

»So aus wie mit diesem Lokal. Nur daß sich das durch irgendwelche unvorhergesehenen Umstände noch mal erholen kann, während bei uns keine unvorhergesehenen Umstände mehr eintreten können.«

»Kannst du mir sagen, warum wir dann noch immer so zäh weitermachen? Für wen? Für was?«

»Gibt ja noch was anderes als Liebe.«

»Was?«

»Den Mazaf, zum Beispiel«, sagte ich, und wir brachen in Lachen aus.

George kam mit einem Tablett. Er setzte es klirrend auf dem Tisch ab und erklärte: »Wenn's vor dem Aufstand schlecht war, dann ist es jetzt noch schlechter, wenn die Israelis schlecht sind, dann sind die Jordanier noch schlechter. Ein armer Mann hat keine Wahl. Ich habe unter den Juden Freunde gehabt. Ich spreche hebräisch, wir haben zusammen gesprochen wie Menschen. Soll ich da plötzlich Steine auf sie werfen?«

Rebekka wickelte ihre lange Kette um den Finger und sah ihn von unten herauf an. Ich schüttelte den Kopf, wobei ich nicht wußte, ob das seiner Frage galt oder seiner unpatriotischen Einstellung.

»Ich fürchte, er hat den tieferen Sinn der Sache noch nicht begriffen«, sagte ich, als er gegangen war.

»Verlaß dich auf die israelische Regierung«, sagte Rebekka, »die wird ihn ihm schon beibringen.«

Der Alptraum des Schlagens und Knochenbrechens hielt an. Die Fälle, in denen »obligatorisches« Schlagen in willkürliche, brutale Ausschreitungen ausartete, mehrten sich.

Die israelischen Medien ließen keinen dieser Fälle aus, die Bevölkerung wurde täglich bis in die kleinsten Einzelheiten informiert. Keiner konnte sich hinter der Entschuldigung verstecken, es nicht gewußt zu haben. Der einzige Unterschied lag darin, daß die einen es wissen wollten und sich damit auseinandersetzten und die anderen es nicht wissen wollten und sich in ihr Schneckenhaus zurückzogen. Das allerdings gelang ihnen nur, wenn sie die Zeitungen nicht mehr aufschlugen, die Radio- und Fernsehnachrichten, die damals noch offen Bericht erstatteten, nicht einschalteten.

Ich muß gestehen, daß mir selber oft danach zumute war. Ich las, hörte und sah die Nachrichten mit der Ohnmacht eines Menschen, der neben einem geliebten Sterbenden sitzt, wissend, daß er dessen Tod nicht aufhalten, daß er nur noch darauf warten kann.

Im Beit Agron, dem Journalistenhaus in Jerusalem, wurde zu dieser Zeit eine Fernsehreportage gezeigt, die, von einem amerikanischen Team in Nablus gefilmt, eine, im wahrsten Sinne des Wortes, geschlagene Stunde umfaßte.

»Ich muß mir das ansehen«, sagte Philip, »kommst du mit?«

»Nein.«

»Warum nicht?« fragte er streng.

»Weil ich mir keine geschlagenen und schlagenden Menschen ansehe, geschweige denn schlagende Juden.«

Am Abend wurde ich von einem Auszug dieser Reportage im israelischen Fernsehen überrascht. Ich sprang auf und lief aus dem Haus.

Der Film machte die Runde um die Welt und forderte einen einzigen Aufschrei des Protests heraus. General Mitzna, der Oberkommandierende der West-Bank, erklärte dazu: »Wir müssen alles, was in unserer Macht steht, unternehmen, um Ausschreitungen dieser Art zu verhindern.«

Aber dazu schien es zu spät. Eine Kommission amerikanischer, darunter jüdischer Ärzte hatte die arabischen Krankenhäuser in den besetzten Gebieten besucht und festgestellt, daß es sich hier um eine »Epidemie von Militärgewalt« handele.

»Allein die Zahl der Verwundeten weist darauf hin, daß Schlagen und andere Formen der Gewaltanwendung nicht mehr als Ausnahmen zu betrachten sind, sondern eher zur Regel werden«, lautete der abschließende Bericht eines Kommissionsmitglieds.

Aber Verteidigungsminister Rabin hielt an seiner Schlägerpolitik fest: »Das Vorgehen der IDF kann mit Methoden verglichen werden, die üblicherweise angewandt werden, um Menschenmassen unter Kontrolle zu halten. Schläge sind das geringere Übel, wenn man Ruhe und Ordnung wiederherstellen will – es sei denn, man setzt sich fluchtartig aus den besetzten Gebieten ab.«

Sollte man ihm glauben, gab es zwischen Flucht und Brutalität keinen Mittelweg. Die Epidemie griff weiter um sich und nahm noch makaberere Formen an. In Salem, einem arabischen Dorf, wurden eines Tages vier friedliche Palästinenser von einem Feldwebel und drei einfachen Soldaten niedergeschlagen und lebendig begraben. Sie konnten im letzten Augenblick, wenn auch verletzt, so doch lebendig, wieder an die Erdoberfläche geholt werden.

»Das übertrifft meine schrecklichsten Träume«, sagte General Mitzna in einem Radio-Interview, »ich warne die Offiziere ununterbrochen, daß sie auf das Schlimmste gefaßt sein müssen, wenn sich Soldaten in Situationen befinden, in denen sie Macht über Leben und Tod von Zivilisten haben, und trotzdem fällt es mir schwer, diesen Vorfall zu begreifen.«

Es fiel uns allen schwer, diesen Vorfall zu begreifen, und noch schwerer, ihn unbegriffen zu verdauen.

Ich rief Rick an: »Ich weiß nicht, wie ich das machen soll«, sagte ich, »ich kann nicht mit einem ewig schlechten Gewissen leben. Wie hat mein Vater das damals gemacht?«

»Man gewöhnt sich daran«, erwiderte Rick, »es stirbt langsam ab, und eines Tages ist es tot.«

Eine beruhigende Mitteilung, nur was machte man, bis es tot war? Ich fragte ihn.

»Schreib dein Buch, und dreh nicht durch«, sagte er trocken, »damit hilfst du allen am meisten.«

Möglich, aber mir half ich in diesem Moment nicht damit.

Ich fuhr zu Avi auf die andere Seite, eine Art Solidaritätserklärung, die mir, so gering sie auch war, etwas Erleichterung verschaffte.

Avi wohnte mit seiner Frau, seinen Eltern, zwei Brüdern, deren Frauen und insgesamt siebzehn Kindern in einem zweistöckigen Haus oberhalb des Ölbergs. Die Kinderproduktion war von seiten eines Bruders noch nicht abgeschlossen und das Haus, obwohl geräumig, nicht geräumig genug für eine fünfundzwanzigköpfige Familie. Es stand auf einem kleinen Plateau inmitten eines kahlen Hügels und sah aus, als sei es dort festgeklebt. Von der Straße aus war es nicht zu entdecken, denn eine hohe, mit langstieligen Kugellampen geschmückte Mauer und ein eisernes Eingangstor schirmten es von der Außenwelt ab.

Ich hielt nach Avis großem, altem Auto Ausschau, aber es stand nicht wie gewöhnlich vor dem Tor auf der Straße, sondern gemeinsam mit dem seiner Brüder innerhalb des Grundstücks, hinter der Mauer. Die Treppe, die zum Haus hinabführte, war steil und lang wie eine Himmelsleiter, und als ich den untersten Absatz erreichte, stand bereits die ganze Familie zu meinem Empfang da: Avi, seine Frau Faissa, seine fünf gazellenhaften Töchter und die zwei kleinen Söhne, von denen der Elfjährige eine Miniatur des Vaters und der Neunjährige eine der Mutter war.

Faissa war klein und appetitlich, mit einem runden, festen Körper und einem runden, mädchenhaft glatten Gesicht. Sie strahlte Wärme und Zufriedenheit aus.

»Wie geht's euch allen?« fragte ich, nachdem ich neun mir entgegengestreckte Hände gedrückt hatte.

»Gut«, sagte Faissa, die diese Frage ausschließlich auf die Gesundheit der Familie bezog, »sehr gut, und Ihnen?«

»Nicht so gut.«

»Was fehlt Ihnen denn?« fragte sie mit besorgtem Gesicht.

»Kopfschmerzen«, sagte ich.

Faissa war keine dumme Frau, aber über Gewissenskonflikte ließ sich mit ihr nicht sprechen. Das war gewiß keine neue Erkenntnis, und trotzdem brachte sie mich, wie immer, zur Verzweiflung. Was ich suchte und wonach es mich mehr und mehr drängte, war ein Gespräch, das sich über die Sphäre der Instinkte, Impulse und Gefühle, in die Höhe des Begreifens schwang. Einmal diese Menschen über die Dimensionen ihrer gegenwärtigen Lage verstehen, einmal verstanden zu werden, als Jüdin und nicht als Ausländerin, die man nur darum gern haben, der man nur darum vertrauen konnte, weil sie aus dem Ausland kam, auch wenn sie zufälligerweise Jüdin war und in Israel lebte.

»Willst du ins große oder kleine Haus gehen?« fragte mich Avi.

Im großen Haus befand sich die Familienwohnung: ein Zimmer und eine überdachte Veranda, in der sich die Kinder aufhielten und schliefen, ein eheliches Schlafzimmer, eine winzige Küche und ein Bad. Das kleine, das Avi sich selber gebaut hatte, um Gäste zu empfangen und vor sieben Kindern, zwei Fernsehern und einem Video hin und wieder Ruhe zu haben, bestand aus einem Salon und einem Duschraum.

»Gehen wir in den Garten«, sagte ich, »da ist es wenigstens warm.«

»Du hast recht«, sagte Avi, der in einem flauschigen Morgenrock, einer langen Unter- oder Jogginghose und einer über die Ohren gezogenen Strickmütze auf Zimmertemperaturen eingestellt war. Wir setzten uns in den Garten, der, ungleich anderen arabischen Gärten, von Steinen und trockenem Gestrüpp gesäubert und mit Beeten angelegt war. Im Frühjahr blühten dort die überraschendsten europäischen Blumenarten, die man sonst nur bei deutschen Juden sah.

Avi und seine Familie liebten Blumen, Vögel, die sie in großer Anzahl in Käfigen hielten und sorgfältig pflegten, ja sogar ihren karottenroten Kater, der im Haus ein und aus ging und den Vögeln nichts zuleide tat. Es waren sanfte, freundliche Menschen, die in Eintracht miteinander und sich selber lebten. Ich hatte nie eine Spannung zwischen den Eheleuten gespürt, nie die kleinen Jungen bei einer gezielten Ungezogenheit ertappt, nie die Mädchen streiten oder ein verdrossenes Gesicht ziehen sehen. Sie lebten in einem traditionsgebundenen, für unsere Begriffe starren Gefüge, das keine Abweichungen duldete, aber die Stellung jedes einzelnen respektierte: die machthabende des Vaters, der die Familie ernährte, die kreatürliche der Mutter, die sie versorgte, die moralisch einwandfreie der Töchter, deren einziges Ziel die Ehe war, die ehrenvolle der Söhne, die Namen und Geschlecht fortzusetzen, für die Eltern, wenn sie alt waren, die Schwestern, wenn sie unverheiratet blieben, die Verantwortung zu tragen hatten. Man achtete die Großeltern, man behütete die Kinder, man hielt zu Onkeln und Tanten, Vettern und Cousinen. Das 20. Jahrhundert schien an der Struktur der arabischen Großfamilie spurlos vorübergegangen zu sein. Man fühlte sich in ihr geborgen, nützlich und in seiner klar definierten Rolle anerkannt, und damit waren die Grundbedürfnisse menschlichen Daseins, wenn auch im engsten Rahmen, so doch mit Erfolg, gedeckt.

Faissa und die Kinder waren uns nicht in den Garten gefolgt. Sie waren damit beschäftigt, das Haus zu putzen und Tee für mich zu kochen. Es schickte sich nicht für die Mädchen, sich dazuzusetzen, und für die kleinen Jungen, den Vater zu belästigen, wenn er einen Gast hatte.

Ich saß neben Avi, der sich entspannt auf seinem Stuhl zurückgelehnt hatte und aussah, als hätte er keine Sorge in der Welt. Was konnte ich ihm sagen, diesem ehrlichen und guten Mann, der für mich und meinesgleichen gearbeitet hatte und jetzt von der israelischen Polizei schikaniert und bedroht wurde, dessen Kinder seit Wochen nicht mehr zur Schule gehen durften, dessen Frau sich nicht mehr alleine auf die Straße wagte. Ich blickte in die Landschaft, die von mir so geliebte, magische Landschaft, aber heute berauschte sie mich nicht, sie tat mir in ihrer Schönheit weh.

»Betet für den Frieden von Jerusalem«, ging es mir durch den Kopf. Es war der Text eines Plakates, das man jetzt überall aufgehängt hatte: zwei weiße, fliegende Tauben vor hellblauem Hintergrund. War das das einzige, was man noch für Jerusalem tun konnte? Beten? Die Juden in den Synagogen für ein israelisches Jerusalem, die

Moslems in den Moscheen für ein arabisches Jerusalem, die Christen in den Kirchen für ein internationales Jerusalem? Wie stellten sich die Erfinder dieses sinnigen Plakates das vor?

Vielleicht ließ sich noch das Problem der West-Bank und Gazas lösen, das Jerusalems aber nie.

»Eine schöne Stadt, nicht wahr, Avi?«

»Es gibt keine schönere. Es ist die Heilige Stadt, und hier muß Frieden sein, nicht Krieg.«

»Wäre sie bloß weniger heilig! Dann bestünde noch eine Aussicht auf Frieden.«

Eine der Töchter brachte uns zwei Gläser schäumender Orangenlimonade und einen Teller mit trockenen Keksen. Sie lächelte mir zu und verschwand.

»Avi«, sagte ich, »es ist hoffnungslos.«

»Du meinst die Situation?«

»Ja.«

Er seufzte und sagte: »Man weiß nicht, was die Israelis noch im Kopf haben.«

»Das wissen sie selber nicht mehr.«

»Manchmal sind sie wie die Teufel. Wenn wir einkaufen gehen, in die Altstadt oder nach Ostjerusalem, dann kontrollieren sie uns, bis die Geschäfte zu sind. Sie haben doch nur drei Stunden auf und sind darum sehr voll. Und das geht die ganze Zeit: Halt hier, Halt da, Taschen auf, Taschen zu, Papiere raus, Papiere rein ...«

Er lachte. Er lachte und lächelte immer, wenn er Geschichten dieser Art erzählte, und ich hatte dieselbe Reaktion an den meisten Palästinensern beobachtet. Was versuchten sie mit dieser Grimasse der Heiterkeit auszudrücken? Daß ihnen die Demütigungen nicht unter die Haut gingen, daß die, die sie ihnen zufügten, zu lächerlich oder gemein waren, um ihren Stolz, ihre Würde verletzen zu können?

»Gestern fahre ich am Damaskus-Tor vorbei«, erzählte er weiter, »und ein Polizist hält mich an. Er steht etwa vier Meter vor mir auf der Straße, mit ausgebreiteten Armen. Ich halte, und er winkt, ich solle näher kommen. Ich fahre zwei Meter vor, und er winkt, ich soll noch näher kommen. Ich denke, was will er, daß ich über ihn drüberfahre? Dann verstehe ich: Er will, daß ich so nah an ihn ranfahre, daß er die anderen Polizisten rufen und sagen kann, ich wollte ihn töten oder fliehen. Ich steige aus und sage ganz ruhig auf hebräisch: ›Ich weiß nicht, was du von mir willst, also laß uns wie Menschen sprechen.‹ Wie ein Mensch kann er nicht sprechen, er kann nur wie ein Polizist sprechen: ›Deine Autopapiere, deine Identitätskarte, die Türen auf, den Motor auf, was hast du da, wozu brauchst du das, wo kommst du her, wo fährst du hin?‹ Dann sagt er, das Foto auf meiner Identitätskarte ist zu alt, ich muß eine neue Karte machen lassen, meine Nummer auf dem Auto ist zu alt, ich muß ein neues Schild machen lassen. Eine Stunde versucht er, mich nervös zu machen, und ich bin schon sehr nervös, aber ich zeige es nicht. Sie wollen, daß man wild wird, und dann haben sie einen. Und ich sage dir, Angelika, es sind die Drusen.«

Ihm war bei der Erzählung heiß geworden, und er zog die Wollmütze vom Kopf und schlug sich damit aufs Knie: »Es sind immer die Drusen!«

Für George waren es die Syrier, für Avi die Drusen. Beide hatten beruflichen, manchmal sogar ein wenig menschlichen Kontakt zu den Israelis gehabt, beide hatten ihre guten Seiten kennengelernt und waren ihnen entgegengekommen. Sie konnten oder wollten es immer noch nicht fassen, daß die Brücken abgebrochen und sie zu offenen, erbitterten Feinden geworden waren.

»Es sind nicht nur die Drusen, Avi.«

»Die Drusen sind die Schlimmsten. Die ganze Grenzpolizei, alles Drusen, alles Mörder! Sie haben uns das Leben zur Hölle gemacht, zwanzig Jahre, und darum ist das jetzt passiert.«

»Du kannst nicht alles auf die Drusen schieben. Sie haben hier nicht das Wort, sie sind nur...«

Er ließ mich gar nicht aussprechen: »Die Drusen sind die Schlimmsten«, beharrte er, »sie hassen uns, weil wir Araber sind und sein wollen und sie auch Araber sind, aber es nicht sein wollen. Ich kenne die Drusen! Nachts fahren sie mit Lautsprechern durch unsere Dörfer und sagen die schmutzigsten Sachen über unsere Frauen und Mütter und Töchter. Faissa hält sich die Ohren zu, und meine Kinder, die nie ein schmutziges

Wort gehört haben, fragen uns, was sie da sagen. Kein Israeli kann so gut arabisch sprechen und kennt solche Wörter.«

»Waren die Soldaten, die die vier Araber bei lebendigem Leib begraben haben, auch Drusen?«

»Nein ... ich glaube nicht ... man sagt, es waren Israelis.« Er sah mich starr an und schüttelte den Kopf: »Ich verstehe das nicht, Angelika, wirklich nicht. Wenn die Jordanier so was machen, dann bin ich nicht erstaunt, weil die Jordanier so sind, aber die Israelis!«

Sprach jetzt die Erfahrung aus ihm, oder war der Mythos vom gewaltlosen Juden bis zu ihm gelangt?

»Von den Israelis hättest du das nicht erwartet?«

»Nie! Ich schwöre dir! Bei Hitler war es so, wie es jetzt in Israel ist.«

Erst entlastete er die Israelis, indem er alle Schuld den Drusen zuschob, jetzt belastete er sie, indem er ihnen Naziverbrechen unterschob. Es war wirklich eine schwere Aufgabe, ihn einzupendeln.

»Nein, Avi«, sagte ich, »so wie bei Hitler ist es hier gewiß nicht.«

»Nein?«

»Nein.«

»Aber bei Hitler hat man die Juden auch lebendig begraben.«

»Unter anderem. Aber vor allen Dingen hat man sie, Männer, Frauen, Kinder, Greise, zu Millionen lebendig vergast. Wußtest du das nicht?«

»Ich weiß, daß man viele getötet hat, aber nicht, wie viele, und nicht, womit.«

Jetzt wußte er es, und es würde ihn genauso viel oder wenig berühren wie uns, die wir wissen, daß jährlich Millionen Menschen an Hunger und dessen Folgeerscheinungen sterben.

Die älteste Tochter, ein großes, schlankes Mädchen mit dunklen, zu den Schläfen hinaufgezogenen Augen und langem, schwarzem Haar, brachte uns Tee. Sie war siebzehn und hätte im Mai mit ihrem neunzehnjährigen Vetter verheiratet werden sollen. Die Hochzeit stand in Frage, weil das junge Mädchen den größten Tag ihres Lebens festlich begehen wollte, den Palästinensern aber verboten worden war, während der Zeit des Aufstandes Feste zu feiern.

Es war eine der vielen Anordnungen und Aufrufe, die die PLO durch Flugblätter unter der palästinensischen Bevölkerung verbreitete. Sie nannten sich »leaflets«, waren numeriert und in blumenreicher Sprache gehalten. Durch sie erfuhren die Palästinenser, wann ein Generalstreik stattzufinden hatte, eine Demonstration, ein »Tag des Zorns«, ein »Tag der Trauer«, wann die arabischen Geschäfte zu öffnen und zu schließen, wie sich die Leute in dieser oder jener Situation zu verhalten hatten, welche Ehre den Märtyrern und welche Strafe Kollaborateuren zukam. Es war ein erstklassig organisiertes Nachrichtennetz, das die Israelis vergeblich aufzudecken suchten. Hin und wieder griffen sie einen führend daran Beteiligten auf, aber den leaflets war ebensowenig beizukommen wie den PLO-Nachrichten, die aus Bagdad gesendet wurden und die Hörer mit erstaunlicher Geschwindigkeit und Genauigkeit über alles informierten, was sich während des Tages in den besetzten Gebieten zugetragen hatte.

»Arbeitest du noch für die Mormonen?« fragte ich Avi.

»Natürlich, ich muß doch meine Arbeit fertigmachen, und sie dauert jetzt viel länger, weil ich keine Hilfe habe.«

»Hast du deine zwei Arbeiter nicht mehr?«

»Sie gehen nicht mehr nach Westjerusalem, sie haben Angst.«

»Vor den Israelis oder der PLO?«

»Vor beiden.«

»Und du?«

Er lachte: »Wovor soll ich Angst haben? Ich werfe keine Steine, und ich tue nichts, was mir die PLO verbietet.«

»Aber dein Auto steht trotzdem nicht mehr auf der Straße.«

»Man hat das Auto meines Nachbarn angezündet, weil er sein Geschäft länger offen hatte, als erlaubt ist. Du weißt, es gibt immer Menschen, die einem schaden wollen. Ich habe keine Feinde, und ich breche keinen Streik, aber man muß trotzdem sehr, sehr vorsichtig sein.«

Faissa kam mit einem Strickzeug, einem Teller mit grünen Äpfeln und einer Schachtel Kleenex.

Kleenex war in den arabischen Haushalten zum unabkömmlichsten Artikel geworden. Es herrschte geradezu ein Kleenexkult. Die Schachteln, oft in phantasievollen Umhüllungen, standen in jedem Zimmer, und die Tücher wurden in großen Mengen zu allen möglichen Zwecken verwendet, jetzt zum Beispiel als Unterlage für den von Faissa geschälten und in Stücke geschnittenen Apfel, als Abfallbehälter für die Schalen und als Serviette, an der sie sich die Finger abputzte, bevor sie zum Strickzeug griff.

»Gestern früh um sechs«, sagte Avi, »sehe ich auf der Friedhofsmauer da unten eine palästinensische Fahne – die ganze zehn Meter lange Mauer ist bemalt mit einer Fahne. Ich habe meine Frau und Kinder geweckt, damit sie sie auch sehen.«

»Sie war so schön«, sagte Faissa, die eine kleine, zerkratzte Stimme und einen sehr beschränkten, englischen Wortschatz hatte, »so groß und schön... wie haben sie das gemacht? Es sind doch Juden überall.«

»Es müssen viele, viele gewesen sein, die alle zusammen gemalt haben«, erklärte Avi, »und um sieben war sie schon weg.«

Er lachte auf seine besondere Art, nicht aus sich heraus, sondern tief in sich hinein: »Sie werden ganz verrückt, wenn sie die palästinensische Fahne sehen! Sie haben die arabischen Autos angehalten und auch noch Männer aus den Häusern geholt, und alle mußten schnell, schnell die Mauer neu streichen.«

Jetzt lachte auch Faissa. Für die, die nicht aktiv an der Revolte beteiligt waren, wurde sie mitunter zu einer Art Zirkus. Man hißte heimlich, wann und wo immer, die palästinensische Fahne, bemalte Mauern mit anti-israelischen Slogans, baute nachts Barrikaden, zerschnitt Autoreifen, zerschmetterte Fensterscheiben und wußte darüber in der Tradition arabischer Märchenerzähler zu berichten.

Die Israelis hatten mit dem Schließen der Schulen nichts erreicht. Ob die Kinder und Jugendlichen nun in den Klassenzimmern oder auf der Straße »patriotische Taten«, kindische Provokationen und waghalsige Aktivitäten ausheckten, lief auf dasselbe hinaus. Sie waren nicht mehr zu bändigen, und selbst die Jüngsten unter ihnen kannten bereits die Rolle des Steins, spreizten die Finger zu einem V und schrien PLO.

»Habt ihr alles, was ihr braucht?« fragte ich Avi.

Es ging das Gerücht, daß sich die weitverbreitete Arbeitsverweigerung der Palästinenser, die vielen Generalstreiks, die kurzen Einkaufsstunden und die Gegenmaßnahmen der Israelis in Lebensmittelknappheit bemerkbar zu machen begannen.

»Wir haben alles«, sagte Avi mit strahlendem Gesicht, »jeder hat alles und sogar mehr als früher, weil wir uns gegenseitig helfen.«

»Jeder hilft«, bestätigte Faissa.

»Kommt jemand in einen Laden und hat kein Geld«, sagte Avi, »gibt man ihm, was er braucht, ohne Geld. Ganze Säcke mit Reis und Zucker und Mehl. Hätte man mir das vor drei Monaten erzählt, hätte ich gesagt, das sind Lügen. So was gibt es nicht bei uns.«

Faissa war, wie viele Frauen ihrer Klasse, im Lauf der Zeit streng religiös geworden. Es waren Frauen, die eine Mittelschulausbildung hatten und deren Väter nicht unvermögende Bauern gewesen waren. Gläubig waren diese Frauen immer gewesen, jetzt aber gerieten sie mehr und mehr in den Sog des Fundamentalismus, der sie den letzten Rest einer ohnehin minimalen, persönlichen Freiheit kostete und ein nationalistisches Bewußtsein in ihnen heranzüchtete, das das der Männer oft übertraf.

Ich sah Faissa an. Zu Hause trug sie moderne Kleidung – Röcke von normaler Länge, Blusen mit kurzen Ärmeln, bunte Pullover, die sie sich selbst strickte. Aber kaum verließ sie das Haus, oder ein Mann, der nicht zur engsten Familie gehörte, betrat es, vermummte sie sich und wurde zu einem form- und geschlechtslosen Wesen. Nicht zu verstehen, wenn man sie so sah, mit ihren drallen, nackten Beinen, den kurzgeschnittenen, pechschwarzen Haaren und den schmal gezupften Brauen, der einzigen, aber nie vernachlässigten Schönheitskorrektur in ihrem hübschen Jungmädchengesicht.

»Faissa«, fragte ich, »hast du die Haare mal lang getragen?«

»Lang, sehr lang, mehr lang als meine Tochter. Zu viel Haar, zu viel Arbeit... jeden Tag waschen.«

»Jeden Tag? Ich wasche meine einmal in der Woche.«

Sie unterbrach ihre Strickerei, sah mich ernsthaft an und sagte: »In unserer Religion muß eine Frau nach Liebe waschen, alles, auch die Haare.«

Ein von Natur aus unreines Geschöpf, die Frau. In der jüdischen Religion durfte sie während der Menstruation und eine Woche danach nicht von ihrem Mann berührt werden, in der islamischen mußte sie sich dauernd waschen.

»Ja«, sagte ich, »das ewige Waschen ist wirklich zu viel Arbeit.«

Avi kicherte in sich hinein: »Jetzt verstehst du, warum ich eine zweite Frau brauche«, sagte er, »um Faissa die Arbeit zu ersparen.«

Die Anschaffung einer zweiten Frau war einer von Avis beliebtesten Scherzen, und hätte er gewollt, hätte er ihn sogar wahr machen können. Im Islam war es dem Mann nach wie vor erlaubt, sich bis zu vier Frauen anzuschaffen, und daß sie von diesem Recht nur noch selten Gebrauch machten, lag wohl in erster Linie an Platz- und Geldmangel.

»Deine Wohnung ist nicht groß genug für eine zweite Frau«, sagte ich, »also schlag es dir endlich aus dem Kopf.«

»Bald ist sie groß genug. Mein Bruder hat sich ein Haus gekauft, und wenn er auszieht, habe ich unten alle Zimmer und sehr viel Platz.«

»Dein Bruder hat sich ein Haus gekauft?«

»Ja, ein großes, schönes, zwischen Jerusalem und Ramallah.«

Ich war sprachlos. Ich hatte die Palästinenser nur noch aus der Perspektive des totalen Aufstands gesehen: Not, Angst, Wut – eine ausweglose Existenz im Würgegriff der Besatzungsmacht. Plötzlich war da jemand, der sich ein Haus kaufte, ein schönes, großes auf der West-Bank. Und es schien eine Selbstverständlichkeit zu sein. Warum sollte sich ein bemittelter Bürger – egal, ob erster oder zweiter Klasse – nicht ein Haus kaufen?

Es gab Tausende von neuen Häusern auf der West-Bank, es gab sogar ganze neue Dörfer. Ich hatte sie in den zwanzig Jahren wachsen sehen und mich gefreut, daß die da drüben – wer immer sie waren – auch einen wirtschaftlichen Aufschwung erlebten. Daß nur ein kleiner Teil dieser Häuser aus gutgehenden Geschäften innerhalb des Landes und der Rest aus den Taschen nach Amerika oder den Ölstaaten ausgewanderter Palästinenser kam, davon hatte ich ebensowenig gewußt wie von der hohen Zahl der Flüchtlingslager.

»Genaugenommen«, hatte man immer in Israel gesagt, »ist es den Palästinensern noch nie so gutgegangen wie in den letzten zwanzig Jahren. Du hättest mal sehen sollen, wie die gelebt haben! Die Krankheiten, die Säuglingssterblichkeit, der Dreck! Die Kinder sind im Winter barfuß herumgelaufen, mit blau geschwollenen Füßen. Und jetzt haben sie einen Lebens- und Bildungsstandard, der höher ist als in allen anderen arabischen Staaten.«

Undankbare Gesellen, diese Palästinenser! Bauten und kauften sich Häuser und wollten dann auch noch ein eigenes Land und ihre Freiheit haben. Gibt man ihnen den kleinen Finger, wollen sie gleich die ganze Hand. Sie müssen sich jetzt mal entscheiden: Wollen sie ohne blau geschwollene Füße unfrei leben oder mit blau geschwollenen Füßen frei? Wollten sie sich unpassenderweise Häuser kaufen oder ganz dem »heroischen Aufstand des palästinensischen Volkes« widmen?

Es knallte. Ein sehr gedämpfter Knall, der aus der Talsenke zu kommen schien. Dann ein zweiter.

Der Garten war in Sekundenschnelle voller Kinder. Sie standen auf erhöhten Plätzen oder an den Zaun gepreßt, redeten, riefen, schrien durcheinander. Faissa legte hastig das Strickzeug auf den Tisch und lief zu ihnen.

»Jetzt geht es wieder los«, sagte Avi mit aufleuchtendem Gesicht, »jeden Tag und jede Nacht...«

Er stand auf und spähte ins Tal hinab. Seine Familie rief nach ihm und machte ihm ungeduldige Zeichen, zu kommen. Einer seiner Söhne rannte auf ihn zu und nahm ihn bei der Hand. Avi folgte ihm.

Ich blieb sitzen und sah zu der Familie hinüber. Eine ungeheure Aufregung hatte sich ihrer bemächtigt. Es war eine Aufregung, die weniger Besorgnis als Spannung entsprang: Es ging wieder los an der palästinensisch-jüdischen Front! Die kleinen Helden hatten zu den Steinen gegriffen, die großen Monstren zu den Schußwaffen. David und Goliath.

Jetzt rief man nach mir. Ich stand auf und gesellte mich zu meinen palästinensischen Freunden. Was verband mich mit ihnen? Mein schlechtes Gewissen, das aus dem Wissen um Entwürdigung und Entrechtung kam? Die Erinnerung an mein bulgarisches Dorf, in dem ich, sechzehnjährig, unter ähnlichen Menschen glücklich gewesen war? Meine Suche nach einer stichhaltigen Antwort auf die Frage: War ein friedliches Zusammenleben von allem Anfang an unmöglich, wurde es im Lauf der Zeit unmöglich, würde es unmöglich bleiben?

»Da, schau«, sagte Avi, »siehst du da unten auf der Straße den Militärjeep und das Polizeiauto? Sie haben zwei Jungens gefaßt... sie sind schon im Auto.«

Ein paar Schritte vor mir stand die älteste Tochter. Über ihren schmalen Rücken floß das glatte, schwarzglänzende Haar wie ein Strom bei Nacht. Ich hätte gerne meine Hand hineingetaucht. Ich hätte gern gewußt, was in ihr vorging, was in all diesen Frauen vorging, denen nur eine einzige Möglichkeit, die der Ehe, offenstand und die trotzdem einen zufriedeneren Eindruck machten als wir, denen so viele Möglichkeiten offenstanden.

»Vielleicht haben sie eine Petroleumbombe geworfen«, sagte Avi, »vor ein paar Tagen haben sie in A-Tur eine Petroleumbombe geworfen, und das ganze Dorf war vierundzwanzig Stunden abgesperrt, und viele, viele sind verhaftet worden.«

Avis Eltern kamen durch den Garten auf uns zu. Sie gingen schnell und aufrecht, er ihr einige Schritte voran. Beide trugen lange Djallabias, er eine sandfarbene, sie eine weiße mit roter Stickerei.

»Salam«, sagten sie und gaben mir die Hand. Ihre Hände, die weder zugriffen, noch sich dem Griff anschmiegten, fühlten sich an wie trockenes, knorriges Holz. Er war ein Wüstenfuchs mit einer kolossalen Nase und kleinen, schlauen Augen, sie eine Frau, der man das häufige Sterben nicht ansah. Sie hatte einen straffen, geraden Körper und ein schalkhaftes Vollmondgesicht.

Die Kinder umringten die Großeltern und weihten sie in die Geschehnisse ein. Die Großmutter hob Arme und

Augen und beschwor Allah, was sie auch ohne ersichtlichen Anlaß häufig tat. Der Großvater schien unbeeindruckt. Er ließ die Kugeln einer Kette durch die Finger seiner linken Hand gleiten und sagte etwas zu seinem Sohn.

Avi lachte: »Er fragt, wie alt du bist.«

Eine normale Frage, wenn man nicht, von der westlichen Zivilisation des 20. Jahrhunderts angekränkelt, Altern und Alter als beschämend, wenn nicht gar obszön empfand. Hier war meine Chance, mich meines Alters zu rühmen, und vielleicht hätte ich es mit einem gewaltigen Anlauf dazu gebracht, wenn die weibliche Seite der Familie nicht plötzlich in schnatterndes Geschrei ausgebrochen wäre.

Der jüngste Sohn war durch ein Loch im Zaun geschlüpft und auf dem Weg ins Tal.

»Attalah!« rief sein Vater, und das genügte. Der Junge erstarrte im Schritt, machte kehrt und kam zurück.

»Man muß die Kinder einsperren wie eine Herde Ziegen«, sagte Avi, »sie werden immer wilder und die Polizisten immer müder. Die sind noch nie so viel gerannt. Wenn sie stehenbleiben, schlafen sie vor Müdigkeit ein.«

Armeejeep und Polizeiwagen setzten sich in Bewegung. Ein paar Passanten, die in einiger Entfernung von den Fahrzeugen stehengeblieben waren, gingen weiter. Die Szene war leer. Man wandte sich ab und wechselte mühelos zur Tagesordnung über. Die Töchter gingen putzen, Faissa kochen. Sie lud mich zum Essen ein.

Das Essen bei meinen palästinensischen Freunden war ein wunder Punkt. Es gab kein Gericht, das nicht vor Olivenöl triefte, und ich vertrug kein Olivenöl. Ich erfand weitschweifige Entschuldigungen und verabschiedete mich.

Avi begleitete mich. Er zeigte mir einen Käfig mit zwei Tauben. »Die habe ich gestern meinen Söhnen gekauft«, sagte er, »sind sie nicht hübsch?«

Es waren kleine braune Tauben mit zerzaustem Gefieder.

»Warum hast du nicht wenigstens weiße gekauft.«

»Die gibt es hier nicht.«

»Kein Wunder!«

Oben auf der Mauer, zwischen den langstieligen Kugellampen, saßen ein paar Kinder. Der Älteste war etwa sieben Jahre.

»Was ist das?« fragte mich Avi.

»Was soll das sein? Kinder natürlich.«

»Falsch«, kicherte er, »das ist die palästinensische Armee.«

Fast eine Woche sah und sprach ich niemanden. Denjenigen, mit denen ich in täglicher Verbindung stand, hatte ich erklärt, ich führe nach Tel Aviv. Dort sei es wärmer und ruhiger, und ich wolle mal raus aus dem »Kriegsgebiet« und nichts mehr davon sehen und hören. Ich hatte genug von der moralischen Selbstzerfleischung der Linken, den arroganten Rechtfertigungen der Rechten, den Horrorberichten der Medien, dem verstörten Schweigen der Diasporajuden, dem Rausch der Palästinenser, die als Märtyrer und Helden an die Weltöffentlichkeit gespült, die ihnen gebührende Sympathie einheimsten.

Meine Freunde und ich traten auf der Stelle. Was die Katastrophe heraufbeschworen und warum wir sie nicht hatten kommen sehen, wußten wir ja nun. Wie man ihr Einhalt gebieten und sie darüber hinaus in neue, konstruktive Bahnen lenken konnte, wußten wir natürlich nicht – wußte offenbar kein Mensch. Wir waren zwanzig Jahre zu spät und nicht mit einem Kuß, sondern einem Fußtritt aus unserem Dornröschenschlaf geweckt worden. Uns fehlte die Phase des Halbschlafs, in der man langsam aus der Tiefe des Traumes in die Wirklichkeit hinübergleitet und sich auf das, was einen erwartet, vorbereiten kann. Der Schock, mit dem wir aufgewacht, hochgefahren und, sofort das Gleichgewicht verlierend, kopfüber auf dem harten Boden der Tatsachen gelandet waren, hatte unser Begriffsvermögen verwirrt. Wir hatten geglaubt, zwei Jahrzehnte, in denen ein Zustand gesät, gereift und gefault war, in zwei Monaten gedanklich bewältigen zu können. Wir hatten gehofft, mit pausenlosen Gesprächen und hektischen Aktivitäten den Dingen auf die Spur zu kommen, ein wenig Klarheit in uns zu schaffen und sie an die weiterzugeben, die, zu unserer wachsenden Entmutigung, gar nicht daran interessiert waren.

Was konnte ein kleines Regiment wirrer Don Quijotes gegen einen Urwald sich stur drehender Windmühlenflügel ausrichten? Unsere Gespräche, zu oft wiederholt, fuhren sich in voraussehbaren Klischees fest. Unsere Reaktionen und Gefühlsausbrüche erlahmten. Jeder hatte dem Mazaf seinen eigenen Charakter aufgeprägt und begann, sich darin einzurichten: Für Philip war er zu einer Art Maskenball geworden, der ihm ein nie geahntes Maß an Abwechslung, Aufregung und Entfaltungsmöglichkeiten bescherte, für Rick zu immer neuen, karrierefördernden Artikeln, für Jane zum teils absurden, teils tragischen Theater, für Evchen zu einem vorübergehenden Unheil mehr in Israels kurzer unheilschwangerer Geschichte, für Rebekka ein weiterer Tiefschlag in ihrem mit Tiefschlägen gesegneten Leben, für Alfred, meinen gentleman friend, ein historisches Ereignis, das man mit bissigen Kommentaren und unbeteiligtem Blick verfolgte.

Was mich betraf, so hatte sich Schmerz und Scham in Erbitterung, Entsetzen in Wut verwandelt. Wenn Menschen nur noch ihre Primitivaffekte austobten und die Sprache aussetzte, war aus dem Bannkreis von Gewalt nicht mehr herauszukommen. Die Fronten verhärteten sich mit jedem Stein, der geworfen, jedem Schlag, der ausgeteilt wurde. Die Hoffnungslosigkeit der Lage spiegelte sich in den Schlagzeilen der Zeitungen wider: »Israel wird die Gebiete auch dann nicht verlassen, wenn es unter Druck gesetzt wird.« – »Kairo lehnt Schamirs Vorschläge für Gespräche rundweg ab.« – »Arafat sagt zu amerikanischem Zeitungskonzern: Der Aufstand geht weiter, bis dem Besatzungszustand ein Ende gemacht wird.« – »Schamir spricht jüdischen Siedlern Mut zu und warnt die Palästinenser.« – »Palästinenser werden zu gewalttätigen Ausschreitungen aufgestachelt.« – »Rabin: Die Unruhen werden noch monatelang anhalten.« Wenigstens etwas, an das man sich halten konnte. Die Unruhen, wenn man es so nennen wollte, würden Monate anhalten. Warum nicht gleich Jahre, da Kraftakte offensichtlich nicht halfen und politische Gespräche nicht in Betracht gezogen wurden.

Wann, fragte ich mich, würde mein schlechtes Gewissen abzusterben beginnen?

In diesen Tagen meiner Klausur goß es in sintflutartigen Schüben. Wenn ich zwischen zwei Schauern, bei plötzlich blauem Himmel und kräftiger Sonne, spazieren- oder etwas einkaufen ging, lief ich mit grimmigem Gesicht und schnellen, bösen Schritten. Alle meine unguten Charaktereigenschaften, die ich, wenn auch nicht bewältigt, so doch wenigstens unter Kontrolle zu halten gelernt hatte, brachen wieder auf: Ich war unfreundlich, ungeduldig, bewußt ungerecht und dachte hauptsächlich in Verwünschungen und meuternden Monologen. Sie richteten sich gegen alles, was mir vor die Augen kam: gegen die alte Frau im Supermarkt, die die Rechnung Posten für Posten studierte und die Kassiererin wiederholt fragte, was 4 Schekel 35 Agorot gekostet hätte; gegen die drei Mädchen, die schnatternd und kichernd vor mir herschlenderten und mir den Weg versperrten; gegen den orthodoxen Jüngling, der in seiner mittelalterlichen Aufmachung an einer Bushaltestelle stand und an einem unsichtbaren Bart zupfte; gegen die kleinen Jungen, deren Ball mich versehentlich im Rücken traf; und besonders gegen die jungen Männer mit ihrer dreisten Unbekümmertheit und dem arroganten Zug im Gesicht. Woher, zum Teufel, kam dieser Zug? Hatten Eltern und Gesellschaft sie tatsächlich derart von ihrer Unfehlbarkeit überzeugt, daß jede Selbstkritik, jeder Zweifel an sich selber erstickt worden war? War es der Mangel an Kommunikation mit jungen, nicht-jüdischen Menschen anderer Länder, der keine sie in Frage stellenden Vergleiche aufkommen ließ? Oder war es ein verdrängter, aus den Untiefen jüdischer Vergangenheit aufsteigender Minderwertigkeitskomplex, den sie mit Überheblichkeit sublimierten? Was immer es war, es hatte mich seit jeher irritiert, jetzt aber empörte es mich.

Ich vergiftete mich absichtlich und mit kindischer Genugtuung. Warum hatte es mich auch so enttäuscht, mein Volk, das ich als Opfer der Weltgeschichte glorifiziert, das ich durch sein Leid geläutert, für klüger, einfühlsamer, sanfter als andere Völker gehalten hatte!

Das einzige, was in dieser innerlich und äußerlich schwarz bewölkten Zeit meinen Erwartungen standhielt, war die Wohnung. Kein noch so schlechtes Wetter, kein noch so trübes Licht konnte ihr etwas anhaben. Sie war wie eine schöne Frau, an der ein häßlicher Fetzen zu einem Haute-Couture-Kleid wird. Ich verbrachte die Tage an meiner Schreibmaschine und die Abende vor dem Fernseher. Manchmal schoß einer der Kater zwischen zwei Koitussen, zum Auswringen naß, in die Wohnung, schlang ein paar Happen hinunter und schoß wieder hinaus. Trieb sie der Hunger zufälligerweise zur selben Zeit nach Hause, stürzte sich der rabiate Dino anstatt aufs Fressen auf seinen Bruder Pauli. Als er ihm dabei das Ohr aufschlitzte, las ich in meinem Katzenlexikon unter »Kastration« nach. Da stand, daß die Entfernung der männlichen Sexualorgane eine Kleinigkeit sei und der Kater danach viel ruhiger und sanfter würde. Ich gab Dino eine letzte Chance und überlegte, daß man die Kastration bei allen Politikern durchführen sollte. Vielleicht würde die Welt dann ruhiger und sanfter werden.

Die Schabbat-Kriegsspiele auf der ländlichen Straße unterhalb Abu Tors hatten aufgehört. Wahrscheinlich lag das am schlechten Wetter. Nicht umsonst setzte man bei turbulenten Demonstrationen Wasserwerfer ein. Die kleinen Söhne der Shwarz' schien der Regen allerdings nicht zu stören. Sie waren jetzt im Besitz von Spielzeugpistolen, rannten, das Käppchen auf dem Kopf, die Waffe in der Hand, durch den Garten und schossen mit Platzpatronen auf imaginäre Feinde. Es war ein unangenehmes Geräusch und eine noch unangenehmere Entdeckung: Selbst diese stillen Kinder waren mit dem Mazaf aggressiv geworden, selbst ihre zartbesaiteten, religiösen Eltern hatten sie nicht eines Besseren belehren können.

Ich stand am Fenster und sah ihnen zu. Unten stand Mr. Shwarz und sah ihnen zu. Neben ihm saß Twinkle, der kleine, honigfarbene Hund. Beide hatten einen betroffenen Ausdruck im Gesicht. Am Abend übte Mr. Shwarz ›Blue Moon‹ auf dem Saxophon. Ich legte mich aufs Bett und schaltete das Fernsehen ein.

Im israelischen Sender saßen drei Männer um einen Tisch und redeten. Im israelischen Sender saß man jetzt nur noch um einen Tisch und redete. Einer der Männer war ein stämmiger Colonel in Uniform. Er sagte gerade mit belegter Stimme auf englisch: »Wir sind die humanste

Armee der Welt. Sehen Sie sich die Armeen in den arabischen Ländern an ...«

Ich schaltete auf den jordanischen Sender um. Da lief, Gott sei Dank, einer der moralisch einwandfreien, amerikanischen Filme: kein Sex, dafür um so mehr echte, saubere Liebe. Im Mittelpunkt stand meistens ein junger Mensch, der an einer unheilbaren Krankheit starb oder zum Krüppel geworden war und nun das reduzierte Leben oder volle Sterben dank der Familie, Freunden und Nachbarn zuversichtlich meisterte. An diesem Abend handelte der Film von einem drogensüchtigen Backfisch und bot keine negativen Überraschungen. Als die Nachrichten anfingen, hielt ich mich an den Rat meines belgischen Versicherungsagenten, der gesagt hatte: »Hören Sie keine Nachrichten, das drückt auf die Stimmung.«

Immer mehr brave Bürger wollten sich die Moral nicht nehmen oder auch nur niederdrücken lassen, und der israelische Radio- und Fernsehsender versuchte, ihnen dabei behilflich zu sein. Die Nachrichten begannen jetzt unweigerlich mit dem beruhigenden Satz: »Ein relativ ruhiger Tag in den besetzten Gebieten.« Der »relativen Ruhe« folgte dann allerdings eine bedenkliche Zahl relativ unruhiger Vorfälle, die zu Ausgangssperren, Verhaftungen, Demonstrationen, Verwundungen und Tod geführt hatten. Die »relative Ruhe in den besetzten Gebieten« wurde für diejenigen, die sich über den ersten Satz hinaus zu informieren wagten, zu einem bissigen Witz.

Währenddessen wartete man auf Außenminister Shultz, der mit einem Friedensplan in der Tasche aus Amerika, und auf das »Ship of return«, das mit einer Gruppe des Landes verwiesener Palästinenser aus Griechenland eintreffen sollte. Zwei große Ereignisse, von denen das »Schiff der Rückkehr« bei weitem spannender war als die Ankunft des Außenministers.

Wie man Shultz mit seiner achtzig Mann Entourage, seinem zum Scheitern verurteilten Friedensplan und seinem guten Willen empfangen mußte, war klar: mit gemäßigten Pro- und Anti-Friedensplan-Demonstrationen und einer überdimensionalen Taube aus Pappmaché, die in der Halle seines Hauptquartiers, dem Hilton-Hotel, von der Decke baumelte. Wie man dagegen die Palästinenser empfangen sollte, zu denen sich zu allem Überfluß auch noch Juden und Araber aus verschiedenen Ländern, Christen und Israelis gesellen wollten, war unklar und stiftete große Verwirrung unter der Bevölkerung. Die Rechten plädierten dafür, das Schiff mitsamt den »Terroristen und Verrätern« in die Luft zu sprengen, die Linksintellektuellen für eine Einladung an Land und eine Bewirtung mit Kaffee und Kuchen. Dazwischen lagen noch zahlreiche andere Möglichkeiten, die, von den einen befürwortet, von den anderen verurteilt, in endlose Debatten und heftige Streitereien ausarteten. Es war ein geschickter Schachzug der PLO, der an die Zeit des britischen Mandats erinnern sollte, in denen Schiffe mit heimatlos gewordenen Juden vor den Häfen Palästinas kreuzten und von den Engländern zurückgeschickt wurden.

Zwei Wochen lang wurden wir mit dem Friedensplan des Außenministers und dem Schiff der PLO in Atem gehalten. Die Schlagzeilen der ›Jerusalem Post‹ berichteten darüber lakonisch: »›Schiff der Rückkehr‹ soll morgen nachmittag auslaufen.«

»Shultz-Besuch im Zeichen der Pendeldiplomatie.«

»Arabische und jüdische Aktivisten wollen das PLO-Schiff in Empfang nehmen.«

»Shultz-Mission stößt auf unüberbrückbare Gegensätze.«

»Der Kapitän erwartet den Befehl zum Auslaufen.«

»Schamir nimmt den US-Plan kühl auf, ist aber an ›Klarstellungen‹ interessiert.«

»Griechen werden das Schiff nicht am Auslaufen hindern.«

»PLO bleibt dabei, daß keine palästinensische Delegation mit Shultz zusammentreffen wird.«

»PLO gelobt, das Schiff trotz des Sprengstoffanschlags auf den Weg zu schicken.«

»Schamir lehnt amerikanischen Grundsatz ›Frieden im Austausch für Territorien‹ ab.«

»Das Auslaufen des PLO-Schiffes wurde bis auf weiteres verschoben.«

»Shultz-Plan auf der ganzen Linie gescheitert.«

»Das ›Schiff der Rückkehr‹ wird nicht nach Israel kommen.«

Das war das Ende der Komödie. Das »Schiff der Rückkehr« blieb mit einem Loch im Bauch im Hafen von Limassol. Ein anderes Schiff wurde den Palästinensern nicht zur Verfügung gestellt, denn das würde, à la longue, ein zu teurer Spaß werden. Der Außenminister flog mit seiner Entourage und seinem gescheiterten Friedensplan nach Amerika zurück. Ein anderer Friedensplan stand nicht in Aussicht. Die überdimensionale Taube aus Pappmaché wurde aus der Halle des Hilton-Hotels entfernt.

Zu dieser Zeit tauchte in israelischen Kreisen zum ersten Mal das arabische Wort »Intifada« auf. Intifada klang schön, viel schöner als Mazaf, uprising, Aufstand. Das Wort hatte Flügel und Poesie. Innerhalb weniger Tage hatte ganz Israel es übernommen. Die Intifada lebte. Sie war jetzt nicht nur ein Wort, sondern das Eingeständnis, daß es sich hier um viel mehr handelte als um Steine werfende Jugendliche.

Als ich aus der Phase stummen Jähzorns und unzumutbarer Menschenfeindlichkeit wieder aufgetaucht war, war mein erster Gang zu Stanley. Er hatte mich seit Ibrahims angeblichem Abflug nach Amerika zweimal angerufen und war auf seine quengelige Art verletzt gewesen, als ich einem langen, tiefschürfenden Gespräch über unseren gemeinsamen Freund ausgewichen war. Vermutlich hatte ich mit meinem Verhalten von neuem den Verdacht in ihm geweckt, eine heimliche Affäre mit Ibrahim gehabt zu haben, und um ihn von dem zu befreien, machte ich mich entschlossen auf den Weg. Was ich in meiner Entschlossenheit vergaß, war, daß die Schwierigkeit weniger darin lag, ihn von meiner Unschuld zu überzeugen, als darin, ihn in dem Glauben zu lassen, Ibrahim sei nach Amerika geflogen. Ich war von jeher eine schlechte Komödiantin gewesen und fast bei jeder Lüge ertappt worden.

Stanley, in der üblichen bizarren Aufmachung vieler übereinandergezogener Kleidungsstücke, das oberste der rote Bademantel, war unschlüssig, ob er weiterhin beleidigt oder erfreut sein sollte.

»Oh, Angelika«, sagte er, »ich habe dich gar nicht erwartet... nach unserem letzten Telefongespräch...«

»Bitte, Stanley«, sagte ich mit der ersten Anwandlung von Ungeduld, »lassen wir jetzt das Telefongespräch. Ich hasse Telefongespräche, das weißt du doch.«

Er stand da, den Kopf schief geneigt, die Unterlippe vorgestülpt, und schien zu überlegen, ob das eine annehmbare Entschuldigung sei. Dann entschloß er sich, zu lächeln und mir einen Kuß zu geben.

»Achmed ist hier«, sagte er.

Das war ein Glück, denn Achmeds Anwesenheit würde ein ausführliches Gespräch über Ibrahim verhindern.

»Man hat seinen Schwager umgebracht, den Mann seiner jüngsten Schwester.«

»Wann, wo, wie hat man ihn umgebracht?«

»Vor zwei Wochen, in seinem Dorf. Man hat ihn erschossen.«

Man, man, man!

»Wer ist MAN?« schrie ich auf.

»Wir«, sagte Stanley mit sanfter Stimme, »komm ins Zimmer, Achmed wird es dir selber erzählen.«

Der junge Araber saß auf dem Sofa, eine der Katzen auf den Knien. Er war eine wohltuend adrette Erscheinung in der unordentlichen Höhle. Als er aufstand, um mich zu begrüßen, und ich auf seinem Sweatshirt den Werbespruch las: »Make a change for quality! TIP-TOP for an active and playful mind«, schossen mir die Tränen in die Augen. Die ganze Trostlosigkeit seiner Existenz, die Hoffnungslosigkeit der Lage, in der wir uns alle befanden, die Schamlosigkeit der westlichen Konsumgesellschaft kam mir mit diesem Tip-top-change-for-quality-playful-mind-Sweatshirt hoch.

Einen Moment lang standen wir uns stumm und betreten in einem Dreieck gegenüber, dann sagte Stanley: »Es ist furchtbar, es ist so furchtbar, was hier passiert! Gott sei Dank, daß wenigstens Ibrahim in Sicherheit ist.«

»Ja«, sagte ich, setzte mich und kramte in meiner Tasche nach Zigaretten.

»Weißt du noch, Angelika, wie wir uns aufgeregt haben über die Geschichte – das minderjährige Mädchen, der gemeine Vater, die Polizei... wir glaubten, es sei

Ibrahims Unglück, und es ist sein Glück geworden. Er ist praktisch zu seinem Glück gezwungen worden, denn freiwillig wäre er nicht nach Amerika gegangen.«

»Ich habe meine Zigaretten vergessen«, sagte ich, »hast du welche im Haus?«

»Ich glaube nicht, aber ich werde mal nachschauen.«

Es war ein gelungenes Ablenkungsmanöver, denn wenn Stanley auf seine unmethodische, aber beharrliche Art etwas suchte, konnte es sehr lange dauern.

»Wie ist das mit deinem Schwager passiert?« fragte ich Achmed und bemühte mich, in sein quadratisches, rötlichbraunes Gesicht und nicht auf seine bedruckte Brust zu blicken.

»Es war am Freitag, und die Männer haben in der Moschee gebetet, und die Armee ist gekommen und hat aufgepaßt, daß nichts passiert. Was kann in einem kleinen Dorf, weit weg von der Hauptstraße, passieren? Gar nichts, wenn die Armee nicht kommt. Aber sie kommt mit Absicht immer am Freitag und stellt sich vor die Moschee, und dann geht es los...« Er sprach hastig, korrekt, aber mit falscher Betonung, die der englischen Sprache einen exotischen Klang verlieh. »Die Kinder haben Steine auf die Soldaten geworfen, und der kleine Bruder meines Schwagers war dabei. Die Männer haben den Krach gehört und sind aus der Moschee gekommen, und mein Schwager hat Angst gehabt um seinen kleinen Bruder und ist gerannt, um ihn zu holen. Vielleicht haben die Soldaten geglaubt, er will sie angreifen. Einer hat geschossen, hier, in die Brust.«

Ich starrte auf Achmeds Zeigefinger, der sich in den Werbespruch bohrte. »Make a change for quality...«, dachte ich, »a change for quality... a change...«

»Mitten in die Brust... und ich war nicht dabei. Ich war hier in Jerusalem... ich kann mir das nicht verzeihen. Ich hätte bei meiner Familie sein müssen, bei meiner Schwester, sie ist siebzehn, und jetzt ist sie Witwe. Niemals kann ich mir verzeihen, daß ich hier war und nicht bei ihnen.«

Er sprang auf und lief aus dem Zimmer. Ich hörte ihn draußen schluchzen wie ein Kind, hemmungslos und herzzerbrechend.

»Er macht sich so schreckliche Vorwürfe«, sagte Stanley, gab die Suche nach Zigaretten auf und setzte sich in einen Sessel, »er ist der anständigste junge Mann, den ich jemals gekannt habe.« Die schwarze Katze Shiba sprang auf Stanleys Knie, stellte sich auf die Hinterbeine, legte die Pfoten auf seine Schultern und rieb ihren Kopf an seiner Wange.

»Achmed und Shiba sind die sanftesten Geschöpfe auf der Welt«, seufzte Stanley, »und es sind immer die Sanften, die leiden müssen. Shiba läßt sich von den anderen Katzen das Essen wegfressen, und Achmed gibt seinen Eltern jeden Piaster, den er als Krankenpfleger verdient. Ich zerbreche mir den Kopf, wie ich ihm helfen könnte. Er möchte nach Amerika, aber er hat keinen einzigen Verwandten drüben und würde nie das Visum bekommen. Was soll hier aus ihm werden? Die Familie drängt ihn ununterbrochen, zu heiraten, und er hat tödliche Angst, sie könnten die Wahrheit über ihn erfahren. Schon aus diesem Grund wird er eines Tages heiraten müssen, und das ist für ihn das Ende.«

»Stanley, es gibt doch junge Araber, die sich selbständig machen und ihre eigenen Wege gehen, besonders wenn da noch andere Söhne sind, wie in Achmeds Fall.«

»Wie können sie als Palästinenser in Israel ihre eigenen Wege gehen? Vielleicht, wenn sie Spitzel für die Israelis sind, aber wenn sie das nicht sind, brauchen sie für alles eine Erlaubnis von der Militärregierung. Sie können sich doch nicht wie freie Menschen im Land bewegen. Wenn Achmed in einem anderen Krankenhaus arbeiten will, braucht er eine Genehmigung, wenn er an einen anderen Ort ziehen will, braucht er eine Genehmigung, wenn er in Westjerusalem übernachten will, braucht er eine Genehmigung. Und außerdem würde er Geld brauchen, oder glaubst du, er kann sich von seinem miserablen Gehalt ernähren, anziehen und Miete zahlen? Wirklich, Angelika, manchmal bist du noch naiver als ich.«

»Nein, ich vergesse nur von Zeit zu Zeit...«

»Was? Daß die Palästinenser keine Menschen sind und darum auch nicht als solche behandelt werden müssen?«

Ich hatte ihn noch nie so direkt und bitter sprechen hören und war beeindruckt. Stanley war für mich ein

Mann, der in einem Kokon schöngeistiger Dichtung und fleischlicher Gelüste lebte und mit dem realen, täglichen Geschehen nur dann in Berührung kam, wenn seine proletarischen Nachbarn ihn mit Schikanen und Beschimpfungen verfolgten.

»Das Schlimmste ist«, fuhr er fort, »daß man dasitzt und nichts tun kann. Man muß zusehen, wie das eigene Volk verdummt und verroht. Gott sei Dank bin ich am Ende meines Lebens und kann wenigstens noch mit einer schönen Erinnerung an andere Zeiten sterben.«

Achmed kam ins Zimmer. Er hatte sich eine Locke feucht in die Stirn gekämmt und lächelte verlegen.

»Ich muß jetzt ins Krankenhaus«, entschuldigte er sich, »ich habe um ein Uhr Dienst.«

»Ich fahre dich hin«, sagte ich aufstehend, »dann brauchst du nicht im Regen auf den Bus zu warten.«

»Er läuft«, sagte Stanley, »er traut sich nicht in einen israelischen Bus.«

»Bei gutem Wetter laufe ich sehr gerne... es ist ein schöner Weg – durch die Parks und die Hügel... manchmal gehe ich sogar durch den Friedhof.«

»Welchen Friedhof?« wollte Stanley wissen.

»Du weißt doch, den großen, jüdischen.«

»Aber das Krankenhaus liegt doch in A-Tur, da machst du doch einen großen Umweg...«

»Laß ihn doch einen Umweg machen, wenn er will«, sagte ich ungeduldig.

Wenn sie nicht über die Intifada sprachen, waren sie enervierend. Der eine verlor sich in unwichtigen Einzelheiten und der andere in langatmigen Beschreibungen.

»Und jetzt habe ich überhaupt nicht mit dir über Ibrahim sprechen können«, beklagte sich Stanley, als Achmed bereits im Garten und ich auf der Türschwelle stand.

»Da gibt es doch gar nichts mehr zu sprechen! Er ist weg, und alles ist in Ordnung.«

»Das weiß ich doch eben gar nicht.«

»Was?« fragte ich erschrocken.

»Ob alles in Ordnung ist. Ich habe noch nichts von ihm gehört, und er hat mir versprochen, sofort eine Zeile aus Amerika zu schreiben. Ich weiß nicht einmal seine Adresse. Als er sich von mir verabschiedete, hatte er sie weder im Kopf, noch hatte er den Zettel dabei, auf den er sie geschrieben hat. Typisch Ibrahim!«

»Stanley«, sagte ich mit der Stimme einer resoluten, langgedienten Krankenschwester, »es ist bestimmt alles in Ordnung, und du wirst in den nächsten Tagen von ihm hören. Mach dir jetzt nicht auch noch Sorgen um Ibrahim, der Fall Achmed ist problematisch genug.«

Er seufzte und nickte. Er sah aus wie ein bekümmerter Lurch, nicht Fisch mehr und noch nicht Fleisch.

»Wenn Stanley nicht wäre«, sagte Achmed auf der Fahrt zum Krankenhaus, »würde ich nie wieder nach Westjerusalem gehen, auch nicht in eine andere jüdische Stadt... nie wieder!«

»Das kann ich gut verstehen.«

»Ich habe nie einen Menschen gehaßt, keinen Menschen auf der Welt, auch keinen Israeli. Ich hätte nie einen Stein werfen können, mein Arm hätte mir nicht gehorcht. Aber jetzt, bei der nächsten Demonstration in meinem Dorf, bin ich ganz vorne und werfe Steine.«

»Tu das nicht. Dein Volk wird eines Tages Menschen wie dich brauchen – Menschen, denen der Arm nicht gehorcht, Menschen, die nicht hassen.«

»Aber ich hasse schon«, sagte er und versuchte, das entsprechende Gesicht zu machen, »ich werde meine Familie rächen, meine Schwester, meinen armen Schwager... man hat ihn ein paar Stunden später, mitten in der Nacht, wie einen Hund begraben.«

»Mitten in der Nacht? Wieso?«

»Damit keine Menschen kommen. Es würden Hunderte, Tausende zum Begräbnis eines Intifada-Toten kommen, und das wollen die Israelis natürlich nicht. Wir müssen sie ganz schnell in der Nacht unter die Erde bringen, und nur die nächsten Verwandten dürfen kommen.«

»Ach so«, sagte ich.

Man erfuhr doch immer wieder etwas Neues über die Intifada, und vieles würde man erst Jahre später oder nie erfahren. Der Kodex, der israelische Erlasse – legale oder willkürliche –, PLO-Anordnungen – geheime oder offene –, ungeschriebene Gesetze und Eigenmächtigkeiten der Palästinenser umfaßte, war zu kompliziert und wechselhaft, als daß man ihn hätte überschauen können. Man mußte sich mehr auf seinen Instinkt verlassen als auf das, was man las und hörte, mußte herausspüren, was an all den umlaufenden Berichten und Geschichten der Wahrheit entsprach oder Gerücht war, Vermutung oder Tatsache. Kein leichtes Unternehmen, um so mehr, als sich meine Objektivität häufig in Emotionen verlor.

»Du mußt jetzt rechts fahren«, sagte Achmed, als wir auf dem Mount Scopus angelangt waren und die Kreuzung erreicht hatten, von der es links zur Hebräischen Universität ging und rechts zum arabischen Dorf A-Tur.

»Inzwischen weiß ich, wo das Mokasset-Hospital ist«, sagte ich, »zwanzig Jahre habe ich es nicht gewußt.«

»Ich habe auch nicht gewußt, wo das Hadassah-Krankenhaus ist«, beruhigte mich Achmed.

Ein Armeejeep und ein Polizeiauto lungerten an der Kreuzung herum. Da war ein Augenblick der Frustration und des Unbehagens, der automatische Tritt auf die Bremse und der Gedanke: »Bloß nicht auffallen.« Dann der Ärger. Vierzig Jahre hatte ich mit solchen Gefühlen und Gedanken in Europa gelebt und die christliche Welt dafür verantwortlich gemacht. Wollte mir der Joker jetzt die letzten zehn oder, hasweh halila, zwanzig Jahre beweisen, daß Israel und die jüdische Welt aus demselben Holz geschnitzt waren?

Ich hielt vor dem Krankenhaus, einem langgestreckten, vier Stockwerke hohen Gebäude mit farbloser, billiger Fassade.

»Willst du mit hereinkommen?« fragte Achmed erwartungsvoll. »Du wolltest dir das Krankenhaus doch mal ansehen.«

Nach dem Schock des Shifa-Hospitals in Gaza wollte ich mir überhaupt kein arabisches Krankenhaus mehr ansehen.

»Ja«, sagte ich, »ich wollte, aber heute bin ich ein bißchen ...«

Was bin ich heute ein bißchen? Feige? Indifferent? Lustlos?

»Wir haben einen palästinensischen Arzt, der in München Medizin studiert hat«, lockte Achmed, »ich werde ihn dir vorstellen. Du kannst deutsch mit ihm sprechen.«

Auch das noch!

»Er würde sich sehr freuen, jemand aus Deutschland kennenzulernen.«

Und jemand aus Israel?

»Aber wenn du heute keine Zeit hast ...«

»Doch«, sagte ich, »ich habe Zeit.«

Als ich Ismael Abu Bashir auf mich zukommen sah, war ich versucht zu lachen. Er hatte nicht mehr den aufrechten, leichten Gang der Araber, sondern den beflissenen eines deutschen Assistenzarztes, der die Morgenvisite macht. Er ging flink und zielstrebig, Kopf und Oberkörper ein wenig vorgestreckt, ein altväterliches Lächeln um den Mund. Aber als er vor mir stand und Achmed mich aufgeregt als eine Schriftstellerin aus Deutschland vorstellte, brach durch die Assistenzarzt-Allüre ein so spontanes Strahlen, daß ich nicht das Herz hatte, ihn über meinen genauen Status aufzuklären und ihm damit womöglich die Freude zu verderben.

»Ach, das ist aber schön«, sagte er und gab mir eine kleine, weiche Hand, »jetzt kann ich endlich einmal wieder deutsch sprechen. Es hat mir wirklich sehr gefehlt.«

Er sprach fast akzentfrei, artikulierte jedes Wort mit Sorgfalt, liebkoste es förmlich.

»Was für eine Überraschung«, sagte ich, »Sie sprechen ja fließend Deutsch!«

»Ich habe zehn Jahre in Deutschland gelebt ... in München.«

»Ich habe dreiundzwanzig Jahre in München gelebt.«

»Dann sind wir ja fast Landsleute«, sagte er mit einem beglückten Lächeln.

Eine schicksalhafte Begegnung: Er hatte in mir die deutsche Sprache, ein Stück seines liebgewonnenen Münchens und den Draht zur westlichen Welt gefunden, ich in ihm das, was ich zu suchen bereits aufgegeben hatte: einen europäisch geschliffenen Palästinenser, dem ich mich mit Worten verständlich machen, der mich vielleicht etwas tiefer in die Geheimnisse seines Volkes einweihen konnte.

»Ich freue mich sehr, Sie kennengelernt zu haben«, sagte ich.

Ismael Abu Bashir war etwas größer als ich, nicht dick,

aber weich gepolstert – eine Art Schaumgummikissen in einen makellos weißen Kittel geknöpft. Sein Gesicht, mit den leicht gewölbten, schwarzen Lamaaugen, den schweren Wangen und dem kleinen, zurückweichenden Kinn, verriet einen Hang zu Passivität und einen Mangel an Durchsetzungskraft. Er trug eine schwarz gerahmte Brille und das wollige Haar zu einer kurzen Cäsarenfrisur geschnitten. Es war ein orientalisches Gesicht mit europäischer Politur, die in einer gemessenen Mimik zum Ausdruck kam.

»Doktor«, sagte Achmed über den Erfolg seiner Vermittlung befriedigt, »sie möchte das Krankenhaus sehen – ich habe jetzt Dienst.«

»Ich kümmere mich darum«, verkündete der Arzt.

Ich verabschiedete mich von Achmed, bedankte mich, sagte: »Wenn du irgend etwas brauchst...«

Mein Blick fiel auf den Werbespruch quer über seiner Brust: »Make a change for quality!«

»Good-bye, Achmed«, sagte ich niedergeschlagen.

»Und was darf ich Ihnen jetzt zeigen?« fragte der Arzt. »Möchten Sie sich etwas Spezielles anschauen?«

Er sah mich erwartungsvoll an. In den Gläsern seiner Brille tauchte der zerschundene Rücken des alten Mannes im Shifa-Hospital auf.

»Nein«, sagte ich rasch, »nichts Spezielles.«

»Gut, dann gehen wir jetzt auf meine Station, und ich zeige Ihnen dort ein paar Fälle.«

Wir stiegen in die zweite Etage hinauf. Es war ein rückständiger Bau, dem es an allem fehlte, was ihn ein bißchen freundlicher und bequemer hätte gestalten können. Aber die ziemlich breiten Treppen und Gänge waren, trotz Mengen an Besuchern, sauber. Ich sah keinen Abfall, keine Katzen und keine Kichererbsenverkäufer. Die Ärzte, Pfleger und Krankenschwestern waren dank ihrer sauberen Kittel als solche erkennbar, und die Patienten lagen bei geöffneten Türen in Acht- und Zweibettzimmern, umringt von Verwandten und Freunden, die die kahlen Räume mit Geschwätz, Wärme und Farbe füllten.

»Schön ist das hier«, sagte ich. Die Erleichterung, nicht ein Shifa-Hospital vorzufinden, ließ mich nach großen Worten greifen.

»Es ist ein anständiges Krankenhaus«, verbesserte mich Dr. Abu Bashir, »vielleicht das beste auf der West-Bank. Aber leider geht es etwas unzivilisiert zu. Man kann den Leuten einfach nicht beibringen, daß sie nur zu bestimmten Stunden kommen und keinen Lärm machen dürfen... da, hören Sie sich diesen Mann an!«

Der Mann brüllte.

»Was hat er denn?«

»Er beschwert sich über etwas.«

Der Arzt blieb vor einem Zweibettzimmer stehen: »So«, sagte er, »ich habe hier einen Fall, der Sie interessieren könnte. Ein junger Beinamputierter.«

Ich erschrak. Was sollte ich mit jungen Beinamputierten anfangen? Ihm sagen, es täte mir leid, daß er jetzt ein Bein weniger hätte? Ihm Trost und Mut zusprechen, indem ich auf gute Prothesen aufmerksam machte? Ihn sachlich interviewen oder mich einfühlsam nach seiner seelischen Verfassung erkundigen? Etwas dieser Art erwartete man doch jetzt von mir.

»Wissen Sie«, sagte ich verlegen, »ich bin keine Journalistin.«

»Ich weiß...« Er lächelte beschwichtigend. »Aber vielleicht interessiert Sie der Fall vom schriftstellerischen Standpunkt her?«

Der junge Amputierte hatte keinen Besuch. Das Zimmer und das Bett neben dem seinen war leer. Er blickte zu uns hinüber. Sein Gesicht war mir nicht sympathisch. Es hatte einen schlaffen, elegischen Ausdruck, aber die Augen lauerten. Er hielt mich für eine ausländische Journalistin, bestimmt nicht die erste, die er empfing, und hatte sein Sprüchlein bereit. Ich schaute von seinem Gesicht abwärts. Unter der dünnen Decke zeichnete sich ein Bein ab.

Armer Kerl! So jung und würde sich nie wieder normal bewegen können. Wie durfte ich es wagen, sein elegisches Gesicht anzuzweifeln. Er hatte allen Grund dazu.

Er hieß Nabil, war dreiundzwanzig Jahre, kam aus einem Flüchtlingslager in Gaza und hatte zwölf Geschwister. Seine Eltern stammten aus dem heutigen Beer Sheva und waren 1948 in den Gaza-Streifen geflohen. Nabil hatte die Schule mit fünfzehn Jahren verlassen und danach keine weitere Ausbildung gehabt. Mit zwanzig hatte er eine Stellung als Kellner in dem israelischen Badeort Herzeliya bekommen. Er hatte drei Jahre in demselben Restaurant gearbeitet, sechs Tage in der Woche, acht Stunden pro Tag. Sein Wochenlohn hatte sich auf etwa hundert Schekel belaufen.

Wie er dort behandelt worden sei, ließ ich ihn durch Dr. Abu Bashir fragen.

So so.

Ob er Beziehungen zu Israelis gehabt hätte?

Nur berufliche.

Ob er politisch aktiv gewesen sei?

Ja, schon als Schüler hätte er an Demonstrationen teilgenommen. Sein erster Gedanke sei immer sein Land und sein Volk gewesen. Er sprach ohne Emotion, wechselte weder Ton noch Gesichtsausdruck.

Was ihm, politisch gesehen, vorschwebe?

Die Befreiung seines Landes.

Der besetzten Gebiete?

Nein, des ganzen Landes.

Was er in dem Fall mit den Israelis zu machen gedächte?

Ismael übersetzte meine Frage. Nabil antwortete.

»Einen Moment«, sagte Dr. Abu Bashir zu mir, »ich suche nach dem richtigen Wort.« Er zog die Brauen zusammen und preßte die Lippen aufeinander. »Ja«, sagte er schließlich, »ich glaube, ich habe das richtige Wort gefunden. Er hat gesagt: ›Wir werden nicht herzlos sein und die Juden ins Meer werfen.‹ «

»Sehr liebenswürdig«, murmelte ich, und der Arzt seufzte und hob ein wenig die Schultern.

Ich sah Nabil an. Er erwiderte meinen Blick mit Gelassenheit. Er wirkte älter als dreiundzwanzig Jahre und hatte kein dummes, aber dumpfes Gesicht.

Was er von den Amerikanern halte, ließ ich ihn fragen.

Er hasse die Amerikaner.

Und die Jordanier?

Die, das heißt deren Regierung, hasse er auch. Er hasse die Regierung jedes einzelnen arabischen Staates. Die arabischen Regierungen wären alle amerikanische Agenten.

Ob er dann vielleicht die Russen möge?

Die Russen seien in Ordnung, aber sie hätten im Vergleich zu dem, was die Amerikaner für die Juden tun, viel zu wenig für die Palästinenser getan. Die Palästinenser seien von der ganzen Welt verlassen.

Ich hatte diesen Satz bis zum Erbrechen von den Israelis gehört. Wann immer sie in der Patsche saßen, egal ob hineingestoßen oder hineingeschliddert, hatten sie mit bitterer Genugtuung erklärt: »Wir sind von der ganzen Welt verlassen.« Im Fall der Palästinenser stimmte diese Erklärung wirklich. Die Juden hatten sie aus ihrem Land verdrängt, ihre arabischen Brüder hatten sie in Flüchtlingslager gesteckt, kein Hahn hatte vierzig Jahre nach ihnen gekräht, und das plötzliche Aufflackern eines Weltinteresses, das im Grunde mehr dem Verhalten der Israelis als den Taten der Palästinenser galt, würde bald erlöschen.

»Wissen Sie, wie und wann das mit dem Bein passiert ist?« fragte ich den Arzt.

»Ende Januar, während einer Demonstration. Ein Oberschenkelschuß. Nabil ist zuerst in ein israelisches Krankenhaus in Tel Aviv eingeliefert worden, und dort hat man eine Venentransplantation vorgenommen. Als die erfolglos war, hat man ihn nach Gaza ins Shifa-Hospital überwiesen. Ausgerechnet ins Shifa-Hospital, wo es an allem fehlt! Na ja, schließlich ist er bei uns gelandet, und wir mußten sofort amputieren, sonst wäre er gestorben.«

»Und was geschieht nun weiter mit ihm?«

»Eine Prothese, Rehabilitation und dann zurück ins Lager. Mehr kann man für ihn nicht tun.«

Der junge Mann hatte sich eine Zigarette angezündet, rauchte und schaute zum Fenster hinaus.

»Er macht einen so ruhigen, gefaßten Eindruck«, sagte ich, »ist er religiös?«

»Sie sind alle religiös und werden mit jedem Tag religiöser. Religion, Familie, Land ... da liegt der Hund begraben.«

Er hatte den letzten Satz mit Genuß ausgesprochen, und es gelang mir nur mit Mühe, ein Lachen abzuwürgen und mit demselben Ernst, mit dem er gesprochen hatte, zu nicken.

»Könnten Sie ihn fragen, was er sich am meisten wünscht?«

Der Arzt fragte, und Nabil antwortete mit unbewegtem Gesicht und tonloser Stimme.

»Er möchte als freier Mensch in Frieden leben«, übersetzte Dr. Abu Bashir.

»Nachdem man die Israelis – nicht herzlos – aus dem Land vertrieben hat«, dachte ich, »da liegt der Hund begraben.«

»Jetzt werde ich Ihnen meine beiden Lieblinge vorstellen«, sagte Ismael Abu Bashir, als wir wieder im Gang standen, »der eine ist ein einundzwanzigjähriger, gescheiter Junge, der Abitur gemacht hat und sehr viel liest, und der andere ein vierzehnjähriges Kind.«

»Was fehlt denen?«

»Der junge Mann wurde durch einen Schuß in den Rücken querschnittgelähmt und das Kind durch einen Schuß ins Knie lahm.«

»O Gott!«

»Ja, aber sie sind in guter Verfassung. Kommen Sie.«

Es war sehr viel los in dem Krankensaal. Alle acht Betten waren belegt und die Zahl der Verwandten und Freunde dementsprechend. Mindestens drei Radioapparate liefen zu gleicher Zeit, und jeder war auf einen anderen Sender eingestellt. Fast alle Männer, egal ob Patienten oder Besucher, rauchten. Es wurde auch gegessen und getrunken, geredet und, was einen fest gebündelten Säugling anbelangte, geschrien.

»Ich glaube, wir würden da stören«, sagte ich, vor der Tür stehenbleibend.

»Aber nein, im Gegenteil, die Leute freuen sich über jeden Besuch. Sie kommen von überall her, die Familie, Freunde, selbst Fremde, um die Verwundeten zu besuchen.«

Als wir den Raum betraten, verstummten die Menschen. Die Radioapparate wurden leiser gestellt, die Mutter mit dem schreienden Säugling setzte sich, den Rücken zum Zimmer, in eine Ecke, um das Kind zu stillen. Mindestens dreißig Augenpaare musterten mich: scheu, neugierig, freundlich, skeptisch. Der Arzt grüßte jovial in die Runde. Ich nickte und lächelte. Man lächelte, nickte und grüßte zurück. Die meisten Frauen trugen die traditionelle Tracht, lange, bestickte Kleider und Kopftücher, die älteren Männer eine Kefieh. Die jungen Männer, die sehr viel Wert auf ein attraktives Äußeres legten und, selbst wenn sie aus ärmsten Verhältnissen kamen, immer eine gutsitzende Hose und ein sauberes, sorgfältig gebügeltes Hemd besaßen, hatten sich fein gemacht. Es waren Menschen aus Flüchtlingslagern und Dörfern, die in aller Herrgottsfrühe mit dem Bus nach »Al-Kuz«, der Heiligen – wie die Araber Jerusalem nannten – fuhren und abends wieder zurück.

»Sind die Patienten hier alle in der Intifada verwundet worden?« fragte ich Dr. Abu Bashir.

»Nein, nur vier von ihnen. Meine beiden Schützlinge, Radjuan und der kleine Bachum und die zwei da hinten, aber die sind ...«

Er zog die Brauen zusammen und preßte die Lippen aufeinander. Es fehlte ihm offensichtlich das richtige Wort.

»Unergiebig«, half ich aus.

»Richtig! Sie sehen, mir fehlen manchmal schon Worte. Seit der Rückkehr in meine Heimat, und das ist jetzt ein Jahr her, habe ich kein Deutsch mehr gesprochen.«

Seit der Rückkehr in seine Heimat! Wie nannte er die? Die besetzten Gebiete, Westjordanien oder Palästina? Wie stand er zu den Israelis? Lehnte er sie in Bausch und Bogen ab oder differenzierte er? Sah er nur das Unrecht, das die Juden ihm und seinem Volk antaten, oder wußte er um das viel größere Unrecht, das man den Juden angetan hatte?

»Fühlen Sie sich hier unbehaglich?« überraschte mich der Arzt in meinen Gedanken.

Ich sah die schwarzen Lamaaugen besorgt auf mich gerichtet. Er hatte schöne, wie gemalte Brauen. Die Lider sahen aus, als seien sie an den Rändern abgesteppt worden.

»Ja, ich fühle mich unbehaglich«, sagte ich, »nicht nur hier, sondern überhaupt.«

Ich wandte mich dem ersten Bett zu, in dem der Querschnittgelähmte lag. Er hatte die dünnen Arme, das einzige, was er noch bewegen konnte, hinter dem Kopf verschränkt. Sein schmales Gesicht mit der blassen, bartlosen Haut, den grauen, verträumten Augen und dem weichen Mund war das eines Romantikers und Idealisten. Kein Wunder, daß er Abu Bashirs Liebling war.

Ein paar Menschen saßen und standen um das Bett herum. Ich spürte ihre Blicke in meinem Gesicht. Sie versuchten, dort einen der Tragödie angemessenen Ausdruck zu entdecken. Mein Gesicht verhärtete sich.

»Also, das ist Radjuan«, sagte der Arzt.

Ich trat näher an das Bett heran, und die Leute machten mir Platz, damit ich bis ans Kopfende vorgehen und ihm die Hand geben konnte. Der junge Mann sah mich mit einem leichten, ungezwungenen Lächeln an.

»Welcome«, sagte er.

Es klang in dieser Umgebung makaber. Willkommen im Kreis der Gelähmten und Lahmen, der Verwundeten und Kranken, der Armen und Diskriminierten, der Zornigen und Traurigen. Und was ließ sich darauf erwidern? Nichts, das mir nicht in seiner schrecklichen Trivialität sofort im Hals steckengeblieben wäre.

Abu Bashir war neben mich getreten. Er sagte etwas auf arabisch, und jetzt spürte ich wohlwollendes Interesse in den Blicken der Leute. Sogar die stillende Mutter wandte den Kopf nach mir um.

»Ich habe Radjuan gesagt«, erklärte der Arzt, »daß Sie eine deutsche Schriftstellerin sind.«

»Mußte das sein!«

Mich überkam dasselbe hilflose Gefühl wie damals im Beach Camp in Gaza. Was hatte ich hier zu suchen, in diesem Zimmer, am Bett eines in den Rücken geschossenen Querschnittgelähmten, unter Menschen, mit denen ich nichts anderes teilte als eine bittere Erfahrung, genau die Erfahrung, die, preisgegeben, mich nicht zu einer Leidensgenossin, sondern Feindin machen würde.

Man schob dem Arzt und mir zwei Stühle hin, aber ich setzte mich nicht. Ich hatte keine Fragen. Ein junger Mann aus einem Flüchtlingslager in Gaza. In einem Flüchtlingslager aufgewachsen. Eine große Familie, eine enge Unterkunft, ein Bett zu viert oder fünft, ein Vater, der für die Israelis arbeitete, eine Mutter, die vom verlorenen Paradies, dem ehemaligen Dorf, dem Haus, den

Olivenbäumen erzählte, Lärm, Hitze, Not, Gestank, Koran, Allah und dann Steine. Steine, die überall herumlagen. Das einzige, was es im Überfluß gab. Das einzige Spielzeug der Kinder, die einzige Waffe der Jugend.

»Besteht keine Hoffnung auf Besserung?« fragte ich.

»Nein.«

»Aber man kann doch heutzutage alles operieren, einsetzen, ersetzen, was weiß ich!«

»Nicht in seinem Fall. Der einzige Ersatz für ihn ist der Rollstuhl.«

»Weiß er das?«

»Ja, aber er akzeptiert es nicht. Er sagt, er wird wieder laufen können.«

Ich schwieg. Ich dachte an Ibrahim, seinen leichtfüßigen Gang, die Eleganz, mit der er sich bewegte.

»Ich hätte Ihnen das nicht zumuten dürfen«, sagte der Arzt.

»SIE hätten MIR das nicht zumuten dürfen?«

»Ja. Ich werde Radjuan sagen, daß Sie ein anderes Mal wiederkommen. Jetzt ist zu viel Besuch da.«

Er beugte sich über das Bett.

»Moment...«, sagte ich, »ich möchte ihn nicht verletzen.«

Kaum ausgesprochen, wurde ich mir der Ironie meiner Worte bewußt. Dr. Abu Bashir tat, als habe er nicht gehört. Erst als er sich wieder aufgerichtet hatte, sagte er sanft und gewählt: »Entschuldigen Sie, ich möchte Ihnen nicht zu nahe treten, aber Sie müssen natürlicher an die Dinge herangehen. Die Leute hier erwarten nichts von Ihnen, und Sie erwarten zu viel von sich selber.«

»Sie sind mir nicht zu nahe getreten, und außerdem haben Sie recht. Sie sind ein guter Psychologe.«

»Ich habe mich viel mit dieser Wissenschaft beschäftigt, aber leider ist sie hier noch weitgehend unbekannt. Wie so vieles. Man hätte massenhaft zu tun, wenn einem nicht so enge Grenzen gesetzt wären.« Er seufzte, fing sich dann aber rasch und lächelte: »Man darf vor allen Dingen nicht den Mut verlieren und die Hoffnung aufgeben.«

»Gott behüte«, sagte ich.

»Möchten Sie jetzt noch den kleinen Bachum begrüßen, oder wird Ihnen das zuviel?«

»Nicht, wenn ich natürlich an die Dinge herangehe.«

Der Arzt lächelte und führte mich zum Bett des Vierzehnjährigen. Er sah jünger aus – ein Kind mit kurzgeschorenen Haaren und großen, wachen Augen. Der Vater saß an der einen Seite des Bettes, die Mutter stand an der anderen. Beide sahen mehr nach den Großeltern des Jungen aus als nach seinen Eltern.

»Ist er schon lange hier?« fragte ich Abu Bashir.

»Seit Anfang Februar. Ein Knieschuß ist immer eine komplizierte Sache. Aber, Gott sei Dank, war wenigstens das Bein zu retten.«

»Kommt er auch aus einem Flüchtlingslager?«

»Nein, aus einem Dorf in der Nähe von Hebron.«

»Und er hat Steine geworfen?«

»Ich werde ihn fragen.«

Er fragte, und der Junge antwortete mit unschuldigem Blick und heller Kinderstimme:

»Ja, ich habe Steine geworfen«, dolmetschte der Arzt, »alle haben Steine geworfen, Hunderte, Junge und Ältere. Die Armee ist in mein Dorf gekommen, und sie hat da nichts zu suchen. Die Soldaten haben gleich geschossen, und dreißig sind verwundet worden.«

»Würde er noch mal Steine werfen?«

»Ja, ich würde immer wieder Steine werfen.«

»Und warum würde er immer wieder Steine werfen?«

Ein junger Mann, der am Bett eines anderen Patienten stand, rief dem Kleinen etwas zu. Abu Bashir fuhr ihn scharf an.

»Was wollte er?« fragte ich.

»Dem Kind Worte in den Mund legen, und das dulde ich nicht.« Er strich dem Jungen über den Kopf und wiederholte meine Frage. Dann übersetzte er: »Ich tue es, weil ich mein Land gegen die Juden verteidigen muß.«

»Kennt er den Unterschied zwischen Juden und Israelis?«

»Es gibt nur Juden.«

»Gibt es für ihn einen Staat Israel?«

»Nein.«

»Hätte er Steine geworfen, wenn er gewußt hätte, wie die Sache für ihn ausgeht?«

Der Junge, der bis dahin meinem Blick ausgewichen

war, sah mir zum ersten Mal kurz und erschrocken in die Augen. Dann senkte er den Kopf und drehte an einem Knopf seiner Pyjamajacke.

»La«, sagte er schließlich – nein – und wand den Oberkörper vor Unbehagen.

Das Eingeständnis, daß ihm sein Knie doch mehr am Herzen lag als sein Land, und die Einsicht, daß Ehrlichkeit wichtiger war als Ehre, machte ihn mir lieb und weckte die Hoffnung, daß er dem allgemeinen Haß noch nicht verfallen war.

»Ich habe noch eine Frage«, sagte ich. »Könnte sich der Junge vorstellen, daß es auch gute Juden gibt, Juden, die man gerne hat?«

Der Junge antwortete kurz und mit Nachdruck. Der Arzt zögerte einen Augenblick, dann übersetzte er, ohne mich anzusehen: »Kein Mensch hat die Juden gern.«

»Kein Mensch hat die Juden gern«, wiederholte ich leise zu mir selber.

Jetzt sah mich Abu Bashir an. Er zog die Brauen zusammen und preßte die Lippen aufeinander. Ich wartete auf das richtige Wort. Aber er fand es nicht, und ich half ihm nicht, es zu finden.

Als ich müde und entmutigt nach Hause kam, stand Alfred, mein gentleman friend, vor meiner Haustür und fummelte am Briefkasten herum. Der Kasten hatte keinen Schlitz, sondern einen Deckel, den man zum Zweck des Einwerfens hochheben mußte. Wenige kamen darauf, und Alfred war nicht unter denen.

»Du hier«, sagte ich, als er endlich aufgab und mich am Fuß der Treppe erblickte, »ein einmaliges Erlebnis!«

»Ich habe x-mal bei dir angerufen«, sagte er von der Vergeblichkeit seiner Anrufe noch im nachhinein verärgert, »und schließlich kam mir der Gedanke, du seist tot. Bei deinem Leichtsinn ist so was ja gut möglich.«

»Ist das ein Kondolenzbrief, den du durch den nicht vorhandenen Schlitz schieben wolltest?«

Jetzt war er durch das Nichtvorhandensein eines Briefschlitzes verärgert.

»Was ist das eigentlich für eine dämliche Attrappe?« fragte er.

Ich hob den Deckel, nahm ihm den Brief aus der Hand und warf ihn in den Kasten. »Ich hole ihn mir nachher«, sagte ich, »als besondere Überraschung. Komm herein.«

Als er in meinem Wohnsaal stand, sagte er ein paarmal »Donnerwetter«, und schließlich: »Vornehm geht die Welt zugrunde.«

»Das war der Ausspruch meines Vaters. Allerdings ist die Welt dann mit Mann und Maus und allen seinen Sachen sehr unvornehm zugrunde gegangen. Das einzige, was vornehm blieb, war er. Ich habe vor, ihm das nachzumachen.«

»Viel Glück, mein Kind! Ist das dein Vater?«

Er trat nahe an das Foto heran.

»Ja, und meine Mutter und mein Bruder. Ich höre sie da oben sagen: ›Das hat die Kleine jetzt davon!‹ Und mein Vater wird hinzufügen: ›Mußte sie die absoluten Werte – was immer sie waren – ausgerechnet im Mittleren Osten suchen?‹«

Alfred kicherte. Er wirkte in diesen Dimensionen noch zerbrechlicher, als er war, ein verdorrter, aber zäher Stengel in einem großen Blumenbeet.

»Ist deine Harfenspielerin Rosalie nicht im Lande?«

»Nein, und sie wird in den nächsten Jahren wohl auch nicht mehr kommen. Kein Mensch bei klarem Verstand wird in den nächsten Jahren kommen. Und die, die hier leben und bei klarem Verstand sind, werden gehen. Ich zum Beispiel.«

»Für immer?«

»Die Ratten verlassen das sinkende Schiff. Ich möchte die letzten Jahre meines Lebens nicht auf dem Pulverfaß sitzen. Ich habe das einmal durchgemacht, und es reicht. Ein entzückendes Kinderporträt von dir. Wie alt warst du damals?«

»Acht oder so ... es war kurz vor unserer Emigration. Glaubst du, daß die Intifada noch Jahre dauert?«

»Die Intifada ist nur der erste Schüttelfrost im Ablauf einer seit vierzig Jahren latenten, endlich ausgebrochenen und wahrscheinlich unheilbaren Krankheit. Ich werde ihr bitteres Ende bestimmt nicht mehr erleben.«

»Ich vielleicht auch nicht.«

»Sehr gut möglich.«

»Aber ich bleibe.«

»Jedem Tierchen sein Pläsierchen... sag mal, was machst du mit so viel Platz?«

»Ich freue mich daran. Willst du mal auf die Dachterrasse steigen und den Blick sehen?«

»Nein, ich mache mir nichts aus Landschaft, noch dazu Wüstenlandschaft, das weißt du doch.«

»Dann setz dich.«

Er verschwand im Ledersessel.

»Bist du noch dünner geworden?« fragte ich.

»Nein, aber du hast mich lange nicht gesehen. Zeit verzerrt die Perspektive, wie dir bekannt sein dürfte. Also was treibst du, warum bist du nicht erreichbar?«

»Wenn ich schreibe, ziehe ich den Telefonstecker aus der Wand.«

»Was schreibst du?«

»Das habe ich dir doch schon vor drei Monaten gesagt: über die Intifada, den Schüttelfrost einer seit vierzig Jahren latenten, endlich ausgebrochenen und hoffentlich heilbaren Krankheit.«

»Du bist wahnsinnig, mein Kind. Ich dachte, du hättest diese Idee längst wieder aufgegeben. Man kann nicht mit der Zeit mitschreiben. Man braucht den Abstand, die Übersicht, den Filter, durch den man die Zeit fließen lassen muß, um zum Wesentlichen zu gelangen.«

»Das wollte ich gerade nicht – weder Abstand noch Übersicht, noch Filter. Ich wollte die Wucht des Moments und die ungefilterten, wechselnden Gefühle, mit denen wir darauf reagierten. Ist das unwesentlich?«

»Nicht, wenn sich etwas daraus entwickelt, aber ich wüßte nicht, was.«

»Das liegt vielleicht an dir.«

»Das ganze Land ist ein einziges, ungefiltertes Gefühl und das seit vier Jahrzehnten. Also was hat sich deiner Meinung nach daraus entwickelt?«

»Ein Drama.«

»Was für ein Drama? Die Israelis haben folgerichtig Schiffbruch erlitten, und die Palästinenser werden folgerichtig Schiffbruch erleiden. Beide haben es nicht besser verdient, denn sie sind dumm und starr.«

»Schade um die guten Elemente, die hier dringesteckt haben und immer noch drinstecken.«

»Die guten Elemente, wie du es nennst, hatten nie eine Chance. Das ist so, seit Kain Abel erschlug.«

»Möchtest du einen Sherry?«

»Einen Sherry? Um Gottes willen, nein.«

»Du weißt nicht, was du da ausschlägst. Sherry gibt es nur in zwei Geschäften, und die gibt es nicht mehr. Das israelische hat Pleite gemacht, und das palästinensische ist wegen Intifada geschlossen.«

»Hoffentlich wird es dir in Zukunft nur an Sherry fehlen.«

Ich holte die Flasche und ein Glas und goß mir ein.

»Ich gehe nicht in die Schweiz«, sagte ich, »ich habe einen nötig.«

»Angelika, ich habe dir von Anfang an gesagt, du sollst dich da raushalten. Du bist weder Israelin noch Palästinenserin, also was soll der Unsinn?«

»Ich habe eine unheilvolle Beziehung zu diesem Land, ich habe unter den Israelis meine besten Freunde und unter den Palästinensern Menschen, die mir am Herzen liegen. Ich habe Augen und Ohren und die Rudimente eines Gewissens und Gerechtigkeitssinn.«

»Die du plötzlich, aus ich weiß nicht welchen perversen Gelüsten, kultivieren möchtest.«

»Aus einem perversen Erinnerungsvermögen.«

Er sah mich mit einem kleinen Lächeln an und schwieg.

»Nein«, sagte ich, »ich vergleiche nicht. Nichts liegt mir ferner. Aber Ungerechtigkeit bleibt Ungerechtigkeit, Unterdrückung Unterdrückung, Opfer Opfer. Der Unterschied liegt lediglich in den Ausmaßen und Methoden, aber darf man erst reagieren, wenn sie die Bestialität der Nazizeit erreichen? Die Palästinenser haben es satt, unterdrückt zu werden. Kann man ihnen das übelnehmen? Sie wollen ein Land, Selbstbestimmungsrecht, eine Fahne. Wollten die Zionisten das nicht? Sie wehren sich, sie wollen die Israelis vertreiben, mit Steinen, da sie keine Waffen haben, mit scharfen oder explosiven Gegenständen, mit Terror, wenn es sein muß. Haben die Juden während der britischen Mandatszeit ihren Freiheitskampf mit feineren Mitteln geführt? Ich bin Jüdin, ich habe aus meinen Erfahrungen gelernt. Ich kann nicht zurück und meine Erfahrungen auf den Misthaufen werfen. Jüdin sein bedeutet für mich, besser verstehen und tiefer nachempfinden zu können als die, die nicht das Pech hatten, Juden zu sein. Darum kann und will ich mich jetzt nicht raushalten.«

»Und warum erst jetzt und nicht Jahre früher?«

»Erstens habe ich nicht hier gelebt, und zweitens war der Holocaust für mich ein Mount Everest und alles andere Maulwurfshügel. Man kann mir das zum Vorwurf machen, und ich habe keine Entschuldigung – außer vielleicht der, daß es Jahrzehnte gedauert hat, bis ich mich da durchgearbeitet habe. Vielleicht hätte ich es nie geschafft, wenn der Joker nicht eingegriffen hätte.«

»Wer?«

»Der Joker da oben. Er hat mich auf die Grüne Grenze gesetzt und den Mazaf losgehen lassen.« Ich lachte. »Alles für mich, damit ich es schaffe.«

»Ich habe dich für eine Zynikerin gehalten, jetzt bist du zur Romantikerin geworden.«

»Gut, daß du in die Schweiz gehst und dir weitere Enttäuschungen mit mir erspart bleiben.«

»Sag mal, hast du hier allein in der Wohnung keine Angst?«

»Wovor? Vor den Palästinensern, den Israelis oder Einbrechern?«

»Vor allen dreien.«

»Nein, merkwürdigerweise nicht.«

»Fährst du immer noch in die besetzten Gebiete und nach Ostjerusalem?«

»Ja, ich war gerade da, im Mokasset-Hospital, du weißt, das arabische Krankenhaus auf dem Mount Scopus.«

»Was hast du denn da gemacht?«

»Das weiß ich selber nicht so genau. Auf jeden Fall habe ich einen palästinensischen Arzt kennengelernt, der in München studiert hat. Er ist, im doppelten Sinn des Wortes, ein Schatz.«

»Wie meinst du das?« argwöhnte Alfred, dem ich vor langer Zeit einmal erklärt hatte, daß mein Sexleben das Zeitliche gesegnet hätte und auf eine Renaissance nicht mehr zu hoffen sei.

»Nicht so«, sagte ich, »er ist schlicht und einfach ein Mensch, mit dem ich mich unterhalten kann.«

»Brauchst du dazu jetzt einen Palästinenser?«

»Kannst du mir vielleicht erklären, wo bei den Palästinensern der Hund begraben liegt?«

Alfred schüttelte den Kopf, aber nicht als Antwort auf meine Frage, sondern aus Verzweiflung über mich: »Ich weiß wirklich nicht mehr, wovon du redest.«

»Schau, die Palästinenser als Opfer verstehen genügt ja nun nicht, man möchte auch ein bißchen die Menschen dahinter verstehen. Also an wen soll ich mich da wenden? An die Israelis?«

»Und du glaubst, durch ein Gespräch mit deinem Arzt wirst du die Araber begreifen?«

»Ich will versuchen, sie kennenzulernen. Sie sind mir nicht so fremd wie euch Aschkenasim, die ihr mit ihnen seit Jahrzehnten in einem Land und dennoch Lichtjahre von ihnen entfernt lebt. Ich habe euch da einen großen Vorsprung voraus: Ich habe acht Jahre in Bulgarien, davon neun Monate in einem Dorf gelebt und die Bulgaren fünfhundert Jahre unter türkischer Herrschaft. Sie sind zwar Christen geblieben, haben die Türken gehaßt, wie das bei Unterdrückten nun mal üblich ist, haben sich dem islamischen Einfluß aber trotzdem nicht entziehen können. Damals, vor vierzig Jahren, hat sich das Leben in einem bulgarischen Dorf kaum von dem in einem palästinensischen unterschieden. Dieselbe soziale Struktur, dieselben Sitten und Gebräuche, dasselbe Essen, dieselbe Gastfreundschaft und Herzlichkeit. Selbst die Volkslieder und Trachten waren ähnlich. Ich habe die bulgarischen Bauern geliebt und mich in ihrem Dorf mehr zu Hause gefühlt als später in sogenannter kultivierter Umgebung.«

»Diese Phase scheinst du nun aber überwunden zu haben«, sagte Alfred, sich betont im Zimmer umsehend, »oder hast du vor, in ein palästinensisches Dorf zu ziehen?«

Der Mann mit seinen mokanten Fragen begann mir auf die Nerven zu gehen. Seit er Alkohol und Zigaretten zugunsten eines hohen Greisenalters aufgegeben hatte, war er unerquicklich geworden. Es war schade um die Zeit.

Wenn er noch lange blieb, würde ich Dr. Abu Bashir verpassen. Ich mußte ihn noch mal sprechen, mußte ihn über meine wahre Identität aufklären. Es bedrückte mich, ihn in dem Glauben gelassen zu haben, nichts anderes zu sein als eine deutsche Schriftstellerin, die auf den Spuren der Intifada für ein paar Tage nach Israel gekommen war. Was hatte ich gefürchtet? Ihn um die Freude und mich um seine Offenheit zu bringen? Oder war es ein atavistischer Rückfall in jene lang zurückliegende Epoche, in der ich das Wort »Jude« nicht mehr auszusprechen gewagt hatte? Was immer Furchtbares es war, um was immer ich ihn oder mich bringen würde, es mußte noch heute richtiggestellt werden.

»Also wann gehst du in die Schweiz?« fragte ich und warf einen unverhohlenen Blick auf meine Armbanduhr.

»In die Schweiz in ein, zwei Monaten, nach Hause gleich.«

»Und du gibst deine Wohnung hier auf?«

»Nein.«

»Interessant. Warum nicht?«

»Es besteht keine Notwendigkeit dazu.«

Er stand auf, schwankte eine Spur, fing sich aber gleich und machte sich steif.

»Tja, mein Kind, ich hoffe, wir sehen uns noch vor meiner Abreise.«

»Das hoffe ich auch.«

»Und du hast vor, hierzubleiben?«

»So ist es.«

Er ging zum Fenster und schaute hinaus.

»Es ist gut, daß du deine Wohnung hier nicht aufgibst«, sagte ich, »aus was immer für Gründen.«

»Die Gründe! Es gibt keinen einzigen vernünftigen Grund, es gibt nur ein ganz und gar ungefiltertes Gefühl ... aha, da hinten sieht man die Berge Moabs. Von da ist das auserwählte Volk in das Gelobte Land hinabgestiegen.«

»Sind sie nicht schön?«

»Hm. Und was sind das für zerstörte Häuser dir direkt gegenüber?«

»In denen haben vor dem Sechs-Tage-Krieg die Jordanier gesessen und die Israelis beobachtet und hier, in meinem, haben die Israelis gesessen und die Jordanier beobachtet.«

Er drehte sich zu mir um. In den grauen Wassertropfen seiner Augen war ein Glitzern, und sein Gummimund dehnte sich zu einem breiten, stummen Lachen.

»Da hast du nun also dein Land vom hoffnungslosen Anfang bis zum hoffnungslosen Ende.«

»Aber das ganz und gar ungefilterte Gefühl bleibt, nicht wahr?«

»Das ist die menschliche Natur, mein Kind, und die ist bei den Juden besonders stark ausgeprägt: ›ihijeh tow – es wird gut sein!‹ Das sagen sie seit den Bergen Moabs bis zum heutigen Tag. Ein unbegreifliches und unverbesserliches Volk!«

Um sechs Uhr traf ich den Arzt Ismael Abu Bashir im American-Colony-Hotel. Er war auf die Minute pünktlich, kam mit flinken Schritten und gemessenem Lächeln auf mich zu und reichte mir die Hand. »Ich grüße Sie«, sagte er.

Er sah aus wie ein Tourist, einer von der gepflegten, mediterranen Sorte: eine graue Flanellhose, ein blauweiß gestreiftes Hemd, ein dunkelblauer Pullover, darüber eine helle, gesteppte Windjacke.

»Ich hoffe, es hat Ihnen keine Schwierigkeiten gemacht, hierherzukommen«, sagte ich.

»Nein, überhaupt nicht. Ich wohne momentan bei einem befreundeten Arzt in Ostjerusalem. Von ihm bis zum Hotel sind es nur zehn Minuten.«

»Und wo wohnen Sie sonst?«

»In Al-Bireh. Aber zur Zeit ist meine Frau mit unseren beiden Kindern in Kalkilia bei ihren und meinen Eltern. Wir kommen beide aus Kalkilia.«

Ich war nie in Kalkilia gewesen. Vor der Intifada hatte ich nicht einmal gewußt, daß es einen Ort dieses Namens gab, mit der Intifada war er mir durch die Medien bekannt geworden. Eine besonders unruhige kleine Stadt, keine fünf Kilometer von der israelischen Küste entfernt.

»Ist es da jetzt nicht etwas ungemütlich?« fragte ich vorsichtig.

»Ungemütlich ist es jetzt überall«, erwiderte er, »aber

man muß damit leben, so normal wie möglich, damit in den Kindern kein Trauma aufkommt.«

Das hätten die Worte meiner Eltern sein können: »Bloß kein Trauma in der Kleinen aufkommen lassen, so tun, als sei alles ganz normal.«

»Wie alt sind Ihre Kinder?«

»Meine Tochter Salua ist vier Jahre und der Kleine erst fünf Monate alt. Meine Frau hatte Angst, daß sie sich in Al-Bireh, in der kühlen Wohnung erkältet. In Kalkilia ist das Klima ja viel wärmer, und Salua ist glücklich mit ihren Großeltern und Tanten, die sie nach Strich und ...«

»... Faden ...«

»Strich und Faden verwöhnen.«

Wir standen immer noch in der Halle, und ich schlug vor, in die Bar zu gehen, ein maurisches Kellergewölbe mit wenig Licht und vielen Nischen.

»Jetzt muß ich schnell machen«, sagte ich mir, nachdem wir uns gesetzt hatten, »ganz schnell, sonst kommen mir wieder abstruse Bedenken.«

»Dr. Ben Bashir ...«, begann ich.

»Abu«, verbesserte er mit einem liebenswürdigen Lächeln.

»Ach, entschuldigen Sie.«

In meiner Hast hatte ich ihn, anstatt mit dem arabischen »Abu«, mit dem hebräischen »Ben« angeredet.

»Da gibt es doch nichts zu entschuldigen. Ich finde es ausgesprochen interessant, daß die Araber das Vorwort »Vater« und die Juden das Vorwort »Sohn« benutzen. Man müßte sich viel mehr in die Semantik einer Sprache vertiefen.«

»Aber bitte nicht jetzt«, dachte ich und nahm einen neuen Anlauf: »Ich möchte Ihnen etwas erklären, Dr. Abu Bashir, ich hätte es schon heute vormittag im Krankenhaus tun müssen, aber ich ...«

»Einen Moment«, unterbrach er mich mit Entschiedenheit, »lassen Sie mich zuerst sprechen. Es muß gesagt werden.«

»Richtig, gesagt werden muß es, also ...«

»Es hat mich die ganze Zeit bedrückt«, sagte er, »und ich möchte mich bei Ihnen entschuldigen.«

»Wofür?«

»Für die Worte des kleinen Bachum. Er hat gesagt: ›Kein Mensch hat die Juden gern.‹«

Ich schwieg bestürzt.

»Sie haben den Satz leise wiederholt, und ich habe Ihr Gesicht gesehen. Es tut mir schrecklich leid.«

»Du lieber Gott«, sagte ich, »du lieber Joker... und ich wollte mich bei Ihnen dafür entschuldigen, daß ich nicht von Anfang an die Karten offen auf den Tisch gelegt habe. Wie weit soll dieser Wahnsinn noch gehen?«

»Ja, das fragt man sich manchmal, aber es sind zu wenige, die es sich fragen.«

Ein Kellner war an unseren Tisch getreten und wartete auf unsere Bestellung.

»Trinken Sie Alkohol?« fragte ich den Arzt.

»Zu besonderen Anlässen trinke ich gerne ein Gläschen.«

»Gut. Ich nehme einen Wodka. Möchten Sie auch einen, mit Orangensaft vielleicht?«

»Ja, das ist eine gute Idee.«

Ich bestellte einen Wodka mit, einen ohne Orangensaft und bot ihm eine Zigarette an.

»Nein, danke«, sagte er, »rauchen tue ich selbst zu besonderen Anlässen nicht. Mein einziges Laster ist lesen... lesen, verstehen, wissen!«

Die Worte beflügelten ihn. Er saß gereckt in dem niedrigen Sessel, und sein Gesicht leuchtete. »Nicht der Militärdienst müßte in Ländern obligatorisch sein«, fuhr er fort, »sondern das Lesen, statt zwei oder drei Jahre schießen zu lernen, müßten die jungen Menschen lesen lernen, verstehen lernen. Statt immer neuer, immer furchtbarerer Waffen müßten immer neue, Verstand und Wissen fördernde Bücher hergestellt werden. Nur so ließe sich vielleicht etwas ändern.«

»Dr. Abu Bashir...«

»Ismael«, sagte er.

»Ismael«, sagte ich, »Sie verwirren mich immer mehr. Ich war darauf nicht gefaßt.«

Er sah mich gespannt an: »Worauf?« fragte er.

»Auf einen Menschen, der so spricht, denkt, fühlt wie Sie.«

Jetzt schaute er vor sich hin und lächelte. »Meinen Sie Mensch oder Palästinenser?« fragte er.

»Auf diese Frage war ich auch nicht gefaßt«, sagte ich.

»Entschuldigen Sie. Es war nicht böse gemeint, wirklich nicht.«

»Ich weiß. Es war keine böse gemeinte, es war eine gerechtfertigte Frage. Ja, wahrscheinlich meinte ich Palästinenser.«

»Das ist doch ganz normal. Ihr kennt uns nicht, wir kennen euch nicht – von den schlechten Seiten natürlich abgesehen. Über die wissen wir alles und noch mehr als vorhanden. Darum sage ich: lesen, lernen, wissen, verstehen ...«

»Ja, gut, schön«, unterbrach ich ihn ein wenig ungehalten, »aber wer will das schon, ob auf Ihrer oder meiner Seite? Wer will seine bequemen oder nützlichen Vorurteile schon revidieren? Sie sind doch eine Ausnahme.«

»Wenn ich eine Ausnahme sein sollte, dann nur darum, weil ich das Glück hatte, zehn Jahre lang nicht wie ein Palästinenser, sondern wie ein Mensch behandelt worden zu sein. Hätte ich die ganze Zeit hier gelebt, wäre ich wahrscheinlich die Regel geworden.« Er lächelte entschuldigend: »Ich darf doch so offen mit Ihnen reden, nicht wahr?«

»Was sind das für Fragen! Wir sprechen doch hier von Ausnahme zu Ausnahme und nicht von Regel zu Regel.«

Wir lachten beide, dann sagte ich: »Erzählen Sie mir von sich. Aus welchem Ort kommen Sie und aus was für einer Familie?«

»Aus einer Bauernfamilie. Meine Eltern stammen beide aus einem Dorf in der Nähe von Kalkilia, wenn Sie wissen, wo das ist?«

Ich schüttelte den Kopf.

»Im Küstenstreifen, keine fünfzehn Kilometer von der israelischen Grenze entfernt. Ein kleines Städtchen. Wir sind sechs Geschwister, drei Jungen, die alle studiert haben, drei Mädchen, die alle mit Männern, die studiert haben, verheiratet sind. Meine Mutter ist Analphabetin, mein Vater ist mit sechzehn von der Schule gegangen. Seine Familie hatte ziemlich viel Land, aber er wollte lieber in der Stadt wohnen. Als ich sechs Jahre alt war, zogen wir nach Kalkilia. Mein Vater hatte uns dort ein Haus gebaut und, unter anderem, eine kleine Buchhandlung aufgemacht. Nur arabische Bücher natürlich und unter denen nichts Bedeutendes, aber für mich war es eine Fundgrube. Ich habe mich durch den ganzen Buchladen durchgelesen und durch die ganze Schulbibliothek. Nach Abschluß der Schule wurde beschlossen, daß ich Medizin studiere. So wollte es mein Vater. Ein Arzt in der Familie ist ein Statussymbol. Ich hätte in einem der arabischen Staaten studieren können, aber mein Wunschtraum war Europa – die Wiege westlicher Kultur und Zivilisation. Ich hatte alles, was sich darüber fand, gelesen. Viel war es nicht gewesen. Ein Bekannter von mir studierte an der Münchener Universität, und das war einer der Gründe, warum ich mich auch dort um einen Studienplatz beworben habe. Ich wurde tatsächlich angenommen, und so kam ich von Kalkilia nach München. Ein dreiundzwanzigjähriger Palästinenser, der etwas englisch, aber kein Wort deutsch sprach.«

»Und wie haben Sie das geschafft?«

»Mein Wissensdrang war stärker als meine Angst.«

Der Kellner brachte die Getränke und ein Schälchen mit Nüssen und Oliven.

Ismael griff nach seinem Glas und hob es mir entgegen: »Auf unsere Freundschaft«, sagte er.

»Auf unsere Freundschaft«, wiederholte ich gerührt und stieß mit ihm an.

»Darf ich Sie Angelika nennen?«

»Aber natürlich.«

»Also, Angelika, jetzt wissen Sie fast alles über mich und ich noch nichts über Sie. Erzählen Sie mir.«

»Ich bin das, was man einen ›Mischling ersten Grades‹ nannte. Meine Mutter war Jüdin, mein Vater ›reinrassiger‹ Deutscher. Beide geborene Berliner. Meine Mutter mußte Deutschland verlassen. Sie nahm meine Schwester und mich mit in die Emigration nach Bulgarien. Mein Vater blieb in Berlin.«

»Ja, so etwa habe ich mir das gedacht.«

»Wann?« fragte ich. »Gleich am Anfang, als mich Achmed als deutsche Schriftstellerin vorstellte, oder erst am Ende, als der kleine Bachum sagte: ›Kein Mensch hat die Juden gern‹?«

»Nein, irgendwann in der Mitte. Als Sie anfingen, Fragen zu stellen. Ihre Fragen waren nicht die einer deutschen Schriftstellerin, die mal kurz nach Israel gereist ist. Sie konnten Ihr Wissen und Fühlen nicht verbergen. Dann, am Bett des gelähmten Radjuan, wurde es für mich ganz offensichtlich.«

»Und daraufhin sagten Sie: ›Ich hätte Ihnen das nicht zumuten dürfen.‹«

Er nickte.

»Warum glauben Sie, hätten Sie mir das nicht zumuten dürfen?«

»Weil sechs Millionen Ihrer Menschen umgebracht worden sind. Weil ich plötzlich dachte: ›Vielleicht sind Menschen aus ihrer Familie umgebracht worden.‹ Weil ich Ihnen angesehen habe, daß Sie gelitten haben und wieder litten.«

»Danke, Ismael.«

Ich griff nach dem Glas und schluckte Wodka und Tränen.

»Ich habe nicht umsonst zehn Jahre in Deutschland gelebt«, sagte er.

»Ganz wenige Menschen leben nirgends umsonst, und dazu gehören Sie, und die meisten leben überall umsonst.«

»Da muß ich Ihnen leider zustimmen. Das, was die Menschen nicht verstehen, lehnen sie von vornherein ab und machen sich nicht die Mühe, es kennenzulernen. Sie leben mit ...«

Er schob, während er nach dem richtigen Wort suchte, eine Olive in den Mund.

»Scheuklappen«, sagte ich.

»Genau!« Er spuckte den Kern diskret in die Hand und fuhr fort: »Wie schon gesagt, was wissen die Juden von den Arabern, was wissen die Araber von den Juden? Nichts! Und da liegt der Hund begraben.«

Diesmal konnte ich ein Lachen nicht unterdrücken, und er fragte aufgeschreckt: »Oder sind Sie da anderer Meinung?«

»Nein, ich bin vollkommen Ihrer Meinung. Ich freue

mich nur, wie gut Sie deutsch sprechen. Hatten Sie deutsche Freunde?«

»Freunde ist vielleicht zuviel gesagt, aber die Beziehungen waren gut. Mein größter Gewinn war die Begegnung mit Max Moses, einem Professor der Philosophie an der Harvard-Universität. Er war ein Jahr als Gastprofessor in München und ist dann noch einige Male für kürzere Zeit gekommen. Ein sehr geschätzter Mann in seinem Fach, Professor Max Moses.«

»Moses?«

»Ja, ein amerikanischer Jude, ein wunderbarer Mensch. Durch ihn habe ich noch andere jüdische Akademiker kennengelernt. Ich wünschte, mehr Palästinenser hätten die Chance, an solche Menschen zu geraten.«

»Ich glaube, das beruht auf Gegenseitigkeit. Man muß solchen Menschen gegenüber offen sein.«

»Das ist richtig, nur bin ich der Meinung, der erste Schritt hätte von den Juden, oder sagen wir Israelis, gemacht werden müssen. Sie waren die Mächtigen, sie haben den Stolz und die Würde der Palästinenser unentwegt verletzt. Wir waren für sie nichts anderes als billige Arbeitskräfte, ein Absatzmarkt für ihre Waren, ein primitives, tückisches Pack, das man nur mit Schlagstöcken und Pistolen, mit der Zerstörung ihrer Häuser, der Verhaftung ihrer jungen Männer, der Ausweisung ihrer Intelligenzija beherrschen konnte. Wie kann man von Menschen, die als Gesindel betrachtet und wie Gesindel behandelt werden, erwarten, daß sie mit offenen Ohren und Herzen auf ihre Besatzer zulaufen und sagen: ›Nun sprecht mal, und wir werden euch verstehen.‹ Verstehen bedeutet für die Israelis, daß die Palästinenser die Zustände, unter denen sie leben müssen, annehmen, daß sie sich unterwerfen. Halten Sie das für eine annehmbare Gesprächsbasis? Entschuldigen Sie, Angelika, aber es muß gesagt werden: Auf einer so schiefen Ebene kann kein Gespräch stattfinden, und ich fürchte, die Israelis waren auch nie daran interessiert. Für sie war der Zustand, bis zur Intifada, nur von Vorteil.«

»Sie haben recht, Ismael, nur sind in diesem Fall Gespräche wie zwischen Ihnen und Professor Moses auch sinnlos.«

Er schüttelte heftig den Kopf: »Kein Wort eines so klugen Mannes wie Professor Moses und keine Erkenntnis eines so kleinen Palästinensers wie Dr. Abu Bashir ist sinnlos. Ich will und muß mein Wissen weitergeben, mündlich und schriftlich. Ich habe sehr viel über den arabisch-israelischen Konflikt gelesen, und es gibt darüber erstklassige Bücher und Aufsätze von liberalen Israelis. Ich werde sie aus dem Englischen übersetzen und meinen Kollegen, Freunden und Bekannten geben. Sie kennen doch nur die schlechte Seite der Israelis: die Regierung, die Soldaten, die Polizei, die Siedler, und von der guten haben sie keine Ahnung.«

»Das stimmt.«

»Und haben sie vielleicht eine Ahnung vom Holocaust, von dieser furchtbaren Tragödie? Nicht die geringste!«

»Erwarten Sie von den Palästinensern, daß sie wegen des Holocaust, an dem sie nicht die Spur einer Schuld tragen, Nachsicht mit den Israelis haben?«

»Weniger Nachsicht als Verständnis. Verständnis für das Schicksal der Juden, die hier hergekommen sind, um ihr Leben zu retten und nicht um das Land zu erobern. Wir hätten damals dem Teilungsplan zustimmen müssen.«

»Richtig. Aber das war damals. Inzwischen hat sich das Blatt entscheidend gewendet, und es hat sich herausgestellt, daß Verständnislosigkeit und die Weigerung, ein Land zu teilen, nicht nur Charakterfehler der Palästinenser sind.« Ich begann zu lachen: »Wenn wir so weitermachen«, sagte ich, »enden Sie bei den Zionisten und ich bei der PLO.«

»Beide Bewegungen hatten denselben Ursprung und dasselbe Ziel: ein Land zu haben und ein unabhängiges Volk zu werden. Die Juden haben es geschafft. Die Palästinenser müssen es schaffen. Wir müssen wie Menschen zusammenleben, ebenbürtige Menschen.«

»Ja, das wäre wohl an der Zeit«, sagte ich, »aber auf diesen einleuchtenden Gedanken kommen hier nur die allerwenigsten.«

»Es werden mehr werden.«

Ich seufzte und trank einen Schluck.

Er sah mich nachdenklich an: »Was verbindet Sie mit den Palästinensern?« fragte er.

»Bis zum Ausbruch der Intifada hat mich überhaupt nichts mit ihnen verbunden. Ich war genauso blind und indifferent ihnen gegenüber wie 99 Prozent der israelischen Bevölkerung. Ich bin vor einiger Zeit endgültig hierhergezogen, ohne mir einen Gedanken über das Schicksal der Palästinenser zu machen. Ich habe eine Wohnung in Abu Tor, in einem alten, arabischen Haus gekauft, deren Besitzer 1947 oder 48 vor den Israelis geflohen sind. Es war seit Jahren mein sehnlichster Wunsch gewesen: ein arabisches Haus im israelischen Jerusalem. Ich war glücklich mit meiner Wohnung, glücklich, in Jerusalem zu sein. Endlich ein Traum, der sich restlos erfüllt hatte. Ein halbes Jahr später ging es los. Aus der Traum. Mit den Unruhen, wie man es anfangs noch nannte, und den Gegenmaßnahmen der Israelis bin ich aufgewacht. Was mich von da an mit den Palästinensern verbunden hat und verbindet, ist eine gemeinsame, schmerzhafte Erfahrung.«

Er strahlte mich an, als hätte ich eine köstliche Geschichte erzählt.

»Was finden Sie daran so schön?« fragte ich.

»Daß Sie gelernt und verstanden haben.«

»Ich habe nicht freiwillig gelernt, und mit dem Verstehen hapert es auch.«

»Sie werden verstehen und das nächste Mal freiwillig lernen.«

»Gott behüte mich vor dem nächsten Mal.«

Er griff nach seinem immer noch halbvollen Glas: »Eigentlich sollten wir jetzt Brüderschaft trinken«, sagte er, »wir haben ja immerhin denselben Stammvater, Abraham.«

»Denselben Stammvater und zwei verschiedene Mütter, die sich nicht ausstehen konnten. Ein typischer Fall von Familienzores.«

Wir stießen an. »Auf Isaak und Ismael«, sagte er.

Ab Mitte März, bis tief in den Mai hinein, jagten sich Feiertage, Gedenktage und Zwischenfälle bösester Art. In der Hexenküche Jerusalem, in der drei Religionen und zwei Völker in einem dickflüssigen Gebräu aus Leidenschaften, Fanatismus und Mystik brodelten, brach der Frühling mit heißen Kamsinen aus Osten und naßkalten Stürmen aus Westen über uns herein.

Es begann Anfang März mit Purim, dem Tag, an dem die Königin Esther das jüdische Volk vor der vorausgeplanten Vernichtung des Verräters Haman errettet hatte: »Ein Tag der Freude und des Festmahls«, wie es im Alten Testament heißt, »an dem die Juden zur Ruhe gekommen waren vor ihren Feinden, an dem sich ihre Schmerzen in Freude und ihr Leid in Festtage verwandelt hatte.«

Seither wurde Purim mit ausgelassener Fröhlichkeit und in Israel mit einem Karnevalszug gefeiert. In diesem Jahr der Intifada fand in Tel Aviv ein Umzug unter dem Motto: »Bis zur Bewußtlosigkeit« statt. Er kostete eine halbe Million Schekel und fand großen Anklang bei der Bevölkerung.

In Jerusalem hatten sich lediglich Kinder, Jugendliche und einige Spaßvögel kostümiert. Die kleinen Mädchen, die früher zu Hunderten als die schöne, tugendreiche Königin Esther herausgeputzt, durch die Straßen spaziert waren, bevorzugten diesmal modernere und der Situation angemessene Verkleidungen. Man sah nicht nur eine Fülle kleiner Jungens, deren Kostüm auf das Wesentliche, nämlich eine Pistole, abgestimmt war, sondern auch viele winzige Polizistinnen. Die Beteiligung am Purimfest war größer und ostentativer. In der Nähe Abu Tors, der ehemaligen Grenze, war ein ganzes Viertel zum Zweck der Lustbarkeiten abgesperrt worden.

Musik dröhnte aus zahlreichen Lautsprechern, Luftballons, Scherzartikel und Süßigkeiten wurden an allen Ekken verkauft. Am Abend fanden Partys und Kostümfeste statt, auf denen sich die Erwachsenen »bis zur Bewußtlosigkeit« amüsierten.

Fünf Tage später wurde uns unter der Überschrift: ›Bus-Schlacht‹ mitgeteilt, daß drei Terroristen über die ägyptische Grenze nach Israel eingedrungen waren und versucht hatten, einen Bus, der Angestellte eines Atomkraftwerks von der Stadt Beer Sheva zu ihrem Arbeitsplatz brachte, zu kidnappen. Eine Anti-Terror-Spezialeinheit hatte den Bus gestürmt. In dem sich daraus entwickelnden Kampf waren die drei Terroristen sowie drei Israelis, ein Mann und zwei Frauen, getötet worden. Acht Personen hatten schwere Verletzungen erlitten. Aus diesem und weiteren Berichten ging nicht hervor, ob die drei Getöteten den Kugeln der Terroristen oder denen der Anti-Terroristen zum Opfer gefallen waren. Letztendlich spielte das wohl auch keine Rolle mehr. Die Toten wurden mit militärischen Ehren begraben, und der anwesende Ministerpräsident Schamir erklärte in einer Rede: »Nicht die Liebe zu Land und Volk, sondern Nazi-Haß und das Bedürfnis, auszurotten, sind die einzigen Motive derer, die uns mit Verbrechen und Anschlägen dieser Art verfolgen, egal, ob im Norden, Süden oder wo auch immer im Land Israel.«

Am 30. März wurden das Land Israel und die dazugehörigen besetzten Gebiete von heftigen Unruhen geschüttelt. Es war der nationale Feiertag der Palästinenser, der »Tag der Erde«. Die Schlagzeilen in der ›Jerusalem Post‹ entbehrten nicht der Komik. Da stand: »Einige der schlimmsten Zusammenstöße seit Beginn des Aufstands.« Darunter: »Relativ ruhig in Israel.« Daneben: »Vier Tote, fünfzig Verwundete beim ›Tag der Erde‹ in der West-Bank.« Man konnte nun also wählen, jeder nach seiner Façon: schlimmste Zusammenstöße oder relative Ruhe. Wie immer wußte General Mitzna, der Oberkommandierende der West-Bank, zu berichten, daß in Dutzenden von Dörfern Krawalle ausgebrochen und die meisten Verwundungen durch Schüsse, andere durch Schläge und Tränengas verursacht worden waren. Damit nicht genug, solidarisierten sich an diesem stürmischen Tag die israelischen Araber mit ihren palästinensischen Brüdern.

Am 31. März durften wir einmal tief durchatmen und uns auf den 1. April vorbereiten. Nach Aprilscherzen war uns allen nicht zumute, um so weniger, als am Abend dieses Tages das jüdische Passahfest begann. Das wiederum dauerte eine Woche, in der man durch das Verbot, Brot und andere gesäuerte Speisen zu essen, täglich an den Auszug aus Ägypten erinnert wird: »Da sprach Moses zum Volk: ›Gedenkt an diesen Tag, an dem ihr aus Ägypten, aus der Knechtschaft, gezogen seid, denn der

Herr hat euch mit mächtiger Hand von dort herausgeführt. Darum sollst du nicht gesäuertes Brot essen. Heute zieht ihr aus, im Monat Abib. Wenn dich nun der Herr bringen wird in das Land der Kanaaniter, Hethiter, Amoniter, Hewiter und Jebusiter, das er dir geben wird, wie er deinen Vätern geschworen hat, darin Milch und Honig fließt...‹«

... Und Steine fliegen. Am 7. April endete das Passahfest nicht in froher Besinnlichkeit, sondern mit einem neuen Schock: »Zwei Araber bei Zusammenstoß in einem Dorf getötet«, gab die ›Jerusalem Post‹ bekannt, und darunter in Fettdruck: »Jüdisches Siedlermädchen durch Steinwürfe getötet.« Drei Tage später: »Vierzehn Häuser zerstört, Dorfbewohner erschossen.« Darunter in Fettdruck: »Jüdisches Siedlermädchen durch Kugel aus dem Gewehr des Bewachers getötet.« Und hier die Geschichte: Eine Gruppe Halbwüchsiger aus einer Siedlung in der West-Bank hatten, von zwei bewaffneten Siedlern bewacht, einen Ausflug gemacht. Intifada hin, Intifada her, man durfte doch schließlich in seinem eigenen Land spazierengehen! Als sie sich in der Nähe des arabischen Dorfes Beita zu einem Picknick niederließen, wurden sie von jugendlichen Einwohnern des Dorfes mit Steinen bombardiert. Panik brach aus. Die Kinder liefen in alle Richtungen, einer der Wächter begann auf die Angreifer zu schießen, traf zwei von ihnen und versehentlich einen seiner Schützlinge, ein sechzehnjähriges Mädchen. Die zwei Tage später von den Siedlern vertuschte, von der Armee aufgedeckte Tatsache, daß das Mädchen nicht dem Steinhagel der Angreifer, sondern dem Schuß ihres Verteidigers zum Opfer gefallen war, hinderte die israelische Militärverwaltung nicht daran, vierzehn Häuser in Beita in die Luft zu sprengen. Deren Besitzer, die meisten davon unschuldig – es sei denn, man glaubt an Kollektivschuld –, hatten zwei Stunden Zeit, ihre Häuser zu räumen.

Am Abend des 13. April begann der Gedenktag für die Opfer des Holocaust. Als die Sonne untergegangen war und über dem schnell erblassenden Jerusalem der Abendstern stand, heulten die Sirenen, die Fahrzeuge hielten, die Menschen erstarrten in Schritt und Bewegung, in den

Synagogen sprach man den Kaddisch. Israel gedachte eine Minute seiner Ermordeten. Sechs Millionen. Die Zahl übertraf mit einer Million die der Bevölkerung von Israel, der West-Bank und dem Gaza-Streifen. Eineinhalb Millionen Kinder. Die Zahl übertraf die der Einwohnerschaft von Tel Aviv und Jerusalem. Sechs Millionen Unschuldige und Gewaltlose, die ihre Heimatländer geliebt und bereichert, die niemandem einen Schaden zugefügt, die niemals einen Stein geworfen hatten. Sechs Millionen Menschen, die man aus keinem anderen Grund entmenschlicht und ausgerottet hatte als dem, daß sie Juden waren. Männer, Frauen, Greise, Kinder, Säuglinge. Wie viele Quadratkilometer füllten sechs Millionen Menschen, wenn man sie dicht nebeneinanderstellte? Konnte man sich zwölf Millionen Augen vorstellen, aus denen einem der Schmerz, die Qual, die Verzweiflung, die Todesangst entgegenstarrte? Konnte man sich eineinhalb Millionen schlaffer, kleiner Kinderleichen vorstellen? An was dachte man in dieser einen Minute, in der man neben dem Auto, in einem Laden, in seiner Wohnung stand, was stellte man sich vor? War es möglich, das Undenkbare zu denken, das Unfaßbare zu fassen, das Unbegreifliche zu begreifen? Erinnerte man sich an einen, an ein paar, die man geliebt und verloren hatte? Sah man sie in der Landschaft seiner Kindheit und Jugend, hörte man sie sprechen, lachen, fühlte man ihre Lippen, ihre Hände? Oder sah man nur Berge gemarterter, entmenschlichter Kreaturen, Berge von Skeletten, Berge von Asche? Konnte man vergessen? Konnte man verzeihen?

Die Sirenen verstummten. Man ging weiter.

Der 17. April brachte eine neue Überraschung: die Ermordung des Militärkommandanten der PLO, Khalil al-Wazir, kurz Abu Jihad – Vater des Krieges – genannt. Er wurde in seinem Haus in Tunis nicht er-, sondern zerschossen. Das Foto, das die ›Jerusalem Post‹ von ihm veröffentlichte, zeigte einen attraktiven Vater des Krieges. Man war fast versucht, das Attentat auf den »Meister« der bösesten Terroranschläge einen Terroranschlag zu nennen und als solchen zu verurteilen. Die Zeitung teilte mit: »Die PLO sagte, Wazir sei von über hundert Schüssen des Mordkommandos, dem auch eine Frau angehörte, buchstäblich durchsiebt worden ... Die Terroristenorganisation – welche? fragte man sich – beschuldigte sofort Israel, Abu Jihad umgebracht zu haben ... Jerusalem: Kein Kommentar.«

Der Mord an dem beliebtesten Führer der Palästinenser löste umgehend eine Sturzflut an Turbulenzen aus: Schwarze und palästinensische Fahnen wurden gehißt, Demonstrationen, Scheinbegräbnisse für den Vater des Krieges und Trauertage in Form von Generalstreiks fanden statt.

In diese unerquickliche Konstellation fielen die höchsten arabischen Festtage Ramadan. Ramadan ist das längste und ungesündeste Fest, das sich Mohammed hat einfallen lassen. Es dauert einen geschlagenen Monat, und während dieser Zeit muß sehr viel gebetet, tagsüber gefastet und ab Sonnenuntergang in großen Mengen gegessen und getrunken werden. Eine höchst widernatürliche Einteilung, die in den meisten Fällen zu diversen Magen- und Darmverstimmungen, Reizzuständen und hochgradiger Nervosität führt. Selbst in Zeiten, in denen tatsächlich noch »relative Ruhe« in Israel geherrscht hatte, war mit Ramadan nicht zu spaßen gewesen. Unter den gegebenen Umständen war es explosiv, zumal auch das Rauchen verboten war. Ein junger Mann, der unter Spannung oder Frustration nach einer Zigarette gegriffen und sich möglicherweise damit abreagiert hätte, griff jetzt ohne Umwege zum Stein. Besonders dann, wenn er nach dem soundsovielten Gebet mit leerem Magen aus der Moschee kam und dort den Feind erblickte. Man verstärkte das Polizei- und Militäraufgebot um die Moscheen, was, den Zwischenfällen nach zu urteilen, keine gelungene Taktik war.

Drei Tage später, am Abend des 19. April, wurde mit der Gedenkfeier für die gefallenen Soldaten Israels vierzigster Unabhängigkeitstag eingeleitet. Er nahm am nächsten Tag mit allerlei munteren und ernsten Festlichkeiten seinen Fortgang. Dazu gehörte – ich weiß nicht, ob man es unter munter oder ernst einstufen muß – eine IDF-Parade im Fußballstadion von Ramat Gan, einem Vorort von Tel Aviv. Sie wurde mit einer Luftwaffenschau eröffnet, von der beileibe nicht nur Ramat Gan und Tel Aviv profitierte, sondern das ganze Land. Die Flugzeuge stürmten in perfekten Formationen und mit dem Tosen eines Orkans den Himmel. Unten standen die Menschen in Ehrfurcht und Staunen erstarrt. Da war sie, die israelische Luftwaffe, ein Beweis ihrer Macht, in knapp vierzig Jahren erschaffen, in vielen Aktionen erprobt, ständig wachsend und sich vervollständigend. Konnte einem da etwas passieren?

Jerusalem hatte sich mit Fahnen geschmückt, blauer Davidstern auf weißem Hintergrund, Symbol eines Volkes, das zweitausend Jahre der Zerstreuung, Verfolgung und Vernichtung widerstanden hatte.

Offizielle Empfänge fanden statt, Partys, nostalgische Treffen derer, die die Geburt des Staates miterlebt hatten. In den Straßen des Stadtzentrums amüsierte sich das Volk. Die spontane Freude der ersten Unabhängigkeitstage, die die Bevölkerung zu Gesang und Tanz hingerissen hatte, war einem törichten Ritual gewichen: Seit den frühen sechziger Jahren schlugen sich Kinder und Jugendliche mit einem kleinen, beim Aufprall quiekenden Gummihammer auf Kopf und andere Körperteile. Selbst in diesem Jahr der Steine und Schläge blieb der zur Zwangshandlung gewordene Gummihammer nicht aus und besiegelte Israels Unabhängigkeit.

Die Serie nationalen und religiösen Wahns fand schließlich mit dem »Jerusalem Day« ein vorläufiges Ende. Bis dahin hatte man sich ans Feiern und Fürchten gewöhnt. Aber siehe da, der Tag der »Wiedervereinigung Jerusalems« brachte etwas so Neues und Aufregendes, daß er alle anderen Fest-, Terror- und Trauertage in den Schatten stellte: eine »Laserbeam Show«. Kein Mensch in der Heiligen Stadt hatte jemals eine Laserstrahlen-Schau gesehen, und jeder mußte sie sehen. Die Schau fand im ehemaligen Niemandsland statt, in einer schluchtartigen Senke zwischen Ost und West, Alt- und Neustadt. Sie nannte sich »Sultan's Pool« und diente seit vielen Jahren großen Musikveranstaltungen.

Am Abend des spannenden Ereignisses war ganz Jerusalem im Auto und zu Fuß, mit Klein- und Großfamilie auf dem Weg zum Sultan's Pool. Auf den dorthin führenden Straßen herrschte totales Chaos. Die Polizei, normalerweise mit der Intifada beschäftigt, mußte feststellen, daß sich mit dem Ansturm steineschmeißender Palästinenser leichter fertig werden ließ als mit dem einer neugierigen israelischen Volksmenge. Sie drängten sich zu Tausenden in die Schlucht und erklommen zu Abertausenden die umliegenden Hänge und Hügel. Die Sicherheitsvorkehrungen bürgten für einen gefahrlosen Ablauf der Festlichkeiten. Über die West-Bank und Ostjerusalem war an diesem Tag die Ausgangssperre verhängt worden. Aber selbst wenn das nicht der Fall gewesen wäre und man mit Terroranschlägen hätte rechnen müssen, hätte kaum jemand auf das vielversprechende Erlebnis verzichtet. Mit der Gefahr lebte man in Jerusalem täglich, aber Laserstrahlen waren einmalig.

Sie waren genial, die Laserstrahlen. Grellgrün und -rosa stachen sie zu einer dramatischen Orchestermusik in den Himmel, kreuzten sich, kreisten, zeichneten die Kontur des Reden schwingenden Jerusalemer Bürgermeisters und die des Arme schwingenden Dirigenten nach, hüpften, tanzten, schlängelten sich zu Pink Floyds berühmtem Lied der fallenden Mauer. Und die Mauer, eine mit kleinen Glühbirnen umkränzte Attrappe, spaltete sich und fiel. Dahinter stand die richtige Mauer, kolossal und majestätisch, und dachte gar nicht daran, zu fallen. Aber die Symbolik war stärker als die Wirklichkeit, und aus der Menschenmenge stieg ein ergriffenes: »Ahhhh!«

Die Mauer war gefallen, die Mauer stand, und hinter ihr, auf ein hohes Gerüst montiert, erstrahlten, einträchtig nebeneinander, die arabische Mondsichel, das christliche Kreuz und in der Mitte der Davidstern.

Eine Fata Morgana – ganz nah und unerreichbar.

»Wünschet Jerusalem Glück!

Es möge Friede sein in deinen Mauern
und Glück in deinen Palästen!
Um meiner Brüder und Freunde willen
will ich dir Frieden wünschen.
Um des Hauses des Herren willen, unseres Gottes,
will ich dein Bestes suchen.«

Ich verfolgte die Vorgänge mit einem lachenden und einem weinenden Auge. Groteske auf der einen Seite, Tragödie auf der anderen. Oft eins vom anderen nicht zu unterscheiden.

Wir lebten mit der Intifada und den Festen, den kleinen alltäglichen Sorgen und den großen Erschütterungen, den heißen und den kalten Frühlingsstürmen, dem seit Monaten anhaltenden Streik der staatlichen Krankenhäuser und dem sich seit einem Jahr hinschleppenden Prozeß Demjanjuks, eines der bestialischsten, ukrainischen Massenmörder von Treblinka. Wir lebten mit der immer wieder wachgerüttelten Vergangenheit und der immer wieder notdürftig bemäntelten Gegenwart. Was die Zukunft betraf, so sagten die einen »ihijeh tow« – es wird gut sein – und die anderen »hoffnungslos«.

»Komm doch mit zur Purimparty«, drängte Philip, der mit einem Koffer verschiedenster Kostüme bei mir erschienen war und nun anfing, mir eins nach dem anderen zu zeigen. Er ging als Intifada, und da er alle direkt und indirekt Beteiligten darstellen wollte, boten sich ihm zahlreiche Verkleidungsmöglichkeiten.

»Stein in der einen Hand, Knüppel in der anderen hätte genügt«, sagte ich und blickte mißgestimmt auf den Wust bunter Kleidungsstücke, Hüte und Masken hinab.

»Das wäre das richtige Kostüm für dich«, sagte er, »die Beschränkung auf das Wesentliche. Also komm! Steine liegen unten genug herum, und einen Knüppel leihen wir uns beim nächsten Polizisten aus. Von denen gibt's ja auch genug.«

Er stülpte sich eine schwarze, unordentliche Perücke auf und zog sich einen geblümten Fetzen an.

»Wer ist das?« fragte er.

»Anna Magnani.«

»Nein, Geula Cohen.«

Geula Cohen war Mitglied der Knesset, eine fanatische Rechte schlimmster Sorte.

»Nimm das Ding ab«, sagte ich, »du siehst gräßlich aus.«

»Aber treffend, nicht wahr?«

»Ach Philip, du spielst Leben, aber du lebst es nicht. Du springst von einer Rolle in die andere, und wenn es anstrengend wird oder langweilig, und eins von beiden oder beides wird es ja immer, springst du ab und verkriechst dich in einer Depression.«

»Wie kannst du das sagen! Ich renne von morgens bis abends von einer politischen Versammlung, Diskussion, Demonstration und was weiß ich zur anderen, rede täglich mit Dutzenden von Leuten . . .«

»Ja, sweetheart«, unterbrach ich ihn, »du rennst und redest zuviel.«

»Und was meinst du jetzt damit?«

»Ich meine, du rennst und redest bis zur Erschöpfung, und dann ist es aus, und es muß was Neues her. Du wirst lange vor der Intifada erschöpft sein.«

»Und du sitzt und schweigst und schreibst bis zur Erschöpfung. Ist das vielleicht nicht neurotisch?«

Ich mußte lachen.

»Wahrscheinlich ist es das. Also laß uns jetzt etwas trinken, und dann rennst du zu deinem Purimfest, und ich setze mich hinter meine Schreibmaschine.«

»Angelika, glaube mir, du darfst dich nicht von allem abschneiden. Du wirst sonst sonderbar, ich meine, immer sonderbarer. Komm mit, es kann ganz lustig werden. Lauter nette Leute, die du kennst.«

»Lauter nette Leute, die ich kenne«, dachte ich.

Ja, das waren sie. Lauter nette Leute, die ich seit vielen Jahren kannte, die mir vertraut waren, die ich mochte, für die ich mitten in einem Gespräch, einem sich begegnenden Blick einen Stich tiefer Zuneigung und Freundschaft empfinden konnte. Gebildete, liberale, Ma'arach* wählende Aschkenasim, viele davon Akademiker, die in der Welt herumgekommen waren, einige Sprachen beherrschten, sich in Literatur, Musik, Kunst auskannten. Das gute, alte, zionistische Jerusalem, in dem Name, Kultur und Integrität immer noch mehr galten als Geld. Und plötzlich diese kleine, aus der Situation herausgewachsene Schwelle zwischen ihnen und mir: sie, die in diesem Land geboren oder als Kinder eingewandert waren, die es mit zionistischen Idealen aufgebaut und nie an seiner Existenzberechtigung gezweifelt hatten, die um ihre Söhne

* Arbeiterpartei

zitterten, junge Männer in ständiger Gefahr, in Kriegen verwundet, in Kriegen gefallen. Und ich, die ich Jahrzehnte zu spät und bereits ausgebrannt nach Israel gekommen war, die ich dem Land nichts anderes gegeben hatte als eine ganz persönliche, viele Bereiche ausklammernde Liebe, die ich, mit Blindheit geschlagen, das »besser als andere« erwartet und, plötzlich sehend geworden, eine Situation vorgefunden hatte, die zwar heute brisanter denn je, aber letztlich so alt war wie der Staat. Was gab mir unter diesen Umständen das Recht, mich zu empören, anzuklagen, auf Gerechtigkeit zu pochen? Was?

Sie hatten sich mit Leib, Seele und tiefer Überzeugung für diesen Staat, ihre Heimat, eingesetzt. Sie war Wurzel, Stamm und Krone ihres Lebens. Während ich, durch die Tatsache, in ein Land und eine Epoche hineingeboren worden zu sein, die ein normales Wachstum vereitelt und mich zur erbitterten Feindin jeglichen Nationalbewußtseins gemacht hatte, mich nur noch mit denen identifizieren konnte, die, so wie ich seinerzeit, zu einer diskriminierten, ohnmächtigen Minderheit zählten. Ein klarer Fall, sogar ein schöner Zug, wäre er allein auf ein großes Herz und nicht auf einen Schicksalsschlag zurückzuführen. Das Fatale daran war nur, daß es mir hier passieren mußte – in einem Land, einem Volk, dem ich mich zugehörig fühlte.

»Darling«, rief Philip und wedelte mit der Hand vor meinen Augen, »hallo! Wo bist du?«

Ich hob den Kopf von der Rückenlehne des Sessels und sah ihn an. Er stand mit einer rotweiß gewürfelten Kefieh und einem aufgepappten Schnurrbart vor mir und blähte die Nüstern in einem selbstgefälligen Lächeln.

»Wer ist das?« fragte er.

»Ein Siedler, der durch die besetzten Gebiete fährt.«

»Wie kommst du denn darauf?«

»Wußtest du nicht, daß sich die Siedler, wenn sie durch die West-Bank in ihre verdammten Siedlungen fahren, neuerdings als Palästinenser verkleiden?«

»Na, das ist doch großartig. Dann kriegen sie jetzt endlich anstatt eines Steins von den Arabern eine Kugel von den Israelis in den Kopf.«

Er nahm das Glas, das ich ihm hinhielt, und setzte wieder das idiotische Grinsen auf.

»Du weißt genau, wer das ist!«

»Der kleine König Hussein, zu normaler Größe aufgeschossen. Hör jetzt auf, Philip, ich bin für so was nicht das richtige Publikum.«

»Das merke ich. Das einzige, was dich an Menschen interessiert, sind die inneren Verkleidungen, der Durchstoß zur nackten Seele. Bist du bei deinem palästinensischen Arzt, Ismael, schon durchgestoßen?«

»Da gibt's, trotz westlicher Politur, zum Glück nichts zu durchstoßen. Und das ist das Erfreuliche an ihm und allen Palästinensern, die ich kenne. Sie haben keine Prätentionen. Sie können nicht um die Ecke denken und fühlen. Sie können übertreiben, phantasieren, lügen, aber verstellen können sie sich nicht. Sie sind ursprünglich geblieben wie Kinder, und das macht sie uns so unverständlich. Wir leben in neuen, billigen Klischees und sie in überalteten Traditionen. Ich weiß nicht, was schlimmer ist, aber eins weiß ich: Unsere Lebensart, die westliche, mit ihrer immensen Eitelkeit, Erfolgssucht, Angabe und Heuchelei ist zum Kotzen, und deren, die östliche, ist von unserem Standpunkt aus ziemlich trostlos, besonders für eine Frau, aber wenigstens ist sie echt.«

»Und du glaubst, deine Beziehung zu Ismael und seine Beziehung zu dir ist, trotz Ost und West, Mann und Frau, Palästinenser und Jüdin und last but not least Intifada, echt?«

»Es gibt über all das hinaus noch so was wie eine menschliche Beziehung.«

»Die von Kalamitäten, wie ich sie eben aufgezählt habe, unberührt bleibt?«

»Ich hoffe es. Auf jeden Fall ist es mein Ziel.«

»Donnerwetter! Da hast du dir aber Gewaltiges vorgenommen. Viel Glück, mein Herz!«

Die erste Feuerprobe war die Fahrt nach Westjerusalem. Sie fand etwa zehn Tage nach unserem Gespräch im American-Colony-Hotel statt. Bis dahin hatte ich ihn dreimal gesehen, aber immer nur in seiner Umgebung, dem Mokasset-Hospital. Ich hatte ihm mein letztes Buch und Geschenke für die Verwundeten gebracht und eine Weile mit ihm in der Cafeteria oder auf einer Bank im Garten gesessen. Ärzte und Patienten hatten sich zwanglos dazugesellt, und an eine Unterhaltung war nicht zu denken gewesen. Seine Frau und Kinder waren immer noch in Kalkilia, und anstatt nach Al-Bireh in seine Wohnung zurückzufahren, übernachtete er häufig bei einem Freund in Ostjerusalem.

»Komm doch morgen mal zu mir«, hatte ich mit der Unbefangenheit einer echten Beziehung gesagt, »da können wir uns in Ruhe unterhalten.«

»Sehr gern.«

»Ich hole dich hier ab und fahre dich danach zu deinem Freund. Paßt es dir um fünf Uhr?«

»Mir wäre der Abend lieber, wenn es dir nichts ausmacht.«

Der Abend, die Dunkelheit, nicht gesehen werden und nicht sehen. War es das?

»Nein, es macht mir nichts aus, im Gegenteil. Der Abend ist mir auch lieber.«

Verdammt noch mal! Jetzt glaubt er womöglich, ich wolle nicht mit ihm gesehen werden. Das mußte sofort richtiggestellt werden.

»Tagsüber schreibe ich nämlich«, sagte ich.

»Natürlich, und ich möchte dich auf keinen Fall stören. Also um sieben Uhr, wenn es dir recht ist.«

Ich holte ihn um sieben Uhr ab. Unter einer Straßenlaterne, dem Tor des Krankenhauses gegenüber, stand ein Militärjeep. Die Soldaten hatten die Maschinengewehre zwischen die Knie geklemmt. Ich sah aus den Augenwinkeln, daß sie zu mir herüberstarrten. Ein unangenehmes Gefühl. Mein angespannter Nacken tat mir weh, dann der gefährdete hinterste Backenzahn auf der linken Seite. Da hast du dir aber Gewaltiges vorgenommen, hatte Philip gesagt. Was war daran so gewaltig? Man wartete auf einen Freund und nahm ihn mit in seine Wohnung. Der Freund war ein Palästinenser, die Wohnung befand sich in einem arabischen Haus. Na und!

Punkt sieben kam er durch das Tor. Er trug eine Art Aktentasche unter dem Arm und hatte seinen geschäftigen Schritt. Ich ließ den Motor an und öffnete die Tür.

»Ich grüße dich«, sagte er, setzte sich neben mich und schnallte sich sofort an.

»Schnallst du dich nicht an?« fragte er.

»Nein, nie. Auf den israelischen Straßen wäre man selbst in Panzer und Sturzhelm nicht sicher, und außerdem ist es meine Sache und nicht die des Staates, wenn ich mit dem Kopf durch die Windschutzscheibe will.«

»Aber es kostet sechzig Schekel Strafe.«

Wahrscheinlich war das für ihn ein Wochengehalt.

»Die Polizei ist momentan anderweitig beschäftigt«, sagte ich. Ich wendete und fuhr an dem Militärjeep vorbei.

»Stehen die eigentlich immer hier?« wollte ich wissen.

»Ja, hier oder da hinten auf dem Platz. Sie fallen mir schon gar nicht mehr auf.«

»Wirklich?«

»Sagen wir mal so: Ich habe keine Angst vor ihnen. Neulich hat man das Taxi, mit dem ich nach Ramallah gefahren bin, kontrolliert, und als der Soldat ein bißchen grob wurde, hab' ich hebräisch mit ihm gesprochen. Ich spreche inzwischen schon ganz anständig, und es macht einen solchen Unterschied. Sie benehmen sich anders, wenn man in ihrer Sprache spricht. Es schafft eine Brükke, weißt du.«

»Schöne Brücke«, murmelte ich.

»Heute hat man einen von unseren Ärzten verhaftet.«

»Kommt das öfter vor?«

»Nein, das ist das erste Mal.«

»Und aus welchem Grund hat man ihn verhaftet?«

»Ich weiß es nicht. Er ist ein älterer Herr und einer unserer besten Chirurgen. Es muß ein Versehen sein.«

»Ganz gewiß. Man versieht sich oft... du lieber Himmel, ich habe das Brot vergessen!«

Normalerweise wäre ich um Westjerusalem herum, durch das ehemalige Niemandsland nach Abu Tor gefahren. Es war der schönere und kürzere Weg. Jetzt aber mußte ich auf der Suche nach Brot durch die verkehrsreiche Stadt fahren.

»Blödsinnig«, sagte ich, »alles wird schon zu sein. Wahrscheinlich muß ich bis nach Rechavia.«

»Wo ist das?«

»Oh, nicht weit. Ein sehr hübsches Viertel mit Gärten und vielen Bäumen. Früher haben da hauptsächlich deutsche Juden gewohnt... Kennst du dich ein bißchen in Westjerusalem aus?«

»Nein, überhaupt nicht. Ich war noch nie dort.«

Auf diese Antwort war ich nicht gefaßt gewesen. Ich erschrak und verstummte. Auch er schwieg, und nach einer Weile schaute ich verstohlen zu ihm hinüber. Er saß ruhig da, die Hände auf der Aktentasche, die er auf seine Knie gelegt hatte. Sein Gesicht war undurchdringlich, nur seine Augen bewegten sich, und manchmal, wenn sein Blick an etwas haftenblieb, folgte ihm der Kopf. Aber es kam keine Frage, keine Reaktion, die Neugierde oder Interesse verraten hätte.

Was ging in ihm vor, fragte ich mich. Ein Mann von dieser Offenheit! Ein Mann, der glaubte, daß man zwei verbohrte Völker durch Wissen, Lernen und Verstehen einander zugänglich machen könnte. Wühlte die erste Konfrontation mit dieser lebendigen, jüdischen Stadt unvorhergesehene, vielleicht ungeahnte Ressentiments auf? War seine mit Ernst und Eifer angestrebte Theorie beim Anblick von Al-Kuz – der Heiligen – die auf dieser Seite so groß, so modern, so unheilig war, bereits zusammengebrochen?

Wenn ich jetzt versagte, ihn nicht direkt darauf ansprach und damit das Vertrauen wiederherstellte, war die echte, die menschliche, die allen Kalamitäten trotzende Beziehung verloren.

»Ismael«, sagte ich, »warum warst du noch nie in Westjerusalem?«

Er fragte ohne Aggressivität zurück: »Was hätte ich da zu suchen gehabt? Israel war und ist für mich ein fremdes Land, in dem ich niemand kenne, in dem ich nicht nur unwillkommen, sondern verdächtig bin. Würdest du in ein Land fahren, für das du, um dort zu übernachten, eine Sondererlaubnis brauchst, in dem du jederzeit kontrolliert, beschimpft, verhaftet, aus dem du ohne Begründung rausgeschmissen werden kannst? Was hätte ich da tun sollen? Mir die Sehenswürdigkeiten angucken, die Häuser, in denen wir früher gelebt haben?«

Wir standen vor einer roten Ampel, und ich kniff einen

Moment lang die Augen zusammen, biß die Zähne aufeinander.

»Da hast du dir aber Gewaltiges vorgenommen«, hörte ich Philip sagen, »viel Glück, mein Herz.«

Die Ampel sprang auf Grün, und ich fuhr weiter.

»Bitte entschuldige, Angelika, aber es muß gesagt werden.«

»Es war gut, daß du es gesagt hast. Bitte, tu mir die Liebe und schluck nichts aus Rücksichtnahme auf mich hinunter.«

Ich war versucht, meine Hand auf die seine zu legen, hielt mich dann aber zurück. Das war nun wieder die Mann-Frau-Barriere.

»Ich gehe zu dir«, erklärte Ismael, »weil du mich eingeladen hast, ich würde zu jedem in Westjerusalem gehen, der mich einlädt. Aber durch die Straßen wandern und mit offenen Augen die Stadt betrachten kann ich erst, wenn man mich als ebenbürtigen Bürger akzeptiert.«

»Na, das werde ich wohl nicht mehr erleben«, sagte ich bitter.

»So dürfen wir auf keinen Fall denken«, wies er mich in festem Ton zurecht. Wir hatten die Hürde genommen.

»Das ist Rechavia«, sagte ich, »und da drüben ist das Geschäft. Ich darf da nicht halten. Möchtest du mitkommen oder lieber im Auto auf mich warten?«

»Ich warte lieber im Auto ... einen Moment!«

Er fuhr mit der Hand in die Brusttasche seiner Windjacke: »Ja, Gott sei Dank, sie ist da«, sagte er.

»Was?«

»Die Identitätskarte ... glaubst du, es gibt auch eine ›Jerusalem Post‹ in dem Geschäft?«

»Gleich nebenan, ich bringe dir eine mit.«

Als ich zum Auto zurückging, sah ich, daß er das Fenster heruntergelassen hatte und hinaussah.

»Hier ist deine Zeitung«, sagte ich, »liest du sie oft?«

»Ich würde sie gerne täglich lesen, aber manchmal kann ich sie nicht auftreiben. Eine gute Zeitung, nicht wahr?«

»Mit der Intifada über sich selbst hinausgewachsen. Radio- und Fernsehnachrichten lassen bereits viel zu wünschen übrig, aber die Zeitungen, jedenfalls die meisten, sind unsere letzte Bastion.«

»Unsere arabischen Zeitungen auf der West-Bank haben ein schlechtes Niveau«, sagte er.

Ich fuhr schnell und mit einem Gefühl der Peinlichkeit durch die hübschen Straßen Rechavias. Ein Glück, daß es wenigstens Abend war und keine arabischen Arbeiter die Mülltonnen ausleerten und die Straßen kehrten.

Ich kam am Haus des Staatspräsidenten vorbei, dann am wissenschaftlichen Van-Leer-Institut, große, gepflegte Gebäude, die im Licht der Straßenbeleuchtung schöner aussahen, als sie waren. Ismael schaute hinaus, wandte den Kopf nach den zurückbleibenden Bauten und fragte schließlich: »Was waren das für Häuser?«

Ich erklärte es ihm.

»Aha«, nickte er, »ein wissenschaftliches Institut.«

Darauf versank er wieder in Schweigen und ich in Besorgnis. »Wir sind gleich zu Hause«, versuchte ich ihn aus seinen Gedanken zu reißen, »ich hoffe, du bist nicht allergisch auf Katzen, ich habe nämlich einen Kater.«

»Nein, ich habe nichts gegen Katzen.«

Er verstummte, grübelte, seufzte tief und sagte: »Weißt du, Angelika, das sind zwei Welten. Die Juden sind uns Jahrhunderte voraus. Man kann vieles gegen sie sagen, aber klug waren sie immer. Sie sind mit der Zeit gegangen, wir sind steckengeblieben. Wir waren immer ein armes, ungeliebtes und okkupiertes Volk, die Türken, die Engländer, die Jordanier, die Israelis. Ja, da sind zwei böse Faktoren zusammengekommen: unsere Entmündigung durch die Religion und unsere Entmündigung durch die Okkupation. Es fehlen uns so viele Jahre der Erziehung und Aufklärung. Wie sollen wir die aufholen?«

»Ich finde, es geht verblüffend schnell mit dem Aufholen. Wenn euch eine Intifada mit allem, was dazugehört – Organisation, Durchhaltekraft und Propaganda –, gelingt, dann weiß ich nicht, warum euch eine friedliche Entwicklung nicht gelingen sollte.«

Ich hielt in der kleinen Gasse vor meinem Haus und bereitete mich auf die nächste Hürde vor.

»Hier sind wir«, sagte ich, »und ich fürchte, es wird ein neuer Schock für dich sein.«

Er sah das Haus an, dann mich. »Kein Schock«, sagte

er, »du hast mir ja schon erzählt, daß du eine Wohnung in einem arabischen Haus gekauft hast, und ich glaube, ich kann mich glücklich schätzen, daß du hier lebst und nicht eine Likudfamilie.«

»Stimmt auch wieder. Mein Kater scheint allerdings Likud zu sein. Er beißt seinen Bruder dauernd aus dem Haus und würde ihn am liebsten ›transferieren‹ – falls du weißt, was das ist.«

»Eine Ausweisung.«

»Nein, nur eine Umsiedlung. Es gibt hier eine besonders schlaue Partei in der Regierung, und die hat vorgeschlagen, eineinhalb Millionen Palästinenser in die arabischen Staaten umzusiedeln. Kleinigkeit, nicht wahr?«

»Von allem anderen abgesehen«, sagte er trocken, »würden sich die arabischen Staaten schön bedanken. Wenn sie etwas nicht wollen, dann sind es wir.«

»Immer diese Wiederholungen! Keiner wollte damals die Juden, keiner will heute die Palästinenser, und wenn das hier so weitergeht, wird wieder keiner die Juden wollen.«

Ich schloß die Tür auf, schaltete das Licht an und führte ihn in den großen Raum. »Hier«, sagte ich, »die erste Wohnung, in der ich mich nach einem halben Jahrhundert verschiedener Länder und verschiedener Wohnungen wieder zu Hause fühle. Ironie des Schicksals, daß sie Menschen gehört hat, die – so wie ich Deutschland – Palästina verlassen mußten.«

»Daran hast du keine Schuld.«

»Nein, daran habe ich keine Schuld. Und du? Hast du Schuld daran, daß ich Deutschland verlassen mußte?«

Wir gingen auf die Terrasse hinaus und standen eine Weile, Himmel und Landschaft betrachtend, nebeneinander.

»Da, wo der Garten aufhört, war die ehemalige Grenze«, sagte ich. »Auf dieser Straßenseite wohnen die Israelis, auf der anderen die Palästinenser.«

»Könnte man so nicht in Frieden leben, als gute Nachbarn, als Menschen, die sich vertrauen und respektieren? Stell dir vor, ich könnte da in das Haus dir gegenüber ziehen. Wäre das nicht schön?«

»Ja«, sagte ich, »das wäre schön.«

Ich zeigte ihm den Patio und das Zimmer, in dem meine Bücher standen.

»Ah«, sagte Ismael. Er ging von Regal zu Regal, las Titel und Namen der Autoren. Plötzlich griff er nach einem, zog es heraus, schlug es auf.

»Das habe ich schon lange gesucht«, sagte er.

»Was ist es denn?«

»Bruno Bettelheim: ›Surviving‹.«

Am »Tag der Erde«, um neun Uhr abends, erschien Ibrahim bei mir.

»Ibrahim, um Gottes willen, was ist passiert?«

Er lachte: »Du siehst mich und denkst sofort, es ist etwas passiert.«

»Das Gegenteil zu denken wäre schwachsinnig. Erstens hast du plötzlich einen Schnurrbart, zweitens leben wir im Zeichen der Intifada, drittens ist heute, zu allem Überfluß, der ›Tag der Erde‹.«

»Nein, der ist schon zu Ende.«

»Für den lieben Gott vielleicht, aber nicht für die israelische Armee.«

»Ich bin so froh, dich zu sehen«, sagte er.

»Ich auch. Du hast mich über drei Wochen ohne Nachricht gelassen.«

»Ich konnte dir keine Nachricht geben. Ich bin nicht mehr in meinem Dorf. Ich wohne jetzt bei einem Cousin in Ramallah. Der Schnurrbart ist schrecklich, nicht wahr?«

»Warum rasierst du ihn dann nicht wieder ab?«

»Weil man als Araber einen Schnurrbart haben muß, sonst ist man nur ein halber Mann und wird nicht ernst genommen.«

Er hatte sich bis auf den schmalen, dunkelblonden Haarstreifen, Symbol seiner hundertprozentigen Männlichkeit, nicht verändert. Dasselbe feine Gesicht, derselbe schmale Körper, dieselbe natürliche Eleganz in Kleidung und Bewegung. Es gab keinen eindeutigen Hinweis, daß er in der Klemme saß, und trotzdem wußte ich, daß etwas Unheilvolles im Gange war. Er war nicht an diesem Tag, zu dieser Stunde, zu einer Tasse Tee zu mir gekommen. Er war nicht zur Abwechslung nach Ramallah zu seinem Cousin gezogen – sofern es tatsächlich Ramallah und

Cousin sein sollten. Er hatte sich nicht umsonst den verhaßten Schnurrbart wachsen lassen. Schön, aber wie sollte ich mich jetzt verhalten? So tun, als sei alles in Ordnung? Ihn zum Sprechen drängen? Abwarten? Da konnte ich unter Umständen Stunden warten. Die Höflichkeit verbot es den Arabern, über sich und vor allem über ihre Sorgen und Nöte zu sprechen, bevor sie nicht wiederholt und eindringlich dazu aufgefordert wurden. Die Schlinge konnte ihnen bereits um den Hals liegen, und sie würden einem mitteilen, es ginge ihnen gut und der Familie auch, und gestern nacht, bei dem großen Sturm, sei ein Baum in ihrem Garten umgefallen und, ja, sie würden gerne eine Tasse Tee trinken.

»Möchtest du eine Tasse Tee, Ibrahim?«

»Ja, gerne.«

»Und wie geht es dir?«

»Danke, gut, und dir?«

»Es geht so... Wie ist es in Ramallah bei deinem Cousin?«

»Nicht schlecht. In meinem Dorf war es mir zu langweilig. Es gab überhaupt nichts zu tun.«

»Und in Ramallah?«

»Da gibt es was zu tun, und ich lese und lerne sehr viel.«

»Was?«

»Ich lerne Englisch, richtiges Englisch, weißt du, und ich lese Bücher über Psychologie, damit ich nicht alles vergesse, was ich studiert habe.«

»Sehr gut, und arbeitest du auch?«

»Dieses und jenes.«

»Aha.«

Ich ging in die Küche, um den Tee zuzubereiten. Bestimmt hatte er Gründe, nicht zu sprechen, und unter normalen Umständen hätte ich es dabei belassen. Aber die Umstände waren alles andere als normal, und ich war nicht bereit, ihn oder mich oder uns beide in eine Situation hineinschliddern zu lassen, die vielleicht hätte verhindert werden können.

»Ibrahim«, rief ich ins Zimmer, »wie bist du eigentlich hierhergekommen? Kannst du mir wenigstens das sagen?«

»Ich kann dir alles sagen.«

»Dann tu das mal.«

»Ich bin mit Anna in ihrem Auto hierhergefahren. Anna kommt aus Schweden, ihr Mann auch. Er war bei den UNO-Truppen und ist dann in Ramallah geblieben. Er malt Bilder, und sie gibt Englischstunden in einem arabischen Gymnasium und außerdem einen Englischkurs für Erwachsene. So habe ich sie kennengelernt und mich mit ihr und ihrem Mann angefreundet. Eigentlich mehr mit ihrem Mann. Er ist sehr nett, aber sie ist mir zu hart. Sie sieht gut aus, und trotzdem ist sie gar keine richtige Frau mehr. Das gefällt mir nicht. Aber ich kann viel bei ihr lernen.«

Ich stellte das Teegeschirr auf ein Tablett und ging zu ihm.

»Sicher eine politisch engagierte Frau«, sagte ich und goß ihm ein.

»Genau. Bei ihr ist alles nur Politik, und ich finde, das ist nicht gut für eine Frau.«

»Aber sie hat hoffentlich keinen Schnurrbart.«

Er schüttelte sich vor Lachen.

»Du warst lange nicht mehr in Jerusalem, ich meine Westjerusalem, nicht wahr?« fragte ich ihn.

»Ich war nie mehr in Westjerusalem, und es fehlt mir.«

»Wirklich?«

»Ja, ich habe doch Jahre hier gelebt und hatte Freunde hier.«

»Die hast du noch, wenn du sie willst oder wenn du sie brauchst.«

Ich setzte mich neben ihn aufs Sofa, und er berührte vorsichtig meine Hand.

»Wo sind Dino und Pauli?« fragte er.

»Sie laufen Tag und Nacht den Katzen nach.«

»Und du schreibst?«

»Ibrahim, du bist doch nicht zu mir gekommen, um dich nach Dino und Pauli und meinem Schreiben zu erkundigen. Hast du kein Vertrauen mehr zu mir?«

»Wenn ich kein Vertrauen mehr zu dir hätte, wäre ich nicht gekommen. Es ist anders herum: Du hast kein Vertrauen mehr zu mir.«

Im Grunde hatte er recht. Ich zündete mir eine Zigarette an, rauchte ein paar Züge. Schließlich sagte ich: »Ich habe dich Monate nicht mehr gesehen, ich kenne dein Leben, dein politisches Leben nicht. Ich weiß nicht, was du treibst. Plötzlich tauchst du auf, ausgerechnet heute, am späten Abend, und redest, als wären wir uns zufällig an einer Bushaltestelle begegnet. Glaubst du, ich habe unser Gespräch im American Colony vergessen?«

»Nein, das glaube ich nicht, und ich weiß, was du denkst, und ich bin traurig darüber.«

»Was denke ich?«

»Daß ich Steine werfe und Molotowcocktails, daß ich Menschen töte und verwunde. Und das Schlimmste, daß ich danach zu dir laufe und den Unschuldigen vor dir spiele und Tee mit dir trinke.«

Hatte ich das gedacht? Nein, zu so präzisen Gedanken und Vorstellungen war ich noch nicht gekommen. Aber in einer halben Stunde wäre ich vielleicht soweit gewesen. Und wie hätte ich mich dann verhalten?

»Du siehst mich immer noch wie früher, als du mich in Schutz genommen hast: einen Bürger zweiter Klasse ohne Rechte und Moral.«

»Ja, Ibrahim, ich sehe dich nach wie vor als Bürger zweiter Klasse, ohne Rechte, denn das bist du. Aber wenn du als solcher heute an einer Demonstration teilnimmst, dann hat das überhaupt nichts mit der Amoralität zu tun, mit der du früher jemandem Geld aus der Tasche geklaut hast. Das eine war eine kleine Schurkerei, das andere ist der berechtigte Kampf um deine Bürgerrechte. Und diesen Kampf erkenne ich an, auch wenn ich mich damit tief ins eigene Fleisch schneide, denn er richtet sich ja nun mal, unglückseligerweise, gegen uns.«

»Also, wenn ich gekommen wäre und gesagt hätte: Ich habe einen Soldaten oder Polizisten schwer verletzt, dann hättest du mich auch in Schutz genommen, ja?«

»Das kann ich dir nicht so auf Anhieb sagen. Ich weiß es nicht.«

»Und wenn ich gekommen wäre und gesagt hätte: Ich habe aus Versehen ein Kind umgebracht, es war im Auto, in das ich eine Petroleumbombe geschmissen habe. Was hättest du dann gemacht?«

»Dann hätte ich wahrscheinlich gesagt: Petroleumbomben in Zivilautos schmeißen ist ein Terroranschlag, und scher dich zum Teufel.«

»Und was hättest du gesagt, wenn man mich aus Versehen umgebracht hätte, wie man schon einige aus Versehen umgebracht hat?«

»Das solltest du inzwischen wissen, Ibrahim, ich mache da keine Unterschiede, wer wen aus Versehen oder überhaupt umbringt.«

Er war blaß geworden, und jetzt kam der Schnurrbart doch zur Geltung: Er sah älter und härter aus.

»Man hat jetzt schon zwei von meinen Freunden umgebracht«, sagte er, »einen aus Versehen und einen nicht aus Versehen, und dreiunddreißig, die ich gut kenne, sitzen ohne gerichtliches Verfahren in Gefängnissen oder in einem Lager in Verwahrungshaft, und einem hat man das Haus in die Luft gesprengt, und ich weiß nicht, wie viele von meinen Bekannten man geschlagen und wie Dreck behandelt hat, und ich habe auch schon mein Teil an Erniedrigungen abbekommen und trotzdem nie den Versuch gemacht, einen Menschen zu verwunden oder zu töten. Und manchmal schäme ich mich deswegen. Denn wenn alle so wären wie ich, dann würde es bald mehr Siedler als Palästinenser auf der West-Bank geben und anstatt Bürgerrechte noch mehr Fußtritte.«

»Ibrahim, du brauchst dich vor mir nicht ...«

Er unterbrach mich: »Glaubst du, daß ich dir die Wahrheit gesagt habe, oder glaubst du, daß ich dich angelogen habe?«

»Ich glaube, daß du mir die Wahrheit gesagt hast, aber warum du hier bist, weiß ich immer noch nicht.«

Er seufzte und lachte in einem. Dann fragte er: »Hast du das beim Shin Beit* gelernt?«

»Du bist direkt witzig geworden, das warst du früher nie. Willst du etwas essen, soll ich dir das Bett machen, holt dich die Schwedin wieder ab, oder wie geht der Abend weiter?«

»Nach Ramallah kann ich heute nicht zurück.«

»Das habe ich angenommen.«

* Israelischer Geheimdienst

»Es hängt mit den Flugblättern zusammen. Ich habe...«

»Schon gut. Mehr brauche ich nicht zu wissen.«

»Doch, du mußt wissen, daß ich nicht nur darum hergekommen bin. Ich hätte auch woanders schlafen können, die Schweden haben Freunde in Westjerusalem. Aber ich wollte dich sehen. Plötzlich ist man auf Monate weg...«

»Sucht man dich?«

»Ach, dazu bin ich doch viel zu unwichtig. Aber wenn ich zufällig da bin, dann nimmt man mich mit. Auf einen mehr oder weniger in Ansar Drei* kommt's ja nicht an. Du weißt doch, wie das ist.«

»Also, was wirst du in den nächsten Tagen machen?«

»Morgen holt mich Anna ab und bringt mich woandershin. Ich werde mich eine Zeitlang ruhig verhalten und so benehmen, wie es sich für einen primitiven, stinkenden Fellachen gehört: bescheiden, gehorsam und unterwürfig.«

»Bitte, Ibrahim«, sagte ich, »red nicht so.«

»So redet man mit uns, und die Besetzten lernen doch immer die Sprache der Besatzer.«

Ich sah ihn an. Er lächelte, wie sie alle immer lächelten, wenn sie von den Entwürdigungen und Schikanen sprachen, die sie erdulden mußten.

»Warum lächelst du«, fuhr ich ihn an, »es ist doch idiotisch, daß du lächelst!«

Er wich zurück. Der Schreck stand ihm im Gesicht. Er sah aus, wie er am Anfang unserer Bekanntschaft ausgesehen hatte: ein verstörter Junge, hin- und hergerissen zwischen dem Bedürfnis zu gefallen und dem Zwang zu hassen.

»Entschuldige«, sagte ich und begann zu weinen, »bitte, entschuldige, aber ich kann euer Lächeln nicht mehr ertragen.«

Ende März verkündete Ismael, seine Familie sei aus Kalkilia nach Al-Bireh zurückgekehrt, und jetzt könne er mir endlich seine Kinder vorstellen.

»Ich bin nämlich ein sehr stolzer Vater«, strahlte er.

* Bezeichnung der Palästinenser für ein Gefangenenlager im Negev – nach dem ersten Lager Ansar, das im Libanonkrieg im Südlibanon angelegt wurde

Ich holte ihn vom Mokasset-Hospital ab, und wir fuhren die etwa fünfundzwanzig Kilometer lange Strecke von Jerusalem nach Al-Bireh. Al-Bireh, das sich an den Ort Ramallah anschließt, hatte mich nie besonders interessiert – eine arabische Stadt mit einem engen, reizlosen Kern, einer Durchfahrtstraße und zahlreichen, recht ansehnlichen Villen, die ohne ersichtliche Planung und Verbindungsstraßen hügelan und hügelab kletterten. Es war allein die Schönheit der Landschaft, die mich angezogen und über die Stadt hatte hinwegsehen lassen. Nur ein einziges Mal war ich im Zentrum ausgestiegen, und das, um einen roten Plastikeimer zu kaufen.

»Weiß deine Frau, wer ich bin?« fragte ich, als wir Jerusalem hinter uns gelassen hatten.

»Aber natürlich! Sie war doch zwei Jahre mit mir in Deutschland, und ich habe ihr erzählt...«

»Daß ich eine deutsche Schriftstellerin bin.«

»Genau. Leider beherrscht sie nicht die deutsche Sprache, aber sie spricht sehr gut Englisch und freut sich schon auf dich.«

»Weiß sie, daß ich in Jerusalem lebe?«

»Da bin ich mir nicht sicher... ich glaube, ja.«

»Ismael, weiß sie, daß ich Jüdin bin?«

»Das haben wir nicht erörtert.«

»Ich fürchte, das wäre erörterungswert gewesen.«

»Nein. Du kennst meine Frau nicht. Sie ist intelligent und hat in Amman Soziologie studiert, aber ein Kind ist sie trotzdem. Alle arabischen Frauen sind und bleiben Kinder, egal, ob sie studieren oder einen Beruf ausüben, was, nebenbei gesagt, nur vorkommt, wenn sie nicht zu verheiraten sind. Sie haben in unserer Gesellschaftsordnung keine Möglichkeit, sich zu entfalten und selbständig zu werden. Da ist erst der Vater, dem sie widerstandslos folgen, dann der Mann, und, wenn sie den überleben, der älteste Sohn.«

»Das ist mir schon klargeworden, aber in deinem Fall liegen die Dinge doch wohl etwas anders, ihr führt doch keine typisch arabische Ehe, oder?«

»Nein«, sagte er gewichtig, »gewiß nicht. Jamila, meine Frau, stammt aus einer der wohlhabendsten und angesehensten Familien Kalkilias, und sie und ihre sechs Schwestern sind für arabische Begriffe sehr liberal erzogen worden. Außerdem war sie in Amman und München und hat dadurch viel gesehen und gelernt. Wir sind beide nicht mehr religiös, und zwei Kinder genügen uns. Ich möchte nicht, daß sie zu Hause geistig verkümmert, und darum haben wir beschlossen, daß sie hier, an der Bir-Zeit-Universität, zu Ende studiert und in ihrem Beruf arbeitet.«

»Dann ist sie wohl doch nicht mehr ganz Kind.«

»Ganz nicht, aber dreiviertel. Würde ich sagen, du bleibst zu Hause und bekommst noch ein paar Kinder, dann würde sie zu Hause bleiben und noch ein paar Kinder bekommen. Die Familie ist alles, und der Mann hat das Wort. Sie trifft außerhalb des Hauses keine eigenen Entscheidungen. Die Grundregeln sind für sie und jede arabische Frau dieselben geblieben.«

»Es ist mir unbegreiflich, daß sich die Frauen nicht dagegen auflehnen.«

»Sie wüßten gar nicht, wogegen sie sich auflehnen sollten. Sie haben alles, was sie brauchen und sich wünschen: eine große, miteinander verbundene Familie, einen Mann, der sie versorgt, Kinder, die sie liebhaben, ein Dach über dem Kopf und Gott.«

»Und was ist mit Liebe? Ich meine, spielt Liebe zwischen Mann und Frau, in der Ehe oder auch sonst, keine Rolle?«

»Liebe, wie man sie sich in der westlichen Welt vorstellt, nein. Eine Ehe wird von den Familien nach praktischen und finanziellen Gesichtspunkten arrangiert, und Liebe hat dabei wenig zu suchen. Natürlich gibt es in großen Städten unter jungen, fortschrittlichen Leuten Ausnahmen, aber alles in allem ist es nach wie vor so. Und Liebe außerhalb der Ehe, na ja...«

Er lächelte mit fest geschlossenen Lippen und hochgezogenen Mundwinkeln: »Bei einem Mann ist das die Regel.«

»Und bei einer Frau eine Todsünde.«

»Oder ein Beruf. Aber dann hat sie bei uns einen anderen Namen.«

»Auch bei dir?«

»Nicht, wenn es sich dabei um westliche Frauen handelt.«

»Weil es bei denen die Regel ist?«

Er lachte, enthielt sich aber einer Antwort.

Ich beließ es dabei und fragte: »Ist deine Ehe auch von den Familien arrangiert worden?«

»Ja, aber wenn meine Frau oder ich nicht einverstanden gewesen wären, hätten sie keinen Druck ausgeübt. Unsere Familien kennen sich seit vielen Jahren, und Jamila und ich haben uns schon als Kinder gemocht. Wir führen eine gute Ehe, aber es gibt Themen, Politik zum Beispiel, über die ich mich nicht mit ihr unterhalte. Sie versteht nichts davon und redet wie ein Kind.«

»Vielleicht könntest du ihr da ein paar Dinge erklären.«

»Das habe ich schon versucht, aber sie sträubt sich. Sie sieht alles schwarzweiß.«

Wir näherten uns Al-Bireh. Die Landschaft rechts und links der Straße war mit Häusern bepflanzt, stattliche Villen mit Eiffelturm, die in größeren Abständen und ohne jegliche Anordnung, teils in ein Kissen dunklen Grüns gebettet, teils schutz- und schattenlos, in der Gegend standen. Sie wirkten nicht unästhetisch, denn sie waren großzügig angelegt und alle in einem anderen Stil, aber aus demselben Stein gebaut.

»Nicht schlecht, die Häuser«, sagte ich, »manche etwas übertrieben feudal, aber sie stören nicht die Landschaft.«

»Feudal«, sagte Ismael, und seine Mundwinkel krümmten sich verächtlich, »und da drüben ist das Flüchtlingslager. Eine Schande!«

»Wo?« fragte ich und trat auf die Bremse.

»Da unten, in der Falle, könnte man sagen ... da, wo der Armeejeep steht. Man hat jetzt den Eingang mit großen Tonnen verstellt, damit man die Leute, die rein- und rausgehen, besser kontrollieren kann. Solange die Flüchtlingslager existieren und davor die israelischen Soldaten und rundherum die feudalen Häuser stehen, gibt es hier keine Ruhe, nicht zwischen Arabern und Arabern und schon gar nicht zwischen Palästinensern und Israelis. Immer wird alles auf dem Rücken der Ärmsten ausgetragen, man könnte an der Menschheit verzweifeln.«

An der Ortseinfahrt stand ein Schild mit der Aufschrift: »Welcome to Al-Bireh«.

Ich fragte mich, wen sie da wohl willkommen hießen.

Die Israelis bestimmt nicht, Touristen gab es kaum noch, und auch früher hatten sie in den arabischen Städten und Dörfern nicht haltgemacht. Araber aus anderen Staaten, von den Ägyptern, die Israel mieden, abgesehen, wurden nicht ins Land gelassen. Wenn es ein isoliertes und vernachlässigtes Volk gab, dann waren es die Palästinenser. Darüber konnten nicht einmal die stattlichen Häuser hinwegtäuschen. Sie waren wie die Fassaden Potemkinscher Dörfer, hinter denen sich die Hoffnungslosigkeit verbarg.

Die Einfahrtsstraße war durch einen Streifen rosafarbenen Oleanders in zwei Bahnen geteilt. Es war ein kurzer Streifen, der plötzlich versandete, so als sähe er die Nutzlosigkeit seines Daseins ein.

»Warst du mal vor dem Sechs-Tage-Krieg hier?« fragte ich Ismael.

»Natürlich. Wenn man an der Küste lebte, fuhr man in den heißen Monaten oft nach Al-Bireh und Ramallah. Viele hatten ihre Sommerwohnungen hier, Palästinenser und Araber aus anderen Staaten. Es gab weniger neureiche Häuser, dafür aber viel mehr Leben und alte arabische Tradition.«

»Und wo sind die Häuser plötzlich alle hergekommen?«

»Die meisten gehörten Palästinensern, die nach Amerika ausgewandert sind und einmal im Jahr auf ein paar Wochen kommen. Oder Palästinensern, die in den Ölstaaten gearbeitet und viel verdient haben. Oder Leuten, die hier gute Geschäfte gemacht haben und nicht wissen, wo sie ihr Geld sonst unterbringen sollen. Sie stecken alles, was sie besitzen, in ein Haus und haben dann kein Geld mehr, um darin zu leben. Aber erstens ist es ein Statussymbol, und zweitens glauben sie, da ist ihr Vermögen sicher.«

»Man sagt, daß es den Palästinensern unter israelischer Okkupation materiell besser geht, als es ihnen jemals zuvor gegangen ist.«

»Das war nicht schwer zu bewerkstelligen. Wir hatten tatsächlich nichts und die Israelis mit jedem Jahr mehr. Sie brauchten neue Häuser, neue Straßen, neue Siedlungen, und wir brauchten Brot – um es auf einen vereinfachten Nenner zu bringen. Wir waren billige Arbeitskräfte, Steuerzahler und ein guter Absatzmarkt für ihre Waren. Für Israel ein idealer Zustand, für uns weniger, wie man sieht. Ein paar Schekel mehr ersetzen einem nicht die Freiheit, und statt die Leute gefügig zu machen, hat es sie rebellisch gemacht. Menschen, die nichts anderes gekannt haben als ihre Lager oder Dörfer, haben plötzlich auf der anderen Seite eine neue Welt entdeckt, und es war eine Welt, zu der sie keinen Zugang hatten und die – so sehen sie es – von Rechts wegen ihnen gehörte und auf ihrem Unglück aufgebaut worden war.«

Wir fuhren auf der Hauptstraße durch Al-Bireh – eine ausgestorbene Stadt mit geschlossenen Geschäften, Fenstern und Türen. Ein paar Autos, vereinzelte Fußgänger, an einer Ecke ein Falaffelverkäufer, der in einer großen Pfanne Bällchen aus Kichererbsenbrei briet. Ein paar Kinder hatten sich um ihn geschart, denn er war die einzige Attraktion weit und breit.

»Sind die Geschäfte hier auch nur von neun bis zwölf Uhr geöffnet?« fragte ich.

»Ja, und eine Zeitlang waren sie nicht mal das. Aber es gab Wagen, die mit Lebensmitteln herumgefahren sind. Es war ganz gut organisiert ... da, an der nächsten Straße mußt du rechts abbiegen.«

Ich fuhr in eine schmale, holprige Straße, die durch ein Wohnviertel aus kleinen ländlichen Häusern den Hügeln entgegenlief. Hier ging es etwas lebhafter zu. Männer saßen in kleinen Gruppen vor den Haustüren, Kinder spielten auf der Straße, vier Frauen in arabischer Nationaltracht hockten unter einem Feigenbaum und bestickten Streifen schwarzen Stoffes mit leuchtenden Farben, ein Junge trieb eine Ziegenherde vor sich her.

»Das mag ich«, sagte ich.

»Ja, es ist nicht schlecht, hier zu leben, wenn man ein Häuschen mit Garten hätte. Wir sind in eine Wohnung eingesperrt, und meine Tochter, Salua, ist ein sehr lebhaftes Kind ... so, hier ist das Haus.«

Es war das einzige dreistöckige Wohnhaus, das wie ein falscher Zahn aus einem sehr unordentlichen Gebiß leerer Grundstücke, kleiner villenartiger und größerer, im Bau steckengebliebener Häuser emporragte. Die gegenüberliegende Seite der Straße war glücklicherweise unbebaut und die Umgebung mit ihren Hügeln, Olivenbäumen und Schafherden ländlich geblieben.

Auf einem gekachelten, von zwei niedrigen Mauern eingefaßten Steg, der vom Haus zur Straße führte, stand eine Schar Kinder und verfolgte gespannt das große Ereignis eines ausländischen Besuchs. Salua war, zu meiner Erleichterung, nicht unter ihnen.

Sie stand mit ihrer Mutter im Eingang der Wohnung, ein paar Schritte von der Tür entfernt, und als ich die beiden sah, überkam mich ein Gefühl spontaner Zuneigung.

Ismaels Frau, in Jeansrock und roter Hemdbluse, hatte Ähnlichkeit mit einem Collegegirl: ein rundes, ungeschminktes Gesicht, kurzgeschnittene, schwarze Locken, Sommersprossen um eine kurze Nase und große, dunkle Augen. Seine Tochter war schön, eine Schönheit, die nicht nur in feinen Zügen, beige getönter Haut und schwarzen, mit einem silbernen Glanz überzogenen Augen zum Ausdruck kam, sondern in einer stürmischen Intelligenz, die registrierte, forschte und verarbeitete.

»Hello«, sagte ich und gab der jungen Frau die Hand. Sie lächelte, aber zurückhaltend, und in ihrem Blick war dasselbe Forschen wie in dem des Kindes. Von ihrer Seite war es keine spontane Zuneigung, sondern ein skeptisches Abwarten.

»Und das ist Salua«, sagte der stolze Vater und schob mir seine Tochter entgegen, »in München geboren, also eine waschechte Landsmännin von dir.«

Das kleine Mädchen musterte mich. Sie hatte einen Bleistift in der Hand, und daran nagte sie. Ihr Blick war ernst und intensiv, die Brauen leicht angehoben. Sie dachte nach: »Was ist das für eine Frau? Was läßt sich mit der anfangen? Gefällt sie mir überhaupt?«

»Hello, Salua«, sagte ich und strich ihr über den Kopf. Sie begann zu sprechen, sehr schnell und sehr deutlich, und schaute dabei zu ihrem Vater auf.

Die Eltern lachten.

»Salua fragt«, ließ mich Ismael wissen, »wie sie sich mit dir unterhalten soll, wenn du kein Arabisch kannst. Du sollst die Sprache schnell lernen.«

»Sag ihr, es ginge bestimmt schneller mit der Unterhaltung, wenn sie Englisch lernen würde.«

Er sagte es ihr, und sie ließ mir bestellen, sie könne erst eine andere Sprache lernen, wenn sie so gut Arabisch spräche wie ihr Vater.

»Und wann ist das?«

»Bald«, sagte Jamila auf englisch, »sie spricht mit ihren vier Jahren schon ein reicheres Arabisch als die Nachbarkinder, die seit Jahren zur Schule gehen.«

»Ich lege großen Wert darauf«, sagte Ismael, »daß sie ihre Muttersprache einwandfrei beherrscht.«

Die Kleine nahm meine Hand, woraus ich schloß, daß die Entscheidung gefallen war und ich ihr gefiel, sagte ein paarmal fehlerlos Angelika und dann etwas auf arabisch, das ich, trotz der Lautstärke und Dringlichkeit, die sie hineinlegte, nicht verstand.

»Sie wünscht«, erklärte Ismael, »daß du dich jetzt setzt und dich mit uns unterhältst.«

»Eine gute Idee«, sagte ich.

Wir setzten uns in eine Ausbuchtung des Korridors, die der Familie, obgleich dunkel und ungemütlich, als Zimmer für alles diente. Es standen zwei übereck gestellte Liegen da, ein Eßtisch, ein Teetisch, Sessel, Stühle und ein kleiner Schwarzweißfernseher. Eine Tür führte auf eine überdachte Veranda hinaus, auf der, merkwürdigerweise, nichts anderes zu sehen war als ein Sandhaufen und eine gespannte Wäscheleine. Die Wohnung, zu der zwei Schlafzimmer, das obligate, mit einem schönen Perserteppich ausgelegte Empfangszimmer, Küche und Bad gehörten, war geräumig, aber unpersönlich. Man entdeckte, bis auf den Perser, keinen Gegenstand, der ihr ein wenig Charakter und Wärme eingeflößt hätte. Sie machte den Eindruck, als seien ihre Bewohner gerade erst eingezogen. Ich überlegte, ob das auf Geldmangel, Passivität oder die Unsicherheit der allgemeinen Lage zurückzuführen sei.

»Wie lange wohnt ihr schon hier?« fragte ich.

»Die Wohnung gehört schon seit Jahren einem Onkel von Jamila«, erklärte Ismael, »aber wir wohnen erst seit meiner Rückkehr aus München, also ein Jahr, hier. Es war die beste Lösung. Wir müssen keine Miete zahlen, und ich habe es nicht weit zum Krankenhaus in Ostjerusalem.«

»Zu weit«, sagte Jamila, »Salua weint jeden Morgen, wenn ihr Vater aus dem Haus geht, und ich mache mir auch den ganzen Tag Sorgen. Wenn er eine halbe Stunde zu spät nach Hause kommt, bin ich krank vor Angst.«

»Ich habe den beiden so oft gesagt, daß nichts zu befürchten ist«, seufzte Ismael, »mir ist als Arzt noch nie etwas passiert. Ein paarmal mußte ich meine Identitätskarte zeigen, das war alles. Dummerweise war Salua einmal dabei und ist beim Anblick des bewaffneten Soldaten in Panik geraten. Sie ist durch das, was man so alles erzählt, furchtbar verunsichert.«

»Durch das, was man so alles erzählt!« rief Jamila ärgerlich. »Und durch das, was man sieht, nicht?«

»Ich glaube nicht, daß sie es gesehen hat. Ich habe sie noch rechtzeitig vom Fenster wegholen können.«

»Aber sie hat es doch gehört, sie hat doch die ganze Nacht darauf Alpträume gehabt!«

»Wovon sprecht ihr?« fragte ich.

Jamila wandte sich mir zu. Durch die Collegegirl-Fassade brach der Haß einer arabischen Frau und Mutter, die bereit ist, sich auf jeden zu stürzen, der ihre Familie bedroht.

»Die israelischen Soldaten«, sagte sie und bemühte sich trotz ihrer Aufregung um eine korrekte Aussprache, »haben hier, direkt vor unserem Haus, zwei Jungens gefaßt, ihnen die Hände auf dem Rücken zusammengebunden und eine halbe Stunde lang geschlagen und getreten. Und davon soll Salua nichts mitbekommen haben?«

Ismael schwieg und schaute zu Boden.

Ich zündete mir eine Zigarette an, und Salua, die neben ihrer Mutter saß und mit den Beinen schlenkerte, hörte auf zu schlenkern und sah mir fasziniert zu. Sie trug ein kurzes, rotes Strickkleid, schwarze Strumpfhosen und in den schwarzen Locken eine kleine, rote Haarklammer. Sie sah entzückend aus.

»Meine Eltern«, sagte ich, »haben mich während der Nazizeit praktisch isoliert. Ich habe nichts gesehen und nichts gehört, und dann, mit acht Jahren, hatte ich einen Alptraum, in dem alles, was ich nicht gesehen und nicht gehört habe, herauskam. Die Angst muß sich von meinen Eltern auf mich übertragen haben, eine Art Telepathie.«

»Und was hast du geträumt?« fragte Ismael.

»Daß meine ganze Familie, Mutter, Vater, Bruder, Schwester und ich, von einem Leichenwagen abgeholt wurden. Er sollte uns in Sicherheit bringen, aber als wir darauf zuliefen, fielen wir einer nach dem anderen tot um.«

Jamila starrte mich an: »Entsetzlich!« sagte sie und dann, nach einer Pause: »Wie kann man seine Kinder vor so etwas bewahren?«

»Man kann es nicht, das wollte ich damit sagen. Ich glaube, wir unterschätzen Kinder. Sie schnappen viel mehr auf oder spüren viel mehr, als wir uns vorstellen können. Und wenn man Dinge verheimlicht und sie dann doch darauf kommen, ist der Schock größer, als wenn man sie darauf vorbereitet.«

»Richtig«, stimmte mir Ismael zu, »man muß mit ihnen darüber sprechen, man muß es ihnen erklären.«

»Wie willst du Salua etwas so Schreckliches erklären, ohne sie fürs ganze Leben zu verängstigen?«

»Glaubst du, Salua hat das nicht schon alles in blutrünstigster Form von anderen Kindern gehört und sich geängstigt? Warum weint sie denn, wenn ich weggehe, warum fürchtet sie sich denn so vor den Soldaten? Sie glaubt inzwischen, jeder Israeli ist ein Mörder, der uns die Ohren abschneidet und die Augen aussticht. Soll ich sie, deiner Meinung nach, in diesem absurden und gefährlichen Glauben lassen, statt ihr zu erklären, daß Israelis Menschen sind wie du und ich und daß es Gute und Böse unter ihnen gibt wie unter den Palästinensern? Salua ist ein intelligentes Kind, und sie wird intelligent erzogen werden. Dafür sorge ich!«

Jamila schwieg. Sie sah mich nachdenklich an, dann lächelte sie mir zu. Es war ein komplizenhaftes Lächeln von Frau zu Frau, das keine politischen, ideologischen, nationalen Grenzen kannte: »Laß ihn nur reden! Männer haben immer hochtrabende Ideen, aber mit der Wirklichkeit und den Alpträumen müssen wir fertig werden, nicht wahr?«

Ich lächelte zurück. Alptraum der Vergangenheit, Alptraum der Gegenwart. Der Bund war geschlossen.

Im Nebenzimmer begann das Baby zu schreien. Jamila stand schnell auf, und Salua, die Unterbrechungen durch ihren kleinen Bruder nicht zu schätzen und sich zurückgesetzt zu fühlen schien, lief zu ihrem Vater und setzte sich auf dessen Knie.

»Frauen«, sagte Ismael zu mir, »empfinden das alles ganz anders. Bei ihnen geht es direkt durchs Herz. Jeder Junge, der geschlagen oder verwundet oder getötet wird, ist ihr eigenes Kind. Sie identifizieren sich immer sofort mit der Mutter.« Er schüttelte den Kopf und seufzte.

Jamila kam mit dem Baby ins Zimmer. Sie strahlte, als hätte sie soeben ein unerwartetes, kostbares Geschenk erhalten.

»Das ist ›Abed‹«, sagte sie, »unser habibi, habibi, habibi...« Sie zirpte, sie küßte Kopf und Gesicht des Kindes, sie kraulte es am Hals.

Der Kleine krähte und zappelte.

»Er lächelt«, rief Jamila, »schau, Angelika, wie er lächelt!«

Sie legte mir das Kind in den Arm.

Der Säugling versuchte mein Gesicht zu fixieren. Er riß die Augen auf, er schielte vor Anstrengung. Er sollte jetzt bloß nicht anfangen zu schreien und damit das eben gewonnene Vertrauen seiner Mutter in mich wieder erschüttern. Er sah aus wie sein Vater, dieselben weichen Züge, dieselben sanften Lamaaugen unter abgesteppten Lidern. Ich mußte darüber lachen und das Kind, nach einem verdutzten Blick auf meinen sich öffnenden Mund, begann ebenfalls zu lachen und mir mit beiden Händchen ins Gesicht zu greifen. Die Eltern blickten verzückt auf uns herab. Ein Mensch, der von einem Kind angelacht wird, ist über jeden Zweifel erhaben. Jamilas Vertrauen war mir sicher.

»Er ist dein Ebenbild«, sagte ich zu Ismael, »dein Gesicht und deine Gutgläubigkeit. Ein liebenswertes Kind.«

Ich machte mir nichts aus Säuglingen, aber in diesem Moment wurde er mir lieb, so lieb wie seine Eltern, so lieb wie seine Schwester.

Jamila nahm mir das Baby ab, setzte sich mir gegenüber

auf die Liege, schob die Bluse hoch, zog Hemd und Büstenhalter herunter und gab ihm die Brust. Salua, von dem unerwünschten Zwischenspiel verdrossen und darauf erpicht, wieder im Mittelpunkt unserer Aufmerksamkeit zu stehen, begann viel und laut zu sprechen.

»Was erzählt sie da?« fragte ich.

»Dummheiten«, sagte Jamila, »sie ist eifersüchtig auf ihren Bruder.«

»Halas, Salua«, sagte Ismael in strengem Ton, »genug!«

Die Kleine sah uns der Reihe nach an. In ihrem Gesicht tobte der Zorn, ihre Augen sprühten silberne Funken. Und plötzlich riß sie die Hand hoch, spreizte Zeige- und Mittelfinger zu einem V und rief jeden Buchstaben klar artikulierend: »PLO ... PLO ... PLO!«

Es kam der Sederabend, der das Passahfest einleitet und nach genauen religiösen Vorschriften, an einer festlich gedeckten Tafel, im Kreis einer zigköpfigen Familie gefeiert wird. Die Feier, während der die Haggada, das Buch über den Auszug aus Ägypten, gelesen und außerdem gegessen, getrunken, gebetet und gesungen wird, zieht sich über viele Stunden hin und wird von denen, die nicht mit Herz, Seele und Glauben dabei sind, gefürchtet. Dazu gehörten die meisten meiner Freunde, die sich schon Wochen vorher überlegten, wie sie ihren Pflichten entkommen oder zumindest nur gelangweilter Gast anstatt entnervter Gastgeber sein konnten. Einige waren ins Ausland geflohen, andere, darunter meine Mutter-Freundin Evchen, zu ihren Kindern innerhalb des Landes.

Ich hatte beschlossen, am späteren Nachmittag einen kurzen Besuch bei den Segals zu machen und anschließend mit Philip und Rick ein Glas Wodka bei mir zu trinken.

Ich machte mich um halb sechs mit einem Stück Räucherlachs und einem Blumenstrauß auf den Weg. Es war ein wunderschöner, warmer Abend kurz vor Sonnenuntergang, und als ich an einer Parkanlage mit bunten Blumenbeeten und frisch belaubten Bäumen vorbeikam, stieg ich aus dem Auto und ging hinein.

Es standen drei Bänke dort, und auf jeder saß, genau in der Mitte, eine einzelne Person. Ich ärgerte mich nicht nur, keine Bank für mich alleine, sondern auch keinen gehörigen Abstand zu der darauf sitzenden Person zu haben, und ließ mich auf dem äußersten Rand der nächstbesten nieder.

»Schalom«, sagte die Person, kaum daß mein Hinterteil die Sitzfläche berührt hatte, und begann auf hebräisch eine Unterhaltung. Ich sagte kurz angebunden, daß ich nicht Hebräisch spräche, und glaubte, damit sei die Sache erledigt. Weit gefehlt. Die Person fragte mich, ob ich vielleicht Jiddisch spräche.

Jetzt sah ich zum ersten Mal auf und sie an. Ich konnte der jiddischen Sprache und meistens auch denen, die sie sprachen, nicht widerstehen.

Es war eine ältere, korpulente Frau, die ich an dem hellhäutigen, schweren Gesicht als baltische, an der plumpen, farbenscheuen Kleidung und dem nach hinten gebundenen Kopftuch als fromme Jüdin erkannte.

»Ich verstehe Jiddisch«, sagte ich, »und ich spreche Deutsch.«

Die Frau war darüber sehr erfreut und erklärte, sie hätte ein Jahr in Berlin gelebt, gleich nach dem Krieg als »displaced person«, und da hätte sie auch ihren zweiten Mann kennengelernt und sei mit ihm nach Erez Israel gegangen.

Ich vermutete hinter diesem kurzen Curriculum vitae einen langen, schmerzhaften Lebensbericht und war nicht darauf erpicht, mir ihn anzuhören. Aber wenn ich sitzenblieb, ließ sich eine Fortsetzung der Unterhaltung nicht verhindern, und wenn sie fortgesetzt wurde, würde der Bericht nicht zu umgehen sein.

Ein Mensch, der aus Osteuropa stammte, war durch Ghetto und Konzentrationslager gegangen, eine Frau, die nach Ende des Krieges in einem Berliner Auffanglager für »displaced persons« ihren zweiten Mann kennengelernt hatte, hatte ihren ersten und möglicherweise Kind oder Kinder im Holocaust verloren.

Und so war es. Sie kam aus Litauen, war dort im Ghetto gewesen, dann in ein Ghetto nach Estland und schließlich nach Auschwitz deportiert worden. Sie hatte Mann und Sohn gehabt und eine große Familie. Alle waren umgekommen. Sie war robust gewesen, hatte gut schneidern und singen können. Der Herr hatte sie gerettet, die Russen befreit. Sie hatte nur noch achtunddreißig Kilo gewogen und war mehr tot als lebendig gewesen. Das hatte einen russischen Soldaten nicht daran gehindert, ihr einen Schlag auf den Kopf zu geben und sie danach zu vergewaltigen. Sie war in ein Krankenhaus und später nach Berlin gebracht worden.

Ob ich mir das vorstellen könne, fragte sie, alles verloren, gerade aus der Hölle befreit und dann »die Klopp auf de Kopp von eine sowjetische Soldat«.

Sie sprach mehr mit Verwunderung als Entrüstung. Die Bestialität ihrer Verfolger schien sie akzeptiert zu haben, die ihrer Befreier nicht.

Sie hätte sich nie wieder richtig erholt, sagte sie, ein schweres Herzleiden, Gallenkoliken und, durch den Schlag auf den Kopf, ein Gehirnschaden. Sie könne sich seither überhaupt nicht mehr konzentrieren, vergesse alles, wisse manchmal gar nicht, was sich mit ihr täte. Die Milch stehe vor ihr auf dem Tisch, und sie suche sie in der ganzen Küche. So sei es mit allem. Für was lebe man eigentlich noch: für die »Pensi'eh«.

Ob sie Kinder habe, wollte ich wissen.

O ja, drei Töchter, alle verheiratet, baruch hashem – gelobt sei Sein Name –, und sechs Enkel. Es seien »lichtige Mädelach«, die wüßten, was ihre Mamme gelitten habe, und alles täten, um es ihr schön zu machen. Auch ihr Mann sei ein guter, lieber Mensch, o ja, da habe sie Glück gehabt.

Also lebe sie nicht nur für die »Pensi'eh«, sagte ich.

Da hätte ich recht und sie unrecht, der Herr möge ihr verzeihen.

Manchmal, wenn sie darüber spräche und daran dächte, werfe das Unglück einen Schatten auf das Glück, und dann müsse sie erst nach dem Guten suchen, so wie nach der Milch, die vor ihr auf dem Tisch steht. Aber sie sei eine fromme Frau, nicht meschugge, fromm, aber eine gute Tochter Israels, und sie danke Ihm für alles, was Er ihr gegeben habe. Und ich, woher ich denn käme?

»Aus Deutschland«, sagte ich.

Sie nickte wohlwollend und fragte, ob ich auf Besuch hier sei.

»Nein«, sagte ich, »ich lebe hier.«

Ei, das sei aber schön! Wo ich hier wohne, wie ich hier wohne, ob ich mit der Familie hier wohne?

»Ich habe eine Wohnung in Abu Tor gekauft«, sagte ich, »und lebe alleine.«

Wieviel die Wohnung gekostet hätte?

Ich gab die Hälfte des Preises an.

Ja, in Jerusalem seien die Wohnungen schrecklich teuer, sie hätten auch eine schöne Wohnung, gleich um die Ekke, und die hätte fast so viel gekostet wie meine. Ob ich einen Beruf hätte?

»Ich schreibe Bücher«, sagte ich.

Sie war erleichtert und entzückt. Dann könne mir ja nichts passieren, meinte sie. Als Schreiberin könne ich viel Geld verdienen, und außerdem würden sich mir alle Türen öffnen, bis zum Ministerpräsidenten hinauf. Die Juden wären doch meschugge mit Büchern, und eine so »elegante Professi'eh« sei in Erez Israel ungemein geschätzt.

Sie freute sich aufrichtig, sie sah mich in Sicherheit.

Sie war durch die Hölle gegangen, manchmal warf das Unglück einen Schatten auf das Glück, der Herr möge ihr verzeihen, aber sie war eine gute Tochter Israels geblieben.

Ihre drei Töchter mit Mann und Kindern kämen heute zum Sederabend. Sie hätte schon alles vorbereitet. Der Tisch sei gedeckt, ihr Mann noch in der Synagoge. Wo ich den Sederabend verbrächte?

»Bei Freunden«, sagte ich.

Das sei gut, am Sederabend dürfe man nicht alleine sein. Wäre ich nicht zu Freunden gegangen, hätte sie mich zu sich eingeladen.

»Danke«, sagte ich und nahm ihre Hand, »es war gut, mit Ihnen zu sprechen.«

Das Blau des Himmels hatte sich vertieft. Königsblau von innen angestrahlt.

»Es gibt keinen schöneren Himmel als den über Jerusalem«, sagte ich.

Sie schaute empor, nickte und sagte, man könne dem Herren, gelobt sei Sein Name, nicht genug danken, daß Er uns nach Erez Israel geführt habe.

Tony Segal ging es sehr schlecht. Er lag nicht mehr in Kleidern auf, sondern in einem Schlafanzug im Bett. Es bedeutete, daß er den Versuch, an einem Minimum normalen Lebens mit einem Maximum an Anstrengung teilzunehmen, aufgegeben hatte. Sein rundes Katergesicht hatte einen grauen Ton, sein Blick, sein Lächeln gingen ins Leere. Ich hoffte, meinen Schrecken zu verbergen, indem ich mich schnell zu ihm hinabbeugte und ihn küßte. Er strich mir über den Hinterkopf.

»Hello, Darling«, sagte er, »es ist so lieb, daß du zu Besuch kommst.«

Was sollte man darauf sagen? Was sollte man ihn fragen? Was sollte man ihm aus der Welt, die schon nicht mehr die seine war, erzählen? Warum konnte ich nicht mit ihm über den Tod sprechen, das einzige, was für ihn noch von Belang war? Warum diese Scheu und Verlegenheit, als handele es sich um etwas entsetzlich Peinliches, etwas, das einem Menschen nun wirklich nicht passieren durfte? Dem Unausweichlichsten im Leben wurde bis zum letzten Atemzug ausgewichen.

Jane kam mit meinem Blumenstrauß ins Zimmer.

»Schau, was uns der Pessachengel mitgebracht hat! Ist das nicht ein herrlicher Frühlingsstrauß?«

»Wunderschön.«

Sie stellte die Vase auf einen kleinen Tisch in der Nähe seines Bettes, zupfte die Blumen zurecht und lächelte mit derselben nachdrücklichen Munterkeit, mit der sie sprach.

»Und Räucherlachs hat sie auch mitgebracht. Hast du Appetit darauf, Darling?«

»Auf Räucherlachs immer.«

»Gut!« Sie richtete sich auf, straffte den schweren, müden Körper, rieb sich die Hände. Ihr Gesicht hatte fast dieselbe Farbe wie die des Kranken, ihre Wangen waren eingefallen, und nur noch der große, rotgeschminkte Mund schien sie zu stützen: »Also, ich mache uns jetzt Toast, und wir essen Räucherlachs und trinken Wodka und du vielleicht einen kleinen Sherry.«

»Nein danke, sweetheart, heute nicht.«

»Heute nicht«, wiederholte sie, so als würde er in den nächsten Tagen wieder seinen kleinen Sherry trinken.

Ich folgte Jane, unter dem Vorwand, eine Zigarette rauchen zu wollen, in die Küche.

»Es geht ihm nicht gut«, sagte ich lahm.

»Nein, Darling, es geht ihm sogar gar nicht gut. Ich bete nur noch um eins: daß ich ihn bis zum Ende hierbehalten kann.«

»Aber es ist doch noch nicht das Ende... Jane!«

Sie nahm geschnittenes Brot aus einem Kasten und tat es in den Toaster.

»Der Anfang vom Ende ist es schon lange, Angelika. Jetzt kann man, nach Auskunft der Ärzte, auf einen Monat oder ein halbes Jahr hoffen.«

»Vertraust du den Ärzten?«

»Wenn es sich um Heilung handelt, nein, wenn es sich ums Sterben handelt, ja.«

»Weiß Tony Bescheid?«

»Ja und nein. Er weiß es, und er weicht dem Wissen aus. Die alte Geschichte...«

Sie legte die Lachsscheiben auf eine Platte, und die Katzen, in ihren langen, geblümten Pelzen, schossen aus der Dunkelheit in die Küche. Sie stießen kleine, fordernde Schreie aus und rieben sich an Janes und, sicherheitshalber, auch an meinen Beinen.

»Yes, my beauties«, gurrte sie mit ihrer tiefsten Stimme, »ich weiß, so etwas Gutes riecht man selten, aber das ist alles für meinen Tony.«

Tony brachte kaum eine Scheibe herunter.

»Ausgezeichnet«, sagte er ein paarmal.

»Aber vielleicht etwas schwer«, sagte ich und schob meinen Teller beiseite, »ich kann auch nie mehr als ein Scheibchen essen.«

Jane trank mir zu: »Auf unseren Auszug aus Ägypten«, sagte sie, »auf unseren Einzug ins Gelobte Land.«

Tony hustete. Er hielt sich ein Kleenex vor den Mund. Sein Gesicht war schmerzverzerrt.

Ich kippte den Wodka hinunter.

»Wenn du keinen Appetit hast, Darling«, sagte Jane, »zwing dich nicht. Du kannst den Lachs ja später essen.«

»Ja, ich glaube, ich esse ihn etwas später, aber er ist ausgezeichnet.«

Er starb wie ein Herr, diskret und höflich. Ein kleiner

Sherry: nein danke, heute nicht. Eine Scheibe Lachs: etwas später, aber er ist ausgezeichnet.

Ich wünschte mir, lachend zu sterben: »Tschüs, Freunde« – falls noch welche übrig waren – »fertig zum Abheben, ha, ha, ha!«

»Es ist so schönes warmes Wetter, Tony«, sagte ich, »eigentlich könntest du tagsüber schon ein bißchen ausgehen.«

Mein Ton und mein Lächeln waren schon fast so gelungen wie Janes.

»Ja, ich habe mir das auch schon vorgenommen.«

»Ich hole dich mit dem Auto ab und bringe dich zu meiner Wohnung. Du mußt sie jetzt endlich mal sehen. Als du sie gesehen hast, war sie doch noch gar nicht richtig da – keine Möbel und die Fliesen aus dem Patio gerissen und überall Sand, und der Torbogen zwischen Küche und Wohnzimmer stand auch noch nicht.«

»Aber sie war trotzdem schön«, sagte Jane, »und die Berge Moabs in der sinkenden Sonne! Das war ein wunderschöner Abend. Wir haben um eine Kiste gesessen und Wein getrunken und diese gute Salami gegessen... und Tony hat so viel gelacht. Erinnerst du dich, Tony?«

»Und ob ich mich erinnere! Es war ein wunderschöner Abend.«

»Also, ich hole dich mit dem Auto ab, und dann zeige ich dir meine Wohnung, und danach fahren wir etwas spazieren. Nach Abu Gosh vielleicht oder noch ein Stück weiter, nach Nebi Samuel, wo man den herrlichen Blick bis hinunter...«

»Nicht Nebi Samuel«, schrie Jane auf, »bloß nicht Nebi Samuel! Ich fahre nie wieder nach Nebi Samuel!«

»Um Gottes willen, Jane, was hast du denn?«

»Nebi Samuel war unser Lieblingsort. Wir sind oft dorthin gefahren, Tony, die Kinder und ich. Es war ein bezauberndes arabisches Dorf, und die Menschen so freundlich und zutraulich. Sie haben uns immer in ihre Häuser eingeladen und mit türkischem Kaffee und Früchten bewirtet. Und dann, eines Tages, fuhren wir wieder hinauf, und da gab es kein Dorf mehr, es gab nicht die Spur eines Dorfes. Es war wegrasiert, kein

Stein auf dem anderen. Wir standen da, und wir konnten es nicht fassen ...«

Ich sah zu Tony hinüber. Er hatte die Augen geschlossen.

»Schläft er?« fragte ich Jane leise.

»Nein«, sagte Tony, »ich schlafe nicht, ich war nur eben in Nebi Samuel. Ich habe das Dorf gesehen, die arabischen Bauern, das Land bis hinunter zum Meer ...«

Jane stand hastig auf. Das Lächeln hing ihr in Fetzen vom Gesicht: »Ich gehe nur schnell ein paar Züge rauchen«, sagte sie, »entschuldige, Darling.«

»Tony«, fragte ich und setzte mich zu ihm aufs Bett, »soll ich dir eine Geschichte erzählen, oder bist du zu müde?«

»O nein, ich bin nicht müde.«

Ich erzählte ihm meine Begegnung mit der frommen Ostjüdin. Als ich geendet hatte, war ein entrücktes Lächeln um seinen Mund, ein Funken Leben in seinen Augen, ein Schimmer Farbe in seinen Wangen.

»Das war eine sehr rührende Geschichte«, sagte er, »man hört solche Geschichten gar nicht mehr oft. Früher hörte man sie auf Schritt und Tritt. Israel war das Land der unglaublichsten Geschichten. Aber die Generation, die sie erlebt und überlebt hat, ist im Aussterben. Es war eine großartige, eine starke Generation. Nur gewaltlose Menschen haben diese Größe und Stärke.«

Ich fuhr jetzt oft nach Al-Bireh – ins Ausland. Die West-Bank, ihre Städte und Dörfer, war nicht erst seit der Intifada Ausland geworden, sie war immer Ausland gewesen. Feindliches Ausland. Es gab keine gekennzeichnete Grenze, es gab einen Abgrund, aus dem die giftigen Dämpfe des Hasses stiegen. Zwei Völker semitischen Ursprungs, die mehr, als sie wahrhaben wollten, gemeinsam hatten, die notgedrungen nebeneinanderlebten und deren einziger Austausch der von Gewalttätigkeiten war. Al-Bireh, eine halbe Stunde von Jerusalem entfernt, dieselbe Landschaft, derselbe Himmel, dasselbe Licht. Eine andere Welt. Gleich hinter dem großen Komplex israelischer Regierungsgebäude hörte der Westen auf. Man kam in den Orient mit seinem alles beherrschenden Islam, seinem verlangsamten Rhythmus, seiner geheimnisvollen Schönheit, die sich aus technischer Rückständigkeit, Natur, Ritual und einem angeborenen Gefühl für innere und äußere Form zusammensetzte.

Ich fuhr mit allen Tricks, die man sich in einer Gefahrenzone rasch aneignet. Den Blick geschärft und überall da, wo eine Bedrohung zu vermuten war, aufs Gas tretend, wenn eine Gruppe junger Männer am Straßenrand auftauchte oder sich ein Halbwüchsiger nach etwas bückte, auf die Bremse tretend, wenn ich im Rückspiegel einen Polizeiwagen entdeckte, schleunigst überholend, wenn ein Militärfahrzeug, eins der beliebtesten Angriffsziele, vor mir herfuhr, einen großen Bogen machend, wenn etwas Verdächtiges auf der Straße lag. Ich hielt mich an Stunden, in denen die Geschäfte geschlossen und die Moscheen nicht besucht waren, ich hörte vor Abfahrt die Nachrichten, die einem wenigstens noch mitteilten, wo »relative Unruhen« herrschten. Die Vorschrift, die einem verbot, in den arabischen Gebieten wegen Petroleumbombengefahr den Sicherheitsgurt anzulegen, kam mir sehr entgegen. Wenigstens mußte ich nicht auch noch an Strafgebühren denken.

Mit der Zeit wurden mir die arabischen Autos vertraut – große, alte, meist amerikanische Kreuzer, zerschunden, aber bunt verziert, die Fahrweise ihrer Eigentümer – noch gefährlicher als die der Israelis, die Tücken der Straßen – große Löcher und Höcker, scharfe Kurven und nicht gekennzeichnete Kreuzungen, die Landschaft – leicht gewellt, baumlos und mit Bauten aller Art beklekkert, die zwei großen Flüchtlingslager – hinter hohen Mauern verborgen, die israelischen Patrouillen und Wachen.

Ich fuhr im zweifelhaften Schutz meiner verstaubten Kefieh im Rückfenster, dem schwarzweißen Pariser Nummernschild und manchmal, wenn mich ein vages Unbehagen packte, einer Gaspistole.

Bereit sein ist alles.

Vor dem Haus und auf dem gekachelten Steg standen die Kinder. Sie standen immer da, und ich sah sie nie spielen. Spielen ist westlicher Luxus – wie Liebe zwischen Mann und Frau, wie Blumengärten. Die arabischen

Kinder kannten diesen Luxus nicht. Ihre Spiele beschränkten sich auf Ausbrüche ungestümer physischer Aktivität und ihr Spielzeug auf das, was auf der Straße herumlag. Bei diesen Kindern beschränkte es sich hauptsächlich aufs Warten. Sie warteten auf den Eiscremewagen, der jede Minute, aber auch erst in fünf Stunden vorbeikommen konnte. Es war ihre Art, sich die Zeit zu vertreiben, und obgleich sie mir immer noch nicht zusagten, hatten sie jetzt eine Funktion im Zeremoniell meiner Ankunft.

Manchmal stand Salua oben auf der überdachten Veranda und wartete sowohl auf meine Ankunft als auf die des Eiscremewagens. Ihre Haut war von Beige in helles Braun übergegangen, und in den länger gewachsenen Locken steckte ein bunter Schmetterling.

»Angelika«, rief sie mit heller Stimme und perfekter Betonung, »Marchaba, Angelika!«

Ismael erwartete mich an der Wohnungstür. Er bevorzugte Polohemden und Baumwollhosen, die immer aussahen, als kämen sie gerade aus der Reinigung. Er lächelte mit fest geschlossenen Lippen und hochgeschürzten Mundwinkeln.

»Ich grüße dich«, sagte er, »wie geht es dir?«

Ein paar Schritte hinter ihm stand Jamila mit dem Baby auf dem Arm. Ihr freudiges Lachen, das einer Freundin, ihr Gesicht zart gebräunt, auf dem Grund ihrer schwarzen Augen ein Leuchten. Das Baby ein Stück weiter auf dem Weg zum kleinen Menschen, Speckfalten in den nackten Schenkelchen, im Blick die ersten Zeichen des Erkennens.

Das Zimmer heller jetzt und warm. Auf dem Eßtisch arabische Zeitungen, englische, deutsche, hebräische Bücher, Seiten mit Ismaels schöner arabischer Schrift bedeckt. Auf den Liegen Spielzeug und Jamilas Buch: ›Breastfeeding‹. Die Tür zur Veranda offen, kein Sand mehr in der Ecke, an der Leine Kinderwäsche.

Der Perserteppich im Empfangszimmer, die sich schälenden Wände in der Küche, die unausgepackten Kartons im Schlafzimmer – alte Bekannte.

Mein Lehnstuhl. Schwarzer Tee mit Kräutern gewürzt, frische, süße Zitronenlimonade. Mir gegenüber Jamila mit hochgezogener Bluse und heruntergezogenem Hemd, das Baby an der Brust. Neben mir Ismael, in einem Buch nach einem Essay blätternd, aus dem er mir einen Absatz vorlesen wollte. Salua quer über meinen Knien liegend, ein kurzes Röckchen, braune, glatte Beine, ein Schwall unverständlicher Worte.

Ich war zu Hause, zu Hause im feindlichen Ausland. Keine Prätentionen, keine verqueren Ansprüche, keine Pose, keine Verstellung. Nie eine indiskrete Frage.

»Ich wünschte«, sagte Ismael, »ich hätte mein Assistenzjahr im Mokasset-Hospital schon hinter mir und könnte mich mehr dem Lesen, Übersetzen und Hebräischlernen widmen. Die Medizin, wie sie mit wenigen Ausnahmen auf der West-Bank praktiziert wird, ist wirklich nichts für mich. Wenn mich überhaupt etwas an der Medizin interessiert hätte, dann wäre es Neurologie, Psychiatrie und wissenschaftliche Forschung gewesen. Aber damit bin ich hier genau am falschen Fleck.«

»Könntest du nicht an der Hebräischen Universität weiterstudieren und dann in einem israelischen Krankenhaus arbeiten?«

»Nein, das könnte ich leider nicht.«

»Aber wieso denn? Es gibt arabische Studenten an der Universität und arabische Ärzte und Pfleger in israelischen Krankenhäusern.«

»Das sind entweder israelische Araber oder Araber, die in Jerusalem leben. Palästinenser von der West-Bank, und dazu gehöre ich, dürfen weder an den israelischen Universitäten studieren, noch in israelischen Krankenhäusern arbeiten.«

»Wußte ich wieder mal nicht. Aber bitte schön, dann müßtest du eben versuchen, den Zuzug nach Jerusalem zu bekommen.«

»Ach, Angelika, ebensogut könnte ich versuchen, Mitglied der Knesset zu werden. Komm, lassen wir das. Es ist mir ja auch nicht so wichtig. Ärzte gibt es mehr als genug, aber Menschen, die sich ein bißchen um Aufklärung und Verständigung bemühen, gibt es kaum.«

»Ismael, davon kannst du doch nicht leben! Du hast eine Familie, du mußt doch Geld verdienen.«

»Ich habe mir das so vorgestellt: Ich mache hier in

unserer Wohnung eine kleine Privatpraxis auf. Vormittags empfange und behandele ich Patienten, und den Nachmittag und Abend habe ich für mich und kann das tun, was mir am Herzen liegt. Die Zeit ist reif, glaub mir das. Ich habe es an dem Interesse meiner Kollegen und Bekannten gesehen, denen ich meine arabischen Übersetzungen zu lesen gegeben habe. Sie haben alle nicht gewußt, daß es in Israel Menschen wie zum Beispiel einen Prof. Benvenisti gibt, kluge, weitsichtige, liberale Menschen, die sich seit Jahrzehnten für die Interessen und Rechte der Palästinenser eingesetzt und gegen die Politik der Israelis protestiert haben.«

Ein Phantast, dieser Mann, ein Unikum! Geld interessiert ihn offenbar überhaupt nicht. Wissen horten und Wissen weitergeben schien seine einzige Ambition zu sein. Als ob irgend jemand in diesem Land darauf brannte, die ausgeleierten Klischees durch ein tieferes Wissen zu ersetzen. Vierzig Jahre hatte man damit gelebt, die einen gut, die anderen schlecht, vierzig Jahre hatte man sie als Propaganda benutzt, die einen geschickt, die anderen ungeschickt, vierzig Jahre hatte man sich damit immer tiefer in den Dreck gefahren und, bis auf einige kluge, weitsichtige und liberale Menschen, entweder den Dreck nicht gerochen oder den Dreck übersehen oder den Dreck als Mittel zum Zweck eingesetzt. Und jetzt flog er uns allen um die Ohren, und man duckte sich und lief unter ihm durch, jeder mit seinem Bündel vierzigjähriger Klischees unter dem Arm. Denn die Richtung ändern hätte bedeutet, das Offenkundige einzusehen: die einen, daß es einen israelischen Staat gab, in den kein Weg zurück führte, und die anderen, daß es ein palästinensisches Volk gab, dessen letztes Stück Land man sich nicht auch noch unter den Nagel reißen konnte. In anderen Worten: daß man zusammen leben und das Beste daraus machen mußte, oder daß man sich sukzessiv ruinierte und zerstörte. Und letzteres schien Ismael, der Ritter ohne Furcht und Tadel, verhindern zu wollen.

»Da hast du dir aber Gewaltiges vorgenommen«, sagte ich mit Philips Worten, »ein Prophet, der in der Wüste schreit, und niemand hört ihn.«

»So darf man nicht denken. Man muß klein anfangen.

Wenn ich nur fünf habe, die mir zuhören, und diese fünf wieder fünf, dann multipliziert sich das bereits auf fünfundzwanzig. Und wenn jeder dieser fünfundzwanzig wieder fünf hat…«

»Wenn sich deine Patienten auch so multiplizieren würden, wäre ja gar nichts dagegen einzuwenden, aber ich fürchte, das wird nicht der Fall sein. Bis eine Privatpraxis anläuft und du bekannt bist, dauert es manchmal Monate. Du hast kein Auto, um in dringenden Fällen zu deinen Patienten zu fahren, du hast nicht mal ein Telefon. Und wie deine Honorare aussehen werden, weiß ich jetzt schon: Von den Armen wirst du kein Geld verlangen, und die Wohlhabenden werden vergessen, es dir zu geben.«

Jamila, die aufmerksam zugehört und nicht ein einziges Wort gegen die unrealistischen Pläne ihres Mannes einzuwenden gehabt hatte – sei es, weil sie sie als höhere Gewalt hinnahm, sei es, weil sie deren erfolgreiche Durchführung nicht anzuzweifeln wagte –, sagte jetzt: »Weißt du, Angelika, wenn die Universitäten wieder öffnen, werde ich arbeiten und Geld verdienen.«

Die Frau hatte zwei Kinder, die sie Tag und Nacht nicht aus den Augen ließ, sie hatte noch ein Jahr Studium vor sich, und darüber hinaus bestand überhaupt keine Aussicht auf Wiedereröffnung der arabischen Universitäten.

»Gehen wir ein bißchen spazieren«, sagte ich resignierend.

Wir gingen, Jamila den Kinderwagen mit Abed schiebend, Ismael mit Salua an der Hand. Ein herrlicher Spätnachmittag. Es roch nach Erde und Frühling. Die Landschaft: der Frieden an sich. Auf einer kleinen Veranda vor einem adretten Haus saßen eine ältere und eine junge Frau. Sie grüßten zu uns herüber. Ismael und Jamila blieben stehen und wechselten ein paar Worte mit ihnen.

»Sie haben alles«, sagte Jamila im Weitergehen, »und sie haben nichts. Der Vater lebt mit fünf Söhnen und Töchtern in Amerika, die Mutter mit der einen Tochter hier. Die Tochter ist Apothekerin, schon sechsundzwanzig Jahre und immer noch nicht verheiratet.«

»Das sollte doch aber nicht so schwierig sein«, sagte

ich, »sie sieht gut aus, sie hat Geld, sie ist Apothekerin, und so alt ist sie nun auch wieder nicht. Sie wird bestimmt noch einen Mann finden.«

»Nein, bestimmt nicht. Es gibt hier Hunderte von ihrer Sorte – Frauen, die aus gutem Haus kommen, Geld haben, studiert haben und nun keinen ihnen gleichgestellten, gebildeten Mann finden, den sie heiraten können.«

»Das verstehe ich nicht. Gibt es hier nur gebildete Frauen und ungebildete Männer?«

»Ja«, sagte Ismael, »und ich werde dir erklären, warum: Wenn viel Land oder Vermögen da ist, müssen die Söhne sich darum kümmern und haben keine Zeit zu studieren, und die Mädchen müssen den Bildungsstatus der Familie aufrechterhalten und studieren.«

»Und dieser kleine Unterschied spielt für sie so eine Rolle, daß sie lieber auf die Ehe verzichten, als einen Mann zu heiraten, dem es ein bißchen an sogenannter Bildung fehlt?«

»Das ist ein sehr großer Unterschied«, belehrte mich Jamila, »und spielt nicht nur für die Frau, sondern auch für den Mann und die Familien eine Rolle. Eine Ehe, in der die Frau höhersteht als der Mann, kann keine gute Ehe werden.«

»Hättest du Ismael nicht geheiratet, wenn er nicht studiert hätte?«

»Natürlich nicht. Und er hätte mich nicht geheiratet, und unsere Familien hätten uns nicht heiraten lassen. Würdest du einen Mann heiraten, der unter deinem Niveau ist?«

»Ich weiß nicht, was mein Niveau ist, aber, davon abgesehen, könnte er ja noch andere Qualitäten haben und ich ihn lieben.«

»Liebe«, sagte Jamila und lachte, »wegen eurer Liebe sind in Europa und Amerika alle Ehen kaputt. Liebe ist wie fließendes Wasser, aber eine Ehe«, sagte sie, »ist wie das Stück Land, das einem gehört: Man bepflanzt es, man erntet, manchmal besser, manchmal schlechter, man lebt darauf, man stirbt darauf, und man trennt sich nie davon.«

Ismael war mit Salua ein paar Schritte zurückgeblieben, und ich fragte Jamila: »Bist du zufrieden mit deinem Leben?«

»Natürlich bin ich zufrieden. Ich habe wunderbare Eltern, einen klugen, gebildeten Vater, eine gute Mutter, Schwestern, die ich eine wie die andere liebhabe, den besten Mann, gesunde Kinder. Es hat mir nie an etwas gefehlt. Nur jetzt habe ich Angst, Angelika...« Sie zog den Namen mit einem kleinen, kindlichen Wimmern in die Länge: »Ich habe manchmal so große Angst um meinen Mann und Salua. Sie fürchtet sich so, besonders wenn ihr Vater nicht zu Hause ist. Oft traut sie sich nicht mit mir auf die Straße. Sie hat gesehen, daß wir nie ohne Identitätskarte ausgehen, und jetzt hat sie sich aus einem Stück Pappe auch eine gemacht. Die steckt sie immer ein, wenn wir aus dem Haus gehen, und sagt: ›Nicht wahr, wenn ich die habe, tun mir die Soldaten nichts?‹ Es bricht mir das Herz! Sie war ein so unbeschwertes Kind, und jetzt diese Angst vor jedem Klopfen, vor jedem Schritt abends, wenn es dunkel ist. Man weiß nicht, was den nächsten Tag passiert. Alles ist so schwer und unsicher geworden. Man will lernen und arbeiten, aber das geht nicht, weil die Universitäten und Schulen zu sind. Man will Salua in den Kindergarten schicken, aber das geht nicht, weil die Kindergärten zu sind. Man will einkaufen gehen, aber das geht nicht, weil die Geschäfte zu sind. Man will Verwandte sehen, aber das geht nicht, weil die Grenzen zu sind. Man will spazierengehen, aber das geht nicht, weil gerade Ausgangssperre ist. Man will aus dem Fenster schauen, aber das geht nicht, weil gerade zwei Jungens zusammengeschlagen werden. Wie soll das weitergehen, Angelika?«

»Ich weiß es nicht.«

»Hast du die Angst, du weißt, die Angst von damals, überwunden?«

»Erst hier, in Israel.«

Sie blieb stehen, starrte mich an. In ihrem Gesicht ein Ausdruck des Entsetzens: »Warum sagst du das? Warum hast du hier keine Angst?«

»Weil ich vor Juden keine Angst hatte.«

Sie sah mich immer noch an. Sie begriff nicht. Wenn sie und Salua vor etwas Angst hatten, dann waren es Juden. Wenn sie etwas nicht kannte, dann waren es verfolgte Juden. Wenn ich ihr jetzt etwas nicht erklären wollte, dann war es der Zusammenhang zwischen meiner ehemaligen Angst und ihrer gegenwärtigen Angst. Ich war zu müde.

»Jamila«, sagte ich, »ich habe meiner Vergangenheit sehr viel, vielleicht alles zu verdanken. Es war eine schwere, es war eine unsichere, es war eine furchtbare Zeit. Ich habe unbeschreibliche Angst gehabt und oft so gelitten, daß ich dachte, ich gehe daran kaputt. Ich bin nicht kaputtgegangen, sondern stärker geworden, mit jedem Jahr stärker. Ich bin das geworden, was ich heute bin und was ich ohne diese Vergangenheit nie geworden wäre. Deine Salua hat alle Voraussetzungen, mit dem, was sie jetzt erlebt und, Gott behüte, noch erleben wird, fertigzuwerden. Sie ist intelligent, schön und stark, und sie hat euch, Vater und Mutter, die besten Eltern, denen ich jemals begegnet bin.«

Jamila legte beide Arme um meinen Hals und drückte ihre Wange fest an meine: »Danke«, sagte sie.

Wir überquerten die Hauptstraße und kamen in den stattlicheren Teil von Al-Bireh. Die Straße ging ein Stück bergan, und Ismael nahm seiner Frau den Kinderwagen ab. Das Baby war im Sitzen eingeschlafen. Ein Beinchen ragte seitlich zum Wagen hinaus. Ismael legte es behutsam zurück.

»Er macht uns solche Freude«, sagte er, »er kann sich schon alleine aufstellen. Und er ist immer freundlich. Salua hat nur geschrien.«

Salua rannte einer schwangeren Katze über ein leeres Grundstück nach und Jamila ihrer Tochter: »Salua!« rief sie, als liefe das Kind auf ein Feuer zu: »Salua!«

»Sie macht sich große Sorgen um Salua«, sagte ich, »ist die Kleine wirklich so ängstlich, oder projiziert sie ihre eigene Angst in sie hinein?«

»Beides, leider. Eine steckt die andere an. Wenn ich da bin, kann ich es abfangen, und das tue ich auch bei jeder Gelegenheit. Gestern, zum Beispiel, da hatte ich Glück. Ich bin mit Salua etwas einkaufen gegangen, und plötzlich sieht sie einen israelischen Soldaten, kein so junger mehr, der in einem Geschäft ein Schaukelpferd kauft. Sie ist stehengeblieben und hat mich ganz aufgeregt gefragt: ›Papa, was tut er da?‹ Ich habe ihr gesagt, daß er ein

Schaukelpferd für seine Kinder kauft. Sie war einen Moment lang stumm, dann hat sie gefragt: ›Haben israelische Soldaten Kinder?‹ Ich habe ihr erklärt, daß viele von ihnen Kinder haben und daß sie ihnen Spielzeug kaufen und mit ihnen spazierengehen und sie ins Bett legen und genauso liebhaben wie ich sie. Ich habe sie auf den Arm genommen und bin näher an den Soldaten herangegangen, und sie hat ihn so angestarrt, daß es mir schon etwas ungemütlich wurde. Aber es hat sich rentiert. Als er das Schaukelpferd unter den Arm genommen hat, hat er sie angesehen und gelächelt und gesagt: ›Hallo, Kleines.‹«

Ich sah die Szene vor mir: der palästinensische Vater mit dem kleinen Mädchen auf dem Arm und der israelische Vater mit dem Schaukelpferd unter dem Arm, die ungläubig aufgerissenen Augen des Kindes, das Lächeln des Soldaten, die Genugtuung in Ismaels ausdrucksvollen Mundwinkeln: Siehst du, Salua, es sind Menschen wie du und ich.

»Bist du müde, Angelika? Du siehst müde aus.«

»Ein bißchen müde, ja.«

Salua kam auf mich zugelaufen und schenkte mir zwei kleine, weiße, wie aus Wachs geformte Blüten, die einen unglaublich süßen Duft ausströmten.

»Danke, Kleines«, sagte ich und steckte sie ins Knopfloch meiner Bluse.

»In dieser Gegend würde ich gerne wohnen«, sagte Jamila, die uns eingeholt hatte, »sie ist viel ruhiger und hübscher als unsere.«

Sie nahm meinen Arm und führte mich über die Straße: »Und hier ist das Haus, das mir so gut gefällt.«

Es war ein einstöckiges Haus, die Architektur in einfacher, klarer Würfelform, die schmalen Türen und Fenster am oberen Rand abgerundet, eine kleine ebenerdige Veranda, ein Garten mit Zypressen und Pinien.

»Schön, nicht wahr?« fragte Jamila. »Du magst doch alte arabische Häuser.«

Sie sagte es mit derselben Impulsivität und Unschuld, mit der sie alles sagte, aber mir gab es einen Stich.

»Ja, ich mag alte arabische Häuser«, sagte ich, und dann, den Stier bei den Hörnern packend: »Vielleicht kommst du mal nach Westjerusalem und siehst dir meins an.«

»Nein«, sagte sie, Schrecken in den Augen, Ekel um den Mund, »nein, ich komme nicht nach Westjerusalem. Ich hasse Israel. Ich will die Leute da nicht sehen. Früher bin ich manchmal von Kalkilia nach Natanya gefahren, das ist ja ganz nah und hat so hübsche Geschäfte. Ich habe dort die Kinderkleider für Salua gekauft. Aber seit der Intifada fahre ich auch da nicht mehr hin. So lieb ich dich habe, Angelika, nach Westjerusalem komme ich nicht.«

Ismael rief nach uns. Salua lief uns entgegen, Zorn im Gesicht, den sie vergeblich in ein Lächeln zu zwingen versuchte. Sie fühlte sich von ihrer Mutter und mir ausgeschlossen.

Wir machten uns auf den Heimweg. Es waren jetzt viel mehr junge Leute auf der Straße. Sie gingen in kleinen Gruppen, streng nach Geschlecht getrennt: adrett gekleidete, schmalhüftige Männer, modern angezogene, exotische Mädchen.

»Man sieht hier keinen von diesen häßlichen, langen Fundamentalistenmänteln«, sagte ich, »kein Kopftuch, keine Kefieh.«

»Nein«, erklärte Ismael, »das trägt nur das Volk, in zunehmendem Maße, leider, und besonders in Jerusalem, wo man zeigen will, daß der Islam lebt, wächst und gedeiht. Das hier ist die Oberschicht, Söhne und Töchter wohlhabender Bürger, viele davon leben mit einem Bein in Amerika.«

»Aha, das sind also die gebildeten Frauen und die ungebildeten Männer, die sich sicherheitshalber doch mal beäugen.«

»Es ist eine alte Tradition, abends auf der Straße auf und ab zu gehen«, sagte Jamila, »wahrscheinlich beäugen sie sich, aber dabei bleibt's.«

Sie ließ mir nicht die Hoffnung einer Mesalliance.

Als wir in die Straße eingebogen waren, die zum Haus führte, kam uns sehr langsam ein Militärjeep entgegen. Salua, die ein Stück vorausgelaufen war, erstarrte. Jamila beschleunigte ihren Schritt. Ismael hielt sie zurück: »Laß das, Jamila, sie muß und wird sich daran gewöhnen. Es gehört zum normalen Straßenbild.«

Das Kind hatte sich aus seiner Erstarrung herausgerissen, machte kehrt und rannte auf seinen Vater zu. Atemlos, das Gesichtchen in Panik verzerrt, umklammerte es Ismaels Beine und versuchte, wie ein kleines verfolgtes Tier, an ihm hinaufzuklettern. Er nahm sie auf den Arm, und sie schnappte ein-, zweimal nach Luft, versteckte ihr Gesicht an seinem Hals und begann fassungslos zu weinen.

Ich wagte nicht, Jamila anzusehen. Wie sollte ihr so etwas nicht das Herz zerreißen? Wie sollte sie Israel nicht hassen? Ich blickte zu den Hügeln hinüber. Eine Schafherde weidete dort, und am Himmel stand eine zarte Mondsichel, das Zeichen des Islams.

Ich hörte die beruhigende Stimme Ismaels, das Schluchzen des Kindes, das sich nähernde und wieder entfernende Motorengeräusch des Jeeps.

Wir gingen weiter. Vor dem Haus stand der Eiscremewagen. Aus seinem Inneren tönte ›Hänschen klein, ging allein...‹ auf einem elektrischen Klavier geklimpert. Sämtliche Kinder, darunter die mir bekannten, hatten sich um den Wagen geschart. Das Warten hatte sich gelohnt.

Salua hob den Kopf. Ein ernstes Gesicht, Quecksilberaugen, dann eine kleine Stimme. Wir kauften Eis – rosa, braun und gelb. Es begann sofort zu tropfen. Wir eilten ins Haus. Salua setzte sich auf ihren Kinderstuhl, Jamila band ihr einen Latz um und drückte einen Suppenteller in ihren Schoß. Jetzt konnte es tropfen. Salua leckte. Sie sah mich dabei nachdenklich an. Etwas beschäftigte sie. Gleich würde eine Frage kommen. Sie kam.

»Salua fragt dich«, übersetzte mir Jamila, »ob in deinem Haus in Al-Kuz Kinder wohnen?«

»Vier«, sagte ich.

»Ob jüdische Kinder schießen?«

»Nein«, sagte ich.

»Aber die Väter von den Kindern schießen?«

Und nun?

»Manche Väter schießen«, sagte ich schließlich, »manche Väter schießen nicht. Manche Väter wollen nicht schießen, aber müssen, und ein paar...« Ich hob die Schultern.

Ismael übersetzte, wobei er gewiß »die paar« ausließ.
Ob es in Al-Kuz keine Schaukelpferde gäbe? wollte Salua wissen.
Doch, sagte ich, aber vielleicht nicht so schöne wie in Al-Bireh.
Ob die Soldaten in dem Jeep ihre Kinder auch liebhätten?
Wenn sie welche haben, bestimmt, sagte ich.
Ob die Soldaten auf sie und Abed schießen würden?
Nein, sagte ich. Bestimmt nicht.

Am Abend des Unabhängigkeitstages fand bei Hanna Goren die traditionelle Party statt. Es war die vierzigste, und Hanna, erst mit, dann ohne Mann, hatte keine ausgelassen. Sie kam aus Berlin, war den Jugendfotos nach ein auffallend hübsches Mädchen gewesen und jetzt eine fünfundsiebzigjährige, elegante und originelle Dame mit Charakterkopf. Das Erfrischende an ihr war, daß sie das, was sie dachte, auf der Stelle unzensiert aussprach und sich des Schadens, den sie oft damit anrichtete, gar nicht bewußt wurde. Ihr Mann, ein geborener Kölner, war einer der ersten israelischen Generale gewesen und seit mehr als zwanzig Jahren tot. Seither lebte Hanna mit ihrem dritten Dobermann, einer Hunderasse, die sie wegen ihrer Schwanzlosigkeit bevorzugte, und ihrem zweiten Siamkater, dem sie, so wie dem ersten, die Krallen hatte entfernen lassen. Ein wedelnder Schwanz und herausgestreckte Krallen waren mit ihrer überaus gepflegten Wohnung nicht zu vereinbaren. Sie war eine erstklassige Köchin und pedantische Hausfrau, was nicht zu ihrem unkonventionellen Charakter paßte, aber zur Beliebtheit ihrer Unabhängigkeitspartys beitrug.
Sie hatte sich wieder eingestellt, die mit jedem Jahr schrumpfende alte Garde deutschsprachiger Juden zwischen siebzig und achtzig, Akademiker, Diplomaten, hohe Offiziere und Beamte der Regierung, alle pensioniert, alle unter diesem oder jenem Gebrechen leidend, aber dem zum Trotz immer noch interessiert und rege, ihre Memoiren schreibend, ihren Stammbäumen nachforschend, an kulturellen Veranstaltungen und bildungsfördernden Gruppenreisen teilnehmend, sorgfältig gekleidet

und frisiert, mit tadellosen Zahnprothesen, dezenten Krawatten und Schmuckstücken. Intelligente Gesichter, auch wenn die manchmal täuschten, wache Augen, gute, dabei ungezwungene Manieren. Sie waren eine besondere Spezies liebenswert veralteter und irritierend schablonenhafter Menschen. Deutsche, in den Orient verschlagene Juden, die sich nicht dem Land, sondern das Land sich anzupassen versucht hatten und nur in den Bereichen lebten, in denen ihnen das zum Vorteil des Staates und zum Nachteil ihrer eigenen Person gelungen war. Sie waren in ihrem Milieu geblieben, dem des ehrbaren deutsch-jüdischen Bürgertums, dessen Lebensgewohnheiten, Weltanschauung und Geschmack sie über eine harte Periode hinweggerettet und nun, da sie zu ihrem ehemaligen Standard und Status zurückgefunden hatten, ungeschmeidig und selbstgefällig darin verharrten.

Die Wohnungstür war angelehnt, und als ich in die kleine Eingangshalle trat, stand ich der dort aufgestellten Bar und Bubi Feinsilber gegenüber. Bubi, ein stämmiger, gutaussehender Anwalt, zählte zur Jugend dieses Kreises, denn er war erst Anfang sechzig. Er bediente, wie er es seit Jahren zu tun pflegte, Hannas Bar und schwatzte dabei mit einem älteren Herren, der mich standhaft, aber unaufdringlich im Auge behielt. Er war sehr schmal und hatte ein feines, gescheites Gesicht, das mir gefiel.

»Je später der Abend«, sagte Bubi, »desto schöner die Gäste ... was möchten Sie trinken, Angelika?«

Ich betrachtete die Flaschen und entschloß mich für Kognak. Er goß mir ein halbes Kognakglas voll und stellte mir den sympathischen Herren als Professor Shlomsky vor. Der Professor hob sein Glas und sagte: »Auf den baldigen Sturz unserer Regierung.«

»Bevor die stürzt, stürzt Israel«, sagte Bubi.

»Trinken kann man ja mal drauf«, sagte ich.

»Also gut, trinken wir drauf: Prost! Und jetzt sprecht über Psychiatrie, sprecht über Literatur, sprecht über Sinn oder Unsinn des Lebens, sprecht über Hannas exzellentes Buffet, aber sprecht bitte nicht über Politik.«

Um das exzellente Buffet scharten sich viele Gäste, andere saßen bereits mit vollen Tellern an kleinen Tischen, die, die keinen Tisch mehr gefunden hatten, aßen im Stehen. Alter und Gebrechen schienen keinen Einfluß auf ihren unverwüstlichen Appetit zu haben.

Ich hielt nach meiner Mutter-Freundin, Evchen, Ausschau, die mir schon tagelang vorher von den zu erwartenden Freuden des Buffets erzählt hatte. Sie war, merkwürdigerweise, nirgends zu sehen.

»Nehmt den Israelis das gute, reichhaltige Essen weg«, sagte Professor Shlomsky, »und sie werden in spätestens zwei Wochen zur Räson kommen, die Regierung stürzen, die Siedler nach Amerika zurücktransferieren und ...«

»Keine Politik!« warnte Bubi.

Hanna, klein, rundlich, aber gut proportioniert, wuselte herbei. Sie lief immer schnell und slalomartig, was vielleicht daran lag, daß ihr auf einer kurzen Strecke zahlreiche mitzuteilende und zu erledigende Dinge einfielen, wieder vergessen wurden, wieder einfielen. Sie trug einen locker fallenden Anzug aus cremefarbener Seide und eine lange Kette aus dunkelgrauen Perlen.

»Schön, daß Sie gekommen sind«, sagte sie zu mir, »Gott, was ist das für ein nobler Rock! Bestimmt aus Paris.«

»Nein, Jerusalem.«

»Nicht möglich!« Sie wandte sich an den Professor: »Das ist die einzige Frau, die ich kenne, bei der man sich ständig irrt – was das Äußere und das Innere angeht. Davon abgesehen hält sie jeden Psychoanalytiker für einen Verbrecher.«

»Nicht jeden«, sagte ich.

»Also hoffen wir, daß Sie unter den Ausnahmen sind, Felix.«

Sie lachte durch die Nase und wuselte weiter.

»Setzen wir uns in eine ruhige Ecke«, sagte der sympathische, als Psychoanalytiker entlarvte Herr, »so etwas muß es doch hier geben.«

Wir fanden eine verhältnismäßig ruhige Ecke in einem Nebenzimmer, in dem viele Bücher standen und das Foto des verstorbenen Generals.

»Und nun erzählen Sie mir mal von sich«, sagte Felix Shlomsky und sah mir mit einem tiefen, warmen Lächeln in die Augen.

»Halt, halt, halt«, dachte ich, »wo sind wir denn hier? Doch wohl noch nicht auf der Couch!«

»Nein«, sagte ich, »von mir erzähle ich bestimmt nicht. Die Geschichte ist inzwischen so lang und kompliziert geworden, daß einem mitten im Erzählen oder Zuhören die Lust vergeht und man sich denkt: Du lieber Himmel, aus der Geschichte hätte man mindestens fünf machen können. Eine sehr schlechte Synopsis und das Ende immer noch nicht abzusehen!«

Er lachte. Er hatte wirklich ein sehr einnehmendes Gesicht, schöne Hände und einen Charme, der in Israel nur noch der alten europäischen Generation vorbehalten war.

»Wie ist es möglich«, fragte ich, »daß ich Ihnen in dieser inzestuösen, jeckischen* Jerusalemer Gesellschaft noch nicht begegnet bin?«

»Ich bin kein festes Mitglied von diesem Klub, außerdem war ich in den letzten Jahren sehr viel und lange im Ausland. Und davor gab es Sie hier bestimmt noch nicht. Also, seit wann gibt es Sie hier?«

»On and off seit siebenundzwanzig Jahren, fest seit fünf Jahren, unwiderruflich seit einem Jahr und zwei Monaten.«

»Und was ist das, was Sie ausgerechnet jetzt, ausgerechnet hier unwiderruflich bindet?«

»Eine Wohnung in Abu Tor.«

»Eine Wohnung?« fragte er erstaunt. »In Abu Tor?«

»Ja.«

»Und dort wohnen Sie alleine?« fragte er noch erstaunter.

»Ja«, sagte ich und kam nicht darauf, daß sein Erstaunen dem »alleine« und nicht dem »dort« galt, »es ist nicht so gefährlich, wie es aussieht.«

»Das stimmt«, lachte er, »zu zweit ist es gefährlicher.«

Hinter seinem Rücken tauchte plötzlich Evchen auf. Sie trug ein blaugrünes Kleid und schnitt alberne Grimassen. Nur Evchen konnte sich trotz ihres Alters so kräftige Farben und schulmädchenhaften Schabernack erlauben. Ich kicherte, und Shlomsky, der glaubte, meine Heiterkeit gelte seiner Pointe, wagte sich einen Schritt weiter

* Jecke: Spottname für die deutschen Juden

und erklärte: »Aber ich halte Sie nicht für die Frau, die Gefahren dieser Art ausweicht.«

»Wenn überhaupt«, sagte ich, von seinem Versuch, mich in einen Flirt zu ziehen, irritiert, »weiche ich nicht der Gefahr, sondern der Unbequemlichkeit aus... Schalom, Evchen.«

Evchen war mit betonter Vorsicht näher geschlichen. Jetzt stand sie neben uns.

Felix Shlomsky schaute auf: »Was für eine Überraschung«, sagte er und erhob sich, »ich habe Sie Ewigkeiten nicht mehr gesehen.«

»Das Leben ist voller Überraschungen«, sagte Evchen und setzte sich neben mich aufs Sofa, »nicht wahr, Puppe, wir fallen von einer in die andere.«

Der Professor sah uns mit einem verwirrten Ausdruck an. Er kam aus dem Staunen nicht heraus.

»Ich heiße Puppe«, erklärte ich.

»Nicht für jedermann«, sagte Evchen, »aber für mich. Ich kenne die Dame seit ihrem fünften Lebensjahr. Ich kenne ihre Eltern, ihren Bruder, ihre Ehemänner, bis auf einen, ihren Sohn, ihre Bücher, ihren Geschmack, ihren Charakter, kurzum, es gibt nichts, was ich nicht kennen würde.«

»Dann könnten Sie mir vielleicht die Lebensgeschichte der Puppe erzählen. Sie weigert sich nämlich.«

»Ja, gerne, aber nicht jetzt. Ich habe noch nicht von der Zitronencreme gegessen, ich kam einfach nicht dazu. Es war so aufregend.«

»Was?« fragte ich.

»Ich hab' mir hier in Hannas Television die Parade im Fußballstadion von Ramat Gan angesehen. Das mußte ich doch. Das tue ich jeden Independence Day. Und diesmal war es wirklich besonders schön. So festlich, so bunt und gut organisiert. Und die Flugzeuge... einfach phantastisch!«

Hinter der glatten, lächelnden Fassade des Professors wetterleuchtete neue Verblüffung. Er sah mich fragend an.

»Ja«, sagte ich, »so ist das.«

Evchen stand auf, um Zitronencreme zu essen: »Amüsiert euch gut«, zwitscherte sie.

»Brot und Spiele«, sagte Felix Shlomsky, »Zitronencreme und Militärparaden. Hat sie das ernst gemeint?«

»Natürlich hat sie das ernst gemeint. Sie liebt Glanz und Glorie, und wenn die Glorie, wie zur Zeit, wegfällt, bleibt immer noch der Glanz. Als sie 1936 ins Land kam, gab es nur Sand und Steine und Oliven und die Hagana, und heute gibt es von Zitronencreme bis zur stärksten Armee im Mittleren Osten alles.«

»Als ich 1937 aus Hamburg nach Palästina kam, bin ich ein halbes Jahr später nach Amerika ausgerissen. Das war ja hier nicht auszuhalten.«

»Na, sehen Sie, dann wissen Sie Glanz und Glorie dieses Landes eben nicht zu schätzen. Wann und warum sind Sie überhaupt zurückgekommen?«

»Ich bin 1950 zurückgekommen, warum, weiß ich nicht. Ein Opfer irrationaler Kräfte, nehme ich an.« Er lachte: »Man wird aus Erfahrung nicht klüger, wie Sie in Ihrem Leben auch festgestellt haben dürften. Wie viele Male waren Sie verheiratet?«

»Drei- bis viermal.«

»Und jetzt, nach dem dritten oder vierten Mal, sind Sie mit Ihrer Wohnung in Abu Tor verheiratet.«

»Ja, und die bietet mir mehr als alle Ehen zusammen.« Ich stand auf: »Ich glaube, ich trinke noch einen Kognak und esse Zitronencreme. Wenn man so viel darüber redet, bekommt man Appetit darauf.«

Er folgte mir zum Buffet. Es war bis auf ein paar dürftige Reste abgegrast. Von Zitronencreme keine Spur. Na, dann eben Kognak.

Die Gäste, gut genährt und gut gelaunt, hatten sich sehr viel zu sagen. Sie waren mitteilungsfreudig und wißbegierig. Ich hörte Gesprächsfetzen, bei denen es um Reisen, Feiertage, Konzerte, Kinder, Enkel, Begräbnisse und neu gestrichene Wohnungen ging.

An diesem vierzigsten Jahrestag, in dieser gepflegten Atmosphäre von Politik zu sprechen, wäre genauso taktlos gewesen, wie wenn ich an Tony Segals Krankenbett über den Tod gesprochen hätte. Man begrüßte mich, stellte Fragen, schwatzte über dieses und jenes, machte dieselben alten Witze, Bemerkungen und Komplimente wie vor zweieinhalb Jahrzehnten. Ob Witz oder Staat, sie waren auf dem Höhepunkt ihres gemeisterten Lebens eingerastet.

Irgendwann traf der Bürgermeister von Jerusalem ein. Man eilte auf ihn zu, er schüttelte Hände. Er mußte an diesem Tag Tausende von Händen geschüttelt haben. Sein Arm und sein Gesicht waren schlaff. Er setzte sich in einen Sessel, stumm und grimmig. Er war schon lange nicht mehr jung und schlank, jetzt aber sah man zum ersten Mal deutlich, wie alt und dick er geworden war. Armer Kerl! Jerusalem war sein Leben gewesen, West und Ost. Er hatte sich dafür eingesetzt mit Haut und Haar, Herz und Hirn: »Vergesse ich dich, Jerusalem,/so verdorre meine Rechte...«

Ich trat auf den Balkon hinaus, stand unter einer orangefarbenen Markise, zwischen Töpfen mit Grünpflanzen und Kästen mit Geranien. Vor mir, am Geländer befestigt, war eine Fahne, mindestens fünf Meter lang, ein riesiger Davidstern. Sein Anblick ließ mich nie unberührt.

Der Psychoanalytiker, der mir auf meinem Rundgang abhanden gekommen war, stand plötzlich wieder neben mir. »Komisch«, sagte er, »jetzt haben wir alles, was die Gescheiten von uns an anderen Staaten verspottet haben: Fahnen, Nationalhymne, Militärparaden, Helden, uns ins Unglück reitende, größenwahnsinnige Regierungsoberhäupter, Patriotismus, Chauvinismus, Nationalismus... Wir haben einfach alles! Gojim naches* hat man das früher bei uns genannt.«

»Ohne das wäre es wahrscheinlich nicht gegangen.«

»Mit dem offensichtlich auch nicht... hier, Puppe, ich habe Ihnen noch einen Kognak mitgebracht.«

»Danke«, sagte ich, »das war sehr umsichtig.«

Während der arabischen Feiertage des Ramadan wurde Achmeds Bruder erschossen und Ibrahim verhaftet. Ich erfuhr es am selben Tag, das eine durch einen Anruf Stanleys, das andere durch einen Anruf der Schwedin.

»Er wollte, daß ich Sie benachrichtige im Falle, daß so etwas passiert«, sagte sie ohne eine Spur von Mitgefühl in

* Gojische Belustigungen

der hellen, straffen Stimme, »damit Sie sich keine Sorgen machen, wenn Sie lange nichts von ihm hören.«

»Und jetzt mache ich mir natürlich keine Sorgen.«

»Es hätte ihm auch etwas Schlimmeres passieren können.«

»Ja.«

»Ich habe erfahren können, daß man ihn nach Ansar Drei in den Negev gebracht hat und daß er in keinem schlechten Zustand ist. Er wird seine sechs Monate absitzen, und ich glaube, daß es in seinem Fall damit getan ist.«

»Sechs Monate in Ansar Drei. Du lieber Gott!«

»Er ist nicht alleine dort, er ist in sehr großer Gesellschaft.«

»Kann ich nicht irgend etwas tun, um...«

»Nein«, unterbrach sie mich, »das können Sie nicht. Was stellen Sie sich unter Ansar Drei vor? Ein Pfadfinder-Lager?«

Und was stellte sie sich unter mir vor: eine Frau, die in einem schönen arabischen Haus auf der israelischen Seite saß und sich einbildete, mit einem Besuch, einer Gefälligkeit, einem Protest den Palästinensern die Stange zu halten? Wenn sie sich das vorstellte, hatte sie recht. Genauso war es. Nachdem ich eingehängt hatte, starrte ich das Telefon an. Es war mit einer Sandschicht bedeckt. Die Wüste kam mit der ersten großen Hitzewelle und dem pünktlich einsetzenden Nachmittagswind bis ins Haus. Eine mörderische Hitze. Die schlimmste seit fünfzig Jahren, hatte man in den Nachrichten mitgeteilt.

Ich holte einen feuchten Lappen und begann, das Telefon zu putzen. Wie sollte man den Sand aus den Löchern der Drehscheibe herausholen? Und wozu? In einer Stunde würde er sich da wieder eingenistet haben. Die Wüste, meine geliebte Wüste. Meine Zukunft. Ibrahim war schon dort. Die Zustände in dem Lager sollen katastrophal sein. Überfüllte Zelte, auf glühendem Sand unter lodernder Sonne. Ein Schlangenfraß, keine Beschäftigung, miserable Behandlung. Ibrahim mit seiner schmalen Knabenfigur, seinem leichtfüßigen Gang, seinem scheuen Lächeln:

»Weißt du, Angelika, die jungen Palästinenser, meine

Generation, ist aufgewachsen, ohne etwas zu haben, ich meine, etwas Richtiges, etwas, das ihnen das Herz füllt ...«

Das hatte er damals im American-Colony-Hotel gesagt. Er hatte den Laisser-passer nach Amerika in der Tasche gehabt, er hätte nur ins Flugzeug zu steigen brauchen. Er hatte das gewählt, was ihm das Herz füllte: sechs Monate Ansar Drei, vielleicht zwölf Monate, die Haft konnte beliebig verlängert werden.

Auf der Straße vor meinem Haus ging es plötzlich ungewöhnlich laut zu. Ein Gewirr gutturaler amerikanischer Stimmen, darüber die eines Mannes, der der ohnehin häßlichen Sprache einen noch häßlicheren israelischen Akzent aufsetzte.

Ich ging zum Fenster und sah auf eine Touristengruppe hinab. Es waren hauptsächlich ältere Leute in jugendlichen Farben und diversen Kopfbedeckungen, vom Kibbuzhut bis zum Spitzenschleier. In ihrer Mitte stand eine Art Gartenzwerg mit weißem Spitzbart und roten Backen.

»Das ist die Grüne Grenze«, sagte der Gartenzwerg und stapfte ein paar Schritte in den Garten der Shwarz', »hier, wo der Feigenbaum steht.«

Gott sei Lob und Dank, jetzt wußte ich endlich ganz genau, wo die Grüne Grenze war! Ein Jahr und drei Monate hatte es gedauert.

Die Amerikaner sahen den Feigenbaum an, als sei er ein Heldendenkmal. Ein paar waren dem Gartenzwerg gefolgt und berührten respektvoll seinen kurzen, leidgeprüften Stamm.

»Da, in dem Haus«, erklärte das Männlein und zeigte auf das verwahrloste, unbewohnte Haus mir gegenüber, »haben die arabischen Soldaten gesessen und die Israelis beobachtet ...«

Die Leute glotzten das Haus an.

»... Und hier in diesem Haus hat die israelische Armee gesessen und die Araber beobachtet.«

Die Leute schwangen die Köpfe herum und betrachteten voller Staunen erst den neu gebauten Klotz der Shwarz', dann den Rest der schönen alten Fassade bis hinauf zu meinen Fenstern. Dort sahen sie mich stehen, im Badeanzug, ein Handtuch um die Hüften.

»Wie ihr seht«, triumphierte der Gartenzwerg, »keine zehn Meter!«

»Unglaublich«, sagte ein kleiner Dicker mit einem verwegenen Strohhut, »haben sie aufeinander geschossen?«

»Natürlich haben sie aufeinander geschossen.«

»Und wer wohnt in diesem Haus hier?« fragte eine bunte Frau, die dem historischen Geschehen offensichtlich nicht folgen konnte, »Juden oder Araber?«

»Juden«, schrie der Gartenzwerg, »und seht mal, wie hübsch und ruhig sie hier wohnen!«

Jetzt starrten wieder alle zu mir hinauf. Kein Zweifel, es lebte sich hübsch und ruhig hier. Noch eine Minute länger, und sie würden »Hi, honey! Wie geht's?« heraufrufen.

Ich trat ins Zimmer zurück. Wie lange würde das noch so weitergehen, so als wäre nichts geschehen oder spiele zumindest keine Rolle in unserem Leben. Die Straßen vollgestopft mit Autos, die Geschäfte und Lokale mit Menschen, Partys und Ausflüge, gutes Essen und neue Anschaffungen. Zukunftspläne. Und gleichzeitig Häuser, die im Bau steckenblieben, weil die arabischen Arbeiter ausblieben, Betriebe, die bankrott gingen, Hotels, die leerstanden, Streiks, Demonstrationen, Ausgangssperren. Unter der Oberfläche eines normalen Lebens: Chaos.

»Wie ihr seht, keine zehn Meter!«

Dann kam Stanleys Anruf: »Es ist etwas Furchtbares geschehen!«

»Achmed!«

»Nein, Gott behüte, nicht er. Sein älterer Bruder. Erschossen. Er hat einen Sack Mehl auf seinem Esel zur ältesten Schwester in ein Nachbardorf gebracht.«

»Und dabei ist er erschossen worden?«

»Nein, er hat sich bei ihr etwas hingelegt und ist eingeschlafen und von einer Demonstration im Dorf aufgewacht – Schreie, Schüsse, das übliche. Er ist in Panik aufgesprungen und barfuß aus dem Haus gerannt. Dabei ist es passiert.«

»Ist Achmed bei dir?«

»Nein, er ist in seinem Dorf. Er hat mich durch einen Freund anrufen lassen. Das ist nun der zweite in seiner Familie. Es ist unfaßbar!«

Was war daran unfaßbar? Es geschah jeden Tag. Es stand in den Zeitungen, es wurde in den Nachrichten durchgegeben: ein Toter, zwei, drei Tote, soundso viele Verwundete, Verhaftete, Ausgewiesene. Man gewöhnte sich daran. Nur wenn man den Betroffenen kannte, fand man es unfaßbar. Achmeds Bruder und Schwager aus Versehen erschossen – unfaßbar! Ibrahim in einem Lager in Verwahrungshaft – unfaßbar!

Und unten die blöde staunende Touristengruppe und die Shwarz', die ihren Garten neu anlegten, und die palästinensische Frau in weißer Djallabia, die auf ihrem Balkon Wäsche aufhing, und die israelische Frau, in gelben Shorts, die auf ihrem Balkon Blumen pflanzte, und die Ziegenherde, die auf der Grünen Grenze weidete, und die Kinder, die auf der Straße Fußball spielten, und ich, im Badeanzug an der Schreibmaschine.

»Seht mal, wie hübsch und ruhig sie hier wohnen!«

»Wird Achmed wieder nach Jerusalem kommen?« fragte ich.

»Ich hoffe es, aber ich weiß es nicht. Die Trauerzeit dauert vierzig Tage, hat der Freund gesagt, und Achmed weint Tag und Nacht. Ich fürchte, er hat einen Nervenzusammenbruch. Erst der Schwager, dann der Bruder und jetzt die zwei Witwen im Haus, beide erst siebzehn, und die Frau seines Bruders hochschwanger. Sie müssen ernährt werden, jetzt wo die Männer tot sind, sie müssen wieder verheiratet werden, und dem Gesetz nach ist es an Achmed, seine Schwägerin zu heiraten. Wer sollte es sonst tun? Kein Araber will eine ›offene‹ Frau. Na ja, du weißt ja, wie das ist.«

Ja, ich wußte es. Die Frau war nach wie vor eine Art Ware, die unbeschädigt und malerisch verpackt dem Mann überreicht wurde. Das Wichtigste an ihr war das Jungfernhäutchen und das Gold, das sie um Hals und Arme, in den Ohren und an den Fingern trug. Das Gesicht bis zur Unkenntlichkeit auf schön geschminkt, das mit Henna gespülte Haar in Lockenkaskaden gelegt, der Körper in schäumendes Perlon gesteckt, wurde sie in eine Ecke gesetzt, von zahllosen weiblichen Gästen bewundert, zahllose Male allein und in Gruppen fotografiert und schließlich, wenn die Männer in einem Zimmer, die

Frauen in einem anderen gegessen und getrunken hatten, von ihrem Besitzer abgeholt und in ihr neues Heim gebracht. Eine religiöse Trauung gab es nicht. Heiraten war eine profane Angelegenheit. Nicht Allah, sondern zwei Familien hatten das Wort, nicht ethische, sondern materielle Werte waren ausschlaggebend, nicht Liebe oder Leidenschaft die Krönung der Hochzeitsnacht, sondern das Blut der Braut auf dem Bettuch, das am nächsten Morgen von Eltern und Schwiegereltern begutachtet wurde.

»Liebe«, hatte Jamila gelacht, »wegen eurer Liebe sind in Europa und Amerika alle Ehen kaputt.«

Euphemia kam.

»Hot today«, kreischte sie und schlurfte hinter mir her in die Wohnung.

»Wie geht's deiner Tochter und deinen Söhnen?«

»Good, very good.«

Ihre einzige Tochter erwartete ihr erstes Baby, ihr fünfter Sohn hatte sich verlobt.

»Und wie steht's in Bethlehem?«

»Bad, very, very bad! Viele jüdische Soldaten. Läden zu. Meine Söhne nicht arbeiten. Wir Christen. Warum helfen Christen in der Welt nicht Christen hier?«

»Keiner hilft keinem, Euphemia. Christen helfen nicht Christen, Juden helfen nicht Juden, Araber helfen nicht Arabern. So ist's.«

»Gott muß helfen.«

»Welcher?«

Das verstand sie nicht, und daraufhin ging ich zu einem greifbareren Thema über und sagte: »Staub, viel Staub, Euphemia, schau!«

Ich trat an den Eßtisch und pflügte mit dem Finger einen Streifen in den Staub. Dann schrieb ich: Joker.

»Zu viel Staub«, sagte Euphemia.

Dino lag auf den Fliesen, von denen er sich immer noch einen Hauch Kühle erhoffte. Er lag da wie ein geschlachteter Hase, auf dem Rücken, die Hinterbeine auseinandergeklappt, die Vorderbeine angewinkelt. Ich hatte ihn vor einem Monat kastrieren lassen, aber das schien nicht bis in sein Bewußtsein vorgedrungen zu sein. Seine Pelzbällchen, der Stolz jeden Katers, waren weg, aber der Haß auf seinen Bruder war geblieben.

»Zu spät«, hatte der Veterinär erklärt, »wenn sich der Macht- und Besitzanspruch bereits festgesetzt hat, ist nichts mehr zu machen. Er gibt sein Territorium nicht mehr auf.«

Na ja, mit dieser Haltung war er ja hier im richtigen Land. Ich zog mir ein Kleid an und setzte die Sonnenbrille auf. »Ich gehe, Euphemia«, sagte ich.

Ich hatte keine Ahnung, wohin. Früher war ich einfach losgefahren, hinein in die besetzten Gebiete. Es waren meine glücklichsten Stunden gewesen: allein in dieser Landschaft, mit der ich mich physisch und seelisch verbunden fühlte. Meine Nabelschnur zur Unvergänglichkeit.

Zwanzig Jahre lang war dieser politische Brennpunkt nichts anderes für mich gewesen als zeit- und grenzenlose Landschaft, Quelle magischen Lichts, Inbegriff eines transzendenten Friedens, in den ich geflohen war, um dem realen, alltäglichen Geschehen zu entkommen. Besetzte Gebiete, West-Bank, Judäa und Samaria – nichts anderes als Worte, Bezeichnungen, Namen, die ich ausgesprochen hatte, ohne an ihre politische Bedeutung zu denken. Städte und Dörfer, Requisiten der Landschaft, ihre Bewohner Statisten. Wem dieser Landstrich gehörte, gehören müßte, gehört hatte – was spielte das für eine Rolle, wenn man auf der Kuppe eines Hügels stand und in die Ewigkeit blickte. Elysische Gefilde, Strom des Vergessens, Seligkeit. Als die strategischen Stützpunkte, Sicherheitsgürtel und politische Fakten: »Hier sind wir, und hier bleiben wir!« in Form von neuen Straßen, Siedlungen, Ortschaften und Militärlagern aus dem Boden zu schießen begannen, war ich bitterböse geworden. Requisiten wie arabische Städte, Dörfer und Basare, Statisten wie arabische Händler, Bauersfrauen, Schäfer paßten in die Landschaft, aber das, was sich jetzt breitmachte und mit plumpen Einheitsbauten, roten Ziegeldächern, Armeebaracken, Radargeräten und grauem Asphalt die Gegend verunstaltete, war ja wohl die Höhe der Geschmacklosigkeit. Wie konnte man es wagen, diese Landschaft, dieses Mysterium aus Form und Licht zu entweihen! Es war mein ästhetisches, nicht moralisches Empfinden, das rebelliert hatte.

Ich fuhr nach Jericho, auf der mir so vertrauten Straße, der einstmals schönsten historischen Straße der Welt. Von Jerusalem nach Jericho, vom höchsten Punkt des Landes zum tiefsten, von der bedeutendsten Stadt zur ältesten. Man hatte ihre Schönheit der strategischen Wichtigkeit geopfert.

Zwanzig Jahre war es her, daß ich sie das erste Mal gefahren war. Gleich nach dem Sechs-Tage-Krieg. Das Gebiet war noch voll gewesen mit Militär, zerschossenen Panzern, Minen. Aber als ich darüber hinweg in die Judäische Wüste geblickt hatte, war ich in andächtigem Schrecken erstarrt. Mir war, als sei ich Zeuge der Schöpfung geworden.

Damals hatte ich einen Augenblick der Klarheit gehabt. Ich hatte gedacht: »Man muß es zurückgeben, bevor man sich daran gewöhnt, bevor man glaubt, nicht mehr darauf verzichten zu können.«

Ich war während des Krieges nicht in Israel gewesen, und als ich kurz darauf dort hingeflogen war, hatte ich ein banges Gefühl gehabt. Das Bild vom Volk, das anders war als andere Völker, war längst fixiert, und mit einer Feuerprobe dieser Art hatte ich nicht gerechnet. Ein Krieg an drei Fronten in sechs Tagen glorreich gewonnen, konnte nicht spurlos an einem wie auch immer gearteten Volk vorübergegangen sein. »Was, wenn...«, hatte ich überlegt, als wir uns zu den Klängen von ›Schalom alechem‹ Tel Aviv genähert hatten und die Fluggäste in frenetischen Applaus ausgebrochen waren, »was, wenn das Bild überrundet worden war?«

Meine Befürchtung war in grenzenlose Erleichterung umgeschlagen, als ich die Israelis so vorfand, wie ich sie verlassen hatte. Sie waren in einem Siegesrausch gewesen, ja natürlich, aber nicht in einem Eroberungsrausch. Sie hatten einen Verteidigungskrieg, bei dem es um ihre nackte Existenz gegangen war, gewonnen und damit ihre Heimat, ihre Familie, ihr Leben gerettet. Darüber hinaus hatten sie damals noch nicht gedacht. Damals wäre der Absprung noch möglich gewesen, nur damals, bevor sie anfingen, darüber hinauszudenken. Wann war der Sieges- in einen Eroberungsrausch übergegangen?

Wann hatte der Größenwahn und damit die Idee eines Groß-Israels eingesetzt?

Ich kann es nicht sagen. Ich hatte nicht in Israel gelebt und den Prozeß verfolgen können. Ich kam und ging, und wenn ich kam, öffnete ich mich selig der Stadt Jerusalem, der Landschaft, der Sonne, den Freunden und verschloß mich hermetisch der Politik. Bitte, keine Beunruhigung in diesen Wochen, nicht hinhören, wenn die Leute dummes Zeug redeten, wegsehen, wenn mich etwas abstieß, unliebsame Gedanken, wie sie doch hin und wieder auftauchten, mit dem immer wirksamen Argument des Holocausts verscheuchen.

Es muß sehr bald angefangen haben, das Darüber-Hinausdenken, denn da war Jerusalem, und mit Jerusalem fing es an, und wegen Jerusalem würde es nicht aufhören. Jerusalem, die Stadt König Davids, die Stadt Jesu Christi, die Stadt Mohammeds. Jerusalem, die Stadt des Heils, das Unheil brachte, Stadt des Friedens, der Unfrieden stiftete, Stadt des Glaubens, der nicht vereinte, sondern entzweite. Jerusalem in Gebeten und Psalmen, in Liedern und Hymnen, in Geschichten und Legenden verherrlicht. Kein Jude, Christ oder Moslem, der nicht von ihr gehört, den sie nicht zu Gedanken, Bildern, Phantasien angeregt hätte. Jahrtausendealte jüdische Geschichte, aus der sich die der anderen erst entwickelt hatte. »Nächstes Jahr in Jerusalem!«, Schwur und Beschwörung – endlich wahr geworden. Jerusalem vereint und unter israelischer Verwaltung. Undenkbar, freiwillig wieder darauf zu verzichten, eine Kompromißlösung zu finden. Jahrtausendealte jüdische Geschichte, die ganze West-Bank zeugte davon. Wer es nicht glaubte, brauchte nur mit der Bibel als Reiseführer in der Hand das Gebiet zu erforschen. Das einzig Dumme daran war, daß die Geschichte eben Jahrtausende zurücklag und den Juden bis Ende des 19. Jahrhunderts nie der Gedanke gekommen war, Anspruch auf ihr ehemaliges Land zu erheben. Erst Theodor Herzl war auf diese Idee gekommen und hatte Palästina als »ein Land ohne Volk für ein Volk ohne Land« proklamiert. Ein eleganter Ausspruch, aber leider nicht zutreffend. Es war eben doch schon ein Volk dagewesen. Und hätte auch bleiben können. Weniger, weil der Erfinder des Zionismus ein friedliches, ja brüderliches Zusammenleben beabsichtigt hatte, mehr, weil die Zahl der Zionisten, die freiwillig nach Palästina eingewandert wären, nicht die der schon vorhandenen Bevölkerung überschritten hätte. Der Zionismus ohne Holocaust wäre für die Juden der westlichen Welt Theorie geblieben.

Ohne Holocaust wäre es bei einer beschränkten Einwanderung der von den Russen und Polen verfolgten Ostjuden geblieben, bei Lord Balfours doppelsinnigem Versprechen einer »nationalen jüdischen Heimstätte« in Palästina. Ohne Holocaust wären nicht die Sturzflut deutscher, zionistischer Juden und nicht die Wellen europäischer Juden aus den von den Deutschen besetzten und bedrohten Ländern über Palästina hereingebrochen und hätten das Gesicht des Landes radikal verändert und geprägt. Ohne Holocaust und das schlechte Gewissen der Welt wäre in der UNO nicht fast einhellig für einen Staat Israel gestimmt worden. Ohne Holocaust, die Klimax einer Jahrtausende alten Tragödie, die Vernichtung des europäischen Judentums, wäre nicht ein neues, zorniges, unbeugsames und zu allem entschlossenes Volk entstanden. Ohne Holocaust und den Schwur: »Nie wieder werden wir wehrlos sein« wäre nicht so rapide eine erstklassige israelische Armee gewachsen. Ohne Holocaust wäre das Trauma eines permanent verfolgten, gedemütigten, unterdrückten, gemordeten Volkes nicht in Verfolgungswahn, seine Gewaltlosigkeit nicht in Gewalt ausgeartet. Ohne Holocaust gäbe es kein Israel. Der Holocaust gibt Israel seine Existenzberechtigung. Der Holocaust gibt Israel nicht die Berechtigung, ein anderes Volk zu verfolgen, zu demütigen, zu unterdrücken und es seiner Existenzberechtigung zu berauben. Und nun?

Jericho war ausgestorben, was bei der Gluthitze nicht verwunderte. Selbst die Polizei war unsichtbar. Bei über vierzig Grad Hitze, fünfhundert Meter unter dem Meeresspiegel, waren keine Unruhen zu erwarten. Man lag oder saß vor einem Ventilator, und wenn man sich bewegte, dann nur, um nach einer Flasche Flüssigkeit zu greifen.

Ich fuhr durch den Ort, einmal um den kleinen Platz, in dessen Mitte ein ebenfalls rundes, verdorrtes Blumenbeet durch ein Gitter vor unbefugten Zugriffen gesichert war, dann in die breite Straße, die ins Jordantal führte und an der sich die Gartenrestaurants befanden. Ich fuhr die ganze Reihe, eines nach dem anderen ab – sie waren alle geschlossen. Das war ungewöhnlich und konnte nicht nur an der Hitze liegen. Ich war seit vielen Wochen nicht mehr in Jericho gewesen und darum nicht mit dessen Intifada-Regeln vertraut. Vielleicht waren sie nicht, wie die übrigen Geschäfte und Lokale auf der West-Bank, von neun bis zwölf Uhr offen, sondern zu einer anderen, dem Klima angemesseneren Zeit. Vielleicht hatten sie alle Pleite gemacht, vielleicht hatte jemand die Trompete geblasen, und die Mauern von Jericho waren ein zweites Mal gefallen.

Mich überkam ein unheimliches Gefühl, und als ich mein Lokal erreicht hatte und es ebenso geschlossen fand wie die anderen, sah ich darin ein böses Omen.

Ich stieg aus und spähte durch den Zaun aus zugespitzten, blaugrün gestrichenen Eisenstäben. Die Tür und Fensterläden des Hauses waren verriegelt, im Garten standen noch Tische und Stühle und machten einen desolaten Eindruck, die hohen Rosensträucher um das leere, runde Wasserbecken waren zerzaustes Geäst; das einzige, was noch kräftig, frisch und zukunftsträchtig aussah, waren die Orangenbäume mit ihren dunkelgrünen Lockenköpfen.

Ich schaute zu meinem kleinen Tisch mit den drei Plastikstühlen hinüber und sah mich da sitzen im Schoß der Oase, am Strom des Vergessens, von dem ich ein für allemal verstoßen worden war.

Wo war George mit dem kleinen braunen Beduinengesicht und dem buschigen Schnurrbart? Wo und wie verdiente er jetzt die 400 Schekel, die der Besitzer, bei meinem letzten Besuch in Jericho, auf die Hälfte hatte reduzieren wollen? Wo und wie verdiente er jetzt auch nur 200 Schekel?

»Wenn's vor dem Aufstand schlecht war«, hatte er geschimpft, »dann ist es jetzt noch schlechter, wenn die Israelis schlecht sind, dann sind die Jordanier noch schlechter. Ein armer Mann hat keine Wahl!«

Hinter mir plätscherte ein Bach in einem zementierten

Bett. Ich setzte mich in den Staub, zog die Sandalen aus und stellte die Füße hinein. Das Wasser war klar und kühl, und ich begann, es mit beiden Händen zu schöpfen und mich damit zu begießen. Eine magische Handlung, so wie die frommen Juden am Tag vor Jom Kippur ihre Sünden symbolisch ins Meer warfen, so wie die Christen sich mit Weihwasser besprengten: »Weg, ihr bösen Geister der Gegenwart, weg, ihr Gespenster der Vergangenheit, weg, weg, weg!«

Sie waren nicht zu vertreiben, die bösen Geister der Gegenwart, die Gespenster der Vergangenheit. Sie folgten mir die Straße nach Jerusalem hinauf, jagten mich weiter nach Al-Bireh. Ismael, hoffte ich, würde sie bannen. Ismael mit seinen schönen Sätzen, die er mit Schwung und Überzeugung vorzutragen wußte: »Es muß gesagt werden, Angelika, Lernen, Wissen und Begreifen ist der einzige Weg, der zu einem friedlichen Zusammenleben führen kann. Die Palästinenser müssen wissen, was man den Juden über zwei Jahrtausende angetan hat, und die Israelis müssen begreifen, was sie den Palästinensern seit vierzig Jahren antun.«

»Richtig, Ismael«, sagte ich laut, »wir zwei kriegen das schon hin.«

Es war Freitag, der Sonntag der Mohammedaner, und ich würde ihn bitten, mit mir in Achmeds Dorf zu fahren, das in der Nähe von Al-Bireh lag. Ein Kondolenzbesuch, eine Geste der Betroffenheit. Ein stummer Händedruck, ein schwerer Blick. Das Gefühl der Ohnmacht und der Scham. Achmed wußte nicht, was man den Juden über zwei Jahrtausende angetan hatte, und wüßte er es, würde er trotzdem nicht begreifen, warum man seinen unschuldigen Bruder und Schwager umgebracht hatte.

Als ich vor Ismaels Haus hielt, sah ich ihn mit drei anderen Männern die Mauer schrubben, die das Grundstück von der Straße trennte. Drum herum standen die Kinder und schauten ihnen gespannt zu. Mal was anderes als der Eiscremewagen.

Ismael lief mir, mit der Scheuerbürste in der Hand, entgegen. »Das ist meine Lieblingsbeschäftigung an meinen freien Tagen«, rief er mit einem Lachen. »Schön, daß du plötzlich kommst. Geh schon hinauf, ich bin in zwei Minuten fertig. Gott sei Dank war es nur Tusche und leicht wegzukriegen.«

»Warum machen das nicht diese nichtsnutzigen Kinder hier?«

»Die Soldaten wollen, daß wir Männer es machen. Mir wollten sie übrigens die Strafe erlassen, weil ich Arzt bin, aber auf solche Privilegien verzichte ich.«

Oben auf der Veranda stand Jamila mit dem Baby im Arm, neben ihr Salua. Sie winkten mir stumm zu.

Ich ging hinauf. Jamila hatte Tränen in den Augen, Salua begann hektisch auf mich einzureden.

»Sie erzählt dir, wie die Soldaten ins Haus gekommen sind«, sagte Jamila.

»Hat sie sich erschreckt?«

»Wir haben uns alle furchtbar erschreckt. Wir wußten ja zuerst gar nicht, was los ist. Sie sind die Treppen raufgerannt und haben an die Türen gehämmert und gesagt, die Männer sollen mitkommen. Salua hat geschrien und gezittert. Warum können sie uns nicht in Ruhe lassen? Warum schließen sie die Schulen? Würden die Kinder in die Schulen gehen, würden sie in ihre Hefte schreiben und nicht auf die Mauern. Würden die Soldaten nicht in unsere Städte und Dörfer kommen, würden sie nicht mit Steinen beworfen. Schämt sich die israelische Armee nicht, sich mit solchen Sachen abzugeben? Verstehen sie nicht, daß sie damit nur das Gegenteil erreichen: noch mehr Steine, noch mehr Protestsprüche, noch mehr Haß!«

»Hoffnungslos«, murmelte ich und setzte mich auf einen Stuhl.

»Was ist?« fragte Jamila. »Du siehst so komisch aus. Dein Kleid ist schmutzig.«

»Ein böser Tag«, sagte ich, »und dann die Hitze! Ich komme gerade aus Jericho.«

»Jericho? Was hast du denn da gemacht?«

»Ich wollte mich unter den Orangenbaum setzen und Tee trinken. Aber das Lokal war zu. Alles war zu. Jericho war tot.«

»Ich mache dir schnell eine Zitronenlimonade«, sagte Jamila besorgt, »du siehst sehr schlecht aus.«

Sie legte mir Abed in den Arm. Er starrte mir forschend ins Gesicht, ein Zucken weinerlichen Mißtrauens um den Mund, der aussah wie eine geschälte Kirsche.

»Tja«, sagte ich zu ihm, »wie wird es hier wohl aussehen, wenn du erwachsen bist? Werden die Israelis und Palästinenser gelernt und begriffen haben, daß es keinen anderen Weg gibt als den der Koexistenz und der Zusammenarbeit, oder werden sie das Land zugrunde gerichtet haben? Wenn du mich fragst, Abed, wird mehr oder weniger derselbe Zustand herrschen. Ratten, Kakerlaken und Menschen gehören zum zähesten Ungeziefer, mein Kind, und darum kann es mit dem Zugrunderichten lange dauern.«

Dem Kleinen gefielen meine Betrachtungen, und er begann zu lächeln, dann zu lachen und zu jauchzen.

»Ah«, sagte Ismael, der in diesem Moment die Wohnung betrat, »ihr unterhaltet euch. Hast du schon sein Zähnchen gesehen, Angelika?«

»Ja, ein herrliches Zähnchen. Bist du jetzt fertig, oder brauchst du noch etwas Scheuersand?«

»Nein, die Mauer ist bis zum nächsten Mal sauber. Eine dumme Sache, dieses Mauernbeschmieren. Nutzt niemand was, wie so vieles andere auch. Die Intifada muß jetzt bald ein höheres, gewaltloses und dialogfähiges Niveau erreichen. Es ist an uns, den Intellektuellen ...«

»Die sitzen bereits alle«, unterbrach ich ihn, »oder sind ausgewiesen worden.«

»Jetzt übertreibst du.«

»Ja, ich übertreibe. Mir ist nach Übertreibung zumute. Heute früh habe ich erfahren, daß man einen jungen Freund von mir nach Ansar Drei gebracht hat und daß Achmeds Bruder erschossen wurde. Achmed ist der Pfleger, der dich mir vorgestellt hat. Wußtest du das?«

»Du lieber Gott, nein.«

»Ich wollte eigentlich mit dir in sein Dorf fahren. Es ist hier ganz in der Nähe.«

Ich nannte ihm den Namen.

»Natürlich fahren wir. Ich ziehe mich nur schnell um und sage Jamila Bescheid.«

Jamila geriet in Panik. Der Schreck der israelischen Soldaten, die die Männer zum Mauerschrubben abkommandiert hatten, saß ihr noch so in den Knochen, daß sie die Fahrt in ein arabisches Dorf, das möglicherweise unter Beobachtung stand, für ein lebensgefährliches Wagnis hielt. Ismael versuchte sie erst ruhig, dann ungeduldig davon zu überzeugen, daß ihm aufgrund des ausländischen Nummernschilds, seiner Identitätskarte, seines Berufes und seiner fortgeschrittenen Hebräischkenntnisse nichts passieren könne und ihre Angst völlig unberechtigt sei. Ich, die ich all das mit der Gedankenlosigkeit eines immunen Bürgers erster Klasse angezettelt hatte und nun Jamila die berechtigte oder unberechtigte Angst ersparen wollte, versuchte, die Fahrt rückgängig zu machen.

»Man muß mit der Angst leben lernen«, sagte Ismael auf deutsch zu mir, »und nicht auch noch aus einer Maus einen Elefanten machen.«

»Mücke«, verbesserte ich.

»Wir fahren alle zusammen«, verkündete plötzlich Jamila, »wenn wir alle zusammen fahren, habe ich keine Angst.«

Wir fuhren mit Kind und Kegel. Eine kleine Landpartie. Es fehlte nur der Picknickkorb, die Decke und die Vorfreude auf ein paar vergnügte Stunden im Schatten eines Olivenbaums. Schön wäre es gewesen! Ein Nachmittag mit Freunden, essend, trinkend, schwatzend, dösend, durchtränkt mit dem Frieden einer archaischen Landschaft, dem Blau-Gold eines göttlichen Lichts, dem Aroma aus Thymian und sonnengebackener Erde.

»Wenn ich mich nicht irre«, sagte Ismael, der die Landkarte mit einer Konzentration studierte, die eines Essays über den israelisch-arabischen Konflikt würdig gewesen wäre, »müssen wir jetzt links abbiegen.«

Er hatte sich geirrt und irrte sich noch zweimal. Ich wurde unruhig. Leider fuhren wir eben nicht auf der Suche nach dem idealen Picknickplatz durch eine friedliche Landschaft, sondern auf der Suche nach einem arabischen Dorf durch eine unfriedliche Gegend. Mir war nicht danach, einer Meute jugendlicher Palästinenser oder einer israelischen Patrouille zu begegnen.

»Vielleicht sollten wir jemanden fragen«, sagte ich sinnloserweise, denn es war weit und breit weder ein Haus noch ein Mensch in Sicht.

»Aber nein«, erwiderte Ismael mit der Gelassenheit, die er drei ängstlichen weiblichen Wesen schuldete, »das Dorf ist ja hier eingezeichnet und die Landkarte bestimmt verläßlicher als die Auskunft irgendeines Menschen.«

Das war richtig, vorausgesetzt, man konnte sie lesen.

Ich blickte über die Schulter zurück. Das Baby nuckelte an der Brust seiner Mutter, Salua lutschte an einem großen Bonbon. Darum waren sie alle so schweigsam. Jamila lächelte mir zu. Jetzt, da sie mit Kindern, Mann und einer beherzten Freundin in Körperfühlung war, konnte nichts mehr passieren oder, besser gesagt, konnte passieren, was wollte.

»Wir werden das Dorf schon finden«, ermutigte sie mich.

»Natürlich finden wir es«, beteuerte Ismael.

»Inschallah«, seufzte ich.

Wir fanden das Dorf und dann sogar das Haus, ein vierschrötiger, ebenerdiger Bau aus massiven Steinbrokken. Er stand außerhalb des Ortes auf der Kuppe eines Hügels, zu dem nur ein Pfad führte. Wir kletterten ihn hinauf und erreichten ein Plateau aus harter, steiniger Erde, das von einem mächtigen Affenbrotbaum überschattet wurde. Unter dem saß Achmed mit zwei Männern und einem hochschwangeren Mädchen. Im Hintergrund hatten sich ein paar Kinder um eine braune Ziege und ihr blondes Zicklein geschart.

Achmed erhob sich und kam auf uns zu. Er trug ein dunkelblaues T-Shirt, auf dem in großer, weißer Schrift »Holiday Inn« stand.

Wir drückten ihm die Hand. Sein Gesicht war gedunsen und in Düsterkeit getaucht. Die nahe beieinanderliegenden Augen schienen noch näher zusammengerückt zu sein. Sie wichen meinem Blick aus.

Ich schaute zum Haus hinüber. Dicht unter dem flachen Dach hingen die vergrößerten, schwarzumrandeten Fotografien zweier junger Männer. Das waren sie also: Bruder und Schwager. Beide hatten einen schwarzen Schnurrbart, eine Frau, eine Mutter, ein Leben gehabt. Nichts von Bedeutung. Bedeutungslos auch ihr Tod, dieser armselige Tod, dem nicht einmal ein Angriff vorausgegangen war, den sie mit nichts anderem herausgefordert hatten als, im Fall des Bruders, der Flucht, im Fall des Schwagers, dem Versuch, den kleinen Bruder in Sicherheit zu bringen. Erschossen aus Versehen, aus Überdruß, aus einem Gefühl der Unsicherheit – es kam nicht so darauf an. Eine Frau, in dem langen, bestickten Kleid arabischer Bäuerinnen, trat aus dem Haus. Sie hob beide Arme, um das nach hinten geschlungene Tuch fester zu binden. Sie wirkte groß und kraftvoll.

»Das ist meine Mutter«, sagte Achmed, »Moussa, mein Bruder, war ihr Lieblingssohn, weil er schwächer war als wir und sie ihn immer beschützen mußte.«

Sie hatte ein klares, gutaussehendes Gesicht, das sich bei unserer Begrüßung nicht zu einer gramvollen Miene verzog, sondern zu einem Lächeln erhellte. Während Achmed uns vorstellte, sah sie uns offen und freundlich an, schüttelte uns die Hand, küßte Salua und das Baby.

Stühle und Schemel wurden aus dem Haus geholt und unter den Affenbrotbaum gestellt. Wir setzten uns. Ismael mit Salua auf den Knien, Jamila mit Abed im Arm, ich in der Mitte. Uns gegenüber Achmed, seine Mutter, die beiden Männer – ein Onkel und ein Vetter –, das schwangere Mädchen – die Witwe des Bruders. Sie war ein zerbrechliches Geschöpf mit einem kleinen, verwischten Gesicht und der farblosen Haut, den hellen Wimpern und Brauen der arabischen Rothaarigen. Ihr enormer Bauch, der selbst das lange, lose fallende Kleid straffte, war das einzige an ihr, was lebte.

Die Männer unterhielten sich auf arabisch, die Frauen schwiegen. Salua starrte bis zur Sprachlosigkeit gebannt zu den Kindern und Ziegen hinüber. Das Baby schlief.

»Sie sprechen über die beiden Toten«, teilte mir Jamila leise mit, »sie sagen, es war kein Versehen bei Achmeds Bruder. Er ist aus dem Haus gerannt und in die entgegengesetzte Richtung, weg von der Demonstration. Sie sagen, um geschlagen, eingesperrt und erschossen zu werden, muß man nicht schuldig sein, sondern einfach Palästinenser. Sie haben auch gesagt, daß man sie so behandelt, wie Hitler damals die Juden behandelt hat.«

»Ich habe sie gefragt«, sagte Ismael von der anderen Seite auf deutsch, »was sie über Hitler und die Juden wüßten. Sie haben selbstverständlich keine Ahnung. Also habe ich ihnen kurz erklärt, was damals passiert ist.«

»Und?«

»Es wird sie zum Nachdenken anregen.«

Unverbesserlicher Ismael! Ein Stilbruch im Muster menschlicher Natur.

Ein mit Gestrüpp beladener Esel kam den Pfad hinauf. Hinter ihm ein älterer Mann und ein junges Mädchen in schwarzem Kleid und Kopftuch.

»Da sind mein Vater und meine Schwester«, sagte Achmed, und wir standen auf, um die beiden zu begrüßen.

Achmeds Vater war das Gegenteil der Mutter: ein gebrochener Mann mit einem grimm- und gramgefurchten Gesicht und einem langen, mageren Körper, dem Haut und Kleider zu weit geworden waren. Seine Schwester, mit ihrem straffen, hüftlosen Wuchs und dem starkknochigen, stolzen Gesicht ließ mich an ein junges Raubtier denken. Sie hatte alle Anlagen, eine interessante Schönheit zu werden, nicht aber die Möglichkeit, sie zu entfalten. Sie schien sich dessen bewußt zu sein, denn als ich ihr die Hand entgegenstreckte, ich, die privilegierte, gönnerhafte Fremde, traf mich aus ihren schmalgeschnittenen, schwarzen Augen ein Blitz des Zorns.

Wir setzten uns wieder. Der Esel, wahrscheinlich der, der mit Achmeds Bruder ins Nachbardorf gegangen und ohne ihn zurückgekommen war, wurde zu Ziege und Zicklein geführt, das Gestrüpp von seinem Rücken genommen und den Tieren zum Fressen vorgeworfen. Ein paar kleine, drahtige Hühner und graubraune Spatzen beteiligten sich an dem Festessen. Salua saß steil aufgerichtet auf den Knien ihres Vaters und verfolgte das Mahl der Tiere mit starrer Aufmerksamkeit. Sonnenlicht sikkerte durch das Laub des Affenbrotbaums. Ich fühlte es wie Nadelstiche auf der Haut.

Die Männer unterhielten sich, die Frauen schwiegen.

»Sie sprechen über die Intifada«, flüsterte mir Jamila zu, »Achmeds Vater sagt, daß sie zu nichts führen wird. Die Juden wollen genau dasselbe, was sie 1947 gewollt haben: uns los werden und den Rest des Landes einstekken. Damals sind die meisten von uns geflohen, und darum haben sie uns nicht umzubringen brauchen, diesmal sind wir geblieben, und darum werden sie uns eines Tages umbringen.«

»Ich habe ihnen erklärt«, sagte Ismael zu mir auf deutsch, »daß das Unsinn ist. Hätten die Israelis uns umbringen wollen, hätten sie es längst getan. Daß sie es nicht getan haben und nicht tun werden, verdanken wir der Tatsache, daß Israel eine Demokratie ist. Hier siehst du, wie notwendig es ist, die Leute aufzuklären.«

»Ich würde damit lieber bis nach den Novemberwahlen warten«, sagte ich und kicherte.

Achmeds Mutter brachte mir ein Glas starken, mit Pfefferminzblättern gewürzten Tee und Salua ein Glas Limonade.

»Ramadan«, erklärte sie und wies mit einer kreisförmigen Armbewegung auf die, die fasten mußten. Ich nickte, sie lächelte.

»Eine starke Frau«, sagte Jamila mit Achtung.

»Die arabischen Frauen, die ich bisher kennengelernt habe, waren alle stark, und ich möchte nur wissen, woher sie unter diesen Lebensumständen die Stärke nehmen.«

»Sie haben große Familien und werden gebraucht. Wenn man gebraucht wird, ist man stark.«

Ich schaute zu den zwei jungen Frauen hinüber. Die Schwangere saß wie eine Stoffpuppe auf ihrem Stuhl. Alles hing locker herab, der Kopf, die Schultern, die Arme. Das einzige Gewicht war der Bauch, der sie auf die Sitzfläche drückte und daran hinderte, zusammenzuklappen. Ihr kleines Gesicht war leer, eine geschlossene Blüte, die verwelkte, bevor sie sich öffnete. Die andere saß da, wie zum Sprung geduckt: die Füße auf den Boden gestemmt, die hübschen, gebräunten Waden, ein Knäuel angespannter Muskeln, den Oberkörper vorgebeugt. Das Gesicht mit den hohen Backenknochen und dem kantigen Unterkiefer finster und grollend. Wahrscheinlich würde sie ein Leben lang in dieser zum Sprung geduckten Haltung verharren, unfähig, sich vom Boden abzuheben, unfähig, sich fallen zu lassen.

»Was soll nun aus diesen beiden Mädchen werden?« fragte ich Jamila.

»Man wird einen neuen Mann für sie suchen und,

wenn man Glück hat, finden. Vielleicht wird Achmed seine Schwägerin heiraten.«

Achmed, dem der Joker die Todsünde bereits in die Wiege gelegt hatte, der Allah liebte, und Stanley, der unerschütterlich glaubte und unentwegt sündigte. Achmed, dem alle Wege verbaut waren, außer dem in die Hölle.

Ich sah ihn an, und er begegnete meinem Blick, stand auf und kam zu mir herüber.

»Gehen wir ein paar Schritte«, sagte ich.

Wir gingen nahe der Böschung entlang bis zum Ende des Plateaus, das auf dieser Seite in die sanfte Rundung des nächsten, terrassierten und mit Olivenbäumen bepflanzten Hügels überging.

»Schön«, sagte ich und betrachtete die ineinanderfließenden Konturen der Hügel, ein Hügelmeer im silbernen Schaum des Olivenlaubs, »wenn man das sieht, bekommt man wieder Mut, nicht wahr?«

»Früher ja«, sagte Achmed, »ich habe oft hier gesessen und so gefühlt wie du. Aber jetzt nicht mehr.«

»Der Tod deines Bruders ist nicht das Ende. Ich habe auch einen Bruder verloren. Er war zehn Jahre älter als ich und sehr schön. Ich habe immer davon geträumt, mit ihm tanzen zu gehen, wenn ich erwachsen bin. Mit siebenundzwanzig Jahren ist er im Krieg umgekommen. Es hat mir furchtbar weh getan, aber das Ende war es nicht.«

»Es ist nicht nur mein Bruder, es ist alles zusammen. Das Licht ist ausgegangen, und ich habe Angst vor der Dunkelheit, draußen und in mir. Das Land ist so dunkel geworden, die Menschen, selbst meine Familie. In der Nacht, wenn ich nicht schlafen kann, denke ich manchmal, ich bin schon in der Hölle.«

»Vielleicht stimmt das. Vielleicht ist unsere Welt die Hölle. Und manchmal, einen Moment lang, Himmel. Vielleicht kommt danach gar nichts mehr, weißt du, nichts, vor dem man sich fürchten muß, und nichts, auf das man sich freuen kann.«

»Glaubst du nicht an Gott?«

»An den, von dem die Leute immer reden?« Ich schüttelte den Kopf: »Ich kann mich da nicht auf die Leute verlassen. Sie schwatzen so viel dummes und unwahres Zeug.«

Achmed sah mich starr und sprachlos an, dann brach er in Lachen aus. Es war ein schönes, herzhaftes Lachen, das tief aus der Brust kam.

»Na, siehst du«, sagte ich, »das ist schon besser.«

»Stanley glaubt auch nicht«, prustete er, »und er sagt, im Pherdaus würde ich mich schrecklich langweilen.«

»Wo?«

»Im Pherdaus.« Er zeigte und blickte zum Himmel. »Ich weiß nicht, wie es auf englisch heißt.«

»Paradies«, sagte ich, »aber Pherdaus klingt interessanter.«

»Glaubst du auch, daß es da langweilig ist?«

»Furchtbar langweilig! Man kann sich doch da mit nichts beschäftigen und das bis in alle Ewigkeit. Aber vielleicht ist es in eurem Pherdaus amüsanter.«

Er lachte von neuem, fing sich dann aber und bemühte sich um den angemessenen Ernst. »Es ist wunderschön«, erklärte er, »man ist immer glücklich, noch viel glücklicher, als man hier in seinem glücklichsten Augenblick ist. Es fließen Flüsse aus Honig, Wein und Joghurt. Jeder Mann hat siebzig Frauen, und alle leben in großen, schönen Häusern, die Menschen, die in ihrem Leben nie gesündigt und genau nach dem Koran gelebt haben, in größeren und schöneren als die, die manchmal was Schlechtes getan haben.«

Jetzt sah ich ihn starr und sprachlos an. Schließlich fragte ich: »Steht das wirklich alles im Koran?«

Er nickte feierlich.

»Aber Achmed, dann herrscht doch sogar im Paradies keine Gleichheit. Siebzig Frauen müssen sich einen Mann teilen, und es gibt zwischen den sogenannten Besseren und Schlechteren materielle Unterschiede wie hier zwischen Armen und Reichen.«

Er lächelte über meine naiven Bedenken.

Im Pherdaus spielt das keine Rolle«, belehrte er mich, »kein Mensch ist neidisch oder eifersüchtig. Alle lieben sich.«

»Ach so.«

»Und man sieht alle, alle wieder: seine Freunde und Feinde, aber die liebt man dann auch, und seine ganze Familie, sogar die, die vor fünfhundert Jahren gestorben sind. Meine Eltern werden bald meinen Bruder wiedersehen.«

»Glauben sie das?«

»Natürlich. Würden sie es nicht glauben, müßten sie ja vor Traurigkeit sterben. So freuen sie sich.«

»Ist deine Schwester auch gläubig?«

»Meine Schwester«, sagte er langsam und nachdenklich, »ist merkwürdig. Nach dem Tod ihres Mannes hat sie ein bißchen geglaubt, aber jetzt... Ich weiß nicht, sie ist sehr schweigsam. Vor einem Jahr hatte sie eine Fehlgeburt und hat gesagt, für das Kind ist es nur gut, nicht geboren worden zu sein. Mein Vater hat sie fast geschlagen. Sie ist sehr eigensinnig.«

»Vielleicht geht es ihr wie dir. Sie braucht und sucht etwas anderes als das, was man hier von ihr verlangt. Du hast es ja auch nicht ausgehalten und bist ausgebrochen und führst ein Leben, für das dich deine Familie verurteilen würde.«

»Meine Familie würde mich aus dem Haus jagen, wenn sie es wüßte, und ich darf dieses Leben jetzt nicht mehr führen. Hätte ich gelebt, wie es für einen Mann richtig ist, wäre mein Bruder nicht erschossen worden.«

»Achmed, wenn das der Grund war, warum dein Bruder sterben mußte, dann soll mich dein lieber Allah jetzt auf der Stelle tot umfallen lassen.«

»Sag so etwas nicht«, rief er und hob beide Hände.

»Keine Angst, er wird es nicht tun.«

»Weil du nicht glaubst.«

»Bringt er nur die um, die an ihn glauben?« fragte ich. »Komm, Achmed, glauben kann ja ganz schön sein, aber wenn es in solchen Aberglauben ausartet wie bei dir...« Plötzlich schrie ich ihn an: »Weil du, ein guter und anständiger Mensch, andere Vorlieben hast als diese selbstgerechte, kleinliche, scheinheilige Allgemeinheit, hat sich Gott persönlich eingeschaltet und die Israelis deinen Bruder erschießen lassen? Komm, gehen wir zurück. Ich hab' genug.«

»Warte«, rief er und war wohl mehr von meinem Ausbruch als meinen Worten verwirrt, »ich glaube, du hast recht, wirklich, Angelika, ich glaube es. Ich werde so etwas nicht mehr sagen.«

»Denken«, sagte ich, »nicht mehr denken!«

»Nicht mehr denken«, wiederholte er ernst.

»Holiday Inn«, murmelte ich, »make a change for quality ...«

»Was sagst du?«

»Diese T- und Sweatshirts, kaufst du dir die?«

»Nein, mein Bruder hat sie mir mitgebracht. Er hat doch für die Israelis gearbeitet, in einem Hotel, und da ...« Seine Stimme schwankte, seine Augen röteten sich.

Ich legte ihm die Hand auf die Schulter.

»Soll ich Stanley etwas von dir ausrichten?« fragte ich.

»Ja, sag ihm, ich werde ihm einen Brief schreiben. Und vielleicht kommst du mal wieder und bringst ihn mit. Aber er soll nicht alleine kommen.«

»Warum?«

»Das könnte auffallen.«

»Gut, ich komme wieder und bringe ihn als meinen Verlobten mit.«

Wir waren schon in der Nähe des Hauses, und Achmed schlug schnell die Hände vors Gesicht, um sein Lachen zu verbergen.

»Du bist doch noch ein halbes Kind«, sagte ich, »du hast doch noch Zeit zu warten, bis das Licht wieder angeht.«

Ismael, mit dem zappelnden Baby im Arm, kam uns entgegen.

»Abed ist aufgewacht und sehr unruhig«, sagte er, »ich glaube, wir sollten jetzt gehen.«

Wir verabschiedeten uns. Das Baby schrie, und das beschleunigte die Prozedur. Als ich bei Achmeds Schwester angelangt war, sagte ich: »Gib nicht auf.«

Sie sah mir kurz in die Augen, ein harter Blick, dann das Aufglimmen eines gebrechlichen Lächelns. Vielleicht hatte sie verstanden.

Auf halbem Weg den Pfad hinunter, sah ich mich um. Sie standen alle am Rand der Böschung und schauten uns nach. Ich hob die Hand. Sie winkten zurück.

»Pherdaus«, dachte ich.

»Wußtest du«, fragte ich Ismael, als wir im Auto saßen, »daß es im islamischen Paradies drei Flüsse gibt: In einem fließt Honig, im zweiten Joghurt, im dritten Wein.«

»Wein?« sagte er kopfschüttelnd. »Joghurt? Nein, davon ist mir nichts bekannt. Ich weiß nur von Milch und Honig.«

»Milch und Honig steht im Alten Testament und bezieht sich auf das Gelobte Land.«

»Ich weiß, ihr hattet eure Flüsse bereits im Diesseits, darum haben wir unsere Flüsse ins Jenseits verlegt.« Er lächelte: »Die Juden waren uns immer in allem voraus, vom Alten Testament bis zur Diaspora.«

»Und von der Diaspora bis zur Tollkühnheit, ein Staat werden zu wollen.«

Ich hielt. Es war eine schmale Straße, die durch einen Olivenhain führte.

»Was ist?« fragte Ismael erschrocken. »Ist das Auto kaputt?«

»Nein, ich wollte mich nur einen Moment mit euch unter den schönen, alten Olivenbaum da setzen.«

»Und wenn eine israelische Patrouille kommt?« fragte Jamila.

»Dann laden wir sie ein, sich zu uns zu setzen. Wir spielen einfach Pherdaus. Im Pherdaus lieben sich alle, und die, die Feinde waren, werden Freunde.«

Die beiden brachen in Lachen aus, Salua, die wissen wollte, worum es ging, in eine Flut dringlicher Worte.

Ich öffnete die Tür und stieg aus.

»Kommt«, rief ich, »hier ist man am Nabel der Welt, und es duftet nach Thymian.«

Wir setzten uns unter den Olivenbaum. Jamila knöpfte das Kleid auf, schob das Unterhemd hoch und legte Abed an die Brust. Ismael nahm die Brille ab, putzte sorgfältig die Gläser, setzte sie wieder auf und schaute versonnen in die Landschaft.

»Ja«, sagte er, »das war eine gute Idee von dir, hier auszusteigen. Ein so schöner Platz! Man darf nicht immer nur in Bücher schauen.«

»Als kleines Mädchen«, erzählte Jamila, »bin ich oft mit Verwandten Oliven und Feigen pflücken gegangen. Die Feigen schmecken am besten, wenn man sie direkt vom Baum ißt, noch warm von der Sonne.«

»In der Nähe von Kalkilia«, teilte mir Ismael mit, »hat meine Familie ein schönes Grundstück mit Eukalyptus-

und Orangenbäumen. Dort möchte ich mir später mal ein kleines Haus bauen, mit einem Gästezimmer für dich.«

»Habt ihr nie daran gedacht, das Land zu verlassen?« fragte ich.

»Ich habe es mir einmal überlegt«, sagte Ismael, »und bin zu dem Schluß gekommen, daß es nicht gut wäre, nicht für uns und nicht für die Kinder. Jamila und ich sind Palästinenser seit vielen Generationen. Wir sind in unserem Land, unserer Sprache, unserer Kultur verwurzelt, und der Gedanke, daß unsere Kinder Deutsche oder Amerikaner oder was auch immer werden, fehlerhaft arabisch sprechen und keine Ahnung von ihren Ursprüngen haben, hat mich abgeschreckt.«

»Sie wären als Menschen aufgewachsen, die sie nicht sind«, erklärte Jamila, »und sie hätten keine Familien gehabt, keine Großeltern, Onkel, Tanten, Vettern, Cousinen. Sie wären wie Vögel gewesen, die aus dem Nest gefallen sind. Damals, weißt du, in Deutschland, da hat es mir gut gefallen, und trotzdem hatte ich so großes Heimweh nach meiner Heimat und Sehnsucht nach meiner Familie. Verstehst du das, Angelika?«

»Mich darfst du nicht fragen«, sagte ich, »ich habe mit zehn Jahren meine Heimat verloren, und mit zwanzig hatte ich auch keine Familie mehr.«

»Du Arme«, seufzte Jamila, »keine Heimat, keine Familie.«

»Laß mal«, sagte ich, »der Ärger, der einem dadurch erspart wurde, ist nicht zu unterschätzen.«

Salua, die bis dahin Zicklein gespielt hatte und steifbeinig durch die Gegend gesprungen war, lief zu ihrem Vater und versuchte ihm auf den Rücken zu klettern.

»Sie sagt, jetzt bin ich der Esel«, lachte er und nahm sie auf die Schultern.

»Moment«, rief ich, »rührt euch nicht von der Stelle!« Ich lief zum Auto und holte meinen Fotoapparat.

»Und jetzt kommt das Foto des Jahres«, verkündete ich, »Intifada 1988: ein Augenblick im Pherdaus.«

Ich sah durch die Linse. Da saßen sie: Ismael mit Salua auf den Schultern, Jamila mit Abed an der Brust. Meine Freunde. Heimatlose in der Heimat.

Den Abend der Wiedervereinigung Jerusalems verbrachte ich mit meinen jüdischen Freunden bei gemeinsamen Bekannten, die im »artist quarter« oberhalb des Sultan's Pool, ein Haus besaßen. Von da wollten wir uns das Festprogramm ansehen.

Es war ein schönes, etwas zu künstlerisch ausgeschmücktes Haus, von dem seine Besitzer einmal im Jahr kurz Gebrauch machten.

Er, ein gutaussehender, englischer Jude, dessen hervorstechendste Eigenschaften Ernst und Schweigsamkeit waren, hatte sich als Chirurg einen Namen gemacht, sie, eine gebürtige deutsche, als Kind nach England emigrierte Jüdin, war Zahnärztin – ein Beruf, der ihr romantisches Wesen nicht befriedigte. Sie fühlte sich zur Boheme hingezogen, schrieb Gedichte und machte Fotos von berühmten Menschen. Ein nettes Paar, nur erwartete man da immer, daß sich hinter seiner Schweigsamkeit Intelligenz und ihrer romantischen Überspanntheit Talent verbarg. Was nicht der Fall zu sein schien.

Es war eine herrliche, heiße Kamsinnacht. Die Emotionen saßen locker, und man wußte nicht, in welche Richtung sie ausschlagen würden: in aufgekratzte Albernheit oder weinerliche Sentimentalität. Jane Segal war zur Feier des Tages beim Friseur gewesen, und ihr alttestamentarisches Gesicht hatte einen modischen Anstrich bekommen. Rebekka trug klirrende Ketten und ein violettes Hängerchen, das, dank ihres gewaltigen Busens, vorne nur bis zu den Knien, hinten aber bis zu den Waden reichte. Die schöne husarengroße Tamar war mit einer Blume im Haar und einem bereitwillig lächelnden Beau erschienen. Ruth, die von allen geliebte, war braungebrannt und jedem mit Verve zugetan. Philip, in seiner weißen Hose, unter der sich kein Slip abzeichnete, trat als »golden boy« auf, und Rick, in Khakiausrüstung, war in pfiffigster Form.

Unsere Gastgeber waren von unserem Besuch entzückt. Wir brachten Leben in ihr kaum bewohntes Haus – Jerusalemer Leben, das sie ergründen wollten. Wir waren eine Bereicherung ihres Kreises, interessante Errungenschaften mit einem Stich ins Absonderliche. Seit Beginn der Intifada waren sie nicht mehr in Israel gewesen, und jetzt wollten sie sich über das Geschehen informieren, wissen, was sich hier wirklich tat, erfahren, wie uns zumute war.

»Das ist ein zu weites Feld«, sagte ich.

»Sprechen wir lieber nicht darüber«, sagte Rebekka.

»Es ist eine böse Zeit«, sagte Ruth.

»Jerusalem war immer eine schwere Adresse«, sagte Jane.

»Gleich fängt das Festprogramm an«, sagte Tamar.

»Happy days are here again...«, summte Philip.

Rick lachte. Der Beau lächelte. Lesley, der Chirurg, machte ein sehr ernstes Gesicht. Lisa, die Zahnärztin, ein einfühlsames. Sie war eine etwas schlaffe, unordentliche Erscheinung, die bestimmt mal sehr hübsch gewesen war und immer noch hübsch gewesen wäre, wenn sie sich den Pferdeschwanz abgeschnitten, die Lippen geschminkt und das Kleid gereinigt hätte.

Sie stellte verschiedene Flaschen ausländischen Alkohols auf den Tisch, ein Schälchen mit Erdnüssen und einen Behälter mit Eis. Die Gläser vergaß sie.

Rick und Philip starrten die Flaschen an.

»Bedient euch«, forderte sie uns auf.

»Du hast die Gläser vergessen«, sagte ihr Mann.

»Ich dachte, so was passiert nur mir«, murmelte Jane.

Lisa holte Gläser aus dem Schrank und trug sie, jeweils zwei, zum Tisch.

»Als es hier anfing«, sagte sie, »war es ja furchtbar. Ununterbrochen Israel in allen englischen Zeitungen und natürlich im Fernsehen. Und ein Bericht böser als der andere. Ich habe mich kaum noch unter Menschen getraut. Aber jetzt ist es schon wochenlang still. Liegt das daran, daß es besser geworden ist?«

»Nein«, nuschelte Rick, »schlechter. Berichterstattung ist nicht mehr erwünscht. Es schadet Israels Image und gibt den Palästinensern Schwung.«

»Die Berichterstattung war einseitig«, sagte Ruth.

»Das Szenario war einseitig«, sagte Philip, »die, die erschossen, verletzt, verprügelt, verhaftet und ausgewiesen wurden, waren nun mal Palästinenser. Und moralische Schäden, wie sie bei den israelischen Soldaten in zunehmendem Maße auftreten sollen, sind schwer zu filmen.«

»Soweit ich es beurteilen kann«, sagte Lesley, »haben

sich die Israelis bemüht, humanitär vorzugehen. Sie hätten den Aufstand in kürzester Zeit niederschlagen können, wie die arabischen Staaten das machen, aber das hätte viele Opfer gekostet, und das wollten sie vermeiden.«

»Das ist richtig«, bestätigte Rebekka und wickelte eine ihrer langen Ketten mehrfach um den Hals.

»Der Begriff ›humanitär‹ scheint sehr dehnbar zu sein«, sagte Jane mit dem tiefen Lächeln, hinter dem ihre Gedanken Amok liefen.

»Wir sind ein demokratischer Staat«, verkündete Tamar, »keiner kann das bestreiten.«

»Mein liebes Kind«, sagte Jane, »würde ich es bestreiten können, wäre ich nicht mehr hier.«

»Das Gefährliche an der Geschichte ist die Eskalation«, erklärte Ruth, »auf beiden Seiten gibt es Extremisten, die zu immer mehr Haß und Gewalt aufstacheln.«

»Mit dem Unterschied«, sagte Rick, »daß unsere Extremisten kaum oder gar nicht bestraft werden.«

»Ich habe gestern in der Stadt drei Männer gesehen«, sagte Lisa, »die waren in Zivil, hatten Käppchen auf dem Kopf und ein Maschinengewehr über der Schulter. Was sind das für Menschen?«

»Das sind keine Menschen«, sagte Philip, »das sind unsere gestörten Siedler, die jetzt die Verteidigung des Landes in die Hand nehmen.«

»Das sind die«, gluckste Rebekka, »die ihren Schwanz mit der Lupe suchen müssen und darum mit dem Maschinengewehrlauf ficken.«

Alles lachte, am lautesten Lesley, den ich bisher nicht einmal hatte lächeln sehen. Er war offenbar sehr empfänglich für drastische Bemerkungen, die ihm seine lyrische Frau und die englische Gesellschaft, in der er verkehrte, selten zu bescheren schienen.

»Ihr bedient euch, Kinder«, rief Lisa, »ich brauche euch doch nicht jedesmal aufzufordern, nicht wahr?«

Nein, dazu bestand keinerlei Notwendigkeit. Rick und Philip bedienten sich mit bedrohlicher Häufigkeit.

»Verteidigungsminister Rabin hatte neulich einen Geistesblitz«, sagte Philip, »er hat erklärt, daß es unmöglich ist, über eineinhalb Millionen Palästinenser mit Gewalt zu herrschen.«

»Na, dann bleibt uns nur noch der Transfer übrig«, sagte Rick.

»Der was?« fragte Lisa.

»Die Musik hat schon angefangen«, rief Tamar und stand auf, »kommt schnell auf die Terrasse.« Sie durchquerte das Zimmer, hoch und schlank, in einem glatten, weißen Trägerkleid. Der Beau folgte ihr auf den Fersen.

»Eine schöne Frau«, schwärmte Lisa, »eine Bajadere.«

»Und er ist nichts?« fragte Rebekka. »Wer ist das eigentlich?«

»Muß man das auch noch wissen«, sagte Philip, »Hauptsache, er bleibt weiter stumm.«

Wir gingen auf die Terrasse hinaus. Die Musik klang dräuend, die Laserstrahlen hatten sich noch nicht richtig eingetanzt. Wir lachten viel und tranken viel. Immerhin war heute der einundzwanzigste Jahrestag der Wiedervereinigung Jerusalems, und das mußte gefeiert werden.

»Man kann Jerusalem doch nicht wieder teilen«, bemerkte Lisa versonnen.

»Hasweh halila!« schrie Rebekka auf. »Daran denkt kein Mensch!«

»Es gäbe noch andere Möglichkeiten«, sagte Rick, »aber an die denkt auch kein Mensch.«

»Zum Beispiel?« erkundigte sich Lesley.

»Eine gemeinsame Verwaltung, die sich aus Israelis, Palästinensern und Christen zusammensetzt.«

»Ja, warum eigentlich nicht«, sagte Lisa.

»Ja, warum eigentlich nicht ...«, sang Philip mit der Stimme eines Operettentenors.

Die Musik brüllte auf und verstummte. Neue Musik setzte ein.

»Wie wir's machen, ist's falsch«, seufzte Rebekka.

»Was meinst du damit?« fragte Ruth.

»Na ja«, erwiderte Rebekka, »wir dürfen zwar einen Staat haben, nachdem sechs Millionen von uns umgekommen sind, aber eigentlich dürften wir ihn nicht haben, weil das Land den Palästinensern gehört hat. So sieht das die Welt.«

»Pink Floyd«, sagte der Beau.

Wir starrten ihn alle an. Pink Floyd hatte ihn aus seiner Sprachlosigkeit gerissen.

Auch die Laserstrahlen gerieten mit der Musik in Schwung, und Tamar tanzte mit.

»Gemeinsam könnten wir ein Land haben, in dem Milch und Honig fließt«, sagte Jane.

»Und Wein und Joghurt«, sagte ich.

»Zu spät«, sagte Philip, »wir hatten einundzwanzig Jahre Zeit dazu.«

»Es waren doch die Palästinenser, die damals, 1947, die Teilung des Landes abgelehnt haben«, sagte Lesley, »sie wollten das ganze Land haben, und sie wollen es immer noch. Sonst hätten sie längst den Staat Israel anerkannt.«

»Wollen kann man viel, wenn der Tag lang ist«, sagte Rick, »ein paar Irre wollten hier sogar mal die Omar-Moschee in die Luft sprengen und an ihrer Stelle den Tempel neu aufbauen.«

»Vielleicht wäre ein neuer Tempel besser gewesen als ein neuer Staat«, sagte Philip.

»Für den Messias bestimmt«, sagte Ruth.

Die Laserstrahlen tanzten, und die mit Lämpchen umkränzte Mauerattrappe fiel.

»Hübsch«, sagte Tamar.

»Es ist doch idiotisch«, grollte Jane, »immer wieder davon auszugehen, daß die Palästinenser das ganze Land zurückhaben wollen. Natürlich wollen sie das ganze Land haben, Hitler wollte die ganze Welt haben. Aber es gibt nun mal den Staat Israel, und den können sie nicht haben. Punkt. Das weiß die PLO, das weiß die arabische Welt, das weiß die gesamte Welt.«

»Es könnte einen Krieg geben«, gab Lisa zu bedenken.

»Ja, und der würde das Palästinenserproblem prompt lösen«, sagte Philip, »statt in Jaffa, Haifa, Ramle und so weiter und so fort, würden sie dann gleich in ihrem Paradies landen.«

»Ach, du lieber Gott«, seufzte Lisa.

Am Gerüst hinter der alten Stadtmauer flammten jetzt die arabische Mondsichel, der jüdische Davidstern und das christliche Kreuz auf.

»Oh«, sagte Tamar. Sonst sagte niemand was.

Die Musik schwoll zu einem dramatischen Crescendo an, und am gegenüberliegenden Hang, unterhalb der Mauer, ging etwas in Flammen auf.

»Herrje«, rief Ruth, »es brennt! Das habe ich bei der Trockenheit schon die ganze Zeit gefürchtet.«

»Das ist der brennende Busch«, kicherte Rick, »Gott verkündet gerade Schamir, er solle sein auserwähltes Volk nach Ägypten zurückführen.«

Wir lachten.

»Glaubst du, es brennt mit Absicht?« fragte Tamar.

»Natürlich«, sagte Philip, »erst die fallende Mauer, dann die drei einträchtigen Symbole, jetzt der brennende Busch, und gleich treten Isaak und Ismael auf und tanzen zusammen mit den Laserstrahlen einen Charleston.«

Wir schrien vor Lachen.

»Ich glaube, es ist Sabotage«, sagte Ruth.

»Unsinn«, sagte Jane, »ganz Westjerusalem ist seit gestern abgesperrt. Kein Palästinenser kann rein, verlaß dich auf die israelische Polizei.«

Rebekka schnüffelte.

»Was ist denn los, Rebekka?« fragte ich. »Es wird schon nichts passieren.«

»Ich kann das nicht mehr sehen«, heulte sie auf, »es bricht mir das Herz!«

»Was?«

»Die drei Symbole ... Jerusalem ... man zerstört es!«

Ruth nahm Rebekka in die Arme. Rick und Philip gossen sich einen neuen Wodka ein. Lesley und Lisa tauschten einen schweren Blick. Tamar und der Beau legten die Hände ineinander. Ich stützte mich auf das Geländer. In mir war wieder dieses gräßliche Gefühl, zu fallen und gleichzeitig in eine grelle Höhe gerissen zu werden.

»Je-ru-sa-lem!« heulte Rebekka, und es klang unheimlich.

Mondsichel, Davidstern und Kreuz waren erloschen, auch das Feuer war gelöscht worden.

Jane stand da, den Kopf in den Nacken gelegt, Auge in Auge mit dem Joker. Sie deklamierte:

»Werde wach, werde wach,
steh auf, Jerusalem,
die du getrunken hast von der Hand des Herren
den Kelch seines Grimmes!«

Es pfiff, zischte und knallte, aber es war nicht der Grimm des Herrn, der sich auf uns entlud, sondern ein Feuerwerk. Der Himmel schäumte über mit bunter, gleißender Pracht.

»Schön«, gestand Rick, »wirklich schön.«

»1967«, sagte Ruth, »gleich nach dem Krieg, sah es so aus, als könnte es werden. Wir waren offen, und die Palästinenser...«

»Damals hießen sie bei uns noch schlicht Araber«, unterbrach sie Philip, »einen Namen, ein Gesicht und eine Stimme haben sie erst seit dem Aufstand bekommen.«

»Unsinn«, sagte Ruth, »man hat schon früher... na schön, ist ja egal. Auf jeden Fall waren sie viel zugänglicher. Unter den Jordaniern ist es ihnen miserabel gegangen, und bei uns haben sie angefangen zu verdienen, die Säuglingssterblichkeit und das Analphabetentum haben aufgehört, es gab überall Schulen, zum ersten Mal Universitäten, und in unseren Krankenhäusern sind sie genauso behandelt worden wie die Israelis.«

»Aber nur in den Krankenhäusern«, lachte Rick.

»Phantastisch«, rief Tamar, »es regnet Juwelen!«

»Sie haben sich unter israelischer Verwaltung sehr entwickelt«, belehrte uns Lesley, »der Beweis dafür ist der Aufstand. In keinem arabischen Staat hätten sie das dafür notwendige Niveau erreicht und den Mut dazu aufgebracht.«

»Stimmt«, sagte Philip, »stimmt alles. Aber einen Haken muß die Geschichte doch haben. Oder glauben Sie, die Intifada war das Resultat israelischer Großzügigkeit und palästinensischen Übermuts?«

»Sie wollen ihre Freiheit«, sagte Lisa verträumt, »man kann ihnen das nicht verdenken.«

»In der Tat«, sagte Jane. Sie strich mir über die Wange: »Wie geht es dir, Darling?« fragte sie.

»Gut«, sagte ich auf Avis Art, »sehr, sehr gut.«

»Das einzig Unangenehme an einem Feuerwerk ist der Krach«, sagte Rebekka, »es klingt wie Krieg.«

»Ich glaube an Israel«, verkündete Lisa.

»Gut!« lobte Philip.

»Es gibt so viele erstklassige Menschen hier«, sagte sie, »menschliche Menschen, intelligente Menschen. Israel ist ein jüdischer Staat, und das Gute wird sich durchsetzen.«

»Lisa«, rief Rebekka, »warum machst du nicht ein Foto von uns? Eine Gruppenaufnahme: wir, das Feuerwerk und der einundzwanzigste Tag der Wiedervereinigung Jerusalems.«

Lisa war von der Idee begeistert, lief ins Haus und holte ihre Kamera. Wir gruppierten uns wie auf einem alten Klassenfoto: eine Reihe stehend, eine sitzend, im Vordergrund Rebekka auf der Hüfte liegend, den Ellenbogen aufgestützt, das Gesicht in die Hand gebettet. Eine Kaskade roter, grüner und goldener Funken stürzte auf uns herab. »Schnell«, schrie Rebekka, »das ist der Moment.« Das Blitzlicht flammte auf.

»Jerusalemtag 1988«, schmetterte Philip.

Epilog

Der Jerusalemtag liegt viereinhalb Monate zurück. Die Zeit hat mich überrundet. Heute ist der 20. Oktober. Die hohen Feiertage sind vorüber, der erste Regen ist gefallen. Jordanien hat sich seiner administrativen und finanziellen Verpflichtung der West-Bank gegenüber entledigt, und die Verantwortung für das Schicksal der Palästinenser trägt jetzt allein die PLO. Der Krieg zwischen Iran und Irak ist beendet.

Die Intifada geht weiter: Demonstrationen, Krawalle, Steine, Molotowcocktails, Barrikaden. Protestsprüche an den Mauern, palästinensische Fahnen auf den Dächern, Flugblätter mit PLO-Anordnungen, täglicher Geschäftsstreik, Generalstreiks.

Häuser, die in die Luft gesprengt, Ausgangssperren, die mitunter wochenlang über Lager, Dörfer und Städte verhängt werden, geschlossene Lehranstalten. Ein starkes Aufgebot an Polizei und Armee. Schlagstöcke, Tränengas, Gummipatronen, das Neueste auf dem Gebiet der Aufstandsbekämpfung: Plastikpatronen. Jeden Tag Tote, Verwundete, Verhaftete.

Es hat sich nichts geändert.

Das Leben in Jerusalem geht weiter wie zuvor. Die Oberfläche ist glatt. Hektischer Verkehr in den Straßen, immer neue Geschäfte und Lokale mit zweifelhafter Zukunft. Man hat seine Arbeit, seine Verpflichtungen, sein Vergnügen. Man hat seine Bedürfnisse, Wünsche, Pläne. Man lebt, wie der westlich orientierte, auf Konsum programmierte, auf Bequemlichkeit bedachte Mensch nun einmal lebt – auf größerem oder kleinerem Fuß, auf höherem, tieferem oder nicht vorhandenem geistigem Niveau, seinem Alter und seinen Lebensvorstellungen entsprechend.

Dicht unter der Oberfläche wird es unruhig. Die Bauarbeiten stehen still, der Tourismus ist flau, die Hotels sind schlecht besucht, die Altstadt leer. Die Preise steigen, die Zahl der Arbeitslosen steigt. Große und kleine Betriebe gehen in Konkurs, staatliche Institutionen streiken. Man sagt, die Intifada mache sich wirtschaftlich bemerkbar.

Philip hat sich auf dem Höhepunkt seiner manischen Phase ein Haus in Jerusalem zugelegt, das, dank seines hohen Alters, viele Reize und viele Schäden aufweist und damit seine volle Aufmerksamkeit und Erfindungsgabe fordert. Mit anderen Worten: Seine Karriere als Friedenskämpfer ist der Instandsetzung des Hauses zum Opfer gefallen. Er will sich, wenn das Arbeitszimmer eingerichtet ist, wieder der Schriftstellerei und damit der Depression zuwenden.

Rick ist Israelkorrespondent für eine große Schweizer Zeitung geworden. Er trägt sehr hübsche Kleidungsstükke, die er sich in Zürich kauft. In seiner Wohnung stehen jetzt drei elektrische Heizkörper, eine alte arabische Truhe und ein neues Bett. Sein Dilemma ist die Themenwahl. Die Medien sind der Intifada überdrüssig. Es passiert nichts Neues mehr auf diesem Gebiet. Die Leute wollen Sensationen. Rick wartet auf die Wahlen. Vielleicht bringen die eine neue Sensation.

Rebekka ist in eine neue Wohnung in meiner nächsten Nachbarschaft gezogen. Es ist eine schöne Wohnung in einem alten arabischen Haus mit Blick auf die Altstadt. Sie sitzt auf ihrem Balkon, kneift ein Auge zu und fixiert mit dem anderen eine bestimmte Perspektive. Sie sagt, die Wohnung sei das, worauf sie gewartet habe, um wieder malen zu können. Und noch glaubt sie es.

Tony Segal ist gestorben. Sein Tod hat ein Vakuum im Leben seiner Frau, einen Riß in dem seiner Freunde hinterlassen. Jane, die die Rolle der trauernden Witwe verabscheut, probiert verschiedene neue Lebensformen aus: Zurückgezogenheit, Betriebsamkeit, gelassenes Sich-dem-Schicksal-Fügen, grollendes Dagegen-Rebellieren. Ihre Stimme ist alt geworden und ihr Schritt, der mit Tony sein festes Ziel verloren hat, unsicher.

Evchen, meine Mutter-Freundin, ist unverändert: eine intakte Persönlichkeit, die sich vom Leben und seinen peinlichen Begleiterscheinungen – die des Todes ausgenommen – nicht einschüchtern läßt. Die Intifada, der Zim-Zum, der kommende Winter mit seinen kurzen Tagen, Stürmen und Regengüssen ist nicht zu umgehen, aber es kommt der Frühling, ihr Geburtstag, ihre ganze Familie aus aller Welt, und darauf kann man sich jetzt schon freuen.

Stanley hat mit dem Verschwinden Ibrahims, den er nach wie vor in Amerika glaubt, sein Gleichgewicht wiedergefunden. Seine Tage sind geregelt, sein Programm Geist und Körper angepaßt: Dichterlesungen, fett- und salzloses Essen, leichte Gartenarbeit, am Schabbat einen langen, gemächlichen Spaziergang. Das Thema seiner Lyrik hat sich von Jünglingen auf Katzen verlagert.

In Achmed ist wieder das Licht angegangen und hat ihm aus dem Engpaß eines gesetzestreuen Lebens herausgeleuchtet. Er pendelt zwischen Ost und West, Allah und Stanley, Pflicht und Sünde. Seine Schwägerin hat eine Tochter geboren, und seine Schwester will wieder zur Schule gehen und ihr Abitur machen. Da die Schulen aber nach wie vor geschlossen sind, lernt sie inzwischen stikken und nähen.

Avi, Faissa und den Kindern geht es »very fine«. Sein Bruder ist in das neu gekaufte Haus gezogen, und statt der zwei Zimmer hat die Familie jetzt fünf. Avi renoviert sie. Die älteste, siebzehnjährige Tochter ist mit ihrem Vetter verheiratet worden, und wenn die Hochzeit auch, laut PLO-Order, nicht gefeiert werden durfte, so hatte die Braut doch ein weißes Kleid an, viel Gold am Leib und ebensoviel Schminke im Gesicht.

Ibrahim ist nach wie vor im Lager in Verwahrungshaft. Sie läuft, so sie nicht um weitere sechs Monate verlängert wird, im November ab. Von Anna, der Schwedin, habe ich seine Anschrift bekommen und die Mitteilung, daß man ihm entweder zwei Handtücher, drei Unterhosen oder den Koran schicken dürfe. Ich habe ihm geschrieben und zwischen dem Intimen und dem Heiligen das Neutrale gewählt: Handtücher.

Ismael hat sein Assistenzjahr im Mokasset-Hospital beendet, und an seinen Plänen hat sich nichts geändert. Eine kleine Privatpraxis am Vormittag, am Nachmittag lesen, schreiben, übersetzen, Hebräisch lernen, sich über die Juden, den Zionismus, den Holocaust informieren. Sich mit der Notwendigkeit eines israelischen Staates und dem dadurch entstandenen palästinensischen Desaster auseinandersetzen. Beide Seiten sehen und begreifen. Sein Wissen unter seinen Landsleuten verbreiten. Licht in die Dunkelheit bringen. Über seiner Freude an seiner Aufklärungsarbeit vergißt er die des Broterwerbs. Manchmal machen wir gemeinsam einen zaghaften Schritt in diese Richtung, aber Ismael ist weder mit Kopf noch Herz dabei, und jedes Gespräch, jede kleine Aktion bleibt im Ansatz stecken.

Jamila, die es bestimmt lieber sähe, wenn ihr Mann seinem hoffnungsvollen Beruf statt seiner hoffnungslosen Berufung nachginge, mischt sich nicht ein. Sie wartet mit der Geduld, dem Fatalismus, der Anspruchslosigkeit, die den Arabern, und da besonders den Frauen, eigen ist, und während sie wartet, strickt sie für Mann und Kinder zahllose Kleidungsstücke. Ihre Angst vor den israelischen Soldaten ist noch genauso akut wie ihr Zorn auf sie. Manchmal bricht dieser Zorn kurz durch, und dann bezieht sich ihr Gesicht mit einem Ausdruck dunkler Wildheit, den nicht einmal die Sommersprossen und das Kind an ihrer Brust mildern können.

Abed, das Baby, kann schon stehen und ist damit der Stolz seiner Eltern geworden. Er hat immer noch das Gesicht seines Vaters und auch dessen sanftes Wesen. Ismael nennt ihn scherzhaft seinen aschkenasischen Sohn und die lebhafte Salua seine sephardische Tochter.

Salua geht jetzt in einen Kindergarten, den eine französische Nonne leitet. Sie trägt zu diesem Zweck eine blaurotkarierte, knielange Schuluniform, in der sie erwachsener und ernster aussieht: ein kleines arabisches Mädchen, das mit großen, schwarzsilbernen Augen eine Welt voller Gefahren, Gewalttätigkeiten und Haß entdeckt. Eine unverständliche, furchterregende Welt, die sie fragen läßt: »Werden die Soldaten auch auf mich und Abed schießen?«

Euphemia ist mir und ihren Säuberungsmethoden treu geblieben. Spinnweben schmücken die Ecken der Zimmer, aber der Fußboden ist makellos. Fällt der Putztag zufällig mit einem Generalstreik zusammen, kommt sie trotzdem. »Moslems schlecht, Juden schlecht«, kreischt sie mit düsterem Gesicht, »ich Christin!«

Ich hege und pflege meine Wohnung, der mich der

Joker in den Schoß gelegt hat. Eine Wohnung im ehemaligen Niemandsland, keine zehn Meter von der Grünen Grenze entfernt. Eine Wohnung, die, davon unberührt, Harmonie und Frieden ausstrahlt.

Manchmal knallen Schüsse, einzelne oder ganze Serien, manchmal werden in der Nacht Leuchtraketen abgeworfen, die die Landschaft geisterhaft erhellen. Die Immobilienpreise fallen in Abu Tor. Die einstmals beliebteste Wohngegend ist ungemütlich geworden. Man hat Angst, sich dort niederzulassen.

Ich habe, merkwürdigerweise, keine Angst. Nie und nirgends hatte ich weniger Angst als hier. Woran das liegt, ist schwer zu sagen. Vielleicht an dem Gefühl, zu Hause zu sein, endlich und wahrhaftig zu Hause, in dieser von Juden gegründeten Stadt, in diesem von Arabern erbauten Haus. In dieser Landschaft, die einen manchmal dazu verführt, an eine Art göttlicher Gegenwart zu glauben.

Der Garten der Shwarz' ist wunderschön geworden. Es wachsen dort Feigen, Granatäpfel und Maulbeerbäume. Zu Twinkle, dem kleinen, honigblonden Hund, hat sich ein müdes, melancholisches Windspiel gesellt, das sehr viel Ähnlichkeit mit Mrs. Shwarz hat. Von Zeit zu Zeit schlafwandeln die beiden durch den Garten, Mrs. Shwarz mit langsam zögerndem Schritt und sich in der Ferne verlierendem Blick, der Hund mit hängendem Kopf und zwischen die Beine geklemmtem Schwanz. Die vier Kinder sind nach wie vor lautlos und meistens sogar unsichtbar. Nur die Jüngste, ein braungebrannter Posaunenengel und am regsten in der Familie, sitzt manchmal auf der Schaukel, schwingt sachte hin und her und singt.

Mr. Shwarz sitzt weiter vor seinem Computer. Morgens hängt er die Wäsche im Garten auf. Zweimal im Jahr wird er für dreißig Tage zum Ersatzdienst in den besetzten Gebieten eingezogen. Wenn ich dann endlich wieder das Saxophon höre, bin ich erleichtert. Zur Zeit übt er: ›When the Saints go marching in . . .‹

Man lebt. Man integriert das abnormale in das normale Leben, mit der Zeit verwischen sich die Grenzen, und eins verschmilzt mit dem anderen. Selbst die Angst, das weiß ich aus eigener Erfahrung, kann zu einem vertrauten

Dauerzustand werden. Erst wenn man von ihr erlöst ist, spürt man sie wieder wie Phantomschmerzen in einem amputierten Bein.

Neulich ging ich in den Geschäftsstunden, zwischen neun und zwölf, nach Ostjerusalem, um Tee zu kaufen. Der Laden befindet sich in der Hauptstraße, Salah Adin, die zu diesen Stunden von der israelischen Polizei streng bewacht und für den Verkehr von Fahrzeugen gesperrt wird. Als ich dort einbog, sah ich einen großen Polizeiwagen, aus dem gerade vier Polizisten sprangen und im Abstand von etwa zwei Metern Stellung nahmen. Sie trugen weiße Helme und hielten die Schlagstöcke in der Faust.

Ich blieb stehen, wehrte mich gegen die Angst, die aus der Vergangenheit in mir aufstieg und weh tat wie jene Phantomschmerzen im amputierten Bein. Die Straße war voller Menschen, Männer, Frauen, Kinder, die ihre Einkäufe machten. Niemand schien beunruhigt. Sie gingen ohne Hast weiter, sahen in Schaufenster, redeten miteinander. Manche streiften die Polizisten mit einem harten Blick. Ein Mann ließ die eisernen Rolläden an seinem Geschäft herunter. Das war es. Für diese Menschen war die Polizei inzwischen ein so gewohnter Anblick wie die Tomaten im Gemüseladen. Die Gefahr ein Element täglichen Lebens.

Ich zwang mich weiterzugehen, Angst in den Eingeweiden, Scham im Herzen. Ein wiederbelebtes schlechtes Gewissen. Es lebt nicht mehr von alleine, das schlechte Gewissen. Es ist in Gefahr abzustumpfen. Man muß es mit frischen Eindrücken versorgen, sonst setzt die Trägheit des Herzens und des Geistes ein, und man ist sogar versucht, in eine verkehrte Richtung zu denken: Dreihundert Tote in zehn Monaten, das liegt unter der Zahl israelischer Verkehrsopfer in etwa derselben Zeitspanne. In Algerien hat es vor zwei Wochen auf einen Schlag fünfhundert Tote gegeben. Im Libanon bringen sie sich andauernd gegenseitig um, und im Schwarzen November haben die Jordanier mir nichts, dir nichts dreitausend Palästinenser ermordet.

So gesehen ist natürlich alles Fliegendreck, und man kann nur die Achseln zucken und sagen: »Sei's drum.

Israel ein Staat wie alle anderen Staaten, nicht besser, nicht schlechter – sei's drum. Wenn das nach einer zweieinhalbtausendjährigen Leidensgeschichte das Ziel war – sei's drum.« Ich müßte an diesem Punkt angelangt sein. Ich bin es nicht.

Nach Jericho bin ich nie wieder gefahren. Außer nach Al-Bireh bin ich überhaupt nicht mehr in die West-Bank gefahren. Es war weniger die Angst vor Steinen und Molotowcocktails, die mich daran gehindert hat, als die Bangigkeit, daß der umgekehrte Fall von damals eingetreten sein könnte und ich statt der Landschaft nur noch die besetzten Gebiete und das unterdrückte Volk sehen würde. Sie wird langsam Erinnerung, diese Landschaft, in der ich meine glücklichsten Stunden erlebte, schöne, schmerzhafte Erinnerung. Wie so vieles andere, das ich geliebt habe.

Vor einiger Zeit war ich in München, und das hat viel Ähnlichkeit mit dem Schlaraffenland. Ich habe dieses Märchen nie gemocht, denn die Vorstellung, daß sich jemand durch einen Kuchenberg frißt, hat mir schon als Kind Übelkeit verursacht. In München war mir, möglicherweise aus diesem Grund, andauernd übel, und ich konnte all die guten Sachen, auf die ich mich so gefreut hatte, nicht einmal anschauen, geschweige denn essen. Die Menschen waren durchweg von Kopf bis Fuß »gestylt« – das ist ein neues, deutsches Wort, das ich während meines Aufenthalts gelernt habe –, und ich habe unter dem modischen Firlefanz der Männer und dem undurchlässigen Make-up der Frauen vergeblich nach einem Gesicht gesucht. Aber das kann sich wieder ändern. Ich habe in Deutschland schon viele Kollektiverscheinungen kommen und gehen sehen. Auf jeden Fall war alles unglaublich teuer, schick und, wie gesagt, gestylt: die Straßen, die Häuser, die Autos, die Geschäfte, die Lokale, die Landschaft.

Das Wort »alternativ« fällt immer noch sehr häufig und in jedem Zusammenhang, die Astrologie scheint das Leben vieler zu beherrschen, und dem Thema »Robbensterben« war überhaupt nicht zu entkommen. Außer meinem Sohn, einem Verlagsleiter und einem sehr angenehmen Taxifahrer, der jahrelang in Afrika gelebt und eine Äthiopierin geheiratet hat, wußte niemand, was die »Intifada« ist. Wenn ich es erklärte, kamen sie irgendwie nicht mit. Das fand ich merkwürdig, denn es soll doch wochenlang durch alle Medien gegangen sein. Vielleicht hatten sie es inzwischen wieder vergessen. Es geschieht ja so viel in der Welt, und man kann wahrhaftig nicht über alles Bescheid wissen. Ich, zum Beispiel, habe auch nicht gewußt, daß die Robben sterben.

Nachbemerkung zur Taschenbuchausgabe

Während der Vorbereitungen zur Taschenbuchausgabe kam es in der Golfregion zum Krieg. Israel war unmittelbar davon betroffen, und es war schwierig, mit der in Jerusalem lebenden Autorin in Kontakt zu bleiben. Schließlich erreichte uns folgender Brief:

Jerusalem, 25. Februar 1991

Ihr Brief vom 10. 1. ist hier am 22. 2. eingetroffen. Was auch eine Leistung ist, denn die meiste Post ist gar nicht erst durchgekommen. Da seit dem Krieg nur noch die EL AL von und nach Israel fliegt, bleiben wohl viele Briefe auf der Strecke oder wurden anfangs an den Absender zurückgeschickt. Aber sonst klappt unbegreiflicherweise noch alles. Wir haben hier ja auch ein gutes Training hinter uns. Allerdings Raketen und Gasmasken sind neu, und es hat ein Weilchen gedauert, bis wir uns daran gewöhnt haben. Das Schlimmste und Nervenstrapazierendste ist das Warten. Warten auf die Nachrichten, warten auf eine bessere oder schlechtere Entwicklung am Golf, warten auf das Eingreifen Israels, warten auf den Alarm, warten auf das Ende dieses »sauberen Krieges«, wie die Amerikaner ihn nennen. Den Begriff »sauberer Krieg« verstehe ich ebensowenig wie den einer »neuen Weltordnung«. Aber vielleicht bin ich begriffsstutzig.

Ich habe, seit ich Mitte Dezember von meiner Reise zurückkam, keine Zeile geschrieben. Wie schon gesagt, ich habe gewartet und warte immer noch, und das ist eine zeitraubende Beschäftigung. Dazu kommt, daß meine Wohnung auf der Grünen Grenze zu einer Art Hotel-Pension geworden ist. Mit der ersten Rakete setzte die Flucht der Tel Aviver nach Jerusalem ein, und ich nahm einen Freund auf, der mir drei Wochen erhalten blieb und mich mit seinen psychosomatischen Gasvergiftungssymptomen noch nervöser machte, als ich schon war. Dann mußte dieser Freund einem anderen, der aus New York eintraf, weichen und der wiederum dem Vater meines Sohnes, der mit »Lebensgefährtin« aus Deutschland angereist kam. So jagt ein Gast den anderen, und ich weiß nicht, warum ausgerechnet ich in Krisenzeiten ihr bevorzugtes Ziel bin ... Wir sitzen hier alle da wie das Kaninchen vor der Schlange und ergehen uns in Kriegsprognosen, Spekulationen und Gerüchten, die von den diversen Medien auch noch eifrig unterstützt werden. Zur Zeit erwarten wir den Bodenkrieg, die Palästinenser sind bereits wieder eingesperrt (sie stehen seit Anfang des Krieges mit kurzen Unterbrechungen unter Ausgangssperre), und in den israelischen Nachrichten bereitet man uns freundlicherweise auf eine gesteigerte Anzahl an Raketenangriffen und Gas vor. Die Angst vor Gas ist hier zu einer Psychose geworden – ist ja wohl auch zu verstehen ... *Angelika Schrobsdorff*

Wir waren froh, als uns die Autorin vier Wochen später wohlbehalten in München besuchte und uns den Abdruck des Briefes gestattete.

Angelika Schrobsdorff im dtv

»Die Schrobsdorff hat ihr Leben lang nur wahre Sätze geschrieben.«
Johannes Mario Simmel

Die Reise nach Sofia
dtv 10539
Sofia und Paris – ein Bild zweier Welten: Beobachtungen über Konsum und Liebe, Freiheit und Glück in Ost und West.

Die Herren
Roman
dtv 10894
Ein psychologisch-erotischer Roman, dessen Erstveröffentlichung 1961 als skandalös empfunden wurde.

Jerusalem war immer eine schwere Adresse
dtv 11442
Ein Bericht über den Aufstand der Palästinenser, ein sehr persönliches, menschliches Zeugnis für Versöhnung und Toleranz.

Der Geliebte
Roman
dtv 11546

Der schöne Mann und andere Erzählungen
dtv 11637

Die kurze Stunde zwischen Tag und Nacht
Roman
dtv 11697
Jerusalem – Paris – München: Städte, mit denen die Erzählerin schicksalhaft verbunden ist.

»Du bist nicht so wie andre Mütter«
Die Geschichte einer leidenschaftlichen Frau
dtv 11916

Spuren
Roman
dtv 11951
Ein Tag aus dem Leben einer jungen Frau, die mit ihrem achtjährigen Sohn in München lebt.

Jericho
Eine Liebesgeschichte
dtv 12317

Grandhotel Bulgaria
Heimkehr in die Vergangenheit
dtv 24115
Eine Reise nach Sofia heute.

Binnie Kirshenbaum im dtv

Wer etwas vom Seiltanz über einem Vulkan lesen will, also von den Erfahrungen einer kühnen Frau mit dem männlichen Chaos, dem sei Binnie Kirshenbaum nachdrücklich empfohlen.«
Werner Fuld in der ›Woche‹

**Ich liebe dich nicht
und andere wahre Abenteuer**
dtv 11888

Zehn ziemlich komische Geschichten über zehn unmögliche Frauen. Sie leben und lieben in New York, experimentierfreudig sind sie alle, aber im Prinzip ist eine skrupelloser als die andere...
»Scharf, boshaft und irrsinnig komisch.« (Publishers Weekly)

**Kurzer Abriß meiner Karriere
als Ehebrecherin**
Roman · dtv 12135

Eine junge New Yorkerin, verheiratet, linkshändig, hat drei außereheliche Affären nebeneinander. Sie lügt, stiehlt und begehrt andere Männer. Daß sie ein reines Herz hat, steht außer Zweifel. Wenn sie nur wüßte, bei wem sie es verloren hat, gerade. »In diesem unkonventionellen Roman ist von Skrupeln keine Rede. Am Ende fragt sich der Leser amüsiert: Gibt es eine elegantere Sportart als den Seitensprung?«
(Franziska Wolffheim in ›Brigitte‹)

Ich, meine Freundin und all diese Männer
Roman · dtv 24101

Die beiden Freundinnen Mona und Edie haben sich im College kennengelernt und sofort Seelenverwandtschaft festgestellt. Sie sind entschlossen, ein denkwürdiges Leben zu führen. Und dabei lassen sie nichts aus... »Teuflisch komisch und frech. Unbedingt lesen!« (Lynne Schwartz)

Margriet de Moor im dtv

»Ich möchte meinen Leser genau in diesen zweideutigen Zustand versetzen, in dem die Gesetze der Wirklichkeit aufgehoben sind.«
Margriet de Moor

Erst grau dann weiß dann blau
Roman · dtv 12073

Eines Tages ist sie verschwunden, einfach fort. Ohne Ankündigung verläßt Magda ihr angenehmes Leben, die Villa am Meer, den kultivierten Ehemann. Und ebenso plötzlich ist sie wieder da. Über die Zeit ihrer Abwesenheit verliert sie kein Wort. Die stummen Fragen ihres Mannes beantwortet sie nicht.

Der Virtuose
Roman · dtv 12330

Neapel zu Beginn des 18. Jahrhunderts – die Stadt des Belcanto zieht die junge Contessa Carlotta magisch an. In der Opernloge gibt sie sich, aller Erdenschwere entrückt, einer zauberischen Stimme hin: Es ist die Stimme Gasparo Contis, eines faszinierend schönen Kastraten. Carlotta verführt den in der Liebe Unerfahrenen nach allen Regeln der Kunst.

Rückenansicht
Erzählungen · dtv 11743

Doppelporträt
Drei Novellen · dtv 11922

»De Moor erzählt auf unerhört gekonnte Weise. Ihr gelingen die zwei, drei leicht hingesetzten Striche, die eine Figur unverkennbar machen. Und sie hat das Gespür für das Offene, das Rätsel, das jede Erzählung behalten muß, von dem man aber nie sagen kann, wie groß es eigentlich sein soll und darf.«
Christoph Siemes in der ›Zeit‹

Doris Lessing im dtv

»Nicht außergewöhnliche Charaktere rufen die enorme Wirkung ihrer Bücher hervor, sondern Menschen in vielfältiger Gebrochenheit.«
Siegfried Lenz

Martha Quest
Roman · dtv 12242
Die Geschichte der Martha Quest, die vor dem engen Leben auf einer Farm in Südrhodesien in die Stadt flieht.

Eine richtige Ehe
Roman
dtv 10612

Sturmzeichen
Roman
dtv 10784
Martha Quest als Mitglied einer kommunistischen Gruppe gegen Ende des Zweiten Weltkriegs.

Landumschlossen
Roman
dtv 10876
Martha sucht in einer Welt, in der es keine Normen mehr gibt, für sich und die Gesellschaft Lösungen.

Die viertorige Stadt
Roman · dtv 11075
Martha Quest geht nach London.

Vergnügen
Erzählungen · dtv 10327

Wie ich endlich mein Herz verlor
Erzählungen · dtv 10504

Zwischen Männern
Erzählungen · dtv 10649

Nebenerträge eines ehrbaren Berufes
Erzählungen
dtv 10796

Die Höhe bekommt uns nicht
Erzählungen
dtv 11031

Auf der Suche
Eine Dokumentation
dtv 11582
»Was ist eigentlich England?«
Mit dieser Frage und einem kleinen Kind im Gepäck kommt Doris Lessing 1949 nach London. Sie hat zwar kein Geld, dafür aber die feste Absicht, Schriftstellerin zu werden...

Gioconda Belli im dtv

»Die große Poetin Nicaraguas, eine der wichtigsten Stimmen in der Literatur Lateinamerikas.«
Abendzeitung

Bewohnte Frau
Roman · dtv 11345

Die junge attraktive Architektin Lavinia steht am Beginn ihrer Karriere. Sie führt in der Hauptstadt ihrer lateinamerikanischen Heimat das unbeschwerte Leben einer unabhängigen Frau aus der Oberschicht. Dann aber verliebt sie sich in Felipe, der mit der Untergrundbewegung des Landes zusammenarbeitet. Während sie anfangs nur zögerlich Beihilfe leistet, findet sie bald zu einer eigenständigen Rolle im Kampf gegen Terror und Unterdrückung.

In der Farbe des Morgens
Gedichte · dtv 11565

Alle Prophetien erzählen,
daß der Mensch seinen eigenen Untergang erfinden wird.
Doch die Jahrhunderte und das sich stets erneuernde Leben
haben auch das Geschlecht der Liebenden und Träumer gezeugt:
Männer und Frauen, die nicht von der Zerstörung der Welt träumten,
sondern vom Aufbau einer Welt der Schmetterlinge und Nachtigallen...

Gedichte – kämpferische, erotisch, poetische – von Gioconda Belli, der großen Schriftstellerin Nicaraguas.

Tochter des Vulkans
Roman · dtv 11678

Der reiche Kaffeepflanzer Ramón nimmt das Zigeunermädchen Sofia an Kindes Statt an. Sofia heiratet früh, aber ihre Ehe mit dem machistischen René ist ein Desaster. Doch sie weiß sich zu wehren. Ihr Wunschkind wird sie eines Tages bekommen, aber bestimmt nicht von diesem Mann...